KB189018

오후 내내 두 여자는 앉아서 바느질을 했다.

그녀는 삼나무와 저택 쪽을 바라보았다.

그는 편지와 신문을 꺼냈다.

당장 이 자리에서 떠나주세요—당장!

SHIRLEY

I

셜리

I

샬럿 브론테

송은주 옮김

은행나무

I

일러두기

- 이 책의 디자인은 에드먼드 뒬락(Edmund Dulac, 1882~1953)의 삽화가 수록된 1905년 판본을 바탕으로 했다.
- 번역 대본으로는 Charlotte Brontë, *Shirley* (Oxford World's Classics, 2008)를 사용했다.
- 원문의 이탤릭체가 강조의 의미일 경우 고딕체로 표기했다.
- 원문에 쓰인 영어 외의 언어는 모두 이탤릭체로 표기했다.
- 본문 하단의 각주는 모두 옮긴이의 것이다.

1장

레위기

최근 몇 년간 잉글랜드 북부에 보좌사제들이 비 오듯 쏟아졌다. 구릉지대에 빼곡하고, 교구마다 하나 이상은 꼭 있다. 그들은 활동을 많이 할 수 있을 만큼 젊고, 좋은 일을 많이 해야 마땅하다. 하지만 우리가 하려는 이야기는 최근이 아니라 금세기의 시작으로 되돌아간다. 최근 몇 년은 먼지투성이에 햇볕에 그을렸고, 뜨겁고 푸석했다. 우리는 한낮을 낮잠으로 잊으며 피하고, 새벽을 꿈꾸며 선잠에 빠져 오후를 보낸다.

이 서두를 읽고 로맨스 비슷한 것이 준비되어 있으리라 생각한다면, 독자여, 그것이야말로 오산이다. 감상이나 시, 몽상을 기대하는가? 열정, 자극, 멜로드라마를 원하는가? 기대를 내려놓으라. 기준을 낮추라. 여러분 앞에는 냉정하고 진지하며 현실적인 무언가가 놓여 있다. 그것은 일이 있는 사람이라면 누구나 이제 일어나서 할 일을 해야 한다는 마음가짐으로 잠에서 깨는 월요일 아침만큼이나 낭만과는 거리가 먼 것이다. 이 식사의 중간이나 마지막쯤에 입맛 당기는 음식이 나올 수도 있긴 하지만, 상에 나올 첫 번째 요리는 가톨릭교도는 물론이고 영국국교회의 신자라도 고난주간의 성금요일에 먹을 수 있는 요리여야 한다고 정해졌다. 그것은 차가운 렌틸콩과 기름을 섞지 않은 식초일 것이다. 쓴 나물을 곁들인 누룩 없는 빵뿐, 구운 양고기는 없을 것이다.

최근 들어 잉글랜드 북부에 보좌사제들이 비 오듯 쏟아졌다고 말했다. 하지만 1811년, 1812년에는 사정이 달랐다. 그때는 보좌사제가 귀했다. 옥스퍼드나 케임브리지 출신의 혈기 왕성한 젊은 동료에게 급료로 줄 돈을 대주어 노쇠한 주임사제와 교구사제들에게 도움의 손길을 내밀어주는 목회 지원 단체나 특별 부사제 협회가 없었다. 최초의 선교사들의 현재 후임자들, 퓨지 박사의 제자이자 포교성성*의 도구인 이들은 그 당시에는 요람을 덮은 담요 밑에서 부화 중이었거나, 보육실 세례로 세면대에서 새롭게 태어나는 중이었다. 그들 중 누구를 보았더라도 레이스 모자의 두 겹 주름장식 아래에 성 바울, 성 베드로, 성 요한의 후계자로 점지되어 특별히 축성받은 이마가 감싸여 있다고는 짐작할 수 없었을 것이다. 또한 그들의 긴 잠옷 주름에서 미래에 교구민들의 영혼을 혹독하게 단련시킬, 그리고 성경대보다 작았

* 1622년에 로마가톨릭교회에 의해 설립되었으며, 가톨릭교를 전파하기 위해 선교 활동을 조직하고 비가톨릭 국가들의 교회를 감독하던 교황청의 주요 기구. 1982년 인류복음화성으로 이름을 바꾸었다.

으나 어느새 설교단 위에서 셔츠 같은 옷차림으로 높이 치켜든 손을 휘둘러 구식의 목사를 당황케 할 하얀 사제복도 예상할 수 없었을 것이다.

그러나 그런 시절에도 보좌사제들이 있기는 했다. 그 귀한 식물은 드물었지만 찾으려면 찾을 수는 있었다. 요크셔주 웨스트라이딩의 어느 인기 좋은 지역에는 반경 30킬로미터 안에 아론**의 지팡이를 휘두르는 사람이 셋이나 있었다. 독자여, 곧 보게 될 것이다. 윈버리 외곽의 이 깔끔한 집으로 들어가보자. 작은 응접실로 걸어 들어가면, 저기 그들이 저녁 식사를 하고 있다. 독자 여러분에게 그들을 소개해보겠다. 윈버리의 보좌사제 던 씨, 브라이어필드의 보좌사제 멀론 씨, 너넬리의 보좌사제 스위팅 씨다. 여기는 던 씨의 하숙방으로, 소규모 의류상을 하는 존 게일의 집이다. 던 씨는 친절하게도 형제들을 초대하여 대접하고 있다. 여러분도 나와 자리를 함께해 무슨 일이 일어나는지 구경해보기로 하자. 하지만 지금은 셋 다 먹기만 하는 중이다. 그들이 식사하는 동안에는 우리끼리 얘기를 좀 나누겠다.

이 신사분들은 한창때의 젊은이들이다. 다들 그 나이의 젊은이답게 활발하다. 늙고 맥 빠진 그들의 교구사제들은 그들이 그런 활기를 기꺼이 목회의 의무를 다하는 데, 예컨대 부지런히 학교를 감독하고 교구의 병자들을 더 자주 찾아보는 데 쓰기를 바랄 것이다. 그러나 이 젊은 레위인들에게 그런 일은 따분하다. 그들은 남들 눈에는 베틀 앞의 직공이 하는 일보다 더 권태롭고

** 구약성경에 나오는 모세의 형.

단조롭게 보일지라도 자기들에게는 언제나 변함없이 즐거움을 주는 소일거리에 힘을 쓰는 편을 더 좋아한다.

넌지시 말하건대, 그들은 서로의 하숙방을 빈번히 들락거린다. 원이 아니라 삼각형을 그리며, 사시사철, 1년 내내 서로의 집을 계속해서 방문한다. 계절도 날씨도 상관없다. 날이 맑으나 궂으나, 비가 오나 눈이 오나, 길이 진창이 되거나 먼지가 날려도 그들은 이해할 수 없을 만큼 열심히 모여서 밥을 먹고 차를 마신다. 무엇 때문에 그러는지는 말하기 어렵다. 우정은 아니다. 만나기만 하면 싸우니까. 종교 때문도 아니다. 셋 중 누구도 종교 얘기를 입에 올리지 않는다. 가끔 신학에 관한 토론을 할 때는 있지만, 신심을 논하는 일은 절대 없다. 먹고 마시기를 즐겨서도 아니다. 다들 자기 하숙집에서도 형제가 내주는 것 못지않게 맛있는 구운 고기와 푸딩, 진한 차, 촉촉한 토스트를 먹을 수 있다. 셋의 하숙집 여주인인 게일 부인, 호그 부인, 휩 부인은 "그저 사람들을 괴롭히려는 것일 뿐"이라고 잘라 말한다. 물론 이 선량한 여주인들이 말하는 "사람들"이란 자기 자신들인데, 이렇게 서로의 집을 함부로 드나드는 습관 탓에 여주인들은 정말로 항상 "좌불안석" 상태에 있기 때문이다.

던 씨와 그의 손님들은 앞서 말했듯이 저녁 식사 중이다. 게일 부인이 시중을 들고는 있지만 그녀의 눈에는 불 피운 주방처럼 불꽃이 이글거리고 있다. 부인은 추가 요금 없이 식사에 가끔 친구를 초대하는 특권(하숙 조건에 포함된 특권)을 던 씨가 요즘 남용하고 있다고 생각한다. 이번 주만 해도 이제 겨우 목요일인데, 월요일에는 브라이어필드의 보좌사제 멀론 씨가 아침을 먹으러 와서는 저녁까지 먹고 갔고, 화요일에는 멀론 씨에다 너넬리의 스위팅 씨까지 차를 마시러 왔다가 저녁까지 먹고 남는 침대에서 잔 다음 수요일 아침까지 먹고 갔다. 이제 목요일인데 둘이 또 와서 저녁을 먹고 있다. 여주인이 보기에는 그날 밤도 묵고 갈 태세다. "*해도 해도 너무하는군.*" 여주인이 프랑스어를 할 줄 알았다면 이렇게 말했을 것이다.

스위팅 씨는 접시에 놓인 로스트비프 조각을 잘게 썰면서 너무 질기다고 불평하고 있다. 던 씨는 맥주가 김이 빠졌다고 불만이다. 아! 김빠진 맥주야말로 최악이다. 그들이 예의만 있었어도 게일 부인은 그 정도는 참아주었을 것이다. 차려준 것에 만족하기만 했어도 괜찮았을 것이다. 하지만 그녀가 말하길, "이 젊은 사제들은 너무 건방지고 사람을 무시한다. 세상 사람 전부 제 발밑인 줄 안다. 내가 우리 어머니가 그러셨듯이 하인을 두지 않고 집안일을 혼자 다 한다는 이유만으로 나에게 제대로 예의를 차리지 않는다. 그러면서 요크셔 방식과 요크셔 사람들을 줄곧 헐뜯는다." 그런 이유로 게일 부인은 그들 셋 다 진짜 신사는 아니며, 좋은 가문 출신도 아닐 거라고 생각한다. "대학생들을 다 합쳐도 노신부님들보다 못해. 그분들은 예의범절도 바르고 지위가 높든 낮든 다 친절하게 대하시는데."

"빵 더 줘요!" 멀론 씨가 토끼풀과 감자의 땅 출신이라는 티가 역력히 나는, 길게 늘여 빼면서도 음절을 똑똑 끊는 투로 외쳤다. 게일 부인은 멀론 씨를 셋 중에서 제일 싫어하면서도 한편으로는 두려워했다. 진짜배기 아일랜드인다운 팔다리에 그 민족다운 얼굴, 큰 키에 건장한 체격을 가진 인물이었기 때문이다. 밀레시안*의 얼굴도 아니었고 대니얼 오코넬** 같은 스타일도 아니었다. 아일랜드 상류층의 특정 계급에 속하는, 마치 북미 원주민 같은 특징이 강하게 드러나는 용모였다. 자유 소작농의 지주보다는 노예 소유주에게 더 어울릴 법한 딱딱하고 오만한 표정을 짓고 있었다. 멀론 씨의 아버지는 신사를 자칭했으나 가난하고 빚투성이인 주제에 오만 방자하기 짝이 없었고, 아들도 아버지를 꼭 빼닮았다.

게일 부인이 빵을 내왔다.

"잘라요, 아줌마." 부인의 손님이 말했다. "아줌마"는 그 말대로 빵을 잘랐다. 부인이 마음대로 할 수 있었더라면 그 사제도 같이 잘라버렸을 것이다. 부인의 요크셔인다운 영혼은 그의 명령하는 태도에 강하게 반발했다.

보좌사제들은 식욕이 왕성했다. 소고기가 "질기다"고 불평하면서도 잔뜩 먹었다. 요크셔푸딩 한 접시와 채소 두 대접이 메뚜기 떼 앞의 나뭇잎처럼 사라지는 동안 "김빠진 맥주"도 양껏 들이켰다. 치즈도 그들의 각별한 관심을 받았다. 디저트로 나온 스파이스케이크는 언제 나왔는지도 모르게 사라져 흔적도 남지 않았다. 게일 부인의 여섯 살 먹은 장자 에이브러햄이 부엌에서 케이크를 애도하는 비가를 불렀다. 아이는 케이크가 남을 줄 알았던 것이다. 어머니가 빈 접시를 가지고 돌아오자 아이는 목청

* 기원전 1300년경에 그 아들들이 아일랜드를 정복했다고 알려진 신화 속 스페인 왕 밀레시우스의 이름을 따 아일랜드인을 '밀레시안(Milesian)'이라고 부르기도 한다.

** 아일랜드 해방운동의 지도자.

높여 구슬피 울었다.

그러는 동안 보좌사제들은 적당히 즐길 만한 그만저만한 품질의 와인을 홀짝였다. 멀론 씨는 사실 위스키를 훨씬 더 선호했다. 하지만 영국인인 던 씨는 위스키가 없었다. 그들은 홀짝이면서 논쟁을 벌였다. 논쟁의 주제는 정치도, 철학도, 문학도 아니었다. 이제 셋 다 그런 주제에는 관심도 없었다. 현실 면에서든 교리 면에서든, 신학조차 그들의 관심사가 아니었다. 그들 논쟁의 화제는 그들을 제외한 다른 이들에게는 거품처럼 공허해 보일, 교회 규율의 사소한 세부 사항들이었다. 형제들이 한 잔으로 만족할 때 용케 와인 두 잔을 해치운 멀론 씨는 늘 그렇듯이 점점 흥이 올랐다. 즉, 다소 무례해져서 호통치듯 거친 말을 내뱉고 제 기지에 혼자 취해 요란한 웃음을 터뜨렸다는 말이다.

친구 둘이 번갈아 그의 공격 대상이 되었다. 멀론은 내키는 대로 쓸 수 있는 농담거리가 무궁무진했고, 지금처럼 유쾌한 자리에서는 늘 하는 재치 있는 말을 거의 바꾸지 않고 그대로 되풀이하는 데 익숙했다. 그는 자신이 재미없는 사람이라는 생각은 결코 해본 적도 없는 듯했고 남들이 어떻게 생각하건 전혀 개의치 않았으니 농담을 바꿀 필요가 없었다. 던 씨에 대해서는 그의 빈궁함을 암시하고, 그의 들창코를 에둘러 들먹이고, 그의 다 해진 초콜릿색 프록코트에 대해 신랄하게 빈정거리기를 좋아했다. 이 신사는 비가 오거나 비가 올 것 같으면 항상 그 옷을 즐겨 입었다. 던 씨 특유의 런던내기 말버릇과 발음도 비판했다. 물론 던 씨만의 이러한 특성이 그의 스타일에 부여해주는 우아함과 세련됨은 언급할 가치가 있기는 했다.

스위팅 씨는 키 때문에 농담거리가 되었다. 그는 운동선수 같은 멀론에 비하면 키도 몸집도 소년처럼 자그마한 남자였다. 그는 플루트 연주를 하고 천사 같은 목소리(그의 교구의 몇몇 아가씨들은 그렇게 생각했다)로 찬송가를 불렀는데, 멀론은 그의 음악적 재능을 놀렸고 그가 "아가씨들의 애완견"이라고 조롱했다. 그의 어머니와 누이들에 대해서도 놀렸다. 불쌍한 스위팅 씨는 그들을 아꼈고, 어리석게도 가끔 이 아일랜드 사제 앞에서 그들의 얘기를 하곤 했다. 그러나 이 아일랜드인은 타고난 애정이라고는 애초부터 전혀 없는 사람이었다.

피해자들은 각자 나름대로 이런 공격에 맞섰다. 던 씨는 그의 다소 위태로운 품위를 유일하게 지지해주는 부자연스러운 자기만족과 반쯤 부루퉁한 침착함으로 대처했다. 스위팅 씨는 지켜야 할 품위라고는 전혀 내세우지 않는 가볍고 편한 성격에서 나온 무관심으로 대처했다.

멀론의 농담이 점점 심해져서 곧 도를 넘자 그들은 합세해서 반격을 시도했다. 그가 그날 길을 걸을 때 뒤에서 "아일랜드인 피터!"라고 외치는 소년이 몇이나 있었는지(멀론의 이름은 피터였다. 피터 오거스터스 멀론 신부) 묻는다든지, 아일랜드에서는 성직자가 사목 방문을 할 때 주머니에 권총을 넣고 손에는 곤봉을 들고 다니는 것이 늘 있는 일인지 알려달라고 하는 식이었다. 아일랜드인인 멀론이 잘 발음하지 못하는 단어들을 골라 무슨 뜻이냐고 일부러 캐묻기도 했다. 그들은 천성적으로 세련된 정신에 떠오르는 다양한 보복 방법들을 써먹었다.

물론 이런 반격을 그냥 놔둘 수는 없었다. 선량하지도 침착하지도 않은 멀론은 이내 불같은 분노를 터뜨렸다. 그는 거친 몸짓을 하고 고함을 질렀다. 던과 스위팅은 웃음을 터뜨렸다. 그는 켈트인 특유의 고음으로 그들을 색슨족 속물이라고 목이 찢어져라 매도했다. 그들은 멀론을 정복당한 나라 사람이라고 놀려댔다. 멀론은 "조국"의 이름으로 반란을 일으키겠다고 을러대면서 영국의 지배에 대한 증오를 격하게 터뜨렸다. 그러자 그들은 누더기, 거지, 역병에 대해 이야기했다. 작은 응접실이 시끌벅적해졌다. 이렇게 심한 말이 오갔으면 그다음 차례는 결투라고 누구든 생각할 것이다. 게일 씨 부부가 소란에도 겁을 먹거나 순경을 불러오지 않는 것이 놀라울 지경이다. 하지만 부부는 이런 소란에 익숙했다. 보좌사제들이 함께 식사를 하거나 차를 마실 때마다 작은 소란을 피운다는 것을 잘 알고 있었고, 무슨 일이 일어나도 신경 쓰지 않았다. 사제들의 이런 다툼은 시끄럽기만 하지 무해하며, 늘 아무 일 없이 끝난다는 것을 알고 있었다. 그리고 보좌사제들이 그날 밤에는 무슨 소리를 하면서 헤어지든 그다음 날 아침이면 세상에 다시없는 좋은 친구로 만날 것이 틀림없다는 것도 알고 있었다.

이 훌륭한 부부가 부엌 난롯가에 앉아 멀론의 주먹이 몇 번이고 되풀이해서 응접실 탁자의 마호가니 상판을 내리치는 낭랑한 소리와 그때마다 디캔터와 유리잔들이 쨍그랑거리는 소리, 영국인 동맹의 깔보는 웃음소리, 고립된 아일랜드인이 더듬거리며 열변을 토하는 소리를 듣고 있는데, 집 바깥 문간에서 발소리가 들리더니 문 두드리는 소리가 날카롭게 호소하듯 울렸다.

게일 씨가 가서 문을 열었다.

"위층 응접실에 누가 있습니까?" 목소리가 물었다. 코 먹은 소리에 무뚝뚝한 어투의, 다소 주목을 끄는 목소리였다.

"아! 헬스턴 씨군요? 어두워서 못 알아뵐 뻔했습니다. 요즘은 해가 일찍 져서요. 들어오시겠습니까?"

"먼저 내가 들어갈 만한 가치가 있는지 알고 싶소. 위층에 누구요?"

"보좌사제님들입니다."

"뭐라고요! 셋 다요?"

"예, 그렇습니다."

"여기에서 저녁을 먹었소?"

"그렇습니다."

"그럼 들어가야겠군요."

이렇게 말하며 그 인물이 안으로 들어섰다. 검은 옷의 중년 남자였다. 그는 부엌을 곧장 가로질러 안쪽 문으로 가서 문을 열고 고개를 들이밀더니 귀를 기울였다. 들을 만한 것이 있기는 했다. 바로 그때 위층의 소란이 더 커졌기 때문이다.

"이런!" 남자는 혼잣말로 중얼거리더니, 게일 씨에게 말했다. "이런 일이 자주 있소?"

게일 씨는 교구위원을 했었기 때문에 사제들에게 너그러웠다.

"아시다시피 젊은이들이잖습니까. 아직 젊어요." 그가 애원조로 말했다.

"젊다고요! 매가 필요하겠군. 못된 녀석들 같으니라고! 못된 놈들! 존 게일, 당신이 선량한 국교도가 아니라 비국교도*였다면 저 녀석들이 저러고 있어도 괜찮겠지요. 맘껏 해도 된단 말이오. 하지만 내가—"

말을 끝맺는 대신 그는 안쪽 문을 지나 계단을 올라갔다. 그리고 위층 방에 이르러서는 다시 잠시 귀를 기울였다. 그는 경고도 없이 들어가 보좌사제들 앞에 섰다.

그러자 사제들은 조용해졌다. 그들은 얼어붙었다. 침입자도 마찬가지였다. 그는 키는 작지만 풍채가 좋았고, 넓은 어깨 위에 매를 닮은 머리통과 코, 눈이 있었으며, 그 위에는 르호보암병** 모양의 셔블 모자***가 얹혀 있었다. 그는 지금 마주한 이들 앞에서는 모자를 들어 올리거나 벗을 필요를 느끼지 못하는 듯했다. 그는 팔짱을 끼고 젊은 친구들을 천천히 훑어보았다. 그들이 친구이기나 하다면 말이지만.

"이게 뭔가!" 그가 입을 떼자 더는 코 먹은 소리가 아니라 울림이 깊은 목소리가 흘러나왔다. 깊은 정도가 아니라 의도적으로 텅 빈 동굴 속에서 울리는 것처럼 들리게 만든 목소리였다. "뭐냐고! 성령강림절의 기적이 다시 일어난 건가? 악마의 갈라진 혀가 다시 나타나기라도 한 건가? 그놈들은 어디 있지? 방금 전까지만 해도 그 소리가 온 집 안에 울렸는데. 열일곱 가지 말이 한꺼번에 쏟아지는 걸 다 들었단 말일세. 파르티아인, 메디아인, 엘람인, 메소포타미아인, 고대 유대인, 카파도키아인, 폰토스

* 16~17세기에 영국국교회의 신조에 반대한 개신교 집단.

** 보통 와인병 용량의 여섯 배가 들어가는 커다란 와인병.

*** 영국국교회 성직자가 쓰는 챙 넓은 모자.

인, 아시아인, 프리기아인, 팜필리아인, 이집트인, 키레네 근방의 리비아인, 로마의 이방인들, 유대인과 개종자들, 크레타인과 아랍인들까지, 그들 모두가 방금 전까지 이 방에 자기네 대표를 다 보내놓았던 게 틀림없는데."

던 씨가 입을 열었다. "죄송합니다, 헬스턴 씨. 여기 좀 앉으십시오. 와인 한 잔 드릴까요?"

그의 예의 바른 말에도 아무런 답이 돌아오지 않았다. 검은 외투 차림의 매 같은 남자가 말을 이었다.

"이런 신령한 언어를 놓고 무슨 말을 하면 좋을까? 그래, 신령하지! 내가 장과 책과 구·신약을 착각했군. 복음을 율법으로, 사도행전을 창세기로, 예루살렘을 시날 평원으로 혼동했어. 나를 기둥처럼 귀머거리로 만들었던 것은 신령한 말들이 아니라 혼란스러운 말들이었어. 자네들이 사도라고? 뭐! 자네 셋이? 그럴 리가 있나— 자네들은 바빌론의 건방진 세 석공, 그 이상도 이하도 아니야!"

"저희는 그저 모여서 사이좋게 저녁을 먹고 와인이나 한잔하면서 가벼운 담소를 나누던 중입니다. 비국교도들 문제를 해결하려고요."

"아! 비국교도들 문제를 해결한다라—자네가? 멀론이 비국교도를 해결한다고? 그보다는 동료 사도들과의 문제부터 해결해야 할 것 같은데. 자네들은 서로 다투고 있었어. 그 설교하는 양복장이 모지스 배러클러프와 그의 추종자들이 저기 감리교 예배당에서 부흥회를 할 때만큼이나 시끄럽게 떠들면서 말이지. 누구 때문인지 내 알지—바로 자네 탓이야, 멀론."

"제 탓이라고요?"

"암, 그렇다마다. 던과 스위팅은 자네가 오기 전까지만 해도 조용했어. 자네가 사라지면 다시 조용해질 거고. 자네가 노스해협을 건너올 때 그놈의 아일랜드식 습관은 좀 버리고 왔더라면 좋았을 텐데 말이지. 더블린 학생의 방식은 여기서는 안 통해. 코노트의 야생 습지와 산악 지대에서는 남들 눈에 띄지 않고 넘어갔을 행동을 점잖은 영국 교구에서 제멋대로 하면 수치스러운 일이 된다고. 게다가 더 나쁜 것은, 겸허하게 섬겨야 할 신성한 기관에도 수치란 점일세."

이 젊은이들을 나무라는 키 작은 노신사의 태도에는, 이 경우에 가장 적절한 종류의 것은 아니라 해도 어쨌든 어떤 품격이 있었다. 그렇다. 몸을 꼿꼿이 세우고 솔개처럼 날카로운 표정으로 서 있는 헬스턴 씨는 성직자의 모자를 쓰고 검은 외투 차림에 각반을 둘렀어도 아들들에게 믿음을 권하는 덕망 높은 신부라기보다는 자기 밑의 소위들을 꾸짖는 퇴역 장교 같은 태도였다. 사도다운 인자함과 성직자의 온화함은 날카로운 갈색 얼굴에 전혀 영향을 주지 못한 것 같았다. 대신 이목구비 깊이 단호함이 배어 있었고 현명함이 아로새겨져 있었다.

그가 말을 계속했다. "서플로를 만났네. 이렇게 비 오는 밤에도 흙탕길을 헤치고 밀딘의 침례교 예배당에 설교를 하러 가더군. 자네들에게 말했듯이, 나는 배러클러프가 비국교도들의 비밀 예배 도중에 귀신 들린 황소처럼 고함을 지르는 것을 들었네. 그런데 여기 와보니 자네들은 탁한 포트와인 한 잔을 놓고 화난 노파들처럼 소란을 피우며 꾸물거리고 있단 말이지. 2주 전부터 서플로가 하루에 성인 개종자 열여섯 명에게 세례를 준 것도 놀랄 일이 아니구먼. 배러클러프는 건달에 위선자지만, 그자의 손마디가 나무 설교단 가장자리보다도 더 딱딱한 것을 보려고 꽃과 리본으로 치장한 직공 처자들이 몰려드는 것도 놀랍지 않고. 나 혹은 홀, 볼트비 같은 주임사제의 도움 없이 자네들끼리만 내버려두면 우리 교회의 신성한 예배는 텅 빈 벽에나 대고 하게 되고, 무미건조한 설교는 서기와 오르간 연주자, 교구 직원들 말고는 듣는 이가 아무도 없다 해도 놀랄 일이 아니듯 말일세. 하지만 이 얘기는 이 정도로 해두지. 내가 여기 온 것은 멀론 때문이니까. 장군이여, 내 당신께 드릴 말씀이 있습니다!*"

"무슨 일이십니까?" 멀론이 불만스럽게 물었다. "이 시간에 장례식이 있을 리는 없을 텐데요."

"자네 무기(arms)가 있나?"

"팔(arms)이요? 예, 다리도 있지요." 그는 튼튼한 사지를 내밀었다.

"아니! 무기 말이야."

"신부님이 주신 권총이 있습니다. 늘 지니고 다닙니다. 밤에는 언제든 쏠 준비를 해서 침대 옆 의자에 놓아두지요. 인목으로 만든 지팡이도 있습니다."

"아주 좋아. 자네 할로 공장으로 좀 가겠나?"

"할로 공장에 무슨 일이 있습니까?"

"아직은 아무 일 없어. 아마 앞으로도 없을 듯하고. 하지만 무

* 열왕기하 9장 5절 인용.

어가 거기 혼자 있네. 믿을 수 있는 일꾼들을 전부 스틸브로로 보냈어. 지금 거기에는 여자 둘만 남았고. 주의 길이 얼마나 곧게 나 있는지 안다면 그의 지지자가 방문하기 딱 좋은 기회지."

"저는 그의 지지자가 아닙니다. 저는 그를 좋아하지 않습니다."

"호! 멀론, 겁이 나는가 보군."

"제가 그럴 리 없다는 건 잘 아실 텐데요. 정말로 소란이 일어날지도 모른다면 저는 갈 겁니다. 하지만 무어는 좀 이상하고 사교성 없는 사람이에요. 저는 그를 이해한다고는 못 하겠습니다. 그저 그의 다정한 벗이 되어주기 위해서라면 저는 한 발짝도 떼지 않겠습니다."

"하지만 소란이 벌어질 가능성이 분명히 있네. 폭동이 일어날 기미는 보지 못했지만, 오늘 밤이 아주 무탈하게 지나갈 듯싶지는 않아. 자네도 무어가 새로운 기계를 들이기로 마음먹었다는 것을 알고 있겠지. 오늘 저녁 스틸브로에서 방직기와 전단기를 마차 두 대로 실어 오기로 했어. 감독자인 스콧이 몇 사람 골라서 그것들을 가져오려고 함께 갔네."

"무사히 잘 가져올 겁니다."

"무어도 그렇게 말하더군. 아무도 필요 없다고 했어. 하지만 만약의 경우를 위해 증언을 해줄 사람은 있어야지. 그는 아주 경솔한 사람이야. 덧문도 닫지 않고 회계실에 앉아 있더군. 어두워진 후에도 바깥을 여기저기 쏘다니고, 필드헤드레인을 따라 골짜기 위까지 올라가 농장들을 돌아다닌다니까. 마치 이웃들이 다 자기를 좋아한다는 듯이 말이야. 아니면 이웃들의 증오의 대상이라는 걸 알고도 자기가 이야기책에 나오는 '불사신'이라도 되는 줄 아는지. 피어슨이나 아미티지가 당한 운명을 보고도 개의치 않아. 피어슨은 자기 집에서 총을 맞았고 아미티지는 황무지에서 그 꼴을 당했는데."

스위팅 씨가 끼어들었다. "하지만 그는 그 일을 경고로 여기고 예방 조치를 취해야 합니다. 며칠 전에 제가 들은 이야기를 그도 들었다면 그렇게 할 겁니다."

"무슨 얘기를 들었지, 데이비?"

"마이크 하틀리를 아십니까?"

"그 율법폐기론자* 직공 말이지? 아네."

"마이크는 최근 몇 주 동안 술을 마시고 취하면 보통 마지막에 너넬리 사제관에 찾아가서 홀 씨에게 그의 설교에 대한 의견을 밝힌다고 합니다. 행위의 교리**의 끔찍한 경향을 맹렬히 비난하고, 그와 그의 신도들 모두 바깥의 어둠 속에 앉아 있다고 경고했다더군요."

"흠—그건 무어하고는 아무 상관없어."

"그는 율법폐기론자인 데다가 과격한 자코뱅파에 평등파입니

* 구약의 율법, 즉 십계명을 지키지 않아도 된다는 사상. 종교개혁 이후 개신교와 감리교 내에서 논란의 대상이 되었다. 당시 일부 신앙 공동체에 구원에는 믿음만이 중요하며 율법 준수는 필수적이지 않다는 견해가 퍼지면서 율법폐기론 경향이 나타났다. 이는 도덕적 규범을 무시하거나 덜 중시하는 태도로 해석되기도 한다.

** 기독교 신학에서 행위에 의한 구원을 강조하는 교리. 구원이 인간의 선행이나 종교적 의무 수행, 즉 법적 또는 도덕적 행위에 의존한다고 보는 입장으로, 이에 반대하는 것이 개신교 개혁 운동의 중요한 부분이다.

다."

"알고 있네. 대취하면 늘 국왕을 시해하겠다는 생각을 하지. 마이크는 역사도 웬만큼은 알아서, 그가 '피의 복수자들에게 만족을 준' 폭군들의 이름을 나열하는 것을 들으면 재미있다네. 국왕이든 누구든 정치적 이유로 잘린 머리 이야기에 이상하리만치 흥분한단 말이야. 그자가 무어에게 이상한 집착을 품고 있다는 귀띔을 벌써 들었네. 자네가 말하고자 하는 게 그건가, 스위팅?"

"적절한 표현을 쓰셨습니다, 신부님. 홀 씨는 마이크가 무어에게 개인적인 증오심을 품고 있지는 않다고 생각합니다. 마이크가 그와 이야기하고 그를 쫓아다니기를 좋아한다고까지 말하더군요. 하지만 무어를 본보기로 삼아야 한다는 집착을 갖고 있어요. 며칠 전 그는 홀 씨에게 무어가 요크셔에서 가장 뛰어난 두뇌를 가진 공장주라고 칭찬했습니다. 그런 이유로 무어가 제물, 달콤한 향기의 봉헌물이 되어야 한다고 생각하는 겁니다. 마이크 하틀리가 제정신이라고 보십니까, 신부님?" 스위팅이 천진하게 물었다.

"그건 모르겠네, 데이비. 미쳤을 수도 있고 그저 교활한 것일 수도 있지. 그것도 아니면 조금은 양쪽 다일지도 모르고."

"그는 환상을 본다는 얘기도 합니다."

"아! 에제키엘이나 다니엘처럼 말이지. 지난주 금요일 밤에 막 잠자리에 들려는데 그가 찾아와서는 그날 오후 너넬리 공원에서 보았다는 환상 얘기를 하더군."

"그 얘기 좀 해주십시오. 뭐라고 합니까?" 스위팅이 재촉했다.

"데이비, 그대의 두개골 속에는 거대한 경이의 기관이 있네. 알다시피 멀론한테는 없어. 그는 살인이든 환상이든 관심 없다니까. 지금 이 순간 그가 얼마나 거대하고 공허한 삽(Saph)*처럼 보이는지 보게나."

"삽이라고요! 삽이 누구입니까?"

"모를 줄 알았네. 찾아보게. 성경에 나온다네. 나도 그의 이름과 혈통 정도밖에는 몰라. 하지만 소년 시절부터 나는 항상 삽에게 인격을 부여했어. 그는 정직하고 둔하며 운이 없었지. 곱에서 십개의 손에 최후를 맞았다네."

"그런데 환상은 뭐였나요?"

"데이비, 들어보게. 던은 손톱을 물어뜯고 멀론은 하품을 하는군. 그러니 그대에게만 말해주겠네. 마이크는 운 나쁘게도 다른 많은 이들처럼 실직했다네. 필립 너넬리 경의 집사인 그레임 씨가 그를 위해 소수도원에 일자리를 구해주었지. 그레임 씨의 설명에 따르면, 마이크는 오후 늦은 시간에 부지런히 산울타리를 심고 있었어. 하지만 날이 저물기 전에 멀리서 나팔이며 파이프, 트럼펫 소리 같은 것을 들었다는 거야. 숲에서 나는 소리였어. 그쪽에서 음악 소리가 들려오는 것 같았다지. 위를 올려다보았더니, 나무들 사이로 양귀비처럼 붉거나 산사나무 꽃처럼 흰 것들이 움직이는 것이 보였다더군. 숲이 온통 그것들로 가득 찼고, 그것들이 쏟아져 나와 공원을 가득 메웠다는 거야. 그는 그제야 그것들이 병사들이라는 것을 알아챘다네. 셀 수 없이 많았는데

* 사무엘하 21장 18절에 등장하는 인물.

도 여름 저녁의 각다귀 떼 정도의 소리밖에는 나지 않았어. 그들은 질서 정연하게 열을 맞추어 행진해서 공원을 가로질러 갔다고 했네. 그는 그들의 뒤를 따라 너넬리 공유지까지 갔어. 음악은 여전히 멀리에서 부드럽게 들려왔지. 공유지에서 지켜보고 있으려니 그들의 모습은 계속 바뀌었고, 진홍색 제복 차림의 남자가 중앙에 서서 그들을 이끌었다더군. 그들은 20만 제곱미터에 걸쳐 퍼져 있었다고 하네. 그들은 거기 30분 정도 있다가, 아주 조용히 행진해서 사라졌어. 그러는 동안 내내 그는 어떤 목소리도, 발소리 하나도 듣지 못했다더군. 엄숙한 행진곡을 연주하는 희미한 악기 소리만 들려올 뿐이었다지."

"그들은 어디로 갔습니까?"

"브라이어필드 쪽으로 갔다네. 마이크는 그들 뒤를 따라갔어. 그들은 필드헤드를 지나가는 듯했는데, 그때 포병대에서 토해낼 법한 연기 기둥이 소리도 없이 들판과 길, 공유지까지 퍼져나갔네. 그의 말로는 바로 자기 발치까지 푸른 연기가 깔렸다더군. 연기가 걷히고 다시 병사들을 찾아보았지만 그들은 자취를 감춘 뒤였어. 더는 그들을 보지 못했다네. 마이크는 현명한 다니엘처럼 그 환상을 자세히 묘사했을 뿐 아니라 그 의미까지도 이야기했어. 유혈 사태와 분쟁의 암시라고 보더군."

"그걸 믿으십니까?" 스위팅이 물었다.

"자네는 믿나, 데이비? 그런데 멀론, 자네는 가지 않고 뭐 하나?"

"저는 좀 놀랐습니다. 신부님께서 직접 무어와 함께 계시지 않다뇨. 이런 일을 좋아하시잖습니까."

"그랬으면 좋았겠지만, 아쉽게도 볼트비가 너넬리에서 열린 성서 공회 모임에서 돌아오는 길에 만나 함께 밥을 먹기로 약속을 해둔 참이라서 말이네. 자네를 나 대신 보내겠다고 약속했지만, 말이 나왔으니 하는 말인데, 그는 그리 달가워하지 않더군. 자네보다는 나와 함께 있고 싶었던 거야, 피터 멀론. 정말 도움이 필요하면 내가 합류하겠네. 공장에서 종을 울려 경고해줄 걸세. 하여간 가보게. (갑자기 스위팅 씨와 던 씨 쪽으로 돌아서서는) 데이비 스위팅이나 조지프 던이 가고 싶어 한다면 모를까. 어떤가, 신사분들? 이 임무는 명예로운 일이지만, 진짜 위험이 아예 없지는 않지. 여러분도 알다시피 이 나라는 혼란스러운 상태고, 무어와 그의 공장과 기계는 꽤나 미움을 받고 있으니. 그 양복 조끼 아래에는 기사도 정신과 고귀한 용기가 있겠지, 믿어 의심치 않네. 내가 총애하는 베드로(Peter)를 너무 편애하는 걸지도 모르겠군. 작은 다윗(David)이나 무구한 요셉(Joseph)도 전사가 될 수 있는데 말이야. 멀론, 자네는 결국 거대하고 허둥대는 사울일 뿐이야. 갑옷을 빌려주는 것만 잘하지. 총을 꺼내고 곤봉을 가지고 나오게. 저기 구석에 있군."

멀론은 의미심장한 미소를 지으며 권총을 꺼내 형제들에게 각각 한 자루씩 건넸다. 그들은 선뜻 총을 잡지 못했다. 두 신사는 우아하고 겸손한 태도로 그들 앞에 내밀어진 무기에서 한 걸음 물러섰다.

"저는 손도 대지 않겠습니다. 저런 것은 평생 한 번도 만져본 적이 없습니다." 던 씨가 말했다.

"저는 무어 씨랑 잘 모르는 사이입니다." 스위팅이 작은 목소리로 말했다.

"권총을 만져본 적이 없다면 지금 한번 만져보게, 위대한 이집트 총독이여. 이 작은 음유시인으로 말하자면, 다른 무기 없이 자기 피리만을 들고 불레셋인들과 맞서는 편을 더 좋아할지도 모르겠군. 저들의 모자를 가져오게, 피터. 저 둘도 같이 갈 테니까."

"안 됩니다, 헬스턴 씨. 어머니가 싫어하실 거예요." 스위팅이 간청했다.

"그리고 그런 일에는 절대 휘말리지 않는 것이 저의 원칙입니다." 던이 말했다.

헬스턴은 냉소했고, 멀론은 말처럼 히힝 웃었다. 그는 총을 다시 내려놓고 모자와 곤봉을 들었다. 평생 이보다 더 소란이 반가운 적이 없었고, 오늘 밤 직물 절단공 수십 명이 무어의 숙소를 때려 부숴으면 좋겠다고 허풍을 떨었다. 그는 계단을 한꺼번에 두 개씩 성큼성큼 내려가 집이 흔들릴 정도로 세게 대문을 쾅 닫고 나가버렸다.

2장

마차들

그날 저녁은 칠흑같이 어두웠다. 별도 달도 잿빛 비구름에 가려 보이지 않았다. 구름은 낮에는 회색이었을 테지만 밤에는 검은 담비처럼 보였다. 멀론은 자연을 세세히 관찰하는 사람이 아니었기 때문에 자연의 변화는 대부분 그의 눈에 띄지 않고 지나갔다. 그는 4월의 변덕스러운 날에 몇 킬로미터를 걸어도 땅과 하늘이 아름답게 어우러지는 것을 보지 못했고, 햇살이 산꼭대기에 입 맞춰 초록빛으로 맑은 미소를 짓게 만들어도, 소나기가 산 위로 쏟아져 낮게 늘어진 헝클어진 머리채 같은 구름으로 산마루를 가려도 알아차리지 못했다. 그래서 그는 지금 보이는 것과 같이 스틸브로 공장의 용광로가 지평선 위에 어른어른 떨리는 붉은빛을 뿌리는 동쪽을 제외하고는 온통 어둠만이 흐르는 궁륭 같은 시커먼 하늘을 구름 한 점 없는 서리 내린 밤하늘과 비교해볼 생각도 하지 않았다. 별자리와 행성들이 어디로 사라졌을지 궁금해한다든지, 하얀 섬들이 박혀 있었으나 더 무겁고 밀도 높은 원소로 이루어진 또 다른 바다가 밀려와서 덮어버린, 그런 바다 같은 하늘의 '검푸른' 평온함을 아쉬워하는 법도 없었다. 그는 아일랜드식대로 모자를 뒤쪽으로 당겨 쓰고 몸은 살짝 앞으로 숙인 채 그저 제 갈 길만 갔다. 이렇게 거침없이 걸어가게 해주는 특권을 자랑하는 둑길을 따라 "터벅터벅" 걸었고, 창포꽃이 부드러운 진창으로 바뀌는 질퍽한 마차 바큇자국을 "철벅철벅" 지났다. 그의 눈이 찾는 것은 브라이어필드 교회의 첨탑이나 멀리 보이는 레드하우스의 불빛과 같은 표지들뿐이었다. 그곳은 여관이었다. 여관 앞에 도착하자, 커튼이 반쯤 쳐진 창문 너머로 보이는 불빛과 둥근 탁자 위에 놓인 잔, 참나무 의자에 앉아 있는 술꾼들의 모습에 보좌사제는 하마터면 곁길로 샐 뻔했다. 물 탄 위스키 한 잔 생각이 간절했다. 낯선 곳이었다면 즉시 그 꿈을 실현했을 것이다. 그러나 그 주방에 모인 사람들은 헬스턴 씨의 교구민들이었고, 모두 그를 알고 있었다. 그는 한숨을 내쉬며 그대로 지나쳤다.

들판을 가로질러 지름길로 가면 할로 공장까지 남은 거리를 꽤 많이 줄일 수 있었으므로 이제 큰길에서 벗어나야 했다. 들판은 평평하고 단조로웠다. 멀론은 울타리와 담을 뛰어넘어 들판을 곧장 가로질렀다. 그가 가는 길에 건물은 한 채뿐이었는데, 얼기설기 지었지만 크고 저택처럼 보이는 건물이었다. 높은 박공과 긴 앞면, 그다음에는 낮은 박공, 그다음에는 또 두껍고 높은 굴뚝들이 보였다. 그 뒤에는 나무가 몇 그루 있었다. 창문은 촛불 하나 켜져 있지 않아 어두웠다. 사위는 쥐 죽은 듯이 고요했다. 주변에서 들려오는 소리라고는 처마에서 떨어지는 빗물 소리와 굴뚝을 돌아 나뭇가지 사이로 불어오는 좀 거칠지만 아주 낮은 바람 소리뿐이었다.

이 건물을 지나면 그때까지 평평했던 들판에 급경사가 졌다. 아래에는 계곡이 있었고, 그 사이로 물 흐르는 소리가 들렸다. 어둠 속에서 불빛 하나가 희미하게 빛나고 있었다. 멀론은 그 불빛을 향해 방향을 잡았다.

그는 작고 하얀 집에 도착해 문을 두드렸다. 짙은 어둠 속에서도 하얗게 보이는 집이었다. 앳된 얼굴의 하녀가 문을 열었다. 하녀가 든 촛불 빛에 좁은 계단으로 끝나는 좁은 복도가 보였다. 진홍색 베이즈 천으로 덮인 두 개의 문, 계단을 따라 깔린 진홍색 카펫이 밝은색 벽, 흰색 바닥과 대조를 이루어 작은 실내가 깨끗하고 산뜻해 보였다.

"무어 씨는 집에 계신가?"

"네, 하지만 안에는 안 계세요."

"안 계시다니! 그럼 어디 계시지?"

"공장에 계세요. 회계실에요."

진홍색 문 중 하나가 열렸다.

"마차가 오고 있니, 세라?" 여자 목소리가 물었고, 동시에 여자 머리가 나타났다. 여신의 머리는 아닐지 몰라도—지진 머리를 말아두는 종이를 관자놀이 양쪽에 붙인 것을 보면 여신은 확실히 아니었다—고르곤의 머리도 아니었다. 하지만 멀론은 후자로 받아들이는 듯했다. 그는 큰 덩치에도 불구하고 그 모습을 보자

빗속으로 수줍게 몸을 움츠렸다. 그는 "내가 그쪽으로 가보지"라고 말하고는 짧은 길을 따라 어두운 마당을 가로질러서 거대한 검은 공장을 향해 서둘러 걸어갔다.

근무시간은 끝났고 '일손'들은 떠난 뒤였다. 기계는 멈춰 있었고 공장 문은 닫혔다. 멀론은 그 주위를 돌았다. 그러다 검댕으로 두껍게 덮인 벽 틈새 어딘가에서 새어 나오는 빛을 발견하고는 곤봉의 굵은 끝으로 북을 치듯 문을 두드렸다. 열쇠가 돌아가고 문이 열렸다.

"조 스콧인가? 마차에 대한 소식은, 조?"

"아뇨, 접니다. 헬스턴 씨가 보내서 왔습니다."

"오! 멀론 씨로군요." 그의 이름을 말하는 목소리에서 살짝 실망감이 배어났다. 무어는 잠시 말이 없다가 공손하지만 조금은 딱딱한 투로 말을 이었다.

"들어오세요, 멀론 씨. 헬스턴 씨가 당신한테까지 이렇게 폐를 끼쳐야겠다고 생각하셨다니 대단히 유감스럽군요. 특히나 이런 밤에 그럴 필요는 없다고 말씀드렸는데 말입니다. 하여간 들어오세요."

지척을 분간할 수 없을 만큼 어두운 방으로 들어온 멀론은 상대를 따라 안쪽의 밝은 방으로 들어갔다. 밤과 안개로 겹겹이 덮인 어둠 속을 꿰뚫어 보려고 애쓰던 눈에는 너무나도 밝은 빛이었다. 하지만 활활 타는 불과 탁자 위에서 선명하게 빛나는 우아한 디자인의 램프를 제외하고는 아주 소박한 방이었다. 나무판자로 된 바닥에는 카펫도 깔려 있지 않았다. 등받이가 딱딱하고 초록색 페인트를 칠한 의자 서너 개는 한때는 어느 농가 부엌에 있던 것들 같았다. 튼튼한 책상 하나, 앞서 말한 탁자, 돌색의 벽에 걸려 있는 건축 계획서, 원예 구상안, 기계 설계도 액자 몇 개가 가구의 전부였다.

소박하지만 멀론이 보기에는 충분히 좋은 방이었다. 멀론은 젖은 외투와 모자를 벗어서 걸고 관절염에 걸린 것 같은 의자 하나를 난로 쪽으로 끌어다 놓고는 무릎이 거의 난로 안 붉은 쇠살대에 닿을 정도로 바짝 다가앉았다.

"안락한 방이군요, 무어 씨. 지내기에 딱 알맞으시겠습니다."

"네, 하지만 집 안으로 들어가는 편이 더 좋으시면 제 여동생이 반갑게 맞아드릴 겁니다."

"아뇨, 아닙니다! 숙녀분들은 혼자 계시는 게 제일 좋지요. 저는 숙녀분들과 잘 어울리지 못하거든요. 저를 제 친구 스위팅으로 착각하시는 건 아니죠, 무어 씨?"

"스위팅이라! 그게 누구죠? 초콜릿색 외투를 입는 신사분인가요? 아니면 몸집이 작은 신사분?"

"작은 쪽입니다. 너넬리의 신사, 사이크스가(家) 처녀들의 기사지요. 그들 여섯 명 모두와 사랑에 빠졌답니다. 하! 하!"

"그런 경우라면 한 명과 특별한 관계가 되기보다는 두루 사랑에 빠지는 편이 낫겠지요."

"하지만 그는 한 명과 특별히 사랑에 빠졌어요. 저와 던이 그 아가씨들 중에서 마음을 정하라고 했더니, 그는……. 누구일 것 같으세요?"

무어 씨는 조용히 기묘한 미소를 지었다. "물론 도라, 아니면 해리엇이겠지요."

"하! 하! 잘 맞히시는군요. 그런데 왜 그 둘이라고 생각하셨지요?"

"왜냐하면 그 둘이 제일 키가 크고 미모도 뛰어나니까요. 적어도 도라는 가장 몸이 건강하고요. 그리고 당신 친구 스위팅 씨는 약간 몸집이 작으니까, 그런 경우의 흔한 법칙에 비추어보면 자기와 반대되는 타입을 선호할 거라는 생각을 한 거지요."

"당신 말이 맞아요, 도라입니다. 하지만 뜻대로 될 가망은 없어요, 그렇죠, 무어?"

"스위팅 씨한테 보좌사제직 외에 또 뭐가 있나요?"

이 질문은 멀론을 간지럼이라도 태운 것처럼 그를 놀랍도록 즐겁게 했다. 그는 3분은 족히 껄껄대며 웃고 나서야 질문에 대답했다.

"스위팅한테 뭐가 있냐고요? 다윗에게 하프가 있듯이 그에게는 피리가 있지요. 또 가짜 금시계가 있습니다. 반지도 가짜, 안경도 가짜. 그가 가진 건 그게 다예요."

"사이크스 양에게 실내복만 입게 할 생각인가요?"

"하! 하! 훌륭해요! 다음에 만나면 물어보겠습니다. 그런 주제넘은 짓을 하면 가만두지 않을 겁니다. 하지만 크리스토퍼 사이크스가 딸들을 위해 뭔가 근사한 일을 해줄 거라고 기대하고 있는 것이 틀림없어요. 그는 부자잖아요, 그렇지 않습니까? 큰 저택에 살고 있죠."

"사이크스는 큰 사업을 운영하고 있지요."

"그러니까 부유한 것이 틀림없겠군요?"

"그러니까 자신의 부로 할 일이 많겠지요. 요즘 같은 시기에 사업으로 돈을 벌어서 딸들에게 지참금을 줄 생각을 한다는 것은 제가 저기 오두막을 헐고 그 자리에 필드헤드만큼 큰 저택을 지을 꿈을 꾸는 것만큼이나 현실성이 없는 얘깁니다."

"무어 씨, 제가 며칠 전에 무슨 얘기를 들었는지 아십니까?"

"아뇨. 아마도 내가 정말로 어떤 변화를 일으키려고 한다는 얘기겠지요. 당신네 브라이어필드 동네의 뜬소문이야 그런 바보 같은 소리일 게 뻔하니까요."

"당신이 필드헤드를 임차하려고 한다는 겁니다. 오늘 밤 지나오면서 보니 음침한 곳이던데요. 거기에 사이크스 양을 안주인으로 들어앉힐 생각이라는 겁니다. 한마디로, 그녀와 결혼하겠다는 거지요. 하! 하! 자, 어느 쪽인가요? 분명 도라겠지요. 그녀가 가장 미인이라고 했잖아요."

"제가 브라이어필드에 온 이후로 결혼한다는 소문이 몇 번이나 났는지 궁금하군요. 이 구역에서 신붓감이 될 만한 처녀들은 하나씩 빠짐없이 돌아가며 제 짝이 되었지요. 언젠가는 윈가 자매였어요. 처음에는 피부색이 짙은 쪽, 그다음에는 옅은 쪽. 또 한 번은 빨간 머리의 아미티지 양, 그다음에는 성숙한 앤 피어슨 양이었죠. 이제는 당신이 사이크스 집안 처녀 전부를 내 어깨 위로 던져놓는군요. 이런 뜬소문의 근거가 뭔지는 모르겠지만, 저는 아무 데도 방문하지 않고, 당신만큼이나 여성과의 교제를 하지 않습니다. 제가 윈버리에 간다면 그건 사이크스나 피어슨의 회계실을 찾기 위해서일 뿐입니다. 거기서 우리가 논하는 주제는 결혼이 아닙니다. 구애나 결혼, 지참금 따위를 생각할 틈이 없어요. 팔 수 없는 옷감, 고용할 수 없는 일손, 운영할 수 없는 공장, 잘못되어가고 있지만 어찌할 수 없는 일들로 머릿속이 가득합니다.

지금으로서는 연애 같은 환상은 꿈도 꿀 형편이 못 됩니다."

"전적으로 동의합니다, 무어. 저도 결혼을 저속하고 나약한 의미로, 단순히 감정의 문제로만 보는 생각을 지극히 혐오합니다. 두 빈털터리 바보가 환상 속에서 감정이 맞아서 그들의 빈곤을 결합하기로 동의하는 그런 결혼 말이지요. 허튼소리! 그러나 품위 있는 견해와 영속적이고 견고한 이해관계가 일치하여 이루어지는 유리한 결합이라면 그리 나쁘지는 않지요, 그렇죠?"

"그렇지요." 무어가 무덤덤한 태도로 대답했다. 그 주제에는 별 관심이 없는 것 같았다. 더는 그 이야기를 이어가지 않았다. 한참을 멍한 표정으로 불을 바라보던 그가 갑자기 고개를 돌렸다.

"들리세요!" 그가 말했다. "바퀴 소리 들었어요?"

그는 자리에서 일어나 창가로 가서 창문을 열고 귀를 기울였다. 그러더니 곧 창문을 닫았다. "바람 부는 소리군요." 그가 말했다. "조금 불어난 개울물이 계곡으로 빨려 들어가면서 나는 소리하고요. 마차가 6시에는 올 줄 알았는데 이제 9시가 다 되었어요."

멀론이 물었다. "이 새로운 기계를 설치하면 정말로 당신이 위험해질 것 같습니까? 헬스턴 씨는 그렇게 생각하는 것 같습니다만."

"그저 그 기계들이 이 공장 벽 안에 안전하게 자리 잡았으면 좋겠습니다. 일단 설치하고 나면 기계파괴자*들은 무시할 겁니다. 나를 찾아오든 말든 마음대로 하라죠. 내 공장은 내 성입니다."

* 19세기 초 영국에서 기계화에 반대하는 러다이트운동의 일환으로 방직기나 직조기 같은 기계들을 부수던 사람들을 칭하는 단어.

"그런 비열한 악당들은 경멸해 마땅합니다." 멀론이 깊은 생각에 잠긴 목소리로 말했다. "오늘 밤 차라리 당신을 찾아오는 놈들이 있으면 좋겠지만, 오면서 보니 길이 쥐 죽은 듯 조용하더군요. 아무것도 보이지 않았어요."

"레드하우스를 지나오셨습니까?"

"네."

"그 길에는 아무것도 없을 겁니다. 위험이 있다면 스틸브로 쪽이지요."

"위험이 있다고 생각하세요?"

"그놈들이 다른 사람들에게 한 짓들은 나에게도 할 수 있지요. 다만 한 가지 차이점이 있다면 대부분의 공장들은 공격을 받으면 마비되어버린다는 점입니다. 예를 들어 사이크스는 자신의 옷 가게에 불이 나서 전소되고 텐터*에 걸려 있던 천이 갈기갈기 찢겨 들판에 널려 있어도 범인을 찾아내거나 처벌하기 위한 조치를 취하지 않고 흰담비의 입에 물린 토끼처럼 순순히 포기했습니다. 이제 나는 내 사업, 내 공장, 내 기계를 지켜야 합니다."

"헬스턴 씨의 말로는 그 세 가지가 당신의 신이고, 당신한테 추밀원령**은 일곱 가지 대죄의 다른 이름이며, 캐슬레이***는

* 천을 팽팽하게 펴서 말리는 틀.

** 나폴레옹 1세가 영국에 경제적 타격을 주기 위해 유럽 대륙과 영국의 무역을 금지하는 대륙봉쇄령을 내리자 그에 맞서 프랑스의 지배를 받거나 나폴레옹 1세와 동맹을 맺은 모든 국가를 거꾸로 봉쇄하기 위해 내린 일련의 칙령.

*** 영국의 주요 외교관이자 정책 입안자. 나폴레옹전쟁 동안 영국의 해상봉쇄와 무역 제재를 관리하는 데 중요한 역할을 했으며, 특히 추밀원령을 지지한 주요 인물 중 하나였다.

당신의 적그리스도요, 주전파는 그의 군대라더군요."

"그렇습니다. 나는 그 모든 것들을 증오합니다. 나를 망치고, 내 길을 막고 있어요. 일을 제대로 해나갈 수가 없습니다. 그들 때문에 내 계획을 실행에 옮길 수가 없어요. 그들은 예상치 못한 쪽으로 영향을 끼쳐서 매번 나를 좌절시킵니다."

"하지만 당신은 부유하고 번창하고 있잖아요, 무어?"

"천은 넘쳐나지만 팔 수가 없어요. 저기 내 창고에 들어가서 천이 천장에 닿도록 쌓여 있는 꼴을 한번 보십시오. 사이크스와 피어슨도 같은 처지입니다. 예전에는 미국이 그들의 시장이었는데 칙령으로 인해 그 시장이 끝장났어요."

멀론은 이런 종류의 대화를 활발하게 이어갈 준비가 되어 있지 않은 것 같았다. 그는 부츠 뒤축을 맞부딪치며 하품을 하기 시작했다.

무어 씨는 자신의 생각의 흐름에 너무 몰두한 나머지 손님이 지루해하는 기색도 알아차리지 못한 듯 말을 계속 이어갔다. "그런데도 윈버리와 브라이어필드의 이런 말도 안 되는 뜬소문들은 결혼 얘기로 사람을 계속 성가시게 하다니! 마치 어떤 젊은 숙녀에게 '관심을 기울이고', 그다음에는 그녀와 함께 교회에 가고, 신혼여행길에 오르고, 여기저기 방문하고, 그다음에는 '가족을 갖는 것' 말고는 인생에서 할 일이 아무것도 없다는 듯 말이죠. *아, 악마한테나 끌려가라지!"* 그는 끓어오르던 감정을 누르고 좀 더 차분하게 덧붙였다. "여자들은 이런 생각밖에 없으니 자연히 남자들 마음도 비슷할 거라 착각하는가 봅니다."

멀론은 맞장구를 쳤다. "그럼요, 그럼요. 하지만 여자들은 개의

치 마세요." 그는 휘파람을 불며 초조한 표정으로 주위를 돌아보았다. 뭔가 간절히 원하는 것이 있는 듯했다. 이번에는 무어가 눈치를 채고 그 몸짓을 이해한 듯했다.

그가 말했다. "멀론 씨, 비를 맞고 걸어오셨으니 마실 것이 필요하겠군요. 대접하는 것도 잊어버렸네요."

멀론은 "무슨 말씀을요" 하고 대답했지만, 드디어 상대한테 자기 뜻이 통했다는 투였다. 무어는 일어나서 찬장을 열었다.

"필요한 것들을 저 스스로 다 갖추어놓고, 먹을 것이든 마실 것이든 저쪽 별채의 여성들에게 의존하지 않으려고 한답니다. 종종 여기서 혼자 저녁을 보내고 식사를 하고, 조 스콧과 함께 공장에서 잠을 자곤 하지요. 가끔은 제가 직접 경비를 섭니다. 저는 잠도 많이 안 자거든요. 맑은 날 밤에 소총을 들고 한두 시간 정도 계곡을 돌아다니기를 좋아한답니다. 멀론 씨, 양 갈비 요리할 줄 아십니까?"

"그럼요. 대학에서 수도 없이 해봤습니다."

"그럼 저기 접시 가득 있습니다. 석쇠도 있고요. 재빨리 뒤집으세요. 육즙 유지하는 비결을 아세요?"

"걱정 마세요. 나이프와 포크 주세요."

보좌사제는 외투 소맷자락을 걷어 올리고 기세 좋게 요리를 시작했다. 공장 주인은 식탁 위에 접시, 빵 한 덩어리, 검은 병, 잔 두 개를 놓았다. 그런 다음 그는 찬장으로 쓰는, 물건들을 잘 재어둔 바로 그 벽감에서 작은 구리 주전자도 꺼내 와서는 구석의 커다란 돌 항아리에서 물을 채워 쉭쉭거리는 석쇠 옆 불 위에 올려놓았고, 레몬과 설탕, 도자기로 된 작은 펀치 사발을 가져왔다. 펀치를 끓이고 있는데 똑똑 문 두드리는 소리가 그를 불러냈다.

"너냐, 세라?"

"네, 주인님. 저녁 식사 하러 오실 건가요, 주인님?"

"아니, 오늘 밤에는 안 들어갈 거야. 공장에서 잘 거다. 그러니 문을 잠그고 네 여주인에게도 자러 가시라고 해." 그가 대답했다.

"집안의 질서를 잘 잡아두셨군요." 멀론이 잉걸불처럼 붉게 달아오른 얼굴로 양 갈비를 부지런히 뒤집으면서 흡족한 투로 말했다. "당신은 불쌍한 스위팅처럼 여자들의 속치맛자락에 휘둘리지 않아요. 그는—후! 기름 튀는 것 좀 보게! 손을 데었어요—여자들의 지배를 받을 운명이라니까요. 이제 당신과 내가—노릇하게 잘 구워진 놈이 당신 겁니다, 육즙이 가득해요—우리가 결혼할 때는 마구간에 회색 암말 따위는 없을 거요.*"

"모르겠습니다. 그런 생각은 해본 적이 없어서요. 회색 암말이 잘생기고 고분고분하다면 괜찮지 않을까요?"

"고기가 다 구워졌어요. 펀치도 다 끓었습니까?"

"한 잔 가득 따라놓았습니다. 한번 맛보세요. 조 스콧과 부하들이 돌아오면 그 녀석들도 한 잔씩 주지요. 기계를 멀쩡히 가져온다면 말이지만."

멀론은 저녁을 먹으며 아주 신이 나서 어쩔 줄 몰라 했다. 별것 아닌 일에도 큰 소리로 웃고, 저질스러운 농담을 하고는 혼자

* 아내가 남편을 지배한다는 뜻의 '회색 암말이 더 나은 말이다'라는 속담을 활용한 말.

박수를 쳤다. 요컨대, 쓸데없이 시끄러워졌다. 반대로 집주인은 이전처럼 조용했다. 독자여, 이제 여러분도 이 주인이 어떻게 생겼는지 좀 알아야 할 것 같다. 탁자 앞에 앉은 그의 모습을 묘사해보겠다.

그는 언뜻 보기에는 다소 기묘하게 생긴 사람이라고 할 수 있다. 피부가 거무스름하고 야위었으며, 매우 이국적인 데가 있다. 그림자 같은 머리카락은 이마에 아무렇게나 흐트러져 있다. 몸단장에는 거의 시간을 쓰지 않는 것 같다. 그게 아니라면 머리를 좀 더 멋지게 정돈했을 것이다. 그는 남부 지역 출신답게 윤곽이 뚜렷하고, 모나거나 튀어나온 데 하나 없이 반듯하고 균형 잡힌 이목구비를 가졌지만 본인은 이를 의식하지 못하는 듯하다. 보는 이도 자세히 뜯어보지 않는 한 이런 장점을 잘 알아보지 못한다. 근심 섞인 표정과 다소 초췌하고 푹 꺼진 얼굴 윤곽 탓에 아름답다는 생각이 잘 들지 않기 때문이다. 큰 회색 눈은 엄숙해 보인다. 눈에는 뭔가에 집중해 있고 생각에 잠긴 듯한 표정이 서려 있다. 부드럽다기보다는 탐색하는 눈빛이고, 상냥하다기보다는 신중하다. 미소를 지으며 입술이 벌어지면 호감 가는 인상이 된다. 그럴 때조차 솔직하거나 활기차다기보다는, 사려 깊고 친절한 성품과 참을성 있고 너그러우며 충직한 감정을 암시하는 차분한 매력을 느낄 수 있다. 아직 서른을 넘기지 않은 젊은 나이에, 키가 크고 호리호리하다. 그의 말투는 귀에 거슬린다. 세심하게 신경 써서 정확하게 발음하는데도 영국인, 특히 요크셔 사람의 신경을 긁는 이상한 억양이 있다.

실제로 무어 씨는 반쪽짜리 영국인에 불과했다. 모계는 외국

혈통이고, 무어 자신 또한 외국에서 태어나 한동안 거기에서 자랐다. 그는 본질적으로 혼종이어서 애국심을 비롯해 여러 가지 면에서 혼합된 감정을 가지고 있는 듯했다. 정당이나 종파, 심지어 지역과 관습에도 애착을 갖지 않는 것 같았다. 어쩌다 보니 잠시 자신의 운명을 의탁하게 된 공동체에도 완전히 동화되지 않으려는 경향이 있었다. 박애주의적으로 모두의 이익을 고려하기보다는 로버트 제라르 무어의 이익을 우선하는 것이 가장 지혜롭다고 여겼다. 제라르 무어 자신은 공동체와 거의 관계가 없다고 생각했던 것이다. 무어 씨는 상인의 소명을 물려받았다. 안트베르펜의 제라르 가문은 200년 전부터 상업에 종사해왔다. 한때는 상업으로 부를 이루었으나, 사업이 불확실해지며 여러 곤란에 휘말렸다. 투기에 여러 번 크게 실패하면서 점차 신용의 토대가 허물어졌다. 집안은 십수 년 동안 흔들리는 기반 위에 서 있다가 마침내 프랑스혁명의 충격으로 완전히 망하고 말았다. 이 몰락의 여파는 안트베르펜의 제라르 가문과 밀접한 관계에 있던 영국 요크셔의 무어 회사에까지 미쳤다. 안트베르펜에 거주하던 회사 동업자들 중 한 명이었던 로버트 무어는 콩스탕틴 제라르의 사업 지분을 딸이 물려받을 것이라 기대하고 오르탕스 제라르와 결혼했다. 그러나 그녀는 유산 대신 회사의 부채에서 아버지의 몫을 상속받았다. 이 부채는 채권자들과의 타협으로 적절한 때에 일단 정리되었지만, 어떤 이들은 그녀의 아들 로버트가 그 부채를 유산으로 받아들였고, 언젠가는 이를 청산하고, 몰락한 제라르와 무어 가문을 적어도 이전의 영광에 맞먹는 규모로 재건하고자 한다고 말했다. 그는 과거의 일을 마음속 깊이 새긴 듯했다. 우울한 어머니 곁에서 다가오는 악의 예감 아래 어린 시절을 보내고 성인이 되어서는 무자비하게 닥쳐오는 폭풍우에 젖고 시달리는 경험이 사람의 정신에 고통스럽도록 강한 인상을 남긴다면, 아마도 그의 정신에 밝은 인상을 남기지는 않았을 것이다.

그러나 그가 집안을 일으킬 위대한 전망을 품고 있다 해도, 이를 성취할 만한 대단한 수단을 동원할 힘은 없었다. 그는 하루하루의 사소한 것에 만족하는 수밖에 없었다. 그의 조상은 대대로 이 항구에 창고를 소유했고 내륙 마을에 공장을 가지고 있었으며 저택과 시골집도 있었지만, 그가 요크셔에 왔을 때는 외딴 지역의 외진 구석에 있는 방직공장을 임차하는 것 외에는 방법이 없었다. 그는 공장에 인접한 작은 집을 얻어 거주지로 삼았으며, 계곡 옆의 가파르고 험준한 땅 몇천 제곱미터를 더 얻어서 말을 위한 목초지와 천-텐터들을 위한 공간으로 삼았고 계곡의 물줄기로는 물레방아를 돌렸다. 이 모든 것에 대해 그는 필드헤드 영지의 관리인에게 다소 높은 임대료(전쟁 중이라 어려운 시절이었고, 모든 것이 귀했다)를 냈다. 당시 그 영지의 주인은 미성년자였다.

이 이야기가 시작될 당시, 로버트 무어는 이 지역에서 산 지 2년밖에 되지 않은 상태였다. 그 기간 동안 그는 적어도 꽤 능력이 있음을 보여주었다. 허름한 집은 깔끔하고 세련된 주택으로 개조했다. 거친 땅의 일부를 정원으로 만들어 플랑드르 사람답게 훌륭히, 빈틈없고 세심하게 가꾸었다. 이제는 시대에 뒤져서 효율 떨어지는 낡은 구조에 낡은 기계가 설치되어 있던 공장으로 말하자면, 그는 처음부터 그곳의 모든 시설과 설비에 강한 경멸감을 드러냈다. 그의 목표는 과감한 개혁을 단행하는 것이었고, 매우 한정된 자본이 허용하는 한 최대한 빨리 이를 실행했다. 그러나 자본이 부족한 탓에 더 빨리 진전시킬 수는 없었고, 이는 그의 의지를 심하게 위축시키는 제약으로 작용했다. 무어는 앞으로 나아가고 싶은 마음이 간절했다. 그의 영혼에 "앞으로"가 각인되어 있었지만 가난이 그를 억눌렀다. 때로 고삐가 너무 바짝 당겨지면 그는 (비유적으로) 입에 거품을 물었다.

이런 감정 상태에 있는 그가 자신이 꾀하는 발전이 다른 이들에게 해를 끼칠지 여부를 신중하게 따져볼 것이라 기대하기는 어렵다. 그는 원주민도 아니고 그 지역에 와서 산 지도 얼마 되지 않았기 때문에, 새로운 발명품들이 오래 일한 노동자들을 내쫓게 되었어도 별 관심을 두지 않았다. 더는 그에게서 주급을 받지 못하게 되면 그 사람들이 어디에서 밥줄을 찾을지 궁금해해 본 적도 없었다. 이런 면에 무지하다는 점에서 그는 요크셔의 굶주리는 빈민들을 책임져야 하는 다른 수천 명의 사람들과 다르지 않았다.

내가 글로 다루는 시기는 영국 역사, 특히 북부 지방의 역사에 그림자가 드리워진 때였다. 전쟁이 한창이었다. 유럽이 다 휘말려 있었다. 영국은 지치지는 않았지만 오랜 저항으로 기운이 좀 빠진 상태였다. 그렇다, 그리고 국민의 절반도 지쳐서 어떤 조건이든 평화를 부르짖었다. 많은 이들의 눈에 나라의 명예는 아무런 가치도 없는 공허한 이름에 불과해 보였다. 그들은 굶주림에 눈앞이 어두웠고 고기 한 점에 타고난 권리라도 팔 기세였다.

나폴레옹의 밀라노와 베를린 칙령에 맞서 중립국들이 프랑스와 무역을 하지 못하도록 금지한 추밀원령은 미국의 심기를 거슬러 요크셔 모직물 산업이 주요 시장을 잃게 만들었고, 그 결과 요크셔는 거의 파산할 지경에 이르렀다. 소규모의 외국 시장들은 공급과잉 상태가 되어 더는 상품을 받을 수가 없었다. 브라질, 포르투갈, 시칠리아 전부 거의 2년 치 소비량으로 재고가 넘치고 있었다. 이런 위기 상황에서 북부의 주요 공장들에 새롭게 발명된 기계가 도입되었다. 이 발명은 채용해야 하는 인력의 수를 크게 줄여주어 수천 명이 일자리에서 쫓겨나 적법한 생계 수단을 잃게 되었다. 거기다 흉작까지 덮치니 곤경이 극에 달했다. 인내심도 한계에 이르러 동포의 손이 폭동으로 뻗쳤다. 북부 지방 구릉지대 아래에서 도덕적 지진의 격통이 솟구치는 것이 느껴졌다. 그러나 이런 경우에 대개 그렇듯이 그다지 주목하는 사람은 없었다. 공장 지대 마을에서 식량 폭동이 일어났을 때, 기모 공장이 전소되거나 공장주의 집이 습격당해 가구가 길바닥에 내던져지고 가족들은 살기 위해 도망쳐야 했을 때도, 지역 치안판사들은 기껏 몇 가지 조치를 취하거나 아무런 조치 없이 그냥 내버려두었다. 주모자를 찾아내는 경우도 있었지만 찾지 못하는 경우가 더 많았다. 신문에서 그 화제를 다루었고, 그것으로 끝이었다. 고통받는 사람들, 유일한 유산이라고는 노동력뿐인데 그 유산마저도 잃은 사람들, 일을 할 수 없게 되어 보수도 받을 수 없게 되고 그리하여 먹고살 길이 없어진 사람들로 말하자면, 그들은 그저 계속 고통받는 수밖에 없었다. 어쩔 수 없는 일인 듯했다. 발명의 진보를 멈출 수도, 그것의 발전을 좌절시켜 과학을 무너뜨릴 수도 없었다. 전쟁을 끝낼 수도 없었고, 효과적으로 구호금을 모금할 수도 없었다. 어떤 도움의 손길도 없었으니 실업자들은 그저 그들의 운명을 견뎌냈다. 다시 말해, 고난의 빵을 먹고 물을 마셨다.

불행은 증오를 낳는다. 이 고통받는 자들은 기계가 빵을 앗아갔다고 믿고 기계를 증오했다. 그 기계가 있는 건물을 증오했다. 그 건물을 소유한 공장주들을 증오했다. 우리가 지금 보게 될 브라이어필드 교구에서는 할로 공장이 가장 미움받는 곳이었다. 제라르 무어는 반은 외국인인 데다 철저한 진보주의자라는 이중의 특징 때문에 가장 미움받는 사람이었다. 하지만 무어는 자신이 믿는 바가 옳고 필요하다고 생각했기 때문에, 미움받아도 그다지 신경 쓰지 않았다. 오늘 밤 회계실에 앉아 자신의 기계를 실은 마차가 도착하기를 기다리면서 그는 전쟁에 나선 듯한 흥분을 느끼고 있었다. 멀론이 와서 함께 있어주는 것은 그에게는 전혀 반갑지 않은 일일지도 몰랐다. 그는 고요하고 침울하며 불안한 고독을 좋아했기 때문에, 혼자 앉아 있는 편이 더 좋았을 것이다. 경비원의 소총이면 충분했을 것이고, 계곡에 흐르는 시냇물 소리 정도면 그의 귀에 가장 다정한 대화를 쉴 새 없이 들려주었을 것이다.

공장주는 세상에서 가장 기묘한 표정으로 한 10분 정도를 펀치를 양껏 마시는 아일랜드인 보좌사제를 쳐다보았다. 갑자기

또 다른 환상이 펀치 잔과 멀론 사이에 나타나기라도 한 듯 그의 차분한 회색 눈이 갑자기 바뀌었다. 무어가 손을 쳐들었다.

"쉿!" 멀론이 잔을 시끄럽게 흔들자 무어가 프랑스식으로 외쳤다. 그는 잠시 귀를 기울이더니 일어나서 모자를 쓰고는 회계실 문을 열고 밖으로 나갔다.

그날 밤은 조용하고 어두우며 착 가라앉은 분위기였다. 물이 아직 가득했고 빠르게 흐르고 있었다. 시내의 흐름은 완전한 침묵 속에선 거의 홍수 같았다. 그러나 무어의 귀에 또 다른 소리가 들렸다. 아주 멀지만 확실히 다른 소리였다. 뭔가 부서지는 듯한 거친 소리였다. 한마디로, 묵직한 바퀴가 돌투성이 길 위를 구르는 소리였다. 그는 회계실로 돌아와 랜턴에 불을 밝혀서 공장 마당으로 들고 나가더니 대문 쪽으로 향했다. 큰 마차들이 오고 있었다. 짐마차 끄는 말들의 거대한 말발굽이 진흙과 물을 튀기는 소리가 울렸다. 무어가 그들에게 외쳤다.

"이봐, 조 스콧! 괜찮은가?"

아마 조 스콧은 아직 그 질문이 들릴 만큼 가까운 거리 안에 있지 않았을 것이다. 대답은 돌아오지 않았다.

"괜찮냐니까?" 무어가 다시 물었다. 그때 코끼리 같은 선두 말의 코가 그에게 거의 닿을 뻔했다.

누군가 맨 앞의 마차에서 길로 뛰어내렸다. 그가 큰 소리로 외쳤다. "아, 아, 제길, 다 괜찮냐고! 우리가 다 박살 냈지."

그러더니 도망가버렸다. 마차는 그대로 멈추어 있었다. 마차들은 이제 버려졌다.

"조 스콧!" 조 스콧은 대답이 없었다. "머개트로이드! 피그힐스! 사이크스!" 아무 대답도 없었다. 무어 씨는 랜턴을 들어 올려 마차 안을 살폈다. 사람도 기계도 없었다. 마차들은 텅 빈 채 버려져 있었다.

무어 씨는 자신의 기계들을 사랑했다. 그는 오늘 밤 도착하기로 되어 있던 이 방직기와 전단기들을 사는 데 마지막 남은 한 푼까지 다 털어 넣었다. 그의 이익에 가장 중요한 투기가 그 기계들이 만들어낼 결과물에 달려 있었다. 기계들은 어디 있을까?

"우리가 다 박살 냈지!"라는 말이 그의 귓가에 울렸다. 이 재앙이 그에게 어떤 영향을 주었을까? 그가 든 랜턴 불빛에 드러난 그의 표정이 기이한 미소로 풀어졌다. 결연한 정신력을 가진 남자가 이 정신력의 힘을 발휘해야 하는 인생의 고비에 이르렀을 때, 중압감을 느끼고 이를 신체적 기능이 버티거나 혹은 무너질 때 짓는 미소였다. 그러나 그는 입을 열기는커녕 꼼짝도 하지 않았다. 잠시 동안 무슨 말을 할지, 무엇을 하면 좋을지 몰랐기 때문이다. 그는 땅바닥에 랜턴을 내려놓고 팔짱을 낀 채 시선을 떨구고 생각에 잠겼다.

말 한 마리가 조급하게 발을 구르는 소리에 그는 고개를 들었다. 그의 눈에 마구에 붙은 흰 무언가가 들어왔다. 랜턴 빛으로 살펴보니 접힌 쪽지였다. 주소는 없었고, 펼쳐보니 이렇게 쓰여 있었다.

"할로 공장의 악마에게."

아주 특이한 맞춤법으로 쓰인 나머지 내용을 그대로 옮기는 대신, 읽을 수 있을 만한 영어로 옮겨보겠다. 그러니까 이런 내용이었다.

"너의 빌어먹을 기계는 스틸브로 황야에서 박살이 났고, 네 부하들은 손발이 묶여 길가 도랑에 누워 있다. 이것은 굶주리는 사람들, 이 일을 끝내고 집에 가면 처자식이 굶주리고 있는 사람들이 보내는 경고다. 새 기계를 들이거나, 어떤 식으로든 지금까지 한 짓을 계속한다면 다시 우리들로부터 소식을 듣게 될 거다. 조심해라!"

"다시 너희들로부터 소식을 듣게 된다고? 그래, 다시 듣게 될 거다. 그리고 너희들도 나에게서 소식을 듣게 될 거다. 내가 직접 말해주겠다. 스틸브로 황야에서 지금 바로 내 소식을 듣게 될 거다."

그는 대문 안으로 마차를 끌어다 놓고는 바삐 집 쪽으로 향했다. 문을 열고 그를 맞으러 복도로 달려 나온 두 여자에게 재빨리, 그러나 조용히 몇 마디 말을 했다. 방금 전에 일어난 일에 대한 간략한 설명을 듣고 한 여자가 크게 놀란 듯하자 그는 그녀를 진정시켰다. 그러고는 다른 여자에게 말했다. "공장으로 가봐, 세라. 저기 열쇠가 있어. 공장 종을 할 수 있는 한 크게 울려라. 그다음에 랜턴을 하나 더 가지고 와서 나를 도와 앞쪽을 좀 밝혀다오."

그는 말들에게 돌아가 마구를 풀고 여물을 먹인 다음 똑같은 속도와 세심함으로 한 마리씩 마구간에 넣었다. 공장 종소리가 들리는지 귀를 기울이듯 가끔씩 동작을 멈추면서도 매우 집중된 태도였다. 이내 종소리가 불규칙하지만 경고하듯 요란하게 울렸다. 그 조급하고 불안한 소리는 숙련된 일손이 차분히 하는 호출보다 더 급박하게 들렸다. 고요한 밤의 이런 야심한 시각에 종소리는 멀리까지 퍼져나갔다. 레드하우스 주방의 손님들도 종소리에 깜짝 놀라 "할로 공장에 필시 무슨 일이 생긴 게 틀림없다"라고 말했다. 그들은 랜턴을 찾아 들고 다 함께 서둘러 그곳으로 향했다. 사람들이 등을 밝힌 채 마당에 들어서자마자 말발굽 소리가 들렸다. 국교회 성직자의 챙 넓은 모자를 쓴 키 작은 남자가 조랑말 등에 꼿꼿이 몸을 세우고 앉아 가볍게 들어왔고, 더 몸집이 큰 말을 탄 부관이 그 뒤를 따랐다.

그러는 동안 무어 씨는 짐마차 끄는 말들을 마구간에 넣은 뒤 승용마에 올라타 세라의 도움으로 공장에 불을 밝혔다. 공장의 넓고 긴 전면이 이제 환히 빛나며 마당을 밝히자 어둠에서 생기는 혼돈의 공포가 모두 물러갔다. 나지막한 목소리들이 웅성대며 들려왔다. 멀론 씨가 드디어 회계실에서 나왔다. 그는 정신을 차리려고 돌 항아리에 얼굴과 머리를 담갔고, 이런 조치에 갑작스러운 경보가 더해져 펀치 탓에 흐려졌던 감각이 거의 돌아왔다. 그는 뒤통수에 모자를 얹고 오른손에는 곤봉을 꽉 쥔 채로 서서 레드하우스에서 이제 막 당도한 무리들의 질문에 되는대로 대답해주었다. 그때 무어 씨가 나타나 볼품없는 조랑말을 탄 성직자 앞에 섰다.

"자, 무어, 우리한테 무슨 볼일이오? 오늘 밤 당신에게 나와 여기 두목(조랑말의 목을 쓰다듬으면서), 그리고 톰과 그의 군마가 필요할 거라 생각했소. 당신네 공장 종소리를 듣자 더는 가만히 앉아 있을 수가 없어서 볼트비는 혼자 저녁을 마저 먹게 내버려두고 왔소. 하지만 적들은 어디 있소? 복면도, 검댕 칠을 한 얼굴도 눈에 띄지 않는군. 창문이 깨진 곳도 없고. 공격을 당했다는 거요, 아니면 당할 것 같다는 거요?"

무어가 차갑게 대꾸했다. "아, 전혀 아닙니다! 공격을 당하지도 않았고 앞으로 당할 것 같지도 않습니다. 저와 두어 사람이 함께 스틸브로 황야에 다녀올 동안 이웃 두세 분만 여기 할로에 있어주셨으면 해서 종을 울리라고 했을 따름입니다."

"스틸브로 황야라고! 뭣 때문에? 마차들을 맞이하려고?"

"마차들은 한 시간 전에 돌아왔습니다."

"그럼 잘됐군. 뭐가 더 필요한데 그러는가?"

"마차가 텅 빈 채로 돌아왔습니다. 조 스콧과 그 무리는 황야에 있습니다. 방직기도 거기 있고요. 이 쪽지를 보십시오."

헬스턴 씨는 앞서 내용을 말한 쪽지를 받아 들여다보았다.

"흠! 그놈들이 다른 사람들한테 했던 짓을 당신에게도 했군. 하지만 그 불쌍한 녀석들은 도랑에서 초조하게 도움을 기다리고 있을 거요. 이렇게 비까지 오는 밤이니. 나와 톰이 당신과 함께 가겠소. 멀론은 뒤에 남아서 공장을 지켜도 될 것 같고. 저 사람 왜 저러는 거요? 눈알이 튀어나올 것 같군."

"양 갈비를 먹고 있었습니다."

"뭐라고! 피터 오거스터스, 조심하게. 오늘 밤 양고기는 그만 먹게. 자네는 여기 남아 이 부지를 지키게. 명예로운 직책이지!"

"누구 저와 함께 남을 사람 있습니까?"

"여기 모인 사람들 중 골라보게. 자, 몇 명이 여기 남고, 몇 명이 나와 무어 씨와 함께 스틸브로 쪽으로 가서 기계파괴자들에게 습격당하고 폭행당한 사람들을 찾으러 가겠습니까?"

세 명만이 가겠다고 자원했고 나머지는 남아 있겠다고 했다.

무어 씨가 말에 올라타자 주임사제는 그에게 낮은 목소리로 피터 오거스터스가 양고기를 건드리지 못하도록 잘 넣어두었느냐고 물었다. 무어 씨가 고개를 끄덕이자 구조대가 출발했다.

3장

요크 씨

유쾌함이란 외부 환경이나 우리 주변 상황 못지않게 우리 안의 상태에도 달린 문제이다. 내가 이런 진부한 말을 굳이 하는 까닭은 헬스턴과 무어가 몇 되지도 않는 무리를 이끌고 공장 마당 대문을 빠른 걸음으로 나섰을 때 그들의 사기가 대단히 충천해 있었기 때문이다. 랜턴에서 나오는 빛(일행 중 걸어가는 사람 셋이 각각 하나씩 들었다)이 무어 씨의 얼굴 위에 떨어졌을 때, 그 표정은 보기 드문 것이었다. 눈에는 반짝이는 생기가 춤추었고, 새로이 찾은 활기가 어두운 인상을 덮었다. 빛이 주임사제의 얼굴을 비추자 강건한 이목구비가 환희에 찬 미소를 머금고 빛났다. 비에 젖어 모험에 나선 사람들에게 부슬비가 내리는 밤, 다소 위험한 탐험이 활기를 불어넣어줄 만한 조건은 아니라고 생각할 수도 있다. 스틸브로 황야에서 습격을 감행했던 일당들이 이 무리를 보았다면, 벽 뒤에 숨어 선두에 선 두 사람 중 누구든 쏘아 맞히는 큰 즐거움을 누렸을 것이다. 선두의 두 사람도 이 사실을 알고 있었다. 강철 같은 신경에 요동치지 않는 심장을 가진 두 사람이었기에 그 사실에 도리어 더 기운이 솟았다.

독자여, 성직자가 호전적인 것이 무시무시한 일이라는 사실은 잘 알고 있으니 나에게 다시 상기시킬 필요는 없다. 성직자는 평화를 사랑하는 사람이어야 한다는 것은 나도 안다. 인류에 대한 성직자의 사명이 어떤 것인지 나도 대강은 알고 있으며, 성직자가 누구의 종인지, 누구의 메시지를 전하는지, 어떤 모범을 따라야 하는지도 분명 잊지 않고 있다. 그러나 당신이 성직자를 싫어하는 사람이라면, 아무리 내가 이 모든 것을 알고 있다 해도 당신의 음침하고 타락으로 향하는 비기독교적인 길을 함께 갈 것이라고 기대하지는 말았으면 좋겠다. 당신의 너무나 좁으면서 동시에 너무나 폭넓고 깊은 혐오를, '신의 종복'에 대한 당신의 너무나도 강렬하고 너무나도 터무니없이 독기 어린 앙심을 함께할 것이라 생각해서도 안 된다. 서플로와 함께 눈을 치켜뜨고 손을 쳐든다거나, 배러클러프와 함께 폐를 부풀려 브라이어필드의 악마 같은 주임사제에 대한 공포와 비난의 말을 퍼부을 것이라 생각해서도 안 된다.

그는 전혀 사악한 인물이 아니었다. 문제가 있다면 자신의 천직을 택하지 않았다는 것뿐이었다. 그는 군인이 되었어야 할 사람인데 어쩌다 보니 사제가 되었다. 그것만 제외하면 그는 양심적이고 감정에 흔들리지 않으며, 용감하고 엄격하고 준엄하고 충실한 작은 남자였다. 동정심이나 상냥함 따위는 없다시피 하고, 고집이 세고 융통성 없는 사람이었다. 하지만 원칙에 충실하여 고결하고 현명하며 진지한 사람이기도 했다. 독자여, 항상 사람을 그의 직업에 맞추어 재단할 수는 없는 법이다. 때때로 직업이 그럴듯하게 어울리지 않는다 해서 그 사람을 비난해서는 안 된다. 나 또한 헬스턴이 성직자이면서 카자크 기병 같은 사람이라 해서 그를 비난하지는 않을 것이다. 그러나 그는 많은 교구민들에게 비난을 받는 한편으로 또 다른 많은 이들에게는 사랑받았다. 이는 벗에게는 편애를, 적에게는 증오를 보여주며, 원칙을 고수하고 제 고집을 꺾지 않는 이들이 흔히 맞는 운명이다.

헬스턴과 무어 둘 다 의기충천해 있고 지금은 하나의 대의 아래 뭉친 상태이니, 나란히 달리면서 두 사람이 사이좋게 대화를 나누었으리라 기대할 것이다. 아, 그렇지 않았다! 이 성격 나쁜 두 사람은 만날 일이 거의 없었지만 서로의 심기를 거슬렀다. 그들이 자주 벌이는 논쟁의 골자는 전쟁이었다. 헬스턴은 철저한 토리당원(그 당시에는 토리당원들이 있었다)이고 무어는 완전한 휘그당원이었다. 적어도 주전파에 반대한다는 점에서는 휘그였다. 그의 이익에 관계된 문제였기 때문이다. 그는 오로지 그런 문제에 국한해서만 영국 정치에 대해 발언했다. 그는 보나파르트는 천하무적이라고 공공연하게 말하고, 영국과 유럽이 그를 막으려 애써봤자 소용없다고 조롱하고, 보나파르트가 결국은 모든 적을 물리치고 최고의 자리에 오를 것이 틀림없으니 빨리 그에게 굴복하는 편이 낫다는 의견을 냉정하게 피력해서 헬스턴을 격분시키기를 좋아했다.

헬스턴은 이런 정서를 참을 수가 없었다. 그가 무어를 지팡이로 때려주고 싶은 마음을 누르고 들어줄 수 있는 까닭은 무어가 말하자면 이방인이자 국외자이고, 그의 혈관을 부식시키는 외국인의 담즙을 누그러뜨릴 영국인의 피가 절반밖에 없다는 점을 고려해서였다. 그의 화를 가라앉히는 것이 또 하나 있었으니, 이런 의견을 고집스럽게 주장하는 무어의 태도에 대한 동류의식과, 괴팍한 불복종을 꺾지 않는 데 대한 존경심이었다.

무리가 스틸브로로 가는 길로 접어들자 바람은 잦아들고 빗줄기가 그들의 얼굴을 거세게 때렸다. 그 전까지 동행을 괴롭히던 무어는 찬 바람에 기운이 나고 아마도 거센 빗줄기에 짜증이 났는지 이제는 사제를 더 자극하기 시작했다.

"신부님의 반도 쪽 소식*은 여전히 좋습니까?" 그가 물었다.

"무슨 소리요?" 주임사제가 퉁명스레 되물었다.

"아직도 웰링턴 경**을 바알 신처럼 믿고 계시냔 말이지요."

"그건 또 무슨 소리요?"

"아직도 얼굴은 나무로, 심장은 조약돌로 된 그 영국의 우상이 천국에서 불을 내려 신부님이 바라시는 대로 프랑스에 대재앙을 일으킬 힘이 있다고 믿으십니까?"

* 1811년 초 포르투갈에서의 전쟁이 연합국 쪽에 불리하게 돌아가고 있는 것을 놓고 토리당원인 신부를 약 올리려고 한 말.

** 아서 웰즐리 웰링턴 경. 영국의 군인 겸 정치가로, 1815년 워털루전투에서 나폴레옹을 물리친 것으로 유명하다. 이 승리로 그는 영국과 유럽 전역에서 영웅으로 추앙받았고, 이후 영국의 총리로도 재임하며 큰 영향력을 행사했다.

"나는 웰링턴이 팔을 한 번 쳐드는 날, 보나파르트의 육군 원수들을 바다에 처넣을 거라 믿소."

"하지만 신부님, 진심으로 하시는 말씀은 아닐 겁니다. 보나파르트의 원수들은 대단한 사람들이에요. 전능한 위인의 인도를 받고 있단 말입니다. 웰링턴은 따분하고 평범한 군인일 뿐이고요. 그의 느려터진 기계적 움직임은 무지한 자국 정부에 의해 더욱 갑갑해졌지요."

"웰링턴은 영국의 영혼이오. 웰링턴은 훌륭한 대의의 정당한 수호자라고. 강력하고 결단력 있고 분별 있고 정직한 국가에 딱 맞는 대표자지."

"신부님의 훌륭한 대의란, 제가 이해하는 한으로는 지저분하고 약해빠진 페르디난트가 잃어버린 왕좌를 되찾아주는 것에 불과하죠. 신부님이 말씀하시는 정직한 국민에게 딱 맞는 대표자란 둔해빠진 농부*를 위해 일하는 둔한 소몰이꾼이에요. 이런 자들과 맞서는 상대는 승승장구하는 패권자와 무적의 천재란 말입니다."

"적통과 찬탈자가 맞서고 있는 거지. 찬탈에 대한 온건하고 성실하며 정당하고 용감한 저항이, 허풍스럽고 거짓말투성이에 이기적이고 기만적인 소유욕과 맞서고 있는 거요. 신이 정의를 지켜주시기를!"

"신은 강한 자를 지켜주실 때가 더 많지요."

* 농사에 무척 많은 관심을 보였던 조지 3세를 조롱하며 '농부 조지'라고 부르기도 하였다.

“뭐라고! 몇 안 되는 고대 이스라엘인들이 발이 젖지 않은 채로 홍해의 아시아 쪽 해안에 서 있었을 때, 아프리카 쪽에서 다가오던 수많은 이집트인들보다 그들이 더 강했소? 그들의 수가 더 많았소? 더 잘 준비되어 있었소? 한마디로, 더 막강했소—어? 말하지 마시오, 무어, 거짓을 말하게 될 테니. 당신도 알 거요. 그들은 가난하고 겁에 질린 농노들이었소. 폭군들은 400년에 걸쳐 그들을 억압했고. 그나마도 적은 대열에는 여자들과 아이들까지 섞여 있었지. 갈라진 바다로 그들을 뒤쫓아 오는 주인들은 오만 방자한 에티오피아인들이었소. 강하고 거칠기로는 리비아의 사자 못지않았지. 그들은 무장을 하고 말과 전차를 타고 있었지만, 가난한 히브리인 방랑자들은 걸어야 했소. 그들 대부분이 가진 무기라고는 양치기의 지팡이나 석공의 도구 정도였고. 그들의 겸손하면서도 강력한 지도자부터가 지팡이뿐이었으니. 하지만 잘 생각해보시오, 로버트 무어, 정의가 그들의 편이었소. 용맹하신 야훼가 그들의 편이었다고. 범죄와 패배한 대천사가 지휘한 파라오의 병사들이 승리했소? 우리 모두가 잘 알고 있지. ‘그날 야훼께서는 이스라엘을 이집트인의 손에서 구원하셨고, 이스라엘 사람들은 이집트인들이 바닷가에 죽어 있는 것을 보았다’, 즉 ‘깊은 바다가 그들을 덮치니 그들이 돌처럼 바닥으로 가라앉더라’라고 했소. 야훼의 오른손은 권능으로 영광스러워졌고, 야훼의 오른손이 적을 산산조각 내었지!”

“다 옳습니다. 누가 어디와 진정으로 비슷한지를 잊으셨을 뿐이지요. 프랑스가 이스라엘이고, 나폴레옹이 모세입니다. 늙고 과식한 제국과 썩은 왕조들이 있는 유럽은 부패한 이집트예요.

용맹한 프랑스가 이스라엘 열두 지파이고, 프랑스의 신선하고 활기 넘치는 찬탈자가 호렙산의 양치기*입니다."

"대꾸할 가치도 없군."

그러자 무어는 스스로 대답했다. 대답까지는 아니라도 방금 한 말에 낮은 목소리로 덧붙였다.

"아, 이탈리아에서 그는 모세 못지않았지요! 국가들을 되살려낼 대책을 세우기에 적합한 인물이었어요. 로디의 정복자가 어떻게 황제라는 천박하고 우매한 사기꾼이 되었는지 아직까지도 이해가 안 됩니다. 한때는 공화국 국민을 자처했던 사람들이 어떻게 다시 노예에 불과한 위치로 전락했는지는 더 이해할 수 없고요. 저는 프랑스를 경멸합니다! 영국이 프랑스만큼 멀리까지 문명의 행진을 했더라면 그렇게 부끄러운 줄도 모르고 후퇴하는 일은 없었을 겁니다."

"그 정신 나간 프랑스 제국이 망할 프랑스 공화국보다 나쁘다는 말은 아니겠지?" 헬스턴이 거칠게 물었다.

"아무 말도 않겠습니다. 하지만 헬스턴 씨, 아시다시피 저도 프랑스와 영국에 대해, 혁명, 국왕 시해, 왕정복고 등 전반적인 것들에 대해 제 나름대로 의견을 가질 수 있지요. 신부님이 설교에서 꿋꿋이 주장하시곤 하는 신수 왕권이라든가 무저항의 의무, 전쟁의 공정함, 그리고—"

무어 씨의 말은 이륜마차 한 대가 급히 달려와 길 한복판에 우뚝 서는 바람에 중간에서 끊겼다. 그와 주임사제 둘 다 이야기에

* 장인 이드로의 양 떼를 이끌고 호렙산으로 간 모세를 가리킴.

푹 빠져서 마차가 그들 가까이 다가올 때까지도 알아차리지 못하고 있었다.

“아, 마차가 집에 도착했습니까요?” 이륜마차에서 목소리가 들렸다.

“저게 설마 조 스콧인가?”

“예, 예!” 또 다른 목소리가 대답했다. 마차에 달린 램프의 희미한 빛으로 볼 수 있듯, 이륜마차에는 두 사람이 타고 있었다. 랜턴을 든 남자들은 이제 뒤쪽으로 멀어져 있었다. 더 정확히 말하자면, 구조대에서 말을 탄 이들이 걸어가는 사람들을 앞질렀다. “예, 무어 씨, 조 스콧이라네. 엉망진창인 그를 자네에게 데리고 가고 있었다네. 저기 황야 언덕 위에 있던 걸 찾았지. 이 사람이랑 셋 더. 그를 데려다주었으니 나한테 뭘 줄텐가?”

“아, 제 감사를 드리지요. 더 나은 사람을 잃는 편이 나았을 테니까요. 목소리로 듣자 하니 요크 씨 맞으시지요?”

“그렇다네. 스틸브로 시장에 갔다가 막 황야 중간까지 왔던 참이었네. 말을 재촉해 바람처럼 빨리 달리고 있었지(나쁜 정부 덕분에 요즘은 안전한 때가 아니라고들 해서 말이지!). 그런데 신음 소리가 들렸네. 난 말을 멈추었지. 어떤 사람들은 걸음을 더 빨리 재촉했겠지만, 나는 겁나지 않았거든. 이런 곳에서 나를 해칠 놈이 있을 리 없고, 설령 그런들 나도 당한 만큼 갚아줄 테니. 내가 말했지. ‘무슨 일 있소?’ ‘네, 있습니다’라고 누군가의 목소리가 땅바닥에서 들려왔소. ‘어떻게 해드릴까? 정신을 차리고 말해봐요.’ 내가 그랬지. ‘여기 네 사람이 도랑 속에 누워 있습니다.’ 조가 최대한 목소리를 낮추어 말했다네. 나는 그들에게 일어나서 움직여보라고 했다네. 아니면 내 마차 채찍 맛을 보여주겠다고. 그들이 취한 줄 알았지 뭔가. '한 시간은 그렇게 해보려고 했을 겁니다. 하지만 몸이 묶여 있어서요.' 조가 말하더군. 그래서 내가 내려가서 주머니칼로 풀어주었지. 스콧이 나와 함께 마차를 타고 오면서 자초지종을 설명해주었다네. 나머지 사람들은 최대한 빨리 걸어서 오는 중이고."

"아, 정말 대단히 감사합니다, 요크 씨."

"정말 그런가? 고마워할 거 없네. 하지만 이제 나머지 사람들도 거의 다 왔군. 그리고 여기에는 기드온의 군대처럼 횃불이 든 빈 단지들을 들고 있는 또 다른 무리가 있고. 신부님도 계시군요. 안녕하십니까, 헬스턴 씨."

헬스턴 씨가 이륜마차에 탄 남자에게 아주 뻣뻣하게 인사를 건넸다. 그 사람이 말을 이었다.

"우리에겐 열한 명의 장정들이 있고, 말과 전차도 있습니다. 그 굶주리고 누더기를 걸친 기계파괴자들 몇 놈과 마주치기만 하면 우리가 대승을 거둘 수 있어요. 우리가 웰링턴이 되는 거라고요. 그러면 헬스턴 씨도 기뻐하시겠지요. 이런 내용을 신문에 싣게 할 수도 있을 겁니다! 브라이어필드가 유명해지겠지요. 하지만 이 일에 대해 〈스틸브로쿠리어〉지에 한 단 반 정도만 실리면 돼요. 그 정도면 충분합니다."

"그럼 그 정도만 약속하겠소, 요크 씨. 내가 직접 기사를 쓸 거니까." 주임사제가 대답했다.

"그럼요! 당연히 그러셔야죠! 그리고 그놈들이 기계를 산산조각 내고 조 스콧의 다리를 끈으로 묶어놓았으니 봐줄 것 없이 교수형에 처해야 한다고 말씀해주세요. 이건 교수형을 당해야 할 일입니다. 당연히요."

무어가 외쳤다. "내가 판사라면 그놈들을 가차 없이 다룰 겁니다! 하지만 이번에는 그놈들한테 밧줄이나 넉넉히 주고 그냥 내버려두겠어요. 결국은 저 스스로 목을 매게 될 테니까."

"내버려둔다고, 무어? 약속할 수 있나?"

"약속이라고요? 아뇨, 제 말은, 그놈들을 잡겠다고 굳이 제가 나서지는 않겠다는 뜻입니다. 하지만 한 놈이라도 제 손에 걸리면—"

"덥석 잡아채겠지, 당연히. 다만 자네는 그놈들이 그저 마차를 세우는 것보다는 더 나쁜 짓을 하기를 바랄 걸세. 그래야 그놈들을 맞설 가치가 있는 존재라고 생각할 테니. 자, 지금은 그런 얘기나 하고 있을 때가 아니야. 여러분, 저희 집까지 오셨으니 안으로 드십시오. 한숨 돌리고 기운 좀 차리시게요."

무어와 헬스턴은 이 제안이 불필요하다고 물리쳤다. 그러나 요크 씨가 굽히지 않고 정중하게 계속 요청한 데다가 그날 밤은 날이 너무 궂었고, 그들이 멈춰 선 집의 모슬린 커튼을 친 창문으로 새어 나오는 불빛이 너무나 유혹적이어서 그들은 결국 수락했다. 요크 씨는 그가 도착하자 별채에서 나온 남자에게 이륜마차를 맡기고 앞장서 안으로 들어갔다.

요크 씨의 말투가 조금씩 달라지는 것이 눈길을 끌 만했다. 그는 강한 요크셔 억양으로 말하다가도 이내 아주 완벽한 영어를 썼다. 양쪽을 동등하게 잘 쓰는 것 같았다. 그는 공손하고 사근사근하게 굴 수도 있었고, 무뚝뚝하고 거칠어질 수도 있었다. 말투나 행동거지로는 그의 신분을 알아보기가 쉽지 않았다. 그의 거처의 외관쯤은 보아야 판단이 설 것이다.

그는 장정들을 부엌 쪽으로 안내하면서 "바로 입을 다실 거리들을 내오게" 하겠다고 말했다. 두 신사는 현관 안쪽으로 안내받았다. 안으로 들어가니 거의 천장까지 닿도록 그림을 줄줄이 걸어놓은, 깔개 깔린 복도가 나왔다. 복도를 지나자 쇠살대 안에서 불이 기세 좋게 타오르고 있는 커다란 응접실이 나왔다. 전체적으로 대단히 활기찬 방으로 보였고, 세세히 살펴보아도 활기를 주는 효과는 줄어들지 않았다. 화려하지는 않지만 어디를 보나 취향이 엿보였다. 범상한 수준의 취향은 아니었다. 여행 경험이 많은 사람, 학자, 신사의 취향이라 할 만했다. 이탈리아의 풍경을 담은 그림들이 벽을 장식했는데, 하나하나가 안목 있는 사람이 고른 진정한 예술의 표본으로, 모두 진품이고 귀한 것들이었다. 청명한 하늘, 보는 이의 눈과 그림 속 구릉들 사이의 떨리는 푸른 대기로 나타나는 적절한 거리감, 생생한 색조, 잘 그린 빛과 그림자가 촛불 빛으로도 매혹적으로 보였다. 주제는 모두 전원 풍경이었고, 하나같이 햇살이 눈부시게 빛나는 풍경들이었다. 소파 위에는 기타와 악보가 있었다. 벽난로 선반 위에는 카메오 세공품, 아름다운 세밀화, 그리스풍의 화병 세트가 놓여 있었다. 두 개의 우아한 책장에는 책들이 잘 정리되어 있었다.

요크 씨는 손님들에게 앉으라고 권했다. 그러고는 종을 울려 와인을 내오게 했다. 그는 와인을 가져온 하인에게 부엌의 장정들에게 다과를 대접하라고 지시했다. 주임사제는 계속 서 있었다. 그는 방이 마음에 들지 않는 듯했다. 주인이 내온 와인에 손도 대지 않으려 했다.

요크 씨가 말했다. "지금 이 순간에도 동쪽의 관습을 생각하고 있군요, 헬스턴 씨. 우리가 결국 친구가 되어야 할까 두려워 내 지붕 아래에서는 먹지도 마시지도 않으려 하지요. 하지만 저는 까다로운 사람도 아니고 미신을 믿지도 않습니다. 당신이 저 디캔터에 든 것을 마시든, 저에게 당신 저장고에서 제일 좋은 와인을 주든, 저는 여전히 당신한테 매번 딴죽을 걸 겁니다. 교구위원 모임과 법원 모임에서 마주칠 때마다요."

"그러시리라 믿소, 요크 씨."

"헬스턴 씨, 당신 연세에 비 오는 밤에 폭도들을 뒤쫓는 일은 할 만합니까?"

"나는 항상 내 의무를 다할 뿐이오. 이번에는 그 의무가 아주 즐겁고요. 해충을 잡는 것은 고귀한 직분이오. 대주교에게도 딱 맞는 일이고."

"하여튼 당신에게는 딱 맞지요. 그런데 보좌사제는 어디 있습니까? 발작을 일으키는 불쌍한 병자라도 방문하러 갔든지, 또 다른 쪽에서 해충을 잡고 있나 보군요."

"보좌사제는 할로 공장에서 제 할 일을 하고 있소."

"(무어 씨 쪽을 돌아보며) 보브, 그에게 용기를 북돋아줄 와인 정도는 남겨주었겠지?"

그는 대답을 기다리지도 않고 난롯가의 구식 의자에 앉아 있던 무어 씨에게 계속해서 빠르게 말했다. "일어나게, 로버트! 일어나! 거긴 내 자리네. 소파로 가든지 저기 세 개 의자 중에 골라 앉게. 이건 안 돼. 이건 내 거고 다른 누구도 못 앉아."

“왜 저 의자에 그렇게 까다롭게 구시는 겁니까, 요크 씨?” 무어가 명령에 따라 느릿느릿 자리를 옮기면서 물었다.

“나 이전에 우리 아버지부터 그러셨네. 그게 내가 자네에게 줄 수 있는 답이야. 헬스턴 씨가 자기 생각들에 대해 줄 수 있는 이유들이 그렇듯이.”

“무어, 갈 준비 되었소?” 주임사제가 물었다.

“아니, 로버트는 아직 준비가 안 되었어요. 더 정확히는, 내가 그를 보낼 준비가 안 되었습니다. 그는 나쁜 젊은이예요, 좀 바로잡아줄 필요가 있어요.”

“어째서입니까? 제가 무슨 짓을 했다고요?”

“자네는 사방에 적을 만들었어.”

“그런들 무슨 상관입니까? 당신의 요크셔 불한당들이 저를 좋아하건 미워하건 그게 저에게 무슨 차이가 있습니까?”

“아, 차이가 있지. 이 젊은이는 우리 사이에서 이방인입니다. 그의 아버지라면 절대 저런 식으로 말하지 않았을 겁니다. 안트베르펜으로 돌아가게. 자네가 태어나고 자란 곳이잖나, *이 고집불통 같으니!*”

“고집불통은 당신이지요. 저는 제 할 일을 하고 있을 뿐입니다. 당신의 막돼먹은 농부들에 대해서는 신경 안 씁니다.”

“여보게, 달리 보자면 우리 막돼먹은 농부들도 자네를 신경 안 쓴다네. 그 점은 확실히 말해줄 수 있네.”

“좋습니다! 좋아요! 그러면 저는 신경 쓰지 않으니 제 친구들도 그 문제는 걱정 안 하게 놔두십시오.”

“자네 친구들이라고! 어디 있나, 자네 친구들은?”

"당신 말을 되풀이하겠습니다, 그들은 어디 있습니까? 메아리만이 대답할 뿐이지요. 오히려 다행입니다. 제 친구들 따위 지옥에나 가라지요! 제 아버지와 숙부들이 친구들을 불러 모으던 때를 아직도 기억합니다. 그 친구들이 도와주러 달려왔는지는 하느님만이 아시겠지요! 보세요, 요크 씨, 친구라는 단어는 제 짜증만 돋울 뿐입니다. 그 얘기라면 더는 하지도 말아주십시오."

"좋을 대로."

여기서 요크 씨는 침묵을 지켰다. 그가 떡갈나무를 깎아 만든 세모진 의자에 뒤로 기대어 앉아 있는 동안, 이 기회를 놓치지 않고, 프랑스어를 쓰는 이 요크셔 신사의 초상을 좀 그려보겠다.

4장

요크 씨(계속)

이 요크셔 신사는 여러 면에서 대단히 탁월했다. 쉰다섯쯤 되었지만 머리카락이 은회색이어서 언뜻 보기에는 훨씬 더 나이 들어 보였다. 이마는 넓지만 높지는 않았다. 얼굴은 생기 있고 활력이 넘쳤다. 목소리를 들어도 그렇지만, 이목구비에서도 북쪽 지방의 거친 면이 엿보였다. 어느 모로 보나 완전한 영국인이었고 노르만 혈통의 흔적은 전혀 보이지 않았다. 우아하거나 고전적이거나 귀족적인 특징이 없는 용모였다. 섬세한 사람이라면 이를 천박하다고 할지도 모르겠지만 분별 있는 사람이라면 이를 개성 있다고 할 것이며, 기민한 사람이라면 실속 있고 현명하고 지성적이라고 좋아할 것이다. 거칠지만 진정한 독창성이 얼굴 생김새마다 드러났고 주름마다 숨어 있었다. 그러나 부드러운 구석이라고는 없는 데다 경멸과 냉소가 밴 얼굴이었다. 남이 이끌기 어렵고, 몰아가기에는 아예 불가능한 사람의 얼굴이었다. 키는 큰 편이었고 균형 잡힌 체격에 강단이 있었으며, 태도가 위풍당당했다. 어디에서도 시골뜨기티는 전혀 찾아볼 수 없었다.

요크 씨의 외양을 묘사하기도 쉽지 않았지만 그의 마음을 드러내기란 한층 더 어려운 일이다. 그에게서 완벽주의자 혹은 자애롭고 박애심 있는 노신사의 모습을 기대한다면, 독자여, 잘못 생각한 것이다. 그는 무어 씨에게는 어느 정도 분별 있게, 조금은 선의를 가지고 말했지만, 거기에서 그가 늘 공정하고 친절하게 말하고 생각한다는 결론을 끌어내서는 안 된다.

우선, 요크 씨에게는 애초에 경외심이라는 것이 결여되어 있었다. 이는 크나큰 결핍으로, 경외심이 필요할 때마다 사람을 잘못된 쪽으로 내몬다. 두 번째로, 그는 비교해 보는 능력이 없었다. 비교할 줄 모르면 동정심이 없어진다. 세 번째로, 그는 자비심과 상상력이 없었는데, 이는 그의 천성에서 영광과 부드러움을 앗아 갔으며, 전 우주의 그런 신성한 특질들이 그에게는 중요하지 않았다.

경외심의 결핍 탓에 그는 왕이니 귀족이니 사제니, 왕조와 의회와 기관들을 비롯해 자기 위에 있는 것들을 참아주지 못했다. 그들이 하는 짓은 죄다 마음에 안 들었고, 그들의 법, 형식, 권리, 주장 대부분이 그에게는 혐오의 대상이었으며 전부 쓰레기였다. 그는 거기에서 어떤 쓸모나 만족도 발견하지 못했고, 높은 자리들이 다 없어지고 그 자리를 차지한 자들도 몰락한다면 세상에 분명 이로우면 이로웠지 해될 것은 하나도 없다고 믿었다. 또한,

경외심이 없다 보니 존경할 만한 것을 존경하는 열광적인 기쁨을 전혀 알지 못했다. 이는 수많은 순수한 기쁨의 원천들을 말려 버렸고, 생생한 즐거움을 시들게 했다. 그는 어떤 종파에도 속하지 않았으나 종교에 관심이 없지는 않았다. 그러나 그의 종교는 경외하는 법을 아는 사람의 것일 수는 없었다. 신과 천국을 믿었으나 그의 신과 천국은 경외심, 상상력, 다정함이 결핍된 사람의 것이었다.

그는 비교하는 능력이 약해서 일관성이 없었다. 상호 인내와 관용에 대한 훌륭한 일반적 신조를 공언하면서도 일부 계급에 대해 편협한 반감을 품었다. 그는 '주임사제들'과 그들에게 속한 모든 사람, '나리'와 '나리'에게 딸린 자들에 대해 가혹하다 못해 때로는 오만불손한 투로 참을 수 없을 만큼 부당하게 이야기했다. 그는 자신이 혹평하는 사람들의 입장을 헤아릴 줄 몰랐다. 그들이 저지르는 과오를 그들이 겪어야 하는 유혹과 비교하지 못했고, 그들의 결함을 그들의 불리한 상황과 비교하지 못했다. 비슷한 처지에 처한 자신에게 이런저런 환경이 미치는 효과를 깨닫지 못했고, 자기 생각에 흉포하고 폭압적으로 행동한 이들에게는 더없이 흉포하고 폭압적인 짓을 해주고픈 바람을 표현하곤 했다. 그의 위협적인 말로 판단하건대, 그는 자유와 평등의 대의를 진작하기 위해서라면 자의적이고 심지어 잔인한 수단이라도 썼을 것이다. 평등—그렇다, 요크 씨는 평등에 대해 이야기했지만 속으로는 자만심이 강한 사람이었다. 그는 자기 일꾼들에게는 아주 우호적이었고 자기 밑에 있는 사람들, 자기 밑에 있기를 조용히 받아들이는 사람들에게는 매우 선량했지만, 세상이 그보다 윗사람이라고 여기는(그는 누구도 그렇다고 여기지 않았으니까) 사람이라면 누구에게든 베엘제불처럼 오만 방자하게 굴었다. 그는 반골 기질을 물려받았다. 통제라면 참지를 못했는데, 그의 아버지, 할아버지 역시 참지 못했고, 그의 자식들 또한 그러했다.

일반적인 자비심이 없었으므로 그는 유약함이나, 그의 강하고 기민한 천성에 거슬리는 어떤 결함도 참아주지 못했다. 그의 매서운 빈정거림은 가리는 것이 없었다. 그는 자비심이 없었기에 때로는 자기가 얼마나 상처를 주었는지 알아차리지도 못한 채, 얼마나 깊이 쑤셨는지 신경도 쓰지 않고 거듭해서 상처를 주고 또 주기도 했다.

그의 마음에 상상력이 부족한 것은 결함이라고까지 말할 수 없을지도 모른다. 음악을 들을 줄 아는 귀가 있고 색과 형태를 정확히 보는 눈이 있어서 안목은 높았는데, 상상력 따위를 누가 신경 쓴단 말인가? 상상력은 다소 위험한, 무분별한 특질—약점에 가까운—어쩌면 광기에 동참하는 것—이며, 정신의 재능이라기보다는 질병이다.

아마도 그런 재능을 가졌거나 혹은 가졌다고 생각하는 이들을 제외하고는 모두 요크 씨처럼 생각할 것이다. 그들이 하는 말을 들으면, 그 영약이 그들 주위를 흐르지 않게 된다면 그들의 심장은 차가워질 것이다. 그 불꽃이 그들의 시력을 정련해주지 않는다면 그들의 눈은 어두침침해질 것이고, 이 기이한 동행이 그들을 버린다면 그들은 외로워질 것이다. 그 재능은 봄에는 기쁜 희망을, 여름에는 멋진 매력을, 가을에는 조용한 즐거움을, 겨울에는 위안을, 여러분은 느끼지 못하는 것들을 주는 것 같았다. 물론 이는 모두 환상이지만, 이 광신자들은 자기들의 꿈에 집착하며 이를 황금과도 바꾸지 않을 것이다.

요크 씨 자신에게 시적 상상력이 없었으므로 그는 이를 다른 이들에게도 대단히 불필요한 자질이라고 보았다. 화가와 음악가는 자신이 그들의 예술의 결과를 음미할 수 있었기에 용납할 수 있었고 심지어 장려하기까지 했다. 그는 훌륭한 그림의 매력을 볼 줄 알았고, 좋은 음악의 기쁨을 느낄 수 있었다. 그러나 가슴 속에서 어떤 힘이 사투를 벌이고 어떤 불꽃이 빛나든, 회계실이나 피스홀*에서 제 몫을 하지 못한다면 하이럼 요크의 눈에 조용한 시인은 살아서는 멸시받고 죽어서는 경멸당할 뿐이었다.

그리고 세상에는 수많은 하이럼 요크들이 있으므로, 참된 시인은 겉으로는 조용할지라도 때때로 차분함 밑에 반항적인 정신을 갖고 있으며, 유순함 속에 기민함으로 가득하고, 자신을 깔보는 자들의 위상을 따져보며, 그가 추구하지 않는다는 이유로 그를 경멸당하게 하는 것들의 무게와 가치를 정확하게 알아본다. 다행스럽게도 말이다. 그에게서 거의 흥미를 찾지 못하고 그 또한 흥미를 느끼지 못하는 이들로부터 떨어져, 자신만의 지복을 누리고 그의 좋은 친구이자 여신인 자연하고만 교제할 수 있다는 것은 시인에게 행복한 일이다. 세상과 환경은 그에게 어둡고 냉정한 면을 자주 보이지만—그가 먼저 그들에게 어둡고 냉정하며 무심한 면을 보였으니 당연한 일이긴 하다—그는 유쾌

* 직물을 일정 분량으로 판매하는 직물 거래소.

한 밝음과 소중히 여기는 가슴속 불빛을 지킬 수 있을 것이다. 다른 사람들은 그를 햇빛에도 절대 기뻐하는 법이 없는 북극의 겨울 같은 존재로 여길지라도, 그 밝음과 불빛은 그에게 만사를 밝고 정답게 만들어준다. 참된 시인은 전혀 딱하게 여길 존재가 아니다. 잘못 생각한 동조자가 그의 불행을 두고 푸념할 때조차 시인은 아마 속으로는 웃고 있을 것이다. 실용주의자들이 그가 옳다 그르다 논하고 그와 그의 예술이 쓸모없다 할 때조차도 그는 이런 선고를 철저히 조롱하면서 그 말을 하는 불행한 바리새인들에 대한 넓고도 깊으며 광범위한 경멸감을 가지고 듣고 있어서, 그는 위로해주기보다는 꾸짖어야 할 것이다. 그러나 이런 것들은 요크 씨의 생각이 아니며, 지금 우리는 요크 씨 이야기를 하려 한다.

독자 여러분에게 그의 결점 몇 가지를 말했으니 장점에 대해서도 말해야겠다. 그는 요크셔에서 가장 고결하고 유능한 사람 중 하나였다. 그를 싫어하는 사람들조차도 그를 존경하지 않을 수 없었다. 그는 가난한 사람들에게는 매우 친절하고 자애로웠기 때문에 그들은 그를 아주 좋아했다. 그는 자기 일꾼들에게는 사려 깊고 다정했고, 그들을 해고할 때에는 다른 일자리를 마련해주려고 애썼다. 그것이 여의치 않으면 일자리를 구할 수 있을 만한 지역으로 가족과 함께 옮겨 가도록 도움을 주었다. 또한, 어쩌다 가끔 있는 일이었지만 그의 '일손들' 중 누군가가 반항의 기미를 보이면, 통제받기를 지극히 싫어하는 많은 이들이 그렇듯 기로 눌러 통제하는 법을 알고 있는 요크는 반란의 싹을 짓밟아 잡초처럼 근절해버리는 비결이 있었다. 그리하여 그의 권위가 미치는 영역 안에서는 절대 반란이 퍼지거나 더 커지는 일이 없었다. 이렇듯 자기 상황에 만족하고 있었으므로 그는 자기와 다른 상황에 처한 이들에 대해 거칠 것 없이 가혹하게 말했고, 그들이 자신들의 위치에서 불쾌하게 느끼는 일은 무엇이든지 전적으로 그들 탓으로 돌렸으며, 자신을 다른 주인들로부터 분리하여 직공들의 명분을 자유로이 옹호했다.

요크 씨의 집안은 그 지역에서 첫째가고 가장 오래된 집안이었다. 그는 가장 부자는 아니어도 가장 영향력 있는 인물 중 한 명이었다. 그는 교육도 잘 받았고, 프랑스대혁명이 일어나기 전 젊은 시절에 유럽을 여행했으며, 프랑스어와 이탈리아어에 능통했다. 이탈리아에서 2년간 체류하면서 좋은 그림과 진귀한 것들을 많이 수집했는데, 이것들이 지금 그의 저택을 장식했다. 기분이 좋을 때는 전통적이고 완벽한 신사의 예의범절을 보여주었다. 남의 기분을 맞춰줄 마음이 내킬 때의 그와의 대화는 대단히 흥미롭고 독창적이었다. 그는 보통은 요크셔 방언을 썼지만, 이는 세련된 어휘보다 고향 사투리를 더 선호해서 일부러 그러는 것이었다. 그는 이렇게 주장했다. “요크셔의 r 발음이 런던내기들의 혀짤배기소리보다 100배 낫지. 생쥐가 찍찍대는 소리보다 황소 우는 소리가 낫듯이 말이야.”

요크 씨는 모르는 사람이 없었고 수 킬로미터 내에서 그를 모르는 사람도 없었지만, 그가 흉금을 터놓고 지내는 이는 거의 없었다. 워낙 독특한 인물이다 보니 그는 평범한 것에는 취미가 없었다. 특이하고 거친 성격이라면 지위를 막론하고 누구든 그의 인정을 받았다. 그러나 지위가 아무리 높아도 교양 있고 밋밋한 사람은 아주 싫어했다. 자신의 일꾼 중 명민한 사람이나 소작인들 가운데 별나고 현명한 노파하고는 언제든 한 시간은 족히 허물없이 대화를 나누곤 했지만, 훌륭하지만 평범한 신사나 대단히 유행에 민감하고 우아하지만 경박한 귀부인에게는 잠시라도 시간을 내주기 싫어했다. 이런 점들에 대한 그의 선호는 극으로 치달아서, 독특할 것 없는 사람들 중에도 상냥하고 심지어 존경할 만한 인물이 있을 수 있다는 사실을 그는 잊어버렸다. 그러나 그의 원칙에도 예외는 있었다. 그가 유독 편하게 여기고 따라서 유독 선호하는 사람들은 평범하고 소박하며 교양을 소홀히 하고, 지적이지 않으며 그의 지적 면모를 전혀 이해하지 못하는 사람들이었다. 하지만 동시에 그의 무례함에 불쾌함을 느끼지 않고 그의 냉소에 쉽게 상처받지 않으며, 그의 말이나 행동, 의견을 깊이 분석하지 않는 사람들이었다. 그는 이런 사람들 속에서 군림했다. 이들은 그의 우월성에 대해 깊이 생각해본 적은 한 번도 없기 때문에, 알게 모르게 그의 영향력 아래 있으면서도 결코 이를 인정하지는 않았다. 그래서 그들은 굽실거릴 위험은 전혀 없으면서도 대단히 고분고분했다. 그들의 생각 없고 느긋하고 꾸밈없이 무심한 태도는 요크 씨에게 그가 앉아 있는 의자나 밟고 다니는 바닥이 무심하고 생각 없는 것과 마찬가지로 편했기에 용인되었다.

그가 무어 씨와 냉랭한 사이는 아니라는 것은 알 수 있었을 것이다. 그는 몇 가지 이유로 이 신사에게 조금은 애정을 가지고 있었다. 이상하게 들릴지도 모르겠지만, 첫 번째 이유는 무어가 영어는 외국인 억양으로, 프랑스어는 완벽하게 순수한 억양으로

구사한다는 점이었고, 또 쇠약하다기보다는 선이 가느다란 그의 거무스레하고 야윈 얼굴이 영국인이나 요크셔인의 전형적인 용모가 전혀 아니라는 점이었다. 이런 점들은 요크 같은 사람에게 영향을 주기에는 너무 시시해 보일지도 모르지만, 오래된, 아마도 유쾌한 기억들을 그에게 불러일으킨 것이 사실이었다. 여행을 다니던 젊은 시절의 기억을 떠올리게 해준 것이다. 그는 이탈리아의 도시와 풍경 속에서 무어를 닮은 얼굴들을 보았고, 파리의 카페와 극장에서 그의 목소리와 닮은 목소리들을 들었다. 그때 그는 젊었다. 그리고 이 이방인의 얼굴을 보고 목소리를 들으면 다시 젊어지는 것 같았다.

둘째로, 그는 무어의 아버지와 친분이 있었고 거래를 한 적도 있었다. 그건 더 기분 좋은 인연은 결코 아니었지만, 더 실질적인 인연이기는 했다. 그의 회사가 무어의 회사와 사업상 관계가 있었기 때문에 어느 정도는 무어의 손실에 연루되어 있었던 것이다.

셋째로, 그는 로버트가 사업에 감각이 있다는 것을 알아보았다. 로버트가 결국은 어떻게든 성공을 할 거라 기대할 만한 근거를 보았고, 그의 결단력과 날카로움, 어쩌면 냉정함까지도 존중했다. 그들을 묶어준 네 번째 이유는 요크 씨가 할로 공장이 위치한 땅을 소유한 미성년자의 후견인 중 하나라는 것이었다. 그러다 보니 무어는 공장을 변경하고 개선해나가면서 그와 상의할 기회가 자주 있었다.

지금 요크 씨의 응접실에 있는 또 다른 손님 헬스턴 씨로 말하자면, 그와 집주인 사이에는 자연스레 생긴 반감과 환경 탓에 생긴 반감, 두 배의 반감이 있었다. 이 자유사상가는 형식주의자를 몹시 싫어했다. 자유를 사랑하는 사람은 규율을 강조하는 사람을 혐오하는 법이다. 게다가 오래전에 그들이 같은 여성을 놓고 구혼자로 경쟁했다는 얘기가 있었다.

젊은 시절의 요크 씨는 보통 활기차고 멋진 여성을 선호하는 것으로 알려졌었다. 화려한 외모와 태도, 돋보이는 재치, 빼어난 입담, 주로 이런 것들이 그를 사로잡았다. 그러나 그와 교제했던 이런 눈부신 미녀들에게 그가 청혼한 적은 한 번도 없었고, 어느 날 갑자기 그는 그 전까지 관심을 가졌던 여성들과는 완전히 정반대되는 처녀에게 푹 빠져서 열렬히 구애했다. 그녀는 성모마리아의 얼굴을 가진 처녀였다. 살아 있는 대리석상 같았고, 고요함의 화신이었다. 그가 아무리 말을 걸어도 단답형으로 대답할 뿐이었다. 그의 한숨 소리는 그녀의 귀에 닿지 않았고, 그녀는 그의 시선에 응하지 않았으며, 그의 견해에 대답해주지 않고 그의 농담에 거의 웃어주지 않고 그에게 경의를 표하지도 관심을 주지도 않았다. 그가 평생 찬미해온 모든 여성스러움과 한 군데도 맞지 않아도 상관없었다. 그에게 메리 케이브는 완벽했다. 무슨 이유인지 몰라도—당연히 그에게는 이유가 있었다—그녀를 사랑했으니까.

그 당시 브라이어필드의 보좌사제였던 헬스턴 씨도 메리를 사랑했다. 사랑까지는 아니라도, 하여튼 그녀를 좋아했다. 메리는 천사처럼 아름다웠으므로 그 외에도 숭배자가 여럿 있었다. 그러나 사제는 직분 덕에 더 점수를 땄다. 아마도 그 직분이 결혼을 받아들이기 위해 필요한 환상을 어느 정도 그에게 부여해주었을 것이다. 그 환상은 케이브 양이 그녀의 또 다른 숭배자인 젊은 양모 중개인들에게서는 발견하지 못한 종류의 것이었다. 헬스턴 씨는 그녀를 향해 요크 씨 같은 열정을 갖고 있지도 않았고, 가졌다고 공언한 적도 없었다. 그는 그녀의 구혼자 대부분을 압도한 듯한 겸허한 숭배심조차 전혀 없었다. 그는 메리 양을 다른 사람들보다도 더 실제 모습에 가깝게 보았고, 결과적으로 그녀와 자기 자신을 더 잘 통제할 수 있었다. 그녀는 그의 첫 번째 구혼에 바로 응낙했고, 그들은 결혼했다.

헬스턴 씨는 애초부터 좋은 남편이 될 자질을 타고나지 못했다. 특히 조용한 아내의 남편이라면 더욱 그랬다. 그는 여자가 아무 말도 안 하고 있으면 전혀 힘든 일이 없는 것이며, 아무것도 원하지 않는다고 여겼다. 외롭다고 불평하지 않으면, 아무리 외로움이 계속되더라도 견딜 만한 것이었다. 이게 좋다 저건 싫다 입을 열거나 먼저 나서지 않으면 좋고 싫음이 없는 것이며, 따라서 굳이 그녀의 취향을 물을 필요도 없었다. 그는 여자를 굳이 이해하려 하지도, 남자와 비교하지도 않았다. 여자란 그저 다른 족속, 아마도 훨씬 열등한 족속일 것이었다. 아내는 남편의 동반자가 될 수 없으며, 비밀을 털어놓는 상대일 수 없었고, 믿고 의지할 대상은 더더욱 될 수 없었다. 불과 1, 2년 후엔 그의 아내조차 어떤 식으로든 그에게 별반 중요하지 않은 존재가 되어버렸다. 그녀가 그가 생각하기에는 갑자기—그는 아내가 쇠약해져가는 것을 알아채지 못했으므로—그러나 다른 사람들이 보기에는 서서히 그와 삶의 곁을 떠나, 차갑고 흰, 여전히 아름답지만 생명 없는 시신만으로 부부의 침대 위에 남았을 때에야 비로소 그는 사별했음을 절감했다. 그가 얼마만큼의 슬픔을 느꼈을지 누가 알겠는가? 하지만 어쩌면 겉보기보다는 많이 느꼈을지도 모른다. 그는 슬픔에 쉽게 눈물을 흘리는 남자가 아니었으니까.

그의 물기 없는 눈과 차분한 애도에 늙은 가정부는 분개했다. 헬스턴 부인이 병석에 있을 때 시중을 들었기에 이 병든 여주인의 성품과 그녀의 느끼고 사랑할 수 있는 능력에 대해 알 기회가 그녀의 남편보다도 더 많았던 간병인도 마찬가지로 분개했다. 그들은 시신을 사이에 두고 함께 쑥덕거리면서, 그녀가 오랜 시간 쇠약해져갔던 것과 그 실제 혹은 추정되는 원인에 대해 꾸밈을 더한 일화들을 이야기했다. 요컨대, 그들은 자신이 어떤 맹비난의 표적이 되었는지도 모른 채 옆방에서 서류를 보고 있는 근엄하고 작달막한 남자를 향한 분노로 하나가 되었다.

헬스턴 부인이 땅에 묻히기가 무섭게 그녀가 상심으로 죽었다는 소문이 온 동네에 좍 퍼졌다. 이런 소문은 삽시간에 남편이 아내를 거칠게 다루었다는 이야기로 시작하여 결국은 학대의 세세한 이야기로까지 확대되었다. 소문은 터무니없는 거짓이었으나 그렇다고 해서 사람들이 덜 믿지는 않았다. 요크 씨도 그 소문을 들었으며, 어느 정도는 믿었다. 물론 그는 자신의 성공한 경쟁자에게 이미 호의적인 감정 따위는 없었다. 이제 그 자신도 유부남이었고 모든 면에서 메리 케이브와는 전혀 다른 여성과 부부가 되었지만, 평생 다시없을 그 실망감은 잊을 수가 없었다. 자기라면 더없이 소중히 다루었을 존재가 다른 자에게 방치되었고 어쩌면 학대까지 당했을지도 모른다는 이야기를 들었을 때 그는 뿌리 깊고 격렬한 적대감을 품었다.

이런 적대감이 어떤 성격의 것이고 얼마나 강렬한지 헬스턴 씨는 잘 알지 못했다. 그는 요크가 메리 케이브를 얼마나 사랑했는지, 그녀를 잃고서 어떤 감정을 느꼈는지도 알지 못했고, 자기만 빼고 이웃들은 너무나 잘 알고 있는 아내 학대에 관한 중상도 몰랐다. 그는 자신과 요크 씨를 갈라놓은 것이 정치적, 종교적 견해 차이일 뿐이라고 믿었다. 그가 진짜 사정이 어떤지 알았더라면, 무슨 말로 설득했어도 절대 예전 경쟁자의 문턱을 넘지 않았을 것이다.

요크 씨는 로버트 무어에게 다시 설교를 늘어놓지는 않았다. 얼마 지나지 않아 대화는 좀 더 일반적인 주제로 재개되었으나 여전히 다소 논쟁적인 분위기였다. 불안한 국내 상황과 최근 이 지역 방직 공장들의 재산에 대한 여러 약탈 행위가 풍부한 논쟁거리를 제공했다. 특히 이 자리에 참석한 세 명의 신사가 이 주제들에 대해 각기 다른 견해를 가지고 있었기 때문에 더욱 그랬다. 헬스턴 씨는 공장주들이 피해자고 노동자들이 비합리적이라고 여겼다. 그는 제도적 권위에 대한 불만이 광범위하게 퍼지고 있으며, 그가 불가피하다고 생각하는 고난을 인내하지 못하는 경향이 커져가고 있다고 맹렬히 비난했다. 그가 제안한 해결책은 정부의 강력한 개입, 엄격한 사법적 감시 그리고 필요할 경우 즉각적인 군사적 강제 조치였다.

요크 씨는 이런 개입과 감시, 강제가 굶주린 사람들에게 먹을 것을 주느냐고, 일자리를 원하지만 아무도 고용해주지 않는 사람들에게 일을 줄 수 있느냐고 반박했다. 불가피한 고난이라는 생각도 비웃었다. 대중의 인내심은 이미 등에 질 수 있는 마지막 짐 한 톨까지 다 짊어진 낙타와 같으며, 이제는 저항이 마땅한 의무라고 말했다. 그는 제도적 권위에 대한 널리 퍼진 불만의 기운이야말로 당대의 가장 희망적인 징조라고 보았고, 주인들이 피해를 입은 것은 사실이지만 그들의 주된 불만은 "부패하고 저열하고 형편없는 정부"(이것이 요크 씨가 쓴 표현이었다) 탓에 쌓인 것이라고 했다. 피트 같은 미친놈들, 캐슬레이 같은 악마들, 퍼시벌 같은 못된 천치들이 폭군이고 이 나라의 재앙이며 무역의 파괴자들이었다. 정당화될 수 없고 희망도 없으며 파괴적일 뿐인 전쟁에 대한 그들의 광적인 집착이 나라를 지금 이 지경으로 만든 것이다. 그자들의 끔찍하게 억압적인 과세 제도와 악명 높은 "추밀원령"이 영국의 목에 맷돌을 걸었다. 그런 칙령을 입안한 자들은 공직자라 해도 탄핵당하고 교수대에 보내져야 마땅했다.

그는 이렇게 말했다. "하지만 대화가 무슨 소용이 있었겠습니까? 왕, 성직자, 귀족이 지배하는 이 땅에서 이성의 목소리가 들릴 가망이 있었겠습니까? 미치광이가 명목상의 군주이고 파렴치한 난봉꾼이 진짜 지배자인 나라에서. 세습된 입법자라는 몰상식한 처사가 용인되고, 주교들에게 상원 의원석을 주는 협잡이 판을 치고, 제멋대로 굴며 박해를 일삼는 국교회 같은 오만한 악폐를 참아주고 존경해주는 나라에서 말입니다. 상비군이 유지되고, 수많은 게으른 성직자들과 그들의 거지 가족들이 이 땅의 기름진 것을 먹고 살고 있는데 어떤 희망이 있겠습니까?"

헬스턴 씨는 모자를 쓰고 일어나면서 대답했다. "살면서 이런 생각을 가진 사람들을 몇 번 만난 적이 있소. 그들은 건강하고, 힘이 있고, 세속적인 성공이 곁에 있을 때는 아주 용감하게 그런 주장을 펼쳤소. 하지만 누구에게나 '집을 지키는 수문장들이 떨고, 언덕으로 오르는 일이 두려워지며 길에 나서는 일조차 겁이 나는 때'가 오게 마련이오. 그때가 무질서와 반란의 옹호자들, 종교와 질서의 적이 시험에 드는 때요. 나는 교회의 가장 악랄했던 적 중 한 명이 비참하게 죽어가는 침상 옆에서 우리 교회가 병자들에게 주는 기도문을 읽어달라는 요청을 받은 적이 있소. 그는 깊은 회한에 차서 회개할 자리를 애타게 찾았으나 아무리 눈물로 열심히 구해도 찾을 수가 없었소. 요크 씨, 신과 국왕에 대한 모독은 치명적인 죄이며, '다가올 심판'이 있다는 점을 경고하지 않을 수 없소."

요크 씨가 대답했다. "나도 다가올 심판이 있다는 것은 전적으로 믿습니다. 그렇지 않다면 이 세상에서 승리한 것처럼 보이는 자들, 아무 벌도 받지 않고 무고한 자들의 마음을 아프게 하고, 부당하게 특권을 남용하고, 영예로운 소명에 수치가 되고, 가난한 자들의 입에서 빵을 빼앗고, 겸손한 자들을 협박하고, 부자와 신분이 고귀한 자들에게 비열하게 굽실거리는 악한들이 자기들이 번 바로 그 금화로 합당한 대가를 치르게 되리라 어찌 상상하겠습니까." 그가 덧붙였다. "하지만 이런 일들에 기운이 빠지고, 그런 자들이 이 추잡한 현세에서는 잘나가는 듯 보일 때면 나는 저 오래된 책을 꺼내지요. (그는 책장의 성경을 가리켰다.) 어디를 펼쳐도 푸른 유황불로 불타는 구절의 빛이 만사를 바로잡으리라 확신하게 된다오. 나는 일부 사람들이 어디로 가는지, 마치 크고 흰 날개를 가진 천사가 문지방을 넘어와 말해주기라도 한 것처럼 잘 알고 있습니다."

"선생." 헬스턴 씨가 품위를 잃지 않으려 애쓰면서 말했다. "선생, 인간의 위대한 지식은 자기 자신과, 자신의 발걸음이 향하는 목적지를 아는 것이오."

"아, 아! 헬스턴 씨, 무지가 천국의 문 앞에서 쫓겨나 멀리 허공을 날아서 지옥으로 이어지는 언덕 옆의 문안으로 밀려 들어갔음을 기억하십시오."

"요크 씨, 나도 허영심과 자만심이 자기 앞의 길을 보지 못하고 깊은 구덩이에 빠졌다는 것을 잊지 않고 있소. 그건 대지의 군주가 허영으로 가득한 바보들을 잡으려고 일부러 파놓은 것이었지요. 그는 구덩이 속으로 떨어져서 산산조각이 났소."

"자." 지금까지 이 긴 말다툼을 말없이, 그러나 즐겁게 구경하던 무어 씨가 끼어들었다. 당시의 정당정치는 물론이고 동네의 뜬소문에도 무관심했으므로, 무어 씨야말로 이런 논쟁의 가치를 판단하기에 무심하지만 공명정대한 판관이었다. "두 분 다 이 정도면 서로 충분히 공격을 하셨고, 서로를 얼마나 진심으로 싫어하는지, 서로를 얼마나 나쁘게 생각하는지도 잘 보여주셨습니다. 저로 말하자면, 저의 증오는 여전히 제 방직기를 부순 놈들 쪽으로 너무나 강하게 흐르고 있어서 지인들한테까지 나눠줄 여유는 없습니다. 정부니 종파니 그런 형체도 없는 것들한테 줄 것은 더욱 없고요. 하지만 두 분 다 직접 보여주신 바로는 정말 나쁜 분들인 것 같습니다. 제가 생각했던 것보다도 훨씬 더요. 요크 씨, 선생님 같은 반역자이자 신성모독자와 밤새도록 함께 있을 수는 없겠습니다. 헬스턴 씨, 선생님처럼 잔인하고 난폭한 성직자와 함께 집에 돌아가기도 어렵겠고요."

주임사제가 엄한 투로 말했다. "그래도 무어 씨, 나는 가야겠소. 당신은 같이 가든 말든 좋을 대로 하시오."

"아니, 그에게는 선택권이 없습니다—그는 당신과 함께 갈 겁니다." 요크 씨가 말했다. "자정이 지났습니다. 더는 내 집에 아무도 머무르게 하지 않겠습니다. 다들 가십시오."

그가 종을 울렸다. 그는 종소리를 듣고 온 하인에게 말했다. "데브, 부엌에 있는 사람들을 내보내고 문단속을 하고 자러 가게. 신사분들, 이쪽이 나가는 길입니다." 그는 손님들에게 말했다. 그러고는 복도 쪽으로 불을 비추어주어 대문으로 내보냈다.

그들은 뒷길로 급히 나가던 일행을 만났다. 그들의 말이 문 앞에 서 있었다. 그들은 말을 타고 떠났다. 무어는 급히 쫓겨난 데 웃음을 터뜨렸고, 헬스턴은 깊은 분노를 느꼈다.

5장

할로의 작은 집

무어는 다음 날 아침 일어났을 때도 여전히 활기가 넘쳤다. 그와 조 스콧은 회계실 앞뒤의 벽장에서 가져올 수 있는 것들로 대충 잠자리를 꾸며 공장에서 밤을 보냈다. 주인은 항상 일찍 일어났지만, 그날은 평소보다도 좀 더 일찍 일어났다. 그는 몸단장을 하면서 프랑스어 노래를 불러 하인을 깨웠다.

"아직도 기가 꺾이지 않으셨나요, 주인님?" 조가 외쳤다.

"그럴 리가, *몽 가르송*. 이 친구야, 라는 뜻이지. 일어나게. 일손들이 오기 전에 공장을 한 바퀴 둘러봐야지. 그런 다음에 내가 앞으로 하려는 일을 설명해주지. 우린 기계를 손에 넣게 될 거야, 조지프. 자네 혹시 브루스에 대해 들어본 적 없나?"

"거미 얘기 말입니까? 예, 들어보았지요. 스코틀랜드 역사에 대해 읽어서 주인님만큼은 알고 있습죠. 버티시겠다는 뜻으로 알겠습니다."

"맞네."

"주인님 나라에는 주인님 같은 사람들이 많나요?" 조가 급조한 침대를 접어서 치워놓으며 물었다.

"내 나라라고! 내 나라가 어딘가?"

"저, 프랑스요—아닌가요?"

"당연히 아니지! 내가 태어난 안트베르펜을 프랑스인들이 점령했다고 해서 내가 프랑스인이 되지는 않아."

"그럼 네덜란드인가요?"

"난 네덜란드인이 아니야. 자네 이제는 안트베르펜을 암스테르담과 헷갈리고 있군."

"플랑드르?"

"그런 암시는 마음에 들지 않는군, 조! 내가 플랑드르인이라고! 내 얼굴이 플랑드르인처럼 생겼나? 툭 튀어나온 투박한 코에, 이마는 초라하게 벗겨지고, 푸른색 통방울눈을 가졌다고? 내가 플랑드르인처럼 다리도 없이 몸통뿐이라고? 하지만 자네는 플랑드르인들이 어떻게 생겼는지 모르지—그 네덜란드인들 말이야. 조, 난 안트베르펜 사람이야. 내 어머니도 안트베르펜 사람이었고. 단지 어머니가 프랑스 혈통이었기 때문에 내가 프랑스어를 하는 거야."

"하지만 주인님 아버님은 요크셔 사람이셨잖아요. 그러니까 주인님도 요크셔 피가 좀 섞여 있죠. 누구든 주인님이 우리와 비슷하다고 할 거예요. 돈을 벌려고 그렇게 애를 쓰고 앞으로 나아가는 데 열심이신 걸 보면 말이에요."

"조, 자네는 버르장머리가 틀려먹었어. 하지만 난 어릴 때부터 그런 상스러운 무례함에 익숙했지. '*노동계급*', 그러니까 벨기에의 노동자들은 고용주에게 거칠게 대하거든. '*거칠게*'를 적절히 번역하면 '무례하게'라는 뜻일 거야."

"이 지역에서는 늘 솔직하게 말해요. 런던에서 온 젊은 사제나 귀족들은 우리 '무례함'에 충격을 받죠. 우리는 그들이 놀라도록 일부러 더 심하게 행동해요. 그들이 눈을 허옇게 뜨고는 귀신을 본 듯 겁에 질려 손을 벌리며 '맙소사! 이렇게 야만적일 수가! 너무 상스러워!'라고 뚝뚝 끊어지게 말하는 걸 보는 게 재미있거든요."

"너희는 야만인이 맞아, 조. 너희가 문명인이라고 생각하는 건 아니지?"

"중간, 중간쯤이죠, 주인님. 제가 보기에는 우리 북쪽 공장 일꾼들이 남쪽의 농민들보다 훨씬 더 똑똑하고 아는 것도 많아요. 우린 장사를 하면서 지혜가 늘었고, 저 같은 기계공이라도 생각을 해야만 하거든요. 아시다시피 기계며 이런저런 것들을 다루다 보면, 결과를 보면 원인을 찾게 되고, 또 목적을 달성하는 데 익숙해지지요. 그리고 저는 책 읽기도 즐기고, 우리를 지배한다고 생각하는 사람들이 우리를 위해, 우리와 함께 무엇을 하려고 하는지에 대해 호기심이 많아요. 저만 그런 게 아니에요. 기름 냄새에 찌들고 기름 얼룩이 진 사람들, 푸른색과 검은색 염색 물감에 피부가 물든 사람들 중에도 그런 이들이 많아요. 그 사람들 머리가 좋아서 법이 얼마나 엉터리인지도 다 안다니까요. 주인님이나 요크 씨 못지않아요. 윈버리의 크리스토퍼 사이크스같이 물러터진 사람들보다는 훨씬 잘 알지요. 저기 있는 헬스턴 신부님의 보좌사제인 아일랜드인 피터같이 거드름만 피우는 사람들보다도 낫고요."

"자네는 스스로가 똑똑한 놈이라고 생각하는군, 스콧."

"아! 저 정도면 나쁘지 않지요. 치즈랑 분필 정도는 구분할 줄 알고, 제가 가진 기회는 기가 막히게 써먹으니까요. 하지만 요크셔에는 저 못지않은 사람들이 얼마든지 있고, 그중 3분의 2는 저보다 나아요."

"자네는 대단한 사람이야—아주 훌륭한 녀석이라고. 하지만 잘난 척하고 우쭐대기를 좋아하지, 조! 자네가 실용적인 수학을 조금 안다고 해서, 염색 통 바닥의 화학 성분을 측정할 줄 알게 되었다고 해서 자네가 무시당하는 과학자라고 생각하지는 말라고. 장사가 늘 순조롭게 잘되지는 않는다고 해서, 자네 같은 사람들이 종종 일자리와 먹을 것이 없을 때가 있다고 해서 자네 계급이 순교자들이고 자네들을 다스리는 정부 전체가 다 글러먹었다고 생각할 필요도 없고. 더구나 오두막이랑 버려진 판잣집에만 덕(德)이 있다는 생각은 흘리지도 말게나. 내 자네에게 말해두겠는데, 나는 그런 쓰레기 같은 소리를 특히 혐오하네. 인간 본성이란 부잣집이나 초가집이나 어디에서든 같고, 숨 쉬는 인간 본성의 모든 표본에는 비율만 다를 뿐 선과 악이 뒤섞여 있다는 것을 잘 알고 있거든. 그리고 그 비율이 지위에 따라 결정되지는 않아. 나는 부유한 악한, 가난한 악한, 부유하지도 가난하지도 않지만 올바르고 겸손하게 일하면서 사는 악한도 보았지. 6시가 다 되어가는군. 조, 가서 공장 종을 울리게."

이제 2월 중순이어서, 6시면 새벽빛이 밤의 어둠 속으로 서서히 스며들며 희미한 빛으로 갈색 어스름을 꿰뚫으며 흐릿한 그림자들을 반투명하게 만들었다. 그날 아침따라 빛이 희미했다. 어떤 색채도 동쪽을 물들이지 않았고, 불그스레한 빛이 올라오지도 않았다. 낮이 묵직한 뚜껑을 들어 올리고 창백한 시선을 언덕 쪽으로 돌리는 모습을 보면 지난밤의 홍수에 태양의 불꽃이 꺼져버렸나 싶을 정도였다. 오늘 아침의 호흡은 그 광경만큼이나 싸늘했다. 칼바람이 밤에 모인 구름을 흐트러뜨렸고, 구름은 서서히 떠오르면서 지평선 주위에 색깔 없이 은빛으로 빛나는 테만 둥그렇게 남겼다. 그 너머로 나타난 것은 푸른 하늘이 아니라 더 옅은 수증기가 쌓인 층이었다. 비는 그쳤지만 땅이 푹 젖었고, 웅덩이와 개울에 물이 불어 있었다.

공장 창문들에 불이 밝혀졌고, 아직도 종이 요란하게 울렸다. 이제 어린아이들이 달려 들어왔다. 아주 서둘러 달려오느라 궂은 날씨의 추위를 너무 많이 느끼지는 않았기를 바랄 뿐이다. 그러나 그들에게는 이 아침이 오히려 더 나은 듯했다. 아이들은 그 겨울에 눈보라를 뚫고, 폭우를 뚫고, 서리를 뚫고 일하러 오곤 했으니까.

무어 씨는 문간에 서서 아이들이 지나가는 것을 지켜보았다. 그는 아이들이 지나갈 때 수를 헤아렸다. 좀 늦게 온 아이들은 나무랐다. 꾸물거리는 아이들이 작업장에 도착하면 조 스콧이 좀 더 호되게 다시 질책했다. 주인도 감독도 아주 심하게 말하지는 않았다. 그들은 엄하게 보일지는 몰라도 포악한 사람들은 아니었다. 너무 많이 지각한 아이들에게는 벌금을 물렸다. 무어 씨는 지각자가 들어가기 전에 벌금을 내게 하고, 다음에도 같은 잘못을 저지르면 벌금을 두 배로 올리겠다고 경고했다.

이런 경우에는 당연히 규칙이 필요하다. 거칠고 잔인한 주인이라면 거칠고 잔인한 규칙을 만들 것이다. 적어도 우리가 다루는 시대에는 주인들이 가혹한 규칙을 강요하기도 했다. 그러나 내가 불완전한 인물들(이 책의 모든 인물은 알고 보면 어느 정도는 불완전하다. 내 펜은 완벽하게 표준에 맞는 인물을 그리기를 거부하기에)을 묘사한다 해도, 타락했거나 완전히 오명으로 더럽혀진 인물을 다루지는 않았다. 어린이를 고문하는 자들, 노예 주인이나 사람을 노예처럼 부리는 자들은 간수들의 손에 맡긴다. 소설가는 그런 자들의 행위를 기록하느라 자신의 책장을 더럽히지 않아도 될 것이다.

죄수복과 채찍질에 대한 실감 나는 묘사로 독자의 영혼을 다치게 하거나 호기심을 채워주기보다는, 무어 씨나 그의 감독이 공장에서 아이를 때리는 일은 없었다는 것을 기쁜 마음으로 알린다. 조는 아들이 거짓말을 하고도 계속 우겨서 호되게 매질한 적이 한 번 있기는 하지만, 고용주와 마찬가지로 그 또한 침착하고 차분한 데다 대단히 이성적인 인물이어서, 아이들을 다룰 때 예외적인 경우가 아니면 체벌을 가하지 않았다.

무어 씨는 창백한 새벽이 차츰 대낮으로 강해질 때까지 공장과 공장 마당, 염색소, 창고를 오갔다. 해가 떴다—적어도 투명한 무색에 거의 얼음처럼 차갑게 보이는 하얀 원반이 언덕의 어두운 능선 위로 살짝 모습을 내보이기는 했다. 해는 그 위의 구름의 검푸른 가장자리를 은빛으로 바꾸어놓은 뒤 경계를 이루는 긴 골짜기 전체를 엄숙하게 내려다보았다. 8시가 되었다. 공장의 불은 이제 다 꺼졌고, 아침 식사를 알리는 신호가 울렸다. 30분 동안 노역에서 풀려난 아이들은 커피가 담긴 작은 깡통과 배급될 빵이 담긴 작은 바구니들로 향했다. 아이들이 배불리 먹기를 바라도록 하자. 그러지 못한다면 딱한 일일 테니.

이제야 무어 씨는 공장을 떠나 집으로 발걸음을 돌렸다. 공장에서 얼마 떨어져 있지는 않았지만, 집으로 가는 길 양쪽으로 산울타리와 높은 둑이 있어서 고립된 느낌을 주었다. 회반죽을 바르고 초록색 현관이 있는 작은 집이었다. 현관 근처의 정원에 갈색 줄기들이 드문드문 보였다. 마찬가지로 지금은 봉오리도 없고 꽃도 피지 않았지만 여름이 오면 익숙하게 꽃을 피울 듯싶은 줄기들이 창문 아래에도 서 있었다. 집 앞에는 잔디밭이 있었다. 잔디밭 둘레는 아직 검은 흙뿐이었지만, 구석진 곳에 스노드롭인지 크로커스인지 모를 것의 새싹이 에메랄드처럼 푸른빛으로 흙에서 솟아나 있었다. 봄이 늦었다. 길고 혹독한 겨울이었다. 마지막으로 내렸던 폭설은 어제 비가 내리기 전에 겨우 다 자취를 감추었다. 언덕에는 아직도 잔설이 구덩이를 이루고 꼭대기를 덮은 채 빛나고 있었다. 잔디도 파릇파릇하지 않고 희끄무레했다. 둑 위의 잔디도, 길의 산울타리 밑에 있는 잔디도 그러했다. 우아하게 무리 지어 선 나무 세 그루가 집 옆에 서 있었다. 키가 크지는 않아도 근처에 비길 만한 크기의 나무는 없었다. 나무들은 무성하고 당당해 보였다. 무어 씨의 집은 이러했다. 만족하며 사색에 잠길 만한 고즈넉한 둥지였지만, 행동과 야심의 날개를 접고 오래 있을 곳은 못 되었다.

그곳이 풍기는 소박하고 안락한 분위기는 주인에게는 아무런 특별한 매력도 갖지 못하는 듯했다. 그는 바로 집에 들어가지 않고 작은 창고에서 삽을 가져와 정원에서 작업을 시작했다. 15분 정도 누구의 방해도 없이 땅을 팠다. 그러나 한참 후 마침내 창문이 열리고 그를 부르는 여자의 목소리가 들렸다.

"아, 얘! 오늘 아침 안 먹니?"

대답과 나머지 대화는 프랑스어로 이루어졌지만, 이 책은 영어로 된 책이니 이를 영어로 옮기겠다.

"벌써 아침이 준비됐나요, 누님?"

"물론이지. 30분 전에 다 끝났다고."

"그럼 저도 준비됐어요. 배고파죽겠어요."

그는 삽을 내던지고 집 안으로 들어갔다. 좁은 복도를 따라 작은 응접실로 들어가자 커피와 버터 바른 빵, 그에 곁들여 다소 영국스럽지 않은 뭉근히 끓인 배가 아침으로 탁자 위에 차려져 있었다. 창에서 말을 했던 숙녀가 이런 음식들을 앞에 놓고 앉아 있었다. 먼저 그녀에 대해 좀 설명해야겠다.

그녀는 무어 씨보다 약간 나이가 많아서 서른다섯쯤 되어 보였다. 키가 크고 균형 잡힌 탄탄한 체격이었다. 머리는 칠흑같이 검었는데, 지금은 컬을 넣을 때 머리를 말아두는 종이로 싸서 틀어 올리고 있었다. 뺨의 혈색이 좋았고, 코는 작았고, 검은 눈도 작았다. 얼굴 하관이 위쪽에 비해 컸다. 이마는 좁고 약간 주름이 졌다. 표정에는 짜증이 서려 있었지만 본래 성질이 나쁠 것 같은 인상은 아니었다. 그녀의 전체적인 외모에는 좀 거슬리면서도 재미있기도 한 데가 있었다. 가장 눈에 띄는 것은 그녀의 드레스였다. 속을 채운 페티코트와 줄무늬가 있는 면 캐미솔이었다. 페티코트가 짧아서, 균형 면에서 보면 아쉬운 점이 많은 발과 발목이 훤히 다 드러났다.

독자 여러분은 내가 놀라울 만큼 단정치 못한 여자를 묘사했다고 생각하겠지만, 전혀 그렇지 않다. 오르탕스 무어(그녀는 무어 씨의 누나였다)는 대단히 규칙을 중시하고 근검절약하는 인물이었다. 페티코트와 캐미솔, 머리를 마는 종이는 그녀의 아침 복장이었고, 자기 나라에서는 오전이면 항상 "집안일을 보살피는"* 데 익숙했었다. 그녀는 영국에서 살아야 한다는 이유로 영국식을 따르지는 않았다. 오래된 벨기에 방식을 고수했고, 그렇게 하는 데 장점이 있다고 대단히 만족했다.

그녀는 스스로를 매우 높이 평가했는데, 실제로 좋은 자질을 갖추고 있었기 때문에 나름대로 그렇게 평가할 근거가 있었다. 그러나 이런 자질의 종류와 정도는 좀 과하게 평가하는 반면 그에 따르는 잡다하고 소소한 결점들은 따지지 않았다. 그녀가 편견이 심하고 편협한 사람이며, 자신의 품위와 중요성에 관해서는 지나치게 예민하고, 사소한 것에도 쉽게 기분 상해 한다는 사실은 아무리 말해줘도 소용없을 것이다. 그것은 다 사실이었다. 하지만 그녀가 잘났다는 주장에 반대하지 않는 한, 그리고 그녀의 편견을 건드리지 않는 한 그녀는 친절하고 다정할 수 있었다. 두 남자 형제(로버트 말고도 제라르 무어가 또 있었으니까)에게 그녀는 깊은 애정을 품고 있었다. 몰락한 가문에서 유일하게 남

* 잠언 31장 27절 인용.

은 대표자들로서, 그 둘은 그녀의 눈에 신성해 보일 지경이었다. 그러나 루이스보다는 로버트와 더 가까웠다. 루이스는 소년 시절에 영국으로 보내져 영국 학교에서 교육을 받았기 때문이다. 그가 받은 교육은 상업과는 맞지 않았고, 아마 그의 성향도 상업 쪽에는 적합하지 않았던 듯하다. 그래서 집안의 파멸로 스스로 운명을 개척해야 할 시점이 되었을 때, 그는 매우 고되면서도 매우 소박한 직업인 교사를 택했다. 그는 학교에서 조교로 일했으며, 현재는 어느 집안에서 가정교사로 일하고 있다고 전해졌다. 오르탕스는 루이스 얘기를 할 때면 그에게 재능이라 할 만한 것이 있다고 인정하면서도 너무 소극적이고 조용하다고 했다. 로버트에 대한 그녀의 칭찬은 좀 맥락이 달랐고, 더 거침이 없었다. 그녀는 그를 매우 자랑스러워했으며 유럽에서 가장 훌륭한 인물로 보았다. 그가 하는 말과 행동 모두가 그녀의 눈에는 뛰어나 보였고, 남들도 같은 눈으로 그를 볼 것이라고 기대했다. 그녀 자신에 대한 반대를 제외한다면, 로버트에게 조금이라도 반대하는 것보다 더 비합리적이고 끔찍하고 악랄한 것은 없었다.

그러니 로버트가 아침 식탁에 앉자마자 그녀는 그에게 배를 떠주고 벨기에식 빵을 먹기 좋게 잘라주면서 지난밤의 일, 방적기를 파괴한 사건에 대한 경악과 공포를 쏟아놓기 시작했다.

"무슨 생각이람! 기계를 파괴하다니. 수치스러운 짓이지 뭐냐! 이 나라 노동자들은 미개하고 사악하다니까. 정말 영국 하인들, 특히 하녀들이랑 똑같아. 예를 들자면, 세라만큼 견디기 힘든 애는 없다고."

"세라는 깔끔하고 부지런해 보이던데요." 무어 씨가 대꾸했다.

"그래 보인다고? 그 애가 어떻게 보이는지는 난 모르겠다. 지저분하고 게으르다고까지는 말 못 하겠지만, *건방지기 짝이 없다니까!* 어제도 소고기 요리를 놓고 15분이나 나와 말다툼을 했어. 내가 고기가 너덜너덜해질 때까지 끓인다는 거야. 영국인들은 우리 삶은 고기 같은 요리는 절대 못 먹을 거라나. 부용은 기름기 많은 따듯한 물이나 마찬가지라 하질 않나, 자우어크라우트로 말하자면, 손도 못 대겠다지 뭐니! 내가 내 손으로 기쁘게 준비해서 지하 저장고에 둔 그 통을 돼지 여물통이라고 부르더라니까. 그 애 때문에 너무 힘들어. 하지만 그보다도 못한 애를 만날까 봐 내보낼 수도 없어. 너도 네 일꾼들 때문에 고생이지—*불쌍한, 사랑하는 내 동생!*"

"누님이 영국에서는 그다지 행복하지 않은 것 같아 안타까워요."

"네가 있는 곳에서 행복하게 지내는 게 나의 의무란다. 하지만 고향을 그리워할 이유가 하나둘이 아니지. 여기에서는 온 세상이 다 예의가 없는 것 같아. 내 습관을 비웃어. 네 공장의 여자아이가 우연히 주방에 들어와 내가 페티코트와 캐미솔 차림으로 저녁 준비하는 모습을 보기라도 하면(너도 알다시피 나는 세라한테는 요리 한 가지도 믿고 맡길 수가 없거든) 나를 비웃는단다. 차를 마시러 오라고 초대를 한두 번 받았지만, 가보면 나는 완전히 뒷전이야. 나는 훌륭한 가문인 제라르와 무어가 출신인데, 아무도 나에게 마땅히 가져야 할 관심을 보이지 않아. 우리 가문은 존경받을 권리가 있다고. 그런 존경을 받지 못하면 마음에 상처를 입는 게 당연하지. 안트베르펜에서는 항상 특별 대접을 받았는데. 여기에서는 내가 사람들 앞에서 입만 열면 다들 내 영어 억양이 우스꽝스럽다고 생각하는 것 같아. 나는 분명 완벽하게 발음하고 있는데 말이지."

"누님, 안트베르펜에서는 우리가 부자로 소문이 났었잖아요. 영국에서는 가난하다고만 알려져 있고요."

"바로 그거야. 다들 돈만 밝힌다고. 동생아, 지난 일요일에 비가 많이 왔던 걸 기억해보렴. 그래서 내 깨끗한 검정 나막신을 신고 교회에 갔지. 유행을 따르는 도시에서라면 아무도 신지 않을 물건이지만, 난 시골에서 지저분한 길을 걸을 때 잘 신는단 말이야. 그런데 내가 늘 하던 대로 차분하게, 조용히 통로를 걸어가는데 신사 숙녀 각 네 명이 기도서로 얼굴을 가리고 킬킬대지 뭐니."

"아, 그럼 이제 나막신을 신지 마세요! 이 고장에서는 신지 않는다고 전에도 누님한테 말했잖아요."

"하지만, 얘, 그건 농부들이나 신는 보통 나막신이 아니라고. 말했잖니, *검정 나막신이라고. 아주 깨끗하고 신기에도 좋은 거야.* 몽스랑 뢰즈에서는—우아한 수도 브뤼셀 못지않은 도시들이지—점잖은 사람들도 겨울에는 다 이거밖에 안 신는다니까. 파리에서 신는 끈 달린 여성용 장화를 신고 진흙을 헤치며 플랑드르 거리를 걸어보라지! *그 꼴 한번 보고 싶네!*"

"몽스나 뢰즈, 플랑드르 거리는 신경 쓰지 마세요. 로마에 왔으면 로마법을 따라야죠. 캐미솔과 페티코트도 그다지 적절한 것 같지는 않아요. 영국 숙녀들이 그런 옷을 입은 것은 한 번도 본 적이 없어요. 캐럴라인 헬스턴에게 물어보세요."

"캐럴라인! 캐럴라인한테 물어보라고? 내 드레스에 대해 그 애한테 조언을 구하라고? 어느 면에서나 그 애가 나한테 조언을 구해야지. 어린애일 뿐인데."

"그 애 열여덟 살이에요. 적어도 열일곱은 되었어요. 드레스나 페티코트, 신발에 대해 다 알 만한 나이예요."

"동생아, 제발 부탁인데 캐럴라인을 다 받아주지는 말렴. 실제보다 더 중요한 인물인 것처럼 만들지 말란 말이다. 지금은 겸손하고 얌전하지. 그렇게 있게 놔둬."

"진심으로 하는 말이에요. 오늘 아침에 캐럴라인이 오나요?"

"평소처럼 10시에 프랑스어 수업을 받으러 올 거다."

"캐럴라인도 누님을 비웃나요?"

"그럴 리가. 그 애는 이 동네 그 누구보다도 나를 잘 이해해. 나를 더 친밀하게 알 기회가 많으니까. 내가 교육을 잘 받았고, 지적이고, 매너와 원칙이 있다는 걸 알지. 한마디로 좋은 가문에서 태어나 좋은 가정교육을 받은 사람이 가져야 할 것을 내가 다 가지고 있다는 것을 안단 말이야."

"누님은 캐럴라인을 좋아하세요?"

"좋아하느냐고—그건 모르겠구나. 난 누구한테 푹 빠지는 사람이 아니라서. 그러니까 내 우정은 더 신뢰할 만하지. 나는 캐럴라인을 친척으로서 존중한단다. 그 애의 처지도 내 관심을 끌고, 지금까지 내 학생으로서의 품행도 다른 이유에서 비롯된 애정을 줄이기보다는 키워주는 쪽이었지."

"수업 때는 품행이 올바른가요?"

"나한테는 아주 예의 바르게 굴어. 하지만 동생아, 너도 알다시피 나는 과한 친밀함은 피하고 존경심과 존중은 요구하도록 계산된 태도를 보인단다. 하지만 나는 통찰력이 있으니 캐럴라인이 완벽하지 않다는 것은 알아. 아직 고쳐야 할 점이 많아."

"커피 한 잔만 주세요. 마시면서 캐럴라인의 결점을 설명해주세요."

"사랑하는 동생아, 네가 간밤의 고생 이후에 아침은 천천히 즐기는 모습을 보니 좋구나. 캐럴라인은 결점이 많아. 하지만 나의 손길과 엄마 같은 돌봄으로 나아질 거야. 가끔 그 애한테 뭔가 문제가 있기는 해. 내 생각에는 너무 내성적이야. 썩 마음에 들지는 않아. 소녀답고 고분고분한 맛이 좀 부족하거든. 기질상 불안하게 허둥지둥하는 면이 언뜻언뜻 보여. 그런 점이 거슬린단 말이지. 하지만 대개는 아주 조용하고 지나치게 맥이 없어. 가끔은 정말로 신중하지. 머잖아 한결같이 차분하고 예의 바른 아이로 내가 반드시 바꾸어놓겠어. 알 수 없는 생각에 깊이 빠지는 일이 없게 말이야. 나는 이해할 수 없는 것들은 마음에 들지 않아."

"누님 말씀을 전혀 이해 못 하겠어요. 예를 들면, '불안하게 허둥지둥하는 면'이 무슨 뜻인가요?"

"예를 하나 들어주면 충분히 설명이 되겠구나. 너도 알겠지만, 가끔 그 애한테 발음 연습 삼아 프랑스어 시를 낭독하게 한단다. 수업에서는 코르네유와 라신을 꾸준히, 집중해서 흡족한 태도로 다 보았거든. 그런데 이런 위대한 작가들을 숙독하면서도 이따금씩은 도통 활기를 보이지 않는단 말이야. 차분하다기보다는 무관심해 보여. 내 수업을 듣는 혜택을 받는 사람들한테서 참을 수 없는 것이 무관심이야. 게다가, 중요한 작품을 공부하면서 무관심해서는 안 돼. 일전에는 그 애한테 짧은 작품 몇 개를 주었단다. 한 편을 암기하라고 창가로 보내놓고 살펴보았더니 조급하게 책장을 넘기고, 분명한 조소를 담아 입술을 비틀면서 대충 시를 살펴보고 있더구나. 그래서 내가 나무랐지. 그랬더니 이렇게 말하더구나. *'언니, 이런 건 정말 지루해죽겠어요.'* 그런 말은 적절하지 않다고 말해주었단다. 그 애는 *'신이시여! 프랑스 문학을 통틀어 진짜 시다운 시는 없나요?'*라고 외쳤어. 그게 무슨 소리냐고 물었지. 그러자 그 애는 이내 양순한 태도로 용서를 빌었어. 곧 차분해졌지. 그러더니 책을 놓고 미소를 지으면서 열심히 공부하기 시작했어. 30분쯤 지나자 내 앞에 서서 책을 내밀더니 내가 늘 가르쳤듯이 양손을 포개고 셰니에의 짧은 시 '젊은 포로'를 암송하기 시작했지. 그 애가 시를 외는 태도와, 다 외고 나서 앞뒤가 안 맞는 말을 몇 마디 하는 것을 네가 들었다면 내가 '불안하게 허둥지둥하는 면'이라고 한 것이 무슨 뜻인지 알았을 거다. 마치 셰니에가 라신과 코르네유의 시를 다 합친 것보다도 훨씬 더 감동적이라는 듯이 굴더구나. 얘, 너처럼 현명한 사람이라면 이렇게 균형이 맞지 않는 선호는 정신이 아직 다듬어지지 않은 탓이라는 것을 알 거다. 하지만 그 애는 선생 복이 있어. 내가 그 애한테 체계와 생각하는 방법, 일련의 견해들을 가르쳐줄 거란다. 감정을 완벽하게 통제하고 이끄는 법을 알려줄 거야."

"누님이라면 틀림없이 하실 수 있을 겁니다. 저기 캐럴라인이 오는군요. 창문을 지나간 그림자가 그녀가 맞을 거예요."

"아! 그렇구나. 너무 빨리 왔네—30분이나 일찍 왔어. 애야, 무슨 일로 내가 아침을 먹기도 전에 온 거니?"

이 질문은 겨울 망토로 몸을 감싸고 지금 막 방으로 들어온 소녀에게 던진 것이었다. 망토 자락이 날씬한 몸매를 우아하게 감싸고 있었다.

"언니랑 로버트가 어떠신지 보려고 서둘러서 왔어요. 어젯밤에 일어난 일 때문에 두 분 다 상심해 계실 것 같아서요. 오늘 아침에서야 들었어요. 숙부님이 아침 식사 때 말씀해주셨어요."

"아! 말로 다 할 수가 없단다. 너도 우리를 딱하게 여기니? 네 숙부님도 우리를 동정하시고?"

"숙부님은 머리끝까지 화가 나셨어요. 하지만 틀림없이 로버트 편이실 거예요. 그렇지 않겠어요? 숙부님과 함께 스틸브로 황야에 가셨지요?"

"그랬지요. 우리는 전투태세로 출발했답니다, 캐럴라인. 하지만 우리가 구하러 가던 포로들과 도중에 마주쳤어요."

"다친 사람은 아무도 없겠지요?"

"음, 없었어요. 등 뒤로 너무 세게 묶인 조 스콧만 손목이 좀 쓸렸을 뿐이죠."

"당신은 거기 없었어요? 그들이 습격한 마차와 함께 있지 않았어요?"

"네, 안타깝지만 현장에 없었어요."

"오늘 아침에는 어디로 갈 건가요? 머개트로이드가 마당에서 당신 말에 안장을 얹고 있던데요."

"윈버리로 갈 겁니다. 오늘이 장날이에요."

"요크 씨도 가신대요. 마차를 타고 가시는 도중에 마주쳤어요.

집에 돌아올 때 그분과 함께 오세요."

"왜요?"

"둘이면 혼자보다는 낫고, 요크 씨는 다들 좋아하니까요. 적어도 가난한 사람들은 그분을 싫어하지 않아요."

"그러니까 미움받는 나 같은 사람을 보호해줄 거라는 말이죠?"

"오해받는 사람이죠. 그 표현이 맞겠네요. 늦게 돌아오나요? 로버트가 늦게 돌아올까요, 오르탕스 언니?"

"아마 그렇겠지. 대개 윈버리에서 할 일이 많으니. 네 연습장은 가지고 왔니?"

"네. 몇 시에 돌아오나요, 로버트?"

"보통 7시에 돌아옵니다. 내가 집에 더 빨리 왔으면 좋겠어요?"

"6시까지는 돌아오도록 해보세요. 요즘은 6시면 아주 깜깜하지는 않지만, 7시엔 해가 완전히 져요."

"해가 지면 어떤 위험이 있을까요, 캐럴라인? 어둠과 더불어 저에게 어떤 위험이 닥칠 거라 생각하는 겁니까?"

"제가 무얼 두려워하는지 저도 잘 모르겠어요. 하지만 요즘엔 다들 친구들 걱정을 하잖아요. 숙부님은 요즘이 위험한 시기라고 하세요. 공장 주인들이 인심을 잃었다는 말씀도 하시고요."

"그럼 저는 제일 인심을 잃은 사람 중 하나겠군요? 그건 사실 아닙니까? 대놓고 입 밖에 내기를 꺼릴 따름이지, 속으로는 저도 피어슨과 같은 꼴이 될 거라 생각하고 있군요. 산울타리 뒤에서도 아니고 자기 집에서 자러 가다가 계단 창문으로 총을 맞은 피어슨 말입니다."

"앤 피어슨이 저한테 방문에 박힌 총알을 보여주었어요." 캐럴라인이 망토를 접어 머프와 함께 협탁 위에 올려놓으면서 엄숙하게 말했다. "아시겠지만, 여기에서 윈버리까지는 가는 길 내내 산울타리가 있잖아요. 필드헤드 농장도 지나야 하고요. 하지만 6시까지는 돌아오시겠죠—아니면 그 전에?"

오르탕스가 말했다. "물론 그 전에 올 거야. 자, 얘야, 이제 너는 수업 준비를 하렴. 난 저녁에 먹을 퓌레를 위해 콩을 좀 담가 놓고 있을 테니."

이렇게 지시하고 그녀는 방을 나갔다.

무어 씨가 말했다. "당신은 나에게 적이 많다고 생각하는군요, 캐럴라인? 그렇다면 당연히 나한테 친구가 없다는 것도 알고 있겠지요?"

"없지는 않아요, 로버트. 당신의 누님과, 저는 본 적은 없지만 형제 루이스가 있고, 요크 씨도 있어요. 제 숙부님도 있고, 당연히 그 밖에도 많지요."

로버트가 미소를 지었다. "'그 밖에도 많다'는 친구들이 누구인지는 당신도 잘 모를걸요. 자, 당신 연습장을 좀 보여줘요. 글씨를 참 정성스럽게 썼군요! 누님은 당신을 모든 면에서 플랑드르 여학생의 모범을 따르도록 만들고 싶어 하는 것 같아요. 당신에게는 어떤 삶이 운명 지어져 있을까요, 캐럴라인? 프랑스어, 그림, 그 밖의 교양을 다 배우면 당신은 그것들로 뭘 할까요?"

"언제 다 배우게 될지는 모르겠지만요. 아시다시피 언니한테 배우기 전에는 저는 아는 게 거의 없었으니까요. 저에게 어떤 삶이 운명 지어져 있는지는 저도 모르겠어요. 아마도 숙부님의 집을 돌보면서—" 그녀는 말끝을 흐렸다.

"언제까지요? 숙부님이 돌아가실 때까지?"

"아뇨. 그런 말은 심하잖아요! 그분이 돌아가신다는 생각은 해 본 적도 없어요. 이제 겨우 쉰다섯이신걸요. 한마디로, 제게 뭔가 다른 일이 주어질 때까지겠지요."

"참으로 막연한 전망이군요! 거기에 만족합니까?"

"예전에는 그랬어요. 아이들은 별생각이 없잖아요. 아니면 적어도 이상적인 주제로 생각을 하지요. 지금은 만족스럽지 않은 때도 있어요."

"어째서인가요?"

"저는 돈을 벌지 못하니까요—전혀 벌지 못해요."

"핵심을 찔렀군요, 리나. 그럼 당신도 돈을 벌고 싶습니까?"

"그래요. 일자리를 찾고 싶어요. 제가 남자였다면 찾기가 그리 어렵지는 않았을 거예요. 일을 배우고 제 힘으로 출세하는 쉽고 재미있는 방법이 저한텐 보여요."

"계속해봐요. 어떤 방법인지 들어봅시다."

"당신 사업에서 수습생을 할 수도 있고요—직물 사업 말이에요. 우리는 먼 친척 사이니까 당신한테 사업을 배울 수도 있겠지요. 당신이 시장에 가 있을 동안 제가 회계실 일을 한다든가, 장부 기장을 하고 편지를 쓸 수도 있고요. 당신이 아버지의 빚을 갚기 위해 어떻게든 꼭 부자가 되고 싶어 한다는 거 알아요. 부자가 되도록 제가 도와줄 수도 있지요."

"나를 돕는다고요? 자기 생각부터 해야지요."

"물론 제 생각을 해요. 하지만 언제까지나 자기 생각만 할 수는 없잖아요?"

"내가 달리 누구를 생각하겠어요? 내 처지에 나 말고 누구를 신경이나 쓸 수 있겠어요? 가난한 사람들은 동정심이 너무 많아서는 안 돼요. 그들은 편협해질 의무가 있어요."

"아뇨, 로버트—"

"그래요, 캐럴라인. 가난은 필연적으로 이기적이고, 옹졸하고, 비굴하고, 불안한 거예요. 때때로 가난한 사람의 마음에 빛줄기가 비추고 이슬이 내리면 이런 봄날의 정원에서 싹을 틔우는 식물들처럼 무성해질 수도 있겠지요. 자라나 잎을 피워낼지도 몰라요. 꽃을 피울 수도 있고요. 하지만 그런 유쾌한 충동을 자극해서는 안 돼요. 그는 북풍처럼 살을 에는 싸늘한 숨결로 충동을 자제하는 신중함을 가져야 해요."

"그럼 어떤 작은 집도 행복하지 않겠네요."

"제가 가난에 대해서 말할 때는 일꾼들의 타고난 고질적인 가난을 얘기하는 게 아닙니다. 그보다는 빚에 눌린 사람의 부끄러운 가난에 대해 말하는 거예요. 나의 고통스러운 본모습은 항상 근심에 시달리면서 발버둥 치는 궁핍한 상인이랍니다."

"희망을 가지세요, 불안 말고요. 어떤 생각들은 당신 마음속에 너무 단단히 박혀버렸어요. 이렇게 말하면 주제넘은 소리일지도 모르지만, 행복을 얻는 최선의 수단에 대한 당신의 생각에는 잘못된 점이 있는 것 같아요. 뭐냐 하면—" 그녀는 또다시 말끝을 흐렸다.

"잘 듣고 있어요, 캐럴라인."

"저—(용기를 내! 진실을 말해) 당신의 태도에—태도만 얘기하는 거예요—요크셔 일꾼들에 대한 태도 말이에요."

"나에게 여러 번 그 말을 하고 싶었군요, 그렇지요?"

"맞아요. 아주 여러 번 그랬어요."

"내 태도 문제라면 받아들일 수 없군요. 나는 거만하지 않아요. 내 위치에 있는 사람이 거만할 이유가 뭐가 있겠어요? 나는 무뚝뚝하고, 냉정하고, 기쁨을 드러내지 않을 뿐이죠."

"당신은 살아 있는 직공들을 다 당신의 방직기와 전단기 같은 기계처럼 대해요. 집에서는 그러지 않는데."

"내 집에 있는 사람들에게는 내가 이방인이 아니니까요. 하지만 이 영국 촌뜨기들에게는 달라요. 그들에게 따듯하게 대해줄 수는 있지만, 나는 연기에 능한 사람이 아니에요. 그들은 비이성적이고 삐딱해요. 나는 한시가 급한데 내 발목을 잡아요. 그들을 정당하게 대해주는 것으로 나는 내 의무를 다하는 거예요."

"그들이 당신을 사랑해주기를 기대하지는 않겠군요?"

"바라지도 않아요."

"아!" 조언자는 고개를 저으며 깊은 한숨을 내쉬었다. 그 한숨은 어딘가 풀 수 있는 나사가 있다는 것은 알지만 바로잡기에는 자신의 손이 닿지 않는다는 것을 알아차렸음을 보여주었다. 그녀는 문법책 위로 몸을 숙이고 그날 치 문법 규칙 연습을 시작했다.

"난 애정이 넘치는 사람이 못 돼요, 캐럴라인. 한두 명만 있어도 충분해요."

"로버트, 괜찮으면 가기 전에 펜 한두 개만 좀 고쳐줄래요?"

"먼저 책에 줄을 그어줄게요. 당신은 항상 줄을 비스듬하게 그으니까……. 자……. 그럼 이제 펜을 줘봐요. 촉이 가느다란 걸 좋아하죠?"

"보통 저랑 언니를 위해 해주는 것처럼요. 촉이 굵은 당신 것처럼 말고."

"내가 루이스의 직업을 가졌다면 오늘 아침 집에 남아서 당신 공부를 봐줄 텐데요. 하지만 오늘 아침은 사이크스의 모직물 창고에서 보내야 해서."

"돈을 벌겠지요."

"잃을 확률이 더 크지요."

그가 펜을 다 고쳐주었을 때쯤 안장을 얹고 굴레를 씌운 말이 정원 문으로 이끌려 왔다.

"자, 머개트로이드가 준비되었군요. 가야겠어요. 먼저 남쪽 화단에 봄이 어떻게 왔는지를 한번 볼게요."

그는 방을 나서 공장 뒤편의 정원으로 갔다. 새로 돋아난 푸른 잎과 꽃망울들—스노드롭, 크로커스, 프림로즈까지—이 공장의 뜨거운 벽 아래 햇살 속에 피어나 있었다. 무어는 여기저기에서 꽃과 잎을 따서 작은 다발을 만들었다. 그러곤 응접실로 돌아가 누이의 반짇고리에서 실을 꺼내 꽃을 묶어서 캐럴라인의 책상 위에 놓았다.

"자, 좋은 아침이에요."

"고마워요, 로버트. 예쁘네요. 거기 놓으니까 반짝이는 햇살과 파란 하늘 같아요. 좋은 아침이에요."

그는 문으로 가다가 발을 멈추고는 뭔가 말하려는 듯 입을 열었지만, 아무 말도 하지 않고 그대로 나갔다. 그는 쪽문을 지나 말에 올랐다. 하지만 잠시 후 다시 안장에서 내려 머개트로이드에게 고삐를 넘겨주고 집 안으로 되돌아갔다.

"장갑을 깜박했군요." 그는 이렇게 말하며 협탁에서 뭔가를 집었다. 그러더니 갑자기 생각난 듯 이렇게 덧붙였다. "집에 꼭 해야 할 일이 있는 건 아니겠지요, 캐럴라인?"

"전혀 없어요. 램스던 부인이 유대인 바구니에 기부할 아이들 양말을 좀 떠달라고 부탁하시긴 했지만 그건 나중에 해도 돼요."

"팔아야 할 유대인 바구니라니! 그보다 이름을 더 잘 붙인 것도 없지요. 그 내용물과 그것들의 가격을 생각하면 그보다 더 유대인스러운 것도 없을걸요. 하지만 당신 입꼬리가 아주 살짝 말려 올라가는 걸 보니, 그것의 진가에 대해 나와 같은 생각을 하고 있군요. 유대인 바구니 따위는 잊어버리고 오늘 하루는 여기에서 보내는 게 어때요? 당신이 없다고 당신 숙부님이 마음 아파하시지는 않겠지요?"

그녀는 미소 지었다. "전혀요."

"그 늙은 카자크인이 그럴 리가 있나!" 무어가 중얼거렸다. "그러면 누님과 저녁을 같이해요. 누님이 아주 기뻐하실 겁니다. 나도 늦지 않게 돌아오지요. 저녁에 책을 좀 읽어도 좋겠네요. 8시 반이면 달이 뜰 테니, 9시에 당신을 사제관까지 데려다주면 되겠군요. 괜찮지요?"

그녀는 고개를 끄덕였다. 그녀의 눈이 빛났다.

무어는 2분 정도 더 머물렀다. 캐럴라인의 책상 위로 고개를 숙여 문법책을 훑어보기도 하고, 그녀의 펜을 건드려보기도 하고, 그녀의 꽃다발을 들어 올려 만지작거리기도 했다. 그의 말이 참지 못하고 발을 굴렀다. 프레드 머개트로이드는 주인이 대체 뭘 하고 있는지 모르겠다는 듯이 문가에서 에헴 하고 헛기침을 했다. "좋은 아침입니다." 무어가 다시 인사를 하고는 드디어 떠났다.

10분 후에 돌아온 오르탕스는 캐럴라인이 아직 연습을 시작도 하지 않은 것을 보고 놀랐다.

6장

코리올라누스

마드무아젤 무어의 학생은 그날 아침 약간 넋이 빠진 듯했다. 아무리 설명을 해주어도 캐럴라인은 다시, 또다시 잊어버렸다. 하지만 캐럴라인은 주의를 기울이지 않는다는 나무람을 여전히 티 없이 맑은 기분으로 잘 견뎌냈다. 창가에 햇살을 받으며 앉아 있어서 그 온기로부터 어떤 영향을 받는 것 같았다. 그 덕분에 행복하고 기분 좋아 보였다. 그렇게 평온한 상태에 있을 때 그녀는 가장 아름다웠다. 그리고 그녀의 아름다움은 보기에도 즐거운 광경이었다.

그녀는 분명 아름다움이라는 선물을 타고났다. 그녀를 좋아하기 위해서 반드시 그녀를 알아야 할 필요는 없었다. 첫눈에 보아도 꽤 괜찮은 아가씨였다. 나이에 걸맞은 몸매는 소녀답고 가볍고 나긋나긋했다. 모든 곡선 하나하나가 다 깔끔했고, 팔다리의 비율이 맞았다. 얼굴은 표정이 풍부하고 부드러웠다. 아름다운 눈은 때때로 마음속까지 파고드는 강렬한 빛을 내뿜었으며, 애정 어린 말에는 부드러운 말씨로 대답했다. 입이 아주 예뻤다. 섬세한 피부에 갈색 머리가 보기 좋게 흘러내렸다. 그녀는 머리 모양을 맵시 있게 손질할 줄 알았다. 곱슬머리가 잘 어울렸고, 머리숱이 그림처럼 풍성했다. 드레스 스타일을 보면 그녀의 안목이 잘 드러났다. 과하게 유행을 좇지 않았고 천도 비싼 것이 아니었으나, 밝은 피부색에 대비되며 잘 어울리는 색깔에 가늘고 날씬한 몸매에 잘 맞는 디자인이었다. 지금 입은 겨울옷은 메리노 천으로 만든 것이었는데, 머리색과 같은 연한 갈색이었다. 목을 감싼 작은 칼라는 분홍 리본 위에 놓이도록 분홍 매듭으로 고정되어 있었다. 다른 장식은 착용하지 않았다.

캐럴라인 헬스턴의 외모에 대해서는 이쯤 해두자. 그녀의 성격이나 지성은 적당한 때가 되면 저절로 드러날 것이다.

이제 그녀의 친척 관계를 얘기해보겠다. 부모는 성격 차이로 인해 그녀의 출생 직후 헤어졌다. 그녀의 어머니는 무어 씨의 아버지와 이복형제였다. 그래서 피는 섞이지 않았지만 그녀는 로버트, 루이스, 오르탕스와 사촌지간이었다. 그녀의 아버지는 헬스턴 씨의 형제였다. 죽음으로 일단 이 세상에서의 일이 다 마무리된 후에도 친구들이 떠올리고 싶어 하지 않는 사람이었다. 그는 아내를 불행하게 만들었다. 그에 관해 사실이라고 알려진 소문들 때문에 그보다 훨씬 더 나은 원칙을 가진 그의 형제에 관한 잘못된 소문마저도 그럴듯해 보이게 되었다. 캐럴라인은 갓난아이 때 어머니 품을 떠나 그 후로는 한 번도 어머니를 만난

적이 없기 때문에 어머니에 대해서는 아무것도 몰랐다. 아버지는 비교적 젊은 나이에 사망하여 숙부인 주임사제가 한동안 그녀의 유일한 보호자였다. 우리도 알다시피 그는 어린 소녀를 맡기에는 천성으로 보나 습관으로 보나 그다지 적합한 인물이 못 되었다. 그는 조카딸을 교육하는 데 거의 공을 들이지 않았다. 그녀가 자신이 방치되고 있음을 알고 점차 불안해져서 관심을 좀 가져달라고, 꼭 필요한 만큼의 지식을 얻을 수단은 마련해달라고 몇 차례 부탁하지 않았다면 그는 손 놓고 있었을 것이다. 그녀는 자신이 남보다 부족하다는, 비슷한 지위의 또래 소녀들이 보통 가진 것보다 성취한 것이 적다는 느낌에 우울해했다. 그래서 사촌 오르탕스가 할로 공장에 온 직후 프랑스어와 바느질을 가르쳐주겠다고 친절하게 제안하자 매우 기뻤다. 마드무아젤 무어 쪽에서도 할 일이 생겨서 자신이 중요한 사람이 된 기분을 느낄 수 있어 기뻤고, 양순하지만 영리한 학생에게 큰소리를 칠 수 있어 좋았다. 제대로 교육을 받지 못했다는 이유로 그녀는 캐럴라인을 무지한 소녀로 평가했다. 학생이 빠른 속도로 부지런히 나아지는 것을 보자, 이는 학생의 재능 덕이 아니라 전적으로 자신의 뛰어난 가르침 덕이라 믿었다. 캐럴라인이 통상적인 일에는 능숙하지 못한 것에 반해, 두서는 없어도 자기 나름대로 다양한 지식을 갖고 있다는 것을 알게 되었을 때에도 전혀 놀라지 않았다. 그녀는 이 소녀가 그런 귀한 지식을 자기도 모르는 사이에 자신과의 대화에서 습득했다고 생각했다. 그녀 자신은 거의 모르는 주제에 대해 자신의 제자가 많은 것을 알고 있다고 느낄 때조차도 그랬다. 이런 생각은 논리적이지 않았지만, 오르탕스의 믿음에는 흔들림이 없었다.

*'현실적인 사고'*를 가졌으며 딱딱한 학문을 더 좋아한다는 자부심이 있는 마드무아젤은 어린 사촌에게도 할 수 있는 한 똑같은 것을 강요했다. 자신이 고안할 수 있는 가장 유익한 연습 방법으로 프랑스어 문법의 끝없는 *'논리 분석'*을 캐럴라인에게 가차 없이 시켰다. 이 '분석'은 캐럴라인에게 전혀 즐거움을 주지 못했다. 그녀는 분석 없이도 프랑스어를 잘 배울 수 있었을 것이라고 생각했다. 주절과 종속절을 놓고 고민하고, 관계사절의 제한적 용법인지 비제한적 용법인지를 따지고, 독립절인지 생략절인지 함축절인지를 고민하는 시간이 너무나도 아까웠다. 가끔은 미궁에 빠져 길을 잃어버렸는데, 그럴 때면 종종 (오르탕스가 위층에서 서랍을 뒤지고 있을 동안—그녀는 서랍을 정리하고, 흐트러뜨리고, 다시 정리하고, 거꾸로 정리하는 이해할 수 없는 일로 하루 중 많은 시간을 보냈다) 회계실에 있는 로버트에게 자기 책을 가지고 가서 그의 도움으로 엉망진창인 부분을 그럭저럭 고치곤 했다. 무어 씨는 명료하고 차분한 두뇌를 가지고 있었다. 캐럴라인의 사소한 어려움들은 그의 눈 아래에서는 곧장 풀리는 듯했다. 그는 2분이면 모든 것을 설명해주었다. 단 두 마디 말로 수수께끼를 풀 열쇠를 주었다. 그녀는 오르탕스가 로버트처럼 가르칠 수만 있다면 훨씬 더 빨리 배울 수 있을 거라고 생각했다. 그녀는 그의 얼굴을 쳐다보지 못하고 발치로 눈을 내리깐 채 감탄과 감사가 담긴 미소로 보답하고는, 공장을 떠나 다시 작은 집으로 내키지 않는 발걸음을 돌렸다. 그러고는 연습을 마저 끝내거나 계산을 하는 동안(마드무아젤 무어는 그녀에게

산수도 가르쳤다) 자연이 자신을 여자아이가 아니라 남자아이로 만들어주었더라면 로버트에게 자신을 직원으로 써달라고 부탁했을 텐데 하고 아쉬워했다. 그랬더라면 오르탕스와 응접실에 앉아 있는 대신 그와 함께 회계실에 앉아 있었을 것이다.

그녀는 가끔—정말 드물게 있는 일이었지만—할로의 작은 집에서 저녁을 보냈다. 그러는 동안 무어는 시장에 나가 있을 때도 있었고, 요크 씨네 집에 가 있을 때도 있었다. 남자 손님과 함께 다른 방에 있을 때도 많았다. 그러나 다른 약속 없이 집에 남아 캐럴라인과 이야기를 나눌 때도 있었다. 그럴 때면 저녁 시간은 빛의 날개에 올라탄 듯 헤아리기도 전에 빠르게 지나갔다. 영국 어디에도 세 사촌이 있는 이 작은 응접실만큼 유쾌한 곳은 없었다. 오르탕스는 가르치거나 야단을 치거나 요리를 하지 않을 때는 기분이 좋았다. 저녁이 되면 긴장을 풀고 어린 영국인 친척에게도 친절하게 대해주곤 했다. 그녀를 기쁘게 할 수 있는 또 한 가지 방법은, 기타를 가져와 연주하며 노래를 불러달라고 부탁하는 것이었다. 그러면 그녀는 아주 다정해졌다. 기타도 잘 쳤고 목소리도 좋았기 때문에 그녀의 노래를 듣는 것도 나쁘지는 않았다. 격식을 따지고 자신이 중요한 사람이라고 믿는 성격 탓에 가락이 이상해지는 것만 아니라면 정말로 듣기 좋았을 것이다. 그런 성격이 그녀의 태도에 영향을 주고 표정을 바꾸어놓았다.

무어 씨는 힘든 업무의 멍에에서 벗어나면 그 자신이 활발한 성격은 아니라도 캐럴라인의 활발함을 기꺼이 바라봐주었고, 그녀의 말을 잘 들어주었으며 질문에도 곧잘 대답해주었다. 그는 곁에 앉아 있고 주변을 맴돌고 말을 걸고 바라보기에 좋은 사람이었다. 가끔은 그 이상이었다—생기가 돌고 상당히 다정하며 친근할 때도 있었다.

문제는 그다음 날 아침이면 다시 차가워진다는 것이었다. 자기 나름의 조용한 방식대로 이런 사교적인 저녁을 즐기는 듯 보여도 그가 이를 되풀이하는 일은 거의 없었다. 이런 상황은 그의 사촌의 미숙한 머리를 혼란에 빠뜨렸다. 그녀는 생각했다. '원하는 대로 행복해질 수 있는 수단이 내게 있다면 그걸 자주 사용할 텐데. 잘 써먹어서 늘 반짝반짝하게 하지, 녹이 슬 때까지 몇 주나 방치해놓지는 않을 거야.'

그러나 그녀는 자신의 이론을 실천으로 옮기지 않을 정도의 신중함은 있었다. 그 작은 집으로의 저녁 방문을 좋아하긴 했지만, 불러주지 않는데도 찾아가는 일은 절대 없었다. 종종 오르탕스가 오라고 강하게 권해도 로버트가 거듭 청하지 않았거나 형식적으로만 청할 때는 거절하곤 했다. 그런데 오늘 아침에는 처음으로 누가 시키지 않았는데도 그가 그녀를 초대한 것이다. 그것도 너무나 다정하게 말해서, 그의 말을 들으면서 그녀는 행복감에 젖었고 하루 종일 기분이 좋았다.

오전은 평소처럼 지나갔다. 마드무아젤은 숨 쉴 틈도 없이 바쁘게 주방과 응접실을 부산스럽게 돌아다녔다. 세라를 야단치기도 하고, 캐럴라인의 연습을 감독하고 암송을 듣기도 했다. 아무리 완벽하게 해내도 그녀는 결코 칭찬을 하지 않았다. 칭찬은 선생의 품위에 어울리지 않으며, 반드시 어느 정도는 야단을 쳐줘야 한다는 것이 그녀의 지론이었다. 그녀는 심하건 가볍건 끊임없는 질책이 자신의 권위를 유지하는 데 반드시 필요하다고 믿었고, 수업에서 어떤 실수도 발견되지 않으면 학생의 행동거지든 분위기든 옷이든 태도든 어디에서든 고칠 거리를 찾았다.

점심 식사를 놓고 늘 그러듯 소란이 일어났다. 마침내 방에 식사를 날라 온 세라는 분명히 이렇게 말하는 듯한 표정으로 식탁 위에 접시를 거의 던지다시피 놓았다. "내 평생 이런 건 요리해 본 적도 없어. 개한테도 못 줄 음식이라니까." 세라는 경멸했지만 맛은 꽤 좋은 식사였다. 수프는 말린 콩으로 만든 일종의 퓌레였는데, 마드무아젤이 이런 황량한 영국 시골에서는 까치콩을 구할 수가 없다고 탄식하면서 준비한 것이었다. 그다음에는 정체를 알 수 없는 여러 잡다한 고기를 빵가루와 함께 아주 잘게 썰어서 불쾌하지는 않지만 독특한 양념을 하고 틀에 넣어 구운 요리가 나왔다. 괴상하지만 못 먹을 요리는 아니었다. 이상하게 멍이 든 채소가 곁들여져 나왔다. 그리고 마담 제라르 무어의 할머니가 만든 요리법으로 졸인, 맛으로 보건대 설탕 대신 당밀을 넣은 듯한 과일 파테로 만찬이 마무리되었다.

캐럴라인은 이런 벨기에식 요리에 전혀 이의가 없었다. 오히려 기분 전환이 되어 좋아했다. 그녀가 조금이라도 싫어하는 티를 냈다면 마드무아젤의 눈 밖에 났을 테니 다행스러운 일이었다. 이 외국 음식을 싫어하는 티를 내는 것은 실제 범죄보다도 용서할 수 없는 일이었다.

점심 식사가 끝난 직후 캐럴라인은 위층으로 올라가 옷을 갈아입으라고 가정교사 사촌을 살살 구슬렸다. 이런 작전은 교묘히 잘 해내야 했다. 페티코트와 캐미솔, 머리 마는 종이가 혐오스러운 것들이라거나 그다지 칭찬할 만한 것들이 못 된다는 암시를 조금이라도 내비쳤다면 중범죄가 되었을 것이다. 그러므로 그것들을 벗으라고 성급하게 재촉하는 것은 현명치 못한 짓이며, 오히려 하루 종일 그런 차림새를 고집하게 할 수도 있었다. 그러나 제자는 장애물들은 조심스레 피하며, 분위기를 바꿀 필요가 있다는 구실로 선생을 위층으로 올려 보냈다. 그리고 일단 침실에 들어가자, 굳이 다시 내려갈 필요는 없으며 지금 화장을 하는 편이 낫겠다고 설득했다. 마드무아젤이 패션 따위의 시시한 것들은 모두 무시해버리는 자신의 우월한 장점에 대해 장광설을 늘어놓는 동안, 캐럴라인은 그녀의 캐미솔을 벗기고 점잖은 가운을 입힌 뒤 칼라며 머리를 정돈해주어 제법 봐줄 만한 모습으로 바꾸어놓았다. 하지만 오르탕스는 끝마무리는 직접 했다. 이때 마무리란 두꺼운 손수건을 목에 두르고, 하인이나 입을 법한 큼지막한 검은 앞치마를 걸쳐서 모든 것을 망쳐버리는 것이었다. 마드무아젤은 두꺼운 손수건과 큼직한 앞치마 없이는 자기 집 안에서도 절대 모습을 드러내지 않았다. 손수건은 도덕성의 문제였다. 피쉬*를 걸치지 않는 것은 매우 부적절했다. 앞치마는 좋은 주부의 깃발과도 같은 것이었다. 그녀는 그것으로 남동생의 수입을 상당히 절약하고 있다고 생각하는 듯했다. 그녀는 자기 손으로 비슷한 것을 만들어 캐럴라인에게도 선물했다. 손아래 사촌이 이 우아한 선물을 받아 그 혜택을 누리기를 거부한 것이 그들이 지금까지 겪은 가장 심한 다툼의 원인이었고, 그 일은 아직까지도 손위 사촌의 마음속에 상처로 남았다.

* 여성용 세모꼴 숄.

캐럴라인은 이렇게 말했다. “저는 목이 높이까지 올라오는 드레스를 입고 칼라를 달고 있어요. 그 위에 손수건까지 매면 질식할 것 같아요. 제 짧은 앞치마도 긴 것 못지않게 좋아요. 저는 바꾸고 싶은 마음이 없어요.”

그러나 무어 씨가 이 주제를 놓고 논쟁을 벌이는 것을 우연히 듣고 캐럴라인의 작은 앞치마가 충분하다고 하지 않았더라면, 오르탕스는 끈질기게 설득하여 바꾸도록 만들었을 것이다. 무어 씨는 캐럴라인이 아직 어리고, 더군다나 그녀의 곱슬머리가 어깨에 닿을 만큼 길기 때문에 당분간은 피쉬가 없어도 괜찮을 거라고 말했다.

로버트의 의견에 제기할 이의가 없었으므로 그의 누이도 굴복하는 수밖에 없었다. 그러나 그녀는 캐럴라인의 매력적이고 깔끔한 복장과 숙녀다운 우아함이 전혀 마음에 들지 않았다. 더 단순하고 소박한 차림새가 훨씬 더 적합할 것 같았다.

두 사람은 그날 오후 내내 바느질만 했다. 마드무아젤은 대부분의 벨기에 숙녀들이 그렇듯이 바느질에 특히 뛰어났다. 그녀는 셀 수 없이 많은 시간을 섬세한 자수, 눈을 상하게 하는 레이스 뜨기, 경탄할 만한 그물뜨기와 뜨개질 그리고 무엇보다도 대단히 정교한 스타킹 수선에 바치는 것을 전혀 시간 낭비라 여기지 않았다. 그녀는 스타킹에 난 구멍 두 개를 깁는 데 하루를 바치곤 했고, 이를 고상하게 해내는 것이 자신의 ‘사명’이라고 생각했다. 캐럴라인의 또 다른 골칫거리는 이런 외국식 수선법을 배워야만 한다는 것이었다. 스타킹 천 자체를 정확히 모방하기 위해 한 땀 한 땀 공들여 꿰매는 방식이었다. 이는 지겨운 일이었지만, 오르탕스 제라르와 그녀 이전의 여자 조상들에게는 여러 세대 전부터 첫째가는 '여성의 의무' 중 하나로 여겨졌다. 오르탕스 자신도 아직 어린아이의 두건을 작고 검은 머리에 쓰고 다니던 시절부터 바늘과 면, 끔찍하게 찢어진 스타킹을 손에 쥐었다. 여섯 살이 되기도 전에 그녀는 모두에게 수선계의 *'위업'*을 과시했을 정도였다. 오르탕스는 캐럴라인이 이 가장 중요한 과업에 전혀 무지하다는 것을 처음 알았을 때, 비참하게 방치당한 조카딸의 어린 시절에 동정의 눈물을 흘렸을 정도였다.

오르탕스는 뒤꿈치가 완전히 닳아 없어진 누더기 양말 한 켤레를 곧장 찾아내 무지한 영국 소녀에게 해진 부분을 깁도록 시켰다. 이 작업은 2년 전에 시작되었고, 캐럴라인은 아직도 그 양말을 반짇고리 속에 가지고 있었다. 그녀는 자신의 죄를 속죄하기 위한 고행처럼 매일 두어 줄씩 작업을 했다. 그 양말들은 그녀에게는 견디기 힘든 짐이었다. 차라리 불 속에 던져버리고 싶었다. 그녀가 양말을 놓고 앉아서 한숨 쉬는 것을 보고 무어 씨가 회계실에서 몰래 화장(火葬)해주겠다고 제안했지만, 캐럴라인은 이런 제안을 따르는 것이 현명하지 않은 짓인 줄 잘 알고 있었다. 그래봤자 새로운 양말이 올 뿐이고, 상태가 더 나쁠 수도 있었다. 그래서 그녀는 이미 아는 고생을 계속하기로 했다.

오후 내내 두 여자는 눈과 손가락이 지치고 둘 중 하나는 기진맥진해질 때까지 앉아서 바느질을 했다. 점심 식사 후로 하늘이 어두워졌다. 다시 비가 내리기 시작하더니 이내 폭우가 쏟아졌다. 로버트가 사이크스 씨나 요크 씨의 설득을 받아들여 비가 그칠 때까지 윈버리에 있기로 할지도 모른다는 은밀한 두려움이 캐럴라인의 마음속을 파고들었다. 충분히 그럴 법도 해 보였다. 시계가 5시를 치자 시간은 천천히 흘러갔다. 여전히 구름이 잔뜩 끼어 있었고 집의 마룻대에 바람 부는 소리가 요란하게 울렸다. 이미 하루가 다 저문 듯했다. 응접실의 난롯불이 깨끗한 난로 속에서 어스름처럼 불그스름하게 빛났다.

마드무아젤 무어가 말했다. "달이 뜰 때까지 날이 갤 것 같지가 않네. 그때까지는 동생이 돌아오지 못할 거야. 돌아온다면 그게 더 걱정할 일이지. 커피를 마셔야겠다. 기다려봤자 헛일이야."

"저 피곤해요—이제 작업을 그만해도 될까요, 언니?"

"그러렴. 너무 어두워져서 잘 보이지도 않겠어. 잘 접어서 가방 속에 조심히 넣어두렴. 주방으로 가서 세라에게 간식이나 차를 좀 내오라고 해라."

"하지만 아직 6시가 안 되었는데요. 로버트가 올지도 몰라요."

"못 올 거다. 그 애 움직임은 내가 다 계산할 수 있어. 난 내 동생을 잘 알거든."

기다림은 짜증스럽고 실망감은 쓰라리다. 세상 사람 누구나 한 번은 그런 감정을 느껴보았을 것이다. 캐럴라인은 명령대로 주방으로 갔다. 세라가 탁자에서 제 옷을 짓고 있었다.

"커피를 가져다줘." 어린 숙녀가 기운 없이 말했다. 그러고는 팔과 머리를 주방 벽난로에 대고 불 위로 맥없이 몸을 숙였다.

"너무 기운이 없어 보여요, 아가씨! 하지만 이게 다 사촌분이 일을 너무 시킨 탓이에요. 너무하기도 하지!"

"그런 거 아니야, 세라." 짤막한 대답이 돌아왔다.

"오! 하지만 전 다 알아요. 당장이라도 울음을 터뜨릴 듯한 얼굴이신걸요. 하루 종일 앉아만 있었으니 그렇지요. 고양이도 지겨워서 야옹거릴 거예요."

"세라, 너희 주인님은 비 올 때 시장에서 집에 일찍 돌아오시는 경우가 많니?"

"아뇨, 하지만 오늘만큼은 웬일인지 평소랑 다르시네요."

"무슨 소리니?"

"오셨어요. 5분 전에 펌프에 물을 길으러 갔다가 머개트로이드가 뒷길로 주인님 말을 끌고 마당으로 가는 걸 틀림없이 봤어요. 조 스콧과 함께 회계실에 계실 거예요."

"네가 잘못 본 거야."

"제가 뭘 잘못 보게요? 주인님 말은 확실히 아는데요."

"하지만 주인님을 본 건 아니지?"

"주인님 목소리를 들었어요. 조 스콧한테 수단과 방법을 가리지 않고 해결했다느니, 다음 주가 지나기 전에 공장에 새 방직기가 들어올 거라느니, 이번에는 마차를 지키기 위해 스틸브로의 막사에서 군인 네 명을 데려올 거라느니, 그런 말씀을 하시던데요."

"세라, 드레스를 만드는 중이야?"

"네. 근사하지요?"

"아름다워! 커피 좀 준비해줘. 소매 재단하는 거 내가 대신 끝내줄게. 소매에 달 장식도 좀 줄게. 나한테 거기 딱 어울리는 색깔의 폭 좁은 공단 리본이 있거든."

"정말 친절하세요, 아가씨."

“얼른 준비하렴, 착하지. 하지만 먼저 네 주인님의 신발을 난로 위에 올려놔. 들어오면 부츠를 벗을 테니. 소리가 들리네—오고 있어.”

“아가씨! 천을 그렇게 자르시면 안 돼요.”

“그러네. 하지만 아주 조금밖에 안 잘랐어. 이 정도는 괜찮아.”

부엌문이 열리고 무어 씨가 푹 젖어 추워 보이는 모습으로 들어왔다. 캐럴라인은 옷 만드는 일에서 반쯤 몸을 돌렸다가, 무슨 이유에서인지 잠깐의 시간을 얻으려는 듯이 하던 일로 잠시 되돌아갔다. 그녀는 드레스 위로 허리를 굽혀 얼굴을 숨겼다. 자기 모습을 수습하고 표정을 감추려는 의도였으나 잘되지 않았다. 드디어 무어 씨를 마주했을 때 그녀의 얼굴에서는 광채가 뿜어져 나왔다.

“안 돌아오실 줄 알았어요. 다들 당신이 안 올 거라고 했어요.” 그녀가 말했다.

“하지만 곧 돌아온다고 약속했잖아요. 당신은 내가 올 줄 알았죠?”

“아뇨, 로버트. 비가 저렇게 거세게 오는데 어떻게 그러겠어요. 다 젖어서 추워 보이네요—옷을 전부 갈아입어야겠어요. 감기라도 걸리면 나는—우리는 책임을 면하지 못할 거예요.”

“다 젖지는 않았어요. 내 승마복은 방수가 되니까. 마른 신발만 있으면 돼요. 자…… 내내 찬 바람과 비를 맞으면서 몇 킬로미터를 왔더니 난롯불이 기분 좋군요.”

그는 부엌 난로 앞에 섰다. 캐럴라인도 그의 옆에 섰다. 무어 씨는 기분 좋은 불을 즐기면서 위쪽 선반에서 반짝이는 놋쇠 그릇들에 눈길을 주었다. 잠시 눈을 내리깔자 위로 쳐든 얼굴에 시선이 머물렀다. 발그레 물든 채 행복한 미소를 띠고, 비단결 같은 곱슬머리를 늘어뜨리고 예쁜 눈을 빛내고 있는 얼굴이었다. 세라는 쟁반을 들고 응접실로 들어갔다가 안주인의 훈계를 듣느라 붙잡혀 있었었다. 무어는 어린 사촌의 어깨에 잠시 손을 얹고는 몸을 굽혀 그녀의 이마에 키스했다.

"아!" 캐럴라인은 마치 그 동작으로 입술의 봉인이 풀린 듯 말했다. "당신이 오지 않을 거라 생각하니 슬펐어요. 지금은 지나치게 행복할 지경이에요. 당신도 행복해요, 로버트? 집에 돌아와서 좋은가요?"

"그래요. 적어도 오늘 밤은."

"방직기며 당신 사업이며 전쟁 때문에 마음이 불안한 거 아니에요?

"지금은 괜찮아요."

"할로의 이 집이 당신에게는 너무 작다고 느끼지 않나요? 좁고 쓸쓸하다고?"

"지금 이 순간은 아니에요."

"부유하고 힘 있는 사람들이 당신을 잊어버려서 속상하지는 않나요?"

"질문은 이제 그만. 내가 부유하고 힘 있는 사람들의 호의를 애걸복걸하고 있다고 생각한다면 틀렸어요. 내가 바라는 건 어떤 수단—지위—경력뿐이에요."

"당신의 재능과 선량함으로 얻을 수 있을 거예요. 당신은 위대해질 운명을 타고났어요—반드시 그렇게 될 거예요."

“당신이 진심으로 솔직하게 말한 거라면, 그런 위대함을 얻는 비법이 뭐라고 생각하는지 궁금하군요. 하지만 난 알아요. 당신이 아는 것보다 더 잘 알지요. 그게 효과적일까요? 통할까요? 그래요—가난, 불행, 파산. 아! 인생은 당신이 생각하는 것과는 달라요, 리나!”

“하지만 당신은 제가 생각하는 그대로예요.”

“그렇지 않다니까.”

“그럼 그보다 더 나아요?”

“훨씬 못하죠.”

“아니에요. 훨씬 더 훌륭해요. 난 당신이 착하다는 거 알아요.”

“어떻게 알아요?”

“보면 알아요. 느낌이 와요.”

“어디에서 느꼈는데요?”

“내 마음속에서요.”

“아! 당신은 당신의 마음으로 나를 판단하는군요, 리나. 머리로 판단해야지요.”

“머리로도 하죠. 그래서 당신이 정말로 자랑스러워요. 로버트, 당신은 내가 당신을 어떻게 생각하는지 다는 몰라요.”

무어 씨의 거무스레한 얼굴이 붉어졌다. 그의 입술은 미소를 지었지만 굳게 다물려 있었다. 눈으로는 웃고 있었지만 이마에는 깊은 주름이 잡혔다.

그가 말했다. “나를 나쁘게 생각해줘요, 리나. 남자들은 대체로 쓰레기들이랍니다. 당신이 생각하는 그 어떤 것과도 완전히 달라요. 다른 남자들보다 내가 낫다는 거짓말은 않을게요.”

"자기 입으로 당신이 더 낫다고 말했다면 이렇게까지 존경하지는 않았겠죠. 당신이 겸손하니까 당신의 장점에 대해 이렇게 확신하는 거예요."

"나에게 아첨하는 건가요?" 그가 홱 돌아보며 물었다. 그는 꿰뚫어 보듯 날카로운 시선으로 그녀의 얼굴을 살폈다.

"아뇨." 그녀가 그의 갑작스러운 태도 변화에 가볍게 웃음을 터뜨렸다. 그의 비난을 애써 열렬히 부인할 필요가 없다고 생각하는 듯했다.

"당신이 나한테 아첨한다고 생각하건 말건 신경 안 쓰나요?"

"네."

"당신은 스스로의 의도에 확신이 있어요?"

"그런 것 같네요."

"그 의도가 뭔가요, 캐럴라인?"

"이번만은 내가 생각하는 것을 표현해서 마음이 편하고 싶을 뿐이에요. 당신이 스스로에 대해 더 만족하도록 해주고요."

"내 친척이 나의 진실한 친구라는 확신을 주어서?"

"바로 그거예요. 나는 당신의 진실한 친구예요, 로버트."

"그리고 나는 운명과 변화에 따라 이루어질 존재예요, 리나."

"하여간 나의 적은 아니잖아요?"

세라와 여주인이 함께 수선을 피우며 주방으로 들어오는 바람에 대답이 끊어졌다. 그들은 무어 씨와 헬스턴 양이 대화하는 동안 '카페오레'에 대한 짧은 논쟁을 벌였다. 세라는 지금까지 이렇게 괴상망측한 것은 본 적도 없으며, "물에 끓이는 것이야말로 커피의 본질"이기 때문에 카페오레는 신이 주신 좋은 선물을 낭비하는 것이라고 했다. 마드무아젤은 카페오레는 *"왕의 음료"*이며, 감히 비천한 사람이 그렇게 좋은 것을 비판할 수는 없다고 주장했다.

앞서 부엌에 있던 이들은 이제 응접실로 물러갔다. 오르탕스가 그들을 따라오기 전에, 캐럴라인은 틈을 노려 다시 질문을 던졌다. "내 적은 아니지요, 로버트?" 그러자 무어는 퀘이커 교도처럼 또 다른 질문으로 답했다. "내가 그럴 수 있겠어요?" 그러더니 탁자 앞에 앉고 캐럴라인을 옆에 앉혔다.

캐럴라인은 마드무아젤이 그들과 합류하면서 분개하여 떠드는 소리는 거의 듣지 못했다. *"못된 것들의 뻔뻔한 짓거리"*에 대한 비난조의 긴 열변은 그녀의 귀에는 도자기 달그락거리는 소리와 마찬가지로 혼란스럽게 들렸다. 로버트는 그 말에 간신히 웃음을 참더니 누이에게 정중하고 차분하게 조용히 해달라고 부탁했다. 그러고는 누이가 원한다면 공장의 소녀들 중에서 하녀를 한 명 골라도 좋다고 말했다. 다만 그 소녀들은 대부분 가사에는 완전히 무지해서, 누이 마음에 드는 사람이 없을까 봐 걱정스럽다고 했다. 세라는 당돌하고 고집이 세지만 그 계급 여자들 대다수에 비하면 크게 나쁜 편도 아닐 것이다.

마드무아젤도 그건 사실이라고 인정했다. 그녀의 말에 따르면, *"영국 농부들은 다 참아주기 어렵다."* 그녀의 계급에 어울리는 높은 모자, 짧은 페티코트, 깔끔한 나막신을 신은 *"좋은 안트베르펜 요리사"*를 찾을 수만 있다면 뭐든 내놓아도 아깝지 않을 것이었다. 주름 장식을 단 드레스를 입고 모자는 아예 쓰지도 않는 오만무례한 계집애만 아니라면! (세라로 말하자면 "여자가 맨머리를 내놓고 다니는 것은 부끄러운 짓"이라는 성 베드로의 의견에 동의하지 않는 것 같았다. 오히려 정반대의 원칙을 고수하여 풍성한 금발을 리넨이나 모슬린으로 가둬두기를 결단코 거부하고 뒤에 빗을 꽂아 맵시 좋게 묶었으며 일요일에는 앞머리를 곱슬거리게 말았다.)

"안트베르펜 출신 여자아이를 구해다 줄까요?" 남들 앞에서는 딱딱하지만 둘만 있을 때는 대체로 대단히 다정한 무어 씨가 이렇게 물었다.

"제안은 고맙구나! 안트베르펜 여자아이가 이런 곳에서 열흘은 버티겠니? 네 공장의 못된 처녀들한테 비웃음이나 당할 텐데." 그러고는 누그러진 어조로 덧붙였다. "다정하기도 하지, 내 동생—내가 짜증 낸 것은 용서해주렴—하지만 정말로, 내 가사 문제가 심각하기는 해도 그게 내 팔자인가 보다. 존경받던 우리 어머니는 안트베르펜에서 가장 훌륭한 하녀들만 고르셨을 텐데도 비슷한 고통을 겪으셨으니 말이다. 어느 나라에서든 가정부들은 엉망진창이고 통제 불능이야."

무어 씨 또한 존경받던 어머니의 시련에 대한 추억을 떠올렸다. 그녀는 그에게 좋은 어머니였고, 그는 어머니의 기억을 소중히 여겼다. 그러나 충실한 누이가 영국에서 하듯이 어머니도 안트베르펜에서 늘 부엌일에 여념이 없었던 것을 기억했다. 그래서 그 이야기는 그만하기로 하고 다 마신 커피를 치우고 나자 음악책과 기타를 가져와 오르탕스를 달랬다. 그는 누이가 아무리 심란할 때라도 달래줄 수 있음을 아는 남매의 다정함으로 기타 끈을 그녀의 목에 걸어주고는 어머니가 가장 좋아하시던 노래를 불러달라고 청했다.

애정만큼 세련된 것은 없다. 삐걱거리는 가족은 품격을 떨어뜨리지만, 단합한 가족은 격이 높아진다. 동생 덕분에 기분이 좋아지고 동생에게 감사한 마음이 든 오르탕스는 기타를 잡으니 거의 우아하고 아름다워 보였다. 매일 짓고 있던 우거지상이 잠시 사라지고 그 대신 *'친절함이 가득한 미소'*가 떠올랐다. 오르탕스는 동생이 청한 노래를 감정을 담아 불렀다. 그 노래들은 진심으로 사랑했던 어머니를 떠올리게 했고, 그녀 자신의 젊은 시절을 연상시켰다. 또한 캐럴라인이 순진한 흥미에 차서 노래를 듣는 것을 보자 그녀는 더욱 기분이 좋아졌다. 노래가 끝날 때 "나도 오르탕스 언니처럼 노래하고 연주할 수 있으면 얼마나 좋을까!" 하는 감탄의 소리까지 나오면서 그날 저녁 그녀는 매력 넘치는 사람이 되었다.

바라기만 해서는 소용이 없고 노력하는 의무를 다해야 한다는, 캐럴라인을 향한 짧은 훈계가 이어진 것은 사실이다. "로마는 하루아침에 이루어지지 않았다"라는 말이 있듯이 마드무아젤 제라르 무어의 교육도 한 주 만에 완성된 것은 아니며, 단지 똑똑해지기를 바라는 것만으로 된 것도 아니다. 그런 성취를 달성한 것은 노력 덕분이었다. 인내, 근면으로는 그녀를 따를 사람이 없었다. 그녀의 스승들은 이런 재능에 이 정도의 성실함까지 갖춘 것은 드물면서도 기뻐할 일이라고 말했다. 마드무아젤은 자기 자랑을 할 때는 막힘이 없었다.

마침내 그녀는 더할 나위 없는 자아도취에 싸여 뜨개질감을 들고 조용히 자리에 앉았다. 커튼을 치고, 불을 피우고, 램프를 은은하게 켜놓은 작은 응접실에는 저녁의 매력이 넘쳤다. 그 자리의 세 사람도 이런 매력을 느꼈을 것이다. 다들 행복한 얼굴이었다.

"이제 뭘 할까요, 캐럴라인?" 무어가 사촌 옆자리로 돌아와 물었다.

"뭘 할까요, 로버트?" 그녀가 장난스럽게 되풀이했다. "당신이 정해요."

"체스를 둘까요?"

"아뇨."

"체커 게임이나 주사위 놀이는?"

"그것도 싫어요. 우리 둘 다 입 다물고 손만 움직이는 게임은 싫어하지 않나요?"

"그건 맞지요. 그럼 뜬소문 얘기나 해볼까요?"

"누구 얘기를요? 평판을 깎아내리면서 기쁨을 느낄 만큼 우리가 관심을 가진 사람이 있나요?"

"정곡을 찌르는 질문이군요. 무뚝뚝하게 들리겠지만, 나로 말하자면 없다고 해야겠군요."

"나도 마찬가지예요. 하지만 참 이상하죠. 우리는 너무 행복한 나머지 이기적이라서, 살아 있는 세 번째, 아니 제 말은 네 번째 사람은 필요 없지만(그녀는 미안한 마음에 급히 오르탕스를 힐끗 보았다), 그리고 지금의 세상에 대해 생각하고 싶지는 않지만, 과거로 돌아간다면 재미있을 것 같아요. 어쩌면 이제는 더는 무덤조차 아닌, 정원과 들판이 되어버린 무덤 속에 수 세대 동안 잠들어 있던 사람들이 자기들의 생각을 말해준다면 재미있을 거예요."

"그 말을 하는 사람은 누구일까요? 어느 언어로 말할까요? 프랑스어?"

"당신의 프랑스인 선조들은 영국인 조상들만큼 다정하거나 엄숙하거나 감명 깊게 말하지 않아요, 로버트. 당신은 오늘 밤에는 완전히 영국인이 되어야 해요. 영국책을 읽을 테니까."

"오래된 영국책?"

"그래요, 당신이 좋아하는 오래된 영국책요. 당신 안의 무언가와 아주 잘 어울리는 부분을 찾아줄게요. 당신의 본성을 일깨우고 당신 마음을 음악으로 채워줄 거예요. 당신 마음을 능숙한 손길로 건드려서 마음의 현을 울릴 거예요. 당신의 마음은 리라예요, 로버트. 하지만 당신 인생의 운명은 리라를 타는 음악가가 아니었어요. 그래서 자주 그것을 침묵하게 했지요. 영광스러운 윌리엄을 가까이 불러 연주하게 하세요. 그가 리라의 현에서 어떻게 영국의 힘과 멜로디를 끌어내는지 보게 될 거예요."

"셰익스피어를 읽어야 하나요?"

"그의 영혼을 당신 앞으로 불러와야 해요. 마음의 귀로 그의 목소리를 들어야 해요. 당신의 영혼 속으로 그의 영혼을 받아들여야 해요."

"나를 더 나은 사람으로 바꾸려고 하는군요. 설교 같은 효과가 있나요?"

"당신을 자극하려는 거예요. 새로운 감정을 느낄 수 있도록. 당신의 삶을, 미덕뿐 아니라 사악하고 비뚤어진 부분까지도 강렬하게 느끼게 해주려는 거지요."

"세상에! 무슨 소리니?" 오르탕스가 소리쳤다. 그녀는 그때까지 뜨개질감의 코를 세느라 대화에는 끼지 않고 있었으나, 두 개의 강렬한 단어가 그녀의 귀를 잡아당겼다.

"신경 쓰지 말아요, 누님. 그냥 말하게 두세요. 오늘 밤은 하고 싶은 말 다 해도 좋아요. 캐럴라인은 가끔 누님 동생을 심하게 다루는 걸 좋아하거든요. 재미있으니까 그냥 두세요."

의자에 앉아 있던 캐럴라인은 책장을 더듬어 책 한 권을 가지고 돌아왔다.

"여기 셰익스피어예요. 《코리올라누스》가 있네요. 자, 읽어보면 당신이 얼마나 높고도 낮은 존재인지 바로 느낌으로 알 수 있어요."

"이리 와서 내 옆에 앉아요. 그리고 내가 틀리게 발음하면 고쳐줘요."

"그럼 내가 선생이 되고 당신은 내 학생이 되는 건가요?"

"바로 그거지요!"

"셰익스피어를 공부할 테니 이게 우리 과목이 되는 거네요?"

"그런 셈이지요."

"냉소적이고 빈정거리는 프랑스인처럼 굴지 않을 거예요? 경탄하기를 거부하는 것이 지혜의 표지라고 생각하지 않을 거지요?"

"모르겠네요."

"그런 식이면, 로버트, 셰익스피어를 치워버리겠어요. 난 기가 죽어서 보닛을 쓰고 집으로 돌아갈 거예요."

"앉아요. 여기서부터 시작할게요."

"잠깐만, 동생아, 괜찮다면." 마드무아젤이 끼어들었다. "집안의 신사가 책을 읽을 때면 숙녀들은 항상 바느질을 해야 해. 캐럴라인, 얘야, 네 자수를 가져오렴. 오늘 밤에 잔가지 세 개는 끝낼 수 있겠다."

캐럴라인은 울적한 표정이 되었다. "램프 불빛으로는 잘 안 보여요. 눈이 피로해요. 그리고 저는 한 번에 두 가지 일을 잘 못해요. 바느질을 하면 책 읽는 것을 들을 수가 없어요. 책 읽는 걸 들으면 바느질을 못 하고요."

"저런! 말 같지 않은 소리!" 오르탕스가 말했다. 무어 씨가 평소처럼 부드럽게 끼어들었다.

"오늘 저녁은 자수는 좀 봐주세요. 캐럴라인이 내 발음을 고쳐주는 데에 온 정신을 집중했으면 해요. 그렇게 하려면 눈으로 내가 읽는 것을 따라가야 해요. 같이 책을 봐야 한다고요."

그는 둘 사이에 책을 놓았고, 캐럴라인의 의자 등받이에 팔을 올려놓고는 책을 읽기 시작했다.

《코리올라누스》는 첫 장면부터 그의 지적인 흥미를 자극했고, 읽어나가면서 그는 더 몰입했다. 그는 가이우스 마르키우스가 굶주린 시민들에게 번지르르한 말로 늘어놓는 오만한 연설을 열정적으로 읽었다. 그 비합리적인 오만함이 옳다고 생각한다고 말하지는 않았지만, 그렇게 느끼는 것 같았다. 캐럴라인은 묘한 미소를 짓고 그를 올려다보았다.

그녀가 말했다. "벌써 사악한 부분이 나왔어요. 당신은 굶주린 동포들에게 공감하지 못하고 그들을 모욕하는 저 오만한 귀족에게 공감하는군요. 계속해요." 그는 계속 읽었다. 전투 장면에는 별 감흥을 느끼지 못했다. 그 모든 것은 시대에 뒤떨어졌다고, 적어도 그랬어야 마땅하다고 말했다. 드러난 정신은 야만적이지만 마르키우스와 툴루스 아우피디우스의 조우는 흥미로워했다. 읽어나가다 보니 어느새 비판하는 것도 잊어버렸다. 각 부분의 힘과 진실을 높이 평가하는 것은 분명했다. 그는 개인적인 편견의 좁은 길에서 벗어나 인간 본성의 넓은 그림에 노출되었고, 자기 앞의 책장 안에서 말하는 인물들에 현실이 각인되어 있다는 것을 느끼기 시작했다.

그는 희극적인 장면들은 잘 읽지 못했다. 캐럴라인이 그의 손에서 책을 빼앗아 그 부분들을 대신 읽었다. 그는 그녀의 낭독으로 그런 부분들을 즐기는 듯했다. 정말로 그녀는 그 자리, 그 순간에만 그녀에게 주어진 간결하나 함축적인 표현으로, 아무도 그녀에게서 기대하지 않았을 활기로 그런 장면을 읽었다. 그날 저녁 그녀와의 대화의 전반적인 특징은 진지하든 활기차든, 엄숙하든 명랑하든, 배우거나 익히지 않고 직관적으로 불쑥 튀어나온 무언가였다는 것이다. 별똥별의 순간적인 빛처럼, 이슬방울의 옅은 빛깔처럼, 석양의 구름 색이나 형태처럼, 개울의 흐름을 변화시키는 찰나의 반짝이는 잔물결처럼, 일단 지나가면 다시는 재현할 수 없는 그런 것이었다.

영광을 누리는 코리올라누스, 재앙을 맞은 코리올라누스, 추방당한 코리올라누스가 차례대로 거대한 그림자처럼 지나갔다. 추방당한 자의 환영 앞에서 무어의 정신이 잠시 멎은 듯했다. 그는 아우피디우스의 홀 난롯가에 서서, 몰락했으나 위대한, 그런 낮은 자리에서도 그 어느 때보다도 위대한 자의 모습을 마주했다. 그는 "음울한 모습", "권위가 느껴지는" 검은 얼굴, "장비가 망가진 고귀한 배"를 보았다. 가이우스 마르키우스의 복수에 무어는 완벽하게 공감했고, 그에 대해 아연실색하지 않았다. 캐럴라인이 다시 속삭였다. "자, 여기서 또다시 잘못된 동지애를 느끼는 것 같군요."

로마로의 행진, 어머니의 탄원, 긴 저항, 마침내 선에 굴복한 나쁜 열정, 동맹의 나약함에 대한 아우피디우스의 분노, 코리올라누스의 죽음, 그의 위대한 적의 최후의 슬픔. 응축된 진실과 힘으로 이루어진 모든 장면이 연달아 나와서, 읽는 이와 듣는 이의 마음과 정신에 깊고도 빠른 흐름으로 지나갔다.

"자, 셰익스피어를 잘 느꼈나요?" 사촌이 책을 덮고 10분쯤 지나 캐럴라인이 물었다.

"그런 것 같군요."

"그럼 코리올라누스한테서 당신과 비슷한 점을 느꼈나요?"

"그런 것 같습니다."

"그는 위대하면서도 불완전하지 않았나요?"

무어가 고개를 끄덕였다. "그런데 그의 잘못이 무엇이었을까요? 왜 시민들한테서 미움받았을까요? 무엇 때문에 동포들에 의해 추방당했을까요?"

"그 이유가 뭐라고 생각하세요? 그러니까 다시 물을게요—

'그것은 자만심이었는가,
매일의 행운 속에서 늘 행복한 자를 타락시키는
그 자만심? 아니면 판단력의 결함이었는가,

자신이 통제할 수 있었던 기회들을 제대로 처리하지 못한
그 결함? 혹은 본성,
전쟁터의 투구에서 방석으로 옮겨 가지 못하고
전쟁을 지휘했던 것과 같은 엄격한 태도로
평화에게 명령하려 했던
그 본성 때문인가?'"

"자, 당신이 스스로 답해봐요, 스핑크스여."

"조금씩 다 섞여 있었어요. 자기 일꾼들에게 오만하게 굴면 안 돼요. 그들을 달랠 기회를 놓쳐서도 안 되고, 마치 명령을 내리듯 융통성 없이 엄격하게 요청을 해서도 안 돼요."

"그것이 당신이 그 희곡에 붙인 교훈이군요. 무엇이 그런 생각을 하게 만들었나요?"

"당신이 행복하기를 바라는 마음, 안전했으면 하는 걱정이지요, 로버트. 요즘 들은 얘기들이 많은데, 당신이 해를 입을까 두려워요."

"누구한테서 그런 얘기를 들었나요?"

"숙부님이 당신 얘기를 하세요. 당신의 강한 기개와 결단력 있는 정신, 천한 적들에 대한 경멸, '폭도들에게 굽히지 않겠다' 하는 당신의 결의를 높이 평가하세요."

"그럼 당신은 내가 그들에게 굽히기를 바라나요?"

"아뇨, 전혀 아니에요. 당신이 스스로를 낮추기를 바라는 게 절대 아니에요. 하지만 가난한 노동자들 전부를 '폭도'라는 모욕적인 호칭으로 묶어버리고, 계속해서 그들을 내려다보며 거만하

게 다루는 건 부당하다고 생각하지 않을 수가 없어요.”

“당신은 작은 민주주의자로군요, 캐럴라인. 숙부님이 아시면 뭐라고 하실까요?”

“알겠지만 전 숙부님하고는 잘 얘기를 하지 않아요. 더군다나 이런 얘기는 절대 하지 않지요. 숙부님은 바느질과 요리를 제외한 다른 것들은 다 여자들이 이해할 수 있는 범위를 벗어난다고 생각하시니까요.”

“그럼 당신은 나에게 충고한 주제들을 이해한다고 생각하나요?”

“당신과 관계된 한은 이해해요. 당신이 일꾼들에게 미움받기보다는 사랑받는 편이 더 좋을 거라는 건 알아요. 일꾼들의 존경을 받으려면 친절함이 오만함보다 더 낫다고 믿고요. 당신이 나와 언니에게 오만하고 차갑게 굴었다면 우리가 당신을 사랑하겠어요? 가끔 그러듯이 나한테 차갑게 굴 때면 내가 애정으로 보답할 수가 있겠어요?”

“자, 리나, 정치까지 곁들인 언어와 윤리에 대한 당신의 가르침은 잘 받았어요. 이제 당신 차례예요. 누님 말로는 당신이 며칠 전에 배운 짧은 시를 무척 좋아한다고 하던데. 불쌍한 앙드레 셰니에의 ‘젊은 포로’ 말이죠. 아직도 기억해요?”

“그럴걸요.”

“그럼 암송해봐요. 천천히, 발음에 신경 써서. 특히 u를 영어식으로 발음하지 않도록.”

캐럴라인은 셰니에의 시를 처음에는 나지막하고 약간 떨리는 목소리로 외기 시작했으나, 점차 용기를 얻어 마지막 세 연은 잘 암송했다.

"내 아름다운 여행은 아직 끝이 한참 남았다!
나는 출발했으나, 길가에 늘어선 느릅나무
첫 몇 그루를 겨우 지나쳤을 뿐.
이제 막 시작된 삶의 연회에서
내 입술은 아주 잠시 동안만
여전히 가득 찬 잔을 살짝 눌러보았을 뿐.

나는 이제 겨우 봄에 있을 뿐이다—나는 추수를 보고 싶다,
그리고 태양처럼, 계절에서 계절로,
나의 한 해를 완성하고 싶다.
나의 줄기 위에서 찬란하게 빛나는 정원의 영광
나는 아직 아침 햇살만을 보았을 뿐,
나는 나의 하루를 끝내고 싶다!"

무어는 처음에는 눈을 내리깔고 들었으나 이내 살그머니 시선을 들었다. 의자에 기대어 앉아 캐럴라인 모르게 그녀에게 시선을 고정하고 쳐다볼 수 있었다. 오늘 저녁 그녀의 뺨은 발그레하게 물들었고, 눈은 빛났고, 얼굴에는 표정이 풍부했다. 그런 표정이라면 못생긴 용모라도 매력적으로 보였을 테지만, 그녀의 경우 못생겼다고 할 만한 부족한 점이 없었다. 햇살이 쏟아지는 곳은 거친 황무지가 아니라 보드라운 꽃이었다. 그녀의 얼굴 생김새 하나하나가 우아했고, 어디 하나 보기 싫은 데가 없었다. 생기가 돌고 흥미와 감동에 젖은 지금 이 순간에는 아름답다고 할 만했다. 이런 얼굴은 차분한 경외의 감정, 희미한 경탄의 느낌만이 아니라 더 부드럽고 상냥하며 친밀한 느낌, 우정, 어쩌면 애정과 관심까지도 불러일으킬 수 있었다. 그녀는 암송을 끝내고 무어 쪽을 돌아보다 그와 눈이 마주쳤다.

"이 정도면 꽤 잘 외웠지요?" 그녀가 행복에 찬 양순한 아이처럼 미소 지으며 물었다.

"정말로 잘 모르겠어요."

"왜 몰라요? 안 들었어요?"

"들었지요—보기도 했고요. 당신은 시를 좋아하는군요, 리나?"

"진짜 시를 만나면 다 외워서 어느 정도 내 것으로 만들기 전까지는 쉴 수 없어요."

무어 씨는 한참을 말없이 있었다. 시계가 9시를 쳤다. 세라가 들어와 헬스턴 씨의 하녀가 캐럴라인 양을 데리러 왔다고 알렸다.

그녀가 말했다. "저녁 시간이 벌써 다 가버렸군요. 언제 또 여기에서 저녁을 보낼 기회가 있을지 모르겠네요."

오르탕스는 뜨개질감을 앞에 놓고 한참을 꾸벅거리더니 깜박 잠에 빠져버려서 그 말에 대답하지 못했다.

"저녁을 보내러 여기 더 자주 와도 괜찮지 않아요?" 무어가 협탁에 개어놓았던 그녀의 망토를 집어 어깨에 조심스레 걸쳐주면서 말했다.

"나도 오고 싶지요. 하지만 방해가 될까 봐서요. 초대해달라고 암시하는 말이 아니에요. 이해해주세요."

"아! 이해합니다. 당신은 가끔 내가 부자가 되고 싶어 한다고 꾸짖지요, 리나. 하지만 내가 정말로 부자라면, 당신은 항상 여기에서 살 수 있을 거예요. 내 집이 어디가 되건 나와 함께 살 거예요."

"그럼 참 좋겠네요. 하지만 당신이 가난하다 해도, 아주 많이 가난하다 해도 괜찮아요. 잘 자요, 로버트."

"사제관까지 같이 걸어가주겠다고 약속했잖아요."

"그랬지요. 하지만 당신이 잊어버린 줄 알았어요. 같이 가주었으면 했지만, 어떻게 말을 꺼내야 할지 몰라서. 정말 갈 건가요? 밤공기가 차요. 패니가 왔으니까 꼭 그럴 필요는—"

"여기 당신 머프요. 누님을 깨우지 말고, 오세요."

사제관까지 1킬로미터는 금방이었다. 그들은 정원에서 키스는 커녕 거의 손도 잡지 않고 헤어졌다. 그러나 로버트가 사촌을 보냈을 때 그녀는 들뜨고 기쁨으로 산란해진 상태였다. 그날따라 그는 사촌에게 유독 친절했다. 말이나 칭찬으로 대놓고 친절을 보이기보다는 태도와 표정, 부드럽고 다정한 말투가 그러했다.

로버트로 말하자면, 그는 거의 시무룩할 정도로 가라앉은 기분으로 집에 돌아왔다. 그는 마당 문에 기대서서 달빛 속에서 홀로 생각에 잠겨 있다가—구릉에 에워싸인 계곡 속, 조용하고 어두운 공장 앞에서—불쑥 외쳤다.

"이래서는 안 돼! 약점이 있어—이건 완전히 다 망하는 길이야. 하지만—" 그는 목소리를 낮추어 덧붙였다. "이런 흥분도 아주 잠깐일 뿐이야. 난 잘 알아. 전에도 이런 적이 있었어. 내일이면 다 사라질 테지."

7장

차를 마시는 보좌사제들

캐럴라인 헬스턴은 겨우 열여덟 살이었다. 열여덟 살은 되어야 삶의 진짜 이야기가 시작된다. 그 이전까지는 앉아서 근사한 허구, 이야기를 듣고 있는 셈이다. 신날 때도 슬플 때도 있다. 그러나 거의 항상 진짜는 아니다. 그 시기에 우리의 세계는 영웅적이다. 그곳의 주민들은 반은 신이거나 반은 악마이며, 그 속의 장면들은 꿈과 비슷하다. 숲은 더 어둡고 언덕은 더 기묘하며, 하늘은 더 밝고 바다는 더 위험스럽다. 더 아름다운 꽃과 더 유혹적인 과일, 우리의 매혹적인 지구에 펼쳐진, 자연에서 발견할 수 있는 것보다 더 넓은 평원과 더 황량한 사막, 더 햇살 눈부신 들판이 있다. 그 시절의 달은 얼마나 시선을 사로잡는가! 말로 다 할 수 없는 그 세계의 아름다움을 목도하면서 얼마나 가슴이 떨렸는가! 우리의 태양으로 말하자면, 그것은 타오르는 천국—

신들의 세계다.

그때가 되면—환상적인, 모호한 꿈들의 경계에 가까워지는 열여덟 살이 되면, 요정 나라는 등 뒤로 멀어지고 현실의 해안이 눈앞에 솟아오른다. 이 해안은 아직 멀리 있다. 너무나도 푸르고 부드럽고 온화해 보여서, 우리는 거기 닿고 싶은 열망을 느낀다. 우리는 햇살 속에서 하늘색 아래 봄의 푸른 초원을 본다. 은빛 선들을 얼핏 보고 활기찬 파도를 상상한다. 그 땅에 닿을 수만 있다면 굶주림과 갈증 따위는 더는 없을 것 같다. 하지만 참된 지복을 맛보려면 그 전에 수많은 황야와 잦은 죽음의 홍수, 거의 죽음만큼 싸늘하고 어두운 슬픔의 강을 건너야만 한다. 삶이 주는 모든 기쁨은 힘들여 구해야만 손에 넣을 수 있다. 그리고 얼마나 힘들게 얻는지는 위대한 상을 위해 힘들게 싸워본 자들만이 안다. 승리의 월계관이 전사의 이마에 놓이려면, 그 전에 심장의 피가 그 이마를 붉은 구슬로 장식해야 한다.

열여덟 살에는 이런 것을 알지 못한다. 우리에게 미소 짓고 내일의 행복을 약속하는 희망을 의심 없이 믿는다. 사랑이 길 잃은 천사처럼 우리 문가를 배회하면, 당장 맞이하여 환영하고 포옹한다. 사랑의 화살통은 보지 못한다. 사랑의 화살이 우리를 꿰뚫을 때, 그 상처는 새로운 생명의 흥분처럼 느껴진다. 독에 대한 두려움은 전혀 없고, 의사가 뽑아낼 수 없는 미늘은 없다. 그 위험스러운 열정—때로는 고통의 극치이며 많은 이들에게는 내내 고통일 뿐이지만—을 완전무결한 선이라고 믿어버린다. 다시 말해서 열여덟 살에야 비로소 경험이라는 학교에 들어가게 된다. 겸허하게 만들고 압도적이며, 끝없이 고통스럽게 이어지지만 정화해주고 강하게 만들어주는 경험의 가르침을 배우게 된다.

아, 경험이여! 그대만큼 피폐하고 얼어붙은 얼굴을 한 스승은 없다. 그렇게 검은 망토를 걸친 이도 없고, 그렇게 무거운 지팡이를 든 이도 없다. 경험은 거침없는 손길로 초심자를 그의 임무 쪽으로 엄격하게 끌어당겨, 저항 한번 못하고 배우도록 위엄 있게 강요한다. 삶의 황야에서 안전한 길을 발견하려면 그대의 지시대로 따르는 길밖에는 없다. 그것 없이는 비틀대고 헤매게 될 것이다. 금지된 땅에 침입하고, 무시무시한 내리막길을 구르게 될 것이다.

로버트와 함께 집까지 온 캐럴라인은 숙부와 남은 저녁을 보내고 싶은 마음이 없었다. 숙부가 앉아 있는 방은 그녀에게는 아주 신성한 구역이었다. 그녀는 그곳에 침입하는 일이 거의 없었고, 오늘 밤은 기도 시간을 알리는 종이 울릴 때까지 멀찍이 떨어져 있었다. 저녁 시간의 예배는 헬스턴 씨네 집에서 꼭 지키는 의식이었다. 그는 평소처럼 기도문을 코맹맹이 목소리로 크고 또렷하고 단조롭게 읽었다. 조카딸은 늘 하던 습관대로 의식이 끝나자 숙부에게 다가갔다.

"안녕하세요, 숙부님."

"아! 온종일 집에 없더구나—남의 집에 가서 저녁도 먹고 그랬지!"

"오르탕스 언니 집에만 있었어요."

"그럼 수업도 받았느냐?"

"예."

"셔츠도 만들었고?"

"조금이요."

"흠, 그럼 됐다. 바느질을 열심히 하거라. 셔츠 만드는 법, 드레스 짓는 법, 파이 껍질 굽는 법을 배워야 한다. 그래야 나중에 훌륭한 주부가 되지. 이제 가서 자거라. 나는 여기에서 소책자를 좀 봐야 한다."

곧 조카딸은 작은 침실로 물러갔다. 문빗장을 지르고 하얀 실내복을 입고 긴 머리를 풀어 헤치자 부드럽고 구불구불한 머리카락이 허리까지 풍성하게 흘러내렸다. 빗질을 다 하고 나서 손으로 뺨을 감싸고 카펫을 쳐다보자 열여덟 살이 보는 환상들이 그녀 앞에 솟아올라 주위로 다가왔다.

그녀의 생각들이 그녀에게 말을 걸었다. 귀를 기울이며 미소를 짓는 것으로 보아 즐거운 이야기들인 것 같았다. 생각에 잠긴 그녀는 예뻐 보였다. 그러나 그 방에서 그녀보다 더 밝은 것이 있다면, 젊은 희망의 활기였다. 이 달콤한 예언자에 따르면 그녀는 더는 실망하거나 한기를 느끼는 일이 없을 것이다. 그녀는 여름날 새벽에 들어섰고—가짜 새벽이 아니라 진정한 아침의 시작—그녀의 태양이 금세 떠오를 것이다. 이제는 결코 그녀가 망상에 놀아나고 있다고 생각할 수가 없었다. 그녀의 기대는 타당해 보였고, 단단한 토대 위에 있는 것 같았다.

"사람들이 사랑에 빠지면, 다음 단계는 결혼이지. 나는 로버트를 사랑하고, 로버트도 나를 사랑하는 것이 틀림없어. 전에도 이런 생각은 여러 번 했지만 오늘 확실히 느꼈어. 셰니에의 시를 암송하고 나서 그를 올려다보았을 때 그의 눈(얼마나 예쁜 눈인지!)이 내 가슴에 진실을 전했어. 가끔은 그에게 말을 걸기가 두려울 때가 있어. 내가 너무 솔직해질까 봐. 너무 앞서가는 것처럼 보일까 봐. 하지 않아도 될 말들을 너무 넘치게 했다고 쓰라리게 후회하고, 그가 기대한 것보다 더 많은 말을 했을까 봐, 나를 무분별하다고 생각하고 싫어할까 봐 두려워한 적이 한두 번이 아니었지. 그런데 오늘은 그가 너무 너그러워서 어떤 생각이든 표현해도 괜찮을 것 같았어. 길을 걸어올 때 얼마나 다정하던지! 그는 입에 발린 말도 안 하고 실없는 소리도 안 해. 그의 구애(그의 우정이라고 해야겠지. 물론 아직 그를 내 연인으로 생각하지는 않아. 하지만 언젠가는 그렇게 되었으면 좋겠어)는 책에서 읽은 것과는 달라. 훨씬 더 나아—독창적이고, 조용하고, 진지해. 난 그이가 정말 좋아. 나와 결혼해준다면 훌륭한 아내가 되어줄 텐데. 그의 결점은 말해주겠지만(몇 가지 결점이 있기는 하니까), 위안거리를 찾고, 그를 아껴주고, 최선을 다해 행복하게 해줄 거야. 이제는 내일도 그가 다정하게 대해줄 거라 확신할 수 있어. 내일 저녁에 여기로 오거나, 아니면 나한테 자기 집으로 가자고 청할 거야."

그녀는 인어처럼 긴 머리를 다시 빗기 시작했다. 머리를 정리하느라 고개를 돌리다가 거울에 비친 자기 얼굴이 눈에 들어왔다. 못생긴 사람들은 이렇게 거울에 비친 모습을 보면 제정신이 들곤 한다. 자기 눈으로 보아도 거울 속의 모습이 매혹적이지 않다면 남들의 눈이 거기에서 무슨 매력을 발견할 수 있을 리가 없다. 그러나 미인들은 당연히 다른 결론에 도달한다. 그 모습은 매혹적이고, 매혹해야 한다. 캐럴라인은 그런 태도와 표정으로 은판사진을 찍으면 자신의 얼굴이 사랑스러우리라는 것을 알고 있었다. 그녀는 그 모습에서 자신의 소망에 대한 확신을 얻지 않을 수 없었고, 줄어들지 않는 기쁨을 느끼며 잠자리에 들었다.

다음 날 그녀는 여전히 즐거운 기분으로 일어났다. 숙부가 조반을 먹는 식당으로 들어가 부드러운 활기로 아침 인사를 건네자, 감정이 없는 이 작은 남자조차도 조카딸이 '예쁜 소녀'로 자라고 있다고 잠시 생각했다. 숙부와 함께 있을 때 그녀는 대체로 조용하고 수줍었다. 매우 고분고분했지만 말은 별로 하지 않았다. 그러나 오늘 아침에는 할 얘기가 많았다. 숙부하고는 가벼운 화제에 대해서만 대화를 할 수 있었다. 헬스턴 씨는 여자, 특히 소녀와는 그 이외의 이야기는 하지 않았다. 그녀는 아침 일찍 정원에서 산책을 했기에 어떤 꽃이 피려고 하는지 말해주었다. 정원사가 울타리를 다듬으러 언제 오면 될지 물었고, 교회 탑에 찌르레기들이 둥지를 짓기 시작했다고 알려주었다(브라이어필드 성당은 브라이어필드 사제관 가까이에 있었다). 종탑에서 종을 치면 찌르레기들이 놀라지 않을까 걱정도 했다.

헬스턴 씨는 "그 새들도 이제 막 짝짓기를 한 다른 바보들이나 마찬가지라서 한동안은 불편을 느끼지 못할 거다"라고 의견을 밝혔다. 캐럴라인은 그 순간 들뜬 기분에 조금은 용기가 나서, 존경하는 친척이 한 발언에 대해 전 같으면 절대 하지 못했을 말을 해버렸다.

"숙부님, 결혼에 대해 말씀하실 때마다 항상 경멸 조로 말씀하시네요. 결혼을 하지 말아야 한다고 생각하세요?"

"독신으로 사는 게 가장 현명한 계획이란다. 특히 여성에게는 더욱 그렇지."

"모든 결혼이 불행한가요?"

"아주 많은 결혼이 불행하지. 모두가 진실을 고백한다면 아마 모두가 어느 정도는 그럴 거다."

"숙부님은 결혼 주례를 서달라는 청을 받으면 항상 짜증을 내세요. 왜죠?"

"순전한 바보짓에 공범 역할을 하는 걸 좋아할 사람은 없으니까."

헬스턴 씨는 기다렸다는 듯이 선뜻 대답했다. 조카딸에게 이 문제에 대한 견해를 밝힐 기회가 생겨서 기쁜 것 같았다. 여기까지 자신의 질문을 잘 받아주자 대담해진 캐럴라인은 한발 더 나아갔다.

"하지만 왜 결혼이 순전한 바보짓인가요? 두 사람이 서로 좋아한다면 같이 살기로 하는 것이 당연하지 않나요?"

"서로에게 싫증이 날 테니까—한 달이면 서로에게 싫증 나게 돼 있어. 배우자는 반려가 아니야. 같이 고통받는 사람이지."

캐럴라인의 다음 말은 결코 순진하고 단순한 생각에서 나온 것이 아니었다. 그런 의견에 대한 반감이었고, 그것을 주장하는 숙부에 대한 불쾌감이었다.

"남들이 보면 숙부님이 평생 결혼한 적이 없으신 줄 알겠어요. 나이 든 독신자라고 생각할 거예요."

"사실상 그런 셈이지."

"하지만 결혼하셨었잖아요. 왜 말씀하고는 달리 결혼하셨던 거예요?"

"어떤 남자든 평생 한두 번은 미친 짓을 하지."

"그럼 숙부님이 숙모님한테 싫증이 나셨고, 숙모님도 숙부님한테 싫증이 나셔서 함께 불행해지신 거예요?"

헬스턴 씨는 냉소적으로 입술을 쑥 내밀고는 갈색 이마에 주름을 잡으면서 알아듣지 못할 끙 소리를 냈다.

"숙모님이 숙부님께 어울리지 않았나요? 선량한 분이 아니셨어요? 숙모님에게 익숙해지지 않으셨나요? 숙모님이 돌아가셨을 때 슬프지 않으셨어요?"

"캐럴라인." 헬스턴 씨가 천천히 식탁 쪽으로 손을 내리더니 갑자기 마호가니 상판을 쾅 하고 세게 내리쳤다. "이것만 알아두어라. 일반적인 것과 특수한 것을 혼동하는 건 천박하고 미숙한 짓이야. 어느 경우든 규칙이 있고 예외가 있다. 너의 질문은 어리석고 유치해. 아침을 다 먹었거든 종을 쳐라."

아침상이 치워졌다. 식사가 끝나면 대개 숙부와 조카딸은 헤어져서 저녁 식사 때까지는 다시 마주치지 않았다. 하지만 오늘 조카딸은 방을 나가는 대신 창가 자리로 가서 앉았다. 헬스턴 씨는 그녀가 가버렸으면 좋겠다는 듯이 한두 번 불편한 기색으로 돌아보았지만, 그녀는 창밖을 내다볼 뿐 숙부는 안중에도 없는 듯했다. 그래서 그는 조간신문을 계속 읽었다. 이베리아반도에서 새로운 움직임이 막 일어났고, 웰링턴 장군이 보낸 긴 급보에 대한 논설도 있어서 그날따라 흥미로운 내용이 많았다. 그러는 동안 조카딸의 마음속이 어떤 생각들로 부산한지는 몰랐다. 조금 전의 대화가 새로 만들어낸 것은 아니고 되살려낸 생각들이었다. 지금 그것들은 벌집 속의 불안한 벌들처럼 소란스러웠지만, 그녀의 머릿속에 처음 집을 지은 것은 이미 한참 전이었다.

그녀는 숙부의 인격과 성향을 되새겨보고 결혼에 대한 그의 감정들을 되짚어보았다. 전에도 여러 번 되살펴보았는데, 자신의 마음과 그의 마음 사이에는 큰 격차가 있었다. 그녀는 그 넓고 깊은 틈 건너편에 있는 숙부 옆에 한 명이 더 서 있는 모습을 전에도 보았고, 지금도 보았다—낯선 형태였다. 흐릿하고 불길하며 거의 인간 같지 않은 그 모습은 어렴풋이 기억하는 아버지, 제임스 헬스턴, 즉 매슈슨 헬스턴의 형의 모습이었다.

아버지의 사람됨이 어떠했는지에 대해서는 그녀도 소문을 들은 바가 있었다. 늙은 하인들이 슬쩍 암시를 흘렸다. 그녀도 아버지가 좋은 사람이 아니었고 자신에게도 전혀 다정하지 않았다는 것은 알고 있었다. 어느 대도시에선가 아버지와 몇 주를 함께 보냈던 일을 기억했다. 어두운 기억이었다. 옷을 입혀주거나 돌봐주는 하녀도 없었고, 그녀는 커튼도 달려 있지 않은 침대 외에 다른 가구는 거의 없는, 카펫도 깔려 있지 않은 높은 층의 다락방에 밤낮으로 갇혀 지냈다. 아버지는 매일 아침 일찍 외출해서 온종일 돌아오지 않았고, 딸에게 식사를 갖다주는 것조차 잊을 때도 많았다. 밤이 되어 돌아왔을 때는 미친 사람처럼 난폭하고 무시무시했다. 아니면, 그게 훨씬 더 괴로웠는데, 바보 천치처럼 제정신을 잃은 상태일 때도 있었다. 그녀는 그런 곳에서 병이 났고, 많이 아프던 어느 날 밤 아버지가 방으로 들어와 그녀가 짐덩이라며 죽여버리겠다고 악을 쓴 것도 기억하고 있었다. 그녀의 비명에 다른 사람들이 도와주러 왔고, 그녀는 그때 아버지에게서 구출된 후로는 죽어서 관 속에 누운 모습을 보게 될 때까지 다시는 아버지를 보지 못했다.

그런 사람이 그녀의 아버지였다. 그녀에게는 어머니도 있었다. 하지만 헬스턴 씨는 어머니에 대한 이야기는 한마디도 하지 않았다. 어머니는 본 기억도 없었다. 하지만 어머니가 살아 있다는 것은 알고 있었다. 어머니는 주정뱅이의 아내였다. 그들의 결혼은 어땠을까? 캐럴라인은 격자창 너머로 찌르레기를 보고 있다가(실은 새들을 보고 있지는 않았지만) 눈을 돌려 나지막한 목소리로, 슬프고 쓰라린 어조로 방의 침묵을 깼다.

"숙부님은 제 어머니와 아버지의 결혼 생활이 어땠는지 보셨기 때문에 결혼이 불행하다고 말씀하시는 것이겠지요. 제가 아빠와 지냈을 때 겪었던 고통을 제 어머니도 겪으셨다면 틀림없이 끔찍한 삶이었을 거예요."

헬스턴 씨는 그 말을 듣자 의자에서 몸을 홱 돌려 안경 너머로 조카딸을 쳐다보았다. 그는 당황한 기색이었다.

아버지와 어머니라니! 함께 산 12년 동안 그가 한 번도 입에 올린 적 없는 아버지와 어머니 얘기를 무슨 까닭으로 할 생각이 든 것일까? 그런 생각은 저절로 자라난 것일 수 없었다. 그녀에게 부모님에 대한 기억이 조금이라도 있을 리가 없었다.

"네 아버지와 어머니라고? 누가 너에게 그분들 얘기를 했더냐?"

"아무도요. 하지만 아빠가 어떤 분이었는지는 조금 기억나요. 엄마가 불쌍해요. 엄마는 어디 계신가요?"

이 "엄마는 어디 계신가요?"라는 말은 전에도 수없이 캐럴라인의 입술에 올랐지만, 밖으로 내뱉은 것은 처음이었다.

헬스턴 씨가 대답했다. "나도 잘 모른다. 네 어머니에 대해서는 아는 것이 거의 없어. 소식을 들은 지도 오래되었다. 하지만 어디에 있건 네 생각 따위는 전혀 하지 않을 거다. 너에 대해 전혀 묻지도 않을 거고. 너를 보고 싶어 하지 않는다고 믿을 만한 이유가 있어. 자, 수업 시간이 되었구나. 10시에 사촌에게 가지 않니? 시계가 지금 막 10시를 쳤다."

캐럴라인은 하고 싶은 말이 더 있었지만, 패니가 들어와 교구 위원들이 제의실에서 이야기를 나누고 싶어 한다고 주인님에게 알렸다. 그는 서둘러 그들에게로 갔고, 조카딸도 곧 사촌의 집으로 떠났다.

사제관에서 할로 공장으로 가는 길은 내리막길이었다. 그래서 그녀는 거의 가는 동안 내내 달렸다. 운동과 신선한 공기, 로버트를 만난다는 생각, 적어도 그의 집에, 그가 있는 곳에 간다는 생각이 다소 우울했던 그녀의 기분을 금세 회복해주었다. 하얀 집이 보이고 공장이 돌아가는 요란한 소리와 수로 흐르는 소리가 들리는 곳까지 오자 제일 먼저 그녀의 눈에 들어온 것은 정원 문 앞에 있는 무어였다. 그가 거기에 서 있었다. 네덜란드풍의 허리띠를 맨 블라우스에 가벼운 모자를 쓴 일상복 차림이 그에게 잘 어울렸다. 그는 사촌이 오는 방향이 아니라 길 아래쪽을 보고 있었다. 그녀는 발을 멈추고 버드나무 뒤에 숨어 그의 모습을 살펴보았다.

그녀는 생각했다. '그는 누구하고도 비교가 안 돼. 똑똑할 뿐 아니라 잘생기기까지 했으니. 저 날카로운 눈 좀 봐! 이목구비는 또 얼마나 깎은 듯이 또렷하고 생기가 넘치는지—여위고 진지하지만 우아해! 그의 얼굴이 정말 좋아—생김새가 마음에 들어—그가 너무 좋아! 발을 질질 끄는 그 보좌사제들 중 누구도 댈 바가 못 되지—누구보다도 더 낫다니까. 멋진 로버트!'

그녀는 "멋진 로버트"의 곁으로 재빨리 다가갔다. 하지만 그로 말하자면, 할 수만 있었다면 그녀가 눈에 띄었을 때 그녀의 눈앞을 유령처럼 지나쳐 가버렸을 것이다. 그러나 허구가 아닌 실제 인물이었으므로 그는 인사할 수밖에 없었다. 사촌다운, 형제다운, 친구다운 짧은 인사였지 연인 같은 인사는 전혀 아니었다. 그의 태도에서 간밤의 이름 모를 매력은 사라졌다. 그는 더는 같은 사람이 아니었다. 그 정도까지는 아니더라도 어쨌든 가슴 속에 그 사람과 같은 심장이 뛰고 있지는 않았다. 이런 예상치 못한 실망감이라니! 날카로운 좌절감이라니! 열정적인 소녀는 변화를 눈으로 보고 느끼면서도 처음에는 믿지 않으려 했다. 그가 적어도 다정함 비슷한 느낌으로라도 손을 잡아줄 때까지 차마 그의 손에서 자기 손을 거두지 못했고, 그의 표정에서 차가운 인사보다는 더 따듯한 무언가가 떠오를 때까지 그의 눈에서 시선을 떼지 못했다.

크게 실망한 연인이 남자라면 말을 할 수도 있고 설명을 요구할 수도 있겠지만, 여자는 아무 말도 할 수 없다. 그랬다가는 수치와 괴로움, 속내를 감추지 못했다는 후회만이 남을 것이다. 자연은 이러한 표현을 본능을 거스르는 행동으로 낙인찍을 것이며, 그 후에 스스로에 대한 경멸감을 갑작스럽게, 은밀히 느끼게 함으로써 이를 보복하듯 갚아줄 것이다. 알게 된 대로 받아들여야지, 질문을 하거나 불평을 입 밖에 내어서는 안 된다. 그것이 가장 지혜로운 행동이다. 빵을 기대했는데 돌아오는 것이 돌멩이뿐이라면, 돌멩이에 이가 깨지더라도 신경이 고통을 느낀다고 비명을 질러서는 안 된다. 정신의 위—그런 것을 가지고 있다면—가 타조만큼이나 튼튼해서 돌도 소화할 수 있다고 믿어야 한다. 달걀을 달라고 내민 손에 운명은 전갈을 준다. 실망한 기색을 보이지 말고 손가락으로 그 선물을 단단히 감싸 쥐어야 한다. 전갈이 손바닥을 쏘게 내버려두어야 한다. 신경 쓰지 마라. 시간이 흘러 손과 팔이 부어오르고 고통으로 오랫동안 덜덜 떨고 나면 움켜쥔 전갈은 죽을 것이고, 당신은 어떻게 울지 않고 견디는지 큰 교훈을 얻게 될 것이다. 어떤 이들은 견디지 못하고 죽기도 한다지만, 이 시험에서 살아남는다면 그 이후로는 평생토록 더 강해지고, 더 현명해지고, 더 무뎌질 것이다. 하지만 그 당시에는 아마 그 사실을 알지 못할 것이고, 그런 희망의 용기를 어디에서 빌려 올 수도 없다. 그러나 앞서 암시한 바와 같이, 이런 경우에는 자연이 훌륭한 벗이다. 입술을 꾹 다물고, 말을 금하고, 차분하게 아무렇지 않은 척 가장해야 한다. 이런 가장은 처음에는 편안하고 즐거운 모습을 하고 있을 때도 많지만 시간이 지나면 슬픔으로 창백하게 가라앉았다가, 나중에는 사라지고 편리한 금욕주의를 남긴다. 조금은 씁쓸하지만 그럼에도 불구하고 강하게 만들어주는 것이다.

조금 씁쓸하다고! 그게 잘못된 것인가? 아니다—씁쓸함을 느끼는 것이 당연하다. 씁쓸함은 힘이다—강장제다. 날카로운 고통 뒤에 오는 달콤하고 부드러운 힘 따위는 어디에서도 찾을 수 없으며, 그 힘에 대해 이야기해보았자 환상에 불과하다. 고문 후에 무감각한 탈진 상태가 올 수는 있다. 힘이 남아 있다면, 그것은 오히려 위험한 힘일 것이다—불의와 맞선다면 치명적일 수도 있다.

'가엾은 메리 리'라는 발라드를 읽어보았는가? 언제, 누가 썼는지도 알려져 있지 않은 스코틀랜드의 오래된 발라드이다. 메리는 학대당했다—어쩌면 거짓을 진실로 믿도록 속았을지도 모른다. 그녀는 불평하지 않고 홀로 눈보라 속에 앉아 있다. 그녀는 자신의 생각을 이야기한다. 그 생각들은 그녀와 같은 처지에 있는 사람들에게 본보기가 될 만한 모범적인 여주인공의 생각이 아니라, 깊은 감정을 느끼고 강한 분노를 품은 농촌 소녀의 생각들이다. 그녀는 고뇌에 이끌려 집의 아늑한 난롯가에서 흰 눈으로 덮인 얼어붙은 언덕으로 나왔다. "차디찬 눈보라"를 맞으며 웅크린 채 온갖 공포스러운 형상을 떠올린다—"노란 배를 가진 구렁이", "털투성이 독사", "달을 향해 짖는 늙은 들개", "저녁의 유령", "시큼한 산딸기", "두꺼비 등의 유독한 진액". 그녀는 이런 것들을 혐오하지만, "가장 혐오하는 것은 로빈-어-리!"이다.

"오! 한때 저 아름다운 시내 옆에서 행복하게 살았네—
온 세상이 나를 사랑했었지.
하지만 이제 차디찬 눈보라 아래 앉아 한탄하네,
그리고 검은 로빈-어-리를 저주하지!

그러니 불어라, 너 쓰디쓴 차가운 바람아."

(독자여, 겨울 폭풍을 뚫고 황야를 휩쓰는 이 시구의 거친 소리가 들리는가?)

"가냘픈 나무 사이로 울부짖어라,
날 눈 속에 꽁꽁 묻어버려라,
그리고 다시는 태양이 날 보지 못하게 해다오!

오, 절대 녹지 마라, 너 눈 더미여,
내 무덤을 친절히 감싸주는 너.
로빈-어-리 같은 악당들의
조롱과 비웃음으로부터 날 숨겨주렴!"

그러나 지난 한두 페이지에서 말한 내용은 캐럴라인 헬스턴의 감정이나, 그녀와 로버트 무어 사이의 상황과는 큰 관련이 없다. 로버트는 그녀에게 아무런 잘못도 하지 않았다. 그녀에게 거짓말을 한 적도 없다. 탓할 사람이 있다면 그녀뿐이다. 그녀의 마음이 짜낸 씁쓸함은 자신의 머리에만 쏟아져야 마땅하며, 그렇게 될 것이다. 그녀는 사랑해달라는 요청 없이도 사랑했다—그건 자연스럽고, 때로는 피할 수 없는 운명이지만, 대단히 불행할 뿐이다.

로버트는 가끔은 그녀에게 정말로 애정을 느꼈던 것 같기는 하다—하지만 어째서 그랬을까? 그녀가 그에게 너무나 매력적으로 보여서, 아무리 감추려 애를 써도 그의 판단력이 인정하지 않거나 그의 의지가 허락하지 않은 감정을 드러내지 않을 수 없었던 것이다. 하지만 그는 자신의 감정이 복잡하게 얽히는 일이나 이성적으로 판단하자면 경솔해 보이는 결혼으로 끌려 들어가는 일이 없도록 그녀와 더는 친밀하게 교류하지 않기로 굳게 마음먹을 참이었다. 자, 이제 캐럴라인은 어떡하면 좋을까? 자신의 감정에 굴복할 것인가, 아니면 이겨낼 것인가? 그를 좇아야 할까, 자기 자신에게 의지해야 할까? 그녀가 나약하다면 첫 번째 방편을 시도할 것이다. 그러면 그의 존경을 잃고 반감을 사게 될 것이다. 분별이 있다면 스스로의 지배자가 되어 혼란스러운 감정의 영역을 억제하고 통제하기로 마음먹을 것이다. 삶을 있는 그대로 보고, 그 가혹한 진실을 성심으로 배우고, 복잡하게 얽힌 문제들을 세세히, 열심히 탐구하기로 할 것이다.

불평하거나 캐묻지 않고 조용히 로버트의 곁을 떠난 것을 보아, 그녀는 조금은 분별이 있었던 것 같다. 얼굴을 찌푸리거나 눈물을 흘리지도 않았다. 평소처럼 오르탕스에게 수업을 받으러 갔고, 점심시간에는 지체 없이 집으로 돌아갔다.

점심을 먹고 나서 포트와인을 아껴 마시는 숙부를 두고 사제관의 거실로 홀로 나오자 비로소 떠오른 어려움에 캐럴라인은 당혹감을 느꼈다. '오늘 하루를 어떻게 보내야 할까?'

전날 밤에는 어제처럼 하루를 보내게 되기를 바랐다—로버트와 함께 저녁을 다시 행복하게 보낼 줄 알았다. 오늘 아침 자신의 생각이 틀렸음을 알았지만, 할로의 작은 집에서 다시 자신을 부르거나 무어와 다시 시간을 보낼 일이 없으리라는 생각에 진정하기 어려웠다.

그는 종종 차를 마신 후 숙부와 한 시간 정도 시간을 보내러 왔다. 이런 기쁨은 거의 기대도 하지 않고 있는데 초인종이 울리고 해 질 녘 복도에서 그의 목소리가 들려왔다. 그가 유난히 거리를 두고 그녀를 대한 후에도 이런 일이 두 번 있었다. 그는 숙부 앞에서는 그녀에게 거의 말을 걸지 않았지만, 머무는 동안 그녀의 작업용 탁자 맞은편에 앉아서 부드러운 눈으로 그녀를 바라보았다. 그녀의 마음을 편하게 해줄 말을 두어 마디 건네기도 했다. 작별 인사를 할 때는 상냥했다. 자, 오늘 밤에도 그가 올지도 몰라, 헛된 희망이 속삭였다. 그녀는 그렇게 속삭이는 것이 헛된 희망임을 모르지 않으면서도 귀를 기울였다.

그녀는 책을 읽으려고 해보았지만 생각들이 흩어졌다. 바느질을 하려고 해보아도 한 땀 한 땀이 지루할 뿐이었다. 참을 수 없을 정도로 지겨웠다. 책상을 열어 프랑스어 작문을 하려고 해보았지만 계속 실수를 했다.

갑자기 초인종 소리가 날카롭게 울렸다—그녀의 심장이 쿵 내려앉았다—그녀는 응접실 문으로 뛰어가 살며시 문을 열고 틈새로 내다보았다. 패니가 손님을 맞이하고 있었다—신사였다—키 큰 남자—딱 로버트 정도의 키였다. 그녀는 잠시 로버트라고 생각했다. 그러나 헬스턴 씨를 찾는 목소리마저 그녀를 속이지는 못했다. 그 목소리는 아일랜드인의 목소리였으니 무어가 아니라 보좌사제 멀론이었다. 그는 식당으로 안내되었고, 주임사제를 거들어 순식간에 디캔터를 비웠다.

브라이어필드, 윈버리, 너넬리의 어떤 집이든 보좌사제 하나가 식사 시간—저녁이든 차 마시는 시간이든—에 들르면 곧 또 다른 보좌사제가 뒤따라오곤 한다. 둘이 올 때도 있다. 그들이 서로 만날 약속을 잡았기 때문이 아니라, 보통 동시에 돌아다니기 때문이다. 예를 들어 던이 멀론의 숙소에 찾아갔는데 그가 없으면 어디로 갔는지 묻는다. 그리고 여주인에게서 그가 간 곳을 알아내면 서둘러 그의 뒤를 쫓아가는 식이다. 스위팅의 경우도 마찬가지였다. 그래서 그날 오후 캐럴라인의 귀는 초인종 울리는 소리와 불청객들이 도착하는 소리로 세 번이나 괴롭힘을 당하게 되었다. 던이 멀론을 따라오고, 스위팅이 던을 따라온 것이다. 더 많은 와인이 지하 저장고에서 식당으로 보내졌다(헬스턴 노신부는 그들이 자기네 숙소에서 '흥청망청 마시는' 것을 보면 사제 자격이 부족하다고 야단을 쳤지만, 위계질서가 있는 자기 식탁에서라면 제일 좋은 와인을 대접해주기를 즐겼다). 닫힌 문을 통해 캐럴라인은 그들의 어린아이 같은 웃음소리와 잡담을 늘어놓는 얼빠진 목소리를 들었다. 그녀는 그들이 차까지 마시고 갈까 봐 두려웠다. 이 삼인조를 위해 차를 끓이고 싶은 마음은 조금도 없었다. 어쩌면 사람들은 이렇게도 다를까! 이 셋도 무어처럼 교육받은 젊은 남자들이었지만, 그녀에게는 천지 차이였다. 그들과의 교제는 따분했지만 로버트와는 즐거웠다.

이 성직자들을 상대해주는 것으로도 모자라 마침 그때 손님 네 명이 더 찾아왔다. 윈버리에서부터 조랑말이 끄는 사륜마차 한 대 가득 묵직하게 타고 온 숙녀들이었다. 노부인 한 명과 그녀의 풍만한 세 딸로, 그 동네의 관습대로 '친구로서' 그녀를 보러 온 것이었다. 그렇다, 네 번째로 초인종이 울렸다. 패니가 응접실로 와서 알렸다.

"사이크스 부인과 세 따님이십니다."

캐럴라인은 손님들을 맞으러 나갈 때면 얼굴을 약간 붉히고 서두르면서도 머뭇거리는 태도로 초조하게 손을 비트는 습관이 있었다. 여기 아닌 어딘가 다른 곳에 있고 싶다는 마음이었다. 학교에서 1년을 보낸 적이 있으면서도 그녀는 이런 위기의 순간이면 슬프게도 완벽한 태도를 취하지 못했다. 따라서 이번 경우에도 사이크스 부인이 들어오기를 기다리면서 작고 흰 손을 비틀었다.

방에 들어선 키가 크고 성마른 귀부인은 깊은 신앙심을 공언하고 다녔는데, 완전히 거짓은 아니었고, 성직자들을 환대하는데 대단히 힘쓰곤 했다. 그녀의 세 딸도 뒤따라 들어왔다. 이 화려한 삼인조는 모두 키가 크고 어느 정도 매력적이었다.

영국 시골의 숙녀들에 대해 이 점을 언급하고 넘어가야겠다. 나이가 어리건 많건, 예쁘건 못생겼건, 둔하건 활달하건, 거의 모두가 얼굴에 찍어낸 듯 같은 표정이 있다. 그 표정은 이렇게 말하는 듯하다. "나도 알아요—자랑하려는 게 아니에요—하지만 나야말로 무엇이 적합한가의 표준이에요. 그러니까 내가 접근하는 사람이든 나에게 접근하는 사람이든, 옷차림, 태도, 의견, 원칙, 실천 방법, 뭐든 나와 다른 점이 있나 잘 살펴보세요. 있다면 그들이 틀린 거니까요."

사이크스 부인과 딸들은 이런 관찰에서 한 치도 벗어나지 않는다는 점에서 그것이 사실임을 보여주는 전형적인 예였다. 미인이고 선의를 갖고 있으며 대체로 선량한 메리 양은 엄격하지는 않지만 품위를 가지고 이런 상태에 만족했다. 역시 미인인 해리엇 양은 그보다는 더 위압적인 태도였다. 고고하고 차가워 보였다. 근사하고 기운이 넘치며 우쭐대는 해나 양은 보란 듯이 과시하는 태도로 들어왔다. 어머니는 나이와 신심이 깊다는 평판에 어울리는 위엄을 가지고 있었다.

어찌어찌 손님맞이가 끝났다. 캐럴라인은 "만나게 되어 기쁘다"라면서(순전히 거짓말이었다) 안부를 물었고, 사이크스 부인의 기침이 나아졌기를 바랐으며(사이크스 부인은 지난 20년간 기침을 했다), 집에 있는 나머지 자매들의 안부를 물었다. 사이크스 자매들은 피아노 의자 맞은편에 놓인 의자 세 개에 앉았고, 캐럴라인은 아무 생각 없이 피아노 의자와 큰 안락의자 사이에서 잠시 서성이다가 사이크스 부인을 안락의자에 앉혀야 한다는 사실을 기억해내고 자신은 피아노 의자에 앉았다. 사실 사이크스 부인이 알아서 거기 앉아서 그녀의 수고를 덜어주었다. 사이크스 자매들은 매우 위풍당당한 태도로 동시에 고개를 숙여 캐럴라인의 안부 인사에 답했다. 잠시 침묵이 흘렀다. 다음 5분간 아무도 입을 열지 못하게 만들려는 딱딱한 인사였고, 정말 그랬다. 사이크스 부인은 헬스턴 씨의 안부를 물었다. 류머티즘이 도지지는 않았는지, 일요일에 두 번이나 설교를 하면 피곤하지 않은지, 이제 예배 전체를 이끌 수 있는지 물었다. 괜찮다는 말을 듣자 그녀와 딸들은 입을 모아 "그 연세에 참으로 대단하신 분"이라고 의견을 표했다.

두 번째 침묵이 흘렀다.

메리 양이 다음 차례로 캐럴라인에게 지난주 목요일 밤에 너넬리에서 있었던 성서 공회 모임에 참석했는지 물었다. 캐럴라인은 솔직하게 가지 않았다고 대답했다. 지난 목요일 저녁에는 집에 앉아 로버트가 빌려준 소설을 읽었다. 그 대답에 네 여자의 입에서 동시에 놀라움의 탄성이 터져 나왔다.

메리 양이 말했다. "우리는 다 갔답니다. 엄마랑 저희 모두요. 심지어 아빠한테도 같이 가자고 했어요. 해나가 꼭 가셔야 한다고 고집했어요. 그렇지만 아빠는 독일 모라비아교회 목사님이신 랑바일리히 씨가 말씀하시는 중에 잠이 드셨지요. 아빠가 하도 꾸벅거리셔서 너무 창피했어요."

해나가 외쳤다. "그리고 브로드벤트 박사님도 오셨죠. 얼마나 말씀을 잘하시는지! 그분이 그럴 줄은 몰랐어요. 외모는 좀 볼품없잖아요."

"하지만 정말 사랑스러운 분이야." 메리가 끼어들었다.

"그리고 정말 선한 분, 유능한 분이지." 어머니도 덧붙였다.

예쁘고 오만한 해리엇이 말했다. "겉보기에는 푸줏간 주인 같아. 난 도저히 참고 봐줄 수가 없던데. 눈 감고 소리만 들었어."

헬스턴 양은 자신의 무지와 무능을 느꼈다. 브로드벤트 박사를 본 적이 없으니 자기 의견을 말할 수가 없었다. 세 번째로 침묵이 흘렀다. 침묵이 흐르는 동안 캐럴라인은 자기가 얼마나 몽상에 빠진 바보인지, 얼마나 현실과 동떨어진 삶을 살고 있는지, 평범한 세계와의 평범한 교제에 얼마나 맞지 않는지 절실히 느꼈다. 자신이 얼마나 오로지 할로의 희고 작은 집에만 집착해왔으며 그 작은 집에 사는 한 사람의 존재에만 자신의 전 우주를 걸고 있는지를 느꼈다. 이런 식으로는 안 된다는 것과, 언젠가는 바뀌어야만 하리라는 것도 깨달았다. 자기 눈앞의 숙녀들과 비슷해지고 싶다는 것은 아니었지만, 지금의 자신보다는 더 나아져서 그들의 품위에 덜 눌리고 싶었다.

꽉 막혀버린 대화를 되살리기 위해 그녀가 찾아낸 유일한 수단은 차를 마시겠느냐고 묻는 것이었다. 예의상 하는 이런 말 한마디조차 그녀에게는 엄청난 노력을 요구했다. 사이크스 부인이 "정말 고맙지만—"이라고 말을 시작하는데 패니가 또다시 들어왔다.

"신사분들께서는 저녁 내내 머물다 가신답니다." 그녀가 헬스턴 씨의 전갈을 전했다.

"어떤 신사분들이 계신다는 거지?" 사이크스 부인이 물었다. 패니가 그들의 이름을 댔다. 부인과 딸들은 서로 시선을 주고받았다. 그들에게 보좌사제들은 캐럴라인에게와는 의미가 달랐다. 스위팅 씨는 그들이 꽤 호감을 가진 인물이었다. 멀론 씨조차 사제라는 이유로 어느 정도는 좋게 봐주었다. 사이크스 부인이 말했다. "벌써 손님들이 와 계시니 우리도 좀 더 있는 게 좋겠군요. 유쾌한 작은 모임이 될 거예요. 신부님들을 뵙는 일은 항상 즐거우니까요."

그리하여 캐럴라인은 이제 그들을 위층으로 안내하여 그들이 숄을 벗고 머리를 매만지고 몸단장을 하도록 도와주었다. 그런 다음 그들을 다시 거실로 안내하고 판화집과 유대인 바구니에서 산 잡동사니들을 나누어 주었다. 그녀는 변변치 않은 기부자일 뿐이었지만 물건을 사주기는 해야 했다. 만약 그녀에게 돈이 많았더라면 유대인 상인이 사제관에 왔을 때 바늘꽂이 한 개가 아니라 거기 있는 것 전부를 다 사주었을 것이다.

말이 나온 김에 '유대인 바구니'와 '선교사 바구니'의 수수께끼에 익숙지 않은 사람들을 위해, 이 *'살림살이'*들이 제법 큰 가족이 쓸 법한 옷 바구니만 한 크기의 버들가지로 짠 바구니라는 점을 설명해야겠다. 이 바구니에는 교구의 기독교도 숙녀들이 자진해서 혹은 마지못해 만든 바늘꽂이, 명함집, 반짇고리, 아기옷 등속이 잔뜩 들어 있으며, 이를 이교도 신사들에게 터무니없이 비싼 값에 판다. 이런 강제 판매로 거둔 수익은 유대인들을 개종시키고, 10지파를 찾고, 전 세계의 흥미로운 유색인종을 갱생시키는 데 사용된다. 숙녀 기부자들은 차례대로 이 바구니를 받아 한 달씩 맡아서 여기 넣을 것을 바느질해서는, 움츠리는 남성들에게 떠넘기듯 팔아버린다. 차례가 돌 때가 흥미진진한 때이다. 거래에 능한 적극적인 여성들은 이 일을 좋아해서, 인색한 소모사 방적공들에게 아무 쓸모도 없는 물건들의 값을 원가의 무려 네다섯 배까지 받아내는 일을 아주 즐긴다. 그러나 마음 약한 사람들은 이 일을 전혀 좋아하지 않으며, "라우스 부인이 찬사를 보내며 부인께서 다음 차례임을 기쁜 마음으로 알려드립니다"라는 전갈과 함께 이 바구니가 자기 집 문 앞에 도착하는 것을 보느니 아침에 어둠의 군주를 맞이하는 편이 낫다고 생각한다.

헬스턴 양은 안주인으로서의 의무를 활기차다기보다는 불안하게 해냈다. 그녀는 부엌으로 가서 차에 대해 패니와 일라이자와 잠시 상의했다.

요리사인 일라이자가 소리쳤다. "손님이 너무 많아요! 게다가 아침에 먹을 빵이 충분한 것 같아서 오늘은 빵을 안 구웠단 말이에요. 빵이 모자랄 거예요."

"티케이크가 있지 않아?" 젊은 안주인이 물었다.

"티케이크 딱 세 개랑 빵 한 덩어리뿐이에요. 저 고상하신 분들이 초대도 없이 오지 않았으면 좋겠어요. 내 모자 테두리 손질을 끝내고 싶은데." (보닛을 말하는 것이었다.)

긴급사태의 중요성 덕분에 얼마간은 힘을 얻은 캐럴라인이 이렇게 제안했다. "그럼 패니는 브라이어필드에 뛰어가서 머핀하고 크럼핏하고 비스킷을 좀 사 오도록 해. 일라이자, 화내지 마. 지금은 어쩔 수가 없어."

"그럼 찻잔은 뭐로 할까요?"

"아, 제일 좋은 걸로 꺼내. 내가 은식기를 꺼내 올게." 그녀는 위층의 그릇장으로 뛰어가 곧 찻주전자와 크림 단지, 설탕 그릇을 가져왔다.

"찻주전자를 써야 할까요?"

"응. 이제 최대한 빨리 준비해. 차를 빨리 마실수록 저분들이 빨리 갈 테니. 그랬으면 좋겠네. 아이고! 빨리 다들 돌아갔으면." 그녀는 응접실로 돌아가면서 한숨을 내쉬었다. 그리고 문을 열기 전에 문 앞에 서서 생각했다. '로버트가 지금이라도 오기만 한다면 만사가 얼마나 기쁠까! 그가 있었으면 이 사람들을 즐겁게 해주는 일도 훨씬 쉬웠을 텐데! 그가 말하는 것을 듣고(그는 사람들 앞에서는 말을 많이 하는 법이 없지만) 그의 앞에서 이야기하면 재미있을 텐데. 다른 사람들 얘기를 듣거나 그들에게 이야기하는 건 하나도 재미없어. 보좌사제들이 들어오면 저들은 얼마나 떠들어댈까. 그들의 말을 듣고 있으면 또 얼마나 지칠까! 하지만 난 이기적인 바보야. 아주 존경할 만한 분들인데. 저분들

을 자랑스럽게 여겨야지. 나보다 못하다고 말할 수는 없지만—전혀 그렇지 않아—나하고는 달라.'

그녀는 안으로 들어갔다.

그 당시 요크셔 사람들은 탁자에 둘러앉아 마호가니 상판 밑으로 무릎을 적당히 집어넣고 앉아서 차를 마셨다. 다양한 종류의 빵과 버터가 충분히 많이 담긴 접시를 여러 개 준비해야 했다. 가운데 접시에는 유리로 된 마멀레이드 그릇을 놓아야 했고, 음식들 가운데 여러 종류의 치즈케이크와 타르트도 있어야 했다. 초록 파슬리로 장식한 얇게 썬 분홍색 햄 한 접시도 있다면 더할 나위가 없었다.

사제관의 요리사인 일라이자는 다행히도 상 차리는 사람으로서 무슨 일을 해야 할지 잘 알았다. 손님들이 예고 없이 갑자기 들이닥쳐서 처음에는 좀 기분이 좋지 않았지만, 움직이다 보니 활기를 되찾은 듯했다. 덕분에 차는 제때에 보기 좋게 잘 차려졌다. 햄, 타르트, 마멀레이드도 함께 곁들여 낸 것들에 비해 부족하지 않았다.

이 후한 성찬에 불려 온 보좌사제들은 신이 나서 들어왔다가 이내 예상하지 못했던 숙녀들을 보고는 문가에 우뚝 멈추어 섰다. 맨 앞에 서 있던 멀론이 급히 멈추고 뒤로 물러서는 바람에 바로 그의 뒤에 있던 던과 부딪칠 뻔했다. 던이 비틀거리며 세 발짝 물러서자 체구가 작은 스위팅이 맨 뒤에서 오던 늙은 헬스턴 씨의 품 안으로 쓰러졌다. 잠시 꾸지람과 킥킥대는 소리가 들렸다. 보좌사제들은 멀론에게 행동을 주의하라고 핀잔을 준 다음 앞으로 나아가라고 재촉했다. 그는 이마 끝까지 푸르스름한 자주색으로 물들었지만 결국 앞으로 나갔다. 헬스턴은 수줍어하는 보좌사제들을 옆으로 제치고 나아가서 아리따운 손님들을 맞아 한 명 한 명과 악수를 하고 농담을 주고받고는, 사랑스러운 해리엇과 멋진 해나 사이에 아늑하게 자리를 잡았다. 메리 양에게는 옆자리에 앉지는 못해도 잘 볼 수 있도록 자기 맞은편으로 와서 앉으라고 청했다. 그는 늘 젊은 아가씨들을 자기 식대로 편안하고 정중하게 대해주었기에 그들 사이에서 가장 인기가 좋았다. 하지만 그는 속으로는 여성들을 존중하지도 좋아하지도 않았다. 그와 가깝게 지내야 했던 여자들은 그를 사랑하기보다는 두려워했다.

보좌사제들은 자기들끼리 알아서 자리를 잡았다. 셋 중에서 제일 침착했던 스위팅은 사이크스 부인 옆으로 몸을 피했다. 그는 부인이 자신을 아들처럼 아껴준다는 것을 알고 있었다. 던은 우아하게 허리를 굽혀 모두에게 인사를 하고 교만한 목소리로 "안녕하십니까, 헬스턴 양?"이라고 인사를 한 다음 캐럴라인 옆에 앉았다. 그녀에게는 상당히 짜증 나는 일이었는데, 그녀는 눈 하나 꿈쩍 않고 남을 바보 취급하는 자만심과 고칠 수 없는 편협함 때문에 그를 특히 싫어했기 때문이다. 멀론은 아주 생기 없이 웃으면서 그녀의 다른 쪽 옆자리에 앉았다. 따라서 그녀는 두 지지자를 얻었다. 둘 중 아무도 대화를 계속하거나 잔을 나누어 주거나 머핀을 돌리는 것은 고사하고 차 찌꺼기를 모으는 그릇에서 접시를 들어 올리는 일에조차 하등 쓸모가 없었다. 스위팅은 체구가 작고 소년 같았지만 그들 스무 명의 값어치가 있었다.

멀론은 남자들끼리만 있을 때는 쉬지 않고 입을 놀렸지만, 숙녀들 앞에서는 보통 입을 꼭 다물고 있었다. 그러나 입에 붙은 세 마디만은 어김없이 되풀이했다.

첫 번째. "오늘 산책 다녀오셨나요, 헬스턴 양?"

두 번째. "사촌 무어 씨를 최근에 만나신 적 있습니까?"

세 번째. "주일학교 수업에는 여전히 학생들이 다 잘 나옵니까?"

이 세 가지 질문과 그에 대한 대답이 오간 후 캐럴라인과 멀론 사이는 침묵이 가득 메웠다.

던의 경우는 달랐다. 그는 말이 많고 짜증을 유발하는 사람이었다. 그에게는 잡담거리가 잔뜩 있었지만, 모두 진부하고 비뚤어진 것이었다. 브라이어필드 사람들과 요크셔 주민들 전체에 대한 욕설, 상류사회가 부족하고 이 지역의 교양 수준이 낮다는 불만, 북쪽 하층계급 사람들이 윗사람들에게 불경스럽게 행동하는 것에 대한 험담, 이 지역 생활 방식에 대한 실없는 조롱—기품의 결핍, 우아함의 부재—마치 본인은 아주 훌륭한 처신에 능숙하다는 식이었다. 하지만 그의 다소 교양 없는 태도와 겉모습을 보아서는 진짜 그런 것 같지는 않았다. 던은 자신의 이러한 혹평을 들으면 헬스턴 양이나 그의 말을 듣고 있는 다른 숙녀들이 자신을 더 높이 평가할 것이라고 믿고 있는 듯했지만, 적어도 헬스턴 양은 그에게 경멸도 아까울 지경이었다. 하지만 가끔은 정말로 몹시 화가 날 때도 있었다. 자신도 요크셔 처녀로서, 이런 한심한 수다쟁이가 요크셔를 매도하는 것을 듣기가 싫었다. 참을 수 없을 정도로 화가 치밀어 오르면 그녀는 던에게 말대꾸를 하기도 했는데, 그 내용이나 태도나 던 씨의 마음에 들지 않는 것들이었다. 캐럴라인은 다른 이들을 천박하다고 비난하는 것이 세련됨의 증거는 아니라고 그에게 말하곤 했다. 자기 양 떼를 한없이 질책하는 것은 선한 목자의 태도가 아니다. 그녀는 찾아갈 곳이라고는 오두막들뿐이고 설교할 대상은 가난한 사람들뿐이라고 불평하면서 어째서 성직자가 되었느냐고 그에게 물었다. 단지 좋은 옷을 입고 왕들의 집에 앉아 있기 위해 성직을 받은 것인가? 이런 질문은 모든 보좌사제들에게 참을 수 없이 무례하고 불경스럽게 여겨졌다.

다과 시간은 오래 이어졌다. 손님들은 안주인이 예상했던 대로 떠들어댔다. 가족인 숙녀 한 명하고만 있을 때는 음울한 침묵을 유지하는 헬스턴 씨는 매력적인 여성들과 시간을 보낼 때는 늘 활기가 넘쳤다. 그는 양옆의 이웃들, 심지어 마주 앉은 메리 양과도 물 흐르듯 편안하게 즐거운 수다를 계속했다. 메리는 가장 분별 있었지만 셋 중 애교는 제일 없어서, 이 나이 든 홀아비에게 가장 관심을 덜 받았다. 그는 여자들의 분별력을 참아줄 수가 없었다. 여자들을 가능한 한 어리석고 경솔하고 허영심이 강하며 조롱하기 쉬운 존재로 보려고 했다. 그래야만 실제로 여자들이 그가 그렇다고 주장하고 바라는 존재, 즉 열등한 존재가 되었기 때문이다. 그들은 한가할 때 가지고 놀면서 즐기다가 버릴 수 있는 장난감이었다.

주임사제는 해나가 제일 마음에 들었다. 해리엇은 아름답고 이기적이고 자기만족에 빠져 있었지만 충분히 약하지가 않았다. 그녀는 헛된 자만심도 많았지만 그 가운데에서도 진정한 자존감을 얼마간은 가지고 있었다. 예언자처럼 말하지는 않았지만 미친 사람처럼 지껄이지도 않았다. 그녀는 자신을 인형이나 아이, 장난감처럼 다루도록 허용하지 않을 것이다. 그녀는 여왕처럼 대접받기를 바랐다.

반면 해나는 존중을 요구하지 않았고 아첨이면 만족했다. 숭배자들이 천사 같다고 말해주기만 하면 자기를 바보처럼 다루도록 두었다. 그녀는 정말로 잘 속았고 경박했다. 적당히 관심을 보여주고 아부의 말을 해주고 경탄해주면 너무나 어리석어졌기 때문에, 헬스턴은 재혼을 해서 그녀를 자신의 두 번째 배우자로 받아들이는 실험을 해볼까 유혹을 느낀 적도 있었다. 그러나 다행히도 첫 번째 결혼의 권태로움의 기억과 목에 걸렸던 맷돌의 무게가 남긴 흔적, 부부라는 존재의 참을 수 없는 악에 관한 변치 않는 감정들이 그의 애정을 억제하고 늙은 강철 폐를 부풀리는 한숨을 억눌렀으며, 해나가 들었다면 크게 좋아하고 만족했을 청혼의 말을 속삭이는 것을 막았다.

헬스턴이 해나에게 청혼했더라면 아마도 그녀는 받아들였을 것이다. 그녀의 부모도 대찬성이었을 것이다. 그의 쉰다섯이라는 나이와 냉정한 마음은 그들에게 전혀 문제가 되지 않았을 것이다. 게다가 그는 주임사제였고 꽤 잘살았으며 좋은 집을 가지고 있었고, 개인 영지까지 가지고 있다고 생각되었으므로(그러나 그 점에서는 사람들이 잘못 알고 있었다. 그는 아버지로부터 상속받은 5000파운드를 랭커셔의 고향 마을에 새 교회를 짓는 데 남김없이 바쳤다—그는 내킬 때는 아낌없이 돈을 뿌릴 수 있었고, 그 목적이 마음에 들면 이를 달성하기 위해 막대한 희생을 치르는 데 주저하지 않았다), 그녀의 부모는 양심의 거리낌 없이 해나를 그의 사랑과 자비에 내주었을 것이다. 그랬더라면 두 번째 헬스턴 부인은 곤충 존재의 자연율을 거꾸로 거슬러, 신혼 때는 밝고 사랑받는 나비로 팔락거리다가 여생은 더럽고 짓밟힌 벌레로 기어다녔을 것이다.

아주 친절히 대해주는 사이크스 부인과 메리 양 사이에 앉아 앞에는 타르트 접시를 두고 자기 접시 위에는 마멀레이드와 크럼핏을 둔 스위팅 씨는 어느 왕 부럽지 않게 만족한 모습이었다. 그는 사이크스가(家) 자매들을 모두 좋아했고, 자매들도 그를 좋아했다. 그는 그들이 자기 짝이 되어도 부족함이 없는 대단한 여자들이라고 생각했다. 이 행복한 순간에 아쉬움이 있다면, 도라 양이 이 자리에 없다는 것뿐이었다. 그는 언젠가는 도라를 데이비드 스위팅 부인으로 부를 수 있기를 남몰래 바랐고, 그녀를 여왕처럼 이끌고 너넬리 마을을 위풍당당하게 걷는 꿈을 꾸었다. 체구에 따라 여왕이 될 수 있다면 도라야말로 여왕이 될 법했다. 그녀는 몸집이 크고 행동이 느렸다. 뒤에서 보면 아주 통통한 사십대 부인의 분위기를 풍겼다. 하지만 그래도 얼굴은 예뻤고, 성격도 다정했다.

드디어 식사가 끝났다. 던 씨가 차게 식은 차를 반 남긴 잔을 계속 자기 앞에 두고 버티지 않았다면 한참 전에 끝났을 것이다. 그는 나머지 사람들이 식사를 다 마치고 자기도 먹을 만큼 먹고 난 후에도, 여기저기서 지루한 기색을 노골적으로 드러낸 후에도 고집스럽게 그대로 있었다. 결국 다들 의자를 뒤로 밀었다. 대화가 끊어지고 침묵이 깔렸다. 캐럴라인은 몇 번이나 헛되이 그에게 차를 더 마시겠느냐고, 차가 식었을 테니 뜨거운 차를 좀 더 원하느냐고 물었다. 그는 차를 마시지도, 그대로 두지도 않았다. 그는 이렇게 고립된 자신의 위치가 자신에게 어떤 중요성을 부여해준다고 생각하는 듯했다. 마지막까지 차를 마시는 사람이라는 사실이 품위와 위엄을 더해준다고, 다른 모든 이들을 기다리게 하는 것이 대단한 일이라고 생각하는 듯했다. 그가 너무 오래 끌어서 찻주전자의 불도 꺼졌다. 더는 쉭쉭거리는 소리도 나지 않았다. 그러나 해나와 있는 것이 너무 즐거워서 시간이 오래 끌려도 신경 쓰지 않던 늙은 주임사제마저 마침내 더는 참을 수 없게 되었다.

"우리가 누구를 기다리고 있는 겁니까?" 주임사제가 물었다.

"저일 겁니다." 던이 만족스러운 듯이 대답했다. 사람들이 이렇게 자기 움직임에 좌우된다는 것이 아주 영예로운 일이라고 생각하는 듯했다.

"쯧!" 헬스턴이 혀를 차더니 벌떡 일어섰다. "감사 기도를 드립시다." 그는 이렇게 말하고는 곧바로 기도를 드렸고, 모두 식탁을 떠났다. 창피한 줄 모르는 던이 여전히 혼자 10분을 더 앉아 있자 헬스턴 씨가 종을 울려 식탁을 치우도록 했다. 마침내 이 보좌사제도 잔을 비우고, 자신을 모두와 다른 존재로 만들어주고 주목받게 해준다고 믿었던 역할을 접는 수밖에 없었다.

이제 자연스러운 분위기의 흐름에 따라(어떻게 흘러갈지 알았던 캐럴라인은 피아노 뚜껑을 열고 악보를 준비해두었다) 음악을 연주해달라는 청이 나왔다. 스위팅 씨가 잘난 체할 기회였다. 그는 빨리 시작하고 싶어 안달이었다. 그래서 젊은 숙녀들에게 노래를 함께하는 호의를 베풀어달라고 설득하는 임무를 열정적으로 떠맡았다. 그는 애걸하고, 매달리고, 변명에 맞서고, 곤란해하면 설명으로 해결해주는 등 해야 하는 일들을 부드럽게 다 해내어 결국 해리엇 양을 악기 앞으로 이끄는 데 성공했다. 그러고 나자 그의 플루트가 등장했다(그는 손수건을 잊지 않듯이 플루트도 꼭 주머니에 넣고 다녔다). 그가 플루트를 조립하는 동안 멀론과 던은 그를 조롱했다. 스위팅은 어깨 너머로 그들을 힐끗 보았지만 신경 쓰지 않았다. 그는 그들의 비웃음이 전부 질투에서 나왔다고 믿었다. 그들은 자기처럼 숙녀들과 함께할 수 없었다. 이제 그들을 누르고 승리를 만끽할 참이었다.

승리가 시작되었다. 멀론은 스위팅이 대단히 뛰어난 솜씨로 플루트를 부는 것을 듣고 몹시 화가 나서 자기도 가능하다면 뭔가 근사한 모습을 보여야겠다고 마음먹었다. 그는 갑자기 사랑에 빠진 젊은 남자의 태도를 취한 채(전에도 한두 번 시도해보았지만 자신의 가치에 걸맞다고 생각하는 성공은 아직 거둔 적이 없는 태도였다) 헬스턴 양이 앉아 있는 소파로 다가갔다. 그는 아일랜드인의 거구를 그녀 옆에 내려놓더니, 너무나 기묘하고 이해할 수 없는 미소를 띤 채 멋진 말 한두 마디를 시도해보았다. 호감을 사려고 노력하면서 그는 길쭉한 소파 쿠션 두 개와 네모난 쿠션 한 개를 어떻게든 챙겼다. 그러고는 이상한 몸짓으로 잠시 그 쿠션들을 굴리더니, 그것들로 자신과 관심의 대상 사이에 일종의 방벽을 쳤다. 캐럴라인은 어떻게든 몸을 피하고 싶은 마음뿐이어서, 곧 핑계를 대곤 방 건너편으로 가서 사이크스 부인 옆에 자리를 잡았다. 그녀는 부인에게 장식용 뜨개질의 새로운 기법을 좀 가르쳐달라고 부탁했고, 부인이 이 청을 기꺼이 받아들여주어 피터 오거스터스는 내쳐진 꼴이 되었다.

버림받은 신세가 되자 그는 아주 뚱한 표정이 되었다. 큰 소파에 작은 쿠션 세 개와 함께 홀로 남겨진 것이다. 사실 그는 진심으로 헬스턴 양과 가까워지고 싶은 마음이 있었다. 다른 사람들과 마찬가지로 그 역시 그녀의 숙부가 돈이 있다고 생각했고, 그에게 자식이 없으니 조카딸에게 유산을 남겨주리라는 결론에 이르렀기 때문이다. 제라르 무어는 이 점에 대해서는 그보다 더 잘 알고 있었다. 그는 주임사제의 열정과 현금에 근원을 빚지고 있는 그 깔끔한 교회를 보았고, 자신의 소망을 막는 값비싼 변덕을 마음속 깊은 곳에서 비난한 적이 한두 번이 아니었다.

그 방에 있는 한 사람에게는 저녁이 너무 긴 것 같았다. 캐럴라인은 때때로 그녀에게는 의미 없는 주변의 소음 속에서 무릎 위에 뜨개질감을 내려놓고는 눈을 감고 고개를 숙인 채 멍한 상태에 빠졌다. 피아노 건반이 불협화음으로 투박하게 달그락거리는 소리, 플루트의 끽끽대고 쉭쉭대는 음, 들려오는 그들의 대화에 재미있거나 신나는 내용이 하나도 없기에 어디서 비롯되는 것인지 알 수 없는 숙부와 해나, 메리의 웃음소리가 들렸다. 무엇보다도 사이크스 부인이 그녀의 귓가에 대고 쉴 새 없이 잡담을 주워섬겼다. 자신의 건강과 가족들의 건강, 선교사 바구니와 유대인 바구니, 그 속에 든 것들, 너넬리에서 열린 최근 모임, 윈버리에서 다음 주에 있을 모임 등 잡담은 주로 네 가지 주제에 대해서였다.

드디어 완전히 지친 캐럴라인은 스위팅 씨가 사이크스 부인에게 다가와 말을 거는 틈을 타서 방에서 빠져나와 홀로 잠시라도 쉴 틈을 찾았다. 그녀는 식당으로 갔다. 식당에는 남은 잔불이 아직도 난로의 쇠살대에서 타고 있었다. 식당은 조용하고 텅 비어 있었고, 식탁 위에 있던 유리잔과 디캔터들은 치워졌고 의자들도 제자리에 놓여 모든 것이 정리되어 있었다. 캐럴라인은 숙부의 크고 편안한 의자에 앉아 눈을 반쯤 감고 쉬었다. 적어도 쓸데없는 소리를 듣고 헛된 것을 보느라 지친 팔다리, 감각들, 청각, 시각을 쉬게 했다. 그녀의 마음은 할로로 곧장 날아가 그곳 응접실 문가에 섰다가 회계실로 갔고, 어느 곳에 로버트가 있을까 생각했다. 하지만 둘 중 어느 곳도 그런 영광을 누리지는 못했다. 로버트는 실제로는 두 장소 모두로부터 1킬로미터 떨어진 곳에, 그녀의 둔해진 정신이 예상한 것보다 훨씬 더 그녀 가까이에 있었다. 그때 그는 교회 마당을 지나 사제관의 정원 문 쪽으로 다가오고 있었다. 그러나 사촌을 보러 온 것은 아니었고, 주임사제에게 간단히 알릴 것이 있어 왔을 뿐이었다.

그렇다, 캐럴라인, 그대는 종의 줄이 떨리는 소리를 들었다. 그날 오후 다섯 번째로 종이 울린다. 그대는 흠칫 놀라고, 이번에는 그대가 꿈꾸던 사람이 틀림없다고 확신한다. 왜 그렇게 확신하는지는 자신도 설명할 수 없지만, 그냥 안다. 몸을 앞으로 내밀고 패니가 문 여는 소리에 간절히 귀를 기울인다. 맞다! 그 목소리다—살짝 외국 억양이 섞였지만 그대가 좋아하는 낮고 달콤한 목소리. 그대는 반쯤 몸을 일으킨다. "패니가 그에게 헬스턴 씨에게 손님들이 와 있다고 말할 거야. 그러면 그는 가버리겠지." 오! 그를 보낼 수는 없다. 그녀는 자기도 모르게—이성에 반해 방을 반쯤 건너간다. 혹시라도 물러가는 발소리가 들리면 바로 뛰쳐나갈 준비를 한다. 그러나 그는 복도로 들어온다. 그가 말한다. “네 주인님이 바쁘시니 식당으로 안내해줘. 펜과 잉크를 좀 가져다주겠나. 쪽지를 써두고 갈 테니.”

그 말을 듣고 그가 걸어오는 소리를 들은 캐럴라인은 식당 안에 다른 문이 있었다면 그 문으로 나갔을 것이다. 꼼짝할 수 없이 붙들린 기분이다. 예상치 못한 자신의 모습을 발견하고 그가 짜증스러워할까 두렵다. 조금 전까지만 해도 그에게 달려가고픈 마음이었지만, 지금은 그에게서 도망치고 싶다. 하지만 그럴 수가 없다. 빠져나갈 길이 없다. 식당에는 문이 하나뿐이고, 이제 그 문으로 사촌이 들어온다. 보게 되리라 예상했던 난처한 놀라움의 표정이 그의 얼굴에 나타났다가 사라졌고, 그녀는 그 표정에 충격을 받았다. 그녀가 더듬거리며 사과 비슷한 말을 했다.

“잠시 응접실에서 나와 있었어요.”

그녀가 이 말을 하는 태도와 어조에는 매우 소심하고 기죽은 데가 있어서, 누구라도 최근 그녀의 미래의 전망에 슬픈 변화가 있었으며 그녀가 쾌활한 침착성을 유지할 힘을 잃었음을 느꼈을 것이다. 무어 씨는 아마도 그녀가 전에는 부드러운 열정과 희망에 찬 자신감으로 자신을 맞아주곤 하던 것을 기억했을 것이다. 오늘 아침의 차가운 반응이 그녀에게 어떻게 작용했는지 틀림없이 눈치챘을 것이다. 만약 그가 자신의 새로운 방식대로 해나가기로 마음먹었다면 지금이 이를 효과적으로 실행할 기회였을 것이다. 그러나 저녁 시간의 조용하고 사람이 없는 거실에서는 밝은 대낮에 사람이 북적이는 공장 마당에서보다 그렇게 하기가 쉽지 않다는 것도 알았을 것이다. 패니는 식탁 위의 촛불을 켜고 필기도구를 가져다 놓은 다음 방을 나갔다. 캐럴라인도 뒤따라 나가려 했다. 일관성 있게 행동하려면 무어는 그녀가 나가도록 내버려두어야 했을 테지만, 그는 문가에 서서 손을 내밀어 그녀가 가지 못하도록 부드럽게 제지했다. 여기 그대로 있어달라고 하지는 않았지만, 가게 놔두지도 않았다.

"숙부님께 당신이 여기 있다고 말씀드릴까요?" 여전히 가라앉은 목소리로 그녀가 물었다.

"아뇨. 그분께 전해야 할 얘기를 당신한테 해도 되지요. 당신이 전해줄래요?"

"그러죠, 로버트."

"그럼 숙부님께 내 방직기를 부순 놈들 중 적어도 한 명은 신원을 밝혀낼 실마리를 잡았다고 알려주세요. 사이크스와 피어슨의 양장점을 습격한 놈들과 같은 무리예요. 그리고 내일 그놈을 잡아넣으려고 한다고요. 다 기억할 수 있지요?"

"오! 그럼요." 이 단 두 마디 말은 그 어느 때보다도 슬픈 어조였다. 그 말을 하면서 그녀는 살짝 고개를 젓고는 한숨을 내쉬었다. "그 사람을 고소할 건가요?"

"당연하죠."

"안 돼요, 로버트."

"어째서 안 된다는 거죠, 캐럴라인?"

"그랬다가는 이웃 모두가 당신에게서 완전히 등을 돌릴 거예요."

"그게 내가 내 의무를 다하지 않고 내 재산을 지키지 않아야 할 이유는 못 돼요. 그놈은 악한이고, 더는 못된 짓을 하지 못하게 막아야 해요."

"하지만 그의 공범들이 당신에게 복수할 거예요. 당신은 이 고장 사람들이 얼마나 오래 원한을 품는지 몰라요. 주머니에 돌을 7년, 7년이 끝나면 또 7년을 더 넣어 다니다가 마침내 표적을 맞히고야 만다고 자랑하는 사람들도 있어요."

무어가 웃음을 터뜨렸다.

그가 말했다. "정말 핵심을 찌르는 자랑이로군요. 당신의 친애하는 요크셔 친구들의 신용을 크게 올려주는 말이네요. 하지만 날 걱정하지는 말아요, 리나. 당신의 양처럼 순한 동포들에 맞서 내 몸은 지킬 테니까. 나 때문에 불안해할 필요 없어요."

"어떻게 그러지 않을 수 있을까요? 당신은 내 사촌이에요. 무슨 일이라도 생긴다면—" 그녀는 말을 끝맺지 못했다.

"아무 일도 없을 거예요, 리나. 당신 표현대로 한다면 다 신의 섭리지요—그렇지 않아요?"

"그래요, 로버트. 하느님이 당신을 지켜주시기를!"

"그리고 기도가 효험이 있다면, 당신의 기도가 나를 도와주겠지요. 가끔은 나를 위해 기도하나요?"

"가끔이라뇨, 로버트. 당신과 루이스, 오르탕스 언니는 늘 잊지 않고 있어요."

"자주 그런 생각을 했어요. 내가 지치거나 짜증이 나서 이교도처럼 잠자리에 들 때에도 또 다른 누군가가 내가 낮에 한 일의 용서를 구하고 밤에 안전하기를 청했을 거라는 생각을요. 이렇게 남의 힘을 빌린 신앙이 크게 쓸모 있지는 않을 것 같아요. 하지만 진실한 가슴에서, 순진한 입술에서 나온 청원이죠. 그것들은 아벨의 공물처럼 받아들여질 만할 거예요. 기도의 대상이 그런 것을 받을 가치가 있다면 틀림없이 그럴 거예요."

"그런 의심은 버려요. 아무 근거 없는 거예요."

"오직 돈을 벌도록 키워졌고, 돈을 벌기 위해 살고, 공장과 시장 외에 다른 곳의 공기는 거의 호흡하지도 않는 남자한테는, 자기 이름을 기도 중에 언급한다거나 자기 생각을 신성한 무언가와 섞는다는 게 이상하게 여겨져요. 선하고 순수한 마음이 그가 그런 둥지를 요구할 권리가 있다는 듯이 그를 받아주고 품어준다는 것이 낯설게만 느껴지고요. 내가 그 상냥한 마음을 인도할 수 있다면, 그런 자는 제쳐두라고 조언해주겠어요. 자신의 파탄 난 운을 수습하고 자신의 중산층 가문의 문장에서 더러운 파산의 얼룩을 깨끗이 지워내는 것만을 인생의 목표로 삼고 있는 자 말이에요."

부드럽고 온화하게 전했어도 (캐럴라인이 생각하기에) 그 암시는 분명하게 느껴졌고 명쾌하게 이해되었다.

"정말로, 난 당신을 내 사촌으로 생각할 따름이에요—그렇게 생각할 거예요." 그녀는 빠르게 답했다. "당신이 영국에 처음 왔을 때보다는 사정을 더 잘 이해하고 있어요, 로버트. 일주일 전, 하루 전보다 더요. 당신에게는 성공하기 위해 노력해야 할 의무가 있다는 걸 알아요. 당신이 낭만적일 수 없다는 것도. 하지만 앞으로는 내가 다정해 보여도 오해하지 말아주었으면 좋겠어요. 오늘 아침에 나를 오해했지요?"

"왜 그런 생각을 했나요?"

"당신의 표정—당신의 태도로요."

"하지만 지금 나를 봐요—"

"아! 지금 당신은 달라요. 지금은 당신과 이야기를 할 수 있어요."

"하지만 난 똑같아요. 상인으로서의 나를 할로에 남겨두고 왔다는 점만 제외하면. 당신 앞에 있는 사람은 당신의 친척일 뿐이에요."

"내 사촌이죠, 로버트. 무어 씨가 아니라."

"무어 씨는 전혀 아니에요, 캐럴라인—"

이때 다른 방에서 사람들이 일어서는 소리와 문 열리는 소리가 들렸다. 사람들이 마차를 부르고 숄과 보닛을 찾았다. 헬스턴 씨가 조카딸을 불렀다.

"가야겠어요, 로버트."

"그래요, 가야죠. 안 그러면 사람들이 들어와서 여기에서 우리를 발견할 테니. 나는 복도에서 저 많은 사람들과 마주치는 것보다는 창으로 나가는 편이 낫겠어요. 다행히도 문처럼 열리는군요. 잠깐만—잠깐 초를 내려놔요—잘 자요! 우리 사이니까 키스해주는 거예요. 사촌이니까, 한 번—두 번—세 번까지는 괜찮겠지요. 캐럴라인, 잘 자요!"

8장

노아와 모세

다음 날 무어는 해가 뜨기 전에 일어나 윈버리로 말을 타고 갔다가 누이가 그의 아침 식사로 카페오레를 만들거나 빵을 자르기도 전에 돌아왔다. 그는 거기에서 어떤 일을 처리했는지는 아무에게도 말하지 않았다. 오르탕스도 아무것도 묻지 않았다. 그녀는 동생의 행동에 토를 달거나 설명을 요구하지 않았고, 동생도 자신의 행동을 설명하지 않았다. 그는 사업의 비밀—복잡하고 종종 어두운 수수께끼들—은 가슴에 묻어두었고, 가끔 조 스콧을 겁먹게 하거나 외국 거래처를 놀라게 할 때에만 무덤에서 꺼내곤 했다. 중요한 것은 무엇이든 간직하는 습관은 그가 타고난 상인의 핏속에 흐르는 듯했다.

아침 식사를 마치고 그는 회계실로 갔다. 조 스콧의 아들인 헨리가 편지와 일간신문을 가져왔다. 무어는 책상에 앉아 서류의 봉인을 뜯고 훑어보았다. 모두 짧았지만, 우호적인 내용 같지는 않았다. 아마도 반대로 다소 좋지 않은 내용인 듯했다. 무어는 마지막 문서를 내려놓으면서 경멸적이고 반항적으로 코웃음을 쳤다. 갑자기 독백을 쏟아놓지는 않았지만, 그의 눈빛은 악마를 불러내 그 일 전체를 지옥으로 쓸어버리도록 명령하고 싶은 듯했다. 그러나 펜을 골라 깃털에 덮인 펜촉을 분노로 떨리는 손가락으로 벗겨내면서도 그의 얼굴은 평온했다. 그는 단숨에 답장들을 휘갈겨 쓰고 봉인한 다음 나가서 공장을 둘러보았다. 돌아와서는 자리에 앉아 신문을 읽었다.

대단히 흥미로운 기사는 없는 듯했다. 그는 몇 번이나 신문을 무릎 위에 펼쳐놓고 팔짱을 낀 채 불을 응시했다. 가끔은 창 쪽으로 고개를 돌렸고, 때때로 시계를 들여다보았다. 한마디로, 어딘가 다른 데 정신을 팔고 있었다. 어쩌면 날씨가 좋다고 생각하고 있는지도 몰랐다—계절치고는 온화하고 화창한 날씨였다. 들판으로 나가 이런 날씨를 즐기고 싶다고 생각하고 있는지도 몰랐다. 회계실 문을 활짝 열어놓아서 산들바람과 햇살이 자유로이 들어왔다. 그러나 첫 번째 방문객은 날개에 봄의 향수를 실어 오는 대신 삭막한 공장 굴뚝에서 쏟아져 나오는 검댕 가득한 연기 기둥에서 유황 냄새만 묻혀 왔다.

검푸른 유령(염색 통에서 갓 나온 조 스콧의 것)이 열린 문에 나타나 "그분이 오셨습니다"라는 말을 전하고 사라졌다.

무어 씨는 신문에서 눈을 들지 않았다. 어깨가 넓고 팔다리가 두툼하며, 퍼스티언으로 지은 옷을 입고 회색 소모사 양말을 신은 커다란 남자가 들어왔다. 무어 씨는 그에게 인사를 하고 자리를 권했다. 그는 모자를 벗어(아주 질이 나쁜 모자였다) 의자 밑에 쑤셔 넣고 점무늬가 있는 면 손수건을 꺼내 이마를 닦으면서 말을 꺼냈다. "2월인데 퍽 따듯합니다." 무어 씨도 동의했다. 분명하지는 않지만 어쨌든 맞장구치는 듯한 작은 소리를 냈다. 손님은 손에 들고 있던 경관들 것처럼 보이는 지팡이를 조심스레 구석에 놓았다. 그러고 나서 편안해 보이려는 듯이 휘파람을 불었다.

"필요한 것은 다 갖고 계시겠지요." 무어 씨가 말했다.

"아! 아! 그럼요."

그는 다시 휘파람을 불었다. 무어 씨는 다시 신문을 읽기 시작했다. 신문이 더 재미있어지기라도 한 것 같았다. 그러나 이내 그는 찬장 쪽으로 몸을 돌리더니 자리에 앉은 채로 긴 팔을 뻗어 문을 열고는 검은 병—멜론을 대접할 때 내놓았던 바로 그 병이었다—과 잔, 물병을 꺼내 탁자 위에 놓고 손님에게 말했다.

"마음껏 드십시오. 구석의 저 항아리에 물이 있습니다."

"아침이라 목이 마르기는 하군요." 퍼스티언 옷을 입은 신사는 권한 대로 일어나서 물을 가져왔다.

"무어 씨는 안 드십니까?" 그가 능숙하게 술을 섞더니 크게 한 모금 마셔 맛을 보고는 만족스럽게 다시 자리에 앉았다. 무어는 말하기가 내키지 않아서 거절의 몸짓과 중얼거림으로 대답을 대신했다.

손님이 말을 이었다. "이거 한 잔 마셔보세요. 흔치 않게 좋은 진이군요! 외국에서 구하셨죠?"

"예!"

“내 충고를 듣고 한 잔 마셔봐요. 그 젊은이들이 당신과 얘기를 하러 올 겁니다. 얼마나 오래 얘기할지 아무도 몰라요. 기운나게 해줄 것이 필요할 거예요.”

“오늘 아침 사이크스 씨를 보셨습니까?” 무어가 물었다.

“30분쯤 전에, 아니 한 15분쯤 전에 마주쳤어요. 출발하기 직전에요. 여기 올 거라고 하더군요. 아마 늙은 헬스턴도 올 겁니다. 사제관 뒤를 지나가면서 조랑말에 안장을 얹는 것을 봤어요.”

그의 말은 진짜였다. 불과 5분쯤 지나 조랑말의 발굽 소리가 마당에서 들려왔다. 발굽 소리가 멈추고, 귀에 익은 코맹맹이 목소리가 크게 울렸다. “얘야! (아마도 해리* 스콧을 부르는 소리일 것이다. 그 애는 보통 아침 9시부터 저녁 5시까지 그 주변을 어슬렁거렸다.) 내 말을 마구간으로 끌어다 넣어라.”

헬스턴이 꼿꼿한 자세로 민첩하게 들어왔다. 평소보다도 더 얼굴색이 검고, 더 날카롭고 활기차 보였다.

“좋은 아침이오, 무어. 안녕하신가? 하! (지팡이를 든 사람 쪽을 보면서) 이게 누구요? 서그든! 하! 곧장 일하러 가시오? 정말 시간을 허비하지 않는구먼. 하지만 설명을 좀 들으러 왔소. 전갈은 잘 받았소. 제대로 짚었다고 확신하시오? 그 일을 어떻게 시작하겠다는 거요? 영장은 있소?”

“서그든이 가지고 있습니다.”

“그래서 지금 찾아가려는 것이오? 나도 동행하겠소.”

* 헨리의 애칭.

"그런 수고는 하실 필요 없습니다. 그가 저를 찾아올 테니까요. 그가 도착하기를 기다리며 앉아 있던 참입니다."

"그자가 누구요? 내 교구민들 중 한 명이오?"

눈에 띄지 않게 들어온 조 스콧은 불길하기 짝이 없는 유령처럼 몸 절반을 짙은 쪽빛으로 물들인 채 책상에 기대서 있었다. 그의 주인은 주임사제의 질문에 미소로 답했다. 조가 입을 열었다. 그의 표정은 평온하지만 교활했다.

"신부님의 친구이십니다, 헬스턴 씨. 종종 말씀하시던 신사분이에요."

"정말인가! 그의 이름이 뭔가, 조? 자네 오늘 아침에 좋아 보이는군."

"모지스* 배러클러프 목사님이십니다. 신부님이 가끔 말씀하셨던 설교자요."

"아!" 주임사제는 코담뱃갑을 꺼내 코에 갖다 대고 아주 오래 냄새를 맡았다. "아! 상상도 못 했군. 그 신실한 사람은 당신 일꾼이었던 적이 없지 않소, 무어? 그는 재단사인데."

"그래서 제가 그에게 유감이 더 많은 겁니다. 해고된 제 직공들을 선동해 저에게 맞서게 했으니."

"그렇다면 모지스가 스틸브로 황야의 싸움에 진짜로 있었단 말인가? 그가 거기에 갔다고—나무 의족을 달고?"

"예, 신부님, 그는 말을 타고 갔습니다. 다리가 눈에 띄지 않게 하려고요. 그가 대장이었고, 가면을 썼습니다. 나머지는 얼굴을

* 성경의 모세(Moses)와 철자는 같으나 영어식 발음으로 모지스라고 읽는다.

검게 칠하기만 했어요." 조가 말했다.

"그런데 그의 정체가 어떻게 발각되었나?"

조가 대답했다. "제가 말씀드리겠습니다. 주인님은 말하기를 좋아하지 않으셔서요. 그가 무어 씨의 하녀인 세라에게 구애했답니다. 하지만 세라는 그에게 관심을 보이지 않았던 모양이에요. 그의 나무 의족이 싫었든지, 아니면 그가 위선자라고 생각했나 봅니다. 그런데 어쩌다 보니 세라는(여자들은 참 이상해요—우리끼리 있을 때는 이런 얘기를 좀 해도 되겠지요) 의족을 달고 있고 사기꾼인 그가 구애하도록 부추겼어요—단지 심심풀이로 말입니다. 아! 그런 짓을 하는 애들이 제법 있더라고요. 심지어 제일 예쁘장하고 순진해 뵈는 것들이 그러더란 말입니다. 저는 그런 깨끗하고 말쑥한 젊은 애들, 마치 데이지꽃처럼 단정하고 순수해 보이는 애들을 많이 봐왔어요. 그런데 시간이 지나고 보면 결국 그 애들이 독을 품은 쐐기풀이더란 말이죠."

"조는 분별 있는 녀석이야." 헬스턴이 끼어들었다.

"하지만 세라에게는 다른 상대가 있었어요. 우리 젊은이들 중에서 프레드 머개트로이드요. 여자들은 남자 얼굴을 따지는데, 프레드가 얼굴이 중간은 되거든요. 모지스는 다들 아시다시피 잘생긴 데라고는 없지요. 그래서 세라는 프레드를 택했어요. 두세 달쯤 전에 머개트로이드와 모지스가 일요일 밤에 마주친 적이 있었어요. 둘 다 세라에게 산책이나 좀 하러 나가자고 할 생각으로 공장 부지로 숨어 들어온 거지요. 그러다 마주쳐서 싸움이 났고, 프레드가 졌어요. 그는 나이도 어리고 체구도 작았으니까요. 배러클러프는 외다리라 해도 서그든 못지않게 힘이 세거든요. 부흥회나 애찬식에서 그가 소리 지르는 것을 들어보았다면 아무도 그가 약골이라고는 못 할걸요."

무어 씨가 끼어들었다. "조, 끝까지 참고 들어줄 수가 없군. 모지스가 설교를 뱅뱅 돌려 말하듯이 설명을 빙빙 돌리고 있어. 요컨대, 프레드 머개트로이드가 모지스 배러클러프를 질투하고 있었는데, 어젯밤에 친구를 데리고 비를 피해 헛간으로 들어갔다가 모지스가 그 안에서 누군가와 이야기하는 것을 발견한 거지요. 그들의 대화에서 그가 스틸브로 황야에서뿐만 아니라 사이크스 영지 습격에서도 주도자였다는 사실이 드러났어요. 게다가 그들은 오늘 아침 저를 방문할 대표단을 꾸렸는데, 그 재단사가 선두에 서서 저주받은 물건을 제 천막에서 치우라고 가장 종교적이고 평화로운 정신으로 저에게 청하러 올 거란 말이죠. 저는 오늘 아침 윈버리로 말을 타고 가서 순경과 함께 영장을 받아왔습니다. 이제 제 친구가 응당 받아야 할 대접을 해주려고 기다리는 중이고요. 그사이에 여기 사이크스가 왔군요. 헬스턴 씨, 그의 기운을 좀 북돋워주셔야겠습니다. 고소할 생각에 겁을 먹었어요."

마당에서 이륜마차 바퀴 소리가 들려오더니 사이크스 씨가 들어왔다. 오십대에 잘생겼지만 유약해 보이는, 키 크고 튼튼한 남자였다. 그는 걱정스러운 얼굴이었다.

"그들이 왔습니까? 벌써 갔나요? 그를 잡았습니까? 다 끝났어요?" 그가 물었다.

"아직은 아닙니다." 무어가 침착하게 대답했다. "오기를 기다리고 있습니다."

“그들은 오지 않을 겁니다. 정오가 다 되었어요. 포기하는 게 좋겠어요. 나쁜 감정을 자극할 겁니다—소문이 날 거고—치명적인 결과를 초래할 수도 있어요.”

무어가 말했다. “당신은 모습을 보이지 않아도 됩니다. 그들이 오면 제가 마당에서 만나겠습니다. 당신은 여기 있어도 됩니다.”

“하지만 내 이름이 소송 기록에 나올 텐데. 아내와 가족—무어 씨, 아내와 가족이 있으면 조심하지 않을 수 없게 된답니다.”

무어는 넌더리가 난다는 표정을 지었다. “길을 내주세요. 저 혼자 가겠습니다. 혼자서 해도 괜찮습니다. 단, 굴복한다고 해서 안전해지지는 않는다는 것만 기억하세요. 당신의 동업자인 피어슨도 포기하고, 받아들이고, 참았습니다. 그렇다고 그들이 자기 집에 있는 그에게 총을 쏘는 것을 막지는 못했지요.”

“선생, 와인과 물을 좀 드시오.” 헬스턴 씨가 권했다. 이 와인과 물은 사실 물을 탄 진이었는데, 사이크스 씨는 이를 섞어서 큰 잔 가득 마시고 나서야 알아차렸다. 술이 금세 그에게 변화를 일으켜서, 얼굴에 혈색이 돌아오고 최소한 말로는 용감무쌍해졌다. 그는 이제 평민들에게 짓밟히지 않겠다고 선언했다. 더는 노동계급의 오만을 참아주지 않기로 마음먹었다. 그는 그 문제에 대해 고심했고, 무슨 수를 써서라도 맞서기로 결심했다. 돈과 기백으로 이 폭도들을 누를 수 있다면 눌러야 한다. 무어 씨는 하고 싶은 대로 해도 좋지만, 그는—이 크리스티 사이크스는—마지막 한 푼까지 다 법정 투쟁에 쓸 것이며, 패배하기 전에 그들을 끝장내고 말 것이다.

“한 잔 더 드세요.” 무어가 권했다.

사이크스 씨는 마다하지 않았고, 이렇게 말했다. 추운 아침이었다(서그든은 따듯한 아침이라고 했다). 이런 철에는 조심할 필요가 있었다. 습기를 몰아내려면 뭔가 먹는 게 좋았다. 그는 벌써 살짝 감기에 걸렸고(그 사실을 주장하려고 그는 이 대목에서 기침을 했다), 이런 걸(검은 병을 들어 보이며) 약으로 마시는 게 최고였다(그는 자기 잔에 약을 부었다). 아침에 술을 마시는 습관은 없었지만, 가끔은 미리 예방책을 취하는 것이 신중한 행동이었다.

"정말 신중하시네요. 마음껏 드세요." 주인이 말했다.

난롯가에 서서 모자를 손에 든 채 날카롭고 작은 눈으로 주의 깊게 자기를 쳐다보는 헬스턴 씨에게 사이크스 씨가 말했다.

"정신없고 소란스러운 데다 위험하다고도 할 수 있는 상황에 계신 것이 성직자로서 불쾌하실 수도 있겠습니다. 감히 말씀드리건대 신부님의 신경으로는 버텨내지 못하실 겁니다. 신부님은 평화를 사랑하는 분이니까요. 하지만 속세에 살면서 늘 혼란을 겪는 우리 제조업자들은 굉장히 호전적이 될 수밖에 없답니다. 위험을 생각하면 정말로 심장이 뛰면서 흥분이 돼요. 사이크스 부인이 집이 습격당하면 어떡하냐고 걱정하면—밤마다 그래요—전 흥분한답니다. 제 감정을 어떻게 설명해야 할지 모르겠네요. 도둑이든 뭐든 누구라도 온다면 전 신이 날 겁니다. 제 기분이 그래요."

짧고 낮지만 전혀 모욕하는 투는 아닌 거친 웃음소리가 주임 사제의 대답이었다. 무어는 이 영웅적인 공장주에게 세 번째 잔을 권하려 했지만, 절대 법도를 어기지 않으며 자기 앞에서 다른 사람들이 어기는 것도 허용하지 않는 성직자가 이를 막았다.

"그 정도면 충분하지 않소, 사이크스 씨?" 그의 말에 사이크스 씨도 동의하고 자리에 앉아 조 스콧이 헬스턴의 신호에 따라 병을 치우는 것을 지켜보았다. 그의 입술은 자족적으로 웃고 있었지만 눈에는 아쉬워하는 빛이 스쳤다. 무어는 그를 인내심의 한계까지 놀려주고 싶은 듯한 표정이었다. 그의 젊은 친척 여성이 지금 그녀의 다정하고 선량하며 훌륭한 로버트—자신의 코리올라누스—를 보았다면 뭐라고 했을까? 어젯밤 그토록 다정하게 그녀를 굽어보았던, 그녀가 그처럼 애정을 담아 올려다보았던 바로 그 얼굴이 이 짓궂고 냉소적인 얼굴과 같은 얼굴이라고 인정할 수 있을까? 이 남자가 셰익스피어를 읽어주고 셰니에의 시에 귀를 기울이며 누이, 사촌과 함께 그렇게 평온한 저녁을 보냈던—누이에게는 그토록 정중하고 사촌에게는 그토록 다정하던—그 사람이 맞을까?

그렇다, 다른 면을 보인 것일 뿐 같은 사람이었다. 충분히 총명한 캐럴라인이 아마 어렴풋이 짐작은 했겠지만 아직 제대로 보지는 못한 면이었다. 캐럴라인에게도 틀림없이 결함이 있었다. 그녀도 인간이었고, 당시에는 당연히 매우 불완전했을 것이다. 무어의 아주 나쁜 면을 보았다 해도 그녀는 이를 혼잣속으로만 생각하고 그를 용서했을 것이다. 사랑은 비열함만 빼고는 모든 것을 용서할 수 있다. 그러나 비열함은 사랑을 죽인다. 타고난 애정까지도 망가뜨린다. 존경심 없이 진정한 사랑은 존재할 수 없다. 무어는 결점은 있어도 존경받을 만한 인물이었다. 그의 마음에는 도덕적 부스럼이나 가망 없이 더러워진 얼룩, 예를 들면 거짓 같은 것은 없었다. 그는 욕망의 노예도 아니었다. 활동적인 삶을 살도록 태어나고 키워졌기 때문에 쾌락을 좇는 무익한 도락에 빠지지도 않았다. 그는 타락하지 않은 사람이자 이성의 사도였지 감각의 숭배자가 아니었다. 늙은 헬스턴에 대해서도 같은 말을 할 수 있을 것이다. 이들 두 사람은 거짓을 보지도, 생각하지도, 말하지도 않았다. 지금 막 치워버린 끔찍한 검은 병에도 취미가 없었다. 둘 다 그 어떤 동물적인 악덕에도 지배당하지 않았기 때문에 '창조물의 주인'이라는 자랑스러운 칭호를 뽐낼 자격이 있었다. 그들은 불쌍한 사이크스보다 우월한 존재로 보였고, 실제로 그랬다.

사람들이 모여들고 오가는 발소리가 마당에서 들려오더니 뚝 멈추었다. 무어가 창가로 걸어갔고 헬스턴이 뒤따랐다. 둘은 한쪽에 섰다. 키 큰 젊은이는 체구가 작은 노인 뒤에서 자기들 모습이 보이지 않도록 조심스레 내다보았다. 본 것에 대한 그들의 유일한 반응은 날카로운 눈빛으로 서로 주고받은 냉소뿐이었다.

요란한 기침 소리가 터져 나오자 웅성거리는 여러 목소리를 조용히 시키려는 듯 "쉿!" 하는 소리가 들렸다. 소리가 더 잘 들리도록 무어가 여닫이창을 살짝 열었다.

"조지프 스콧." 코맹맹이 목소리가 말을 시작했다. 스콧은 회계실 문 앞에서 보초를 서고 있었다. "자네 주인이 안에 있는지, 대화를 좀 할 수 있는지 물어봐도 되겠나?"

"안에 계십죠!" 조가 무심하게 대답했다.

"그럼 자네가 괜찮다면('자네'를 강조하며), 열두 명의 신사가 뵙고 싶어 한다고 자네 주인에게 좀 전해주게나."

조가 말했다. "무슨 일로 만나고 싶어 하는지 물어보실 텐데요. 그것까지 동시에 말씀드리는 편이 낫겠네요."

"목적이 있어서 왔네." 대답이 돌아왔다. 조가 들어갔다.

"주인님, 열두 분의 신사가 '목적이 있어서' 주인님을 뵙고 싶다고 합니다."

"좋아, 조. 내가 나가겠네. 서그든, 내가 휘파람을 불면 오십시오."

무어가 건조하게 쿡쿡 웃으면서 나갔다. 그는 한 손은 호주머니에, 한 손은 조끼에 꽂고 모자챙을 눈 바로 위까지 내려 깊은 경멸의 눈빛을 어느 정도 가리고서 마당으로 나갔다. 열두 명이 마당에서 기다리고 있었다. 일부는 셔츠 바람이고 몇몇은 푸른 앞치마를 둘렀다. 일행의 선두에 선 두 사람이 눈에 띄었다. 한 명은 들창코에 말쑥하고 거드름을 피우는 작은 남자였고, 또 다른 한 명은 나무 의족과 튼튼한 목발만큼이나 얌전해 뵈는 얼굴과 고양이를 닮아 신뢰가 안 가는 눈빛이 두드러지는 어깨가 넓은 남자였다. 그는 마치 누군가 아니면 무언가를 남몰래 비웃고 있는 듯한 음흉한 미소를 띠고 있었다. 전체적으로 전혀 진실성 있는 사람의 태도가 아니었다.

"안녕하십니까, 배러클러프 씨." 무어가 스스럼없는 태도로 그에게 인사를 건넸다.

그는 "당신에게 평화가 있기를!" 하고 대답했다. 배러클러프 씨는 이 말을 하면서 원래도 반만 떴던 눈을 완전히 감았다.

"감사합니다. 평화란 훌륭한 것이지요. 저도 그보다 더 바라는 건 없답니다. 하지만 그 말씀을 하러 오신 건 아닐 텐데요. 평화가 당신의 목적은 아니지 않습니까?"

배러클러프가 말했다. "우리 목적으로 말하자면, 이상하게 들릴 수도 있고 당신 같은 사람들 귀에는 어리석게 들릴지도 모르는 그런 것입니다. '자기네들끼리 거래하는 데 있어서는 세속의 자녀들이 빛의 자녀들보다 더 약다'*라고 하지 않습니까?"

"본론으로 들어가시죠. 목적이 뭡니까?"

"들어보세요. 내가 이야기를 다 하지 못하면 내 뒤에 도와줄 사람이 열한 명 있습니다. 숭고한 목적이지요. 그리고 (냉소가 섞인 목소리에서 구슬픈 어조로 목소리를 바꾸어) 주님의 목적이니 더 좋은 것이고요."

"새 감리교회에 기부라도 해주기를 바라십니까, 배러클러프 씨? 그런 일로 오신 게 아니라면, 무슨 일이신지 모르겠군요."

"그 의무는 염두에 없었습니다만, 신의 섭리에 따라 당신이 그 화제를 꺼냈으니 약소한 금액이라도 당신이 낼 수 있는 만큼 받아 가겠습니다. 아무리 작은 기여라도 좋습니다."

그 말과 함께 그는 모자를 벗어 구걸하듯이 앞으로 쑥 내밀었다. 동시에 그의 얼굴에 뻔뻔한 미소가 떠올랐다.

"6펜스를 드리면 그걸로 한잔해버리시겠죠."

배러클러프가 손바닥을 들어 올리고 눈의 흰자위를 드러내며 위선에 대한 풍자임을 몸짓으로 보여주었다.

무어가 아주 냉정하고 침착하게 말했다. "당신은 재미있는 사람 같네요. 당신이 철저한 위선자이고 당신이 하는 짓이 사기라

* 루가의 복음서 16장 8절.

는 것을 나에게 아무렇지 않게 보여주는군요. 뒤에 있는 사람들을 속이고 있다고 생각하는 동시에 우스꽝스러운 역할을 교묘하게 연기해서 나를 웃기려고 하다니."

모지스의 표정이 험악해졌다. 자신이 너무 멀리 갔다는 것을 깨달았다. 막 대답하려는데 두 번째 지도자가 가만히 뒤에 물러나 있지 못하고 앞으로 나섰다. 이 남자는 대단히 자신감이 넘치고 오만한 태도였으나 배신자로 보이지는 않았다.

"무어 씨." 그는 마치 청중이 이 어법의 특별한 우아함을 충분히 감상할 시간을 주려는 듯이 단어 하나하나를 아주 천천히, 코와 목으로 소리를 내어 발음하면서 말을 시작했다. "아마도 평화보다는 이성이 우리의 목적이라고 말해야 옳겠습니다. 우선, 우리는 당신에게 이성의 목소리를 들어주십사 청하기 위해 왔습니다. 당신이 거부한다면, 이—이곳 제조업 지역의 상인으로서의 당신의 행동을 인도하고 유지하도록 하는 듯한 당신의 무지와 어리석음을 멈추게 할—자각하게 만들 조치들이 취해질 것이라고 매우 단호한 방식으로 경고하는 것이 나의 의무입니다. 에헴! ……선생, 당신은 이 지구의 다른 반구, 먼 해안에서 온 외국인으로서, 이렇게 말해도 좋다면, 이 해안가—앨비언의 절벽—에 던져진 완벽한 이방인으로서, 노동계급의 이익에 공헌할 수 있는 방법에 대해서는 이해가 부족합니다. 더 구체적으로 말씀드리자면, 이 공장을 포기하고, 더 지체하지 않고 당신의 고향으로 곧장 돌아가는 것도 고려해보십시오. 그런 계획을 실행에 옮기지 않을 이유가 없어 보입니다. 여러분은 이 점에 대해 어떻게 생각하십니까?" 그가 대표단의 다른 사람들 쪽을 돌아보자 다들 일제히 한목소리로 대답했다. "옳소! 옳소!"

"브라보, 팀 가문의 노아구먼!" 조 스콧이 무어 뒤에 서서 웅얼거렸다. "모지스가 저건 절대 못 이기겠군. 앨비언의 절벽, 다른 반구라니! 대단해! 남극 지역에서라도 오셨습니까, 주인님? 모지스는 졌어요."

그러나 모지스는 꺾이기를 거부했다. 다시 해볼 생각이었다. "팀 가문의 노아" 쪽으로 성난 눈길을 던지고는 자기 할 말을 시작했다. 이제 그는 호응을 얻지 못했던 빈정거림은 접고 진지한 어조로 말했다.

"무어 씨, 당신이 우리들 가운데 천막을 세우기 전까지 우리는 평화롭게 조용히 살고 있었습니다. 예, 모두 애정이 넘치고 친절했어요. 나는 아직 노인은 아닙니다만, 20여 년 전쯤은 기억합니다. 그때만 해도 일꾼들이 격려와 존중을 받았고, 말썽꾼들이 감히 이런 치명적인 기계 따위를 들여오는 일도 없었습니다. 이제 나는 옷 만드는 직공이 아니라 재단사입니다. 하지만 내 마음은 딱딱하게 굳지 않았습니다. 나는 감정이 풍부한 사람이고, 내 동포가 억압받는 것을 보고 그들을 위해 일어섰습니다. 그런 뜻에서 오늘 당신과 얼굴을 맞대고 이야기하는 겁니다. 당신의 지긋지긋한 기계들을 치우고 일꾼들을 더 많이 고용하라고 충언하는 바입니다."

"내가 당신의 충언을 따르지 않는다면요, 배러클러프 씨?"

"주님께서 당신을 용서하시기를! 주님께서 당신의 마음을 누그러뜨려주시기를!"

"당신은 지금 웨슬리 교파와 관계를 맺고 있습니까, 배러클러프 씨?"

"신을 찬양하라! 신의 이름을 복되게 하라! 나는 감리교도요!"

"뭐가 되었건 당신이 주정뱅이에 사기꾼이라는 점은 변함이 없소. 일주일 전에도 스틸브로 시장에서 돌아오다가 당신이 고주망태가 되어 길가에 쓰러져 있는 걸 봤다고. 평화를 떠들어대면서 평생 불화를 일으키고 다니지. 당신은 나에게 공감하지 못하듯이 어려움에 처한 가난한 사람들에게도 공감하지 못하오. 자신의 나쁜 목적을 위해 그들을 선동해 분노를 부채질하고 있소. 팀 가문의 노아라는 이도 마찬가지고. 당신들 둘은 가만히 있지 못하고 여기저기 들쑤시고 다니는 무례한 악한들이오. 당신들의 주된 동기는 이기적인 야심이지. 유치할 뿐 아니라 위험스럽소. 당신 뒤에 있는 사람들은 정직하지만 판단을 잘못한 사람들이고. 하지만 당신들 둘은 아주 나쁜 인간들이오."

배러클러프가 입을 열려 했다.

"조용히! 당신이 당신 할 말을 했으니, 이제 내 할 말을 하겠소. 당신이든, 잭인지 젬인지 조너선인지 누구든 나에게 명령한 바에 대해서라면 나는 전혀 신경 쓰지 않겠소. 당신은 나에게 이 나라를 떠나라고 했소. 내 기계를 버리라고 요구했소. 내가 거절할 경우에 대해 나를 협박했소. 나는 거절하겠소—한마디로! 나는 여기 있을 거요. 이 공장을 지킬 거요. 이곳에 발명가들이 만들 수 있는 최고의 기계를 갖다 놓을 거요. 당신이 뭘 어쩔 거요? 당신이 할 수 있는 최대한이라면 내 공장을 불태우고 그 안의 것들을 파괴하고 나를 쏘는 것이겠지만 감히 그렇게는 절대 못 하겠지. 그다음에는? 건물이 폐허가 되고 내가 시체가 된다치시오. 그다음에는 어쩔 거요? 이 두 악한 뒤에 선 당신네들, 그런다고 발명이 멈추거나 과학이 다 고갈되겠소? 천만의 말씀! 이 폐허에서 또 다른, 더 좋은 공장이 일어설 것이고, 아마도 더 진취적인 주인이 나를 대신할 것이오. 내 말을 들으시오! 나는 내가 하고 싶은 대로 천을 생산할 거요. 내가 가진 최고의 빛에 따라서. 그 과정에서 내가 선택한 수단을 이용할 거요. 이 말을 듣고 나서 누구든 감히 나를 방해하는 자가 있다면, 그 결과를 감수해야 할 거요. 내가 진지하다는 걸 본보기로 보여주겠소."

그가 크고 날카롭게 휘파람을 불었다. 서그든이 지팡이와 영장을 들고 나타났다.

무어가 배러클러프 쪽으로 홱 몸을 돌렸다. "당신은 스틸브로에 있었지. 나에게 그 증거가 있소. 당신은 황야에 있었고, 복면을 썼고, 당신 손으로 내 부하들 중 한 명을 때려눕혔지—당신이! 복음을 전도하는 설교자라면서! 서그든, 저놈을 체포해요!"

모지스는 체포되었다. 고함과 구조를 위한 난동이 있었지만, 무어가 품속에 숨겨두었던 권총을 꺼냈다.

"양쪽 총열을 다 장전했소. 난 결심했어! 물러서시오!" 그가 말했다.

그는 붙잡은 사냥감을 뒷걸음질로, 적들을 마주 보는 채로 회계실로 끌고 갔다. 그러곤 조 스콧에게 서그든과 죄수와 함께 안으로 들어가 문에 빗장을 걸라고 명령했다. 무어 자신은 생각에 잠겨 땅을 바라보며, 한쪽 손은 옆구리에 축 늘어뜨렸지만 다른 한 손에는 여전히 권총을 든 채로 공장 앞을 왔다 갔다 했다. 남은 대표 열한 명은 한동안 그를 지켜보며 자기들끼리 수군거렸다. 마침내 그들 중 한 명이 다가왔다. 이 남자는 앞서 연설한 두 명과는 전혀 달라 보였다. 험상궂은 생김새였지만 온건하고 남자다워 보였다.

그가 말했다. "나는 모지스 배러클러프를 그다지 믿지 않았어요. 당신에게 직접 한마디 하겠습니다, 무어 씨. 나로 말하자면 악의가 있어 여기 온 것은 아닙니다. 단지 상황을 좀 바로잡아보려는 것이었지요. 사정이 심하게 꼬였으니 말입니다. 당신도 우리 형편이 좋지 않다는 걸 알 겁니다. 아주 나빠요. 우리 가족들은 가난에 시달리며 굶주리고 있어요. 이 기계들 때문에 일자리를 잃었단 말입니다. 아무 일거리도 찾을 수가 없고, 벌이도 없어요. 어떡해야 합니까? 그냥 가만히 누워서 죽으라는 겁니까? 아뇨, 난 화려한 말재주는 없습니다만, 무어 씨, 이성이 있는 인간이 말 못 하는 짐승처럼 굶어 죽는 것은 옳지 않다고 생각합니다. 그럴 수는 없습니다. 나는 피를 흘리려고 온 것이 아닙니다. 누굴 죽이거나 다치게 할 뜻도 없습니다. 공장을 무너뜨리고 기계를 망가뜨릴 생각도 없습니다. 당신이 말했듯이 그런다고 발명을 멈추게 하지는 못할 테니까요. 하지만 분명히 말하건대, 내가 할 수 있는 건 다 할 겁니다. 발명도 좋지만 가난한 사람들이 굶주리는 것이 옳지 않다는 것도 압니다. 우리를 다스리는 사람들은 우리를 도와줄 방법을 찾아야 해요. 새로운 법을 만들어야 합니다. 당신은 어려운 일이라고 말하겠지요. 그럼 우리는 더 크게 소리칠 겁니다. 국회의원들은 너무 게을러서 힘든 일에 착수하려 하지 않을 테니까요."

무어가 말했다. "의원들을 괴롭히고 싶으면 그렇게 하십시오.

하지만 공장주들을 괴롭히는 것은 말도 안 돼요. 나로 말하자면, 그건 참지 않겠습니다."

일꾼이 대꾸했다. "참으로 냉정한 사람이군! 우리에게 시간을 좀 주면 안 되겠습니까? 변화를 좀 더 천천히 일으키는 데 동의해주지 않겠습니까?"

"내가 요크셔의 직물 제조업자 전체입니까? 그걸 대답해보세요!"

"당신은 당신 하나지요."

"나 한 사람일 뿐이지요. 내가 잠시 멈춘다 하더라도 다른 이들은 내달릴 테고, 나는 짓밟히고 말 겁니다. 당신들이 원하는 대로 하면 나는 한 달 안에 파산하고 말아요. 내가 파산한다고 당신네 배고픈 아이들의 입에 빵이 들어갑니까? 윌리엄 패런, 당신의 명령이건 다른 누구의 명령이건 나는 따르지 않겠습니다. 내 앞에서 기계 얘기는 더 하지 말아요. 난 내 식대로 할 겁니다. 내일 새 기계를 들여놓을 거요. 그것들을 파괴한다 해도 더 들여놓을 거고요. 난 절대 굴복하지 않아요."

이때 12시를 알리는 공장 종소리가 울렸다. 점심시간이었다. 무어는 대표단에게서 몸을 홱 돌려 다시 회계실로 들어갔다.

그의 마지막 말은 안 좋은, 냉혹하다는 인상을 남겼다. 그는 '통제할 수 있었던 기회들을 제대로 처리하는 데 실패했다.' 윌리엄 패런은 자기보다 형편이 나은 사람들에게 질투나 증오의 감정을 품지 않으며, 노동으로 먹고사는 것이 고생스럽다거나 부당하다고 생각지 않고, 일만 할 수 있다면 만족하는, 아주 정직한 사람이었다. 패런에게 친절하게 말했더라면 무어는 그와 친구가 될 수도 있었을 것이다. 회유나 공감의 말 한마디 없이 이런 사람한테서 등을 돌릴 수 있다니 놀라운 일이었다. 이 딱한 사람의 얼굴은 궁핍으로 초췌해 보였다. 지난 몇 주, 어쩌면 몇 달 동안 안락함이나 풍족함과는 거리가 먼 생활을 한 사람의 모습이었다. 그렇지만 그의 표정에 흉포함이나 악의는 없었다. 지치고 낙담했으며 궁핍하지만, 여전히 인내심을 잃지 않은 모습이었다. 그런데 무어는 어떻게 그에게 선의나 희망, 도움의 뜻이 담긴 말 한마디 없이 "난 절대 굴복하지 않아요"라는 말만 남기고 돌아설 수가 있단 말인가?

한때는, 더 좋았던 시절에는 깔끔하고 쾌적한 곳이었지만, 여전히 깨끗하기는 해도 이제는 가난 때문에 아주 음울해진 자기 오두막으로 돌아가면서 패런은 이 질문을 스스로에게 던졌다. 그는 이 외국인 공장주가 이기적이고 무정하다는 결론에 이르렀다. 어리석은 사람이라고도 생각했다. 저런 주인 밑에서 일하느니 이주할 방법만 있다면 이민이 더 나을 것 같았다. 그는 희망 없이 버려진 기분이었다.

그가 들어가자 아내가 남편과 아이에게 줄 수 있는 식사를 정갈하게 차렸다. 죽뿐이었는데 그나마도 양이 너무 적었다. 어린 아이들 몇은 자기 몫을 다 먹고 더 달라고 떼를 썼다. 그 소리에 윌리엄은 입맛을 잃었다. 아내가 할 수 있는 한 아이들을 달래는 동안 그는 자리에서 일어나 문으로 갔다. 그는 쾌활한 가락의 휘파람을 불었으나 회색 눈에 굵은 눈물 한두 방울(검투사의 상처에서 새어 나오는 핏방울보다는 '뇌우의 첫 번째 빗방울'에 가까웠다)이 고이는 것은 막지 못했다. 소맷자락으로 눈가를 훔치고 나자 그런 기분이 사라지면서 마음이 아주 차가워졌다.

그가 여전히 말없이 생각에 잠겨 있는데 검은 옷의 신사 한 사람이 다가왔다. 성직자 같아 보였지만 헬스턴도 멀론도 던도 스위팅도 아니었다. 사십대로 보였다. 평범한 생김새에 안색이 거무스름했고 머리가 좀 세었다. 그는 약간 구부정하게 걸었다. 다가오는 그의 표정은 텅 빈 것 같으면서도 다소 슬퍼 보이기도 했다. 그러나 패런 근처로 와서 고개를 들어 올려다보자 생각에 골몰해 있던 진지한 얼굴에 다정한 표정이 어렸다.

"자넨가, 윌리엄? 잘 지냈나?" 그가 물었다.

"그냥 그렇습니다, 홀 씨. 잘 지내셨어요? 좀 들어오시겠습니까?"

홀 씨의 이름은 독자도 이전에 본 적이 있을 것이다(그는 너넬리의 교구사제로, 패런은 원래 그 교구에 속해 있다가 3년 전 할로 공장에 일자리를 얻으면서 거기서 가깝고 편하다는 이유로 브라이어필드로 옮겨 왔다). 그는 오두막으로 들어와 패런의 아내와 아이들에게 인사를 하고 자리에 앉았다. 그는 이 가족이 그의 교구를 떠난 후 시간이 얼마나 흘렀는지, 그 후로 교구에 어떤 변화들이 있었는지에 대해 아주 활달하게 이야기를 이어나갔다. 자신의 누이 마거릿에 대해 가족들이 큰 관심을 갖고 묻자 대답해주었다. 자신이 질문할 차례가 되자 그는 마침내 안경 너머로(그는 근시여서 안경을 썼다) 초라한 방과 자신을 에워싼—아이들은 그의 무릎 주위에 모여 있었고 아버지와 어머니는 그의 앞에 서 있었으므로—야위고 파리한 얼굴들을 걱정스럽게 휙 둘러보더니 갑자기 이렇게 말했다.

"그런데 다들 괜찮은가? 어떻게 지내고 있나?"

홀 씨는 뛰어난 학자였지만 북부 억양을 강하게 썼을 뿐 아니라 때로는 북부 지방 사투리를 자유로이 사용했다.

윌리엄이 대답했다. "잘 못 지냅니다. 일자리를 잃었어요. 보시다시피 세간을 거의 다 팔았습니다. 다음에는 어떡해야 할지 모르겠습니다."

"무어 씨가 자네를 해고했나?"

"우리를 해고했습니다. 지금 같아서는 내일 다시 저를 채용한다 해도 그를 위해 일하고 싶지 않습니다."

"그렇게 말하다니 자네답지 않군, 윌리엄."

"압니다만, 저도 더는 예전 같지 않습니다. 제가 변해가는 걸 느낍니다. 처자식이 먹고살 수만 있으면야 신경 쓰고 싶지 않지요. 하지만 그들이 굶주리고 있어요—야위어간단 말입니다—"

"자, 여보게, 자네도 마찬가지일세. 자네도 힘든 거 아네. 요즘은 살기 힘든 시대지. 어디를 보아도 다들 괴로워한다네. 윌리엄, 앉게. 그레이스, 앉게. 우리 얘기를 좀 해보세."

이야기하기 좋도록 홀 씨는 아이들 중 제일 어린 것을 무릎 위로 안아 올리고 두 번째로 어린 아이의 머리에 손을 얹었다. 하지만 어린것들이 그에게 수다를 떨기 시작하자 그는 "쉿!" 하고 아이들을 조용히 시키고는 쇠살대에 눈을 고정한 채 난로 안에서 아주 심각하게 타고 있는 한 줌의 잉걸불을 바라보았다.

그가 말했다. "슬픈 시대야! 게다가 오래 끌고 있어. 신의 뜻이지. 신의 뜻이 이루어질 걸세! 하지만 우리를 가장 어려운 시험에 들게 하시는구먼."

그는 다시 생각에 잠겼다.

"윌리엄, 자네 무일푼인가? 조금이라도 돈을 마련할 수 있게 내다 팔 만한 것이 전혀 없나?"

"없습니다. 서랍장, 시계, 마호가니 탁자, 아내의 예쁜 다반, 결혼할 때 아내가 가져온 도자기, 다 팔았습니다."

"그럼 누가 자네한테 1, 2파운드 빌려준다면 도움이 되겠는가? 그걸로 뭘 해볼 새로운 방도를 마련할 수 있겠나?"

패런은 대답하지 않았다. 그러나 그의 아내가 재빠르게 말했다. "아, 이이가 어떻게든 해볼 수 있을 거예요, 신부님. 이이는 아주 수완이 좋거든요. 2, 3파운드만 있으면 장사를 시작할 수 있을 거예요."

"어떤가, 윌리엄?"

윌리엄이 신중하게 대답했다. "식료품하고 끈, 실, 그 밖에 팔 만한 것을 좀 살 수 있겠지요. 처음에는 행상으로 시작해볼 수 있을 겁니다."

"그리고 신부님도 아시잖아요." 그레이스가 끼어들었다. "신부님도 윌리엄이 술도 안 마시고 게으름도 안 피우고 낭비도 안 하는 거 잘 아시잖아요. 제 남편이라서 하는 말이 아니라, 영국에서 이이보다 더 술을 멀리하고 정직한 사람은 없을 거예요."

"흠, 내가 친구 한둘에게 좀 말해보겠네. 내 생각에 하루이틀이면 5파운드 정도는 마련해줄 수 있을 것 같네. 거저 주는 돈이 아니라 빌려주는 걸세. 갚아야 하네."

"알겠습니다, 신부님. 당연히 갚겠습니다."

"일단 여기 몇 실링이라도 받아두게, 그레이스. 돈이 들어올 때까지 뭐라도 먹고 살아야지. 자, 얘들아, 일어나서 교리문답을 외워보렴. 그동안 어머니가 점심거리를 좀 사 오실 거다. 보나마나 너희들 오늘 제대로 먹지도 못했을 테니. 시작해보렴, 벤. 네 이름은 뭐지?"

홀 씨는 그레이스가 돌아올 때까지 머물렀다. 그런 다음 서둘러 패런과 아내와 악수를 하고 작별을 고했다. 문 앞에서 그들에게 짧지만 깊은 진심이 어린 종교적인 위로와 충고를 전했다. "행운을 빕니다, 신부님!" "행운을 비네, 나의 벗들!" 그들은 그렇게 헤어졌다.

9장
브라이어메인스

헬스턴 씨와 사이크스 씨는 무어 씨가 대표단을 쫓아버리고 돌아오자 익살스럽게 축하의 말을 늘어놓았다. 그러나 무어는 그의 단호함에 대한 찬사에도 너무나 조용했다. 햇살 한 줄기, 산들바람 한 점 없는 고요하고 어두운 날 같은 표정을 하고 있어서, 주임사제는 그의 눈을 슬쩍 살핀 후 축하의 말을 접고 외투 단추를 잠근 다음, 신부만큼 눈치가 빠르지 못해 남의 도움 없이는 자신의 존재와 대화가 귀찮게 여겨지는 경우를 알아차리지 못하는 사이크스에게 이렇게 말했다.

"자, 우리 가는 길이 어느 정도는 겹치니 동행하는 게 어떻겠소? 무어에게는 인사를 하고 행복한 공상을 혼자 마음껏 즐기도록 해주고요."

"그런데 서그든은 어디 있습니까?" 무어가 고개를 들면서 물었다.

헬스턴이 소리쳤다. "아하! 당신이 분주할 동안 나도 마냥 게으름만 피우고 있지는 않았소. 조금은 도움이 될 일을 했지. 생색을 내자는 게 아니오. 시간을 지체하지 않는 편이 좋겠다고 생각했소. 그래서 당신이 그 우울해 보이는 신사와 얘기하고 있는 동안—이름이 패런이라고 했지—이 뒤창을 열고 마구간에 있던 머개트로이드를 소리쳐 불러 사이크스 씨의 마차를 가져오라 했소. 그런 다음 서그든과 모지스를 저 구멍으로 몰래 데리고 나가서—목발도 같이—그들이 마차에 오르는 것을 보았고(당연히 우리 좋은 친구 사이크스의 허락을 받았지). 서그든이 고삐를 잡았소—예후처럼 마차를 미친 듯이 몰더군. 15분만 더 있으면 배러클러프는 스틸브로 감옥에 무사히 들어갈 거요."

"아주 좋군요. 감사합니다." 무어가 말했다. "안녕히 가십시오." 그는 인사를 덧붙이고는 그들을 공손히 문으로 안내하여 자기 영지를 떠나는 것을 지켜보았다.

그는 그날 내내 말이 없고 심각했다. 조 스콧과 농담을 나누지도 않았다. 조로 말하자면, 주인에게 일의 진행에 꼭 필요한 말만 했지만 회계실의 난롯불을 들쑤신다는 핑계로 자꾸 들어와 계속 그를 곁눈질했다. 하루 일과를 마치고 문을 잠그면서는(공장은 그 당시 불경기로 단축 근무를 했다) 아주 멋진 저녁이라며, "무어 씨가 할로를 좀 산책하면 좋을 것 같다"라고 말했다.

이런 권고에 무어 씨는 짧게 웃음을 터뜨리고는 조에게 이런 모든 배려가 무슨 의미냐고, 자기를 여자나 아이로 아느냐고 묻더니 그의 손에서 열쇠를 빼앗고 떠밀어 내보냈다. 그러나 그가 마당 문에 다다르기도 전에 다시 그를 불렀다.

"조, 그 패런이라는 자를 알고 있나? 형편이 좋지는 않지?"

"일자리를 잃은 지 석 달이나 되었는데 형편이 좋을 리가 있겠습니까요. 윌리엄이 많이 변한 모습을 직접 보셨지요. 꽤 야위었던데요. 집의 세간살이를 거의 다 팔아버렸답니다."

"나쁜 일꾼은 아니었나?"

"사업을 시작하신 이후로 그보다 나은 일꾼은 없었을 겁니다."

"그럼 점잖은 사람들인가—가족들 다?"

"점잖다마다요. 처는 아주 활기차고 깔끔한 사람이랍니다. 그 집 마룻바닥에 흘린 죽은 핥아 먹어도 될 정도라니까요. 많이 힘들어졌지요. 부디 윌리엄이 정원사든 뭐든 일자리를 얻었으면 좋겠습니다. 그는 정원 일도 잘 알거든요. 예전에 스코틀랜드인과 같이 살면서 정원 일을 배웠다고 했어요."

"이제 가도 좋네, 조. 거기 서서 나를 쳐다보고 있을 필요는 없어."

"시키실 거 없으십니까?"

"없어. 그만 가보게."

조는 시킨 대로 했다.

봄날의 저녁은 추울 때가 많다. 그날은 날씨가 좋아서 아침에는 따듯하기까지 했고 햇살이 내리쬈지만, 해 질 녘에는 쌀쌀해졌다. 어스름이 깔리기 전, 자라나는 잔디와 피어나는 새싹 위를 서리가 서서히 덮었다. 브라이어메인스(요크 씨의 집) 앞의 도로가 하얗게 변했고, 그의 정원의 연약한 식물과 잔디밭의 이끼에 말 없는 혼란이 벌어졌다. 줄기가 튼튼하고 가지가 두툼해서 길에서 가장 가까운 박공을 지켜주는 큰 나무로 말하자면, 아직 헐벗은 가지들을 해치려는 봄밤의 서리에 도전하는 듯 보였다. 집 뒤편에 높이 솟은 호두나무들의 이파리 없는 숲 또한 그러했다.

별은 빛나지만 달은 뜨지 않은 밤의 어스름 속에서는 창문에서 비치는 빛이 선명했다. 이는 어둡거나 쓸쓸한 장면이 아니요, 침묵에 잠긴 장면조차 아니었다. 브라이어메인스는 큰길가에 있었다. 다소 오래된 곳이었고, 그 큰길이 뚫리기도 전, 들판을 구불구불 통과하는 좁은 길이 그곳으로 이어지는 유일한 길일 때 지어졌다. 브라이어필드에서 2킬로미터도 떨어져 있지 않아서, 그곳의 소음이 들리고 불빛이 또렷이 보였다. 크고 새것이며 다 듬어지지 않은 웨슬리 교파 예배당인 브라이어 예배당이 불과 100미터 떨어진 곳에 서 있었다. 지금도 그 안에서는 기도회가 열리고 있어서 창의 불빛이 길 위로 밝게 비치고 독특한 가사의 찬송이 활기차게 인근에 메아리쳤다. 퀘이커 교도라 할지라도 감동하여 춤을 추고 싶어질 정도였다. 가사의 일부는 똑똑히 알아들을 수 있었다. 여기에 각기 다른 곡에서 한두 군데만 인용해 보겠다. 노래하는 이들이 내키는 대로 편안하게 찬송가와 가락을 이것저것 섞어 경쾌하게 불렀기 때문이다.

"오! 그 누가 설명할 수 있으랴
이 삶을 위한 투쟁을

이 고역과 고통을
이 떨림과 갈등을?
역병, 지진과 기근
소란과 전쟁,
그리스도 재림의
놀라운 소식을 선포하노라!

모든 싸움은
끔찍하고 소란하니—
전사의 기쁨은
살육과 피라.
그의 적들이 쓰러지네
모든 것이 끝날 때까지—
그리고 이것이 불타오르네
기름을 부어라, 타올라라!"

여기서 무시무시한 신음 소리와 함께 떠들썩한 기도 소리가 이어졌다. "자유를 찾았네!" "빌의 아들 도드가 자유를 찾았다!" 같은 외침이 예배당에서 울려퍼졌고, 다시 모든 회중이 노래했다.

"이 얼마나 큰 자비인가!
이 무슨 지복의 천국인가!
나는 얼마나 말할 수 없이 행복한지!
교회의 품속에 싸여,

하나님 백성의 명부에 올라,
하나님 백성과 함께 살고 죽으리니!

오! 하나님의 선하심
진흙같이 하찮은 것을
그의 영광의 공물로
짊어져야 할 짓대로 써주심에
그리고 승리로 선언하라
하나님의 말할 수 없이 풍성한 은총을!

오, 끝 모를 사랑이여
내 손이 하는 일을 허락해주시옵고
번영케 하여주시네,
내 양치기의 지팡이를 들고
시냇물을 건넜네
그리고 이제 번창한 무리를 보네!

나는 놀라 묻네
누가 나에게 이런 선물을 줬는가?
그들이 어디에서 왔는지 묻네
나의 온 가슴이 답해주네,
그들은 하늘에서 태어나
하나님과 어린양에게 영광을 돌린다고!"

고함과 외침, 절규, 미친 듯한 울부짖음, 고뇌에 찬 신음 소리로 가득한 또 한 번의 더 긴 막간 후 이어진 다음 연은 소음과 열정의 절정에 다다른 듯했다.

"죄의 가장자리에서 잠들어
지옥이 우리를 삼키려고 입을 벌렸네,
우리를 구하러 자비의 천사가 날아오시어
덫을 깨고 우리를 구하셨네.

여기에, 사자의 굴속에서처럼
우리는 삼켜지지 않고 살아 있네,
범람하는 물을 안전하게 건너
하나님 품에 안기네.

여기에서—"

(마지막 연은 가장 듣기 끔찍하고 귀에 거슬리는 부자연스러운 고함 소리로 불리었다.)

"여기에서 우리는 더 목소리 높여
정련의 불길 속에서 외치네,
불꽃 속에서도 손뼉을 치네
예수 이름에 영광 돌리네!"

예배당 지붕이 날아가지는 않았고, 이 자체가 예배당의 슬레이트 지붕이 튼튼하다는 찬사였다.

그러나 브라이어 예배당이 살아 있는 것 같다면, 브라이어메인스도 마찬가지였다. 물론 이 저택이 예배당보다 더 조용한 상태를 즐기는 듯 보이기는 했지만. 저택의 창 일부에서도 빛이 새어 나왔다. 아래층 방들은 잔디밭 쪽으로 여닫이창이 열려 있었고, 커튼 때문에 안이 들여다보이지는 않고 방을 비추는 촛불 빛도 일부 가려졌지만 말소리와 웃음소리를 완전히 막지는 못했다. 우리는 저택 대문으로 들어가 이 가정의 내실까지 파고들어가는 특권을 누려보겠다.

요크 씨의 거주지를 생기 넘치게 만드는 것은 손님들의 존재가 아니다. 요크 씨 가족을 제외하고는 그 집에 아무도 없기 때문이다. 가족들은 오른쪽 맨 끝의 뒷방에 모여 있다.

이 방은 보통 저녁에 쓰는 거실이다. 창문들은 밝은 대낮에 보면 근사한 스테인드글라스다. 주된 색조는 자주색과 호박색이며, 윌리엄 셰익스피어의 온화한 얼굴과 존 밀턴의 차분한 얼굴을 그린 어두운 색조의 둥근 판을 중심으로 반짝이고 있다. 벽에는 캐나다의 초록 숲과 푸른 물을 그린 풍경화들이 걸려 있다. 그림들 가운데에는 밤에 폭발하면서 빛나는 베수비오산을 그린 것도 있다. 화산은 아주 격렬하게 타오르며 폭포의 싸늘한 거품과 하늘색, 깊고 어둑한 숲과 대조를 이룬다.

독자여, 이 방을 비추는 불은 당신이 남부인이라면 사실(私室)의 난로에서는 보기 힘든 종류의 것이다. 거대한 굴뚝 안으로 높이 솟아오르는 밝고 뜨거운 석탄불이다. 요크 씨는 더운 여름 날

씨에도 이렇게 불을 활활 피워둔다. 그는 한 손에 책을 들고, 팔꿈치는 초를 놓은 작은 원형 탁자에 올린 채 불 옆에 앉아 있다. 그러나 책을 읽고 있지는 않고, 아이들을 보고 있다. 그의 맞은편에는 부인이 앉아 있다. 그녀를 세세히 묘사할 수도 있지만 꼭 그래야 할 필요는 없을 듯하다. 하지만 내 앞에 있는 그녀를 아주 분명히 볼 수 있다. 대단히 근엄한 용모의 체구가 큰 여인으로, 얼굴과 어깨에 근심을 지고 있는 듯한 모습이다. 그러나 압도적인, 피할 수 없는 근심은 아니다. 그보다는 음울한 것을 자신의 의무로 여기는 사람들이 늘 지고 다니는 자발적이고 전형적인 먹구름이자 짐이다. 아, 슬픈지고! 요크 부인은 그런 생각을 가지고 있고, 아침에나 낮에나 밤에나 토성처럼 근엄하다. 만약 자기 앞에서 감히 밝은 안색에 즐거운 미소를 빛내는 사람을 본다면, 더군다나 그게 여성이라면 좋지 않게 생각했다. 부인의 생각에 희희낙락하는 것은 신성모독이며, 명랑함은 경박스러웠다. 굳이 차이를 두지 않았다. 그러나 그녀는 아주 좋은 아내이자 아주 세심한 어머니로, 아이들을 쉬지 않고 돌보며 남편에게 진실한 애정을 가지고 있었다. 단지 문제는, 자기 뜻대로 할 수만 있었다면 남편 곁에 자기 외에는 세상의 어떤 친구도 허락하지 않았을 것이라는 점이었다. 그녀는 남편의 친구 관계는 전부 다 참을 수가 없어서 그들과 거리를 두었다.

요크 씨와 부인은 마음이 잘 맞았다. 그러나 그는 천성이 사교적이고 호의를 잘 베푸는 사람이었고, 가족의 화목을 중시했다. 들리는 말로는 젊었을 때는 생기 넘치고 활달한 여자들이 아니면 좋아하지 않았다고 한다. 그가 왜 그녀를 택했는지—어쩌다 그들이 서로 잘 맞게 되었는지는 알 수 없는 일이지만, 누구든 시간을 갖고 분석해본다면 곧 의문이 풀릴 수도 있다. 여기서는 요크의 성격에는 밝은 면만 있는 것이 아니라 어두운 면도 있고, 그의 어두운 면이 아내의 한결같이 음울한 본성 전반에 공감과 친밀감을 느꼈다고만 말해두면 충분할 것이다. 그 외에는 그녀는 강인한 정신의 소유자였다. 절대 약한 소리나 뻔한 말은 하지 않았다. 사회에 대해 엄격하고 민주적인 견해를 가졌으며, 인간 본성에 대해서는 다소 냉소적이었다. 자신은 완벽하고 신중한 사람이고 나머지 세상이 다 잘못되었다고 여겼다. 가장 큰 결점은 모든 인간, 상황, 신조, 무리들을 항상, 끊임없이, 쉬지 않고 의심한다는 것이었다. 이런 의심은 그녀가 어디를 보나 어느 쪽을 향하나 늘 그녀의 눈을 가리는 안개요, 잘못된 길로 이끄는 인도자였다.

이런 한 쌍이 낳은 아이들도 평범하고 범상치는 않겠다고 짐작할 것이다. 과연 그랬다. 독자여, 여기 여섯 명을 보자. 막내는 어머니의 무릎 위에 앉은 아기다. 아직은 어머니만의 것, 불신하거나 의심하거나 비난하지 않는 존재다. 아기는 어머니한테서 양분을 얻고, 어머니에게 매달려 붙어 있고, 세상 그 무엇보다 어머니를 사랑한다. 어머니도 이를 의심하지 않는다. 아기가 자신에게 의지해 살아가고 있으므로 그럴 수밖에 없기 때문이고, 그러므로 그녀도 아기를 사랑한다.

다음으로는 두 딸 로즈와 제시가 있다. 둘 다 지금 아버지 옆에 앉아 있다. 그들은 꼭 필요할 때가 아니면 어머니 곁에는 잘 가지 않는다. 언니인 로즈는 열두 살이다. 아버지를 닮았다. 자식들 중에서 아버지를 가장 많이 닮은 아이다. 하지만 그 모습은 마치 화강암을 본뜬 상아 머리 같아서, 색과 선이 다 부드러워졌다. 요크 자신은 험상궂은 얼굴이지만 딸의 얼굴은 험상궂지는 않다. 그렇다고 썩 예쁜 것도 아니다. 어린애다운 이목구비에 소박한 생김새다. 동그란 뺨은 혈색이 좋고, 회색 눈은 아이답지 않은 데가 있다. 진지한 영혼이 그 눈에서 빛나고 있다. 아직은 어린 영혼이지만 몸이 자라면 성숙할 것이다. 아버지도 어머니도 그에 비할 만한 정신을 갖지 못했다. 어머니와 아버지 각각의 성격의 정수를 가져서, 언젠가는 부모보다 나아질 것이다. 더 강인하고, 더 순수하며, 더 야심 찬 사람이 될 것이다. 지금 로즈는 조용하지만 가끔 고집을 부리는 소녀다. 로즈의 어머니는 그녀를 자신과 같은 여자—어둡고 음울한 의무를 가진 여자—로 만들고 싶어 한다. 로즈는 어머니는 결코 알지 못할 생각의 씨앗들을 잔뜩 품고 있다. 이런 생각을 짓밟고 억눌러야 한다는 것이 그녀에게는 고통이다. 아직까지는 한 번도 반항한 적이 없지만 세게 몰아붙이면 언젠가는 반항할 것이며, 그때가 처음이자 마지막이 될 것이다. 로즈는 아버지를 사랑한다. 아버지는 그녀를 쇠막대로 다스리지 않고, 그녀에게 잘해준다. 아버지는 때때로 딸의 시선에서 번쩍이고 말에서 어슴푸레 빛나는 지성의 광채가 너무 밝아서 그녀가 오래 살지 못할지도 모른다는 두려움을 느낀다. 그런 생각 때문에 그는 종종 딸을 서글픈 애정으로 다정하게 대한다.

그는 어린 제시가 요절할 거라는 생각은 전혀 하지 못한다. 제시는 너무나 명랑하고 수다스럽고 뭐든 재미있어한다. 지금도 독창적이다. 자극을 받으면 열을 올리지만, 달래주면 누구보다 사랑스럽다. 온화하다가도 활발하고, 까다롭지만 너그럽다. 겁이 없는데, 예를 들자면 어머니의 말도 안 되게 엄한 규칙에 두려워하지 않고 도전할 때가 많다. 그러면서도 자신을 도와주려는 사람에게는 잘 의지한다. 조그맣고 매력적인 얼굴로 수다를 떨고 사람의 마음을 끄는 제시는 모두의 귀여움을 받는다. 아버지도 그녀를 귀여워한다. 로즈가 아버지를 닮은 것처럼 이 인형 같은 아이가 어머니를 구석구석 다 닮은 것도 신기한 일인데, 그럼에도 인상은 얼마나 다른가!

요크 씨, 지금 당신 앞에 마법의 거울이 있다면, 그리고 오늘 밤으로부터 20년 후의 두 딸의 모습을 보여준다면 당신은 무슨 생각을 할까? 마법의 거울이 여기 있다. 당신은 그들의 운명을 알게 될 것이다—먼저 어린 딸, 제시부터 보자.

이곳을 아는가? 아니, 전혀 본 적 없다. 그러나 이 나무들, 이 잎들—사이프러스, 버드나무, 주목나무들은 알아본다. 이런 돌 십자가도, 시들지 않는 꽃으로 만든 이 빛바랜 화환들도 당신에게 낯설지 않다. 바로 그곳이다. 푸른 땅과 회색 대리석 묘비들이 있는 곳—제시가 그 아래 잠들어 있다. 그녀는 4월의 하루 같은 삶을 살았다. 많이 사랑받았고, 많이 사랑했다. 짧은 생에서 여러 번 눈물을 흘렸고 자주 슬픔을 겪었다. 그녀는 그 사이사이 미소를 지었고, 자신을 본 모든 것을 기쁘게 했다. 그녀는 보호자인 로즈의 품속에서 조용히, 행복하게 숨을 거두었다. 로즈는 그녀의 곁에서 많은 시련을 막아주었다. 그녀가 죽어갈 때 두 영국 소녀는 외국에 있었고, 그 나라가 제시에게 무덤을 내주었다.

이제 그로부터 2년 후의 로즈를 보라. 십자가와 화환들도 낯설어 보였지만, 이 풍경의 언덕과 숲은 훨씬 더 낯설다. 정말로 영국에서 멀리 떨어진 곳이다. 거친 야생의 모습을 한 머나먼 지역이 틀림없다. 여기에는 태초의 고독이 있다. 미지의 새들이 숲 가장자리에서 지저귄다. 유럽의 강이 아니다. 그 강둑에 로즈가 생각에 잠겨 앉아 있다. 조용한 요크셔 소녀는 남반구 어느 지역의 외로운 이민자가 되었다. 그녀가 언젠가는 다시 돌아올까?

아이들 중 제일 위의 셋은 다 사내아이들로, 매슈, 마크, 마틴이다. 그들은 구석에 모여 앉아 어떤 놀이에 열중하고 있다. 그들 셋의 머리를 살펴보자. 얼핏 보면 많이 닮았지만 자세히 보면 다르고, 더 자세히 보면 대조적이다. 셋 다 검은 머리에 검은 눈, 발그스레한 뺨을 가졌다. 모두 영국적 특징을 가진 외모이며, 아버지와 어머니를 섞어서 닮았다. 그러나 각자의 다른 성격을 드러내는 독특한 얼굴 생김새를 가졌다.

집안의 장자인 매슈에 대해서는 길게 말하지 않겠다. 하지만 그를 오래 들여다보면 그 용모가 어떤 특질을 숨기거나 드러내는지 추측해보지 않을 수 없게 된다. 그는 못생긴 소년이 아니다. 칠흑같이 검은 머리에 하얀 이마, 혈색 좋은 뺨, 영리하고 검은 눈이 나름대로 보기 좋다. 그런데 한참 들여다보면 이 방에 있는 한 가지, 가장 불길한 것이 매슈의 얼굴과 닮았다는 느낌이 든다. 그 얼굴은 기이하게도 베수비오산의 분화를 자꾸만 떠올리게 한다. 불꽃과 그림자가 소년의 영혼을 구성하는 요소들인 것 같다. 거기에는 햇빛이 없다. 어떤 햇빛도, 순수하고 서늘한 달빛도 그곳을 비춘 적이 없다. 그는 영국적인 외형을 가졌지만 정신은 분명 영국적이지 않다. 영국인의 솜씨로 만든 칼집에 든 이탈리아산 단검이라고 해도 좋을 것이다. 놀이가 뜻대로 되지 않자 성난 눈길을 보라. 이를 본 요크 씨는 뭐라고 말하는가? 그는 낮은 목소리로 타이른다. "마크, 마틴, 형을 화나게 하지 말거라." 부모가 늘 쓰는 어조다. 그들은 이론적으로는 편애를 비난한다. 이 집에서는 장자의 권리가 허용되지 않는다. 그러나 아무도 절대 매슈를 성가시게 하거나 그에게 반대해서는 안 된다. 화약통을 불가에 두는 걸 피하듯이 그를 자극하는 일은 절대 피하려 한다. 매슈에 한해서는 "하라는 대로 해줘라, 달래줘라"라는 것이 그들의 모토이다. 이 공화주의자들은 자기들의 혈육을 빠르게 폭군으로 만들고 있다. 동생들은 이를 다 알고 느끼고 있으며, 다들 속으로는 불의에 반발한다. 그들은 부모의 동기는 읽어낼 수 없고, 단지 차별 대우만 볼 수 있을 뿐이다. 용의 이*는 이미 요크 씨의 어린 올리브 가지들 사이에 뿌려졌다. 언젠가는 거기서 불화가 수확될 것이다.

마크는 예쁘장하게 생긴 소년이다. 가족 중에서 제일 용모가 단정하다. 대단히 차분하며, 미소는 영리해 보인다. 그는 차분하기 그지없는 어조로 남의 가슴을 후벼 파는 말을 할 수 있다. 조용한 것 같아도 다소 심각해 보이는 이마는 성질이 있음을 보여주고, 잔잔한 바다가 항상 안전하지는 않다는 사실을 상기시킨다. 게다가 그는 너무 조용하고 냉정하며 무심해서 행복해질 수

* 그리스신화에서 카드모스가 용을 죽인 후 용의 이를 땅에 뿌리자 그곳에서 병사들이 솟아올랐다. 카드모스는 병사들 사이로 돌을 던져 그들이 서로 의심하여 싸우게 만든다.

가 없다. 마크에게 삶은 그리 큰 기쁨을 주지 못할 것이다. 스물다섯이 되었을 때쯤에는 남들은 왜 저렇게 웃을까 의아해하면서 즐거워 보이는 사람들을 다 바보 취급하게 될 것이다. 마크에게는 문학에서든 삶에서든 시 따위란 존재하지 않을 것이다. 아무리 훌륭한 시라도 그에게는 단지 과장된 단어와 헛소리들로만 들릴 것이다. 열정은 그에게 혐오와 경멸을 일으킬 것이다. 마크에게 젊음이란 없을 것이다. 겉보기에는 활짝 피어나는 젊은이일지라도 마음은 이미 중년일 것이다. 그의 몸은 이제 열네 살이지만, 영혼은 벌써 서른이다.

셋 중 제일 어린 마틴은 다른 기질을 가지고 있다. 그에게는 삶이 짧을 수도 있고 그렇지 않을 수도 있다. 하지만 근사하리라는 것만은 확실하다. 그는 삶의 모든 환상을 반쯤은 믿고, 온통 즐기면서 겪어내어, 그보다 오래 살아남을 것이다. 이 소년은 잘생기지는 않았다—형들만큼은 아니다. 그는 못생겼다. 그에게는 겉껍질, 단단한 껍질이 씌워져 있고 이는 스무 살 무렵이 되어서야 벗겨질 것이다. 그것을 벗어버리고 나면 그때쯤에는 잘생겨질 것이다. 그 나이까지는 세련되지 못한 태도를, 아마도 소박한 겉모습을 걸치고 다닐 것이다. 그러나 번데기가 나비로 탈바꿈하는 힘을 지니고 있듯이, 때가 되면 변신이 일어날 것이다. 그는 한동안은 쾌락을 열망하고 남의 칭찬을 바라면서도 지식에 목마른, 허영심 강한 애송이일 것이다. 그는 세상이 그에게 줄 수 있는 전부를, 즐거움과 지식 둘 다를 원할 것이다. 아마도 어느 쪽의 샘이든 꿀꺽꿀꺽 들이마실 것이다. 그런 갈증이 채워지면—그다음에는 뭘까? 나도 모른다. 마틴은 주목받는 인물이 될 수도 있다. 과연 그렇게 될지는 예언자라도 예측할 힘이 없다. 그 문제에 대해서는 앞일을 알 수 없다.

요크 씨의 가족 전체를 보면, 이 어린 여섯 아이들은 보통의 여섯 자식들에게 각각 주어지는 평균적인 분별력과 능력보다 더 많은 정신력, 독창성, 지적 활력을 가졌다. 요크 씨도 이를 알고 있어서 자식들을 자랑스러워한다. 요크셔의 언덕과 고원 여기저기에 이런 가족들이 있다. 이들은 독특하고 활기차며 기운이 넘치고, 좋은 혈통과 머리를 타고났다. 자신들의 강함에 대해 다소 자부심이 지나치며, 타고난 힘을 통제하지 못한다. 세련되지 못하고 배려가 부족하고 유순하지 않지만, 절벽 위의 독수리나 스텝의 말처럼 건강하고 기백이 넘치는 순종들이다.

응접실 문을 가볍게 두드리는 소리가 들린다. 소년들이 놀이를 하느라 시끄러웠던 데다 제시가 아버지에게 스코틀랜드 민요를 불러주고 있어서—아버지는 스코틀랜드와 이탈리아 노래를 좋아하여 음악을 좋아하는 어린 딸에게 그중 제일 좋은 몇 곡을 가르쳤다—그 소리가 잘 들리지 않았다.

"들어와요." 요크 부인이 그녀 특유의 부자연스럽게 엄숙한 목소리로 말했다. 그 목소리는 부엌에서 푸딩을 만들라고 지시하거나 아들들에게 복도에 모자를 걸어놓으라고 명령하거나 바느질을 하라고 딸들을 부를 때조차도 항상 장례식과 같은 음울함을 유지한다. "들어와요!" 그러자 로버트 무어가 들어왔다.

요크 부인은 무어의 항상 엄숙한 태도뿐 아니라 금욕적인 면(그는 저녁에 방문했을 때 술병을 찾은 적이 한 번도 없었다)을 무척 마음에 들어 해서, 아직까지는 남편과 그를 은밀히 헐뜯은 적이 없었다. 그가 비밀스러운 관계에 얽혀 있어서 결혼하지 못하고 있다거나 양의 탈을 쓴 늑대라는 식의 말을 들은 적도 아직까지는 없었다. 그녀는 결혼 초기에 남편의 독신 친구들 대부분이 그렇다는 사실을 알게 되었고, 그들을 자신의 식탁에서 내쳤었다. 이런 그녀의 행동은 가혹한 면도 있지만 공정하고 분별 있다고도 할 수 있을 것이다.

"아, 당신이군요?" 부인은 무어가 다가와 손을 내밀자 이렇게 말했다. "이런 늦은 밤에 왜 돌아다니고 있어요? 집에 있어야죠."

"독신 남성이 집이 있다고 말할 수 있겠습니까, 부인?" 그가 말했다.

"흥!" 요크 부인은 판에 박힌 번지르르한 태도를 남편 못지않게 경멸하고 그런 행동은 거의 하지 않는 사람이었다. 어떤 경우에나 단순한 화법으로 정곡을 찔렀는데, 가끔은 경탄을 일깨우기도 하지만 그보다는 경악을 일으키는 일이 더 많았다. "흥! 그런 말도 안 되는 소리는 그만둬요. 자기만 좋으면 독신 남성이라도 집을 가질 수 있지요. 당신 누님이 당신을 위해 집을 만들어 주지 않나요?"

요크 씨가 끼어들었다. "그건 아니지. 오르탕스는 참한 처자예요. 하지만 내가 로버트 나이였을 때 누이들이 대여섯 있었고 모두 오르탕스만큼 예의 바르고 품행이 발랐어도, 헤스터 당신도 알다시피, 아무리 그래도 결국 나는 신붓감을 찾았잖소."

"그리고 저이는 나와 결혼한 것을 깊이 후회했지요." 요크 부인은 스스로를 깎아내리게 되더라도 종종 결혼에 대해 반어적인 농담을 하는 것을 즐겼다. "저이는 깊은 비탄에 잠겨 후회했어요. 로버트 무어, 당신은 그가 받은 벌을 보고 있으니 믿으셔도 좋아요. (여기서 그녀는 아이들을 가리켰다.) 피할 수만 있다면 누가 이렇게 거칠고 엄청난 아이들이라는 짐을 지겠어요? 이 아이들을 세상에 낳아놓은 것만으로도 충분히 나쁜데, 다 먹이고 입히고 기르고 살 방편을 마련해주어야 하니까요. 젊은이, 결혼하고 싶은 마음이 들거든 우리 네 아들과 두 딸을 떠올려요. 하기 전에 두 번 보라고요."

"하여간 저는 지금은 그런 마음이 전혀 들지 않습니다. 지금이 결혼할 때도 아닌 것 같고요."

이런 침울한 감상에 당연히 요크 부인도 동의했다. 그녀는 고개를 끄덕이며 말없이 동감의 뜻을 나타냈다. 그러나 잠시 있다가 이렇게 말했다.

"나는 당신 나이의 솔로몬의 지혜는 그리 중요하다 여기지 않아요. 처음 만난 환상에 바로 뒤집혀버릴 테니까요. 하여간 앉으세요. 앉아서도 말할 수 있잖아요?"

이것이 그녀가 손님에게 자리를 권하는 방식이었다. 그가 부인의 말에 따르기가 무섭게 제시가 아버지의 무릎에서 폴짝 뛰어내려 무어 씨의 품으로 달려왔다. 무어도 바로 아이를 받아 안았다.

"어머니가 로버트한테 결혼 얘기를 하시는데—" 아이가 그의 무릎 위로 가볍게 올라가면서 잔뜩 분개하여 어머니에게 말했다. "로버트는 이미 결혼했어요. 그런 거나 마찬가지예요. 지난 여름에 나를 아내로 맞아주겠다고 약속했단 말이에요. 내가 새하얀 드레스를 입고 파란 띠를 두른 모습을 처음 보았을 때요.

그렇죠, 아버지?” (이 아이들은 아빠 엄마라고 부르는 데 익숙하지 않았다. 그들의 어머니는 그런 “약해빠진 말”을 허락하지 않았다.)

“그래, 우리 꼬마 아가씨, 로버트가 약속했지. 내가 증인을 서 주마. 하지만 지금 그에게 다시 한번 얘기해보라고 하려무나. 로버트도 거짓말쟁이일 뿐이거든.”

“그는 거짓말을 하지 않아요. 그러기엔 너무 잘생겼다고요.” 제시가 키 큰 연인을 깊은 신뢰로 올려다보며 말했다.

요크 씨가 소리쳤다. “잘생겼다고! 그거야말로 그가 악한이라는 이유고 증거지.”

“하지만 그는 거짓되었다고 하기에는 너무 슬퍼 보여요.” 이때 아버지의 의자 뒤에서 조용한 목소리가 끼어들었다. “그가 항상 웃고 있다면 금세 약속을 잊어버렸다고 생각하겠지만, 무어 씨는 절대 웃는 법이 없거든요.”

“너의 감상적인 청년이야말로 희대의 사기꾼이란다, 로즈.” 요크 씨가 말했다.

“로버트는 감상적이지 않아요.” 로즈가 대꾸했다.

무어 씨는 약간 놀라는 한편으로 미소를 지으며 그녀를 돌아보았다.

“내가 감상적이지 않다는 걸 어떻게 알지요, 로즈?”

“어떤 숙녀가 그렇게 말하는 걸 들었으니까요.”

“이제야 재미있어지는걸!” 요크 씨가 외치면서 의자를 불 쪽으로 더 가까이 당겼다. “어떤 숙녀라! 꽤 낭만적인 맛이 있구나. 그 숙녀가 누구인지 추측해봐야겠다. 로지, 아버지한테 그 이름

을 살짝 귀띔해주렴. 그는 듣지 못하게."

"로즈, 주제넘게 굴지 마라." 요크 부인이 늘 그러듯 흥을 깨는 식으로 끼어들었다. "제시도 그만하렴. 아이들, 그것도 여자아이들은 어른들 앞에서는 조용히 해야 해."

"그럼 우리한테 혀가 왜 있는 거예요?" 제시가 깜찍하게 물었다. 한편 로즈는 그 격언을 받아들이고 한가할 때 곱씹어봐야겠다고 말하는 듯한 표정으로 어머니를 쳐다보기만 했다. 잠시 생각에 잠겼던 그녀는 이렇게 물었다.

"그런데 왜 여자아이들은 더 조용히 해야 하나요, 어머니?"

"첫째, 내가 그렇게 말했으니까. 둘째, 신중함과 겸양이 여자아이들에게는 최고의 지혜니까."

무어가 말했다. "친애하는 부인, 훌륭하신 말씀이십니다. 제 누이의 말이 떠오르는군요. 하지만 이 어린아이들에게는 적용되지 않습니다. 로즈와 제시가 저에게 하고 싶은 대로 말하도록 내버려둬주세요. 그러지 않으시면 여기 오는 저의 큰 즐거움이 사라져버리니까요. 저는 이 아이들의 수다가 좋답니다. 기분이 좋아지거든요."

제시가 말했다. "그렇지요? 거친 남자아이들이 주위에 있는 것보다 더 좋지요. 어머니도 거칠다고 하셨잖아요."

"그래요, 꼬마 아가씨, 1000배는 더 낫지요. 나는 이미 온종일 거친 남자아이들한테 둘러싸여 있으니까요, 우리 꼬맹이."

그녀가 말을 이었다. "남자애들한테 관심을 가져주는 사람들은 아주 많아요. 우리 숙부님들과 숙모님들 전부 조카딸보다는 남자 조카들을 더 생각하는 것 같아요. 신사분들이 여기에 식사하러 오실 때도 항상 매슈, 마크, 마틴 오빠한테만 말을 걸어주고 로즈 언니랑 나는 본척만척해요. 무어 씨는 우리 친구예요. 우리는 무어 씨랑 계속 친구로 지낼 거예요. 하지만 로즈 언니, 잊지 마. 무어 씨는 언니보다 나랑 더 친해. 내 특별한 친구라는 거 기억해둬!" 그러고는 작은 손을 들어 경고하는 손짓을 했다.

로즈는 그 작은 손으로 경고를 받는 데 아주 익숙했다. 그녀는 항상 제멋대로인 제시의 뜻에 따라 자신의 뜻을 굽혀주었고, 거의 모든 일에서 제시가 하자는 대로 했다. 제시는 과시하거나 즐길 기회만 있으면 언제나 앞장섰고 로즈는 조용히 뒤로 물러났다. 반면 로즈는 삶의 불쾌한 면들—노동이나 궁핍 같은 문제에 있어서는 본능적으로 자기 몫에 더해 여동생의 몫까지 할 수 있는 한 받아들였다. 제시는 나이가 차면 결혼을 하겠다고 이미 마음먹고 있었다. 하지만 로즈는 결혼하지 않고 제시와 함께 살면서 그녀의 아이들을 돌봐주고 살림을 해주기로 마음먹었다. 두 자매 중 한 명은 못생기고 한 명은 예쁜 경우 이런 상황이 특이한 것은 아니다. 그러나 이 경우에는 외모에서 차이가 있다면 로즈 쪽이 더 나았다. 독특한 제시의 얼굴보다 로즈의 얼굴이 더 균형이 잘 잡혀 있었다. 그러나 제시는 활기찬 지성, 쾌활한 감정과 더불어 언제 어디서든 누구든 사로잡을 수 있는 힘을, 매력이라는 재능을 타고났다. 로즈는 너그러운 영혼과 잘 연마한 고귀한 지성, 강철같이 진실한 마음을 가지게 될 것이었으나, 매혹하는 힘은 그녀의 것이 아니었다.

"자, 로즈, 내가 감상적이지 않다고 말한 그 숙녀의 이름을 말해줘요." 무어가 말했다.

로즈는 감질나게 할 생각은 전혀 없었다. 그렇지 않았다면 한참을 그가 이리저리 추측하게 놔두었을 것이다. 그녀가 짧게 대답했다.

"못 해요. 이름을 모르거든요."

"그럼 그녀의 모습을 묘사해봐요. 어떻게 생겼나요? 어디에서 봤죠?"

"학교에서 집으로 막 돌아온 케이트 피어슨, 수전 피어슨이랑 같이 하루를 보내려고 제시랑 윈버리로 갔을 때였어요. 피어슨 부인 댁에서 파티가 열렸는데 숙녀분 몇이 거실 구석에 앉아서 당신 얘기를 하고 있더라고요."

"다 모르는 사람들이었나요?"

"해나랑 해리엇, 도라, 메리 사이크스였어요."

"좋아요. 그들이 내 험담을 했나요, 로지?"

"몇 명은 그랬어요. 당신을 인간 혐오자라고 불렀어요. 그 말을 기억해요. 집에 와서 사전에서 찾아보았어요. 사람을 싫어하는 사람이라는 뜻이래요."

"그리고 또요?"

"해나 사이크스는 당신을 근엄한 애송이라고 했어요."

"그게 더 낫구나!" 요크 씨가 웃음을 터뜨렸다. "아! 훌륭해! 해나—그 붉은 머리카락을 가진 아가씨지. 좋은 아이야. 그렇지만 좀 모자라."

"저에 관해서는 모자란다고 할 수 없겠군요. 근엄한 애송이라니! 로즈, 계속해봐요." 무어가 말했다.

"피어슨 양은 당신이 잔뜩 젠체하는 사람이라고 말했어요. 검은 머리와 흰 피부의 당신이 자기한테는 감상적인 바보처럼 보인다고요."

요크 씨가 다시 웃음을 터뜨렸다. 이번에는 요크 부인까지 합세했다. "당신이 등 뒤에서 어떤 존경을 받고 있는지 알겠지요. 하지만 그 피어슨 양은 당신을 잡고 싶어 하는 것으로 알고 있어요. 당신이 이 동네에 처음 왔을 때부터 당신에게 마음을 두고 있었지요. 그녀는 나이가 좀 있긴 하지만."

"그녀의 말에 반대한 사람은 없었나요, 로지?" 무어가 물었다.

"제가 모르는 어떤 숙녀였어요. 교회에서는 일요일마다 보지만 여기를 방문한 적은 없는 분이었거든요. 그분은 설교단 근처 자리에 앉아요. 저는 제 기도서를 보는 대신 대개 그분을 봐요. 우리 식당에 있는 그림이랑 닮았거든요. 손에 비둘기를 앉힌 여자 그림 말이에요. 적어도 눈은 비슷해요. 코도 그렇고요. 죽 뻗은 코 덕분에 얼굴이 좀 깔끔한 느낌을 줘요."

"그런데 누군지 모른다고!" 제시가 크게 놀란 투로 외쳤다. "정말 언니다워. 무어 씨, 저는 언니가 어떤 세상에 살고 있는지 의아할 때가 많다니까요. 줄곧 이 세상에 살고 있지는 않은 게 확실해요. 언니를 보면 남들은 다 아는 사소한 문제들을 까맣게 모르고 있단 말이에요. 일요일마다 엄숙하게 교회에 가서 예배 시간 내내 어떤 한 사람만 쳐다봐놓고는 그 사람 이름을 물어보지도 않았다니! 언니가 말하는 사람은 주임사제님의 조카딸인 캐럴라인 헬스턴이에요. 기억나요. 헬스턴 양이 앤 피어슨한테 크게 화를 냈어요. 이렇게 말했어요. '로버트 무어는 젠체하지도 않고, 감상적이지도 않아요. 당신이 그의 인품을 완전히 잘못 본 거예요. 아니면 여기 있는 사람들 중 누구도 그에 대해 아는 게 없든가.' 자, 그녀가 어떻게 생겼는지도 말해드릴까요? 난 사람들이 어떻게 생겼고 어떤 옷을 입었는지 언니보다 더 잘 말할 수 있어요."

"들어봅시다."

"헬스턴 양은 착해요. 미인이고요. 희고 가는 예쁜 목을 갖고 있어요. 긴 곱슬머리는 뻣뻣하지 않고 부드럽게 흘러내려요. 갈색이지만 어둡지는 않고요. 또렷한 어조로 조용히 말하고, 움직일 때도 조용히 움직여요. 회색 비단 드레스를 자주 입지요. 전체적으로 단정해요. 드레스와 신발, 장갑도 항상 잘 어울려요. 숙녀라고 부를 만한 분이에요. 내가 그분만큼 키가 자라면 그분처럼 될 거예요. 그러면 나를 좋아해줄 건가요? 나랑 진짜로 결혼해줄 거예요?"

무어는 제시의 머리카락을 쓰다듬었다. 그는 잠시 그녀를 자기 쪽으로 더 가까이 끌어당기는 듯하더니 오히려 조금 밀어냈다.

"아! 나를 안아주지 않을 거예요? 나를 밀어내다니."

"제시, 나에게 관심 없잖아요. 이젠 할로에 나를 보러 오지도 않지요."

"당신이 부르지 않으니까 그렇죠."

그 말에 무어 씨는 다음 날 자기를 방문해달라고 두 소녀를 다 초대했고, 아침에 스틸브로에 가면 그들에게 줄 선물을 사 오겠다고 약속했다. 무슨 선물인지는 말하지 않을 테니 직접 와서 보라고 했다. 제시가 막 대답하려는데 남자아이들 중 한 명이 갑자기 끼어들었다.

“네가 헬스턴 양에 대해 지껄인 말들은 다 헛소리야. 그 여자는 못생겼어. 난 그 여자가 싫어! 난 계집애들이 다 싫어. 계집애들을 뭐에 쓴다고.”

“마틴!” 아버지가 소리쳤다. 마틴은 대답 대신 반쯤은 재미있어하고 반쯤은 반항적인 냉소적인 얼굴을 아버지의 의자 쪽으로 돌렸다. “마틴, 애야, 제가 잘난 줄 아는 똥강아지야, 넌 언젠가는 멋진 애송이가 될 거다. 하지만 너의 그런 감상들을 고수하거라. 자, 이제 내 공책에 그 말을 적어놓겠다. (그는 모로코가죽으로 된 책을 꺼내 거기에 찬찬히 적었다.) 10년 후에, 마틴, 너와 내가 둘 다 그날까지 살아 있다면, 방금 네가 한 그 말을 상기시켜주마.”

“저는 그때도 같은 말을 할 거예요. 언제나 여자들을 싫어할 거예요. 여자들은 인형에 불과해요. 예쁘게 옷을 차려입고 칭찬만 들으려고 해요. 난 절대로 결혼하지 않을 거예요. 독신으로 살겠어요.”

“그 말 꼭 지켜라! 꼭 지켜! 헤스터(그는 아내에게 말했다), 나도 저 나이 때는 저 애랑 같았다오. 흔한 결혼 혐오자였지. 그런데 이 보라고! 스물셋이 되어 프랑스와 이탈리아와 이런저런 곳들을 여행하면서 나는 매일 밤 잠자리에 들기 전에 머리를 말고 귀에는 귀걸이를 걸었지. 만약 유행이었다면 코에도 코걸이를 했을 거야. 다 숙녀들을 기쁘게 하고 그들의 마음을 끌려고 한 짓이지. 마틴도 똑같이 하게 될걸.”

“제가요? 절대 그럴 일 없어요! 저는 그보다는 지각이 있다고요. 보기 끔찍한 몰골이셨군요, 아버지! 옷차림에 관해서라면 맹세할게요. 저는 절대로 지금 아버지가 보시는 것보다 더 잘 차려 입지 않을 거예요. 무어 씨, 저는 머리부터 발끝까지 파란색으로 입어요. 사람들은 저를 비웃고 학교에서는 저를 선원이라고 불러요. 저는 그들을 더 크게 비웃어주면서 다들 외투는 이 색, 조끼는 저 색, 바지는 또 다른 색으로 입은 까치와 앵무새들이라고 말해주지요. 저는 늘 파란색 옷만 입을 거예요. 파란색 아니면 절대 안 입어요. 여러 가지 색을 섞어 입는 것은 인간의 품위를 떨어뜨리는 짓이에요."

"10년 후에는 너의 까다로운 취향에 맞는 다양한 색을 갖춘 양복점을 찾지 못하게 될 거다. 어떤 향수 가게도 너의 까탈스러운 감각에 맞는 정묘한 향을 뽑아내지는 못할 거야."

마틴은 경멸스러운 표정이었지만 더 대꾸하지는 않았다. 그러는 동안 협탁 위에 놓인 책 더미를 뒤적거리던 마크가 말을 시작했다. 그는 유달리 느리고 조용한 목소리로, 설명하기 쉽지 않은 아이러니한 표정을 얼굴에 담고서 말했다.

"무어 씨, 캐럴라인 헬스턴 양이 당신이 감상적이지 않다고 말한 것을 칭찬이라고 생각하실지도 모르겠군요. 제 누이들이 그 이야기를 했을 때 당신은 마치 칭찬을 들은 것처럼 혼란스러워 보였어요. 우리 학교의 허영심 많은 어떤 남자애처럼 얼굴이 붉어지셨죠. 그 녀석은 항상 반에서 놀림을 받으면 얼굴을 붉히는 게 마땅한 줄 알아요. 무어 씨, 당신을 위해서 '감상적'이라는 단어를 사전에서 찾아보았어요. '감상에 물든'이라는 뜻이었어요. 더 찾아보니 '감상'이란 생각, 관념이라고 설명되어 있네요. 그러니까 감상적인 사람이란 생각과 관념이 있는 사람이에요. 감상적이지 않은 사람은 생각이나 관념이 부족한 사람이고요."

마크는 말을 멈추었다. 미소를 짓지도, 감탄의 눈길을 찾아 주위를 둘러보지도 않았다. 그는 할 말을 다 하고 나자 입을 다물었다.

"*친구여! 당신 아이들은 과연 작은 악마들이로군요!*" 무어 씨가 요크에게 말했다.

마크의 말을 주의 깊게 듣고 있던 로즈가 그에게 말했다.

"생각과 관념에도 여러 가지가 있지. 좋은 것도 있고 나쁜 것도 있어. 감상적이라는 것은 그중 나쁜 것들을 가리키는 걸 거야. 아니면 헬스턴 양은 그런 의미로 받아들인 게 틀림없어. 그녀는 무어 씨를 비난하는 게 아니라 무어 씨를 변호하고 있었으니까."

"나의 친절하고 작은 옹호자!" 무어 씨가 로즈의 손을 잡으며 말했다.

로즈가 되풀이해 말했다. "헬스턴 양은 무어 씨를 변호하고 있었어. 그녀의 입장이었다면 나라도 그렇게 했을 것처럼. 다른 숙녀들은 악의적으로 말하는 것 같았으니까."

마틴이 말했다. "숙녀들은 항상 악의적으로 말해. 악의적인 것이 계집애들의 본성이라고."

매슈가 이제 처음으로 입을 열었다.

"마틴은 바보 같아. 항상 자기가 이해하지 못하는 것들에 대해 지껄인다니까."

"자유인으로서 내가 좋아하는 주제에 대해 지껄이는 것은 나의 특권이라고." 마틴이 대꾸했다.

형이 반박했다. "너는 그 특권을 좀 지나치게 사용, 아니 남용하고 있어. 너는 차라리 노예였어야 한다는 걸 보여줄 정도로."

"노예! 노예라고! 요크 가문 사람한테 그런 말을 하다니, 요크 가문 사람이! 이 형은—" 그가 식탁에서 벌떡 일어나 맞은편의 매슈를 가리키며 덧붙였다. "이 형은 브라이어필드의 모든 소작인이 알고 있는 것을 잊고 있군. 우리 집안에서 태어난 사람들은 모두 발등이 높은 아치형으로 굽어 있어서 그 밑으로 물이 흐를 수 있을 정도라는 것 말이야.* 그건 300년 동안 노예의 피였던 적이 없다는 증거라고."

"사기꾼!" 매슈가 외쳤다.

요크 씨가 소리쳤다. "얘들아, 조용히! 마틴, 이간질하지 마라. 너만 아니면 소란스러울 일도 없었을 거다."

"진짜요! 정말 그런가요? 제가 시작했나요, 형이 시작했나요? 형이 저보고 바보 같은 소리를 지껄인다고 비난해서 제가 대응한 건데요?"

"건방진 바보!" 매슈가 되풀이했다.

이쯤에서 요크 부인이 몸을 흔들기 시작했다. 특히 매슈가 싸움에서 질 때면 그러다가 종종 히스테리 발작으로 이어지곤 했기 때문에 다소 불길한 전조가 되는 움직임이었다.

"어째서 제가 매슈 형의 무례함을 참아줘야 하는지, 형이 무슨 권리로 저에게 못된 말을 하는지 모르겠어요." 마틴이 말했다.

"그럴 권리는 없지. 하지만 네 형을 몇 번이고 거듭해서 용서

* 발등이 높다는 것은 우월감과 오만함의 상징이었다.

해줘야 한다." 요크 씨가 달랬다.

"늘 똑같아요. 머리로는 알아도 실천하기는 어렵다고요." 마틴이 방을 나가면서 중얼거렸다.

"얘야, 어디 가느냐?" 아버지가 물었다.

"모욕당하지 않을 곳으로요. 이 집에서 그런 장소를 찾을 수 있다면 말이지만."

매슈가 아주 무례하게 웃음을 터뜨렸다. 마틴은 그를 이상한 표정으로 쳐다보았다. 작은 몸이 덜덜 떨렸지만 그는 꾹 참았다.

"제가 물러가도 괜찮겠지요?" 그가 물었다.

"그래. 가보렴. 하지만 적의를 품지는 말아야 한다는 것을 기억하렴."

마틴은 나갔다. 매슈는 다시 한번 그의 뒤에 대고 무례하게 웃었다. 로즈는 무어의 어깨에 잠시 기대고 있던 아름다운 머리를 들어 매슈를 똑바로 쳐다보았다. "마틴이 슬퍼하는데 오빠는 좋아하는구나. 하지만 나라면 오빠보다는 마틴이 되겠어. 나는 오빠의 성품이 마음에 들지 않아."

이때 무어 씨는 요크 부인의 흐느끼는 듯한 신음이 곧 닥쳐올 것이라고 경고하는 그 장면을 막기 위해, 아니면 적어도 벗어나기 위해 자리에서 일어나 제시를 무릎에서 내려놓고 그녀와 로즈에게 키스했다. 그러면서 그들에게 내일 오후 적당한 때에 꼭 할로에 놀러오라고 다시 한번 상기시켰다. 그러고는 안주인에게 작별 인사를 한 다음 요크 씨에게 이렇게 말했다. "잠시 드릴 말씀이 있습니다." 요크 씨는 그의 뒤를 따라 방을 나왔다. 그들의 짧은 회담은 복도에서 이루어졌다.

“좋은 일꾼한테 줄 일자리 있으십니까?” 무어가 물었다.

“요즘 같은 때에 터무니없는 질문이군. 좋은 일꾼은 넘치는데 다 고용할 수가 없는 상황인 거 자네도 알잖나.”

“가능하시다면 사람을 하나 써주시면 좋겠습니다.”

“이보게, 내가 영국 전체를 도울 수는 없네.”

“그런 뜻은 아닙니다. 자리를 찾아주어야 할 사람이 있습니다.”

“그게 누군가?”

“윌리엄 패런입니다.”

“윌리엄은 나도 알아. 아주 정직한 사람이지.”

“석 달 전에 일자리를 잃었는데, 대가족을 거느리고 있습니다. 돈을 벌지 못하면 살아갈 수가 없어요. 그는 오늘 아침 저에게 항의하고 협박하러 왔던 직공 대표들 중 한 명이었습니다. 하지만 윌리엄은 협박하지 않았지요. 시간을 좀 더 달라고 부탁했을 뿐입니다. 변화를 좀 천천히 일으켜달라고요. 아시다시피 저는 그럴 수 없습니다. 저도 사방으로 곤란한 처지라 밀어붙이는 수밖에 없어요. 그들과 오래 얘기해보았자 시간 낭비라고 생각했습니다. 그들 중 멀리 보내버리고 싶은 악한 하나를 체포하고 나서 나머지는 돌려보냈습니다. 그자는 저기 예배당에서 가끔씩 설교하는 자입니다.”

“모지스 배러클러프 아닌가?”

“맞습니다.”

“아! 그를 체포했다고? 잘했군! 자네가 그자를 악한에서 순교자로 만들어줬어. 아주 잘한 짓이네.”

"저는 해야 할 일을 한 겁니다. 하여간 저는 패런에게 일자리를 찾아주기로 마음먹었습니다. 당신이 하나 마련해주실 수 있을 거라고 생각했는데요."

요크 씨가 외쳤다. "하여간 멋지군! 자네가 해고한 일꾼들한테 내가 일자리를 줄 거라고 무슨 권리로 기대하는 건가? 내가 자네의 윌리엄들이나 자네의 패런들에 대해 뭘 안다고? 정직한 사람이라고 듣기는 했네. 하지만 내가 요크셔에 있는 정직한 사람들을 다 도와줘야 하나? 자네는 그 정도는 별일 아니라고 말하겠지. 하지만 크든 작든 난 하지 않겠네."

"자, 요크 씨, 그에게 무슨 일을 찾아주실 수 있겠습니까?"

"내가 찾는다고! 자네는 내가 잘 쓰지 않는 말을 쓰게 만들 작정이구먼. 집으로 돌아가게. 이쪽이 문일세. 가게나."

무어는 복도 의자 중 하나에 앉았다.

"당신의 공장에 일자리를 마련해주실 수 없다면 땅이 있으시잖습니까. 그 땅에서라도 일거리를 좀 찾아주십시오, 요크 씨."

"보브, 우리 '*시골뜨기 농민들*' 일에는 전혀 신경 쓰지 않는 줄 알았는데. 왜 사람이 변한 건지 이해할 수가 없군."

"저는 압니다. 그는 저에게 진실하게, 이성적으로 얘기했습니다. 그런데 저는 횡설수설 되는대로 지껄이는 나머지 사람들에게 하듯이 거칠게 대답했습니다. 그때 그 자리에서는 차이를 구분할 수가 없었어요. 그의 말보다도 겉모습이 그가 최근에 겪어온 일을 뚜렷이 말해주었습니다. 하지만 설명해보았자 무슨 소용이 있을까요? 그를 일하게 해주십시오."

"자네가 알아서 구하게. 그렇게 진심이라면 마음을 크게 써보

든가."

"특별히 마음 써줄 여유가 제게 남아 있었다면 될 때까지 해봤을 겁니다. 하지만 오늘 아침 제 처지를 정확히 보여주는 편지를 받았습니다. 저는 이제 거의 널빤지 끝에 서 있는 셈입니다. 하여간 제 해외 시장은 포화 상태예요. 변화가 없다면—평화가 올 전망이 전혀 보이지 않는다면—추밀원령이 일시적으로라도 중지되어서 서쪽으로 길이 열리지 않는다면—어느 쪽으로 향해야 할지 모르겠습니다. 바위 속에 갇힌 것처럼 빛 한 줄기 보이지 않습니다. 그러니 제가 누군가에게 생계를 마련해주는 척을 한다면 그건 거짓말에 불과합니다."

"자, 이 앞을 산책하세나. 별이 빛나는 밤이구먼." 요크 씨가 말했다.

그들은 대문으로 나와 문을 닫고는 하얗게 서리가 깔린 보도 위를 나란히 왔다 갔다 했다.

무어 씨가 말했다. "즉시 패런의 문제를 해결해주십시오. 요크 공장에 큰 과수원이 있지 않습니까. 그는 정원 일을 잘합니다. 거기서 일하게 해주십시오."

"흠, 그렇게 하지. 내일 그를 부르러 사람을 보낼 테니 한번 보세. 그리고 자, 이제 자네 일이 걱정된다고?"

"예. 두 번째 실패는 무어가의 이름을 완전히 망쳐놓고 말 겁니다. 제가 지연해볼 수는 있겠지만 완전히 피할 길은 당장에는 보이지 않는군요. 제가 빚을 한 푼도 남김없이 다 갚고 예전의 기반 위에 옛 회사를 재건하려 했던 것은 아시지요."

"자네는 자본이 부족하지—자네한테 부족한 것은 그것뿐이야."

"그렇습니다. 하지만 죽은 사람이 살려면 부족한 것은 호흡뿐이라는 말이나 마찬가지지요."

"알고 있네. 자본이 구한다고 구해지는 것이 아니기는 하지. 자네가 나처럼 기혼자고 가족이 있었다면 나는 자네의 경우가 거의 절망적이라고 생각했을 걸세. 하지만 젊고 거치적거릴 것이 없는 사람들한테는 기회가 있어. 자네가 어떤 젊은 여성과 곧 결혼할 것 같다는 소문이 가끔 들리더군. 하지만 다 사실이 아니겠지?"

"생각하시는 게 맞습니다. 저는 결혼을 꿈꿀 처지가 아니니까요. 결혼이라니! 그 말을 참을 수가 없습니다. 너무나도 실없고 이상적으로 들려서요. 결혼과 사랑은 편히 살면서 내일을 생각하지 않아도 되는 부자들한테나 맞는, 없어도 그만인 사치라고 생각하기로 했습니다. 혹은 완전한 가난의 구렁텅이에서 헤어날 희망이 전혀 없는 아주 비참한 자들의 자포자기에서 나온 최후의 무모한 기쁨이라고요."

"내가 자네 같은 처지라면 그렇게 생각하지는 않겠네. 돈이 좀 있는, 나와 내 사업에 다 잘 맞는 아내를 얻어볼 생각을 할 거야."

"제가 어디에서 그런 아내를 구하겠습니까?"

"기회가 있다면 해볼 텐가?"

"모르겠습니다. 상황에 따라서요. 그러니까, 고려할 것이 많지요."

"나이 든 여자라도 맞아들일 생각이 있나?"

"차라리 길에서 돌 깨는 일을 하겠습니다."

"나라도 그러겠네. 못생긴 여자는 어떤가?"

"아! 저는 추한 것을 싫어하고 아름다운 것에서 기쁨을 느낍니다. 요크 씨, 제 눈과 마음은 사랑스럽고 젊고 아름다운 얼굴에서 기쁨을 얻습니다. 음침하고 거칠고 빈약한 얼굴에서 혐오감을 느끼듯이 말입니다. 부드럽고 섬세한 선과 색을 보면 즐겁고, 눈에 거슬리는 것들에는 편견을 갖습니다. 못생긴 아내를 얻지는 않겠습니다."

"돈 많은 여자라 해도?"

"보석을 휘감았다 해도 싫습니다. 사랑할 수 없을 겁니다. 좋아할 수 없을 거고, 참아줄 수도 없을 겁니다. 제 취향에 맞아야 합니다. 그렇지 않으면 혐오감에 폭군처럼 굴거나, 더 나쁘게는 완전히 차갑게 얼어 냉담한 말을 내뱉을 겁니다."

"보브, 생김새는 좀 못나도 정직하고 선량하고 부유한 처자와 결혼하면 어떻겠나. 광대뼈가 툭 튀어나왔다거나. 입이 좀 크다거나 머리카락이 붉은 정도야 못 참을 것이 뭐가 있나?"

"분명히 말씀드리는데, 저는 시도도 안 하겠습니다. 최소한 우아함과 젊음과 균형은 가져야 합니다. 예, 제가 아름다움이라고 부르는 것하고요."

"그러면 자네는 가난과 자네가 먹일 수도 입힐 수 없는 아이들로 가득 찬 육아실, 곧 근심으로 시든 어머니를 가지게 될 걸세—그다음엔 파산, 불명예—평생 가는 싸움이지."

"혼자 있게 해주세요, 요크 씨."

"자네가 낭만적이라면, 로버트, 특히 자네가 이미 사랑에 빠졌다면 말해봤자 소용없겠지."

"저는 낭만적인 사람이 아닙니다. 천이 다 벗겨진 저 들판의 하얀 텐터들처럼 낭만 따위 다 박탈당했습니다."

"항상 그런 비유적 표현을 쓰게나, 나는 이해할 수 있으니. 그럼 자네 판단을 흐트러뜨릴 만한 연애 사건은 없는 거지?"

"그 주제에 대해서라면 이미 충분히 말씀드린 것 같은데요. 제 처지에 사랑이라고요? 쓸데없는 소립니다!"

"흠, 자네의 가슴과 머리가 다 멀쩡하다면 좋은 기회가 나타났을 때 이익을 보지 않아야 할 이유가 없겠지. 그러니 기다려보게."

"예언자인 줄 알겠습니다, 요크 씨."

"내가 조금 그런 면이 있지. 난 자네에게 아무것도 약속하지 않고 아무 조언도 하지 않겠네만, 부디 마음을 잘 다잡고 상황에 따라 움직이게."

"저와 이름이 같은 그 의사의 책력*도 그보다 더 조심스럽게 말할 수는 없을 겁니다."

"하여간 자네에 대해서는 걱정하지 않네, 로버트 무어. 자네는 나와는 전혀 다르고, 자네가 재산을 잃든 얻든 나하고는 아무 상관이 없으니까. 이제 가보게나. 시계가 10시를 쳤군. 오르탕스 양이 자네가 어디 갔나 궁금해할 걸세."

* 《늙은 무어의 책력(Old Moore's Almanack)》이라는 제목으로 영국에서 발행되었던 전통적인 점성술 및 예언 관련 책자. 1697년에 점성술사이자 의사인 프랜시스 무어가 처음 발행했으며, 이후 300년간 매년 발행되었다.

10장

노처녀들

시간이 흐르고 봄이 무르익었다. 영국의 경치가 아름다워지기 시작했다. 들판은 푸르러지고 언덕은 싱그러워졌으며, 정원에는 꽃이 피었다. 그러나 속을 보면 나아지지 않았다. 영국의 가난한 자들은 여전히 비참했고, 그들의 고용주들은 여전히 시달림을 당했다. 상업의 어떤 분야들은 계속되는 전쟁 탓에 마비의 위협을 받고 있었다. 영국은 피 흘렸고 나라의 부는 탕진되었다. 모두 부적절한 목적을 위해서인 듯 보였다. 이베리아반도에서 성공을 거두었다는 소식이 때때로 들려오기도 했지만, 이런 소식들은 천천히 왔다. 그나마도 띄엄띄엄 왔고, 그사이에는 연전연승에 대한 보나파르트의 무례한 자축 외에는 어떤 소식도 들리지 않았다. 전쟁의 결과로 고통받는 사람들은, 두려움이나 이해관계가 그들에게 무적의 힘으로 여기도록 가르친 것에 맞서야 하는 이런 지지부진하고 가망 없어 보이는 싸움이야말로 가장 견디기 어려워했다. 요크나 무어처럼 전쟁으로 인해 파산할 지경에 내몰린 수많은 사람들은 절박하게 화평을 주장했다.

그들은 모임을 열고 연설을 했다. 이런 요구를 관철하기 위해 탄원서를 올렸다. 어떤 조건으로 화평을 맺는지는 신경 쓰지 않았다.

인간은 한 명씩 보면 다 어느 정도는 이기적이고, 집단을 이루면 더 심해진다. 영국 상인들도 이 법칙에서 예외는 아니다. 상인계급은 이를 뚜렷이 보여준다. 이 계급은 당연히 오로지 돈 버는 일만 생각한다. 영국의 상업(즉 자신의 상업)을 확장하는 일을 제외하고 다른 국가적인 문제들은 지나칠 정도로 잊어버린다. 의협심이나 이타심, 명예에 대한 자부심은 그들의 가슴속에서 죽어버렸다. 상인들이 통치하는 나라가 있다면 지나치게 자주 수치스러운 항복을 할 것이다—그리스도가 가르치신 동기에서가 아니라 재물이 불어넣은 동기에서다. 전쟁 동안에 영국 상인들은 프랑스에게 오른뺨, 그다음엔 왼뺨을 맞아도 참았을 것이다. 자기들의 망토를 나폴레옹에게 내어주고 그것도 모자라 외투까지 공손히 바쳤을 것이며, 요구한다면 조끼까지도 포기했을 것이다. 호주머니 속 지갑을 지키려고 그 옷가지 하나만은 간직하게 해달라고 간청했을 것이다. 코르시카* 도적의 손이 가장 소중한 그 지갑마저 낚아채기 전까지는 기백이라든가 저항의 징후 따위는 조금도 보이지 않을 것이다. 그때에서야 아마도 단

* 나폴레옹이 태어난 지역.

숨에 영국 불도그로 돌변하여 강도의 목으로 덤벼들어서는 꽉 물고 매달릴 것이다. 그리고 재산을 되찾을 때까지 집념을 꺾지 않고, 만족할 줄도 모를 것이다. 상인들은 전쟁에 반대한다고 말할 때는 항상 전쟁이 잔인하고 끔찍한 일이기 때문에 증오한다고 공언한다. 하는 말만 들으면 그들이 굉장히 교양 있고 특별히 온화하며 동포들에게 친절한 심성을 가졌다고 생각할 것이다. 하지만 실은 그렇지 않다. 그들 중 상당수는 엄청나게 편협하며 인정머리가 없고, 자기네 말고는 어느 계급에 대해서도 좋은 감정을 품고 있지 않으며, 다른 모든 사람에게 냉담하고 적대적이기까지 하다. 다른 이들을 쓸모없다고 한다. 그들이 존재할 권리마저 의문시한다. 그들이 숨 쉬는 공기조차 아까워하고, 그들이 먹고 마시고 말끔한 집에서 사는 것이 부당하다고 생각하는 듯하다. 상인들은 남들이 어떤 식으로 자기 종족을 돕고 기쁘게 하고 가르치는지 알지 못하며, 굳이 알려고도 하지 않는다. 상업에 종사하지 않는 사람은 누구나 게으름의 빵을 먹는 쓸모없는 존재라고 비난한다. 영국이 정말로 상점 주인들의 나라가 되는 날이 부디 오지 않기를!

앞서 무어가 자기희생적인 애국자가 아니라는 사실은 얘기했다. 또한 어떤 사정으로 그가 자신의 개인적 이익을 추구하는 데에만 관심과 노력을 쏟게 되었는지도 설명했다. 따라서, 두 번째로 파산의 위기에 내몰리자 그는 자신을 덮쳐올 힘에 맞서 그 누구보다 더 거세게 싸웠다. 북부에서 전쟁에 반대하는 소요를 일으키기 위해 할 수 있는 일은 다 했고, 자기보다 돈과 연줄로 더 많은 힘을 쓸 수 있는 사람들을 부추겼다. 가끔은 순간적으로 자신이 지지하는 당이 정부에 하는 요구가 이성적이지 않다고 느낄 때도 있었다. 유럽 전체가 보나파르트에게 위협받고 있으며 전 유럽이 그에게 대항하기 위하여 무장하고 있다는 얘기를 들으면, 러시아가 위협받는 것을 보고 외국인 정복자의 발소리, 멍에, 독재로부터 자신의 동토, 농노들의 거친 지방, 어두운 전제주의를 지키기 위해 러시아가 분기탱천하여 분연히 일어나는 모습을 보면, 그때는 자유의 나라인 영국이 조국의 아들들에게 부당하고 탐욕스러운 프랑스 지도자에게 양보하고 조건을 제안하도록 명하지는 않으리라는 것을 알았다. 때때로 그는 영국을 대표하여 스페인 이베리아반도에서 활동하던 인물이 성공을 거듭하면서 전진하고 있다는 소식을 들었다. 그 전진은 너무나 계획적이면서도 흔들림 없었고, 너무나 신중하면서도 확실했다. 그는 "서두르지 않으면서"도 너무나 "활기차게" 전진했다. 그에 대한 소식을 들을 때면, 웰링턴 장군이 신문 정기 기고란에 직접 보낸 글을, 겸손함이 진실의 명에 따라 쓴 문서들을 읽을 때면—무어도 속으로는 영국의 군대에, 이 기민하고 인내심 있고 진실하며 허세 떨지 않는 나라 편에 힘이 있으며, 그 힘이 결국은 이 나라가 이끄는 쪽으로 승리를 가져다줄 것이라고 생각했다. 결국은! 그러나 그 끝이 아직은 너무 멀리 있다고 생각했다. 그사이 무어라는 개인은 무너질 것이고 그의 희망은 먼지로 돌아갈 것이다. 그는 자기 일에 신경 써야 했다. 자신의 희망을 좇아야 했고, 그러면 자신의 운명을 성취할 것이었다.

그는 그 운명을 성취하기 위해 너무나 열심히 노력한 나머지, 얼마 지나지 않아 토리당을 지지하는 오랜 벗인 주임사제와 완전히 척을 지게 되었다. 그들은 공개회의에서 싸움을 했고, 그 후로 신문에서 신랄한 서신을 주고받았다. 헬스턴 씨는 무어를 자코뱅파라고 맹비난하고 더는 그를 보지 않았다. 마주쳤을 때도 말조차 걸지 않았다. 또한 조카딸에게도 아주 단호하게 할로의 작은 집과의 교류를 당분간 끊으라고 말했다. 그녀는 프랑스어 수업을 포기해야 했다. 그는 프랑스어는 기껏해야 질 떨어지고 경박스러운 언어이고, 프랑스가 떠벌리는 작품들도 대부분 질이 낮고 경박하며 연약한 여성의 정신에 대단히 유해하다고 말했다. 그는 (지나가는 말로) 어떤 바보가 제일 먼저 여자들에게 프랑스어를 가르치는 유행을 만들었을까 의아해했다. 여성들에게 그만큼 부적절한 것도 없다. 약해빠진 아이한테 분필과 미음을 먹이는 것이나 마찬가지다. 캐럴라인은 수업을 포기해야 했고, 사촌들도 포기해야 했다. 그들은 위험한 사람들이었다.

헬스턴 씨는 캐럴라인이 이 명령에 반대하리라 예상했다. 눈물을 보게 될 줄 알았다. 그는 캐럴라인의 행동에 거의 관심을 두지 않았지만, 그녀가 할로의 작은 집에 가는 것을 좋아한다는 것 정도는 어렴풋하게나마 느끼고 있었다. 또한 로버트 무어가 가끔씩 사제관에 찾아오는 것도 좋아한다는 걸 눈치챘다. 이 카자크인은 멀론이 저녁에 와서는 사교적이고 매력적으로 보이려고 헬스턴 양의 발 받침대 위, 그녀의 발 옆에 앉아 있곤 하는 늙은 검은 고양이의 귀를 꼬집는다든가, 새총을 빌려서 눈에 잘 띄는 총알 흔적이 아직 보일 만큼 날이 밝을 때 정원의 공구 창고 문에 대고 총을 쏜다든가—그러는 동안 그는 자신의 성공과 실패 여부를 무뚝뚝한 목소리로 시끄럽게 알려주기 위해 드나들기 편하도록 복도와 거실 문을 불편하게 항상 열어두었다—할 때는 이런 즐거운 상황에도 캐럴라인이 어떻게든 핑계를 대어 소리 없이 위층으로 올라가 모습을 감추고 저녁 식사 때까지 나타나지 않는다는 것을 알아챘다. 반면 로버트 무어가 손님일 때, 그는 고양이한테서 활기를 끌어내지도 않고 가끔 고양이를 발 받침대에서 들어 올려 자기 무릎 위에 올려놓고는 가르랑거리도록, 그의 어깨를 타고 올라 뺨에 머리를 부비도록 놔두는 것 외에는 고양이한테 아무 짓도 하지 않았지만, 또한 귀가 찢어질 듯한 총소리도 화약 냄새도 소음도, 머무는 동안 내내 계속되는 과시도 없었지만, 그런데도 캐럴라인은 방에 앉아 있었고, 유대인 바구니를 위한 바늘꽂이를 바느질하거나 선교사 바구니를 위한 양말을 뜨는 일을 놀랍도록 재미있어하는 듯했다.

그녀는 아주 조용했고, 로버트는 그녀에게 거의 관심을 두지 않았다. 좀처럼 말을 거는 일도 없었다. 그러나 쉽게 속는 여느 노신사들과는 다르며, 오히려 항상 무엇 하나라도 놓치는 법이 없는 헬스턴 씨는 그들이 서로 작별 인사를 할 때를 예의 주시했다. 그는 그들의 눈이 한 번 마주치는 것을 보았다—딱 한 번이었다. 어떤 사람들은 그 시선에서 즐거움을 얻었을지도 모른다. 거기에는 아무런 해도 없고 약간의 기쁨이 있었기 때문이다. 둘만 아는 의미의 시선은 결코 아니었다. 그들 사이에 상호적인 사랑의 비밀 같은 건 존재하지 않았으니까. 불쾌감을 주기 위한 술책이나 은닉도 그때는 전혀 없었다. 단지 캐럴라인의 눈을 보는 무어의 눈은 그녀의 눈이 맑고 다정하다고 느꼈고, 무어의 눈과 마주친 캐럴라인의 눈은 그의 눈이 남자답고 날카롭다고 생각했을 뿐이다. 서로가 각자의 방식으로 그 매력을 인정했다. 무어가 살짝 미소 지었고, 캐럴라인의 얼굴이 살짝 붉어졌다. 헬스턴 씨는 그때 그 자리에서 그들을 꾸짖을 수도 있었다. 짜증이 났다. 어째서일까?—대답하기는 어려웠다. 그 순간 무어가 마땅히 받아야 하는 것이 뭐냐고 신부에게 물었다면 그는 "말채찍"이라고 대답했을 것이다. 캐럴라인의 적막한 마음속을 들여다보았다면, 그는 조카딸의 뺨을 한 대 때려주어야겠다고 생각했을 것이다. 그런 징벌을 내려야 하는 이유를 더 캐묻는다면 그는 희롱질과 연애 놀음을 거세게 비난한 다음, 자기 지붕 밑에서 그런 어리석은 짓은 절대 용납하지 않겠다고 맹세했을 것이다.

이런 사적인 생각들이 정치적 이유와 합쳐지면서 그는 이 사촌들을 떨어뜨려놓아야겠다는 결심을 굳혔다. 어느 날 저녁 그는 거실 창가에 앉아 작업하고 있는 캐럴라인에게 자기 뜻을 밝혔다. 그녀는 그 쪽으로 얼굴을 돌렸고 그녀의 얼굴 위로 빛이 쏟아졌다. 몇 분 전, 그는 캐럴라인이 평소보다 더 창백하고 조용해 보인다는 인상을 받았다. 로버트 무어의 이름이 지난 3주 동안 그녀의 입에서 단 한 번도 나온 적이 없다는 사실도 떠올랐다. 그 기간 동안 사제관에 그의 모습이 보인 적도 없었다. 그들이 비밀스럽게 만났을지도 모른다는 의혹이 그의 마음을 괴롭혔다. 여성에 대해 좋지 않은 견해밖에 없었기에 그는 항상 여자들을 의심했다. 그들한테서 눈을 떼지 말아야겠다고 생각했다. 그는 할로에 매일 찾아가던 것을 그만두기를 바란다는 뜻을 무심한 투로 그녀에게 전했다. 그는 캐럴라인이 깜짝 놀라면서 반항하는 기색을 보일 거라 예상했다. 그러나 그녀는 아주 살짝 놀랐을 뿐이었고, 그에게는 어떤 내색도 하지 않았다.

"내 말 들었느냐?" 그가 물었다.

"예, 숙부님."

"물론 내 말을 따르겠지."

"예, 그럼요."

"그리고 사촌 오르탕스에게 편지를 보내는 것도 안 된다. 어떤 교류도 안 돼. 나는 그 집안의 원칙에 동의하지 않아. 그들은 자코뱅파야."

"잘 알겠어요." 캐럴라인이 조용히 대답했다. 그녀는 순순히 따랐다. 얼굴을 붉히거나 눈물을 흘리지도 않았다. 헬스턴 씨가 말하기 전부터 그녀의 얼굴을 덮고 있던 그늘진 신중함은 흔들림 없이 그대로였다. 그녀는 고분고분했다.

그렇다, 완벽히 고분고분했다. 그 명령이 그녀가 앞서 스스로 내린 결정과 일치했기 때문이다. 이제는 할로의 작은 집에 가는 것이 그녀에게 고통이 되었기 때문이다. 거기에 가봤자 실망뿐이었다. 희망과 사랑이 그 작은 집을 떠났다. 로버트가 그곳을 버린 듯했으므로. 그녀가 그에 대해 물어볼 때마다—그의 이름을 입 밖에 내기만 해도 얼굴이 화끈거렸기 때문에 거의 물어보지도 않았지만—돌아오는 대답은 그가 집에 없다거나 일하느라 바쁘다는 것뿐이었다. 오르탕스는 과로로 그의 몸이 상할까 걱정했다. 집에서 밥을 먹는 일도 거의 없었고, 회계실에서 살았다.

캐럴라인이 그의 모습을 볼 수 있는 기회는 교회에서뿐이었지만, 그녀는 거기에서도 그를 거의 보지 않았다. 그를 보는 것은 너무나 큰 고통이면서 너무나 큰 기쁨이었다. 너무 많은 감정을 불러일으켰다. 그녀는 그것이 다 감정 낭비일 뿐이라는 것을 잘 이해하게 되었다.

딱 한 번, 교회에 사람이 거의 없고, 특히 캐럴라인이 두려워하는, 관찰력과 매서운 혀를 가진 부인들이 오지 않았던 어느 어둡고 비 오는 일요일에 그녀는 로버트의 자리 쪽으로 눈을 돌려 잠시 그를 바라본 적이 있었다. 그는 혼자였다. 오르탕스는 새 봄 보닛이 비에 젖을까 신중히 고려하여 집에 남았다. 설교 시간 동안 그는 팔짱을 끼고 눈을 내리깐 채로 슬프고 멍한 표정으로 있었다. 우울할 때면 그의 안색은 미소 지을 때보다 어두워 보였고, 그날은 뺨과 이마도 빛을 잃은 올리브색을 띠었다. 캐럴라인은 그늘진 안색을 살피면서 그의 생각이 친밀하거나 다정한 쪽으로 흐르고 있지 않다는 것을 본능적으로 알아차렸다. 그의 생각은 그녀뿐만이 아니라 그녀가 이해할 수 있는 혹은 공감할 수 있는 모든 것으로부터 멀리 떠나 있었다. 그들이 함께 이야기를 나누었던 그 어떤 대상도 지금 그의 마음속에는 없었다. 그는 그녀가 낄 수 없는 듯한 관심사와 책임들에 싸여 그녀로부터 멀리 떨어져 있었다.

캐럴라인은 자기 나름대로 그 문제에 대해 깊이 생각했다. 그의 감정, 그의 삶, 그의 두려움, 그의 운명에 대해 추측했다. '사업'의 수수께끼에 대해 생각해보았고, 지금까지 그녀가 들었던 것보다 더 많은 것을 이해하려고 애썼다—사업의 복잡성, 법적 책임, 의무, 요구들을 이해해보려고 했다. '사업가'의 마음 상태를 인식해보려고 노력했다. 그 마음속으로 들어가 그가 느끼는 대로 느껴보고, 그가 바라는 대로 바라보려고 했다. 그녀의 간절한 바람은 상황을 낭만적이지 않게, 있는 그대로 보는 것이었다. 그런 노력 덕분에 그녀는 여기저기서 조금씩이나마 진실의 빛을 얻어냈고, 그 희미한 빛이 자신을 이끌어주기에 충분하기를 바랐다.

그녀는 이렇게 결론을 내렸다. '로버트의 정신 상태는 나하고는 정말로 달라. 나는 그 사람만 생각하지만, 그는 나를 생각할 여유가 없어. 2년 동안 사랑이라는 감정이 나의 마음을 지배하는 주된 감정이었지. 항상 그 자리에 있고, 항상 깨어 있고, 항상 활기를 띠고 있었어. 하지만 그의 경우는 전혀 다른 감정들이 그의 생각을 빼앗고 그의 기능을 지배하고 있어. 그는 예배가 끝났으니 이제 일어나서 교회를 나가려 하네. 이쪽을 돌아봐줄까? 아니—한 번도—그는 나를 한 번 보지도 않아. 정말 가혹하네. 친절한 눈길 한 번이면 나는 내일까지 행복할 텐데. 그걸 받지 못했어. 시선 한 번 주지 않으려 해. 가버렸어. 슬픔으로 숨이 막힐 지경이라니 이상하기도 하지. 다른 사람과 눈을 마주치지 못했을 뿐인데.'

그 일요일 저녁, 평소처럼 멀론 씨가 주임사제와 함께 시간을 보내러 오자 캐럴라인은 차를 마신 후 자기 방으로 물러갔다. 그녀의 습관을 잘 아는 패니는 바람이 불고 쌀쌀한 날씨라 불을 피워주었다. 자기 방에 조용히 홀로 틀어박혀서 생각 말고 무엇을 할 수 있겠는가? 그녀는 고개를 푹 숙이고 두 손을 맞잡은 채 카펫이 깔린 바닥 위를 소리 없이 왔다 갔다 했다. 가만히 앉아 있을 수가 없었다. 생각의 흐름이 마음속을 빠르게 스치고 지나갔다. 오늘 밤 그녀는 말없이 흥분해 있었다.

방은 조용했다—집 안도 조용했다. 서재의 이중문 때문에 신사들의 목소리도 새어 나오지 않았다. 부엌의 하인들도 젊은 여주인이 빌려준 책에 빠져 조용했다. 그녀가 "일요일 독서에 딱 맞다"라며 권해준 책이었다. 그녀도 탁자 위에 비슷한 종류의 또 다른 책을 펼쳐놓고 있었지만 읽을 수가 없었다. 책의 신학 체계를 이해할 수가 없었다. 마음이 너무 분주하고 여러 생각들로 와글대고 정처 없이 떠돌아서, 다른 정신의 언어에 귀를 기울일 수가 없었다.

그녀의 상상 또한 그림들로 가득했다. 무어의 모습들, 그와 함께 있던 장면들, 겨울 난롯가의 풍경, 너넬리 숲에서 그와 함께 보냈던 무더운 여름 오후의 빛나는 풍경, 할로의 잡목림에서 그와 나란히 앉아 5월의 뻐꾸기가 지저귀는 소리에 귀를 기울이거나 9월의 견과와 잘 익은 블랙베리—작은 바구니에 모아 녹색 잎과 신선한 꽃으로 덮어두는 것이 아침의 즐거움이요, 어미 새가 새끼들에게 먹이를 주듯 무어에게 베리 하나씩, 견과 하나씩 먹여주는 것이 오후의 즐거움이었던 야생의 후식—를 나눠 먹던, 따스한 봄이나 그윽한 가을의 멋진 삽화들.

로버트의 이목구비와 형상이 그녀와 함께 있었다. 그의 목소리가 귓가에 들리는 듯했다. 그가 드물게 쓰다듬어주던 손길이 새롭게 느껴지는 듯했다. 그러나 이런 즐거움은 공허할 뿐이었으므로, 이내 스러졌다. 그림들은 희미해지고, 목소리는 사라지고, 환상 속에서 잡은 손은 그녀의 손에서 싸늘하게 녹아내렸다. 그녀의 이마에 따스한 입술의 인장이 찍혔던 자리에는 이제 진눈깨비가 떨어진 듯한 느낌만 남았다. 그녀는 환상의 세계에서 진짜 세상으로 돌아왔다. 6월의 너넬리 숲 대신 자신의 좁은 방이 보였다. 오솔길에서 새가 지저귀는 소리 대신 창을 때리는 빗방울 소리만 들렸다. 남풍의 살랑이는 숨결 대신 슬픔에 찬 동풍의 흐느낌이 들렸다. 무어의 남자다운 모습 대신 벽에 일렁거리는 자신의 어두침침한 그림자의 얄팍한 환영만이 보였다. 그녀 자신의 윤곽을 가진 희미한 환영과, 그 환영의 흐릿한 머리와 무채색 머리카락의 풀 죽은 태도에 대한 몽상에서 빠져나와 그녀는 자리에 앉았다. 지금의 약해져가는 마음 상태에는 가만히 있는 편이 더 어울릴 것 같았다. 그녀는 이렇게 생각했다.

'아마 나는 70세까지 살겠지. 내가 아는 한 나는 건강해. 살아야 할 날이 내 앞에 반세기는 더 남아 있을지도 몰라. 그 세월을 어떻게 보내야 할까? 나와 무덤 사이에 펼쳐진 그 시간을 무엇으로 채워야 하나?'

그녀는 곰곰이 생각했다.

'아마 나는 결혼하지 못할 거야. 로버트가 나에게 마음이 없으니 난 사랑할 남편을 결코 갖지 못할 거고, 돌봐줄 어린애들도 못 가질 거야. 얼마 전까지만 해도 아내와 어머니로서의 의무와 애정이 내 존재를 차지하기를 마음 놓고 기대했었지. 당연히 자라면 평범한 운명을 따르게 될 줄 알고 다른 운명을 찾을 생각은 해보지도 않았어. 하지만 이제 분명히 알겠어. 내가 잘못 생각했었나 봐. 아마도 나는 노처녀가 될 거야. 로버트가 다른 누군가, 어떤 부유한 여자랑 결혼하는 걸 보게 될 거야. 나는 평생 결혼하지 못할 거고. 그럼 난 무엇을 위해 태어났을까? 이 세상에 내 자리는 어디일까?'

그녀는 다시 생각에 잠겼다.

'아! 그거야말로 대부분의 노처녀들이 풀지 못하는 문제지. 다른 사람들이 이런 식으로 해결해주곤 해. '너의 자리는 남들에게 선행을 베푸는 거야. 도움이 필요할 때 언제든지 돕는 거야.' 어느 정도는 맞는 말이고, 이를 지키는 사람들에게는 아주 편리한 신조야. 하지만 어떤 인간들은 다른 사람들이 자신들을 위해 삶을 포기하고 자신들에게 봉사해야 한다고 주장하고는 칭찬으로 보답하지. 그런 인간들은 그들이 헌신적이고 고결하다고 해. 그걸로 충분한가? 그게 사는 건가? 나를 바칠 나 자신만의 것이 없다는 이유로 남에게 자신의 존재를 내줘버린 사람들은 끔찍한 공허함, 조롱, 결핍, 갈망이 없을까? 내 생각에는 있을 것 같아. 자아를 버리는 데에 미덕이 있을까? 난 그렇게 생각지 않아. 과도한 겸손은 폭압을 만들어내. 나약한 양보는 이기심을 만들어내고. 가톨릭이 특히 자아를 버리고 남들에게 굴종하도록 가르치는데, 가톨릭 사제단만큼 탐욕스러운 폭군들이 많은 곳도 없지. 모든 인간에게는 자기 몫의 권리가 있어. 각자가 자신에게 주어진 몫을 알고 순교자가 자신의 신조를 결연하게 고수하듯이 그 몫에 충실한다면, 모두가 행복해지고 잘 살 수 있게 되지 않을까. 이런 이상한 생각이 내 마음속에 밀려들다니. 이런 게 옳은 생각일까? 잘 모르겠네.

음, 기껏해야 인생은 짧아. 70년이 바람처럼 지나가버린다고들 하잖아. 깨어보면 꿈 같다고. 인간이 발 디딘 길은 모두 하나의 목적지에서 끝나게 되어 있어. 바로 무덤이지. 이 거대한 지구 표면의 작은 틈—큰 낫을 든 강력한 농군이 익은 가지를 흔들어 얻은 씨를 뿌리는 이랑이야. 세상이 몇 번을 더 돌고 돌면서 거기에 씨가 떨어지고 썩고 다시 싹이 트지. 육신은 결국 그런 것이고, 영혼은 하늘을 향해 긴 여정을 시작해. 불이 섞인 수정 바다* 가장자리에서 날개를 접고, 그 불타오르는 투명함을 통해 아래를 내려다보면 거기에 성부와 성자와 성령, 그리스도의 삼위일체의 환영이 비치는 것이 보일 거야. 표현할 수 없는 것을 표현하고, 묘사하기 어려운 것을 묘사하기 위해 선택된 말이란 기껏해야 이런 정도지. 영혼의 사후 세계를 누가 알겠어?'

그녀의 불이 거의 다 타버렸다. 멀론은 떠났다. 서재에서 기도 시간을 알리는 종소리가 울렸다.

다음 날 숙부가 친구이자 윈버리의 교구사제인 볼트비 박사와 저녁 식사를 하러 가서, 캐럴라인은 홀로 시간을 보내야 했다. 그녀는 내내 속으로 비슷한 식의 혼잣말을 했다. 앞일을 내다보고, 무엇을 하며 살아야 할지 물었다. 패니는 집안일을 하느라 방을 드나들면서 젊은 안주인이 조용히 앉아 있는 것을 보았다. 여전히 같은 자리에서, 여전히 일거리를 앞에 놓고 부지런히 고개를 숙이고 있었다. 평소처럼 고개를 들어 패니에게 말을 거는 일도 없었다. 날씨가 좋으니 산책을 하고 오라고 했더니 이 대답이 끝이었다. "추워."

"바느질을 정말 열심히 하시네요, 캐럴라인 아가씨." 하녀가 작은 탁자로 다가가며 말을 이었다.

"이젠 지쳤어, 패니."

* 요한의 묵시록 15장 2절 인용.

“그런데 왜 계속하세요? 좀 내려놓으세요. 책이라도 읽든가 뭔가 재미있는 걸 좀 해보세요.”

“이 집은 외로워, 패니. 그렇게 생각하지 않아?”

“저는 모르겠는데요, 아가씨. 저는 일라이자랑 같이 있으니까요. 하지만 아가씨는 너무 조용하시니—사람들을 더 찾아가보셔야 해요. 자, 제 말을 들으세요. 위층으로 올라가 옷을 차려입고 나가서 차라도 드세요. 맨 양이나 에인리 양하고요. 두 분 다 아가씨를 보면 기뻐하실 거예요.”

“하지만 그들의 집은 쓸쓸해. 둘 다 노처녀잖아. 노처녀들은 아주 불행한 족속이야.”

“그렇지 않아요, 아가씨. 불행할 리 없어요. 그분들이 스스로를 얼마나 잘 돌보는데요. 자기밖에 모른다고요.”

“에인리 양은 이기적이지 않아, 패니. 항상 좋은 일을 해. 새어머니가 살아 계실 때 얼마나 잘해드렸다고. 이제 형제자매 하나 없이, 자기를 돌봐줄 사람 하나 없이 홀로 남으니까 할 수 있는 한 가난한 사람들에게 자선을 베풀잖아! 하지만 아무도 에인리 양을 중요하게 생각하거나 기꺼이 만나려 하지는 않지. 신사들은 항상 그녀를 비웃고!”

“그러면 안 되죠, 아가씨. 그분은 선량한 분이세요. 하지만 신사분들은 숙녀분들 외모만 따지니.”

캐럴라인이 벌떡 일어서면서 외쳤다. “에인리 양을 만나러 가야겠어. 같이 차를 마시자고 청해오면 그렇게 해야지. 예쁘고 젊고 명랑하지 않다고 사람을 무시하는 건 잘못된 거야! 그리고 맨 양도 보러 가야겠어. 맨 양이 붙임성이 없기는 하지만, 왜 그렇게 되었겠어? 그녀의 인생이 어땠는데?"

패니는 헬스턴 양이 일감 치우는 것을 거들어주었고, 옷 입는 것을 도와주었다.

"아가씨는 노처녀가 되지 않을 거예요." 패니가 그녀의 부드럽고 풍성하며 빛나는 곱슬머리를 매만져준 다음 갈색 비단 드레스의 끈을 매주면서 말했다. "아가씨께는 노처녀의 징조가 전혀 없다고요."

캐럴라인은 작은 거울을 보며 그런 징조가 좀 보인다고 생각했다. 지난 한 달 동안 자신이 변했음을 볼 수 있었다. 안색이 더 창백해졌고 눈빛도 달라졌다. 핏기 없는 그늘이 눈 주위에 생겼고, 낙담한 표정이었다. 다시 말해서 예전처럼 예쁘지도, 생기 있지도 않았다. 그녀는 이를 패니에게 넌지시 말했지만, 직접적인 답은 얻지 못했다. 그저 사람마다 외모가 달라 보일 때가 있고, 그녀의 나이에는 조금 시들어도 걱정할 일이 아니라는 말만 돌아왔다. 곧 다시 원래 모습을 되찾을 것이고, 예전보다 더 통통하고 발그레해질 것이라고 말이다. 패니는 이렇게 장담을 하고는 캐럴라인이 거의 질식할 지경이 되어 됐다고 할 때까지 유난히 열성적으로 따듯한 숄과 손수건을 둘러주었다.

캐럴라인은 먼저 맨 양을 방문했다. 그쪽이 더 어려웠기 때문이다. 맨 양은 전혀 사랑스러운 사람이 못 되었다. 캐럴라인은 지금까지는 항상 주저 없이 그녀를 싫어한다고 말했고, 사촌 로버트와 함께 그녀의 별난 점들을 비웃은 적도 여러 번이었다. 무어는 습관적으로 비꼬는 사람이 아니었고, 특히 자신보다 못하거나 약한 상대는 비꼬지 않았다. 하지만 맨 양이 누이를 찾아왔을 때 한두 번 방에 같이 있었던 적이 있다. 그는 그녀의 대화를 듣고 용모를 보고 난 다음 어린 사촌이 그가 좋아하는 꽃들을 돌보고 있는 정원으로 나가서는 옆에 서서 그녀를 관찰하면서, 섬세하고 매력적인 젊은 미녀와 사랑 없고 쭈그러든 납빛의 노처녀를 비교하며 재미있어했다. 미소 짓는 소녀에게 성미 고약한 노처녀의 심술궂은 대화를 장난삼아 되풀이해 들려주기도 했다. 한번은 캐럴라인이 버팀대에 무성한 덩굴식물을 묶다가 고개를 들어 그에게 이렇게 말했다.

"아! 로버트, 당신은 노처녀를 좋아하지 않는군요. 내가 노처녀라면 나도 당신의 조롱을 받게 되겠지요."

그가 대꾸했다. "당신이 노처녀라니! 그렇게 예쁜 입술로 이상한 말을 하는군요. 마흔 살이 된 당신을 상상해본다면, 얌전하게 차려입은, 생기가 사라지고 시든 모습이겠지요. 하지만 그 곧게 뻗은 코, 흰 이마, 부드러운 눈은 여전할 거예요. 목소리도 그대로일 거고요. 맨 양의 거칠고 걸걸한 목소리와는 다른 '음색'이지요. 용기를 가져요, 케리! 쉰 살에도 당신은 보기 흉하지 않을 테니."

"맨 양이 스스로를 그렇게 만들거나 목소리를 바꾼 것은 아니에요, 로버트."

"자연은 들장미의 가시를 만들 때의 기분으로 그녀를 만든 겁니다. 반면 어떤 여자들을 창조할 때는 잔디에서 프림로즈가, 나무 이끼에서 백합이 나오도록 빛과 이슬로 구애하는 5월의 아침 시간을 간직해두지요."

맨 양의 작은 응접실로 안내된 캐럴라인은 맨 양의 주변이 언제나 그렇듯이 완벽하게 단정하고 깨끗하고 안락한 것을 보았다. (무엇보다도, 고독으로 인해 게을러지거나 무질서해지는 일은 거의 없다는 것이 노처녀들의 미덕 아닌가?) 광 나는 가구에는 먼지 한 톨 없었고, 카펫도 깨끗했으며, 탁자 위의 화병에는 신선한 꽃이 꽂혀 있었고, 벽난로에서는 불이 잘 타오르고 있었다. 맨 양은 쿠션을 댄 흔들의자에 앉아 뜨개질로 바삐 손을 놀리며 단정하면서도 다소 음울하게 앉아 있었다. 뜨개질은 가장 적은 노력을 요하기에 그녀가 가장 좋아하는 일거리였다. 그녀는 캐럴라인이 들어올 때도 일어나지 않았다. 흥분을 피하는 것이 맨 양의 인생 목표 중 하나였다. 그녀는 아침에 내려온 뒤로 죽 자신을 진정시키고 있었는데, 일종의 무기력한 평온 상태에 겨우 이르렀을 때 손님의 문 두드리는 소리에 놀라 그날 종일한 노력이 원점으로 돌아가버렸다. 그래서 헬스턴 양을 보았을 때도 기뻐하지 않았다. 조용히 그녀를 맞아 엄숙하게 자리에 앉으라 권했고, 그녀가 맞은편에 자리를 잡자 그녀의 눈을 똑바로 쳐다보았다.

이것은 보통 비운이 아니었다—뚫어져라 쳐다보는 맨 양의 시선을 받는다는 것은. 로버트 무어는 한 번 겪어보았고, 그 일을 결코 잊지 못했다.

그는 그녀의 시선이 메두사의 것과 맞먹는다고 했다. 그 시선을 받은 후로는 몸이 예전과 완전히 달라진 것 같다고, 피부가 돌처럼 변한 것 같다고 주장했다. 그 시선이 그에게 미친 효과가 너무나 강력해서, 즉시 그를 그 방과 집에서 몰아냈을 정도였다. 그 시선은 심지어 그를 곧장 사제관으로 보냈고, 그는 캐럴라인 앞에 아주 기묘한 얼굴로 나타나서는 그가 입은 피해를 바로잡을 수 있는 사촌다운 인사를 그 자리에서 요구해 그녀를 깜짝 놀라게 했다.

맨 양은 분명 여성으로서는 무시무시한 눈을 가지고 있었다. 툭 튀어나온 눈은 흰자위가 많이 드러나 있었고, 마치 머릿속에 납땜한 쇠구슬이라도 되는 듯이 깜박이지도 않고 뚫어져라 쳐다보았다. 눈을 떼지 않은 채 그녀는 설명할 수 없을 만큼 메마르고 단조로운 투로 말하기 시작했다. 떨림이나 음의 변화가 없는 어조는 마치 돌에 새긴 악령의 형상이 말을 거는 듯한 느낌이었다. 그러나 맨 양의 마귀 같은 음침함은 미인 수백 명의 천사 같은 달콤함과 마찬가지로 허구의 상상이고 표면의 문제일 뿐이었다. 그녀는 흠잡을 데 없이 정직하며 양심적인 여인이었다. 영양 같은 순한 눈에 비단결 같은 머리카락, 은방울 같은 목소리의 페르시아 신화 속 요정들도 두려움에 움츠러들 만한 심각한 고뇌 속에서도 그날의 의무를 다했다. 그녀는 오랫동안 홀로 고통을 감내하면서 엄격한 자기 절제를 실천해왔고, 배은망덕으로 돌려주는 이들을 위해 상당한 시간과 돈, 건강을 희생해왔다. 그녀의 주된—거의 유일한—결점이라면 너무 비판적이라는 점뿐이었다.

그녀는 확실히 몹시 비판적이었다. 캐럴라인이 자리에 앉은 지 채 5분도 되지 않아 이 안주인은 여전히 그녀를 무시무시한 고르곤의 눈으로 살피면서 이웃 집안들의 껍질을 산 채로 벗기기 시작했다. 그녀는 대단히 냉정하고 신중한 태도로, 생명 없는 대상에 메스를 휘두르는 외과의처럼 이 일에 착수했다. 그녀는 거의 구분을 두지 않았고, 그 누구도 선량한 사람이기를 허용하지 않았다. 거의 모든 지인을 공평무사하게 해부했다. 듣고 있던 상대가 가끔가다 편드는 말이라도 한마디 할라치면 이를 경멸스럽게 무시했다. 그러나 도덕적 해부에는 이처럼 무자비해도, 그녀는 추문을 퍼뜨리는 사람은 아니었다. 진짜로 악의적이거나 위험한 이야기를 퍼뜨리지는 않았다. 잘못된 것은 그녀의 성깔이지 본심이 아니었다.

캐럴라인은 오늘 처음으로 이 사실을 발견하고는 이 괴팍한 노처녀에 대해 여러 번 내렸던 갖가지 부당한 판단에 후회가 들어, 공감하는 말보다는 공감하는 목소리로 부드럽게 말을 걸기 시작했다. 맨 양의 외로운 처지는 그녀의 손님에게 새롭게 다가왔다. 핏기 없는 안색, 깊이 팬 주름과 같은 추한 외모도 마찬가지였다. 소녀는 이 외롭고 고통받는 여자에게 동정심을 느꼈다. 그녀의 표정에서 그런 감정이 드러났다. 감동한 가슴이 동정심 어린 애정으로 생기를 부여할 때만큼 표정이 다정해질 때는 없다. 맨 양도 자신을 향한 이런 표정을 보자 감동을 받았다. 평소 냉대와 조롱만을 받았던 그녀에게 이런 관심은 뜻밖이었고, 그녀는 솔직하게 답하며 고마움을 표시했다. 아무도 그녀의 말을 들어주지 않았기에 평소에는 자기 일을 털어놓고 이야기하지 않았지만 오늘은 그렇게 했고, 상대는 그녀의 말을 들으며 눈물을 흘렸다. 맨 양이 잔인하고 오래도록 진을 빼면서도 사라지지 않는 고통에 대해 이야기했기 때문이다. 그녀가 시체 같은 꼴이 된 것도 무리가 아니었다. 음울해 보이고 절대 웃지 않는 것도 당연했다. 흥분을 피하고 안정을 얻고자 하는 것이 당연했다! 이 모든 것을 알게 되자 캐럴라인은 맨 양이 음울하다고 비난받을 것이 아니라 용기 있다고 찬양받아야 한다는 데 동의했다. 독자여! 어떤 사람이 알 수 없는 이유로 항상 음울하고 찌푸리고 있는 모습을 보게 된다면, 변함없이 그늘진 모습의 뚜렷한 원인을 알 수 없어 답답하다면, 이는 틀림없이 어딘가에 깊은 병이 있는 것이다. 숨겨져 있다고 해서 사람을 덜 좀먹지는 않는 병이다.

맨 양은 조금은 이해받는다고 느꼈고, 더 이해받고 싶었다. 아무리 늙고 못생기고 겸손하고 고독하고 고통스럽더라도 마음속에 삶의 희미한 불꽃 한 점이라도 남아 있는 한, 우리는 그 희미한 잉걸불 근처에서 떨고 있는, 인정과 애정에 대한 흐릿하고 굶주린 갈망 또한 간직하고 있는 법이다. 아마도 이처럼 약해진 유령에게는 빵 부스러기조차 1년에 한 번 떨어질까 말까일 것이다. 하지만 굶주리고 목마를 때—모두가 썩어가는 집의 죽어가는 세입자를 잊어버렸을 때—신의 은총은 슬퍼하는 자를 기억하고 지상의 양식이 더는 넘어가지 않을 입술에 만나를 비처럼 내려주신다. 성경의 약속들은 건강할 때는 흘려듣게 되지만, 병들어 누워 있을 때는 속삭임으로 다가온다. 불쌍히 여기시는 하느님께서 모든 인간이 버린 것을 굽어살피시는 것이 느껴진다. 예수님의 따스한 연민을 회상하고 거기에 의지하게 된다. 시간을 넘어 응시하는 흐릿해진 눈은 영원 속의 집, 친구, 피난처를 본다.

듣는 이의 조용한 관심에 이끌린 맨 양은 지난 삶의 정황들을 넌지시 비치기 시작했다. 그녀는 진실을 말하는 사람답게 단순하면서도 절제하며 말했다. 부풀리거나 과장하지 않았다. 캐럴라인은 이 노처녀가 매우 헌신적인 딸이자 누이였고, 임종의 침상을 여러 번 끈기 있게 지켰음을 알게 되었다. 이제 그녀 자신의 생명을 좀먹고 있는 병은 병자들을 오랫동안 쉬지 않고 돌본 데서 기인한 것이었다. 또한 그녀는 스스로의 잘못으로 비참한 지경이 된 한 친척을 돕고 후원했는데, 그가 완전한 빈곤으로 떨어지지 않은 것은 여전히 그녀의 손길 덕분이었다. 헬스턴 양은 다른 집도 찾아가기로 했던 것도 잊고 저녁 내내 머물렀다. 맨 양의 집을 떠나면서, 앞으로는 그녀의 결함을 용서하려고 노력하고 다시는 그녀의 기벽을 가볍게 여기거나 못생김을 비웃지 않겠다고 결심했다. 무엇보다도 그녀를 잊지 않고 일주일에 한 번은 찾아오겠노라고, 적어도 한 인간의 가슴에서 우러나오는 애정과 존경을 주겠노라고 다짐했다. 이제는 그녀에게 애정과 존경의 작은 경의를 진심으로 표할 수 있겠다고 느꼈다.

집에 돌아온 캐럴라인은 패니에게 맨 양을 방문하고 오니 기분이 훨씬 나아졌다며, 외출하기를 아주 잘했다고 말했다. 이튿날 그녀는 어김없이 에인리 양을 만나러 갔다. 이 숙녀는 맨 양보다 더 어려운 처지에 놓여 있었고, 집도 더 초라했지만, 훨씬 더 깨끗했다. 이 노쇠한 숙녀는 하녀를 둘 여유가 없었지만 자기 일은 알아서 했다. 가끔 근처 오두막에 사는 어린 소녀의 도움을 받을 따름이었다.

에인리 양은 다른 노처녀보다 더 가난할 뿐 아니라 훨씬 더 못

생겼다. 젊을 때도 틀림없이 못생겼을 텐데, 마흔 살이 된 지금은 정말 추했다. 대단히 잘 단련된 정신이 아니고서는 그녀를 처음 보면 짜증스럽게 고개를 돌리기 마련이었다. 단지 외모가 매력 없다는 이유만으로 사람들은 그녀에 대한 편견을 쉽게 가졌다. 그녀는 옷차림과 태도 또한 고지식했다. 겉모습이나 말투나 행동 모두가 그야말로 완전히 노처녀다웠다.

그녀는 캐럴라인을 친절하지만 형식적으로 맞아주었다. 정말로 친절하기는 했다. 그러나 헬스턴 양은 이를 용납했다. 그녀는 풀 먹인 스카프 밑에서 뛰는 가슴 속의 선의를 알았다. 모든 이웃—적어도 모든 여자 이웃—은 이를 어느 정도는 알았다. 활달한 젊은 신사들과 그녀가 흉측하다고 대놓고 말하는 사려 깊지 못한 나이 든 신사들을 제외하고 에인리 양을 나쁘게 말하는 사람은 없었다.

캐럴라인은 곧 그 작은 응접실을 편안하게 느꼈다. 친절한 손이 그녀의 숄과 보닛을 받아 가고 불가의 가장 안락한 자리에 그녀를 앉혔다. 젊은 처녀와 나이 든 여자는 곧 다정한 대화에 빠져들었고, 이내 캐럴라인은 대단히 고요하고 이타적이며 온화한 정신이 이러한 자질을 개발한 이들에게 행사할 수 있는 힘을 의식하게 되었다. 에인리 양은 자기 얘기를 하는 것이 아니라 항상 다른 사람들에 대해 이야기했다. 남들의 결점은 너그러이 보아 넘겼고, 자신이 충족해주려 애쓰는 그들의 결핍과 완화해주고자 하는 그들의 고통에 대해 주로 이야기했다. 그녀는 신앙심이 깊었다. '성인'이라고 불려도 좋을 만한 인물이었다. 그녀는 종교에 대해 이야기할 때 관례적인 표현을 자주 썼는데, 이는 인격을 정확히 시험하고 제대로 판단하는 힘을 갖추지 못하고 조롱하는 자들이라면 풍자하기 딱 좋은 대상이었고, 모방하고 비웃을 법한 표현이었다. 그런 사람들은 자기들의 수고에 대해 대단히 착각하고 있는 것이다. 신실함은 결코 우스꽝스럽지 않으며, 항상 존중받을 만하다. 종교적 진실이든 도덕적 진실이든, 유창하게 잘 고른 언어로 말하건 그러지 않건, 진실을 말하는 목소리에는 존경하는 마음으로 귀 기울여야 한다. 위선과 진실함 간의 어조 차이를 제대로, 확실히 구별하지 못하는 자들이 엉뚱한 곳에서 비웃는 비참한 불운을 겪고, 재치 있는 말을 한다고 생각하면서 불경을 저지르는 일이 없도록, 그런 자들이 감히 비웃게 두어서는 안 된다.

캐럴라인은 에인리 양이 한 선행을 당사자의 입에서 들은 것이 아니었다. 그녀의 자비로움은 브라이어필드 빈민들이 다 알았다. 그것은 자선이 아니었다. 이 노처녀는 자신도 가난해서 줄 것이 별로 없었다. 자신도 궁핍한 처지에 있으면서 필요할 때는 가진 것 약간이라도 기부했다. 이는 자선단체나 자선을 베풀기를 즐기는 귀부인이 하는 것보다 훨씬 더 어려운 일이었다. 그녀는 병자가 누구든 병상을 지켰다. 어떤 병도 두려워하지 않는 듯했다. 아무도 간호하려 하지 않는 가장 가난한 사람도 간호했다. 그녀는 조용하고 겸손하고 친절했으며, 어떤 일이 있어도 변함없이 차분했다.

이런 선량함에 대한 보상을 그녀는 현세에서 거의 받지 못했다. 빈민 중 다수는 그녀의 봉사에 너무 익숙해져서 그다지 고마워하지도 않았다. 부자들은 그런 얘기를 경탄하며 들었지만, 그녀의 희생과 자기들의 희생 간의 차이에 수치심을 느끼고 입을 다물었다. 그러나 많은 숙녀들은 그녀를 깊이 존경했다. 존경하지 않을 수가 없었다. 신사들 중에서는 단 한 명만이 그녀에게 우정과 완전한 신뢰를 보냈으니, 바로 너넬리의 교구사제 홀 씨였다. 그는 진심으로 그녀의 삶이 자신이 여태껏 만났던 그 어떤 인간보다도 그리스도의 삶에 더 가깝다고 말했다. 독자여, 에인리 양의 인격을 설명하면서 내가 상상으로 허구를 묘사하고 있다고 생각해서는 안 된다. 그렇지 않다. 우리는 실제 삶에서도 이런 초상의 원본을 찾을 수 있다.

헬스턴 양은 지금 그녀 앞에 드러난 정신과 마음을 잘 살펴보았다. 찬탄할 만한 높은 지성은 발견하지 못했다. 이 노처녀는 단지 분별이 있는 정도였다. 그러나 너무나 많은 선량함, 유용함, 온화함, 인내심, 진실함을 발견했기에 에인리 양을 존경하는 마음이 생겨났다. 이 선한 여인의 실용적인 훌륭함에 비하면 캐럴라인의 자연에 대한 사랑이니 미에 대한 감각이니 더 다양하고 열렬한 감정이니 더 깊은 생각, 더 폭넓은 이해력이 다 무엇이란 말인가? 그 순간 그것들은 이기적인 기쁨의 아름다운 형태로만 보였다. 그녀는 정신적으로 그런 것들을 발아래 두고 밟았다.

에인리 양을 행복하게 만드는 삶이 자신도 행복하게 해줄 수는 없다는 사실을 여전히 고통스럽게 느꼈던 것은 맞다. 순수하고 활기차긴 해도 애정이 없는 삶이었기에 캐럴라인은 무척이나 쓸쓸한 삶이라고 생각했다. 너무나 고독할 것 같았다. 그러나 습관을 들일 수만 있다면 그런 삶을 실행에 옮기고 받아들일 수 있을 것이라 믿어 의심치 않았다. 감상적인 괴로움이나 은밀한 슬픔, 헛된 기억들을 품고서 무기력에 빠져, 가슴 아리는 나른함 속에서 젊음을 보내며 아무 일도 하지 않고 나이 들어간다면, 그것이야말로 경멸받아 마땅한 일이었다.

그녀는 이렇게 결심했다. "분발해야 해. 선할 수 없다면 현명하기라도 해야지."

그녀는 에인리 양에게 자신이 뭐든 도울 일이 없느냐고 물었다. 에인리 양은 도움에 기뻐하며, 방문해주었으면 하는 브라이어필드의 가난한 집들을 알려주었다. 도울 일이 더 없는지 묻자 아이가 너무 많고 스스로 바느질을 하기에는 재주가 부족한 가난한 여자들을 위해 할 수 있는 일감을 주었다.

캐럴라인은 집에 돌아와 계획을 세웠고, 반드시 실천하기로 마음먹었다. 시간의 일부는 다양한 공부에 할당했고, 일부는 에인리 양이 준 일을 하는 데 할당했다. 남은 시간은 연습에 쓰기로 했다. 지난 일요일 저녁을 채웠던 흥분된 감정에 탐닉할 수 있는 시간은 한순간도 남겨두지 않기로 했다.

그녀는 성실하게, 끈기 있게 계획을 실행에 옮겼다. 처음에 시작할 때는 많이 힘들었고, 끝까지 힘든 일이었지만, 고통을 둔하게 하고 억누르는 데에는 도움이 되었다. 그 덕에 바쁘게 일을 해야 해서 생각에 빠져 있을 수가 없었다. 자신이 선행을 했고, 기쁨을 전하거나 고통을 달래고 있음을 깨닫게 되자 어슴푸레한 만족감의 빛이 그녀의 잿빛 삶 여기저기를 다채롭게 만들었다.

그러나 진실을 말해야겠다. 이런 노력은 그녀에게 몸의 건강이나 지속적인 마음의 평화를 가져다주지는 못했다. 그녀는 그런 노력을 하면서 지쳐갔고, 더 기쁨을 잃고 더 창백해져갔다.

그런 노력을 하면서도 그녀의 기억은 계속해서 로버트 무어의 이름을 불렀다. 과거에 대한 비가가 끊임없이 귓가에 울렸다. 내면에서 장례식의 외침이 떠나지 않고 그녀를 괴롭혔다. 몸의 기능을 괴롭히고 마비시키는 부서진 영혼의 무거움이 그녀의 명랑한 젊음에 천천히 자리 잡았다. 겨울이 그녀의 봄을 정복한 듯했다. 영혼의 땅과 그 보물은 서서히 불모의 침체 상태로 얼어붙어갔다.

11장

필드헤드

그러나 캐럴라인은 순순히 굴복하기를 거부했다. 그녀의 소녀다운 마음속에는 타고난 힘이 있었고, 그녀는 그것을 이용했다. 인간은 목격자나 조언자, 비밀을 털어놓을 상대 없이, 격려도 조언도 동정도 받지 못하고 홀로 싸울 때야말로 가장 강해지는 법이다.

헬스턴 양이 그런 상황에 있었다. 고통이 그녀의 유일한 박차였다. 그 힘은 정말로 생생하고 날카로웠기 때문에 그녀의 영혼을 날카롭게 일깨워주었다. 치명적인 고통을 반드시 이기고자 그녀는 최선을 다해 고통을 가라앉혔다. 이렇게 바쁘고 학구적이고 무엇보다도 활동적이었던 적이 없었다. 날씨가 좋으나 궂으나 산책을 했다—인적 없는 곳으로 오래도록. 매일 저녁 돌아올 때는 창백하고 지쳐 보였지만, 피로한 것 같지는 않았다. 보닛과 숄을 벗어 던지기가 무섭게 쉬는 대신에 방 안을 분주히 걸어 다녔기 때문이다. 때로는 말 그대로 완전히 기진맥진할 때까지 자리에 앉지 않았다. 그녀는 이렇게 해야 몸이 피로해져서 밤에 푹 잘 수 있다고 말했다. 그러나 목적을 달성하지는 못했다. 다른 이들이 잠든 밤, 베개 위에서 뒤척이거나 잠을 자야 한다는 사실조차 잊고 어둠 속에서 침대 끝에 앉아 있곤 했다. 불운한 소녀! 그녀는 자주, 참을 수 없는 절망감에 울었다. 그럴 때면 절망감이 그녀를 덮쳐 힘을 빼앗고, 어린애같이 무력한 상태에 빠뜨렸다.

그렇게 엎드려 있자니 유혹이 그녀를 사로잡았다. 지친 가슴 속에서 미약한 암시들이 로버트에게 편지를 쓰라고 속삭였다. 그와 오르탕스를 만나는 것을 금지당해서 불행하다고, 그가 우정(사랑이 아니라)을 거두고 자신을 완전히 잊어버릴까 두렵다고, 자기를 기억해달라고, 가끔은 편지를 써달라고 애원하라고 말했다. 실제로 그런 편지를 한두 번 썼지만 보내지는 못했다. 수치심과 분별력이 이를 막았다.

그녀가 영위하는 삶은 마침내 더는 견딜 수 없는 지경에까지 이르렀다. 어떻게든 변화를 찾지 못하면 가슴과 머리가 그것들을 혹사하는 압력 아래 무너지고 말 것이었다. 브라이어필드를 떠나 어딘가 아주 먼 곳으로 가고 싶었다. 그 외에도 원하는 것이 있었다. 어머니를 찾고, 알고 싶다는 깊고 비밀스럽고 불안한 열망이 나날이 강해졌다. 그러나 그 소망은 의심과 두려움을 동반했다—어머니를 알게 된다면, 사랑할 수 있을까? 망설임에는 이유가 있었으니, 이 점에 대한 우려 때문이었다. 그녀는 평생

단 한 번도 그녀의 어머니를 칭찬하는 말을 들어본 적이 없었다. 어머니에 대해 언급하는 사람은 누구나 다 냉정하게 이야기했다. 숙부는 형수에 대해 무언의 반감을 가지고 있는 듯했다. 결혼 후 제임스 헬스턴의 부인과 잠깐 같이 살았던 늙은 하녀는 예전 안주인 얘기를 할 때마다 차가운 태도로 말을 아꼈다. 가끔은 그녀를 "기묘하다"라고 묘사했고, 가끔은 이해할 수 없었다고 말했다. 이런 표현들은 딸의 가슴에 얼음처럼 박혔다. 어머니를 알게 되어 좋아할 수 없게 되느니 차라리 아예 모르는 편이 나을 것 같았다.

그러나 그녀는 실행에 옮기면 안도의 희망을 가져다줄 것 같은 계획을 하나 구상했다. 자신의 처지를 받아들여 가정교사가 되는 것이었다. 그 외에는 그녀가 할 수 있는 일이 아무것도 없었다. 작은 사건 하나가 계기가 되어 그녀는 자신의 계획을 숙부에게 밝힐 용기를 냈다.

앞서 말했듯이 그녀는 늦게까지 오래 산책할 때면 항상 인적 없는 길을 걸었다. 하지만 어느 방향으로 가든, 스틸브로 황야의 황량한 외곽을 따라 걷든 햇살 비치는 넓은 너넬리 공유지를 가로질러 걷든, 집으로 가는 길은 그녀를 할로 근처로 이끌었다. 그녀는 그 골짜기를 내려가는 일은 거의 없었으나, 별이 언덕의 능선 위로 떠오르는 것만큼이나 규칙적으로 해 질 녘이면 골짜기의 끄트머리를 찾았다. 그녀가 쉬는 장소는 늙은 가시나무 아래에 있는 계단이었다. 거기서 오두막, 공장, 이슬 덮인 정원, 고요하고 깊은 댐을 내려다볼 수 있었다. 또한 거기서는 눈에 익은 회계실 창문이 잘 보였고, 일정 시간이 되면 창틀이 갑자기 눈에 익은 램프 불빛으로 밝아졌다. 그녀의 목적은 그 빛을 보는 것이었다. 때로는 맑은 공기 속에서 밝게 반짝이고, 때로는 안개를 뚫고 희미하게 어른거리고, 때로는 사선으로 내리는 빗줄기 사이로 번득이는 그 빛을 포착하는 것이 그녀의 보상이었다. 그녀는 비가 오나 눈이 오나 갔으니까.

빛이 보이지 않는 밤들도 있었다. 그러면 로버트가 출타했음을 알고 그녀는 두 배로 슬픔에 잠겨 떠났다. 반면 불빛이 비치면 마치 거기에서 어떤 불확실한 희망의 약속이라도 본 것처럼 기뻐했다. 바라보고 있는 동안 빛과 격자창 사이로 구부린 그림자가 보이면 심장이 쿵 뛰었다. 그 그림자는 로버트였다. 그를 본 것이다. 그녀는 마음속에 더 또렷한 그의 모습을, 그의 목소리, 그의 미소, 그의 태도에 대한 더 분명한 기억을 담고 편해진 마음으로 집으로 돌아왔다. 그리고 가끔은 그의 곁에 갈 수만 있다면 그의 마음은 아직 자신의 존재를 반가이 맞아줄지도 모른다는 달콤한 설득이 이런 생각들과 뒤섞였다. 지금 이 순간에는 그가 기꺼이 손을 뻗어 자신을 끌어당겨서 전에 그랬듯이 옆자리를 내줄지도 모른다는 생각이 들었다. 그런 밤이면 평소처럼 눈물을 흘리기는 해도 눈물이 덜 뜨겁다고 생각하곤 했다. 눈물로 젖은 베개가 조금은 더 부드럽게 느껴졌고, 베개를 누르는 관자놀이가 덜 아팠다.

할로에서 사제관으로 가는 가장 빠른 길은 어떤 저택 옆을 지났는데, 이 이야기의 앞부분에서 멀론이 밤에 지나갔던 바로 그 외진 담벼락이 있는 저택이었다. 그곳은 필드헤드라는 이름의, 오래되고 아무도 세 들어 살지 않는 집이었다. 주인이 세입자를 들이지 않은 지 10년이 되었지만 폐가는 아니었다. 요크 씨가 그 집이 잘 정비되도록 돌보았고, 늙은 정원사와 그의 아내가 그 집에 살면서 부지를 가꾸고 집을 살 만한 상태로 유지했다.

필드헤드는 건물로서의 장점은 거의 없었지만, 적어도 그림 같다는 표현은 어울렸다. 변칙적인 건축 구조와 시간이 흐르면서 이끼 낀 회색이 된 색조는 이런 표현을 제대로 뒷받침해주었다. 오래된 격자창, 돌로 된 현관, 벽, 지붕, 높은 굴뚝은 목탄으로 그린 듯한 느낌과 적갈색의 명암으로 다채로웠다. 뒤의 나무들은 멋지고 대담하며 무성했다. 앞쪽 잔디밭에는 거대한 삼나무가 있고 정원 벽 위에는 화강암 단지가 놓여 있었으며, 출입구에 있는 무늬가 새겨진 아치문은 화가의 눈을 즐겁게 해줄 만했다.

어느 포근한 5월 저녁, 달이 뜰 때쯤 근처를 지나던 캐럴라인은 지쳤지만 아직 집에 가고 싶은 기분은 아니었다. 집에 가보았자 기대할 것은 가시 돋친 침대와 슬픔의 밤뿐이었다. 그녀는 대문 옆의 이끼 낀 땅바닥에 앉아 삼나무와 저택 쪽을 바라보았다. 고요한 밤이었다—조용하고 이슬이 내렸고, 구름 한 점 없었다. 서쪽을 향한 지붕의 박공은 지평선의 선명한 호박색 빛깔을 반사했다. 그 뒤의 오크나무는 검어 보였고, 삼나무는 더 검었다. 나무들의 빽빽하고 검은 가지 아래에서 하늘이 엄숙한 푸른색으로 살짝 엿보였다. 달로 가득 찬 하늘은 그 어둠침침한 캐노피 아래에서 엄숙하고 온화하게 캐럴라인을 내려다보았다.

이 밤과 경치가 슬프도록 사랑스럽게 느껴졌다. 행복해지고 싶었다. 내면의 평화를 알고 싶었다. 신이 자신을 불쌍히 여기지 않는다고, 자신을 돕거나 위로해주지 않는다고 생각했다. 옛 발라드에서 찬양하곤 하는 연인들의 행복한 밀회에 대한 기억이 다시 그녀의 마음속에 떠올랐다. 그런 장면들에 나오는 밀회는 더없이 행복할 것이다. 그녀는 물었다. 지금 로버트는 어디에 있을까? 할로에는 없었다. 오랫동안 그의 램프 불빛을 기다렸지만 보지 못했다. 무어와 다시 만나서 이야기할 날이 과연 오긴 올까 싶었다. 갑자기 건물의 석조 현관문이 열리고 두 남자가 나왔다. 하나는 머리가 희끗희끗한 노인이었고, 다른 한 명은 검은 머리의 젊고 키 큰 남자였다. 그들은 잔디밭을 가로질러 정원 벽에 있는 문으로 나갔다. 캐럴라인은 그들이 길을 건너고 계단을 지나 들판으로 내려가는 것을 보았다. 그들이 사라지는 것을 보았다. 로버트 무어가 그의 친구 요크 씨와 함께 그녀 앞을 지나간 것이다. 그러나 두 사람 다 그녀를 보지는 못했다.

순간적으로 스쳐 지나가는 유령 같았다. 보자마자 사라져버렸다. 그러나 전기가 통한 것처럼 그녀의 혈관을 타오르게 하고 영혼을 격동시켰다. 그녀를 절망적인 동시에 필사적으로, 두 가지 다른 상태로 만들었다.

"아! 그가 혼자이기만 했어도! 나를 보기만 했어도!" 그녀가 울부짖었다. "그랬다면 뭔가 말했을 텐데. 나에게 손을 내밀어주었을 텐데. 그는 나를 조금은 사랑해. 틀림없어. 애정의 증표를 뭐라도 보여주었을 거야. 그의 눈에서, 입술에서 위안을 읽어냈어야 하는데. 하지만 기회는 사라졌어. 바람이라도, 구름의 그림자라도 그 사람보다 더 말없이, 더 공허하게 지나가버리지는 않아. 난 조롱당했어. 하늘은 잔인하기도 하지!"

그리하여 그녀는 갈망과 실망으로 완전히 진이 빠진 채 집으로 돌아갔다.

다음 날 그녀는 유령을 본 사람처럼 핏기 없는 뺨에 비참한 몰골로 아침 식사에 나타나 헬스턴 씨에게 이렇게 물었다.

"숙부님, 어느 집에 자리를 좀 알아봐도 괜찮을까요?"

커피잔이 놓인 탁자만큼이나 조카딸이 겪어왔고 겪고 있는 일에 대해 전혀 알지 못하는 숙부는 자기 귀를 의심했다.

"지금 뭐라고 했느냐? 뭐에 홀리기라도 한 거야? 무슨 소리냐?"

"저 상태가 좋지 않아요. 변화가 필요해요." 그녀가 대답했다.

그는 조카딸을 자세히 살펴보았다. 뭐가 되었건 변화가 일어났다는 것을 알아차렸다. 그가 모르는 사이 장미는 시들어 한낱 스노드롭으로 변했다. 활짝 피었던 꽃은 사라졌고, 살이 빠졌다. 그녀는 색채를 잃고 야윈 모습으로 풀 죽은 채 숙부 앞에 앉아 있었다. 부드러운 갈색 눈빛과 이목구비의 섬세한 선, 풍성하게 흘러내리는 머릿결이 아니었더라면 더는 예쁘다는 수식어를 붙일 자격이 없었을 것이다.

그가 물었다. "대관절 무슨 일이냐? 뭐가 문제야? 어떻게 힘든 거냐?"

갈색 눈에 눈물이 고이고 핏기 잃은 입술이 떨렸을 뿐, 대답은 없었다.

"자리를 알아봐야겠다니! 무슨 자리가 너에게 맞는단 말이냐? 그동안 무슨 짓을 한 거야? 상태가 좋지 않아 뵈는구나."

"집을 떠나면 좋아질 거예요."

"여자들이란 이해할 수가 없어. 사람을 불쾌하게 놀래는 묘한 재주가 있다니까. 오늘은 활발하고 풍만하며 체리처럼 붉고 사과처럼 탐스럽다가도, 내일이 되면 죽은 잡초처럼 힘 빠지고 핼쑥해지고 엉망인 채로 나타난단 말이지. 이유가 뭐냐고? 그게 수수께끼야. 먹을 것과, 자유, 살기 좋은 집, 평소처럼 입을 수 있는 좋은 옷가지도 있는데. 한동안은 말쑥하고 활기차게 잘 있다가, 그다음에 보면 창백한 계집애가 불쌍하게 앉아 있단 말이야. 짜증 나는구먼! 그럼 어떻게 해야 할까? 조언해줄 사람을 불러야 할까 보다. 의사를 불러주랴, 얘야?"

"아뇨, 숙부님. 의사는 괜찮아요. 의사는 저를 도울 수 없을 거예요. 저는 그저 분위기와 환경을 좀 바꾸고 싶을 뿐이에요."

"흠, 그게 변덕이라면 따라줘야지. 온천 도시로 가면 어떠냐. 비용은 상관 말고. 패니를 데리고 가거라."

"하지만 숙부님, 언젠가는 저도 홀로서기를 해야 해요. 저는 가진 재산이 없어요. 지금 시작하는 게 나을 거예요."

"내가 살아 있는 동안은 너를 가정교사로 내보낼 수 없다, 캐럴라인. 내 조카딸이 가정교사라는 말은 듣지 않겠다."

"하지만 숙부님, 그런 변화는 늦게 맞을수록 더 고통스럽고 힘들어요. 저는 편안하고 독립적인 삶에 익숙해지기 전에 멍에에 익숙해지고 싶어요."

"제발 나를 괴롭히지 말아다오, 캐럴라인. 내가 너를 부양할 거다. 항상 너를 부양할 생각이었어. 연금을 들 거야. 아이고! 나는 아직 쉰다섯밖에 안 됐고 건강과 체질도 아주 좋아. 저축을 하고 대책을 마련할 시간이 충분히 있다고. 미래에 관해 걱정할 필요 없다. 초조해하는 게 그 때문이냐?"

"아뇨, 숙부님. 하지만 저는 변화를 원해요."

그가 너털웃음을 터뜨렸다. "저게 여자들이 하는 소리지! 딱 여자가 하는 소리야! 변화! 변화라고! 언제나 환상에 빠져 있고 변덕스럽지! 흠, 그게 여자 본성이라니까."

"하지만 환상이나 변덕이 아니에요, 숙부님."

"그럼 뭐냐?"

"반드시 필요해서예요. 저는 전보다 약해진 느낌이에요. 할 일이 더 있어야 해요."

"훌륭하구나! 약해진 느낌이다, 그러니까 힘든 노동을 해야 한다—*'명약관화'*하군—무어가 한 말처럼—빌어먹을 무어! 클리프 브리지에 가보렴. 2기니면 새 드레스를 살 수 있어. 자, 케리, 두려워 말거라. 길르앗의 향유를 찾을 수 있을 거다."

"숙부님, 차라리 숙부님이 덜 너그러우시면 좋겠어요. 그리고 더—"

"더 뭐?"

캐럴라인의 혀끝까지 공감이라는 단어가 올라왔지만, 밖으로 내지는 않았다. 제때 잘 참았다. 그런 감상적인 단어가 그녀의 입에서 새어 나갔다면 숙부는 분명 웃음을 터뜨렸을 것이다. 그녀가 아무 말이 없자 그는 이렇게 말했다.

"사실은 너도 네가 정확히 뭘 원하는지 모르는 거야."

"가정교사가 되고 싶어요."

"흥! 말도 안 되는 소리! 가정교사 얘기는 못 들은 것으로 하겠다. 다시는 꺼내지도 말아라. 너무 여성적인 공상이야. 나는 식사를 다 마쳤으니 종을 치렴. 별난 생각은 다 떨쳐버리고 가서 재미있게 놀거라."

'뭐로요? 제 인형으로요?' 캐럴라인은 방을 나가면서 속으로 생각했다.

한두 주가 지났다. 그녀의 육체적, 정신적 건강은 좋아지지도 더 나빠지지도 않았다. 이때 그녀의 체질에 폐결핵이나 소모성 질환, 열병의 씨앗이 있었다면 그런 질병들이 빠르게 진전되어 곧 그녀를 저세상으로 데려갔을 것이다. 사람들은 사랑이나 슬픔만으로 죽지는 않는다. 하지만 어떤 이들은 타고난 질병으로 죽기도 하는데, 그런 열정이 주는 고통이 때 이르게 파괴적인 행동으로 이어지는 것이다. 건강을 타고난 사람들도 이런 고통을 겪으면서 괴롭힘을 당하고, 흔들리고, 산산이 부서진다. 아름다움과 젊음은 시들지만 목숨은 부지한다. 쇠락의 어느 지점까지 도달해서 창백하고, 쇠약하고, 수척해진다. 사람들은 그들이 기운 없이 움직이는 모습을 보면서, 곧 병석에 누워 시들어가다가 건강하고 행복한 사람들로부터 떠나버릴 거라고 생각한다. 그러나 그런 일은 일어나지 않는다. 그들은 계속 살아간다. 젊음과 쾌활함을 되찾을 수는 없어도, 힘과 평온은 되찾을 수도 있다. 3월의 바람이 할퀴고 갔으나 완전히 없애버리지는 못한 꽃봉오리는 살아남아서 가을 느지막이 나무에 시든 사과를 맺을 수도 있다. 봄의 마지막 서리를 용감히 이겨냈으니 겨울의 첫서리도 이겨낼지도 모른다.

모두가 헬스턴 양의 외모의 변화를 알아차렸고, 대부분의 사람들은 그녀가 머지않아 죽을 거라고들 했다. 그녀 자신은 그렇게 생각하지 않았다. 죽어가고 있다고 느끼지 않았다. 통증도,

병도 없었다. 식욕이 줄었지만 그 이유를 알고 있었다. 밤에 너무 많이 울어서였다. 기운이 줄었지만 그것도 설명할 수 있었다. 잠이 잘 오지 않았고 잠들기가 어려웠으며, 꿈자리가 뒤숭숭했기 때문이다. 그녀는 먼 미래에 이런 불행의 길을 극복하게 될 때를, 아마도 결코 다시 행복해지지는 못하겠지만 더 차분해질 때를 여전히 기대하는 듯했다.

한편 숙부는 그녀에게 다른 집들을 방문하고, 지인들의 잦은 초대에 따르도록 강력히 권유했다. 그녀는 그것이야말로 피하고 싶었다. 사람들 앞에서 명랑하게 굴 수가 없었다. 동정심보다는 호기심으로 관찰당한다고 느꼈다. 나이 든 숙녀들은 항상 그녀에게 충고를 해주고 이런저런 처방을 권했다. 그녀는 젊은 숙녀들의 시선이 무슨 의미인지 알았고, 그 시선에 움츠러들었다. 그들의 눈빛은, 관습적 표현에 따르자면 그녀가 '실연했다'는 것을 알고 있음을 드러냈다. 상대가 누구인지는 몰랐지만.

평범한 젊은 숙녀들은 평범한 젊은 신사들만큼이나 강할 수 있다—똑같이 세속적이고 이기적일 수 있다. 고통받는 사람들은 그들을 피해야 한다. 그들은 슬픔과 불행을 경멸한다. 그런 것이 하찮은 자들에게 내려지는 신의 심판이라고 여기는 것 같다. 그런 이들에게 '사랑'이라는 것은 단지 좋은 짝을 얻기 위한 계략을 꾸미는 것일 뿐이다. '실연했다'는 것은 그 계략이 간파되고 좌절되었다는 의미이다. 그들은 사랑이라는 주제에 관한 다른 사람들의 감정과 계획도 자기들의 것과 비슷할 거라 짐작하고, 그에 따라 판단한다.

캐럴라인은 어느 정도는 감으로, 어느 정도는 관찰을 통해 이 모든 것을 알고 있었다. 그래서 행동에 주의하며 창백한 얼굴과 야윈 몸이 최대한 남들의 눈에 띄지 않게 했다. 그렇게 완전히 고립되어 살아가다 보니 이웃에서 벌어지는 일들에 대한 소소한 소식도 알지 못하게 되었다.

어느 날 아침 숙부가 응접실로 나왔다. 캐럴라인은 응접실에 앉아 할로 들판 꼭대기의 울타리 밑에 핀 작은 야생화 무리를 그리면서 즐거움을 찾으려고 애쓰던 중이었다. 숙부가 그녀에게 갑자기 말을 꺼냈다.

“자, 얘야, 늘 팔레트 아니면 책이나 바느질 견본만 들여다보고 있구나. 그 그림은 좀 치워두렴. 그건 그렇고, 그림 그릴 때 입에 연필을 무느냐?”

“가끔요, 숙부님, 깜박했을 때요.”

“그러면 몸에 좋지 않아. 색연필이 몸에 해롭다더라, 얘야. 백연이니 연단이니 녹청이니 자황이니, 스무 가지가 넘는 독 성분이 그 속에 있다는구나. 다 치워라! 치워버려! 보닛을 쓰렴. 나랑 같이 갈 데가 있다.”

“숙부님하고요?”

이 질문은 놀란 투였다. 그녀는 숙부와 함께 어딘가를 방문하는 데 익숙하지 않았다. 숙부와 함께 말을 타거나 걸어서 외출한 적은 한 번도 없었다.

“빨리! 서둘러라! 내가 항상 바쁜 걸 알잖느냐. 꾸물거릴 시간이 없어.”

그녀는 서둘러 준비를 하면서 어디 가는지 물었다.

“필드헤드에 간다.”

“필드헤드라고요! 그 정원사 제임스 부스를 보러 가시는 건가요? 그가 아픈가요?”

“셜리 킬더 양을 만나러 간다.”

“킬더 양이요! 그녀가 요크셔에 왔어요? 필드헤드에 있대요?”

“그래. 온 지 일주일 됐다는구나. 어젯밤 파티에서 만났단다—네가 가지 않으려 한 그 파티 말이다. 그녀가 마음에 들더구나. 너도 킬더 양을 알고 지내면 좋겠다. 너한테도 좋을 거야.”

“킬더 양 이제 성년이 되었지요?”

“성년이 되었지. 당분간은 자기 집에서 살 거다. 그 문제에 대해 잔소리를 좀 했지. 해야 할 의무를 알려주었어. 말을 안 듣지는 않더구나. 괜찮은 여자애야. 활기찬 정신을 갖는다는 것이 어떤 건지 너한테 가르쳐줄 거다. 그 애는 아주 기운이 넘치거든.”

“킬더 양이 저를 만나고 싶어 할지, 소개받고 싶어 할지 모르겠네요. 제가 그녀에게 무슨 도움이 될까요? 어떻게 즐겁게 해줄 수 있을까요?”

“흥! 보닛이나 써라.”

“킬더 양은 오만한 성격인가요, 숙부님?”

“나도 모르겠다. 나한테 오만하게 굴지는 않을 거 아니냐? 아무리 부유하다 해도 여자애가 자기 교구사제 앞에서 잘난 척을 하지는 않겠지.”

“그렇겠지요. 하지만 다른 사람들한테는 어떻게 대했나요?”

“잘 보지 않았다. 고개를 꼿꼿이 쳐들고 있는 것을 보면 건방지게 굴 수 있는 자리에서는 그렇게 할지도 모르지. 그러지 않으면 여자가 아닐 거다. 자, 지금 바로 가서 보닛을 가져와!”

캐럴라인은 원래도 자신감이 많지 않은 데다 최근에는 신체적으로 쇠약해지고 정신적으로는 우울해져서, 평정심을 유지하거나 낯선 사람들 앞에서 여유 있는 태도를 취하기가 어려웠다. 스스로를 다잡으려 했지만, 숙부와 함께 필드헤드의 대문에서 포치까지 이어진 넓은 포장길을 따라 걸으면서 움츠러들었다. 그녀는 마지못해 헬스턴 씨를 따라 포치를 지나 그 너머의 음침하고 오래된 현관으로 들어갔다.

그곳은 매우 음침했고, 길고 넓으며 어두웠다. 하나 있는 격자창에서 빛이 들어와도 어두침침했다. 널찍하고 오래된 굴뚝에 지금은 불이 피워져 있지 않았다. 날씨가 따듯해서 그럴 필요가 없었다. 대신 버드나무 가지가 채워져 있었다. 이 홀은 천장 쪽으로 갈수록 그늘이 져서, 입구 맞은편의 회랑은 윤곽만 보였다. 진짜 사슴뿔이 달린 수사슴 머리 조각들이 벽에서 그로테스크하게 내려다보고 있었다. 웅장하지도 편안하지도 않은 집이었다. 집 외형처럼 집 안도 예스럽고 어수선했으며 안락한 맛이 없었다. 그 집에는 1년에 1000파운드의 수입이 속해 있었는데, 남자 상속인이 없어서 한 여자에게 상속되었다. 그 지역에는 그 두 배의 수입을 자랑하는 상인 집안들도 있었지만, 유서가 깊고 대저택의 주인이라는 점 때문에 킬더가가 제일 우위에 섰다.

헬스턴 씨와 조카딸은 응접실로 안내되었다. 이런 고딕풍의 오래된 저택에서 으레 예상할 수 있듯이 응접실은 오크나무로 꾸며져 있었다. 광택이 나는 어두운색의 고급 패널이 음울하면서도 웅장한 분위기로 벽을 둘러쌌다. 독자여, 이 반짝이는 갈색 패널은 아주 보기 좋다. 색이 아주 그윽하며, 우아한 효과를 낸다. 하지만—'대청소'가 무엇인지 안다면—아주 끔찍하고 비인간적이기도 하다. 인정이 있는 사람이라면 누구나 더운 5월에 밀랍 먹인 천으로 이 광나는 나무 벽을 문질러 닦는 하인들을 보면 그 벽이 "참을 만하지만 견딜 수 없는" 것이라고 말하지 않을 수 없을 것이다. 필드헤드의 또 다른 더 큰 방, 즉 응접실을 분홍빛 도는 섬세한 흰색으로 페인트칠한 자비로운 야만인에게 속으로 박수를 보낸다. 그 방 또한 예전에는 오크나무 방이었는데, 페인트칠 덕분에 훈족 느낌이 나기는 했지만 집의 그 부분은 훨씬 유쾌해졌으며, 미래의 하녀들의 수고를 대단히 덜어주었다.

갈색 패널을 댄 응접실은 온통 구식으로 꾸며졌고, 진짜 옛날 가구들이 놓여 있었다. 높은 벽난로 양쪽에 숲의 왕좌처럼 탄탄한 오크나무로 된 골동품 의자 두 개가 놓여 있었고, 그중 하나에 한 숙녀가 앉아 있었다. 그러나 이 숙녀가 킬더 양이라면 그녀는 적어도 20여 년 전에 성년이 되었을 것이 틀림없었다. 중년 부인의 풍채에 모자를 쓰지 않았고, 젊어 보이게 타고난 이목구비 위로 밝게 빛나는 적갈색 머리가 그늘을 드리웠지만, 젊어 보이는 면이 전혀 없었으며 그렇게 보이려는 마음도 없는 것이 분명했다. 좀 더 최신식으로 옷을 입었더라면 좋았을 것이다. 재단을 잘하고 잘 만든 옷이었더라면 그럭저럭 어울렸을 것이다. 어째서 좋은 재질로 저렇게 주름을 적게 잡고 구식으로 옷을 만들었을까 의아했다. 보자마자 좀 별난 사람이라고 판단해버리기에 딱 좋은 옷차림이었다.

이 숙녀는 예를 차리면서도 매우 영국적인 소심한 태도로 손님들을 맞았다. 영국인이 아니라면 어떤 중년 부인도 정확히 같은 태도를 보일 수는 없을 것이다. 자기 자신에 대해서도, 자신의 장점에 대해서도, 남을 즐겁게 해줄 자신의 능력에 대해서도 확신이 없지만, 예의 바르게, 가능하다면 호감 가게 행동하고 싶어 하는 태도였다. 그러나 지금 경우에는 소심한 영국 여성이 보통 보여주는 것보다도 더 당황하는 모습을 보였다. 헬스턴 양은 이를 느끼고 낯선 상대에게 공감했다. 소심한 사람에게 무엇이 좋은지 경험으로 알고 있어서, 그녀 옆에 조용히 앉아 부드럽고 편안하게 말을 걸어주었다.

캐럴라인과 이 숙녀 둘만 있었다면 곧 둘이 아주 잘 어울렸을 것이다. 숙녀는 대단히 맑은 목소리를 가졌다. 마흔 살의 여성에게는 기대하기 힘든, 부드럽고 듣기 좋은 목소리였다. 몸매는 확실히 비만에 가까웠다. 캐럴라인은 그 목소리가 좋았다. 정확하지만 격식을 차린 억양과 언어를 보완하는 목소리였다. 그 숙녀는 곧 캐럴라인이 자기 목소리와 자기를 마음에 들어 한다는 것을 알았을 것이고, 10분쯤 지나면 그들은 친구가 되었을 것이다. 그러나 헬스턴 씨가 양탄자 위에 서서 그들 두 사람을 지켜보고 있었다. 특히 이 낯선 숙녀를 보는 날카롭고 냉소적인 눈빛에서 그녀의 차가운 격식을 참을 수 없어 하고 있으며 그녀가 차분하지 못한 데 짜증을 느끼고 있음이 뚜렷이 드러났다. 그의 엄한 눈길과 귀에 거슬리는 목소리에 그 숙녀는 점점 더 당황했다. 그녀가 날씨며 그 고장의 상황에 대해 좀 이야기를 해보려고 했으나 고집스러운 헬스턴 씨는 곧 그녀의 말에 귀를 닫았다. 무슨 말을 해도 대놓고 듣지 못한 척했고, 그녀는 공들여 구성한 사소한 이야기들을 두 번씩 되풀이해야 했다. 곧 그런 노력은 그녀에게 버거워졌다. 킬더 양이 왜 늦어지고 있는지 모르겠다며 가서 보고 오겠다고 불안하게 웅얼거리면서 당황한 표정으로 자리에서 수선스럽게 막 일어나는데 마침 킬더 양이 나타나 그녀의 수고를 덜어주었다. 정원에서 유리문을 지나 지금 들어오는 사람이 바로 그녀라고 짐작할 수 있었다.

편안한 태도에 진정한 우아함이 있다. 헬스턴 씨도 꼿꼿하고 가냘픈 소녀가 왼손에는 꽃이 가득한 작은 비단 앞치마를 들고 그에게 걸어와 오른손을 내밀면서 이렇게 상냥하게 말했을 때 그렇게 느꼈다.

"저를 보러 오실 줄 알았습니다. 요크 씨가 저를 자코뱅파로 만들었다고 생각하시지만요. 안녕하세요."

그가 대꾸했다. "하지만 우리는 당신이 자코뱅파가 되게 놔두지는 않을 겁니다. 안 되지요, 셜리 양. 아무도 나한테서 내 교구의 꽃을 훔쳐 가지는 못할 겁니다. 당신도 이제 우리 일원이 되었으니 정치와 종교에서도 내 제자가 되어야지요. 그 둘 모두에서 지켜야 할 신조들을 가르쳐드리겠습니다."

"프라이어 부인이 여러분을 기다리고 계셨어요." 그녀는 이렇게 대답하며 나이 든 부인 쪽을 돌아보았다. "아시다시피 프라이어 부인은 저의 가정교사셨고, 여전히 제 친구지요. 모든 고귀하고 엄격한 토리당원 중에서도 이분이 여왕이에요. 확고한 교회 여신도들 중에서도 최고시죠. 저는 신학과 역사 모두 잘 배웠답니다, 헬스턴 씨."

주임사제는 즉각 프라이어 부인에게 깊이 고개를 숙여 인사를 하고 감사를 표했다.

전 가정교사는 자신이 정치나 종교적 논쟁에는 재능이 없다고 말했고 이런 문제들이 여성의 정신에는 그다지 맞지 않다고 설명했지만, 자신이 질서와 충성심의 옹호자이며 당연히 국교회에 진심으로 애정을 가지고 있다고 통상적인 말로 확언했다. 그녀는 또한 어떤 상황에서도 변화에 반대한다는 말을 덧붙였으며, 새로운 사상을 쉽게 받아들이는 것은 대단히 위험하다는, 거의 들리지도 않는 말로 문장을 마무리했다.

"킬더 양도 부인처럼 생각하실 거라 믿습니다."

"나이 차가 있고 기질이 다르다 보니 감상도 다를 때가 있답니다. 열정적이고 젊은 사람들이 냉정한 중년의 견해를 갖기를 바랄 수는 없지요"라는 대답이 돌아왔다.

"오! 오! 우리는 독립적입니다. 스스로 생각하지요!" 헬스턴 씨가 외쳤다. "우리는 조금은 자코뱅파입니다—잘은 모르지만, 조금은 진정으로 자유사상가이지요. 이 자리에서 신앙고백을 해봅시다."

그러고는 상속녀의 두 손을 잡고—그 바람에 그녀의 꽃들이 다 바닥에 떨어졌다—소파 위 자기 옆자리에 앉혔다.

"신경을 말해봐요." 그가 명령했다.

"사도신경 말씀이신가요?"

"예."

그녀는 어린아이처럼 그것을 외웠다.

"이제 성 아타나시오 신경을 읊어봐요. 시험입니다!"

"꽃을 좀 주울게요. 타르타르가 들어오면 다 밟을 거라서요."

타르타르는 덩치가 다소 크고 힘이 세며 사나워 보이는 개였다. 마스티프와 불도그 사이에서 나서 아주 못생긴 이 개는 바로 그때 유리문으로 들어와 곧장 양탄자 위로 달려와서는 거기 흩어져 있는 신선한 꽃들의 냄새를 킁킁 맡았다. 꽃을 먹을 것으로 여기지는 않는 듯했지만 벨벳처럼 부드러운 꽃잎이 배변 깔개로 편리하겠다고 생각했는지 그 위에 황갈색 덩어리를 내놓을 기세로 뱅뱅 돌아서, 헬스턴 양과 킬더 양이 이를 막으려고 동시에 허리를 굽혔다.

"고마워요." 캐럴라인이 쓸어 모은 꽃잎을 담을 수 있도록 자신의 작은 앞치마를 내밀며 상속녀가 말했다. "따님이신가요, 헬스턴 씨?" 그녀가 물었다.

"내 조카딸 캐럴라인입니다."

악수를 나눈 다음 킬더 양은 그녀를 보았다. 캐럴라인도 여주인을 바라보았다.

셜리 킬더(그녀는 세례명이 없고 셜리라는 이름뿐이었다. 그녀의 부모는 아들을 바랐으나 결혼 8년 후 신께서 그들에게 딸 하나만을 허락했음을 알고는, 아들을 낳았더라면 주었을 남성적인 성을 딸에게 이름으로 주었다)—셜리 킬더는 못생긴 상속녀가 아니었다. 보기 좋은 외모를 가졌다. 키와 몸매는 헬스턴 양과 비슷했는데, 3, 4센티미터 정도 더 큰 것 같았다. 우아한 몸매에 얼굴 또한 우아함이라는 단어로 잘 설명될 만한 매력을 지녔다. 얼굴은 핏기는 없었지만 지적이었고, 다양한 감정을 드러냈다. 캐럴라인과 마찬가지로 금발이 아니었다. 그녀의 외양적 특징을 색으로 말하자면 깨끗함과 어두움이었다. 얼굴과 이마는 깨끗하고 눈은 짙은 회색이었다. 녹색 빛은 전혀 없이, 투명하고 순수한 회색. 머리카락은 아주 진한 갈색이었다. 이목구비는 기품이 있었다. 그렇다고 높고 뼈가 튀어나온 고대 로마인의 이목구비 같지는 않았고, 작고 섬세했다. 프랑스어로 말하자면 *'세련되고 우아하고 재기발랄'*했다. 표정이 풍부하고 생기가 있었다. 그러나 이목구비의 변화는 이해할 수 없었고, 그것이 전달하는 언어를 즉시 해석하기도 어려웠다. 그녀는 고개를 한쪽으로 약간 기울이고 신중한 태도로 캐럴라인을 진지하게 살펴보았다.

"보다시피 캐럴라인은 연약한 여자아이일 뿐이랍니다." 헬스턴 씨가 말했다.

"어려 보이는군요—저보다 어려 보여요. 몇 살인가요?" 대단히 엄숙하고 수수한, 그렇지 않았다면 깔보는 것으로 보였을 태도로 그녀가 물었다.

"열여덟 살 반입니다."

"난 스물한 살이에요."

그녀는 더는 말이 없었다. 이제 탁자 위에 꽃을 놓고 바삐 그것을 정리하고 있었다.

"그럼 성 아타나시오 신경은요?" 주임사제가 재촉했다. "그걸 다 믿지요?"

"그건 잘 기억이 안 나는군요. 조카따님한테 꽃다발을 하나 드리고 나서 신부님께도 드릴게요."

그녀는 화려한 꽃 하나와 섬세한 꽃 두세 송이, 그리고 꽃들을 돋보이게 해줄 짙푸른 가지로 작은 꽃다발을 만들었다. 반짇고리에서 비단을 꺼내 꽃다발을 묶어서 캐럴라인의 무릎 위에 올려놓았다. 그런 다음 등 뒤로 두 손을 모으고 좀 엄숙하면서도 멋진 작은 기사 같은 태도를 취하더니, 여전히 자신을 주시하고 있는 손님 쪽으로 살짝 몸을 기울였다. 순간 그 얼굴에 떠오른 표정은 그녀의 머리 스타일로 인해 더 강한 인상을 주었다. 한쪽 관자놀이 위에서 갈라 이마 위로 윤이 나게 빗어 올려서, 거기에서 파도처럼 넘실거리며 자연스럽게, 자유롭게 곱슬머리로 흘러내리게 한 모양이었다.

"걸어오느라 피곤하지요?" 그녀가 물었다.

"아뇨—전혀 그렇지 않아요. 짧은 거리였는데요. 2킬로미터도 안 되니까요."

"창백해 보이는데요. 조카분이 항상 이렇게 창백한가요?" 그녀가 주임사제 쪽으로 고개를 돌리고 물었다.

"한때는 당신의 꽃 중에서 가장 붉은 것만큼이나 혈색이 좋았답니다."

"왜 변했나요? 무엇 때문에 저렇게 핏기를 잃었나요? 병을 앓았나요?"

"변화가 필요하다고 하더군요."

"그런 것 같네요. 신부님께서 조카분께 변화를 주셔야 해요. 해변에라도 좀 보내주셔야겠어요."

"여름이 다 가기 전에 그럴 생각입니다. 그때까지 당신과 좀 알고 지냈으면 합니다. 당신이 반대하지 않는다면."

이때 프라이어 부인이 끼어들었다. "물론 킬더 양은 반대하지 않을 거예요. 헬스턴 양이 필드헤드에 자주 찾아와주신다면 큰 호의로 알겠습니다."

셜리가 말했다. "제 마음을 그대로 말씀해주셨어요. 저 대신 말씀해주셔서 감사해요. 제가 말씀드리자면—" 그녀는 캐럴라인 쪽으로 다시 고개를 돌리고 말을 이었다. "제 가정교사에게도 감사하셔야 해요. 저분이 모든 사람을 당신을 환영했듯이 맞아주시지는 않거든요. 당신은 생각보다 더 특별한 대우를 받고 있어요. 오늘 아침, 당신이 자리를 뜨자마자 프라이어 부인에게 당신에 대한 의견을 물어볼 거예요. 저는 부인의 사람 보는 눈을 믿거든요. 지금까지 보면 놀랍도록 정확하더군요. 제 질문에 호의적인 대답이 나올 거라 벌써부터 예상하고 있어요. 제 추측이 맞지요, 프라이어 부인?"

"지금 막 헬스턴 양이 떠나면 내 의견을 물어보겠다고 말했잖아요. 내가 저이 면전에서 얘기하지는 않겠지요."

"알겠어요. 답을 듣게 되기까지 오래 걸릴지도 모르겠네요. 저는 가끔은 프라이어 부인이 지나치게 신중해서 감질이 난답니다, 헬스턴 씨. 부인이 판단을 내리면 틀림없이 정확할 거예요. 대법관의 판결만큼이나 시간을 오래 끌곤 하니까요. 어떤 사람들의 인품에 대해서는 제가 아무리 간청해도 판결을 내려주지 않기도 해요."

프라이어 부인은 미소를 지었다.

그녀의 제자가 말했다. "그 미소가 무슨 의미인지 알겠어요. 나의 신사 임차인을 생각하고 있군요. 할로의 무어 씨를 아시나요?" 그녀가 헬스턴 씨에게 물었다.

"아! 아! 당신의 임차인이—무어였군요. 여기 온 후로 그를 여러 번 보았겠지요?"

"그를 만나야 했어요. 사업상 처리할 일이 있어서요. 사업이라! 그 말을 하니 진짜로 제가 더는 소녀가 아니라 여자, 그 이상의 뭔가가 되었다는 걸 자각하게 되어요. 저는 향사랍니다. 셜리 킬더 향사가 제 호칭이고 작위예요. 부모님은 저에게 남자의 이름을 주었고, 저는 남자의 지위를 가지고 있어요. 저에게 남성성을 조금은 불어넣어주기에 충분하지요. 제라르 무어같이 위풍당당한 앵글로-벨기에인이 제 앞에 서서 저에게 심각하게 사업 이야기를 하는 것을 볼 때면 제법 신사가 된 기분이에요. 헬스턴 씨, 다음번에 새 교구위원들을 뽑으실 때는 저를 신부님의 교구위원으로 택해주셔야 해요. 그들이 저를 치안판사로, 자작농 대표로 만들어야 하고요. 토니 럼프킨의 어머니는 장군이었고 그의 고모는 치안판사였어요—저라고 안 될 게 있나요?"

"그렇다마다요. 그 문제에 대해 청원을 올리신다면 서명 목록에 내 이름을 올리겠다고 약속하겠습니다. 하지만 무어에 대해 얘기하고 있었죠?"

"아! 예. 무어 씨를 이해하기가 좀 어려워요—그 사람에 대해 어떻게 생각해야 할지 모르겠어요. 그를 좋아해야 할지 싫어해야 할지. 그는 어떤 지주라도 자랑스러워할 만한 임차인인 것 같아요. 그런 의미에서라면 저도 그 사람이 자랑스러워요. 하지만 이웃으로서는 어떨까요? 프라이어 부인에게 그를 어떻게 생각하는지 말해달라고 몇 번이고 간청했지만 여전히 직접적인 답을 회피하세요. 신부님은 조금 더 단도직입적으로, 당장 말씀해주시면 좋겠어요. 신부님은 그를 좋아하시나요?"

"지금으로서는 전혀 좋아하지 않습니다. 그의 이름을 나의 친구 목록에서 완전히 지워버렸지요."

“뭐가 문제인가요? 그가 무슨 짓을 했나요?”

“숙부님과 그분은 정치 문제에서 의견이 맞지 않으세요.” 캐럴라인의 낮은 목소리가 끼어들었다. 그때 말하지 않는 편이 나았을 것이다. 앞의 대화에 거의 끼지 않았으므로 지금 끼어드는 것은 적절치 않았다. 그녀는 말을 하자마자 이를 예민하게 느끼고 눈 아래까지 빨개졌다.

“무어의 정치적 견해가 어떤데요?” 셜리가 물었다.

주임사제가 대답했다. “상인의 것이지요. 편협하고 이기적이며 비애국적입니다. 그는 늘 전쟁이 계속되는 데 반대하는 글을 쓰고 말을 합니다. 더는 참아줄 수가 없어요.”

“전쟁으로 그의 사업이 피해를 보고 있으니까요. 제 기억으로는 어제도 그런 말을 했어요. 하지만 그를 싫어하는 이유가 또 있으신가요?”

“그거면 충분합니다.”

“그는 신사답게 보이던데요. 제가 보기에는요. 그리고 저는 그가 신사라고 생각하고 싶어요.” 셜리가 말했다.

캐럴라인은 자기 꽃다발의 화려한 꽃의 자줏빛 꽃잎을 뜯으면서 분명한 어조로 대답했다. “확실히 그는 신사예요.” 셜리는 이 용기 있는 긍정을 듣고서 표정이 풍부한, 깊이 있는 눈으로 재미있다는 듯 탐색하는 시선을 상대에게 던졌다.

그녀가 말했다. “어쨌거나 당신은 그의 친구로군요. 그가 없는 자리에서도 변호해주다니.”

재빠른 대답이 돌아왔다. “저는 그의 친구이자 친척이에요. 로버트 무어는 제 사촌이랍니다.”

"아, 그럼 그에 대해 말해줄 수 있겠군요. 어떤 사람인지 대강 설명해주세요."

이런 요구를 받자 캐럴라인은 극도로 당황했다. 그 요구에 따르기는커녕 따르려는 시도조차 할 수 없었다. 그녀의 침묵은 프라이어 부인에 의해 곧 무마되었다. 부인은 헬스턴 씨에게 이웃의 한두 집안에 관해 잡다하게 질문했다. 그들과 남부 지방에서 알게 되었다고 했다. 곧 셜리는 헬스턴 양의 얼굴에서 시선을 거두었다. 다시 질문하지는 않았고, 꽃으로 되돌아가 주임사제를 위한 꽃다발을 고르기 시작했다. 그녀는 신부가 작별 인사를 하자 꽃다발을 주고 답례로 손에 키스를 받았다.

"저를 위해 꽃다발을 꼭 가슴에 달아주세요." 그녀가 말했다.

"당연히 제 심장 옆에 달아야지요. 프라이어 부인, 이 미래의 치안판사이자 교구위원이자 자작농 대표, 한마디로 브라이어필드의 이 젊은 향사를 잘 돌봐주시기 바랍니다. 너무 지나치게 애쓰지 않게 해주세요. 사냥을 하다가 목을 부러뜨리는 일이 없게 해주시고요. 특히 할로 근처의 위험한 언덕을 말 타고 내려갈 때 조심하게 해주세요." 헬스턴이 대답했다.

셜리가 말했다. "저는 내리막길을 좋아해요. 빨리 달려 내려가는 것을 좋아하지요. 특히 저 낭만적인 할로를 진심으로 좋아해요."

"낭만적이라—거기 공장이 있는데요?"

"공장이 있어서 낭만적이죠. 오래된 공장과 하얗고 작은 집은 제각기 나름대로 감탄스러워요."

"그럼 회계실은요, 킬더 씨?"

"회계실이 제 붉은 거실보다 나은걸요. 전 그 회계실이 아주 마음에 들어요."

"그럼 그 사업은? 천—기름투성이 양모—오염시키는 염색약 통도요?"

"그 사업이야말로 전적으로 존경받아 마땅해요."

"그럼 상인은 영웅이고요? 좋군요!"

"그렇게 말씀하시는 것을 들으니 반갑네요. 저는 상인들이 영웅적으로 보인다고 생각했거든요."

이렇게 늙은 카자크인과 말싸움을 하는 그녀의 얼굴에는 짓궂은 장난기와 활기, 즐거움이 반짝였다. 신부 또한 마찬가지로 이 언쟁을 즐겼다.

"킬더 대장님, 당신의 혈관 속에 상인의 피는 전혀 없을 텐데요. 상업을 왜 그렇게 좋아하시지요?"

"저는 공장주니까 당연하죠. 제 수입의 절반이 할로의 그 공장에서 나온답니다."

"동업은 하지 마세요."

"신부님이 그 생각을 제 머릿속에 넣어주셨어요! 신부님이 그러신 거예요!" 그녀는 신나게 웃으면서 외쳤다. "이제 그 생각이 절대 사라지지 않을 거예요. 감사합니다." 그러고는 백합처럼 희고 요정의 손처럼 섬세한 손을 흔들면서 현관 안으로 사라졌다. 주임사제와 조카딸은 아치형의 대문을 통해 밖으로 나왔다.

12장

셜리와 캐럴라인

셜리는 캐럴라인을 자주 부름으로써 그녀와 교제하게 되면 기쁘겠다는 말이 진심이었음을 보여주었다. 정말로, 그녀가 먼저 다가가지 않았다면 그들은 친구가 되지 못했을 것이다. 헬스턴 양은 사람을 새로 사귀는 데 느렸기 때문이다. 그녀는 사람들이 자기를 원할 리가 없다는 생각에 항상 주춤거렸다. 자신은 남들을 재미있게 해주지 못하며, 필드헤드의 상속녀처럼 밝고 행복하고 젊음이 넘치는 인물은 자기처럼 재미없는 사람과의 교제는 전혀 필요치 않을 테니, 셜리가 자신을 정말로 반기지는 않을 거라고 생각했다.

셜리는 밝았고, 아마도 행복했겠지만, 다정한 교제가 필요 없는 사람은 없다. 한 달쯤 지나 셜리는 주변 집안들 대부분과 안면을 텄고, 사이크스가와 피어슨가의 자매들 모두와, 그리고 드웰든홀의 가장 훌륭한 소녀들인 윈가의 두 자매와도 아주 허물없고 편안한 사이가 되었다. 그러나 그들 중 아주 다정한 사람은 찾지 못한 것 같았다. 그들 중 누구도 진실로 친하게 대하지는 않았다. 그녀 자신의 말을 빌리자면, 만약 그녀가 정말로 브라이어필드 대저택의 주인인 셜리 킬더 향사가 되는 축복을 받았더라면 이곳과 두 이웃 교구에서 대저택의 귀부인, 즉 킬더 부인이 되어달라고 청하고 싶을 만한 미인은 단 한 명도 없었다. 그녀가 프라이어 부인에게 이렇게 선언하자, 부인은 제자의 즉흥적인 연설을 들을 때 늘 그러듯이 이 말을 아주 조용히 듣고는 이렇게 대답했다.

"자기 자신을 신사로 암시하는 습관이 굳어지게 두면 안 돼요. 그건 이상한 습관이에요. 당신을 모르는 사람들이 당신이 그렇게 말하는 것을 들으면 남자 흉내를 낸다고 생각할 거예요."

셜리는 전 가정교사의 말을 비웃는 법이 없었다. 부인의 사소한 격식과 무해한 괴벽조차 그녀의 눈에는 존경할 만한 것이었다. 그렇지 않았다면 그녀는 즉시 자신이 약한 품성을 지닌 인물임을 입증했을 것이다. 약한 사람들만이 조용하지만 가치 있는 사람들을 조롱하기 때문이다. 그래서 그녀는 말없이 질책을 받아들였다. 그녀는 창가에 조용히 서서 잔디밭의 거대한 삼나무를 보다가, 아래쪽 가지에 앉은 새를 보았다. 곧 그녀는 새를 짹짹 부르기 시작했다. 그녀의 짹짹 소리가 점점 더 또렷해졌다. 이내 그녀는 휘파람을 불고 있었다. 휘파람은 곡조로 바뀌었고, 아주 달콤하고 능숙하게 연주되었다.

"저런!" 프라이어 부인이 타일렀다.

셜리가 말했다. "제가 휘파람을 불고 있었나요? 깜박했어요. 죄송해요. 선생님 앞에서는 휘파람을 불지 않기로 했는데."

"하지만 킬더 양, 휘파람은 어디에서 배웠어요? 요크셔로 온 후로 생긴 버릇 같은데. 전에는 그러는 걸 본 적이 없어요."

"오! 휘파람 부는 법은 오래전에 배웠어요."

"누가 가르쳐줬나요?"

"아무도 가르쳐준 적 없어요. 귀로 듣고 익혔어요. 한동안 그만뒀었는데. 하지만 최근에, 어제저녁에 오솔길을 걷다가 어떤 신사가 울타리 건너편 들판에서 바로 이 곡조를 휘파람으로 부는 것을 듣고 다시 기억이 났어요."

"그 신사가 누구였는데요?"

"이 동네에 신사는 딱 한 명뿐이죠. 무어 씨 말이에요. 적어도 머리가 하얗게 세지 않은 유일한 신사지요. 제가 제일 좋아하고 존경하는 두 분, 헬스턴 씨와 요크 씨는 멋진 노신사들이에요. 멍청한 젊은 신사들하고는 비할 바가 아니죠."

프라이어 부인은 말이 없었다.

"헬스턴 씨가 마음에 들지 않으세요, 선생님?"

"헬스턴 씨는 신부님이시니까 비판하면 안 되지요."

"선생님은 그분이 방문하실 때면 보통 자리를 피하시더군요."

"오늘 아침에도 산책하러 나가나요?"

"예, 사제관에 가서 캐럴라인 헬스턴 양을 만나 운동을 좀 시켜주려고요. 너넬리 공유지로 바람 쐬러 나갈 거예요."

"그쪽으로 간다면 헬스턴 양한테 옷을 단단히 입으라고 말해주세요. 바람이 조금 강하게 부니까요. 헬스턴 양은 신경 써줄 필요가 있어 보여요."

"말씀하신 대로 할게요, 선생님. 선생님도 저희랑 같이 가지 않으실래요?"

"아니, 괜찮아요. 내가 가면 걸리적거릴 거예요. 난 뚱뚱하고 당신이 원하는 만큼 빨리 걷지 못해요."

셜리는 캐럴라인에게 같이 가자고 쉽게 설득했다. 광활하고 인적 없는 너넬리 공유지를 가로지르는 조용한 길을 따라 제법 멀리까지 왔을 때, 셜리는 그녀를 대화에도 역시 쉽게 끌어들였다. 처음의 소심함을 극복하자 캐럴라인은 곧 킬더 양과의 대화에서 즐거움을 느꼈다. 가벼운 이야기를 주고받기 시작하자마자 각자 상대가 어떤 사람인지 충분히 알 수 있었다. 셜리는 공유지의 넓게 펼쳐진 푸른 잔디밭도 좋아하지만 산등성이의 히스를 더 좋아한다고 말했다. 히스를 보면 황야가 떠오르기 때문이다. 그녀는 스코틀랜드 부근을 여행하면서 황야를 본 적이 있었다. 무덥지만 흐렸던 어느 여름날의 긴 오후에 가로질렀던 한 지역이 특히 기억에 남았다. 그들은 정오부터 해 질 녘까지 히스가 우거진 끝없는 황야를 여행했다. 그동안 야생 양 말고는 아무것도 보지 못했고, 야생 새들이 우는 소리 말고는 아무것도 듣지 못했다.

캐럴라인이 말했다. "그런 날에 히스가 어떻게 보일지 알아요. 자줏빛이 도는 검은색으로 보이죠. 하늘의 그림자가 더 깊어지면 검푸른색이 되고요."

"맞아요—검푸르지요. 구름 가장자리는 황동색이 돌고, 군데군데 하얗게 빛이 날 때요. 타는 듯한 붉은색보다 더 보기 싫은

색이에요. 금방이라도 눈부신 번개가 내리칠 것 같은 그런 색이죠."

"천둥이 울렸나요?"

"멀리서 큰 소리로 우르릉 울렸어요. 하지만 우리가 숙소에 도착한 뒤에 저녁이 되어서야 폭풍이 몰아쳤죠. 숙소는 산기슭에 있는 외딴집이었어요."

"구름이 산 위로 내려오는 것을 보았나요?"

"봤죠. 창가에 한 시간쯤 서서 지켜보았어요. 언덕이 음침한 안개에 감싸인 것 같았는데, 앞이 안 보일 정도로 폭우가 쏟아지면서 순식간에 시야에서 사라졌어요. 세상에서 쓸려 나간 것처럼."

"요크셔의 구릉지대에서 그런 폭풍우를 본 적이 있어요. 폭풍이 절정에 다다랐을 때 하늘은 온통 폭포수처럼 쏟아지고 땅에는 물이 넘쳐흘러서 성경에 나오는 대홍수가 생각날 정도였지요."

"그런 폭풍이 지나간 후에 평온이 돌아오는 것을 느끼고 구름 사이로 비추는 햇빛을 받으면 참으로 기분이 상쾌해져요. 그 햇빛은 태양이 아직 꺼지지 않았다는 위로의 메시지를 전해주죠."

"킬더 양, 지금 그대로 서서 너넬리 골짜기와 숲을 내려다보세요."

둘은 공유지의 푸른 꼭대기 위에 멈추어 서서 5월의 의복을 걸친 깊은 골짜기를 내려다보았다. 진주 같은 데이지꽃과 황금색의 미나리아재비가 핀 다채로운 초원을 보았다. 오늘은 이 모든 젊은 신록이 햇살 속에서 선명하게 미소 지었고, 투명한 에메

랄드색과 호박색이 그 위에서 빛났다. 넌우드에는 구름의 그림자가 드리워져 있었다. 그곳은 한때 저지대는 모두 숲속 사냥터였고 고지대는 가슴까지 올라오는 히스가 우거졌던 지역에서 유일하게 남은 오래된 영국식 숲이었다. 멀리 언덕들이 얼룩덜룩하게 보였고, 지평선은 자개처럼 그늘이 지고 빛이 났다. 은빛 도는 파란색, 부드러운 자주색, 나타났다 사라지는 초록색과 장밋빛 그늘, 이 모든 색이 하늘빛 눈처럼 순수한 흰색 양털 구름 속으로 녹아들어, 천국의 토대를 멀리서 힐끗 보여주듯 보는 눈을 홀렸다. 산꼭대기로 불어오는 공기는 신선하고 달콤하고 상쾌했다.

셜리가 말했다. "우리 영국은 아름다운 섬이에요. 요크셔는 영국에서도 가장 아름다운 곳 중 하나이고."

"당신도 요크셔 소녀로군요?"

"그래요—나는 혈통부터 태생까지 요크셔 사람이에요. 우리 집안 다섯 세대가 브라이어필드 교회 통로 아래 잠들어 있어요. 나는 우리 뒤의 오래된 검은 대저택에서 첫 숨을 쉬었고요."

그 말에 캐럴라인은 손을 내밀었다. 상대도 따라서 손을 내밀었고, 둘은 악수했다. "우리는 동향인이네요." 그녀가 말했다.

"맞아요." 셜리가 엄숙하게 고개를 끄덕이며 동의했다.

"그런데 저게 넌우드인가요?" 킬더 양이 숲을 가리키며 물었다.

"그래요."

"저기에 가본 적 있나요?"

"많이 가봤죠."

"숲속 깊은 데까지?"

"네."

"거긴 어때요?"

"아나킴*의 숲속 야영지 같아요. 나무들은 크고 오래됐어요. 뿌리께에 서 있으면 나무 꼭대기는 다른 세상에 있는 것 같아요. 나무줄기는 기둥처럼 단단한데 가지는 산들바람이 불 때마다 흔들려요. 가장 깊고 고요한 곳에서도 나뭇잎 스치는 소리는 그치지 않아요. 폭풍이 불면 폭우가 내리죠—머리 위에서 바다가 우르릉거리는 것 같아요."

"로빈 후드가 자주 가던 곳 중 하나가 아니었나요?"

"맞아요. 아직도 그의 기념품들이 남아 있어요. 넌우드 깊이 들어가는 것은, 킬더 양, 아주 먼 옛날의 어두침침한 날들까지 거슬러 올라가는 것과 같아요. 숲 가운데쯤에 틈새가 보이나요?"

"예, 잘 보여요."

"저 틈새가 골짜기예요. 깊고 우묵한 컵 모양으로 파였고, 그 안쪽은 이 공유지의 잔디처럼 푸르고 짧은 잔디로 덮여 있어요. 가장 오래되고 옹이로 가득한 장대한 오크나무들이 이 골짜기 가장자리에 모여 있지요. 바닥에는 수녀원의 잔해가 있어요."

"우리 가봐요—우리 둘만요, 캐럴라인—맑은 여름날 아침 일찍 저 숲으로 가서 하루 종일 있어봐요. 연필과 스케치북, 우리가 좋아하는 재미있는 읽을거리를 가지고 가요. 물론 먹을 것도 좀 가져가야죠. 나한테 작은 바구니가 두 개 있어요. 우리 집 가

* 성경에 등장하는 아낙(Anak)의 자손들을 가리키는 말.

정부 질 부인이 거기에 먹을 것을 싸줄 수 있을 거예요. 그럼 각자 하나씩 가져가면 되죠. 그렇게 멀리까지 걸어가도 피곤하지 않겠어요?"

"오, 괜찮아요. 숲에서 온종일 쉴 건데요. 내가 좋은 장소들을 다 알아요. 열매가 열리는 철에 견과를 주울 수 있는 곳도 알고요. 산딸기가 많이 자라는 곳도 알아요. 마치 금박을 입힌 듯 노랗기도 하고 차분한 회색이기도 하고 보석 같은 초록색이기도 한 이상한 이끼로 덮인, 인적이 닿은 적 없고 호젓한 빈터도 알고 있어요. 그림처럼 완벽한 모습으로 눈을 즐겁게 해주는 나무들이 모여 있는 곳도 있어요. 거친 오크나무, 섬세한 자작나무, 광이 나는 너도밤나무가 대조를 이루며 모여 있지요. 사울같이 위풍당당한 물푸레나무들은 외따로 서 있고, 노쇠한 거인 같은 나무들은 담쟁이넝쿨을 밝은색 수의처럼 휘감고 있지요. 킬더 양, 내가 안내해줄게요."

"나하고만 있으면 지루하지 않겠어요?"

"그럴 리가요. 우리는 서로 잘 맞는 것 같아요. 우리의 즐거움을 망치지 않을 세 번째 사람이 있을까요?"

"과연 우리 또래 중에서는 한 명도 모르겠어요—적어도 숙녀분은요. 신사분이라면—"

"일행에 신사가 있으면 소풍이 전혀 다른 것이 돼요." 캐럴라인이 끼어들었다.

"그 말에 동의해요—우리가 계획하던 것과는 완전히 다른 것이 되지요."

"우리는 그저 오래된 나무들, 오래된 폐허들을 구경하러 가려던 거잖아요. 오래된 침묵과, 무엇보다도 고요함에 둘러싸인 채 옛 시절 속에서 하루를 보내려요."

"당신 말이 맞아요. 신사분이 있으면 아마 마지막 매력은 사라져버릴 거예요. 멀론이나 사이크스, 윈 집안의 신사들처럼 잘 맞지 않는 부류라면 평온함 대신 짜증이 일겠지요. 잘 맞는 신사들이라 해도 변화는 일어나요—어떤 변화인지는 말하기 어렵지만요. 느끼기는 쉽지만 설명하기는 힘들어요."

"우선, 자연을 잊게 될 거예요."

"그렇게 되면 자연도 우리를 잊을 거고요. 자연은 흐릿한 베일로 넓고 차분한 이마를 덮고 얼굴을 가린 채, 우리가 그녀만을 숭배하는 것으로 만족했다면 우리 가슴 가득 채워주었을 평화로운 기쁨을 거두어 갈 거예요."

"그 대신 우리에게 무엇을 줄까요?"

"더 큰 고양감과 더 많은 불안을 주겠죠. 시간을 빨리 지나가게 하는 흥분과, 그 흐름을 흐트러뜨리는 근심을요."

"난 우리가 행복해지는 힘은 상당 부분 우리 자신에게 있다고 믿어요." 캐럴라인이 현자처럼 말했다. "넌우드에 많은 사람과 함께 가본 적이 있어요. 보좌사제 전부와 이 지역의 다른 신사분 몇 명, 숙녀분들도 여러 명 같이 갔어요. 그렇게 갔더니 참을 수 없을 만큼 지루하고 엉망진창이었어요. 혼자 가거나 패니만 데리고 간 적도 있어요. 패니는 나무꾼의 오두막에 앉아 바느질을 하거나 안주인과 이야기를 나누었고, 나는 홀로 숲을 거닐며 스케치를 하거나 책을 읽었죠. 하루 종일 조용하고 큰 행복을 누렸어요. 하지만 그건 내가 더 어렸을 때 얘기예요—2년 전에요."

"사촌 로버트 무어랑 같이 간 적도 있나요?"

"예. 한 번요."

"그럴 때 그는 동행으로서 어떤가요?"

"알다시피 사촌은 낯선 사람하고는 달라요."

"나도 그건 알아요. 하지만 사촌이라도 우둔하다면 낯선 사람보다 훨씬 더 참을 수 없는 존재예요. 멀리하기도 어려우니까요. 그렇지만 당신 사촌은 우둔하지 않죠?"

"그렇죠. 하지만—"

"그러면요?"

"당신 말처럼 바보들과의 동행이 짜증스럽다면, 현명한 사람들과의 교제 또한 그 나름대로의 고통이 있어요. 친구의 선량함이나 재능에 의심의 여지가 없다면 나 자신이 그의 벗이 될 가치가 있는지가 문제가 되곤 하니까요."

"오! 그 점에는 동의할 수 없군요. 난 그런 이상한 생각은 단 한 순간도 해본 적이 없어요. 나는 내가 최고의 신사들의 벗이 될 가치가 없다고 생각지 않아요. 그게 많은 것을 말해주기는 하네요. 신사분들은 선량할 때는 아주 선량하지요. 말이 나왔으니 말인데 당신 숙부님도 나쁘지 않은 노신사예요. 내 집에서건 다른 어디에서건 그분의 가무잡잡하고 날카롭고 분별 있는 늙은 얼굴을 보면 반가워요. 당신은 숙부님을 좋아하나요? 그분이 친절하게 대해주시나요? 자, 솔직히 털어놔봐요."

"숙부님은 저를 어릴 때부터 키워주셨어요. 정말로 친딸이 있었다면 자기 딸도 그렇게 키우셨을 거라 믿어요. 그건 친절이지요. 하지만 숙부님을 좋아하지는 않아요. 숙부님이 계실 때보다

안 계실 때가 좋아요."

"이상하군요! 그분은 남들의 호감을 사는 재주가 있으시던데."

"예, 다른 사람들과 같이 있으면 그렇지요. 하지만 숙부님은 집에서는 엄격하고 말이 없으세요. 사제관의 현관에서 지팡이와 모자를 치워놓듯이 자신의 쾌활함을 책장과 책상에 넣어버리세요. 난롯가에서는 이마에 주름을 잡고 말씀도 잘 안 하시지요. 미소나 농담, 재치 있는 말은 남과 교제할 때를 위한 거고요."

"폭군 같으신가요?"

"전혀 아니에요. 폭군 같지도, 위선적이지도 않아요. 숙부님은 선량하다기보다는 후하고, 다정하다기보다는 명석하고, 진실로 정의롭다기보다는 양심적으로 공평무사한 분이에요. 이런 미세한 차이를 이해할 수 있나요?"

"아! 그럼요. 선량함은 관용을 포함하는데 그분께는 그게 없다는 거죠. 다정함은 마음의 온기인데 그걸 갖고 있지 않으시고요. 진정한 정의란 공감과 배려의 자손이지만, 저의 구릿빛 노인 친구분께 그런 것이 없다는 건 잘 알겠더군요."

"셜리, 가끔은 대부분의 남자들이 집 안에서는 숙부님과 비슷할지 궁금해요. 그들의 눈에 호감이거나 존경받을 만하려면 새롭고 낯선 사람이어야만 하는지 말이에요. 매일 보는 가족에게 변함없는 관심과 애정을 갖는 것이 남자들에게는 천성적으로 불가능한 일인지도요."

"나도 모르겠군요. 당신의 의심을 해소해줄 수가 없네요. 저도 가끔 비슷한 생각을 하거든요. 하지만 비밀을 말해주자면, 난 그들이 우리와 필연적으로, 보편적으로 다르다는 확신이 들면—변덕스럽고, 금방 냉정해지고, 공감할 줄 모른다면—절대 결혼하지 않을 거예요. 내가 사랑하는 상대가 나를 사랑하지 않는다는 것, 나에게 싫증이 났다는 것, 타고난 본질상 변하고 무심해질 수밖에 없기 때문에 내가 아무리 기쁘게 해주려고 노력해도 헛일이라는 것을 알게 되고 싶지 않아요. 그런 사실을 알게 되고 나면 무얼 바라야 할까요? 도망쳐야죠—나와의 교제에서 즐거움을 얻지 못하는 존재로부터 떠나는 거예요."

"하지만 당신이 이미 결혼했다면 그럴 수는 없죠."

"그렇죠, 못 하죠. 바로 그거예요. 더는 나 자신의 주인이 될 수 없을 거예요. 끔찍한 생각이죠! 생각만 해도 숨이 막혀요! 내가 짐이나 지루한 상대—피할 수 없는 짐—끊임없이 지루함을 주는 상대가 된다는 생각만큼 짜증 나는 것도 없어요! 내가 같이 있어줄 필요가 없다고 느껴지면, 난 내 독립심을 망토처럼 편안하게 둘러쓰고 내 자존심을 베일처럼 내린 뒤 고독 속으로 물러갈 수 있어요. 하지만 결혼하면 그게 불가능하지요."

캐럴라인이 말했다. "어째서 우리 모두 독신으로 남겠다고 결심하지 않는지 모르겠어요. 경험의 지혜에 귀를 기울인다면 당연히 그래야 할 텐데 말이에요. 숙부님은 항상 결혼은 짐이라고 말씀하세요. 누군가 결혼한다는 소식을 들을 때마다 항상 그 사람이 바보 같다고, 적어도 바보 같은 짓을 한다고 생각하세요."

"하지만 캐럴라인, 남자들이 다 당신의 숙부님 같지는 않아요. 당연히 아니죠—아니길 바라요."

그녀는 말을 멈추고 생각에 잠겼다.

"우리가 사랑하는 사람이 예외라는 것을 알게 되면, 그때 결혼하면 되지요." 캐럴라인이 제안했다.

"내 생각도 그래요. 그런 예외적인 사람이라면 훌륭한 자질을 갖춘 사람일 거예요. 우리 자신처럼 좋아하게 되겠지요. 우리는 조화의 느낌을 상상해요. 그의 목소리는 결코 우리를 향해 딱딱해지지 않을 심장의 가장 부드럽고 진실된 약속을 줄 거라고 생각하지요. 그의 눈에서 그 충실한 감정, 바로 애정을 읽어낼 수 있고요. 난 열정이라 부르는 것을 신뢰하면 안 된다고 생각해요, 캐럴라인. 열정은 마른 삭정이로 지핀 불일 뿐이에요. 불타올랐다가 사라져버리죠. 대신 그를 잘 관찰해서, 그가 동물들에게, 어린아이들에게, 가난한 사람들에게 친절한지 보아야 해요. 그러면 마찬가지로 우리에게도 친절하고—선량하고—사려 깊을 테니까요. 여자들을 치켜세우는 것이 아니라 참을성 있게 대할 거예요. 여자들 앞에서도 편안해 보이고, 함께할 때 다정할 거예요. 허영심과 이기적인 이유만으로 여자들을 좋아하는 것이 아니라 우리가 그를 좋아하는 것처럼, 우리가 그를 좋아하기 때문에 우리를 좋아할 거예요. 그다음에 우리는 그가 공정한지, 항상 진실을 말하고 양심적인지 지켜볼 거예요. 그가 방에 들어오면 기쁨과 평화를 느낄 것이고, 그가 방에서 떠나면 슬프고 괴로울 거예요. 이 남자가 친절한 아들이었고 친절한 형제라는 것을 알고 있다면, 누가 감히 그가 친절한 남편이 되지 못할 거라고 말할 수 있겠어요?"

"숙부님은 주저 없이 그렇다고 하실걸요. '한 달이면 너에게 싫증을 낼 거다'라고 말하실 거예요."

"프라이어 부인도 진지하게 같은 말을 할 거예요."

“요크 부인과 맨 양도 우울하게 동의할 거고요.”

“그들이 진짜 예언자들이라면, 아예 사랑에 빠지지 않는 편이 좋겠군요.”

“피할 수만 있다면 아주 좋지요.”

“난 그들의 진실을 의심하는 쪽을 택할래요.”

“그 말을 들으니 유감스럽게도 벌써 사랑에 빠진 모양이군요.”

“아뇨. 하지만 만약 그렇다면 내가 어떤 점쟁이에게 조언을 구할지 알아요?”

“말해줘요.”

“남자도 여자도 아니고, 늙지도 젊지도 않은, 내 문 앞에 맨발로 찾아오는 아일랜드 거지 아이요. 벽판 깊숙한 곳을 갉아 구멍을 뚫는 생쥐요. 빵 부스러기를 달라고 서리와 눈 속에서 내 창문을 쪼는 새요. 내 손을 핥고 내 무릎 옆에 앉는 개요.”

“그런 것들에게 친절한 사람을 만나본 적이 있나요?”

“당신은 그런 것들이 본능적으로 따르고, 좋아하고, 의지하는 사람을 만나본 적이 있어요?”

“사제관에 검은 고양이와 늙은 개가 있는데요, 검은 고양이가 무릎을 타고 오르기를 좋아하는 사람을 알아요. 그의 어깨와 뺨에 대고 가르랑거리기를 즐기지요. 늙은 개는 그 사람이 지나가면 항상 개집에서 나와 꼬리를 흔들면서 다정하게 낑낑거려요.”

“그럼 그 사람은 어떻게 하나요?”

“조용히 고양이를 쓰다듬어주고 옆에 앉게 둬요. 일어서야 해서 고양이를 방해해야 할 때는 부드럽게 내려놓아요. 절대 거칠게 내팽개치지 않아요. 항상 개를 휘파람으로 불러서 쓰다듬어

줘요."

"그래요? 그 사람이 로버트는 아니겠지요?"

"로버트가 맞아요."

"미남이죠!" 셜리가 흥분해서 외쳤다. 그녀의 눈이 반짝였다.

"잘생기지 않았어요? 멋진 눈에 깎은 듯한 이목구비, 깨끗하고 기품 있는 이마를 가졌잖아요?"

"그 말이 다 맞아요, 캐럴라인. 근사하기도 하지! 우아하면서도 선해요."

"당신도 그렇게 생각할 줄 알았어요. 당신의 얼굴을 처음 봤을 때부터 그럴 거라 생각했죠."

"나는 그를 보기 전부터 호감이 있었어요. 실제로 보았을 때는 더 마음에 들었고요. 지금은 존경해요. 아름다움에는 그 자체로 매력이 있어요, 캐럴라인. 아름다움이 선량함과 섞이면 강력한 매력이 있죠."

"거기에 지성이 더해진다면요, 셜리?"

"누가 저항할 수 있겠어요?"

"내 숙부님과 프라이어 부인, 요크 부인, 맨 양을 기억하세요."

"이집트의 개구리들이 우는 소리나 기억해요. 그는 고귀한 사람이에요. 남자들이 정말로 선할 때는 그들을 만물의 영장이라 해도 좋다니까요. 그들은 하느님의 아들들이에요. 조물주의 모습대로 지어져서, 성령의 가장 작은 불꽃도 그들을 필멸의 존재 이상으로 끌어올려주지요. 훌륭하고 선하고 잘생긴 남자는 두말할 것도 없이 피조물들 중에서도 가장 뛰어난 존재예요."

"우리보다도요?"

"나는 제국을 놓고 그와 다투는 건 경멸하겠어요. 그런 건 경멸해요. 왼손이 앞서 하겠다고 오른손과 싸우겠어요? 가슴이 맥박과 다툴까요? 혈관이 그걸 채운 피를 질투하겠느냐고요?"

"남자와 여자, 아내와 남편은 끔찍하게 싸워요, 셜리."

"불쌍한 것들! 불쌍하고, 타락하고, 퇴화한 것들! 하느님은 남자들은 다른 운명을 위해 만드신 거예요—다른 감정들을 위해서요."

"하지만 우리는 남자들과 동등한 존재일까요, 아닐까요?"

"내가 진심으로 나보다 우월하다고 느끼게 하는 사람, 나보다 우위에 있는 사람을 만날 때보다 더 나를 매혹하는 것은 없어요."

"그런 사람을 만나본 적 있어요?"

"언제든 만나게 되면 기쁠 거예요. 나보다 위에 있을수록 훨씬 더 좋아요. 몸을 낮추면 품위를 잃게 되지만, 위를 올려다보면 영예로워지니까요. 나를 초조하게 하는 건, 내가 존경하려고 할 때면 당황해버린다는 거예요. 종교적으로 보자면 숭배할 신이 가짜밖에 없는 거죠. 나는 이교도가 되는 것을 경멸해요."

"킬더 양, 들어올래요? 사제관 문 앞까지 다 왔군요."

"오늘은 들어가지 않을게요. 하지만 내일 데리러 올 테니 저녁을 함께 보내요. 캐럴라인 헬스턴—당신이 정말로 지금 나에게 보이는 모습 그대로라면—당신과 나는 잘 맞을 거예요. 오늘 아침 당신과 얘기한 것처럼 젊은 숙녀와 이야기할 수 있었던 건 평생 처음이에요. 키스해줘요—잘 가요."

프라이어 부인은 캐럴라인과 친분을 쌓는 데 셜리 못지않게 적극적이었다. 그녀는 달리 가는 데가 없었고, 아침 일찍 사제관을 방문했다. 신부님이 출타하는 날이면 오후에 왔다. 다소 후텁지근한 날이었다. 그녀는 더위로 얼굴이 붉게 상기되었고, 낯선 집에 들어가는 상황에 안절부절못하는 듯했다. 대개는 집 안에 홀로 조용히 있는 것이 습관인 것 같았다. 헬스턴 양이 그녀를 맞으러 거실로 나와보니, 부인은 소파에 앉아 덜덜 떨면서 손수건을 부채 삼아 바람을 부치고 있었다. 히스테리를 일으킬 것 같은 불안한 마음의 동요와 싸우고 있는 것 같았다.

캐럴라인은 이 정도 연배의 부인이 이처럼 보기 드물게 침착성이 없는 것에, 또한 거의 강인해 보이는 데 반해 실제로는 힘이 없는 것에 좀 놀랐다. 프라이어 부인은 잠시 몸이 불편한 것에 대해, 걸어오느라 지쳤고 해가 너무 뜨거워서 그렇다고 서둘러 이유를 댔다. 그러면서도 조리 있게 말하기보다는 이런 이유들을 급하게 거듭 나열했다. 캐럴라인은 숄과 보닛을 부드럽게 벗겨주면서 부인을 편안하게 해주려고 애썼다. 프라이어 부인은 이런 배려를 누구한테서나 받아들이지는 않았다. 대개는 누가 손을 대거나 가까이 다가오면, 도와주려는 사람들의 비위를 맞추기는커녕 당황하면서 차갑게 움츠러들곤 했다. 그러나 그녀는 헬스턴 양의 작고 가벼운 손에는 양순하게 굴복했고, 그 손길에 위안을 받는 듯했다. 잠시 후 그녀는 더는 떨지 않게 되었고, 조용하고 차분해졌다.

평소의 태도를 되찾은 부인은 일상적인 주제들을 꺼냈다. 프라이어 부인은 여러 사람 앞에서는 거의 입을 떼지 않았다. 꼭 말해야 하는 경우에는 자제하면서 말했고, 따라서 말을 그리 잘하지 못했다. 그러나 대화를 할 때는 말을 잘했다. 항상 조금은 격식을 차린 어휘를 적절하게 잘 골라 썼다. 그녀의 의견에는 당위성이 있었고, 정보는 다양하고 정확했다. 캐럴라인은 그녀의 이야기를 들으며 즐거움을 느꼈다. 예상했던 것보다 더 즐거웠다.

그들이 앉아 있는 소파 맞은편 벽에는 그림 세 점이 걸려 있었는데, 벽난로 위의 가운데 그림은 한 부인의 그림이었고, 나머지 두 점은 남성의 초상화였다.

"아름다운 얼굴이군요." 프라이어 부인이 30분쯤 활기찬 대화를 하고 나서 이어진 짧은 침묵을 깨고 말했다. "완벽한 이목구비라 해도 좋겠네요. 조각가가 끌질을 한대도 저보다 나아질 수는 없을 거예요. 실제 인물의 초상화겠지요?"

"헬스턴 부인의 초상화랍니다."

"매슈슨 헬스턴 부인 말인가요? 당신 숙부님의 아내셨던?"

"맞습니다. 정말 닮게 그렸다고들 해요. 결혼하기 전에 숙모님은 이 고장에서 최고 미인으로 통하셨어요."

"그런 말을 들을 만하군요. 얼굴 생김새 하나하나가 얼마나 정교한지! 하지만 소극적으로 보이네요. 보통 '활기 있는 여인'이라고들 하는 그런 분은 아니었나 봐요."

"유달리 조용한 분이었던 걸로 알아요."

"당신 숙부님이 그런 묘사가 어울리는 동반자를 선택하셨을 거라고는 예상하지 못했네요. 그분은 생기 있는 대화를 재미있게 나누는 것을 좋아하시지 않나요?"

"사람들 앞에서는 그렇죠. 하지만 말 많은 아내와는 결코 살 수 없다고 늘 말씀하세요. 집에서는 조용히 있어야 한다고요. 수다는 나가서 하는 거고, 집에 돌아와서는 책을 읽고 조용히 사색해야 한다고 하세요."

"매슈슨 부인은 결혼하고 몇 년 안 되어 돌아가셨다고 들었는데요?"

"5년 후에 돌아가셨어요."

프라이어 부인이 자리에서 일어나면서 말했다. "자, 필드헤드에 자주 오실 거라고 믿을게요. 당신이 자주 왔으면 좋겠어요. 집에 여자 친척이 없어서 외로울 테니까요. 많은 시간을 고독하게 보내야만 하겠죠."

"저는 고독에 익숙해요. 혼자 자랐으니까요. 숄을 둘러드릴까요?"

프라이어 부인은 도움을 받아들였다.

부인이 말했다. "공부하는 데 도움이 필요하면 나한테 말해줘요."

캐럴라인은 이러한 친절에 감사를 표했다.

"당신과 자주 대화를 나누었으면 좋겠어요. 당신에게 도움이 되고 싶어요."

헬스턴 양은 다시 감사의 말로 답했다. 손님의 차가워 보이는 겉모습 속에 참으로 따듯한 마음이 숨어 있다고 생각했다. 프라이어 부인이 방을 거닐며 또다시 초상화들을 관심 있게 살펴보는 모습을 보고 캐럴라인은 가볍게 설명했다.

"창가에 걸린 초상화는 20년 전에 제 숙부님을 그린 것이랍니다. 벽난로 왼쪽 것은 숙부님의 형인 제임스, 제 아버지의 것이고요."

프라이어 부인이 말했다. "서로 좀 닮았군요. 하지만 이마와 입의 다른 생김새에서 성격의 차이가 엿보여요."

"어떤 차이요?" 캐럴라인이 그녀와 함께 문 쪽으로 가면서 물었다. "제임스 헬스턴, 그러니까 제 아버지가 둘 중에서 더 잘생겼다고들 하던데요. 처음 본 분들은 항상 이렇게 감탄해요. 대단한 미남이군요! 저 그림이 잘생겼다고 생각하세요, 프라이어 부인?"

"당신 숙부님보다 이목구비가 훨씬 더 부드럽고 섬세해요."

"하지만 말씀하신 성격의 차이가 어디에 있을까요? 말씀해주세요. 맞게 짐작하시는지 궁금해요."

"당신 숙부님은 원칙을 지키는 분이에요. 이마와 입술이 단호하고 눈빛은 흔들림이 없지요."

"흠, 그럼 다른 쪽은요? 제 기분이 상할까 봐 겁내실 필요 없어요. 저는 항상 진실을 좋아해요."

"진실을 좋아한다고요? 당신에게는 잘된 일이군요. 그런 취향을 고수하도록 해요—절대 흔들리지 말아요. 다른 쪽은, 지금 살아 계셨더라도 딸에게 거의 도움이 되지 못했을 것 같네요. 하지만 우아한 머리예요—젊어서 그린 것이겠지요. (갑자기 그녀 쪽으로 고개를 돌리며) 당신은 원칙이 헤아릴 수 없는 가치를 가진다고 인정하나요?"

"원칙이 없다면 어떤 인격도 진정한 가치를 가질 수 없다고 믿어요."

"진심으로 그렇게 생각해요? 그 주제를 숙고해보았나요?"

"많이 생각해봤죠. 제 상황상 일찍부터 그 문제에 관심을 갖지 않을 수 없었어요."

"그렇다면 너무 때 이르게 찾아오기는 했어도 그 교훈을 잊지는 않았군요. 흙이 너무 얕지도, 돌밭도 아니네요.* 그렇지 않았다면 너무 일찍 떨어진 씨가 절대 열매를 맺지 못했을 테니까요. 문밖에 서 있지 말아요, 감기 걸리겠어요. 잘 있어요."

헬스턴 양의 새로운 지인은 곧 그녀에게 소중한 존재가 되었고, 그들의 교제는 특별한 것이 되었다. 그녀는 자신이 이러한 위안의 기회를 흘려버렸다면—그리하여 이 행복한 변화를 이용하지 않았다면 큰 실수였으리라는 것을 깨달았다. 생각을 바꿀 기회가 그녀에게 주어졌고, 그렇게 할 수 있는 새로운 물꼬가 트였다. 그때까지 온통 한 방향으로만 쏠리던 생각 중 적어도 몇 가지라도 다른 쪽으로 돌려지면서 강력하게 몰아치던 힘이 누그러졌고, 한 점에만 가해지던 압력도 줄어들었다.

곧 그녀는 셜리나 프라이어 부인이 권하는 것을 하나씩 하면서 필드헤드에서 하루를 다 보내는 데 만족하게 되었다. 한 사람이 그녀에게 무언가를 제안하면 그다음에는 다른 사람이 또 다른 것을 제안했다. 더 나이 든 부인은 우정을 크게 드러내지 않으면서도 주의 깊게, 성실하게, 꾸준하게 표현했다. 그녀가 특이

* 마태오의 복음서 13장 5~6절에서 인용한 것. "어떤 씨는 흙이 적은 돌밭에 떨어졌다. 곧 싹이 나왔지만 흙이 깊지 않아서 해가 뜨자 뿌리도 내리지 못한 채 말라버렸다."

한 인물이라고 앞서 넌지시 말했었다. 부인의 특이함은 그녀가 캐럴라인에게 보이는 관심의 성격에서 무엇보다도 더 잘 드러났다. 부인은 캐럴라인의 모든 행동거지에서 눈을 떼지 않았다. 그녀의 걸음 하나하나까지 다 지켜주려는 듯했다. 헬스턴 양이 충고와 원조를 요청하는 것은 그녀에게 기쁨을 주었다. 캐럴라인이 청하면 조용하면서도 즐겁게 도움을 주었으므로, 캐럴라인도 오래지 않아 그녀에게 의지하는 데서 기쁨을 느꼈다.

헬스턴 양은 셜리 킬더가 프라이어 부인에게 전혀 거역하지 않는 데 처음에는 놀랐다. 이 내성적인 전직 가정교사가 어린 제자의 집에 이렇게 편안하게 있는 것도 놀라웠다. 그녀는 그 집에서 매우 의존적인 위치에 있으면서도 아주 조용히 독립적으로 지냈다. 그러나 캐럴라인은 두 사람을 다 알아야 이 수수께끼를 완전히 이해할 수 있다는 사실을 곧 깨달았다. 프라이어 부인을 알게 되면 누구라도 그녀를 좋아하고, 사랑하고, 소중히 여기지 않을 수 없을 것 같았다. 그녀가 늘 구식 드레스를 입고, 격식 차린 어법을 쓰며, 태도가 차갑다 해도, 다른 누구도 가지지 못한 스무 가지의 사소한 방식들을 갖고 있다 해도—그녀는 의지할 수 있는 버팀목이고 상담역이었으며, 너무나 진실하고 그녀 방식대로 친절했다. 부인의 존재에 일단 익숙해지면 누구도 그녀 없이 지내기는 어려워질 것이라고 캐럴라인은 생각했다.

부인과 셜리와의 대화에서 캐럴라인은 의존적이거나 굴욕적인 느낌은 전혀 받지 못했다. 프라이어 부인이 왜 그래야 하겠는가? 상속녀는 그녀의 새 친구에 비해 엄청나게 부유했다. 한쪽은 연 수입이 1000파운드는 족히 되었는데, 다른 한쪽은 한 푼도 없었다. 그럼에도 캐럴라인은 셜리와의 교제에서 명백히 평등하다는 느낌을 경험했다. 브라이어필드나 윈버리의 일반적인 상류층과의 교제에서는 절대 받을 수 없는 느낌이었다.

그 이유는 셜리의 머릿속이 돈과 지위가 아닌 다른 것들에 대한 생각으로 꽉 차 있었기 때문이다. 그녀는 재산에 있어 누구에게도 의지할 필요가 없어서 기뻤다. 때때로 자신이 대저택의 주인이고 임차인들과 영지를 가졌다는 생각에 고무되기까지 했다. 특히 "훌륭한 직물 공장, 염색소, 창고와 더불어 할로의 작은 집이라 불리는 가옥과 대지, 정원, 별채들로 이루어진" 할로의 "그 모든 재산"들을 떠올리면 유쾌한 만족감에 즐거워했다. 그러나 신기하게도 기쁨을 크게 숨기지 않아도 보기에 거슬리지 않았다. 반면 그녀의 진지한 생각들은 다른 곳을 향했다. 위대함에 감탄하고 선량함을 존중하며 다정함에 기뻐하는 것이 셜리의 영혼이 타고난 자질이었다. 따라서 그녀는 자신의 사회적 우월함에 대해 깊이 생각하기보다는 어떻게 하면 이런 자질을 따를 수 있을지를 생각할 때가 훨씬 더 많았다.

킬더 양은 처음에는 캐럴라인이 조용하고 남과 잘 어울리지 않으며, 섬세해 보이고 누군가 돌봐줄 사람이 필요해 보였기 때문에 관심을 가졌다. 이 새 지인이 자신이 생각하고 말하는 방식을 이해하고 그에 반응해준다는 것을 알게 되면서 애정은 훨씬 더 커졌다. 이는 거의 기대하지 않았던 것이었다. 헬스턴 양은 너무 예쁘장한 얼굴에 부드러운 태도와 목소리를 가져서, 머리와 재능 면에서는 평범한 수준에 불과하리라 생각했다. 그런데 자신이 던진 건조한 재담에 온화한 얼굴이 재미있다는 듯이 밝아지는 것을 보고 적잖이 놀랐다. 게다가 더욱 놀라운 것은, 곱슬머리에 덮인 그 소녀다운 머릿속에 독학으로 얻은 지식이 숨어 있고, 배우지 않은 추론들이 작동하고 있다는 사실이었다. 캐럴라인은 타고난 취향 또한 셜리와 같았다. 킬더 양이 아주 재미있게 읽었던 책들을 헬스턴 양도 좋아했다. 그들은 공통으로 싫어하는 것 또한 많았으며, 가짜 감성과 잘난 척하는 허세에 찌든 작품들에 대해서는 마음 놓고 함께 비웃었다.

셜리가 생각하기에 진짜와 가짜를 가려내는 올바른 이성을 가지고 시를 제대로 즐길 줄 아는 사람은 남녀를 막론하고 드물었다. 대단히 똑똑한 사람들이 이런저런 시인의 이런저런 구절이 훌륭하다고 떠들어대는 것을 몇 번이고 들었지만, 막상 읽어보면 위선, 미사여구, 허식 혹은 잘해야 번지르르한 말을 장황하게 늘어놓은 것에 불과하다고 느낀 적이 한두 번이 아니었다. 기발하고 재치 있고 박식할지도 모른다. 어쩌면 공상의 매혹적인 색조가 가미된 것이 있을 수도 있다. 하지만 이런 시들은 금속으로만 만든 작은 잔과 화려하고 웅장한 모자이크 꽃병의 차이만큼이나 진짜 시하고는 다르다. 혹은 다른 식으로 비유한다면, 모자상인이 만든 인공적인 화환과 들판에서 갓 딴 백합만큼이나 다르다.

캐럴라인은 진짜 보석의 가치를 알아보았고, 보기에만 좋은 싸구려 금속의 기만을 알아차렸다. 두 소녀의 마음은 조화로운 화음을 이루며 함께 아름답게 울리곤 했다.

어느 날 저녁 오크나무 응접실에 그들 둘만 있게 되었다. 그들은 지루한 줄 모르고 함께 빗속에서 긴 산책을 하고 온 뒤였다.

이제 해가 저물고 있었지만 아직 초를 가져오지는 않았다. 황혼이 깊어가면서 둘 다 말없이 깊은 생각에 빠졌다. 서풍이 거친 구름과 거센 비를 멀리 바다에서부터 몰고 와 저택 주위에서 울부짖었다. 고풍스러운 격자창 밖은 폭풍우가 몰아치는데 그 안은 평화로웠다. 셜리는 창가에 앉아 하늘의 조각구름, 땅에 깔린 안개를 보면서 불안한 정령들처럼 슬피 우는 골짜기 소리에 귀를 기울였다. 그녀가 그렇게 젊고 활달하고 건강하지 않았다면, 그 소리는 어떤 징조처럼, 미래를 예측하는 만가처럼 그녀의 떨리는 신경을 휩쓸었을 것이다. 하지만 이렇게 젊음의 전성기에 있고 아름다움이 꽃필 때는 그저 생기를 가라앉혀 생각에 잠기게 해주었다. 달콤한 발라드 몇 구절이 그녀의 귓가를 떠나지 않았다. 그녀는 가끔씩 한 소절을 불러보았다. 노래의 높낮이는 단속적으로 몰아치는 바람 소리를 따라갔다. 돌풍이 몰아칠 때는 높아졌다가 잠잠해지면 낮아졌다. 캐럴라인은 방의 제일 어둡고 제일 먼 구석에 박혀 있어서, 불꽃이 다 죽은 루비색 불빛으로 그녀의 모습을 겨우 알아볼 수 있을 정도였다. 그녀는 앞뒤로 왔다 갔다 하면서 잘 기억하고 있는 시의 일부를 혼잣말로 외웠다. 그녀의 목소리는 아주 나지막했지만 셜리는 그녀의 말을 들었다. 부드럽게 노래하면서 그 소리를 들었다. 그 시는 다음과 같았다.

"흐리디흐린 밤이 하늘을 덮었네
대서양의 파도가 울부짖었네
나와 같이 가엾은 운명의 인간이

배 위에서 거꾸로 쓸려 갔네
친구도, 희망도, 모든 것을 잃고서
그의 떠도는 집을 영원히 떠났네."

시는 여기에서 끝났다. 조금 전까지 황홀하게 울리던 셜리의 노랫소리가 희미해졌기 때문이다.

"계속해요." 그녀가 말했다.

"그럼 당신도 계속해요. 난 '조난자'를 외고 있었을 뿐이에요."

"알아요. 전부 외울 수 있으면 외워봐요."

해는 거의 다 졌고, 무엇보다도 킬더 양이 듣는 것은 무섭지 않았으므로 캐럴라인은 시를 끝까지 외웠다. 마치 직접 겪어본 듯이 외웠다. 거친 바다, 익사하는 수부, 머뭇거리다 폭풍우 속에서 쓸려 가는 배가 그녀에 의해 되살아났다. 시인의 마음도 더 생생하게 되살아났다. 시인은 '조난자'를 위해 울지는 않았지만, 무정한 고뇌의 시간, 인간에게 버림받은 선원의 운명에서 신에게 버림받은 자신의 불행과의 유사점을 찾았고, 분투하는 깊은 고뇌 속에서 울부짖었다.

"어떤 신성한 목소리도 폭풍우를 가라앉히지 못했네
어떤 상서로운 빛도 비추지 않았네
우리가 모든 도움을 빼앗기고
죽어갈 때—각기 홀로!
그러나 나—더 거친 바다 밑에서
그보다 더 깊은 만에 삼켜지네."

"윌리엄 쿠퍼가 이제는 하늘에서 평안하기를 바라요." 캐럴라인이 말했다.

"그가 지상에서 고통받았던 것을 동정하나요?" 킬더 양이 물었다.

"그를 동정하냐고요, 셜리? 어떻게 동정하지 않을 수 있겠어요? 이 시를 썼을 때 그는 비탄에 잠겨 있었어요. 시를 읽은 사람도 같은 슬픔을 느낄 정도예요. 하지만 그는 시를 쓰면서 위안을 찾았어요—틀림없이 그랬을 거예요. 시라는 선물—인간에게 내려진 가장 신성한 선물—은 감정의 힘이 해가 되려고 때 감정을 누그러뜨리도록 주어진 거예요. 셜리, 지성이나 성취를 과시하기 위해 시를 써서는 안 된다고 생각해요. 그런 시를 누가 좋아하겠어요? 누가 학식을 따지겠어요—시 속의 멋진 말을 좋아하겠어요? 그리고 아무리 단순하고, 심지어 조악하게 표현했더라도 감정—진실한 감정을 누가 좋아하지 않겠어요?"

"어쨌든 당신은 좋아하는 모양이군요. 확실히 그 시를 들으면 쿠퍼가 배를 몰아가는 바람만큼이나 강한 충동을 느끼고 있었다는 것을 누구나 알 수 있어요. 그 충동이 너무나 강력했기 때문에, 그는 잠깐 멈춰서 어느 한 연에라도 장식을 추가하는 대신 시 전체를 완벽하게 완성했어요. 당신은 차분한 목소리로 그 시를 암송했지요, 캐럴라인. 나는 그 점이 놀라워요."

"시를 쓰는 쿠퍼의 손은 떨리지 않았어요. 그런데 왜 그 시를 암송하는 내 목소리가 흔들려야 할까요? 셜리, '조난자' 원고에 눈물 자국은 없었어요. 나에게 들리는 건 절망의 울부짖음뿐, 슬픔의 흐느낌은 아니에요. 하지만 그 울부짖음으로 그의 가슴에서 치명적인 경련이 사라졌다고 믿어요. 그는 실컷 울고 위안을 찾았어요."

셜리는 다시 발라드를 부르기 시작했다. 그러나 곧 멈추고 이렇게 말했다.

"그를 위로할 특권을 가질 수만 있다면 누구라도 쿠퍼를 사랑했을 거예요."

"당신이라면 절대 쿠퍼를 사랑하지 않았을걸요." 캐럴라인이 재빨리 반박했다. "그는 여자에게 사랑받도록 타고난 사람이 아니에요."

"무슨 뜻인가요?"

"내 말 그대로예요. 이 세상에는 그런 본성을 타고난 사람이 있어요. 아주 고귀하고 고상한 성품이지만 사랑이 결코 가까이 다가갈 수 없는 사람. 쿠퍼를 사랑하려는 뜻을 가졌을 수도 있겠지요. 하지만 그를 보고, 동정하고, 결국은 떠나가게 됐을 거예요. 선원들이 물에 빠져 죽어가는 동료로부터 '격렬한 바람'에 떠밀려 가듯이, 불가능하다는, 어울리지 않는다는 느낌에 떠날 수밖에 없었을 거예요."

"당신이 옳을지도 모르겠군요. 누가 당신에게 그런 말을 해주었나요?"

"그리고 쿠퍼에 대해 얘기한 것들을 루소에 대해서도 똑같이 얘기해야 해요. 루소가 사랑받아본 적이 있을까요? 그는 열정적으로 사랑했지만, 그 열정이 보답받은 적이 있을까요? 단언컨대 한 번도 없을 거예요. 쿠퍼나 루소 같은 여성이 있다면, 나는 그들도 같을 거라 생각해요."

"누가 당신에게 그런 얘기를 했느냐고요? 무어인가요?"

"왜 누군가가 나한테 말해줬어야 하나요? 나라고 본능이 없겠어요? 유추로 알 수 없겠어요? 무어는 쿠퍼니 루소니 사랑에 대해 나에게 이야기한 적이 없어요. 우리가 고독 속에서 듣는 목소리가 이런 주제에 대해서 내가 아는 전부를 말해주었어요."

"캐럴라인, 당신은 루소 같은 성격을 좋아하나요?"

"대체로는 전혀 아니에요. 그런 사람들이 지닌 어떤 특질들에는 깊이 공감해요. 그들 품성의 어떤 신성한 불꽃은 내 눈을 부시게 하고 내 영혼을 타오르게 해요. 그러고 나서는 또 그들을 경멸하죠. 그들은 진흙과 황금으로 만들어졌어요. 쓰레기와 광석이 만들어내는 것은 아주 약할 수밖에 없어요. 전체적으로 보자면, 나는 그들이 부자연스럽고, 건강치 못하고, 매정하다고 느껴요."

"난 당신보다 루소를 더 잘 참아줄 수 있을 것 같은데요, 케리. 당신은 순종적이고 생각이 깊어서 엄격하고 현실적인 것을 좋아하는군요. 그건 그렇고, 사촌 로버트를 만나지 못하니 무척 그립겠네요?"

"그래요."

"그럼 로버트도 당신을 그리워할까요?"

"그건 아닐걸요."

"상상이 안 되는군요." 셜리는 요즘 들어 딱히 관련이 없어 보일 때도 무어의 이름을 대화에 끌고 들어오는 버릇이 붙었다. "어떻게 그가 당신을 좋아하지 않을 수 있는지 말이에요. 당신을 그렇게 많이 지켜보고, 당신과 이야기하고, 당신에게 그렇게 많은 것을 가르쳐주었는데."

"그는 나를 좋아한 적이 없어요. 나를 좋아한다고 내놓고 말한 적도 없고요. 기껏해야 참아줄 만하다는 정도였지요."

캐럴라인은 자신에 대한 사촌의 관심을 평가하는 데 과할 정도로 신중을 기하기로 마음먹어서, 이제 항상 습관처럼 그 점을 염두에 두고 사촌의 관심을 아주 박하게 이야기했다. 미래에 대한 희망적인 관점을 버리고 덜 낙관적이어야 했다. 과거에 대한 즐거운 회상도 자제해야 했다.

킬더 양이 말했다. "그럼 당신 쪽에서도 그를 그저 참아주었을 뿐인가요?"

"셜리, 남자와 여자는 달라요. 다른 입장에 있어요. 여자들은 생각할 거리가 많지 않지만 남자들은 아주 많지요. 우리가 남자들에게 우정을 느낄 수도 있지만, 남자들은 우리에게 거의 관심이 없어요. 우리 삶에 활기를 주는 것 중 많은 부분이 남자에게 달려 있을 수 있지만, 남자의 눈 속에 떠오르는 감정이나 관심은 우리하고는 관련이 없을 수 있어요. 로버트는 런던에 자주 가곤 했고, 일주일이나 2주씩 거기에서 지내기도 했어요. 그가 없으면 나는 공허했어요. 뭔가 모자란다고 느꼈고, 브라이어필드는 더 지루해졌어요. 물론 나도 평소에 하는 일이 있죠. 그래도 그가 그리웠어요. 저녁에 혼자 앉아 있으면 설명할 수 없는 이상한 확신이 들곤 했어요. 어떤 마법사나 천재가 그 순간에 알리 왕자의 망원경(아라비안나이트에 나오는 얘기 기억하지요?)을 나에게 줬다면, 그리고 그것의 힘으로 내가 로버트의 모습—그가 어디에 있는지, 어떻게 지내는지—을 볼 수 있었다면, 그 같은 사람과 나 같은 사람 사이의 간격이 얼마나 넓은지 알고 깜짝 놀랐을 거예요. 내 생각이 아무리 그에게만 머물러 있다 해도, 그의 생각은 실제로는 나에게서 벗어나 있다는 것을 알았어요."

킬더 양이 불쑥 말했다. "캐럴라인, 당신은 직업을 갖고 싶지 않아요? 사업을 한다든가?"

"하루에도 수십 번은 생각하죠. 지금 같아서는 내가 왜 이 세상에 왔는지 모르겠다는 생각을 자주 해요. 몰입할 수 있고 꼭 해야 하는 일이 있어서 내 머리와 손을 채우고 생각을 쏟을 수 있으면 좋겠어요."

"노동만이 인간을 행복하게 만들 수 있는 걸까요?"

"아뇨. 하지만 노동은 다양한 고통을 주어서 우리 마음이 단 하나의 압제적인 고문에 무너지는 일이 없게 해주지요. 게다가 성공적인 노동에는 보상이 따라와요. 공허하고 지겹고 외로운, 희망이 없는 삶에는 아무런 보상도 없지요."

"하지만 힘든 노동과 학식을 요구하는 직업은 여자들을 남성적으로 바꾸고 거칠고 여성스럽지 않게 만든다던데요."

"결혼을 하지 못했고 앞으로도 결혼할 가망이 없는 여자들이 매력과 우아함을 잃는다 해서 그게 뭐가 대수겠어요? 품위와 예의를 잃지 않고 단정하기만 하면 그걸로 충분하지요. 외모 면에서 노처녀들은 거리에서 남자들 앞을 지나갈 때 그들이 보기에 너무 불쾌하지만 않으면 돼요. 그 외에는 내키는 대로 자기 일에 집중하고 엄숙할 수 있어야 하고, 외모나 차림새가 수수해도 지나치게 경멸받지 않아야 해요."

"캐럴라인, 당신이 노처녀가 될지도 모르니까 굉장히 진지하게 말하는군요."

"나는 노처녀가 될 거예요. 그게 내 운명이에요. 멀론가나 사이크스가 사람하고는 절대로 결혼하지 않을 거예요. 그리고 그런 사람들 외에는 아무도 나와 결혼하려 하지 않을 거고요."

여기에서 긴 침묵이 깔렸다. 셜리가 침묵을 깨뜨렸다. 다시 한번 그녀의 입술에 제일 먼저 오른 것은 그녀를 홀린 듯한 그 이름이었다.

"리나—무어가 가끔 당신을 리나라고 부르지 않았나요?"

"네. 그가 태어난 나라에서는 캐럴라인을 줄여서 리나라고 부르기도 하지요."

"흠, 리나, 언젠가 내가 당신 머리 길이가 양쪽이 다르다고 했던 거 기억해요? 오른쪽 곱슬머리가 더 짧다고요. 그랬더니 당신이 로버트 탓이라고 말했지요. 그가 예전에 그쪽에서 길게 머리카락을 잘라냈다고."

"맞아요."

"그가 당신 말처럼 당신에게 무관심하다면 왜 당신 머리카락을 가져갔을까요?"

"나도 모르겠어요—아니, 알아요. 그건 내가 한 짓이에요. 그가 한 게 아니라. 그런 일은 항상 다 내가 한 거였어요. 그가 평소처럼 집을 떠나 런던에 가게 된 때였어요. 떠나기 전날 밤 그의 누이의 반짇고리에서 검은 머리카락 타래를 보았어요. 짧고 동그란 곱슬머리였어요. 오르탕스 언니가 동생의 것인데 기념품으로 두었다고 말했어요. 그가 탁자 옆에 앉아 있었고 나는 그의 머리를 보았지요. 그는 머리숱이 많아요. 관자놀이 위에 바로 그런 동그란 곱슬머리가 풍성하게 늘어져 있었어요. 나한테 조금 주어도 되겠다고 생각했지요. 꼭 갖고 싶어서 달라고 했어요. 그랬더니 그는 자기도 내 머리카락을 조금 가질 수 있다면 주겠다고 했어요. 그래서 그가 내 긴 머리를 조금 잘라 갔고, 나는 그의 짧은 머리를 약간 잘랐지요. 나는 그의 것을 갖고 있지만 아마 그는 내 것을 잃어버렸을 거예요. 그건 내가 한 짓이에요. 그 바보짓을 생각하면 마음이 괴로워지고 얼굴이 불에 덴 듯 화끈거려요. 혼자 앉아 있을 때면 불쑥 떠올라 작은 펜나이프처럼 자존감을 찢고 갑자기 미친 듯한 탄식을 뱉게 만드는, 사소하지만 날카로운 기억들 중 하나죠."

"캐럴라인!"

"어떤 면에서는 나는 정말 바보 같아요, 셜리. 나 스스로를 진짜로 경멸해요. 하지만 당신을 나의 고해신부로 만들지는 않겠다고 했죠. 당신은 약하지 않아서, 나의 약점에 자신의 약점으로 답해줄 수가 없으니까요. 지금 나를 계속 지켜보고 있군요! 당신의 맑고 강하고 독수리 같은 눈을 다른 데로 돌려줘요. 그 눈으로 그렇게 뚫어지게 보는 건 모욕이에요."

"당신 성격은 참 연구 대상이에요! 나도 당연히 당신처럼 약해요. 하지만 당신이 생각하는 의미에서는 아니에요. 들어와요!"

마지막 말은 문 두드리는 소리에 답한 것이었다. 그때 마침 킬더 양이 문 옆에 있고 캐럴라인은 방 건너편에 있었다. 그녀는 셜리의 손에 쪽지가 놓이는 것을 보았고, 이 말을 들었다.

"무어 씨가 보내셨습니다."

"초를 가져와요." 킬더 양이 말했다.

캐럴라인은 기대감에 차서 앉아 있었다.

“사업상의 연락이에요.” 상속녀가 말했다. 그러나 초를 가져온 뒤에도 편지를 펼쳐보거나 읽지 않았다. 곧 주임사제네 패니가 왔고, 사제의 조카딸은 집으로 돌아갔다.

13장

그 이후의 사업상의 연락

셜리의 천성은 때때로 태평한 게으름이 지배적일 때가 있었다. 손과 눈을 완전히 비우는 데에서 기쁨을 얻을 때가 있었다. 그녀의 생각, 단순한 존재, 세상이 주변에 있다는 사실—그리고 머리 위에는 천국이 있다는 것만으로도 충분히 행복감을 느껴서, 그 기쁨을 늘리기 위해 손가락 하나 까딱할 필요도 느끼지 못할 때가 있었다. 그녀는 아침을 활동적으로 보낸 후 친절한 그늘을 드리운 나무 아래 잔디에 꼼짝도 않고 누워서 햇살 좋은 오후를 보내곤 했다. 캐럴라인 말고는 친구도 필요 없었고, 그녀가 방문할 수 있는 거리 안에 캐럴라인이 있으면 충분했다. 짙푸른 하늘과 저 멀리 저 높이 떠서 하늘을 가로질러 흘러가는 구름 조각들 외에는 다른 구경거리도 원하지 않았다. 벌이 윙윙대는 소리와 나뭇잎의 속삭임 말고는 아무 소리도 필요 없었다. 이런 시간에 그녀의 유일한 책은 희미한 기억의 연대기나 기대의 예언서였다. 그녀의 젊은 눈에서는 그 책들을 읽을 수 있는 찬란한 빛이 떨어졌고, 때때로 입가에 떠오르는 미소에서 그 책들의 이야기나 예언이 힐끗 드러났다. 그건 슬프지도 어둡지도 않았다. 운명은 이 행복한 몽상가에게 지금까지 자비로웠고, 앞으로도 호의를 베풀어줄 것을 약속했다. 그녀의 과거에는 달콤한 순간들이, 미래에는 장밋빛 희망이 있었다.

그러나 어느 날 캐럴라인이 이제 일어나야겠다는 생각에 셜리를 깨우려고 가까이 다가가 내려다보니 이슬이 내린 듯 셜리의 뺨이 젖어 있었다. 맑은 눈은 눈물이 차올라 물기에 빛나고 있었다.

"셜리, 당신이 왜 울고 있어요?" 캐럴라인은 자기도 모르게 당신이라는 말에 힘을 주었다.

킬더 양은 미소를 짓고는 그림 같은 머리를 질문자 쪽으로 돌렸다. "울면 굉장히 기분이 좋아지거든요. 마음이 슬프면서 동시에 기뻐요. 하지만 당신처럼 착하고 인내심 많은 사람이 왜 나와 함께 울어주지 않는 건가요? 나는 그저 기쁨에 눈물을 흘리고 이내 닦아버릴 수 있어요. 당신은 원한다면 쓰디쓴 눈물을 흘릴 수 있고요."

"왜 내가 쓰디쓴 눈물을 흘려야 하나요?"

"짝이 없는 외로운 새니까!" 대답이 돌아왔다.

"당신도 짝이 없잖아요, 셜리?"

"마음속에서는—그렇지 않아요."

"오! 거기에 누가 둥지를 틀고 있나요, 셜리?"

그러나 셜리는 이 질문에 깔깔 웃기만 하고 재빠르게 몸을 일으켰다.

“꿈을 꾸었어요. 그저 백일몽일 뿐이에요. 확실히 밝고, 아마도 근거는 없어요!”

헬스턴 양은 이때쯤에는 환상에서 충분히 자유로워진 뒤였다. 미래를 충분히 진지하게 바라보았고, 자신의 운명과 다른 이들의 운명이 어떻게 흘러갈지도 잘 안다고 생각하게 되었다. 그러나 과거의 연상들은 여전히 그녀에게 영향을 미쳤고, 저녁이 되면 이 연상들과 습관의 힘이 여전히 그녀를 할로가 굽어보이는 들판의 계단과 오래된 가시나무로 이끌곤 했다.

쪽지 사건이 있던 다음 날 밤, 그녀는 평소와 같은 자리에서 자신의 불빛을 찾았으나 헛일이었다. 그날 저녁에는 등이 밝혀져 있지 않았다. 그녀는 특정 별자리들이 떠올라 시간이 늦었다고 경고할 때까지 기다리다가 자리를 떴다. 필드헤드를 지나 돌아오는 길에 달빛의 아름다움이 시선을 잡아끌어 잠시 발을 멈추었다. 나무와 저택이 밤하늘과 밝고 꽉 찬 천체 아래 평화롭게 솟아 있었다. 진주같이 훤한 빛이 건물을 감쌌고, 그윽한 갈색 어둠이 건물을 품어 안았다. 진초록 그림자가 오크나무 가지가 우거진 지붕 위로 드리워졌다. 앞쪽의 넓은 보도 역시 희미하게 빛났다. 어떤 마법의 주문이 검은 화강암을 반짝이는 백색 대리석으로 바꾸어놓은 듯 어슴푸레한 빛이 났다. 은빛의 공간 위에 두 사람의 형상이 뚜렷이 드러난 두 개의 검은 그림자가 드리워져 있었다. 이 인물들은 처음에는 움직임도 말도 없다가, 곧 발맞추어 걸음을 옮기며 조화로운 목소리로 나지막이 이야기를 나누었다. 캐럴라인은 삼나무 줄기 뒤에서 진지하게 그들을 살폈다. "프라이어 부인과 셜리인가?"

물론 셜리였다. 달리 누가 저렇게 유연하면서도 당당하고 우아한 자태를 가졌겠는가? 그녀의 얼굴도 보였다. 근심이 없으면서도 생각에 잠겨 있고, 사색에 빠졌으면서도 쾌활하고, 조롱하는 듯하면서도 다정한 얼굴이었다. 이슬이 내렸지만 아랑곳하지 않고 머리에 모자도 쓰지 않았다. 풀어 헤친 곱슬머리가 목을 덮고 어깨까지 흘러내렸다. 금장신구가 가슴 위에 두른 반 접은 스카프 틈새로 빛났고, 그것을 잡은 하얀 손 위에서 큼지막하고 밝은 보석이 반짝였다. 그렇다, 셜리였다.

그럼 그녀의 동행은 물론 프라이어 부인이겠지?

그렇다. 프라이어 부인의 키가 180센티미터라면, 그리고 점잖은 과부의 상복 대신 남장을 했다면 말이다. 킬더 양과 함께 걷고 있는 인물은 남자였다—키가 크고, 젊고, 위풍당당한 남자—바로 그녀의 임차인, 로버트 무어였다.

두 사람은 부드럽게 대화를 나누고 있어서 무슨 말을 하는지는 들리지 않았다. 잠시 쳐다보았다고 해서 엿듣는 것이라 할 수는 없을 것이다. 달빛이 너무 밝고 그들의 얼굴이 또렷하게 잘 보이는데, 누가 이런 눈길을 끄는 광경에 저항할 수 있겠는가? 캐럴라인은 그럴 수 없었다. 그래서 더 머물렀다.

무어가 지금 상속녀와 함께 걷고 있듯이, 여름밤에 사촌과 함께 산책을 나가던 때가 있었다. 캐럴라인은 종종 해가 진 후에 그와 함께 할로로 올라가서 신선한 흙냄새를 맡았다. 깊은 산골짜기 가장자리의 폭이 좁은 계단식 밭을 향기로운 목초들이 카펫처럼 덮었고, 골짜기 틈 어둠 속의 젖은 돌 속에서, 잡초가 우거진 둑 사이에서, 축축한 오리나무 가지 아래에서 신음하는 외로운 운하의 정령 같은 소리가 들려왔다.

캐럴라인은 생각했다. '하지만 예전에는 내가 그와 더 가까웠는데. 그는 경의를 갖고 나를 대해야 할 의무감을 느끼지 않았어. 친절하기만 하면 됐어. 그는 내 손은 잡곤 했지만, 지금 그녀의 손을 잡고 있지는 않네. 하지만 셜리는 자신이 사랑하는 사람 앞에서는 오만하게 굴지 않아. 지금 셜리는 태도에만 조금 오만함이 있을 뿐이지, 얼굴에는 그런 기색이 없어. 오만함은 그녀에게 자연스럽고 그녀와 뗄 수 없는 것인데. 가장 조심스러운 순간에도 가장 무방비한 때에도 그 오만함은 가지고 있어. 로버트도 나처럼 생각하는 게 틀림없어. 지금 저 아름다운 얼굴을 내려다보면서. 그리고 그는 저 얼굴을 나와 달리 남자의 뇌로 생각하고 있는 것이 틀림없어. 셜리의 눈 속에는 무척 거세지만 부드러운 불꽃이 있어. 그녀가 미소 짓고 있군—왜 저렇게 다정하게 미소 짓는 걸까? 로버트도 그 미소의 아름다움을 느끼고 있는 게 보여. 나처럼 여자의 희미한 지각으로가 아니라, 남자의 가슴으로 느끼고 있는 게 틀림없어. 그들의 모습이 나에게는 멋지고 행복한 두 요정같이 보여. 저 은빛 보도를 보니 죽음 너머에 있다고 믿는 흰 해변이 떠오르네. 그들이 그곳으로 같이 걸어가고 있어. 그리고 나는—여기 그림자 속에 숨어서, 내가 숨은 곳보다 더 어두운 마음으로 들킬세라 몸을 움츠리고 있는 나는 뭘까? 나는 현세의 존재야, 요정이 아니라. 왜 태어났는지, 무슨 목적으로 사는지 무지와 절망 속에서 묻는 가련하고 저주받은 인간일 뿐이지. 언제나 그 질문만을 계속해서 생각해. 마지막에는 어떻게 될까, 누구에게 기대어 죽음을 맞게 될까.

이건 이제까지 내가 겪은 것 중에서 최악의 순간이야. 하지만 나는 충분히 준비가 되어 있었어. 나는 로버트를 포기했고, 셜리가 왔다는 말을 들은 첫날부터 그를 셜리에게 내주었어. 부유하고 젊고 사랑스러운 그녀를 처음 보았을 때부터 그랬어. 이제 셜리가 그를 갖게 되었군. 그는 셜리의 연인이고, 셜리는 그의 소중한 사람이야. 결혼하면 그에게 훨씬 더 소중한 사람이 되겠지. 로버트가 셜리에 대해 알면 알수록 그의 영혼은 그녀에게 집착하게 될 거야. 두 사람은 행복하겠지. 나는 그들의 행복을 질투하지는 않아. 단지 나 자신의 불행 아래 신음할 뿐이지. 내 고통 중 어떤 것은 너무나 날카로워. 정말로 나 같은 건 태어나지 않았어야 했는데. 처음 울음을 터뜨렸을 때 나를 질식시켰어야 했는데.'

이때 셜리가 이슬에 젖은 꽃을 모으려 옆으로 걸음을 옮기면서 그녀와 동행은 문에 더 가까운 길로 접어들었다. 그러면서 그들의 대화를 일부는 알아들을 수 있게 되었다. 캐럴라인은 남아서 들을 생각은 없었고, 소리 죽여 그 자리를 떴다. 달빛이 그녀의 그림자가 희미하게 비친 벽에 입을 맞추었다. 여러분은 독자의 특권으로 남아서 대화를 들어볼 수 있다.

"어째서 자연이 당신에게 불도그의 머리를 주지 않았는지 알 수가 없군요. 당신은 불도그 같은 집념을 가졌는데 말이에요."

셜리가 말했다.

"칭찬의 말처럼은 안 들리네요. 제가 그렇게 야비합니까?"

"조용히 일을 추진하는 방식도 그 동물과 닮은 점이 있어요. 당신은 경고를 하지 않아요. 소리 없이 뒤에서 다가와서는 꽉 잡고 놓아주지 않지요."

"그건 어림짐작입니다. 내 쪽에서 그런 짓을 하는 걸 본 적 없잖아요. 당신 앞에서는 불도그였던 적 없습니다."

"당신의 침묵을 보면 어떤 종인지 알 수 있지요. 당신은 평소에는 말수가 적지만 속으로는 깊이 궁리를 하고 있어요! 당신은 멀리 내다봐요. 용의주도하고요."

"나는 이 사람들의 방식을 압니다. 그들의 의도에 대한 정보를 모아왔죠. 어젯밤 당신에게 편지를 보내 배러클러프의 재판이 유죄 선고로 끝났고 유배 판결이 내려졌다고 알려드렸습니다. 그의 공범들은 복수를 모의할 겁니다. 나는 대항하기 위해, 적어도 그들의 공격에 대비하기 위해 계획을 짜야 할 거고요. 그게 전부입니다. 이제 할 수 있는 한 명쾌하게 설명해드렸으니, 내가 하려는 일에 당신의 동의를 얻었다고 봐도 될까요?"

"당신이 방어하는 입장을 유지하는 한 나는 당신 편에 서겠어요. 예."

"좋습니다! 당신이 전혀 도와주지 않는다 해도, 심지어 반대하거나 못마땅해한다 해도 나는 지금 하려고 마음먹은 그대로 행동하는 수밖에 없었을 겁니다. 하지만 달리 생각하면 이제는 만족스럽습니다. 전체적으로 보면 이 상황이 마음에 들어요."

"그러신 것 같군요. 확실히 그래 보여요. 당신은 정부에서 군복을 위한 천 주문을 받아 처리하는 것보다 지금 눈앞에 놓인 일을 더 즐기는 것 같아요."

"확실히 그렇습니다."

"헬스턴 신부님도 그러실 거예요. 동기에는 살짝 차이가 있는 것이 사실이지만요. 아마도 여러 면에서 그렇겠지요. 제가 헬스턴 씨에게 말씀드릴까요? 당신이 원한다면 그렇게 할게요."

"좋으실 대로 하십시오. 킬더 양, 당신의 판단이 정확할 겁니다. 저는 더 어려운 위기에서도 당신의 판단을 믿을 거예요. 하지만 미리 알려드리자면, 헬스턴 씨는 지금 저에게 다소 좋지 않은 편견을 갖고 계십니다."

"알고 있어요. 두 분의 견해 차이에 대해서는 저도 다 들었어요. 그런 차이는 틀림없이 해소될 거예요. 지금 상황에서 그분은 동맹을 맺고 싶은 유혹을 뿌리치실 수 없을 테니까요."

"그분이 제 편에 서주신다면 기쁘겠지요. 정말로 정직한 분이니까요."

"저도 그렇게 생각해요."

"오래되고 다소 녹이 슨 칼이지만, 날의 예리함과 담금질 정도는 여전히 최고지요."

"음, 당신 편에 서주실 거예요, 무어 씨. 그러니까, 제가 그분의 마음을 얻을 수 있다면요."

"당신이 마음을 얻지 못할 분이 누가 있겠습니까?"

"신부님은 안 될지도 몰라요. 하지만 노력은 해보겠어요."

"노력이라! 아마 그분은 말 한마디—미소 한 번에 굴복하실 텐데요."

“그럴 리가요. 여러 잔의 차, 약간의 토스트와 케이크, 엄청난 항의, 충언, 설득이 필요할 거예요. 좀 쌀쌀해졌군요.”

“몸을 떨고 있네요. 여기에 당신을 오래 붙잡아두다니 제가 잘못하고 있는 거죠? 하지만 정말 조용하군요. 따듯하게 느껴지기까지 해요. 당신 같은 분과의 교제가 저에게는 매우 드문 즐거움이랍니다. 더 두꺼운 숄로 몸을 감쌌다면—”

“더 오래 있으면 시간이 얼마나 늦었는지 잊을 거고, 프라이어 부인이 못마땅해하실 거예요. 필드헤드에서는 일찍 일어나고 규칙적인 생활을 하거든요, 무어 씨. 당신 누님도 그러시겠지요.”

“예. 하지만 오르탕스 누님과 저는 각자 하고 싶은 대로 하는 것이 제일 편하다고 생각합니다.”

“하고 싶은 대로 어떻게 하시는데요?”

“일주일에 사흘 밤은 공장에서 잡니다. 하지만 저는 잠이 별로 없어서 달이 밝고 날씨가 온화할 때면 날이 밝을 때까지 할로를 배회할 때가 많습니다.”

“무어 씨, 제가 아주 어릴 때 제 유모가 할로에서 요정들이 목격된다는 이야기를 해주곤 했어요. 아버지가 공장을 짓기 전이어서 인적 하나 없는 산골짜기였을 때지요. 그러다가 마법에 걸리실 거예요.”

“벌써 그렇게 된 것 같습니다.” 무어가 낮은 목소리로 말했다.

“하지만 요정보다 더 조심해야 할 대상이 있답니다.” 킬더 양이 말했다.

“더 위험스럽고요.” 그가 덧붙였다.

“훨씬 더하지요. 예를 들어, 그 미친 칼뱅주의자에 자코뱅파

직공 마이클 하틀리를 마주치면 어떻게 될까요? 들리는 말로는 그는 밀렵에 미쳐서 종종 밤에 총을 들고 돌아다니기도 한다던데요."

"운 좋게도 벌써 그를 마주쳤답니다. 어느 날 밤 그와 긴 논쟁을 벌였어요. 이상하지만 사소한 사건이었죠. 재미있었어요."

"재미있었다고요? 놀랄 만한 취향이군요! 마이클은 제정신이 아니에요. 어디에서 그를 만났어요?"

"협곡에서 가장 깊고 가장 그늘진 곳이었어요. 관목 숲 아래로 물이 낮게 흐르는 곳이지요. 우리는 널빤지 다리 옆에 앉았어요. 달은 떴지만 구름이 끼어 있었고 바람이 많이 불었어요. 우린 이야기를 나누었습니다."

"정치에 관해서요?"

"종교 얘기도요. 보름달이었고, 마이클은 거의 광기에 들린 상태였지요. 율법폐기론자 특유의 방식으로 이상한 신성모독적인 말을 하더군요."

"죄송하지만 그의 이야기를 앉아서 들어주다니 당신도 그 사람 못지않게 미쳤다고밖에는 할 수 없겠네요."

"그의 헛소리에는 거칠지만 흥미로운 데가 있어요. 그 사람은 완전한 광인이 아니었다면 반은 시인일 겁니다. 난봉꾼이 아니었다면 예언자일지도 모르겠네요. 지옥이 저의 피할 수 없는 운명이라고 저에게 엄숙하게 알려주었습니다. 제 이마에서 짐승의 낙인을 읽었다고 했어요. 처음부터 저는 추방된 자였다고요. 저를 위한 신의 복수가 준비되어 있다고, 저의 파멸이 어떤 수단에 의해 어떤 식으로 올지 밤의 환상 속에서 보았다고 했습니다. 저는 더 알고 싶었지만 그는 이 말만 남기고 가버렸어요. '그것이 아직 끝은 아니다.*'"

"그 후로 그를 보신 적이 있나요?"

"한 달쯤 지나서 시장에서 돌아오는 길에 모지스 배러클러프와 함께 술에 거나하게 취해 있는 것을 마주쳤습니다. 길가에서 미친 듯이 기도를 하고 있더군요. 저를 사탄이라고 부르며 꺼지라고 명령하고, 유혹에서 구해달라며 아우성을 쳤습니다. 며칠 전 마이클은 모자도 없이 셔츠 바람으로 다시 회계실 문 앞에 나타났지요. 외투와 비버 털 모자는 술집에 담보로 맡겨두었다더군요. 곧 무어 씨의 영혼이 부름을 받게 될 테니 집을 잘 정리해놓으라고 전했어요."

"그런 일들이 아무렇지도 않으신가요?"

"그 불쌍한 사람은 몇 주 동안이나 술에 절어 있었습니다. 거의 섬망 상태까지 간 거지요."

"그다음에는 뭔가요? 그는 자신의 예언을 실현하려고 할 것 같은데요."

"그런 일로 기가 꺾여서는 안 되지요."

"무어 씨, 집으로 돌아가세요!"

"이렇게 빨리요?"

"들판을 곧장 가로질러 가세요. 오솔길과 농장으로 돌아서 가지 말고."

"아직 시간이 이른데요."

* 마태오의 복음서 24장 6절.

“늦었어요. 저는 들어가야겠어요. 오늘 밤에는 할로에서 돌아다니지 않겠다고 약속해주실 거죠?”

“당신이 바라신다면.”

“그러기를 바라요. 혹시 생명을 무가치하게 여기시나요?”

“절대 그렇지 않습니다. 반대로 요즘 들어 제 생명이 소중해졌습니다.”

“요즘 들어?”

“이제 제 존재는 목적도 희망도 없는 것이 아닙니다. 석 달 전만 해도 목적도 희망도 없었어요. 그때는 익사하고 있었습니다. 차라리 다 끝나기를 바랐어요. 그런데 갑자기 어떤 손이 저에게 뻗어왔습니다—어찌나 섬세한 손인지, 감히 믿기 힘들었지요—하지만 그 손의 힘이 저를 파멸에서 구해냈습니다.”

“정말로 구출되셨나요?”

“당분간은 그렇습니다. 당신의 도움으로 또 한 번 기회를 얻었습니다.”

“살아서 그걸 최대한 활용하세요. 마이클 하틀리의 표적으로 자신을 내주지 말고요. 안녕히 가세요!”

헬스턴 양은 다음 날 필드헤드에서 저녁을 보내기로 약속이 되어 있었고, 그녀는 약속을 지켰다. 그 전까지는 우울한 시간을 보냈다. 대부분의 시간을 방에 틀어박혀 보냈고, 방에서 나올 때는 삼촌과 식사를 할 때뿐이었다. 패니에게는 드레스를 고치느

라 바쁘니 방해받지 않도록 위층에서 바느질을 하고 있겠다는 말로 질문을 하지 못하게 미리 막아두었다.

그녀는 정말로 바느질을 했다. 쉬지 않고 계속해서 바늘을 놀렸지만, 머릿속은 손가락보다 더 바삐 움직였다. 다시, 전보다 더 강렬하게 그녀는 일정한 직업을 원했다. 아무리 고되고 지루하더라도 좋았다. 숙부에게 한 번 더 간청해보아야겠지만, 프라이어 부인과 먼저 상의를 하고 싶었다. 그녀가 앉은 하얗고 작은 긴 의자 발치에 펼쳐놓은 모슬린 여름 드레스의 얇은 감을 바느질하는 손만큼이나 머릿속도 계획을 짜느라 바쁘게 돌아갔다. 그렇게 양쪽으로 정신이 없다가도 이따금씩 눈물이 고여 바쁜 손 위에 떨어지곤 했다. 그러나 이렇게 감정을 드러내는 일은 드물었고, 그 흔적은 금세 지워졌다. 날카로운 고통이 지나가고 희미해졌던 시야가 맑아지면, 다시 바늘에 실을 꿰어 주름과 가윗밥을 정리하고 작업을 계속했다.

그녀는 오후 늦게 옷을 차려입고 필드헤드로 갔다. 차를 막 내올 때쯤 오크나무 응접실에 들어섰다. 셜리가 왜 이렇게 늦게 왔느냐고 물었다.

그녀가 대답했다. "옷을 만들던 중이라서요. 이런 맑은 날에 메리노 겨울옷을 입고 있자니 부끄러워지더라고요. 그래서 더 가벼운 옷을 손질했어요."

셜리가 말했다. "난 지금 당신 모습 그대로가 딱 보기 좋은데요. 당신은 참 숙녀다워요, 캐럴라인. 그렇지 않아요, 프라이어 부인?"

프라이어 부인은 절대 칭찬을 하는 법이 없었고, 개인의 외모에 관해서는 좋은 말이건 나쁜 말이건 말을 아꼈다. 지금도 캐럴라인 가까이 앉아 그녀의 곱슬머리를 뺨에서 쓸어 올리고 계란형의 얼굴 윤곽을 어루만지며 이렇게 말했다.

"좀 야위었네요. 얼굴색도 나빠지고. 잠은 잘 자요? 눈이 퀭하네." 그러곤 부인은 그녀를 걱정스럽게 쳐다보았다.

캐럴라인이 말했다. "가끔 우울한 꿈을 꿔요. 밤에 깨어서 한두 시간을 누워 있으면 사제관이 오래되고 황량한 곳이라는 생각이 들어요. 아시다시피 사제관은 교회 안 묘지 가까이 있잖아요. 집 뒤쪽은 엄청나게 오래되었고요. 거기 야외 부엌은 예전에는 교회 묘지에 포함되었고, 그래서 그 밑에는 무덤이 있대요. 저는 사제관을 떠나고 싶어요."

"저런! 미신을 믿는 것은 아니겠죠?"

"안 믿어요, 프라이어 부인. 하지만 점점 더 불안해지는 것 같아요. 예전보다 어두운 쪽으로 자꾸 생각이 쏠려요. 전에는 느끼지 않았던 두려움을 느껴요. 유령에 대해서가 아니라 징조나 무서운 사건들에 대해서요. 말로 표현할 수 없이 마음이 무거워요. 아무리 해도 그런 기분을 떨쳐낼 수가 없어요. 도저히 안 돼요."

셜리가 외쳤다. "이상하네! 난 그런 기분은 느껴본 적이 없는데." 프라이어 부인은 아무 말도 하지 않았다.

캐럴라인이 말을 이었다. "좋은 날씨, 쾌적한 하루, 보기 좋은 광경들도 저에게 즐거움을 줄 힘이 없어요. 조용한 저녁도 저에게는 조용하지 않아요. 부드럽다고 생각했던 달빛도 이제는 슬퍼 보일 뿐이에요. 제 마음이 약해서일까요, 프라이어 부인, 아니면 뭘까요? 저도 어쩔 수가 없어요. 그런 기분을 뿌리치려고 종종 애써요. 이유를 따져보기도 하고요. 하지만 이성도 노력도 다 소용이 없어요."

"운동을 더 해야 해요." 프라이어 부인이 말했다.

"운동이라고요! 운동은 충분히 하고 있어요. 거의 쓰러질 때까지 하는걸요."

"캐럴라인, 집을 떠나야 해요."

"프라이어 부인, 저도 그러고 싶어요. 하지만 목적도 없는 여행이나 방문으로 말고요. 저도 부인처럼 가정교사가 되고 싶어요. 그 문제에 대해 숙부님께 말씀드려주신다면 정말 감사하겠어요."

셜리가 외쳤다. "말도 안 돼요! 그런 생각을 하다니! 가정교사가 된다고요! 노예가 되는 편이 나을걸요. 그럴 필요가 있나요? 왜 그런 고통스러운 단계를 꿈꾸어야 하나요?"

프라이어 부인이 말했다. "캐럴라인, 당신은 가정교사가 되기에는 너무 젊고, 그런 일을 할 만큼 건강하지도 않아요. 가정교사가 맡는 일은 과중할 때가 많아요."

"저를 바쁘게 만들 과중한 의무가 있었으면 좋겠어요."

셜리가 소리쳤다. "바쁘게 만든다고요! 당신이 언제 게으름을 피운 적이 있단 말이에요? 나는 당신보다 더 부지런한 사람을 본 적이 없는데요. 항상 일을 하고 있잖아요. 자—" 그녀가 말을 이었다. "이리 와서 내 옆에 앉아요. 차를 좀 마시고 기분 전환을 해봐요. 나를 떠나고 싶어 하다니, 내 우정 같은 건 안중에도 없나요?"

"그렇지 않아요, 셜리. 당신을 떠나고 싶지 않아요. 당신처럼 다정한 친구는 다시 찾지 못할 거예요."

그 말에 킬더 양은 충동적으로 애정 어린 동작으로 캐럴라인의 손에 자기 손을 올려놓았다. 그녀의 얼굴 표정에도 그런 감정이 잘 드러났다.

그녀가 말했다. "그렇게 생각한다면 나를 소중하게 여겨줘요. 나한테서 도망가지 말아요. 나는 정든 사람들과 헤어지기 싫어요. 프라이어 부인도 가끔 나를 떠나겠다는 말을 해요. 내가 자기보다 더 이로운 관계를 맺어야 한다고요. 하지만 나는 전통적인 어머니 대신 유행에 맞고 멋진 사람을 찾을 생각은 해본 적이 없어요. 당신으로 말하자면—나는 우리가 진짜 친구가 되었다고 기뻐하고 있었어요. 셜리가 당신을 좋아하는 만큼이나 당신도 셜리를 좋아한다고요. 그리고 아낌없이 관심을 베풀어준다고요."

"나는 정말로 셜리를 좋아해요. 매일 점점 더 좋아져요. 하지만 그렇다고 내가 강해지거나 행복해지지는 않아요."

"그럼 완전히 낯선 사람들 속으로 가서 고용인으로 살면 강해지거나 행복해질까요? 아닐걸요. 그런 실험은 시도하면 안 돼요. 분명히 말하는데, 실패할 거예요. 당신의 천성으로는 가정교사들이 보통 살아가는 외로운 삶을 견디지 못해요. 당신은 병이 나고 말 거예요. 그런 얘기는 듣고 싶지 않아요."

킬더 양은 이 말을 아주 단호하게 내뱉고 말을 멈추었다. 그러곤 곧 여전히 다소 '노한' 기색으로 다시 입을 열었다.

"이제 오솔길 나무 사이로 작은 코티지 보닛과 비단 스카프를 찾아보는 것이 나의 매일의 즐거움이에요. 나의 조용하고 영민하고 생각 깊은 벗이자 조언자가 오고 있음을 알게 되는 거니까요. 그녀를 방에 앉히고, 그녀와 내 마음이 내키는 대로 보거나 대화를 하거나 홀로 있게 둘 수도 있다는 뜻이니까요. 이기적인 말일지도 모르지요—나도 알아요. 하지만 내 입술까지 자연스럽게 올라오는 말이니까 그냥 할래요."

"편지할게요, 셜리."

"편지가 다 뭐라고요? 그건 미봉책일 뿐이에요. 차를 좀 마셔요, 캐럴라인, 뭐라도 좀 먹고요. 아무것도 먹지 않는군요. 명랑하게 웃어봐요. 그리고 집에 그대로 있어요."

헬스턴 양은 고개를 젓고 한숨을 내쉬었다. 생활의 변화가 자신에게 꼭 필요하다고 믿었지만, 이를 위해 도와달라거나 허락해달라고 누구든 설득하는 일이 얼마나 어려울지 절감했다. 자신의 판단만을 따를 수 있다면 그녀는 자신의 고통에 대한 가혹하지만 효과적인 치료법을 찾아낼 수 있을 거라고 생각했다. 그러나 아무에게도, 특히 셜리에게만큼은 다 설명할 수 없는 상황에서 나온 이런 판단은 자신을 제외한 모든 사람의 눈에 이해할 수 없고 기이한 것으로 비쳤고, 그래서 반대를 당했다.

정말로 지금 당장 안락한 집을 떠나 '남의집살이'를 해야 할 만큼 경제적 형편이 절박하지는 않았다. 그리고 숙부가 어떤 식으로든 그녀를 앞으로도 죽 부양해줄 가능성이 높았다. 그녀의 친구들도 그렇게 생각했고, 그들이 볼 수 있는 한에서는 그 생각이 옳았다. 그러나 캐럴라인이 어떻게든 극복하거나 도피하고 싶어 하는 이상한 고통에 대해서는 전혀 몰랐다. 그녀의 고뇌에 찬 밤들과 우울한 낮들에 대해서도 의심조차 품지 않았다. 설명할 수도 없지만 해봤자 가망 없는 일이었다. 기다리고 인내하는 것만이 그녀의 유일한 계획이었다. 먹을 것과 입을 것이 부족해도 그녀보다 활기찬 삶을 살고 더 밝은 전망을 가진 이들이 많다. 가난으로 고통받으면서도 오히려 곤경 속에서는 그녀보다 덜 괴로워하는 사람들도 많다.

셜리가 물었다. "자, 이제 마음이 좀 진정되었어요? 집에 있겠다고 동의하는 거지요?"

"친구들의 찬성 없이 떠나지는 않을게요. 하지만 친구들도 머지않아 내 생각에 동의하게 될 거예요" 하고 캐럴라인은 답했다.

이런 대화가 오갈 동안 프라이어 부인은 매우 불편한 기색이었다. 항상 대단히 내성적인 탓에 그녀는 하고 싶은 말을 다 하거나 남들에게 꼬치꼬치 캐묻는 일이 거의 없었다. 수많은 질문들을 생각만 할 뿐, 던지지는 못했다. 마음속에 조언해주고 싶은 것은 많아도 입 밖으로 전하지를 못했다. 캐럴라인과 단둘이 있었다면 뭔가 간결하게 말할 수도 있었을 테지만, 킬더 양이 있을 때는 입을 봉했다. 다른 수많은 경우에 그랬듯이, 지금도 설명할 수 없는 이유로 끼어들기를 주저했다. 그녀는 불 때문에 덥지 않은지 물어보고 캐럴라인의 의자와 벽난로 사이에 가리개를 놓는다든가, 외풍이 들어온다며 창문을 닫고 캐럴라인 쪽으로 초조하게 자꾸 시선을 던지는 등 간접적인 방식으로 헬스턴 양에 대한 걱정을 드러낼 뿐이었다. 셜리가 다시 말했다.

"당신의 계획을 망쳐놓았으니 내가 새로운 계획을 만들어볼게요. 매년 여름마다 나는 여행을 가요. 이번 여름에는 스코틀랜드의 호수나 영국의 호수에서 두 달을 보낼 계획이에요. 당신이 같이 가준다면 말이에요. 거절한다면 한 발짝도 떼지 않겠어요."

"당신은 정말 착해요, 셜리."

"당신이 내가 착하게 행동할 수 있게 해준다면 나는 아주 착해질 거예요. 나는 마음만 먹으면 얼마든지 착해질 수 있으니까요. 내가 남보다 우월하다고 생각하는 것이 나의 불행이자 습관인 줄 알아요. 그런 점에서는 다 나와 같지 않나요? 그렇지만 킬더 대장은 분별 있고 다정한 동료를 포함해 원하는 것이 다 갖춰지고 편안해지면, 그 동료를 행복하게 만들어주기 위해 남은 노력을 다하는 데에서 큰 기쁨을 얻지요. 그러니까 우리 하일랜드에서 행복해지지 않을래요, 캐럴라인? 하일랜드에 가요. 당신이 바다 항해를 견딜 수 있다면 섬들에도 가요—헤브리디스제도, 셰틀랜드제도, 오크니제도 같은 데 말이에요. 당신도 마음에 들지요? 그럴 거라 믿어요. 프라이어 부인, 부인이 증인이 되어주세요. 말만 들어도 이렇게 얼굴이 환해지잖아요."

"정말 가고 싶어요." 캐럴라인이 대답했다. 그런 여행을 한다는 생각은 즐거웠을 뿐 아니라 실로 그녀의 활기를 되살려주었다. 셜리가 손을 맞비볐다.

"자, 내가 이로운 일을 할 수 있어요. 내 돈으로 좋은 일을 할 수 있다고요. 내 연 수입은 단순히 더러운 지폐와 누렇게 된 기니 금화인 게 아니라(하지만 나는 둘 다 아주 좋아하니, 존경심을 갖고 말할게요), 축 처진 사람들에게는 건강을, 약한 사람들에게는 힘을, 슬픈 사람들에게는 위안을 줄 수 있어요. 나는 근사한 오래된 집이나 공단 드레스보다 더 좋은 데 돈을 쓰기로 마음먹었어요. 지인들로부터 존경심을, 가난한 사람들로부터 경의를 끌어내는 것보다도 더 좋은 일이죠. 이게 그 시작이에요. 올여름—캐럴라인, 프라이어 부인, 나 이렇게 셋이서 셰틀랜드 너머 북대서양으로 가요. 페로제도까지 가도 좋을 거예요. 페로제도의 수에우로위섬에서는 물개를 보고, 스트레이모이섬에서는 틀림없이 인어를 볼 수 있을 거예요. 캐럴라인이 웃는군요, 프라이어 부인. 내가 그녀를 웃게 만들었어요. 내가 그녀에게 좋은 일을 했어요."

헬스턴 양이 다시 말했다. "가고 싶어요, 셜리. 파도 소리를 듣고 싶어요. 바다의 파도 소리를요. 꿈속에서 상상했듯이 파도를 보고 싶어요. 사라졌다 다시 나타나는, 백합보다도 더 하얀 거품의 화환과 함께 흩어지며 흔들리는 층층의 녹색 빛 같은 파도를요. 바닷새들이 아무 방해도 받지 않고 살면서 새끼를 낳는 그 외로운 바위섬들의 해안을 거닐면 기쁠 거예요. 옛 스칸디나비아인들의 자취를 따라가볼 수도 있겠지요. 노르웨이의 해안을 볼 수도 있을 거예요. 이건 당신의 제안을 듣고 느끼는 아주 막연한 기쁨이긴 하지만, 그래도 확실히 기쁨이지요."

"이제 밤에 깨어 누워 있을 때는 피트풀헤드*를 생각해봐요. 갈매기들이 주위에서 끼룩거리고 파도가 몰아치는 그 곳을 말이에요. 사제관 뒤쪽 부엌 아래 무덤 같은 거 말고요."

"노력해볼게요. 수의 잔해나 관 조각, 사람 뼈 대신, 어부도 사냥꾼도 오지 않는 인적 없는 해변에 햇살을 받으며 누워 있는 물개들을 상상해볼게요. 해초 속에 진주 같은 알들이 가득한 바

* 셰틀랜드제도 남단에 있는 곳.

위틈을 상상할게요. 행복하게 무리 지어 흰 모래사장을 덮은 겁 없는 새들을 상상할게요."

"그럼 당신이 마음속에 품고 있다고 한 그 설명할 수 없는 무거움은 어떻게 되는 건가요?"

"동토에서 내려온 짙푸른 폭우 속을 뚫고 헤엄치는 고래 떼 위로 펼쳐진 깊은 바다를 생각하면서 잊도록 해볼게요. 대홍수 이전에 태어났을 법할 정도로 거대한 우두머리 수컷을 따라 수백 마리의 고래가 뒹굴면서 빠르게 헤엄쳐 갈 거예요. 우두머리는 불쌍한 스마트*가 이렇게 말했을 때 염두에 두었던 피조물과 같겠죠.

'조류를 강하게 거스르며, 거대한 고래는
모습을 드러낸다.'**"

"우리 범선이 그런 무리하고는 만나지 않았으면 좋겠네요, 캐럴라인(당신은 바다의 파도가 이는 널따란 골짜기에서 이상한 여물을 먹어치우는, 그러니까 '영원의 언덕' 기슭에서 풀을 뜯는 바다 매머드들을 상상하고 있나 보군요). 우두머리 수컷 때문에 배가 전복되는 건 바라지 않아요."

"당신은 인어들을 보게 되기를 기대하고 있잖아요, 셜리?"

"적어도 한 명쯤은요. 적어도 한 명은 봐야 해요. 인어는 이런

* 영국 시인 크리스토퍼 스마트.

** 스마트의 시 '다윗 왕에게 바치는 노래'에서 인용.

식으로 나타날 거예요. 나는 어느 8월 저녁, 늦은 시간에 중추의 보름달을 보면서 갑판 위를 홀로 걷고 있을 거예요. 보름달도 나를 내려다보고요. 그때 뭔가가 바다 표면 위로 하얗게 떠오를 테지요. 바다 위로 달이 조용히 떠 있어 눈부시도록 아름답게 빛나는 표면 위로요. 그 물체는 반짝이다가 가라앉고, 다시 떠올라요. 또렷한 목소리로 외치는 소리가 들리는 것 같아요. 나는 선실에서 올라오라고 당신을 부르지요. 당신에게 어둑한 파도에서 나타나는 설화석고처럼 아름다운 모습을 보여줄 거예요. 우리 둘은 긴 머리카락과, 거품처럼 하얀 위로 쳐든 팔, 별처럼 빛나는 타원형의 거울을 보게 되겠죠. 그것이 더 가까이 미끄러져 와요. 인간의 얼굴이 분명하게 보여요. 당신의 얼굴과 비슷하게 선이 곧고 순수하지만(이 단어는 봐줘요. 딱 맞아서요), 보기 흉하게 창백하지는 않아요. 우리를 쳐다보지만 당신의 눈으로 보는 것은 아니에요. 그 교활한 시선 속에서 초자연적인 유혹을 볼 수 있어요. 그것이 손짓해요. 우리가 남자였다면 그 부름에 벌떡 일어날 거예요. 더 차가운 여마법사를 위해 차가운 파도를 무릅쓰겠지요. 하지만 우리는 여자라서, 좀 두렵기는 해도 안전하게 그대로 있어요. 그녀는 우리의 동요 없는 시선을 알아채요. 자기가 힘이 없다고 느껴요. 분노가 그녀의 얼굴을 스쳐요. 그녀는 우리에게 마법을 걸 수는 없지만, 대신 우리를 겁에 질리게 할 거예요. 높이 떠올라서 전신을 드러낸 채 검은 파도를 타고 미끄러져 가요. 공포스러운 요부! 우리 자신과 무시무시하게 닮은 모습! 캐럴라인, 그녀가 날카로운 비명과 함께 마침내 물속으로 뛰어들면 기쁘지 않겠어요?”

“하지만 셜리, 그녀는 우리와 같지 않아요. 우리는 유혹하는 요부도, 공포스러운 존재도, 괴물도 아니에요.”

“우리 종족 중 일부는 셋 다라고들 하지요. 남자들은 ‘여자’ 전체에게 이런 특징들을 돌리기도 하잖아요.”

여기에서 프라이어 부인이 끼어들었다. “셜리, 캐럴라인, 지난 10분 동안의 대화는 다소 공상적인 이야기들이었다고 생각지 않아요?”

“하지만 우리의 공상에 해로울 것은 없는걸요. 그렇지 않아요?”

“인어가 존재하지 않는다는 건 다들 알아요. 그런데 왜 마치 존재하는 것처럼 말하는 거죠? 어떻게 실재하지 않는 것에 대한 얘기에서 흥미를 찾을 수 있어요?”

“모르겠어요.” 셜리가 말했다.

“셜리, 누가 온 것 같아요. 당신이 말하는 동안 길에서 발소리가 들렸어요. 이 삐걱거리는 소리는 정원 문소리 아닌가요?”

셜리가 창가로 갔다.

“맞아요, 누가 왔네요.” 셜리가 조용히 고개를 돌리며 말했다. 그녀가 자리에 다시 앉았을 때, 그녀의 눈에서 떨리는 빛이 타오르는 동시에 사그라지면서 얼굴에 미세한 홍조가 번졌다. 그녀는 턱에 손을 올리고 시선은 떨군 채, 생각에 잠긴 듯한 모습으로 기다렸다.

하녀가 무어 씨가 오셨다고 알렸다. 무어 씨가 문가에 나타나자 셜리가 몸을 돌렸다. 들어오는 그의 키는 매우 커 보여서, 세 여성과 대조를 이루었다. 셋 다 평균보다 큰 몸집은 아니었다.

그는 아주 좋아 보였다. 지난 1년간 이렇게 좋아 보인 적이 없을 정도였다. 그의 눈과 안색에서 되살아난 젊음이 빛났고, 고무된 희망과 확고한 목적의식이 그의 태도를 지탱해주었다. 표정에는 여전히 단호함이 있었으나 엄격함은 아니었다. 진실하면서도 활달해 보였다.

그는 킬더 양에게 인사를 건네면서 말했다. "스틸브로에서 막 돌아오는 길입니다. 제 임무의 결과를 전해드리려고 방문했습니다."

셜리가 말했다. "제가 초조하게 소식을 기다리지 않게 오신 건 잘하신 일이에요. 마침 때맞춰 오셨군요. 앉으세요. 차를 아직 마시고 있던 참이었어요. 차를 즐길 만큼 영국인이 다 되셨나요, 아니면 충실하게 커피를 고집하시나요?"

무어가 차를 받았다.

그가 말했다. "저는 귀화한 영국인이 되는 법을 배우고 있답니다. 저의 외국 습관이 하나씩 떠나가고 있어요."

이제 그는 프라이어 부인에게 정중하게 인사를 건넸다. 자기 나이에 어울리는 진지하고 겸손한 태도의 인사였다. 그런 다음 캐럴라인을 보았다. 그러나 처음으로 본 것은 아니었다. 이미 그의 시선은 그녀를 향했었다. 그녀가 앉아 있었으므로 그는 그녀 쪽으로 몸을 숙여 손을 내밀고는 잘 지내는지 물었다. 헬스턴 양은 창을 등지고 있어서 창문으로 들어온 빛이 그녀에게 닿지 않았다. 조용하고 나지막한 대답, 차분한 행동거지, 이르게 깔린 어스름의 친근한 보호가 그녀의 속내가 드러나지 않도록 가려주었다. 그녀가 떨고 있었다거나 얼굴을 붉혔다고, 그녀의 심장이 마구 뛰었다거나 신경이 전율하고 있었다고 아무도 단언할 수 없었다. 어떤 감정도 증명되지 않았다. 주고받은 인사도 그보다 무덤덤할 수는 없었다. 무어는 킬더 양 맞은편에, 캐럴라인 옆의 빈 의자에 앉았다. 그는 편안히 자리를 잡았다. 바로 옆자리여서 그의 눈길로부터 벗어났고 시시각각 깊어지는 어스름 덕에 더 안전해진 그의 옆 사람은, 그의 이름이 처음 불렸을 때부터 마구 날뛰기 시작했던 감정들을 곧 겉보기만이 아니라 진짜로 다스릴 수 있게 되었다.

그는 킬더 양에게 말했다.

"막사에 가서 라이드 대령과 이야기를 하고 왔습니다. 그는 제 계획에 찬성했고 제가 원하는 도움을 주기로 약속했습니다. 정말로, 필요한 것보다 더 많은 병력을 주겠다고 제안했어요. 여섯 명이면 충분할 겁니다. 영국 군인들이 감당할 수 없이 몰려오는 건 원치 않으니까요. 그들은 모습을 보여주기만 하면 됩니다. 저는 주로 제 민간인들에게 의지합니다."

"그리고 그들의 대장에게 말이지요." 셜리가 끼어들었다.

"킬더 대장님 말입니까?" 무어가 살짝 미소 지으며 눈을 치켜뜨지 않은 채 말했다. 이렇게 말할 때 그의 농담의 어조는 매우 정중했고 억제되어 있었다.

셜리도 미소로 답했다. "아뇨. 제라르 무어 대장님이요. 자기 오른팔의 무용을 무척 신뢰하는 분."

무어가 말했다. "회계실에서 쓰는 자로 무장하고서 말이죠." 평소의 엄숙한 태도를 되찾은 무어가 말을 계속했다. "오늘 저녁 내무부 장관님으로부터 제 편지에 대한 답장을 우편으로 받았습니다. 이곳 북쪽 지방의 상황에 불안한 듯했습니다. 특히 공장주들의 나태함과 비겁함을 비난하더군요. 그들 또한 제가 항상 말해왔듯이 현재 상황에서 행동하지 않는 것은 범죄이며, 비겁함은 잔인함이라고 말합니다. 둘 다 무질서를 부추기고, 결국 유혈 사태로 이어지게 될 테니까요. 여기 그 편지입니다. 당신도 읽어볼 수 있도록 가져왔습니다. 노팅엄, 맨체스터, 그 밖의 지역에서 일어나는 일들에 대한 더 많은 설명을 담은 신문도 있습니다."

그는 편지와 신문을 꺼내어 킬더 양 앞에 놓았다. 그녀가 그것들을 읽는 동안 그는 조용히 차를 마셨다. 그러나 말은 하고 있지 않아도 그의 관찰력은 절대 쉬지 않는 듯했다. 뒤쪽에 앉아 있던 프라이어 부인은 그의 시선의 범위 안에 들어오지 않았으나, 두 젊은 숙녀는 그의 관찰 대상이 되었다.

바로 맞은편에 앉은 킬더 양은 굳이 애쓰지 않아도 잘 보였다. 그가 눈을 들면 자연히 맨 처음 보이는 대상이 그녀였다. 아직 남은 대낮의 빛, 서쪽으로 미끄러지는 빛이 그녀에게 떨어지면서 뒤의 어두운 패널을 배경으로 그녀의 형체가 돋을새김처럼 떠올랐다. 셜리의 깨끗한 뺨에서는 몇 분 전에 올라온 홍조가 아직 사라지지 않았다. 글을 읽느라 아래를 향한 검은 속눈썹과 거뭇하지만 섬세한 눈썹 선, 거의 검은 광이 나는 곱슬머리와 대조되어 그녀의 밝은 안색은 만개한 붉은 야생화처럼 화사해 보였다. 그녀의 태도에는 자연스러운 우아함이 있었고, 비단 드레스의 풍성하고 빛나는 주름에는 예술적인 효과가 있었다. 단순한 스타일이었지만 꿩의 목 색깔처럼 깊고 변화하는 색조의 씨실과 날실, 밝기가 계속 바뀌는 염료 덕분에 화려해 보일 정도였다. 팔에서 번쩍이는 팔찌는 금과 상아의 대비를 연출하며 전체 그림에서 훌륭한 효과를 냈다. 시선이 거기 오래 머문 것을 보아 무어는 그렇게 생각한 것 같았다. 하지만 그는 자신의 감정이나 견해를 얼굴에 내비치는 일이 거의 없었다. 그의 기질은 상당한 침착성을 자랑했으며, 어느 누구든 불친절하지는 않지만 진지하고 절제된 태도로 대하는 쪽을 선호했다.

바로 앞을 보면 옆에 가까이 있는 캐럴라인은 볼 수 없었다. 그래서 그의 관찰 범위 안에 그녀가 잘 들어오게 하려면 약간 몸을 움직일 필요가 있었다. 그는 의자에 뒤로 몸을 기대어 그녀를 내려다보았다. 무어뿐 아니라 그 누구라도 헬스턴 양에게서 화려한 빛을 발견할 수는 없었다. 꽃도 장식도 없이 그늘 속에 앉아 있는 그녀는 수수한 모슬린 드레스를 입었다. 연한 하늘색의 가는 줄무늬가 있을 뿐 그 외에는 색이 없는 옷이었다. 안색도 핏기 없이 차분했다. 갈색의 머리카락과 눈은 이렇게 희미한 빛 속에서는 잘 보이지 않았다. 그녀를 상속녀와 비교하자면, 우아한 연필 스케치를 생생한 유화와 비교하는 것과 같았다. 로버트가 그녀를 마지막으로 본 후로 그녀는 많이 변했다. 그가 이를 느꼈는지는 알 수 없었다. 그는 그런 말은 전혀 하지 않았다.

"오르탕스 언니는 잘 지내시나요?" 캐럴라인이 부드럽게 물었다.

"아주 잘 지냅니다. 하지만 일거리가 없다고 불평하곤 해요. 당신을 보고 싶어 해요."

"저도 보고 싶어 한다고 전해주세요. 매일 프랑스어를 조금씩 읽고 쓰고 있다고도요."

"누님은 당신이 누님의 안부를 궁금해했는지 물어볼 겁니다. 항상 그 문제에 신경을 쓰거든요. 누님이 관심을 좋아하시는 거 알잖아요."

"진심으로 잘 지내고 계시기를 바란다고 전해주세요. 그리고 시간 날 때 짧은 편지라도 써주신다면 기쁘겠다고 말씀드려주세요."

"제가 잊어버리면 어떡하지요? 저는 칭찬을 전달하는 역할로는 믿음직하지 않은데요."

"아니, 잊으면 안 돼요, 로버트. 그건 칭찬이 아니에요. 진심으로 하는 말이에요."

"그러니까 정확하게 전달해야 하고요?"

"좋으실 대로요."

"누님은 바로 눈물을 쏟으실 겁니다. 제자 문제에 관해서는 마음이 여리시거든요. 하지만 때로는 당신이 숙부님의 명령을 너무 곧이곧대로 따른다고 책망하시더군요. 애정은 사랑과 마찬가지로 가끔은 부당할 때도 있지요."

캐럴라인은 이 말에는 대답하지 않았다. 정말로 마음이 괴로웠기 때문이다. 할 수만 있었다면 손수건을 눈가로 가져갔을 것이다. 또한, 할 수만 있었다면 할로가 정원의 꽃들이 그녀에게 더없이 소중하며 그 집의 작은 응접실이 그녀에게 지상낙원이었다고, 추방당한 하와가 에덴으로 돌아가고 싶었을 만큼 그곳으로 돌아가고픈 마음이라고 말해주었을 것이다. 그러나 감히 그런 말은 하지 못하고 침묵을 지켰다. 로버트의 옆에서 그가 무슨 말이든 더 하기를 조용히 기다렸다. 이렇게 가까이 있어본 지가 오랜만이었다. 그의 목소리가 그녀를 부른 지가 오랜만이었다. 이 만남이 그에게 기쁨을 주었을지도 모른다고, 그랬을 수도 있다고 조금이라도 상상할 수 있었다면 그녀는 크게 기뻐했을 것이다. 그러나 그가 이 만남을 즐거워할까 의심스럽고 심지어 짜증스러워할까 두렵더라도, 갇힌 새가 새장에 드는 햇빛을 받아들이듯 그녀는 그 만남의 은혜를 받아들였다. 지금의 행복감을 따져보거나 그에 맞서 싸워보았자 다 소용없는 짓이었다. 로버트 곁에 있기만 해도 활기가 되살아났다.

킬더 양이 신문을 내려놓았다.

"당신은 이런 위협적인 소식이 기쁜가요, 아니면 슬픈가요?" 그녀가 임차인에게 물었다.

"정확히는 어느 쪽도 아닙니다. 하지만 확실히 배운 것이 있습니다. 우리의 유일한 계획은 단호해지는 것뿐입니다. 효율적인 준비와 결단력 있는 태도가 유혈 사태를 피하는 최고의 수단이라는 것을 알았습니다."

그러고는 셜리에게 어떤 특정 구절을 보았는지 물었고, 그녀는 못 보았다고 대답했다. 그는 그 구절을 보여주려고 일어섰고, 그녀 앞에 서서 대화를 이어갔다. 두 사람 다 어떤 형태로 터질지는 확실히 말할 수 없어도 브라이어필드 인근에 소란이 있다는 것은 알고 있다는 사실이 그의 말에서 분명하게 드러났다. 캐럴라인도 프라이어 부인도 질문하지 않았다. 그 주제는 아직 자유롭게 토론할 수 있는 것이 아니라고 여기는 듯했다. 그래서 킬더 양과 그녀의 임차인은 이야기를 듣는 사람들의 호기심에 시달리지 않고 자세한 사항은 비밀로 간직할 수 있었다.

무어 씨와 대화하는 킬더 양은 활달하면서도 품위 있고, 상대를 신뢰하면서도 자존감을 지키는 어조를 취했다. 그러나 초를 가져오고 불을 피워 그녀의 얼굴 표정을 또렷이 읽을 수 있게 되자, 그녀가 흥미와 생기와 열성으로 가득한 것을 볼 수 있었다. 그녀의 태도에 교태를 부리는 면은 전혀 없었다. 무어에 대한 그녀의 감정이 무엇이든, 그 감정은 진지했다. 그리고 그의 감정 또한 진지했고, 그의 견해는 확고해 보였다. 그는 관심을 끌거나 현혹하거나 감명을 주려는 하찮은 노력은 전혀 하지 않았다. 그러나 그는 자신을 조금은 통제하려고 노력했다. 아무리 부드럽게 조절했다 하더라도 그 자신의 더 깊은 목소리와 조금은 더 단단한 마음이 종종 자기도 모르게, 무심결에 단호한 표현이나 어조로 셜리의 부드러운 억양과 예민한 천성을 압도했기 때문이다. 킬더 양은 그와 대화하면서 행복해 보였고, 그녀의 기쁨은 과거와 현재, 기억과 희망의 기쁨으로 인하여 두 배로 커진 듯했다.

내가 방금 말한 것은 이 한 쌍에 대한 캐럴라인의 생각이다. 그녀는 지금 묘사한 것을 그대로 느꼈다. 그렇게 느끼면서 괴로워하지 않으려 애썼지만, 아무리 애써도 날카로운 고통을 느꼈다. 그녀는 정말로 비참하게 고통스러웠다. 몇 분 전만 해도 그녀의 굶주린 마음은 양껏 주어지기만 한다면 생명이 꺼져가는 곳에 넘치도록 생명을 되돌려줄 수 있는 양분 한 방울과 부스러기 한 조각을 맛보고 있었다. 그러나 그 풍성한 성찬은 그녀 앞에서 치워진 다음 다른 사람 앞에 차려졌고, 그녀는 연회의 구경꾼으로만 남았다.

시계가 9시를 쳤다. 캐럴라인이 집에 가야 할 시간이었다. 그녀는 일감을 모으고 자수, 가위, 골무를 가방에 챙겼다. 프라이어 부인에게 조용히 작별 인사를 했고, 평소보다 더 따듯한 악수를 받았다. 그녀는 킬더 양에게 다가갔다.

"잘 자요, 셜리!"

셜리가 벌떡 일어섰다. "아! 이렇게 빨리? 벌써 가려고요?"

"9시가 넘었어요."

"종 치는 소리를 전혀 못 들었네요. 내일 다시 와요. 그럼 당신도 오늘 밤 행복하게 잘 보내요. 그럴 거죠? 우리 계획 잊지 말아요."

"예. 잊지 않았어요." 캐럴라인이 대답했다.

그 계획도, 다른 어떤 계획도 그녀에게 정신적 안정을 되찾아줄 수 없으리라는 불안감이 들었다. 그녀는 자기 바로 뒤에 선 로버트 쪽으로 돌아섰다. 그가 고개를 들었을 때 벽난로 위에 놓인 양초의 불빛이 그녀의 얼굴 위로 쏟아졌다. 창백해진 얼굴과 그 모든 변화가, 그 모든 쓸쓸한 의미가 뚜렷이 드러났다. 로버트는 눈썰미가 좋았고, 마음만 먹으면 이를 볼 수 있었을 것이다. 이를 보았는지 못 보았는지 그는 전혀 티를 내지 않았다.

"안녕히!" 그와 빨리 헤어지고 싶은 마음에 그녀가 나뭇잎처럼 덜덜 떨면서 서둘러 야윈 손을 내밀었다.

"집에 가는 겁니까?" 그는 그녀의 손을 잡지 않고 이렇게 물었다.

"네."

"패니가 데리러 오나요?"

"네."

“중간까지 데려다줄게요. 사제관까지는 말고요. 내 오랜 벗 헬스턴 씨가 창문으로 나를 쏘면 안 되니까.”

그가 껄껄 웃으며 모자를 집었다. 캐럴라인은 굳이 그러지 않아도 된다고 말렸다. 그는 그녀에게 보닛과 숄을 쓰라고 말했다. 그녀는 잽싸게 준비했고, 그들은 곧 함께 밖으로 나왔다. 무어는 예전에 하던 방식대로 그녀의 손을 잡아끌어 자기 팔 아래 넣었다. 그녀가 너무나 친절하다고 느꼈던 바로 그 방식이었다.

그가 하녀에게 말했다. “뛰어가도 돼, 패니. 우리가 따라잡을게.” 하녀가 조금 앞서가고 나자, 그는 캐럴라인의 손을 잡고는 그녀가 필드헤드의 각별한 손님이 되었다니 기쁘다고 말했다. 킬더 양과 친밀한 관계를 잘 유지했으면 좋겠다고. 이런 교제는 즐거우면서도 유익할 것이니 말이다.

캐럴라인은 자기도 셜리를 좋아한다고 대답했다.

무어가 말했다. “서로 좋아하는 것이 확실하더군요. 셜리가 우정을 공언한다면, 틀림없이 진심인 겁니다. 셜리는 억지로 꾸미는 건 못하거든요. 위선을 경멸해요. 그리고 캐럴라인, 다시는 할로의 작은 집에서 당신을 볼 수 없는 건가요?”

“숙부님이 마음을 바꾸지 않으신다면 힘들 것 같아요.”

“이제는 주로 혼자 있겠군요?”

“예, 혼자 있을 때가 많아요. 킬더 양 외에는 어떤 교제도 즐겁지 않아요.”

“요즘 잘 지냈어요?”

“아주 잘 지냈어요.”

“자신을 잘 보살펴야 해요. 운동 절대 게을리하지 말고요. 당신이 좀 변한 것 같다고 생각했어요. 약간 야위고 창백해졌어요. 숙부님은 잘해주시나요?"

"예. 변함없이 잘해주세요."

"그러니까, 너무 다정하지도 않고, 너무 많은 보호와 관심을 쏟아주지도 않는단 말이군요. 그럼 뭐가 당신을 괴롭히나요? 말해줘요, 리나."

"전혀 그런 거 없어요, 로버트." 그러나 그녀의 목소리는 흔들렸다.

"그 말은, 나한테는 말할 것이 없다는 뜻이군요. 나를 신뢰하지 않는다는 거예요. 떨어져 있다 보면 우리 사이가 멀어지게 될까요?"

"모르겠어요. 가끔은 그럴까 두려워요."

"하지만 그렇게 되어서는 안 되지요. '오랜 친구를 잊어야만 하는가, 그리고 지난날들도.'"

"로버트, 난 잊지 않아요."

"두 달이에요, 캐럴라인. 당신이 우리 집에 온 지가."

"내가 그 집 안에 들어가본 지는—그렇죠."

"산책하면서 그쪽을 지나간 적은 있어요?"

"저녁에 가끔 들판 꼭대기에 올라가서 내려다본 적은 있어요. 오르탕스 언니가 정원에서 꽃에 물을 주는 것을 본 적도 있고, 당신이 회계실에서 몇 시에 램프를 켜는지도 알아요. 가끔은 빛이 새어 나오기를 기다렸어요. 당신이 램프와 창문 사이에서 허리를 숙이는 것도 보았죠. 그게 당신이라는 걸 알았어요—당신 몸의 윤곽을 거의 따라 그릴 수도 있을 정도였으니까요."

“왜 한 번도 당신을 마주치지 못했는지 모르겠군요. 가끔 해가 진 뒤에 할로의 들판 꼭대기로 산책하러 나가는데.”

“당신이 그러는 거 알아요. 어느 날 밤에는 당신이 내 바로 옆으로 지나가서 말을 걸 뻔했어요.”

“그랬다고요? 바로 옆을 지나갔는데도 당신을 보지 못했다니! 내가 혼자 있었나요?”

“당신을 두 번 보았는데 두 번 다 혼자는 아니었어요.”

“내가 누구랑 같이 있었나요? 아마 조 스콧이었거나 달빛에 비친 내 그림자였을걸요.”

“아뇨. 조 스콧도 당신 그림자도 아니었어요, 로버트. 첫 번째는 요크 씨와 함께였어요. 그리고 두 번째에 당신이 자기 그림자라고 한 것은 하얀 이마와 검은 곱슬머리, 반짝이는 목걸이를 목에 건 사람이었어요. 하지만 당신과 그 아름다운 그림자는 슬쩍 보기만 했어요. 대화하는 것까지 듣지는 않았어요.”

“당신은 보이지 않게 걸어 다니는 것 같군요. 오늘 저녁 당신 손에 반지가 있는 걸 봤어요. 그건 기게스의 반지*인가요? 이제부터는 한밤중에 혼자 회계실에 앉아 있을 때면 캐럴라인이 내 어깨 위로 몸을 숙이고 나와 같은 책을 읽고 있다거나, 내 옆에 앉아 자기 일에 열중하고 있다가 가끔씩 내 생각을 읽기 위해 눈을 들어 내 얼굴을 쳐다보고 있다고 상상해야겠군요.”

“그런 성가신 생각으로 걱정할 필요는 없어요. 당신 가까이 가

* 플라톤의 《국가》에 나오는 이야기 속 주인공. 목동이었던 기게스는 어느 날 우연히 모습이 보이지 않게 만들어주는 마법의 반지를 발견한다.

지는 않아요. 그저 멀리서 당신이 어떻게 지내는지 지켜볼 뿐이에요."

"공장이 문을 닫은 후 저녁에 산울타리를 따라 걸을 때, 혹은 밤에 파수꾼 노릇을 할 때 둥지에서 작은 새가 퍼덕이거나 나뭇잎이 바스락거리면 당신이 움직여서 그런 것으로 생각할게요. 나무 그림자도 당신의 모습처럼 보일 거예요. 난 산사나무의 하얀 가지들 속에서 당신의 시선을 상상할 거예요. 리나, 당신은 끊임없이 내 곁을 맴돌 거예요."

"당신이 원치 않는 곳에는 결코 가지 않을게요. 당신이 보여주거나 들려주고 싶지 않은 것은 절대 보지도, 듣지도 않을게요."

"난 밝은 대낮에 내 공장에서 당신을 보게 될 거예요. 실제로 거기에서 당신을 한 번 본 적이 있어요. 일주일 전 나는 공장의 기다란 방 안에 서 있었고, 반대편 끝에서 여자들이 일하고 있었어요. 왔다 갔다 하는 여자 대여섯 명 사이에서 당신을 닮은 모습을 보았던 것 같아요. 믿을 수 없는 빛 또는 그림자의 효과였거나, 눈을 부시게 하는 햇살 탓이었겠지요. 난 그들 쪽으로 가보았어요. 내가 찾는 것은 이미 사라지고 없더군요. 긴 앞치마를 입은 풍만한 여자 두 명뿐이었어요."

"당신이 나를 부르지 않는 한 공장 안으로 따라가지는 않아요, 로버트."

"상상력이 나를 갖고 장난친 게 그때만이 아니에요. 어느 날 밤에는 시장에서 늦게 집으로 돌아와서 누님이 있을 거라 예상하며 집 응접실로 걸어 들어갔는데, 누님이 아니라 당신이 있었어요. 방에는 초가 없었어요. 누님이 위층으로 가지고 가셨던 거죠. 창에 블라인드가 쳐져 있지 않아서 달빛이 창유리로 쏟아져 들어왔어요. 리나, 당신이 평소와 다를 바 없는 태도로 한쪽으로 약간 몸을 움츠린 채 창가에 있었어요. 저녁 모임에서 보았던 것처럼 흰옷을 입고 있었죠. 잠시 동안 생생한, 살아 있는 당신의 얼굴이 내 쪽을 향하고 나를 보는 것 같았어요. 잠시 동안 나는 다가가서 당신 손을 잡아줘야겠다고 생각했어요. 왜 이렇게 오래 오지 않았냐고 나무라고, 와줘서 기쁘다고 해줄 생각이었어요. 두 걸음 옮기자 주문이 깨졌어요. 드레스 자락이 윤곽을 바꾸었죠. 얼굴은 희미하게 사라졌어요. 그 자리에 가보았더니 하얀 모슬린 커튼과 꽃이 활짝 핀 발삼나무 화분 말고는 아무것도 없었어요."

"그럼 그건 내 유령이 아니었나요? 그런 줄 알았어요."

"아뇨. 거즈 천, 도자기 그릇, 분홍 꽃이었어요. 지상의 것들이 환각을 일으킨 사례죠."

"온 정신이 딴 데 팔려 있을 텐데 그런 환각을 볼 시간이 있다니 놀랍군요."

"그러게요. 하지만 리나, 나에게는 두 가지 본성이 있어요. 하나는 세속과 사업을 위한 것이고, 하나는 집과 여가를 위한 거예요. 제라르 무어는 공장과 시장을 위해 키워진 맹견이에요. 하지만 당신이 사촌 로버트라고 부르는 사람은 때로는 몽상가이기도 하지요. 직물 공장과 회계실이 아닌 어딘가 다른 곳에 사는 몽상가요."

"당신의 두 가지 본성 다 당신과 잘 맞아요. 당신은 건강하고 활기차 보여요. 몇 달 전 당신 얼굴에 있던, 보기 괴로울 정도로 몹시 지친 듯한 기색은 완전히 사라졌어요."

"그게 보이나요? 정말로 일부 어려움은 해결되었답니다. 어느 정도 골치 아픈 일들을 벗어나서 운신의 폭이 좀 넓어졌어요."

"그럼 이제 순풍을 타고 희망찬 항해를 떠날 희망이 생긴 건가요?"

"그런 희망을 가질 수는 있죠—그래요—하지만 희망은 기만적이에요. 바람이나 파도를 내 마음대로 할 수는 없어요. 돌풍과 큰 너울은 언제까지나 수부의 항로를 괴롭히죠. 폭풍우가 올지도 모른다는 가능성을 마음속에서 지워버릴 수가 없어요."

"하지만 당신은 미풍을 맞을 준비가 되어 있어요—당신은 훌륭한 선원이에요—유능한 지휘관이고요. 당신은 노련한 조타수예요, 로버트. 폭풍우도 잘 헤쳐나갈 거예요."

"내 친척은 항상 내가 최고라고 믿어주는군요. 그 말을 길조로 받아들일게요. 오늘 밤 당신을 만난 것이 선원들이 행운의 조짐으로 여기는 새를 만난 것이라고 생각할게요."

"아무것도 할 수 없는 내가 무슨 행운의 조짐이겠어요—난 아무 힘도 없어요. 내 무능함을 느껴요. 입증할 수가 없는데 당신을 도울 뜻이 있다고 말해보았자 무슨 소용이겠어요. 하지만 정말 그럴 뜻은 있어요. 당신이 성공하기를 바라요. 당신의 사업이 번창하고 당신이 정말로 행복했으면 좋겠어요."

"당신이 나에게 그 외의 다른 것을 바란 적이 언제 있었나요? 패니가 뭘 기다리고 있는 걸까요—내가 쭉 가라고 말했는데? 오! 교회 묘지까지 다 왔군요. 그럼 여기에서 헤어져야겠네요. 저 아이가 함께 있지만 않았다면 잠깐 교회 현관에 앉았다 가도 되었을 텐데. 정말 맑은 밤이에요. 온화한 여름 날씨에 고요한 밤이군요. 아직 할로로 돌아가고 싶은 마음이 안 드는데."

"하지만 지금 현관에 앉아 있을 수는 없어요, 로버트."

캐럴라인은 무어가 자기를 그쪽으로 이끌자 그렇게 말했다.

"안 될지도 모르지요. 하지만 패니한테 들어가 있으라고 해요. 우리도 곧 갈 거라고. 몇 분쯤 늦는다고 별 차이는 없을 거예요."

교회의 시계가 10시를 쳤다.

"숙부님이 늘 하시는 대로 한 바퀴 돌아보러 나오실 거예요. 항상 교회와 교회 묘지를 살펴보세요."

"그런들 어때요? 우리가 여기에 있다는 것을 아는 패니만 없다면 잽싸게 움직여 그를 피해 다니는 것도 재미있을 거예요. 신부님이 현관에 있으면 우리는 동쪽 창문 밑에 있으면 되지요. 북쪽으로 돌면 우리는 남쪽으로 돌아서 피하면 되고요. 꼭 필요하면 기념비들 뒤에 숨어도 돼요. 윈가의 저 키 큰 비석이 우리를 완전히 가려줄 거예요."

"로버트, 기운도 좋네요! 가요—가!" 캐럴라인이 급히 덧붙였다. "대문 소리가—"

"가고 싶지 않은데요. 좀 더 있고 싶어요."

"숙부님이 얼마나 화내실지 알잖아요. 당신이 자코뱅파라고 만나지 말라고 하셨어요."

"정신 나간 자코뱅파!"

"가요, 로버트. 숙부님이 오고 계세요. 기침 소리가 들렸어요."

"제기랄! 이상하군—더 있고 싶은 마음을 떨칠 수가 없으니!"

"숙부님이 그 사람한테 어떻게 하셨는지 기억하지요. 패니의—"

캐럴라인이 말을 이으려다가 갑자기 입을 다물었다. 그다음에 마땅히 나와야 할 단어는 연인이었지만 차마 그 말을 할 수가 없었다. 암시할 뜻이 없었던 생각을 암시하게 될 것 같았다. 기만적이고 마음을 어지럽히는 생각이었다. 무어는 그 정도로 세심하지는 않았다. "패니의 연인 말인가요?" 그가 즉시 말했다. "펌프 밑에서 물벼락을 내렸지요—맞죠? 나한테도 얼마든지 그렇게 하실걸요. 그 늙은 투르크인을 약 올려주고 싶어지는군요. 당신에게는 해가 되지 않게요. 하지만 사촌과 연인은 구분하지 않으실까요?"

"오! 숙부님이 당신을 당연히 그런 식으로 생각하시지는 않겠지요. 당신과의 다툼은 순전히 정치적인 것이니까요. 하지만 불화를 더 키우고 싶지는 않은데, 숙부님은 아주 성미가 급하세요. 저기! 정원 문 옆에 계시네요. 당신과 나를 위해서, 로버트, 얼른 가요!"

애원하는 말에 애원하는 몸짓과 애원하는 표정이 더해졌다. 무어는 그녀의 맞잡은 두 손을 잠깐 자기 손으로 감싸고, 시선을 내리깔아 그녀의 올려다보는 눈길에 답해주며 "잘 자요" 하고 인사를 하고는 떠났다.

캐럴라인은 잠시 후 패니 뒤의 부엌 문가에 서 있었다. 바로 그 순간 신부의 모자 그림자가 달빛이 비치는 무덤 위에 드리워졌다. 신부가 지팡이처럼 꼿꼿한 자세로 정원에서 나타나서는 뒷짐을 지고 느릿느릿 묘지를 따라 걸어왔다. 무어는 하마터면 들킬 뻔했다. 그는 결국에는 "잽싸게 움직여" 교회를 돌아서 윈가의 야심 찬 기념비 뒤에 키 큰 몸을 숙여야 했다. 거기에서 그는 한쪽 무릎을 잔디 위에 꿇고, 모자를 벗고 곱슬머리는 이슬에 젖은 채로, 꼬박 10분을 숨어 있어야 했다. 검은 눈이 반짝였고, 입술은 자기 처지가 우스워서 미소를 머금고 있었다. 그러는 동안 신부는 차분히 별을 보며 그에게서 1미터 정도 떨어진 거리에서 코담배를 피우고 있었다.

그러나 헬스턴 씨의 마음속에는 의심이 전혀 없었다. 조카딸의 거동을 일일이 다 알 가치는 없다고 생각해서 평소에 대강만 알고 있었으므로, 그날 그녀가 온종일 집에 없는 줄도 몰랐다. 그저 자기 방에서 책을 읽거나 일을 하고 있으려니 생각했다. 정말로 그때는 방에 있기는 했다. 하지만 신부의 생각대로 차분하게 일에 집중하고 있는 것이 아니라, 빠르게 뛰는 심장을 안고 창가에 서서 블라인드 뒤에서 불안하게 엿보며 숙부가 다시 들어오고 사촌이 빠져나갔는지 살펴보고 있었다. 마침내 그녀는 마음을 놓을 수 있었다. 헬스턴 씨가 들어오는 소리가 들렸고, 로버트가 묘지를 성큼성큼 지나 담을 뛰어넘는 것이 보였다. 그녀는 그제야 기도를 하러 갔다. 그리고 자기 방으로 돌아왔을 때, 로버트의 기억을 떠올렸다. 잠은 오랫동안 찾아오지 않았다. 그녀는 한참을 격자창 앞에 앉아 오래된 정원과 더 오래된 교회를, 달빛 속에서 환히 보이는, 온통 차분한 회색으로 펼쳐진 무덤들을 응시했다. "한밤중 너머 아침까지" 밤의 계단을 따라 별들의 길 위를 걸었다. 그녀는 마음속으로는 내내 무어와 함께였다. 그의 곁에 있었고, 그의 목소리를 들었고, 손을 내밀어 그의 손가락의 따스함을 느꼈다. 교회의 시계가 울렸을 때, 다른 무슨 소리라도 들렸을 때, 그녀의 방에 익숙한 작은 생쥐, 절대 패니가 덫을 놓아 잡지 못하도록 하는 침입자가 자기를 위해 준비해 둔 비스킷 조각을 갉아 먹느라 화장대 위 그녀의 목걸이 줄, 반지, 자질구레한 장신구 두엇 사이에서 달가닥거렸을 때, 그녀는 위를 올려다보며 잠시 현실로 돌아왔다. 그러고는 어떤 보이지도 들리지도 않는 감시자의 비난에 반대하듯이 작게 소리 내어 말했다.

"나는 사랑의 꿈을 꾸고 있는 게 아니야. 잠이 오지 않아서 생각을 하고 있을 뿐이야. 그는 당연히 셜리와 결혼하리라는 거 알아."

다시 침묵이 깔리고, 종소리와 함께 길들여지지 않은 정체 모를 그녀의 작은 친구도 물러갔지만, 그녀는 여전히 환상의 옆에 자리 잡고 앉아 계속 꿈을 꾸었다—그 환상에 귀를 기울이고 말을 걸었다. 결국 그것도 희미해졌다. 동이 터오면서 별이 지고 날이 밝자 공상의 창조물도 흐릿해졌다. 잠에서 깬 새들의 노랫소리가 그녀의 속삭임을 침묵시켰다. 불길로 가득하고 흥미진진했던 이야기는 아침 바람에 휩쓸려 모호한 웅얼거림이 되었다. 달빛 속에서 봤을 때는 살아서 심장이 뛰고, 움직이고, 건강함의 빛과 젊음의 신선함을 보여주었던 모습도 붉은 해를 마주하니 싸늘하게 식어 유령 같은 잿빛으로 변했다. 환상은 사라졌다. 결국 그녀는 홀로 남겨졌다. 그녀는 춥고 낙담한 채로 침대로 향했다.

14장

셜리가 일에서 구원을 찾다

“그는 당연히 셜리와 결혼하리라는 거 알아.” 아침에 일어났을 때 캐럴라인이 처음으로 한 말이었다. “그리고 그는 셜리와 결혼해야 해. 셜리가 그를 도와줄 수 있을 거야.” 그녀는 단호하게 덧붙였다. ‘하지만 그들이 결혼하면 나는 잊히겠지.’ 뒤이어 떠오른 잔인한 생각이었다. ‘오! 나는 완전히 잊힐 거야! 그리고 로버트를 완전히 잃고 나면 난 어떻게 하지? 어디로 향해야 할까? 나의 로버트! 그를 정당하게 내 것이라고 부를 수만 있다면. 하지만 나는 가난하고 무능한데, 셜리는 부유하고 힘이 있어. 게다가 아름답고 사랑스럽지—부인할 수 없는 사실이야. 아무런 문제가 없는 짝이야. 셜리는 그를 사랑해—저급한 감정이 아니야. 그녀는 사랑하고 있거나, 혹은 사랑하게 될 거야. 그는 틀림없이 셜리에게 사랑받는 것을 자랑스러워할 테고. 반대할 만한 이유가 전혀 없어. 그럼 결혼하게 둬야지. 하지만 그 후에 나는 그에게 아무것도 아닌 존재가 될 거야. 그의 누이 같은 존재가 된다느니 그런 건 정말 싫어. 로버트 같은 남자에게 전부가 될 수 없다면 아무것도 아닌 존재가 되는 것이 나아. 허술한 핑계나 거짓된 겉치레 말은 참을 수 없어. 일단 두 사람이 맺어지게 되면 나는 무슨 일이 있어도 그들을 떠날 거야. 주변에 남아서 위선자 노릇을 하고, 내 영혼은 다른 감정들로 비틀리고 있는데 차분하게 우정을 가장해야 하는, 그런 수모까지 겪지는 않겠어. 그들의 치명적인 적이 될 수 없듯이, 난 그들 둘 다와 친구로 있을 수도 없어. 그들을 짓밟을 수 없듯이, 그들 사이에 서 있을 수도 없어. 로버트는 최고의 남자야—내 눈에는 그래. 나는 그를 사랑했고, 사랑하고, 사랑해야만 해. 할 수만 있다면 그의 아내가 될 텐데. 그럴 수 없으니 그를 더는 보지 않아도 되는 곳으로 가야만 해. 선택지는 하나뿐이야—마치 내가 그의 일부인 것처럼 그에게 착 달라붙든가, 아니면 지구의 양극처럼 그에게서 먼 곳으로 완전히 나를 떼어내든가. 신이시여, 이제 나를 떼어내주소서. 우리가 빨리 헤어지게 하소서.'

그날 오후 이런 열망들을 다시 마음속에서 되짚고 있을 때, 그녀의 머릿속을 차지한 인물 중 하나의 유령이 응접실 창문을 지나갔다. 바로 킬더 양이 느긋하게 걷고 있었다. 근심과 무심함이 뒤섞인 걸음걸이와 표정은 조용할 때면 그녀 얼굴과 태도에 드러나곤 하는 모습이었다. 생기에 넘칠 때는 무심함은 완전히 사라지고, 근심은 다정한 활기와 뒤섞여 그녀의 웃음소리와 미소, 시선에 독특한 감정을 더했다. 따라서 그녀의 웃음소리는 "솔 밑에서 가시나무가 탁탁거리며 타오르는 소리"*와는 전혀 닮지 않았다.

"왜 약속대로 오늘 오후에 나를 보러 오지 않은 거예요?" 그녀가 방으로 들어오면서 캐럴라인에게 말했다.

"그럴 기분이 아니라서요." 헬스턴 양은 아주 솔직하게 대답했다.

셜리는 이미 꿰뚫어 보는 듯한 날카로운 시선을 그녀에게 고정하고 있었다.

그녀가 말했다. "아뇨. 당신이 나를 사랑할 기분이 아니라는 건 알겠어요. 어두침침하고 칙칙한 기분일 때는 동료 인간의 존재가 반갑지 않지요. 당신이 그런 기분이군요. 당신도 알고 있지요?"

"오래 있을 건가요, 셜리?"

"네. 차를 마시러 왔으니 마시고 가야겠어요. 물어봐주시지 않았지만 실례를 무릅쓰고 보닛을 좀 벗을게요."

그녀는 보닛을 벗고는 뒷짐을 지고 양탄자 위에 섰다.

"당신 얼굴 표정이 예쁘네요." 그녀는 여전히 날카로운 시선으로 쳐다보며 말을 이었다. 하지만 그 시선은 적대적이라기보다는 캐럴라인을 안쓰러워하고 있었다. "놀랍도록 자립적으로 보여요. 고독을 구하는 상처 입은 사슴처럼. 당신이 상처 입었다는 것을, 피 흘리고 있다는 것을 알게 되면 셜리가 당신을 걱정해줄까 봐 무섭나요?"

"나는 셜리를 전혀 무서워하지 않아요."

* 어리석은 사람의 웃음소리를 묘사한 전도서 7장 6절을 인용한 것.

"하지만 가끔은 그녀를 싫어하지요. 피할 때도 많고요. 셜리는 자기를 무시하거나 피하는 걸 느낄 수 있어요. 어젯밤 당신이 누군가와 함께 집으로 돌아가지 않았다면 오늘 다른 모습이었을 거예요. 사제관에 몇 시에 도착했어요?"

"10시쯤요."

"흠! 2킬로미터를 걷는 데 45분이 걸렸군요. 그렇게 미적거린 게 당신이에요, 아니면 무어예요?"

"셜리, 말도 안 되는 소리 하지 말아요."

"그가 말도 안 되는 소리를 했지요—틀림없이 그랬을 거예요. 아니면 그런 표정을 지었든가. 그게 1000배는 더 나빠요. 이 순간에도 당신의 이마에 그의 눈이 비치는 것이 보여요. 믿을 만한 보조자만 구할 수 있다면 그를 결투에 불러내고 싶은 심정이군요. 짜증 나죽겠어요. 어젯밤에도 그랬고, 하루 종일 그랬어요. 왜냐고는 묻지 말아요."

그녀는 잠시 멈추었다가 다시 말을 이어갔다. "이 작고, 말 없고, 지나치게 겸손한 사람 같으니. 당신이 묻지도 않은 내 비밀을 쏟아놓는 걸 들어줄 의무가 당신에게는 없죠. 맹세컨대, 난 어제저녁에 나쁜 생각을 품고 무어를 따라갈 수도 있었어요. 나는 권총이 있고, 그걸 쓸 수도 있어요."

"셜리, 쓸데없는 소리! 누굴 쏘았을 건데요—나예요, 로버트예요?"

"둘 다 아니었을 수도요—어쩌면 나를 쏘았을지도 모르죠—박쥐나 나뭇가지를 쏘았을 공산이 더 크겠지만요. 그는 무례한 남자예요—당신 사촌 말이에요. 조용하고 진지하고 분별 있고 신중하고 야심 차면서도 무례한 남자지요. 내 앞에 서서 반은 엄격하고 반은 다정한 태도로 이야기하며 나를 자신의 확고한 목표로 누르는(그가 그러고 있다는 것을 난 아주 의식하고 있어요) 그의 모습이 보여요. 그를 참아줄 수가 없어요!"

킬더 양은 빠른 걸음걸이로 방 안을 왔다 갔다 하면서 남자들은 대체로 다 참아줄 수가 없지만, 그 임차인은 특히 더 참을 수 없다고 되풀이해서 말했다.

캐럴라인이 다소 불안한 목소리로 주장했다. "당신이 오해하는 거예요. 로버트는 무례하지도 않고 함부로 추파를 던지는 남자도 아니에요. 그 점은 보증할 수 있어요."

"당신이 그걸 보증한다고요! 그 문제에 관해 내가 당신 말을 믿을 거라 생각해요? 당신 말만큼 신용할 수 없는 증언도 없어요. 무어에게 도움이 될 수 있다면 당신은 자기 오른팔이라도 자를 사람이에요."

"하지만 거짓말이 아니에요. 진실을 말한다면, 그는 어젯밤 나에게 예의 바르게 굴었어요. 그게 다예요."

"그가 어땠는지는 안 물어봤어요—그건 짐작할 수 있으니까. 내 집 대문을 나갈 때 그가 긴 손가락으로 당신의 손을 감싸는 것을 창문으로 봤어요."

"그건 아무것도 아니에요. 나는 모르는 사람이 아니니까요, 당신도 알잖아요. 나는 그의 오랜 지인이고, 사촌이에요."

"화가 나는군요. 바로 그게 요지예요." 킬더 양이 대꾸하고는 바로 덧붙였다. "나의 모든 안락함이 그의 행동으로 인해 깨졌어요. 그는 당신과 나 사이에 자꾸만 끼어들어요. 그가 없으면 우리는 좋은 친구일 거예요. 하지만 그 180센티미터의 시건방진 남자가 쉼 없이 자꾸만 우리 우정이 빛을 잃게 만들어요. 내가 항상 맑게 보고 싶은 그 원반을 계속 가로지르며 가린단 말이에요. 가끔 그 남자는 당신에게 나를 그저 지루하고 귀찮은 상대로 만들어요."

"아니에요, 셜리, 그렇지 않아요."

"맞다니까요. 당신은 오늘 오후에 나와 만나고 싶지 않았지요. 분명하게 느껴져요. 당신은 본래 좀 내성적이지만, 나는 사교적인 성격이고 혼자서는 못 살아요. 우리가 누구에게도 방해만 받지 않는다면, 난 당신이 영원히 내 곁에 있어도 좋아요. 단 1초라도 당신이 사라지길 바라지 않을 거예요. 하지만 당신은 나를 그 정도로 생각하지는 않는 것 같아요."

"셜리, 당신이 원한다면 무슨 말이라도 할 수 있어요. 셜리, 나는 당신을 좋아해요."

"내일이면 나를 예리고로 보내고 싶어질걸요, 리나."

"아니에요. 매일 당신에게 점점 더 익숙해지고 있어요. 당신이 좋아져요. 당신도 알다시피 나는 너무 영국 사람이라서 바로 불 같은 우정을 일으키기는 어려워요. 하지만 당신은 보통 사람들보다 훨씬 더 나은 사람이에요. 늘 보는 젊은 숙녀들하고는 너무나 달라요. 난 당신을 존경해요. 당신을 높이 평가해요. 당신은 절대 나에게 짐이 아니에요—절대로요. 내 말 믿어줄래요?"

"조금은요." 킬더 양이 의심을 다 풀지 않은 미소를 지으며 말했다. "하지만 당신은 특이한 사람이에요. 겉으로 보기에는 조용하지만, 내면에는 쉽게 닿을 수도, 가늠할 수도 없는 힘과 깊이

가 다 있어요. 그래서 당신이 행복하지 않은 거예요."

"그리고 불행한 사람들은 착한 경우가 거의 없다—그런 뜻이지요?"

"전혀 아니에요. 내 말은, 불행한 사람들은 다른 데 정신이 팔려서 나 같은 성격의 친구와 대화할 기분이 아닐 때가 많다는 뜻이에요. 게다가 어떤 불행은 사람을 낙담하게 할 뿐 아니라 좀먹기까지 하죠—나는 그게 당신의 경우일까 봐 두려워요. 당신에게 동정이 도움이 될까요, 리나? 도움이 된다면 셜리한테서 가져가요. 많이 줄 테니. 진심이라는 것도 보증해요."

"셜리, 난 자매가 없어요—당신도 자매를 가져본 적이 없죠. 하지만 자매가 서로에게 느끼는 감정이 어떤 것인지 지금 이 순간 알 것 같아요. 애정은 그들의 삶을 휘감고, 어떤 감정의 충격이 와도 그것을 뿌리째 뽑지는 못해요. 작은 다툼은 압력이 제거되고 나면 더 새롭게 솟아날 수 있도록 애정을 한순간 짓밟을 뿐이에요. 어떤 열정도 결국 꺾지 못할 애정이죠. 사랑조차 강도와 진실성 면에서 애정과 경쟁할 수 없어요. 사랑은 우리를 상처입혀요, 셜리. 너무나 고통스럽고, 마음을 찢어놓고, 그 불꽃으로 우리의 힘을 태워 없애요. 하지만 애정에는 고통도 불길도 없고, 자양분과 위안만이 있어요. 당신이—그래요, 당신만이—곁에 있을 때 나는 힘을 얻고 위로받아요. 이제 내 말 믿어요?"

"나를 기쁘게 해주는 신조라면 나는 쉽게 믿는 사람이에요. 그럼 개기일식이 와도 우리는 정말 친구지요, 리나?"

"정말 맞아요." 캐럴라인은 셜리를 자기 쪽으로 끌어당겨 앉히면서 말했다. "무슨 일이 있어도."

“자, 그럼 그 말썽꾼 말고 다른 얘기를 해봅시다.” 그러나 바로 그때 주임사제가 들어왔고, 킬더 양이 말하려던 “다른 얘기”는 그녀가 떠나려는 순간까지 다시 나오지 않았다. 그제야 그녀는 복도에서 잠시 머뭇거리다가 말했다.

“캐럴라인, 마음에 크게 걸리는 것이 있는데 당신에게 털어놓고 싶어요. 마치 내가 범죄라도 저지른 것처럼, 아니면 곧 저지를 것처럼 양심에 걸리는 것이 있어요. 나 개인의 양심이 아니라 땅을 가진 지주이자 저택의 주인으로서의 양심이에요. 나는 철의 발톱을 가진 독수리에게 붙잡힌 신세예요. 나는 절대 찬성하지 않지만 그렇다고 저항할 수도 없는 강한 영향력 아래 있어요. 머지않아 무슨 일이 생길 텐데, 생각하면 전혀 유쾌하지가 않아요. 그래서 내 마음을 편하게 하고 혹시 모를 피해를 미리 막기 위해 좋은 일들을 몇 가지 하려고 해요. 그러니까 내가 갑자기 미친 듯이 자선을 베푸는 모습을 보더라도 놀라면 안 돼요. 어떻게 시작해야 할지 모르겠지만, 조언을 좀 해줘요. 내일 그 문제에 대해 더 이야기하기로 해요. 일단 그 훌륭한 분, 에인리 양에게 필드헤드에 좀 와달라고 부탁해줘요. 그분의 지도를 받을 생각이에요. 내가 그분에게 귀한 제자가 될 수도 있지 않을까요? 그분한테 슬쩍 귀띔해줘요, 리나, 나는 선의를 갖고 있지만 무심한 사람이라고요. 내가 의류 단체 같은 것에 대해 잘 모르는 것에 덜 놀라시도록 말이에요.”

다음 날 캐럴라인이 찾아갔을 때 셜리는 회계장부와 지폐 한 다발, 두둑한 지갑을 앞에 놓고 엄숙하게 책상 앞에 앉아 있었다. 대단히 진지하면서도 조금은 당황한 모습이었다. 그녀는 긴

축할 만한 곳을 찾아보려고 집안 살림에 매주 쓰는 비용을 "한 번 훑어보았다"고 말했다. 요리사 질 부인과도 방금 이야기를 나누었는데, 그녀는 셜리가 완전히 돌았다고 생각하며 가버렸다고 했다. "나는 질 부인에게 좀 더 주의해야 한다고 설교를 늘어놓았어요. 그녀에게 전혀 낯선 방식으로요. 내가 경제 문제에 대해 그렇게 유창하게 얘기하다니 나 자신도 놀랐다니까요. 보다시피 완전히 새로운 생각이거든요. 최근까지 난 그 문제에 대해서 생각해본 적도 없고 말해본 적은 더더욱 없었어요. 하지만 다 이론일 뿐이에요. 현실적인 부분으로 들어가니 아무것도 줄일 수가 없어요. 버터를 1파운드라도 덜어낸다든가, 기름, 라드, 빵, 냉육, 그 밖의 주방 필수품을 검토했을 때 뭐든 뚜렷할 결과를 내놓을 단호한 의지가 없었어요. 필드헤드에 절대 장식용 등을 달지 않는다는 것을 알면서도 어마어마하게 많은 잡다한 양초가 왜 필요한지 물어보지 못했어요. 우리는 마을의 세탁을 하지 않는데도 나는 비누와 표백 가루 항목을 보고 아무 말 없이 침묵했어요. 마치 그 정도 양이면 우리가 이 물품들을 어떻게 쓰고 있는지 궁금해하는 사람들의 걱정을 완벽히 해결해줄 수 있다는 것처럼요. 나나 프라이어 부인, 심지어 질 부인조차 고기를 많이 먹지 않는데도, 정육점에서 온 청구서에서 그 사실—아니, 거짓이겠지—을 입증하는 듯한 금액을 보고 그저 눈을 조금 크게 뜨고 헛기침을 했을 뿐이에요. 캐럴라인, 당신은 나를 비웃을지 모르지만 나를 바꿀 수는 없어요. 나는 어떤 면에서는 겁쟁이예요—나도 알아요. 나에게는 기본적으로 도덕적인 비겁함이 있어요. 질 부인이 나에게 더듬거리며 자백했어야 할 때 오히려 내가 그 앞에서 얼굴을 붉히고 고개를 떨구고 있었어요. 부인에게 당신은 사기꾼이라고 대놓고 말하는 건 고사하고 에둘러 말할 용기조차 도저히 나지 않더라고요. 나한테 차분한 품위 같은 건 없어요—진짜 용기도 없고."

"셜리, 이건 또 무슨 자기 비하인가요? 여자에 대해 절대 좋게 말하지 않는 우리 숙부님도 영국에 당신처럼 진정으로 겁 없는 남자는 만 명도 찾지 못할 거라고 하시는데요."

"난 육체적으로는 겁이 없어요. 위험에 대해 예민하지 않아요. 노란 앵초꽃이 핀 초원을 홀로 가로지르던 때에 윈 씨의 거대한 붉은 황소가 내 얼굴 앞에서 울부짖으며 일어섰을 때에도 침착함을 잃지 않았어요. 황소는 지저분하고 뚱한 머리를 숙여 나에게 달려들었지요. 하지만 질 부인의 얼굴에서 수치심과 당혹스러움을 보는 건 무서웠어요. 당신은 어떤 문제에서는 나보다 정신력이 두 배—열 배는 강해요, 캐럴라인. 당신이라면 아무리 황소가 차분해 보이더라도 뭐라고 설득하든 절대 그 옆을 지나가는 일은 없겠지만, 내 가정부의 잘못은 단호하게 지적했을 거예요. 그런 다음 부드럽고 현명하게 질책했을 테고, 속죄하는 것 같으면 끝으로 아주 다정하게 용서해주었겠지요. 나는 그런 걸 못해요. 하지만 지나치게 돈을 뜯어 가긴 했어도 아직은 살 만해요. 난 수중에 돈이 있고, 그것을 잘 써야 해요. 브라이어필드의 가난한 사람들은 상황이 좋지 않아요. 그들을 도와야 해요. 당신 생각에는 내가 어떻게 하는 게 좋겠어요, 리나? 현금을 당장 나눠주는 게 낫지 않을까요?"

"아뇨, 그건 안 돼요, 셜리. 그렇게는 제대로 관리하기 어려울 거예요. 전부터 보니까 당신은 자선을 무심하게, 통 크게 돈을 나눠주는 것으로 여기더군요. 그건 밑 빠진 독에 물 붓기예요. 그렇게 하려면 수상이라도 되어야지, 아니면 당신 자신도 계속해서 곤경에 빠질 거예요. 당신이 먼저 에인리 양 얘기를 했지요. 내가 에인리 양에게 말해볼게요. 그동안은 조용히 있겠다고, 돈부터 뿌리지 않겠다고 약속해줘요. 당신은 정말 돈이 많군요, 셜리! 돈이 그렇게나 많으니 부유한 기분이겠어요?"

"맞아요. 중요한 사람이 된 기분이에요. 어마어마한 금액은 아니지만, 그 돈을 쓰는 데 책임감을 느껴요. 정말로 내가 예상했던 것보다 그 책임감의 무게를 더 무겁게 느끼고 있어요. 듣자하니 브라이어필드에 거의 굶어 죽을 지경인 집들이 좀 있대요. 내 소작농들 중에도 비참한 처지에 있는 사람들이 있고요. 난 그들을 도와야 하고, 도울 거예요."

"가난한 사람들에게 자선을 베풀면 안 된다고 말하는 사람들도 있어요, 셜리."

"그런 사람들은 그들의 고통을 몰라서 그래요. 굶주리지 않는 사람들이 자선이 사람을 타락시킨다느니 혓바닥을 놀리기는 쉽겠지요. 하지만 그들은 삶이 고통스러울 뿐 아니라 짧다는 것을 잊고 있어요. 우리 모두 오래 살지 못해요. 헛된 철학이 하는 소리는 귀담아듣지 말고 할 수 있는 데까지 서로 도우며 힘들고 괴로운 때를 넘기자고요."

"하지만 당신은 다른 사람들을 돕고 있잖아요, 셜리. 지금도 많은 것을 주고 있어요."

"그것으로는 모자라요. 더 주어야 해요. 그러지 않으면 언젠가 내 오라버니의 피가 하늘에서 나를 비난할 거예요. 무엇보다도 정치적 선동자들이 와서 이 지역에 불을 지르고 내 재산을 공격한다면, 나는 암사자처럼 지킬 거예요—내가 그럴 거라는 걸 알아요. 자비의 여신이 내 곁에 있는 한은 그녀에게 귀를 기울이게 해줘요. 흉포한 저항의 목소리에 여신의 목소리가 묻히면, 나는 맞서고 진압하려는 충동에 휘말리게 될 테니까요. 가난한 사람들이 모여서 군중의 형태로 들고일어나면 나는 귀족으로서 그들에게 등을 돌릴 거예요. 그들이 나를 괴롭히면 나는 맞서야 해요. 나를 공격하면 저항해야 하고요. 그렇게 할 거예요."

"로버트처럼 말하는군요."

"나도 로버트처럼 느껴요. 단지 더 격렬하게 느낄 뿐이죠. 그들이 로버트든 그의 공장이든 이익이든 건드리면 나도 그들을 증오하게 될 거예요. 지금의 나는 귀족도 아니고, 내 주위의 가난한 사람들을 천민으로 보지도 않아요. 하지만 그들이 나나 내 소유물에 난폭하게 해를 입히고 우리를 자기들 마음대로 하려고 든다면, 난 그들의 무지를 경멸하고 무례함에 분노하여, 그들의 비참함에 대한 동정과 가난에 대한 존중을 완전히 잊어버릴 거예요."

"셜리—눈을 번쩍이고 있군요!"

"내 영혼이 불타고 있으니까요. 로버트가 다수에 밀려 제압당한다면 나보다도 당신이 보고만 있겠어요?"

"나에게 당신처럼 로버트를 도울 힘이 있다면, 당신이 하려는 것처럼 그 힘을 쓸 거예요. 그에게 당신 같은 친구가 될 수 있다면, 당신이 그의 곁에 서 있어주려고 하듯이 그의 곁을 지킬 거예요—죽을 때까지."

"자, 리나, 이제는 당신의 눈이 번쩍이지는 않아도 빛나고 있어요. 눈을 내리뜨는군요. 하지만 난 그 속에서 타오르는 불꽃을 보았어요. 그래도 아직 싸우는 단계까지 오지는 않았어요. 나는 불행을 예방하고 싶어요. 부자들에 대한 가난한 사람들의 적개심이 고통에서 나왔다는 것을 낮이든 밤이든 잊을 수가 없어요. 우리가 자기들보다 훨씬 더 행복하다고 생각하지 않았다면 그들이 우리를 증오하거나 질투할 일은 없었을 거예요. 그들의 고통을 누그러뜨리고 증오심을 줄여주기 위해 내 재산을 쓰게 해줘요. 기부가 더 많은 사람들에게 돌아갈 수 있도록, 현명하게 이루어질 수 있도록 해줘요. 그 목적을 달성하려면 우리의 자문위원회에 명쾌하고 차분하고 현실적인 분별력을 가진 사람을 데려와야 해요. 그러니까 가서 에인리 양을 불러다 줘요."

캐럴라인은 군말 없이 보닛을 쓰고 자리를 떴다. 그녀와 셜리 모두 그들의 계획에 대해 프라이어 부인과 상의할 생각을 하지 않았다는 것이 이상해 보일지도 모르겠다. 그러나 그들은 그럴 생각을 현명하게 접어두었다. 부인과 상의하는 것은 그녀를 당황하게 만들어 괴롭히는 결과가 될 뿐이라는 것을 직감으로 알고 있었다. 프라이어 부인은 에인리 양보다 훨씬 아는 것이 많았고, 훨씬 더 많은 책을 읽었고, 생각이 더 깊었지만, 관리하는 능력이나 실행력은 전혀 없었다. 부인은 자신의 보잘것없는 수입을 기꺼이 자선의 목적을 위해 내놓았을 것이다. 그녀는 이런 은밀한 구호금 기부는 잘할 수 있었다. 그러나 대규모의 공적 계획에서는 아무런 역할도 할 수 없었다. 부인이 그런 계획을 고안한다는 것 자체가 불가능한 일이었다. 셜리는 이를 알고 있었으므로 의미 없는 상의로 프라이어 부인을 곤란하게 만들지 않았다. 공연히 그녀에게 그녀 자신의 부족함만 새삼 일깨울 뿐, 아무런 도움도 되지 않았을 것이다.

에인리 양이 필드헤드로 불려 와 자기 마음에 딱 맞는 계획을 심의하게 된 날은 그녀에게 아주 행복한 날이었다. 그녀는 존경을 받으며 종이, 펜, 잉크가 놓인 탁자 앞에 앉혀졌다. 무엇보다도 가장 좋았던 것은 그녀 앞에 놓인 현금과 함께 브라이어필드의 극빈자들을 구제할 수 있는 정기적인 계획을 만들어달라고 부탁을 받은 것이었다. 그들 모두를 알고 있는 에인리 양은 그들에게 무엇이 부족한지도 잘 알았고, 도움의 수단을 찾을 수만 있다면 그들을 가장 잘 도울 수 있는 방안이 무엇일지 고민해왔으므로, 그 일을 맡을 능력이 충분했다. 두 소녀가 던지는 열성적인 질문에 빠르고 명쾌한 답을 내놓을 수 있어서, 또 주변 이웃들의 상황에 대해 유용한 지식을 얼마나 많이 알고 있는지를 보여줄 수 있어서 그녀의 친절한 가슴에는 온화한 기쁨이 넘쳤다.

셜리는 그녀가 마음대로 쓸 수 있도록 300파운드를 내놓았다. 그 돈을 보자 에인리 양의 눈에 기쁨의 눈물이 고였다. 그 돈으로 굶주린 이들을 먹이고 헐벗은 자들을 입히고 병든 자들을 돌봐주는 광경이 벌써 떠올랐던 것이다. 그녀는 그 돈을 지출할 단순하면서도 합리적인 계획을 재빨리 세웠다. 그녀는 빈민들의 사정이 점점 더 나아지게 될 거라고 장담했다. 필드헤드의 숙녀의 모범을 다른 사람들도 따르리라는 것을 의심하지 않았다. 그녀는 추가로 기부를 받아 기금을 설립할 것이다. 그러나 먼저 신부들과 상의해야 했다. 그렇다. 에인리 양은 그 점에서는 물러서지 않았다. 헬스턴 씨, 볼트비 박사, 홀 씨와 상의해야만 했다—(브라이어필드만이 아니라 윈버리와 너넬리도 도와야 하니까)—그들의 허가 없이 한 걸음이라도 뗀다면 주제넘은 짓이라고 그녀는 단언했다.

에인리의 눈에 신부들은 신성한 존재였다. 개인으로서는 아무리 보잘것없다 하더라도 신부라는 지위가 그들을 신성하게 만들어주었다. 보좌사제들은 쩨쩨하고 오만해서 그녀의 나막신 끈을 묶어주거나 면 우산을 들어주거나 모직 숄을 맡아줄 자격도 없었으나, 그녀는 순수하고 진실한 열정으로 그들조차 풋내기 성인(聖人)으로 우러러보았다. 그들의 사소한 악덕과 엄청난 모순들이 아무리 눈앞에 드러나도 보지 못했다. 그녀는 기독교의 결함에는 눈뜬장님이었다. 하얀 중백의가 수많은 죄를 덮어주었다.

셜리는 자신이 새로 임명한 보좌관의 이런 무해한 열정을 알고 있었으므로, 보좌사제들은 돈의 용처에 관해 목소리를 내서는 안 되며 참견하는 손가락으로 파이를 쑤셔서도 안 된다고 분명히 못 박았다. 물론 주임사제들은 누구보다도 중요한 존재들임이 틀림없었고, 그들은 신뢰해도 좋을 것이다. 그들은 경험이 있고 현명했다. 또한 적어도 홀 씨는 빈민들에게 동정심과 애정 어린 다정함을 가지고 있었다. 하지만 그들 밑의 젊은이들로 말하자면, 그들은 배제되어야 하고 나서지 못하게 해야 하며, 그들의 나이와 능력에는 복종과 침묵이 가장 잘 어울린다는 것을 배워야 한다.

에인리 양은 이 말을 듣고 다소 충격을 받았으나 캐럴라인이 스위팅 씨를 칭찬하는 말을 부드럽게 한두 마디 끼워 넣자 다시 진정되었다. 스위팅이야말로 에인리 양이 가장 좋아하는 보좌사제였다. 그녀는 멀론 씨와 던 씨도 존경하려고 노력했다. 하지만 스위팅이 그녀의 작은 집으로 그녀를 만나러 올 때면 진심으로 어머니 같은 애정으로 스펀지케이크 조각과 앵초꽃이나 프림로즈 와인을 대접했다. 한때는 똑같은 무해한 간식을 멀론에게도 대접했었으나 이 인물은 그런 공물에 노골적으로 멸시하는 기색을 보였기 때문에 그녀는 다시는 감히 엄두를 내지 못했다. 던에게는 항상 이 특별한 간식을 내놓았고, 그가 평소처럼 파이 두 조각을 먹고 세 개째는 호주머니에 넣음으로써 마음에 든다는 표시를 확실히 보여주면 기뻐했다.

에인리 양은 선행을 하는 데에는 지치는 법이 없었으므로, 자신의 계획을 보여주고 겸허히 승인을 청하기 위해 당장이라도 세 주임사제를 만나러 16킬로미터의 길을 나설 기세였다. 그러나 킬더 양은 이를 말리고 대신 그날 저녁 필드헤드로 사제들을 불러 소규모로 엄선된 회합을 열자고 제안했다. 에인리 양은 그때 그들을 만나 계획을 충분히 논의할 수 있을 것이다.

셜리는 이에 따라 노신부들을 한데 모았다. 그리고 에인리 양이 도착하기 전에 신사들을 상상할 수 있는 가장 좋은 기분으로 만들어두었다. 그녀는 볼트비 박사와 헬스턴 씨를 떠맡았다. 볼트비 박사는 완고하고 나이가 많은 웨일스 사람으로, 다혈질에 독선적이고 고집이 셌고, 좋은 일도 많이 하는 사람이었지만 그 과정에서 늘 잡음이 생긴다는 문제가 있었다. 헬스턴 씨는 우리가 아는 그대로다. 셜리는 두 신사에게 친근한 감정을 가지고 있었고, 특히 헬스턴 씨에게 그러했다. 그들을 기쁘게 해주는 것은 그녀에게는 쉬운 일이었다. 셜리는 그들을 데리고 정원을 한 바퀴 돌고 꽃을 따주기도 하면서 친딸처럼 살갑게 굴었다. 홀 씨는 캐럴라인에게 넘겼다. 아니, 홀 씨 본인이 캐럴라인을 택했다.

그는 캐럴라인과 같은 파티에 참석하게 되면 대개 그녀를 찾았다. 숙녀들은 너나없이 다 그를 좋아했지만, 그는 보통은 여자들과 노닥거리는 사람이 아니었다. 책벌레인 그는 근시라서 안경을 썼고, 종종 정신을 딴 데 팔고 있었다. 노부인들에게는 아들처럼 친절했다. 직업과 지위의 고하를 막론하고 누구에게나 괜찮은 사람이었다. 진실하고 소박하며 솔직한 태도, 고결함, 현실적이면서도 드높은 신앙심 덕분에 모든 지위의 사람과 잘 어울렸다. 그의 가난한 서기와 교회지기도 그를 좋아했고, 그의 고귀한 후원자도 그를 높이 평가했다. 하지만 그는 젊고 아름답고 유행을 따르는 숙녀들 앞에서는 다소 움츠러들었다. 그 자신이 외모나 태도, 언변으로는 평범한 사람이어서 그런 숙녀들의 당당하고 우아하며 잘난 척하는 태도에 겁을 먹는 것 같았다. 그러나 헬스턴 양은 당당하거나 잘난 척하는 데가 없었고, 타고난 우아함이 있었지만 아주 조용했다. 마치 땅바닥에 낮게 깔린 산울타리의 아름다움처럼 조용했다. 그는 활달하고 유쾌했으며 말을 잘했다. 캐럴라인도 그와 둘이서만큼은 편하게 얘기할 수 있었으므로, 파티에서 홀 씨가 옆자리에 앉아주면 피터 오거스터스 멀론, 조지프 던 혹은 존 사이크스를 상대하지 않아도 되어서 좋았다. 홀 씨는 할 수만 있다면 절대 이 특권을 마다하지 않았다. 한 신사가 한 숙녀만 이렇게 편애하는 티를 내는 것은 보통의 경우라면 당연히 남들 입길에 오르내리기 딱 좋은 행동이었을 것이다. 하지만 시릴 홀은 마흔다섯 살이었고, 살짝 벗겨진 머리는 약간 세었다. 그가 헬스턴 양과 결혼할지도 모른다고 생각하거나 말하는 사람은 아무도 없었다. 본인도 그런 생각은 하지 않았다. 그는 이미 자기 책, 자기 교구와 결혼했다. 그 자신처럼 안경을 썼고 박식하며 다정한 누이 마거릿이 있어 그는 독신이라도 행복했고, 이를 바꾸기에는 너무 늦었다고 생각했다. 게다가 그는 캐럴라인을 아주 어릴 때부터 알았다. 무릎에 앉힌 적도 여러 번이었다. 장난감을 사주고 책을 주었다. 자신에 대한 그녀의 우정에는 자식 같은 존경심이 섞여 있다고 느꼈다. 그는 그녀의 감정에 다른 색을 부여하려는 시도조차 할 수 없었고, 그렇기에 그의 평화로운 마음은 깊은 곳까지 흐트러지는 일 없이 그녀의 아름다운 모습을 깨끗한 상으로 비출 수 있었다.

에인리 양이 도착하자 모두가 그녀를 따듯이 환영했다. 프라이어 부인과 마거릿 홀이 자기들 사이의 소파 자리를 내주었다. 셋이 자리에 앉자 그들은 경박하고 놀기 좋아하는 사람들이 무가치하고 매력 없다고 무시할, 중년의 과부 하나와 안경 끼고 못생긴 노처녀 둘로 이루어진 삼인조가 되었다. 그러나 이 삼인조야말로 많은 고통을 겪고 친구가 없는 인간이라면 알듯이 자신들만의 조용한 가치를 갖고 있었다.

셜리는 용건을 꺼내 계획을 보여주었다.

“누가 저 계획을 만들었는지 알겠어요.” 홀 씨가 에인리 양을 힐끗 보면서 온화하게 미소 지었다. 그 자리에서 그의 승인을 얻은 것이다. 볼트비 씨는 이 말을 듣고는 이맛살을 찌푸리고 아랫 입술을 쑥 내민 채 생각에 잠겼다. 그는 자신의 동의는 너무 무거운 것이라 서둘러 줄 수 없다고 생각했다. 헬스턴은 마치 여성의 교활한 술수가 작용하고 있으며, 속치마 속의 무언가가 너무 많은 영향력과 중요성을 비밀스럽게 얻으려 하는 것일까 우려하듯이 경계심과 의심 섞인 표정으로 주변을 날카롭게 둘러보았다. 셜리는 그 표정을 보았고, 이해했다.

그녀가 무심하게 말했다. "이 계획은 아무것도 아니에요. 그저 대강의 윤곽일 뿐입니다. 제안일 뿐이지요. 여기 신사분들께서 규칙을 만들어주시면 좋겠습니다."

그리고 그녀는 혼자 기묘한 미소를 지으며 탁자 위로 몸을 구부려 곧바로 필통을 가져왔다. 그러고는 종이 한 장과 새 펜을 꺼내고 탁자로 안락의자를 끌어온 다음, 헬스턴 씨에게 손을 내밀어 거기 앉아달라고 청했다. 잠시 동안 그는 약간 굳어서 구릿빛 이마에 이상하게 주름을 잡고 서 있었다. 마침내 그가 중얼거렸다.

"음—당신은 내 아내도 딸도 아니지요. 그러니 이번만큼은 당신이 인도하는 대로 따르겠습니다. 하지만 명심하세요—나는 내가 따르기로 한 겁니다. 당신의 여자다운 작은 계책은 내 눈을 가리지 못해요."

"오!" 셜리가 펜을 잉크에 적셔 그의 손에 쥐여주며 말했다. "신부님은 오늘은 저를 킬더 대장으로 봐주셔야 해요. 이건 신사들의 일이지요—당신과 저의 일이에요, 박사님(그녀는 신부를 그렇게 불렀다). 저기 숙녀분들은 우리의 부관들일 뿐이랍니다. 우리가 일을 다 매듭지을 때까지는 입을 다물고 있을 겁니다."

그는 약간 음울한 미소를 짓고는 글을 쓰기 시작했다. 곧 그는 질문을 하고 자기 동료들과 상의하기 위해 쓰던 것을 멈추었고, 두 소녀의 곱슬머리와 노부인들의 얌전한 모자 위로 경멸하듯 시선을 들어 신부들의 빛이 깜박이는 안경과 잿빛 정수리를 마주 보았다. 이어진 토론에서 세 신사 모두 과연 훌륭하게도 자기 교구의 가난한 사람들을 속속들이 잘 알고 있음을 보여주었다. 심지어 그들이 각각 뭐가 필요한지도 자세히 알고 있었다. 주임사제들은 어디에 옷이 필요한지, 어디에 식량이 제일 급한지, 어디에 돈을 주면 신중하게 계획해서 쓸 가능성이 높은지 알았다. 그들의 기억력이 미치지 못하는 부분에서는 에인리 양이나 홀 양이 도움을 줄 수 있었다. 그러나 두 숙녀는 먼저 청하지 않는 이상 신중하게 말을 삼갔다. 그들 둘 다 앞에 나서고 싶은 마음은 없었으나 진심으로 도움이 되고 싶어 했다. 신부들도 그들이 도움이 된다고 인정했고, 그 말에 그들은 만족했다.

셜리는 주임사제들 뒤에 서서 가끔씩 그들의 어깨 너머로 몸을 숙여 그들이 만든 규칙들과 작성해나가고 있는 사례 목록을 보기도 하고, 그들이 하는 말 하나하나 놓치지 않고 귀 기울여 들으면서 여전히 때때로 알 수 없는 미소를 지었다. 심술궂은 미소가 아니라 의미심장한 미소였다. 너무 의미심장해서 상냥하다고 보기는 어려운 미소였다. 남자들은 자기들의 내적 본성을 너무 명확하고 진실하게 읽어내는 이런 동료는 좋아하지 않는다. 특히 여성은 상냥한 눈뜬장님인 것이 좋다. 사물의 표면 아래를 꿰뚫어 보지 못하는 온화하고 흐릿한 눈—뭐든 보이는 대로 받아들이는 그런 눈을 가진 것이 좋다. 이를 아는 많은 이들은 늘 눈을 내리깔고 있다. 그러나 아무리 내리뜬 눈길이라도 자기들만이 아는 틈이 있어서, 그 틈으로 이따금씩 보초병처럼 삶을 살필 수 있다. 나는 평소에는 잠들어 있는 듯했던 한 쌍의 파란 눈이 남몰래 경계의 빛을 띠었던 것을 기억한다. 그 눈이 오랫동안 익숙하게 말없이 영혼을 읽어내왔음을 그 눈의 표정으로 알았다. 내 피를 얼어붙게 하는 표정이었는데, 그런 쪽으로는 놀라울 정도로 예상치 못한 것이었다. 세상은 이 푸른 눈의 주인을 "*작고 착한 여자*"(영국 여자가 아니었다)라고 불렀다. 나는 나중에야 그녀의 본성을 속속들이 다 알게 되었다. 그녀 본성의 가장 멀리, 가장 깊숙이 숨겨진 구석까지 다 살펴보았다. 그녀야말로 유럽에서 가장 뛰어나고, 깊이 있고, 교묘한 모사꾼이었다.

드디어 모든 것이 킬더 양의 마음속에서 정리가 되고, 신부들이 계획의 정신을 충분히 받아들여 각자 50파운드씩을 내겠다고 기부 목록에 서명을 하자 그녀는 저녁을 내오라고 지시했다. 질 부인에게 솜씨를 최고로 발휘해 만찬을 준비하라고 일러둔 터였다. 홀 씨는 미식가가 아니었다. 그는 타고나기를 금욕적이었고 사치에 무관심했다. 그러나 볼트비와 헬스턴은 둘 다 맛있는 요리를 좋아했고, 공들여 차린 만찬 덕에 기분이 아주 좋아졌다. 그들은 던 씨와 달리 신사다운 방식으로 요리를 제대로 즐겼다. 좋은 와인 한 잔도 마찬가지로 대단히 점잖게 음미했다. 킬더 대장의 취향은 찬사를 받았고, 그는 찬사에 만족했다. 그의 목표는 이 성직자 손님들을 기쁘게 하고 만족시키는 것이었다. 그는 목표를 달성했고, 기쁨으로 환히 빛났다.

15장

던 씨의 탈출

다음 날 셜리는 캐럴라인에게 작은 파티가 아주 잘 치러져서 기쁘다고 말했다.

"난 신사분들을 대접하는 게 재미있어요. 세심하게 차린 식사를 그분들이 즐기는 모습을 보는 것이 좋더라고요. 이렇게 잘 고른 와인과 격식을 갖춘 요리들이 우리에게는 전혀 중요하지 않죠. 하지만 신사들은 음식에 대해서는 여전히 어린아이 같은 데가 있는 것 같아요. 신사들을 기쁘게 하는 건 즐거워요. 우리의 훌륭하신 신부님들처럼 적절하고 품위 있는 자제력을 보여주기만 한다면요. 난 가끔 어떻게 하면 무어를 즐겁게 해줄 수 있을지 알아내보려고 그를 관찰하지요. 하지만 그는 그런 아이 같은 단순함이 없어요. 당신은 그에게 어떻게 다가가면 좋은지 찾아냈나요, 캐럴라인? 당신은 나보다 그를 오래 보았잖아요."

“어쨌든 그는 우리 숙부님이나 볼트비 박사님 같지는 않죠.” 캐럴라인이 미소 지으며 대답했다. 그녀는 킬더 양이 사촌의 성격에 관한 이야기를 먼저 꺼내면 대화에 참여하면서 항상 수줍은 즐거움을 느꼈다. 그녀라면 절대 그 주제를 먼저 꺼내지 않았을 것이다. 그러나 누군가가 먼저 꺼내준다면 항상 머릿속을 떠나지 않는 그의 이야기를 하고 싶은 유혹에 저항할 수가 없었다. 그녀가 덧붙였다. “하지만 정말로 그게 뭔지는 모르겠어요. 로버트를 관찰해보려 해도 항상 그가 나를 쳐다보고 있어서 당황하곤 했거든요.”

셜리가 외쳤다. “바로 그거예요! 당신이 그에게 시선을 고정하려 하면 그가 당신을 슬쩍 봐요. 그는 절대 경계를 게을리하지 않는다고요. 당신을 보지 않을 때조차 당신 생각을 하느라 바쁜 것 같아요. 당신의 말과 행동을 그 근원까지 속속들이 뒤쫓고, 당신의 동기에 대해 자기 편한 대로 생각하지요. 오! 난 그런 성격이나 그 비슷한 종류의 성격을 알아요. 날 묘하게 불쾌하게 만들어요. 당신은 어때요?”

이런 질문은 셜리 특유의 날카롭고 갑작스러운 전환의 한 예였다. 캐럴라인은 처음에는 당황했으나, 이제는 이렇게 급소를 노린 공격을 작은 퀘이커 여교도처럼 슬쩍 피하는 법을 익혔다.

“불쾌하게 만든다고요? 어떤 식으로 불쾌해지는데요?” 캐럴라인이 물었다.

“저기 그가 오는군요!” 갑자기 셜리가 대화를 끊으며 이렇게 외치고는 벌떡 일어나 창가로 달려갔다. “기분 전환이 되겠네요. 당신에게 내가 최근에 거둔 최고의 승리에 대해 아직 얘기 안

해주었죠. 아무리 설득해도 당신이 같이 가주지 않는 그런 파티에서였어요. 내 쪽에서는 굳이 노력한 적도, 그럴 의도를 가진 적도 없었는데 일이 그렇게 돼버렸어요. 분명 그랬다니까요. 종이 울렸네—정말 근사하군요! 두 사람이 왔어요. 사냥을 다닐 때는 꼭 둘씩 다니나 봐요? 당신이 하나를 골라요, 리나. 선택권을 줄게요. 이 정도면 너그럽지요. 타르타르 소리를 들어봐요!"

독자 여러분에게 안주인을 처음 소개했던 장에서 잠깐 나왔던, 코와 주둥이 부분이 검은 황갈색 개가 현관에서 짖어댔다. 텅 빈 현관에 개 짖는 소리가 요란하게 울렸다. 곧 짖는 소리보다 더 무시무시한 으르렁거리는 소리가 낮게 울리는 천둥소리처럼 위협적으로 이어졌다.

"들어봐요!" 셜리가 웃음을 터뜨렸다. "피투성이 공격의 서막이라고 생각하겠죠. 다들 겁먹을 거예요. 그들은 늙은 타르타르를 나만큼 알지 못하니까. 그가 짖는 것은 소리와 분노뿐, 아무 의미도 없다는 걸 몰라요."

분주히 움직이는 소리가 들렸다. "앉아, 앉아!" 높은 어조의 고압적인 외침이 들려왔고, 뒤이어 지팡이인지 채찍이 탁 치는 소리가 들렸다. 곧바로 고함 소리—종종걸음 치는 소리—달려가는 소리—소란스러운 소리들이 이어졌다.

"오! 멀론! 멀론!"

"앉아! 앉아! 앉아!" 높은 목소리가 외쳤다.

셜리가 소리쳤다. "타르타르가 정말로 그들을 위협하고 있어요! 그들이 타르타르를 때렸어요. 타르타르는 맞아본 적이 없고, 참지 않을 거예요."

그녀가 밖으로 뛰어나갔다. 한 신사가 오크나무 계단을 달려 올라가 몸을 피할 회랑이나 방을 급하게 찾고 있었다. 또 다른 신사는 울퉁불퉁한 지팡이를 거칠게 휘두르면서 계단까지 뒷걸음질 쳐 가며 되풀이해서 외쳤다. "앉아! 앉아! 앉아!" 황갈색 개가 그를 향해 으르렁거리고 짖어대며 길게 울었다. 하인들 무리가 부엌에서 뛰어나왔다. 개가 펄쩍 뛰어올랐다. 두 번째 신사도 뒤돌아 동료를 따라 도망갔다. 첫 번째 신사는 벌써 안전하게 침실에 숨어 있었다. 그는 동료 앞에서 문을 닫았다. 공포심만큼 무자비한 것도 없다. 그러나 다른 도망자는 열심히 분투했다. 그의 힘에 문이 막 열리려는 참이었다.

"신사분들." 킬더 양이 은구슬 같으면서도 떨림이 있는 목소리로 말했다. "제 자물쇠를 좀 놔주세요. 진정하세요! 내려와보세요! 타르타르를 봐요—그는 고양이도 해치지 못해요."

셜리가 방금 언급한 타르타르를 쓰다듬었다. 개는 앞발은 쭉 펴고 꼬리는 여전히 위협적으로 치켜세운 채 코를 킁킁거리며 그녀의 발치에 웅크리고 있었다. 불도그의 눈이 꺼져가는 불을 의식했다. 그는 순하고 게으르고 둔하지만 고집이 센 개였다. 안주인과 자기에게 먹이를 주는 존은 사랑했으나, 나머지 세상에는 대체로 관심이 없었다. 지팡이로 때리거나 위협하지만 않으면 조용했지만, 그렇게 하면 순식간에 미친 듯이 날뛰었다.

"멀론 씨, 안녕하세요?" 셜리가 유쾌하게 빛나는 얼굴을 회랑 쪽으로 들고 말을 이었다. "그쪽은 오크나무 응접실로 가는 길이 아닌데요. 거긴 프라이어 부인의 방이에요. 당신 친구 던 씨에게 나오시라고 말씀드려주세요. 아래층 방으로 와주신다면 더없이 기쁘겠어요."

"하! 하!" 멜론이 공허한 웃음을 터뜨렸다. 그는 문 앞을 떠나 거대한 난간에 기대었다. "진짜 저 짐승이 던을 깜짝 놀라게 했답니다. 소심한 사람이라서." 그는 몸을 빳빳이 굳히고는 계단 꼭대기 쪽으로 걸음을 옮겼다. "그를 안심시키려면 따라가는 편이 좋겠다고 생각했지요."

"그러신 것 같았어요. 자, 괜찮으시면 내려오세요." (하인 쪽으로 고개를 돌리며) "존, 위층으로 가서 던 씨를 풀어드려요. 조심하세요, 멜론 씨. 계단이 미끄러워요."

광을 낸 오크나무라서 정말로 미끄러웠다. 경고의 말이 멜론에게는 좀 늦었다. 그는 위풍당당하게 내려오다가 이미 발을 헛디뎠고, 난간을 꽉 붙잡아 간신히 위기를 넘겼다. 그 바람에 난간 전체가 다시 삐걱거렸다.

타르타르는 손님이 지나치게 소란스럽게 내려온다고 생각했는지 다시 한번 으르렁거렸다. 그러나 멜론은 겁쟁이가 아니었다. 개가 펄쩍 뛰어올라 그를 기습했으나, 이제 그는 두려움보다는 억눌린 분노를 느꼈다. 표정만으로 타르타르를 목 조를 수 있었다면 타르타르는 더는 숨을 쉬지 못했을 것이다. 분노에 차서 예의를 잊은 멜론은 킬더 양을 제치고 먼저 응접실로 들어갔다. 그는 헬스턴 양을 흘끗 쳐다보았고, 그녀에게는 인사조차 제대로 하지 않았다. 그러고는 두 숙녀를 노려보았다. 마치 둘 중 하나가 자기 아내였다면 그 순간에는 대단한 남편이 되었을 것처럼 보였다. 그는 양손에 한 명씩 움켜쥐고 죽도록 괴롭혀주고 싶은 듯했다.

그러나 셜리는 측은한 마음이 들어 웃음을 멈추었고, 캐럴라인은 진정한 숙녀였기에 굴욕감을 느끼는 사람에게 미소를 지을 수 없었다. 타르타르는 방에서 나갔고, 피터 오거스터스는 진정되었다. 셜리의 표정과 어조가 황소라도 진정시킬 만했던 덕분이었다. 그는 개의 주인에게는 덤벼들 수 없으니 예의 바르게 구는 편이 낫다는 것을 알 정도의 양식은 있었다. 그는 정중하게 굴려고 노력했다. 그 시도가 잘 받아들여진 덕분에 그는 곧 아주 정중해졌고, 제 모습을 되찾았다. 정말로 그는 매력 있고 멋진 모습을 보여주겠다는 특별한 목적을 가지고 왔으나, 필드헤드에 처음 들어서자마자 거친 전조와 마주친 것이었다. 그러나 사건이 지나갔으니 그는 이제 매력 있고 근사해 보이기로 마음먹었다. 사자처럼 들어왔으니, 양처럼 나갈 생각이었다. 마치 3월처럼.*

점잔을 빼기 위해서인지 아니면 어떤 새로운 긴급사태가 일어나면 바로 빠져나가기 위해서인지, 그는 킬더 양이 앉으라고 권한 소파나 캐럴라인 양이 친근하게 그를 부르는 불가 쪽 자리가 아니라 문 옆의 의자에 앉았다. 이제 뚱하거나 화가 나 있지 않았으므로 점차 원래 성격대로, 어색하고 쑥스러운 모습으로 돌아갔다. 그는 가장 흔해빠진 화제들을 골라 숙녀들에게 불쑥불쑥 말을 걸었다. 한 문장을 끝낼 때마다 의미심장하게 깊은 한숨을 내쉬었고, 말을 멈출 때마다 한숨을 쉬었으며, 입을 열기 전

* '3월은 사자처럼 들어와 양처럼 나간다'라는 속담을 인용한 말. 날씨가 3월 초에는 궂었다가 말에는 맑아지는 경향을 나타낸다.

에도 한숨을 쉬었다. 끝으로, 자신의 다른 매력들에 편안함을 덧붙이는 것이 바람직하다고 생각한 그는 넉넉한 비단 손수건을 꺼냈다. 이는 그의 빈손이 만지작거릴 수 있는 우아한 장난감이 되어줄 것이었다. 그는 힘차게 이에 착수했다. 빨강과 노랑의 사각형 천을 각지게 접은 다음, 탁 쳐서 펼쳤다가 더 폭이 좁게 다시 접었다. 그렇게 접어서 예쁜 끈을 만들었다. 저런 끈을 어디에 쓰려는 것일까? 자기 목이나 머리에 묶으려는 건가? 목도리나 터번으로 쓰려나? 어느 쪽도 아니었다. 피터 오거스터스는 발명가—독창적인 천재였다. 그는 적어도 신기한 매력은 가진 우아한 행동을 숙녀들에게 보여줄 참이었다. 그는 아일랜드인의 운동선수 같은 다리를 꼬고 의자에 앉아 그 자세로 다리에 끈을 감아서 묶었다. 그는 이 행위가 앙코르를 받을 만하다고 느끼는 것이 분명했다. 그래서 한 번 더 되풀이했다. 두 번째 묘기에 셜리는 소리 없이, 그러나 억누를 수 없는 웃음을 몰래 짓기 위해 창가로 갔다. 캐럴라인은 고개를 옆으로 돌렸다. 긴 곱슬머리가 얼굴에 퍼진 미소를 가려주었다. 헬스턴 양은 피터의 행동을 재미있어할 이유가 한 가지 더 있었다. 그녀는 그의 경의가 자신에게서 상속녀에게로 급격히, 그러나 완전히 방향을 튼 데 깊은 인상을 받았다. 캐럴라인이 언젠가 상속받을 거라고 예상되는 5000파운드는 킬더 양의 영지와 저택과는 비교도 되지 않았다. 그는 자신의 계산과 책략을 굳이 숨기려 하지도 않았다. 생각이 조금씩 서서히 바뀐 척하지도 않았다. 그는 한순간에 휙 방향을 바꾸었다. 더 많은 재산을 좇기 위해 더 적은 쪽은 대놓고 버린 것이다. 어떤 근거로 이 추격에 성공할 거라 기대하는지는 그 자신이 제일 잘 알 것이었다. 분명 노련한 관리를 통해서는 아니었다.

꽤 시간이 걸리는 것으로 보아 존이 던 씨에게 내려오도록 설득하는 일이 쉽지 않은 듯했다. 그러나 이 신사는 마침내 모습을 드러냈다. 오크나무 응접실 문가에 나타났을 때, 그의 얼굴에는 부끄러워하거나 당황한 빛이 손톱만큼도 없었다—터럭만큼도. 던은 정말로 싸늘하도록 차분하고, 흔들림 없이 자아도취적이며, 수치라고는 전혀 모르는 자기만족적인 인물이었다. 그는 평생 얼굴을 붉혀본 적이 없었다. 어떤 치욕도 그를 당황하게 하지 못했다. 그의 신경은 생기를 일으키거나 뺨에 붉은 기가 돌게 만드는 감각을 느끼기에는 너무나도 둔했고, 그의 피에는 불꽃이 없었으며, 영혼에는 겸허함이 없었다. 그는 염치없고 오만하며 예의를 차리는 평범하고 호리호리한 젊은이였다. 자만심 강하고 어리석었으며 재미가 없었다. 이 신사가 킬더 양에게 구애할 생각을 하다니! 그러나 그는 그 일에 어떻게 착수해야 할지, 나무에 새긴 조각보다도 아는 게 없었다. 즐거움을 느낄 만한 취향도 없고 구애를 할 만한 심장도 없었다. 그의 계획은 격식을 갖춰 몇 차례 그녀를 방문하고 나서 청혼하는 편지를 쓰는 것이었다. 그러면 셜리는 자신이 성직자라는 점이 마음에 들어 청혼을 받아들일 것이며, 그들은 결혼하게 될 것이고, 자신은 필드헤드의 주인이 되어 하인들을 마음껏 부리고 최고로 먹고 마시며 안락하게 살 수 있을 것이라고 생각했다. 그가 무례하고 상처 입은 투로 자신의 장래 신부라고 생각하는 사람에게 이렇게 말했을 때, 아무도 그의 의도를 의심하지 않았을 것이다.

"아주 위험한 개로군요, 킬더 양. 저런 짐승을 키우다니 이해가 안 됩니다."

"그러세요, 던 씨? 내가 그 개를 아주 예뻐한다고 말하면 더 이해 못 하시겠군요."

"진심으로 하는 말은 아닐 거라 믿습니다. 숙녀가 저런 짐승을 좋아한다는 건 상상할 수가 없어요. 저렇게 추한, 짐마차꾼의 개에 불과한 것을 말입니다. 제발 저놈 목을 매다세요."

"제가 좋아하는 개를 목매달라고요?"

"그리고 저놈 대신 작고 예쁘장한 퍼그나 푸들을 사면 되잖습니까. 여성에게 어울리는 개로요. 숙녀들은 보통 작은 애완견을 좋아하던데."

"아마도 저는 예외인가 보지요."

"오! 그럴 리가 있나요. 그런 점에서는 모든 숙녀가 같은데요. 그건 보편적으로 인정된 사실이에요."

"타르타르가 심하게 겁을 주었군요, 던 씨. 피해를 입지 않으셨기를 바라요."

"당연히 피해를 입었습니다. 정말 너무 놀랐어요. 저놈이 막 덤벼들려고 하는 것을 보았을 때 기절하는 줄 알았습니다."

"침실에서 기절하셨을 수도 있겠네요. 거기 오래 계셨잖아요?"

"아뇨. 문을 꽉 잡고 꿋꿋이 버텼습니다. 아무도 들이지 않겠다고 굳게 마음먹었지요. 나와 적 사이에 장벽을 치고 있다고 생각했습니다."

"하지만 당신 친구 멀론 씨가 곤란에 처했었다면요?"

"멀론은 자기가 알아서 해야지요. 당신 하인이 드디어 개를 개집에 묶어두었다며 나오라고 설득했습니다. 그 사실을 확인받지 않았다면 하루 종일이라도 그 방에 그대로 있었을 겁니다. 하지만 이게 뭡니까? 하인이 거짓말을 했군요! 개가 저기 있잖습니까!"

그리고 실제로 타르타르는 정원으로 이어지는 유리문을 지나 걸어갔다. 평소와 같이 빳빳하고, 황갈색에, 코와 주둥이만 검은색이었다. 타르타르는 여전히 기분이 좋지 않아 보였다. 다시 으르렁거리고 있었고, 불도그 쪽 혈통에서 물려받은 반쯤 목 졸린 듯한 휘파람 소리를 냈다.

"다른 손님들이 오시는군요." 셜리는 사나워 보이는 개의 주인들이 자기 개가 털을 빳빳이 세우고 사납게 으르렁거릴 때 흔히 보여주는 도발적인 냉정함을 유지한 채 이렇게 말했다. 타르타르가 보도를 따라 대문 쪽으로 내달리며 마구 짖어댔다. 안주인은 조용히 유리문을 열고 나가 혀를 차며 개를 달랬다. 짖는 소리는 이미 잦아들었고, 개는 거대하고 둔하고 멍청한 머리를 쓰다듬어달라고 새로운 손님들에게 들이댔다.

"아, 타르타르, 타르타르!" 활기차고 소년 같은 목소리가 외쳤다. "너 우리 모르니? 안녕!"

항상 온화함을 잃지 않는 선한 본성 덕분에 남자, 여자, 아이, 동물들을 비교적 덜 무서워하는 작은 스위팅 씨는 수호자를 쓰다듬으며 대문을 들어왔다. 뒤이어 그의 교구사제 홀 씨가 들어왔다. 그 또한 타르타르를 무서워하지 않았고, 타르타르도 그에게 적의가 없었다. 그는 두 신사의 주위를 돌며 킁킁 냄새를 맡더니, 그들이 해를 끼치지 않을 것이므로 지나가게 해줘도 좋다고 결론을 내린 듯 아치형 입구에서 비켜나 햇살이 잘 드는 저택 앞쪽으로 물러갔다. 스위팅 씨가 뒤따라가서 타르타르와 놀아주려 했지만 타르타르는 그의 손길에 반응하지 않았다. 그를 기쁘게 해주는 것은 안주인의 손길뿐이었다. 그는 다른 사람들에게는 고집스럽게 무관심으로 일관했다.

셜리는 홀 씨와 스위팅 씨를 맞기 위해 앞으로 나아가 그들과 다정하게 악수를 나누었다. 그들은 그날 아침 기금에 기부를 받는 일이 아주 잘되었다고 그녀에게 알려주러 온 것이었다. 홀 씨의 눈은 안경 너머로 인자하게 빛났다. 소박한 얼굴은 선량함으로 잘생겨 보였다. 캐럴라인은 누가 왔는지 알고는 달려 나가 그를 맞이했다. 그녀가 두 손으로 그의 손을 잡자 그는 부드럽고 조용하면서도 애정 어린 표정으로 캐럴라인을 내려다보았다. 그 표정 때문에 그의 미소 띤 얼굴은 멜란히톤*처럼 보였다.

그들은 집에 다시 들어가는 대신 정원을 이리저리 거닐었다. 숙녀들은 홀 씨의 양옆에서 걸었다. 산들바람 부는 햇살 좋은 날이었다. 미풍이 소녀들의 뺨에 생기를 불어넣고 그들의 곱슬머리를 우아하게 흐트러뜨렸다. 둘 다 예뻐 보였고, 한 명은 명랑해 보였다. 홀 씨는 그의 빛나는 동행에게 더 자주 말을 걸었지만 조용한 동행을 더 자주 쳐다보았다. 킬더 양이 만개한 꽃을 한 아름 따 와서, 그 향기가 주위를 가득 채웠다. 그녀는 몇 송이

* 16세기 독일의 개신교 신학자이자 종교개혁자. 마르틴 루터와 함께 독일 종교개혁운동을 이끈 인물로, 지적이고 성격이 온화한 것으로 유명했다.

를 캐럴라인에게 주면서 홀 씨를 위한 작은 꽃다발을 만들어달라고 했다. 캐럴라인은 무릎 위에 섬세하고 화려한 꽃들을 가득 안고서 정자 계단에 앉았다. 교구사제는 지팡이에 기대어 그녀 옆에 섰다.

손님 대접에 소홀함이 없는 셜리는 이제 오크나무 응접실에 방치되었던 한 쌍을 불렀다. 그녀는 던을 호위하여 그의 무서운 적 타르타르 옆을 지나왔다. 타르타르는 앞발에 코를 묻고 중천에 뜬 해 아래서 코를 골고 있었다. 던은 고마워하지도 않았다. 그는 친절이나 관심에 절대 고마워하는 법이 없었다. 그러나 보호해주는 것에는 만족했다. 누구에게나 공평하게 대하고 싶어 하는 킬더 양은 보좌사제들에게도 꽃을 주었다. 그들은 타고난 어색함으로 꽃을 받았다. 멀론은 한 손에 곤봉을, 다른 손에 꽃다발을 들게 되자 특히나 어찌할 바를 몰라 했다. 던의 "감사합니다!"가 우렁차게 울렸다. 이 공물이 자신의 가치에 표하는 경의이며 그의 귀한 애정을 얻으려는 상속녀의 노력이라고 여기는, 더할 나위 없이 우둔하고 오만한 목소리였다. 스위팅만이 영리하고 분별 있는 작은 남자답게 작은 꽃다발을 받아서는 정중하고 맵시 있게 단춧구멍에 꽂았다.

킬더 양은 그의 훌륭한 예의범절에 대한 보답으로 그를 따로 불러 몇 가지 임무를 맡겼다. 그의 눈이 기쁨으로 빛났다. 그는 정원을 돌아 부엌으로 달려갔다. 길을 알려줄 필요도 없었다. 그는 항상 어디에서나 제집처럼 편안해했다. 오래지 않아 그가 둥근 탁자를 들고 다시 나타나 삼나무 아래 그것을 놓았다. 그러더니 여기저기 구석과 그늘에서 정원용 의자 여섯 개를 모아 와서

둥글게 놓았다. 하녀—킬더 양은 식사 시중을 드는 남자 하인이 없었다—가 냅킨을 덮은 쟁반을 들고 나왔다. 스위팅의 날렵한 손이 유리잔, 접시, 나이프와 포크를 놓는 것을 도왔다. 또한 차가운 닭고기와 햄, 타르트로 구성된 깔끔한 점심 식사를 차리는 것도 거들었다.

어떤 손님에게나 이런 즉흥적인 진미를 제공하는 것이 셜리의 기쁨이었다. 스위팅 같은 눈치 빠르고 잘 도와주는 작은 친구가 접대하려는 낌새를 알고 그녀의 하녀를 도와 활기차고 날쌔게 그것을 실행하는 것만큼 그녀를 기쁘게 하는 것도 없었다. 데이비드 스위팅과 셜리는 세상에서 둘도 없는 좋은 관계였고, 상속녀에 대한 그의 헌신에는 아무 사심이 없었다. 그 헌신은 근사한 도라 사이크스에 대한 그의 충성스러운 마음을 전혀 침해하지 않았기 때문이다.

식사는 대단히 즐거웠다. 던과 멀론은 활기찬 식사에 기여한 바가 거의 없었고, 그들이 맡은 주된 역할은 나이프와 포크, 와인 잔과 관련된 것뿐이기는 했지만. 그러나 홀 씨, 데이비드 스위팅, 셜리, 캐럴라인 같은 사람 네 명이 맑은 하늘 아래 푸른 잔디 위, 꽃이 만발한 들판 한가운데 건강하고 사이좋게 모여 있으니 어색함이나 지루함이 끼어들 틈이 없었다.

대화 도중 홀 씨가 숙녀들에게 성령강림절이 다가오고 있다고 상기시켰다. 브라이어필드, 윈버리, 너넬리 세 교구가 합동으로 성대한 주일학교 차 모임과 행진을 열기로 되어 있었다. 그는 캐럴라인은 교사로서 자리를 지켜줄 것이라는 것을 알며, 킬더 양도 참여해주기를 바란다고 말했다. 그녀가 그때 공식적인 자리에 처음 모습을 드러내주기를 바란다는 것이었다. 셜리는 그런 기회를 놓칠 사람이 아니었다. 셜리는 축제의 흥분을 좋아했다. 행복의 집합체, 즐거운 요소들이 어우러지고 집중되는 곳, 기쁨에 찬 얼굴들이 가득한 인파, 고양된 마음들이 모여드는 순간을 사랑했다. 그녀는 홀 씨에게 자기도 꼭 참석하겠다고 말했다. 무엇을 해야 할지는 모르지만, 뭐든 그들이 원하는 대로 시켜달라고 했다.

캐럴라인이 말했다. "제 탁자에 오셔서 제 곁에 앉겠다고 약속해주실 거지요, 홀 씨?"

"당연하지요, 신의 뜻이라면. 지난 6년 동안 이 성대한 차 모임에서 캐럴라인의 오른편 자리는 줄곧 내 차지였지요." 그는 킬더 양 쪽으로 고개를 돌리며 말을 이었다. "캐럴라인은 열두 살 때 주일학교 교사가 되었답니다. 당신도 보아서 알겠지만 이 애는 천성이 그다지 자신감 있지는 않지요. 처음 쟁반을 내가고 남들 앞에서 차도 만들어야 했을 때는 보기 딱할 정도로 얼굴이 새빨개져서 덜덜 떨더라고요. 말없이 공포에 질린 모습을, 작은 손에 들린 잔들이 떨리고 물을 너무 많이 부은 찻주전자에서 차가 흘러넘치는 것을 보았어요. 도와줘야겠다 싶어서 옆자리에 앉아 주전자와 차 찌꺼기 모으는 그릇을 관리했고 할머니들이 그러듯이 차를 대신 만들어주다시피 했지요."

"너무 고마웠어요." 캐럴라인이 말했다.

"그랬지요. 진심을 담아서 나에게 고맙다고 했어요. 그 말로 나는 충분히 보답받았고요. 대부분의 열두 살짜리 꼬마 숙녀들하고는 달랐어요. 대부분은 도와주고 다정하게 대해주어도 살과 신경이 아니라 나무와 밀랍으로 만들어진 인형처럼 싸늘하거든요. 킬더 양, 그런데 캐럴라인은 저녁 내내 아이들이 놀고 있는 공터에서도 내 곁을 떠나지 않았답니다. 모두 교회로 불려 갔을 때는 나를 따라 제의실 안까지 들어왔지요. 내가 미리 신경을 써서 사제석에 데려다 놓지 않았더라면 나를 따라 설교단까지 올라왔을 겁니다."

"그리고 그 후로 쭉 제 친구가 되어주셨지요." 캐럴라인이 말했다.

"그리고 항상 캐럴라인의 탁자에, 쟁반 근처에 앉아 그녀에게 잔을 건네주었지요. 나의 봉사는 거기까지입니다. 내가 캐럴라인을 위해 다음으로 해줄 일은 언젠가 그녀를 어떤 보좌사제나 공장주와 결혼시키는 것이겠지요. 하지만 캐럴라인, 유념하세요, 난 신랑의 성품에 대해 캐물을 거예요. 내 손을 잡고 너넬리 공유지를 걸어 다니던 어린 소녀를 행복하게 만들어줄 만한 신사가 아니라면 난 사제로서의 직분을 수행하지 않겠어요. 그러니까 조심해요."

"그런 경고는 안 하셔도 돼요. 저는 결혼하지 않을 거니까요. 신부님의 누이 마거릿 양처럼 혼자 살 거예요, 홀 씨."

"아주 좋아요—그것도 나쁘지 않지요—마거릿은 불행하지 않아요. 즐거움을 찾을 책이 있고 돌봐줄 오빠가 있으니 만족해요. 언젠가 집이 필요하다면, 브라이어필드 사제관을 떠나야 할 때가 온다면, 그때는 너넬리 사제관으로 와요. 노처녀와 노총각이 그때도 살아 있다면 당신을 다정하게 맞아줄 겁니다."

"여기 신부님 꽃이에요. 자—" 그를 위해 만든 작은 꽃다발을 그때까지 듣고 있던 캐럴라인이 말했다. “신부님은 꽃다발을 별로 좋아하지 않으시지만, 마거릿 양에게 꼭 갖다주세요. 그리고 이번만큼은 감상적이 되어서 그 작은 물망초는 간직해주세요. 제가 잔디밭에서 딴 야생화예요. 좀 더 감상적이 된다면, 푸른 꽃 두세 송이는 제가 갖고 가서 제 기념품 속에 둘게요.”

그러곤 그녀는 에나멜 표지에 은걸쇠를 단 작은 책을 꺼내 책장을 열고 꽃들을 끼워 넣은 다음 연필로 그 옆에 이렇게 썼다. “나의 벗 시릴 홀 신부님을 위하여 보관해둔다. 5월 18일—”

시릴 홀 신부도 들고 다니는 작은 신약성서 책장 사이에 안전하게 꽃을 넣었다. 그는 여백에 이렇게만 적었다. “캐럴라인.”

그가 미소 지으며 말했다. “자, 이 정도면 충분히 낭만적이지요. 킬더 양—” 그가 말을 이었다. (이런 대화가 오갈 동안 보좌사제들은 자기네들끼리 농담에 빠져서 탁자 반대편에서 무슨 얘기를 하는지 신경도 쓰지 않았다.) “이 머리가 하얗게 센 늙은 신부의 ‘행복감’을 비웃어도 할 수 없어요. 하지만 사실 나는 이 젊은 친구의 청을 들어주는 데 아주 익숙하답니다. 이 애가 뭐든 해달라고 하면 거절하는 법을 모르겠어요. 꽃과 물망초를 받는 게 내게 어울리지 않는 일이라고 할지도 모르겠지만, 감상적이 되어달라는 부탁을 받으면 난 순순히 따릅니다.”

캐럴라인이 말했다. “신부님은 원래 감상적이세요. 마거릿 양이 나한테 그렇게 얘기했어요. 신부님이 어떤 것에 기뻐하시는지 알아요.”

“당신이 좋은 사람이 되고 행복해지는 것? 맞아요, 그건 나의 가장 큰 기쁨 중 하나지요. 부디 하느님이 당신을 평화와 순수의 축복으로 오래도록 지켜주시기를! 물론 여기에서 순수함이란 비교적 그렇다는 의미지요. 하느님이 보시기에 순수한 사람은 아무도 없다는 걸 잘 알고 있으니까요. 우리 인간의 지각에는 천사를 상상할 때처럼 티 없어 보이는 것도 하느님께는 예수의 피로 정화하고 성령의 힘으로 지탱해야 하는 나약한 것에 불과하지요. 우리 모두 겸손함을 잃지 말도록 합시다. 여러분 같은 젊은 친구들도 나도 말입니다. 우리 마음속을 들여다보면 당연히 그러게 됩니다. 거기에는 유혹, 모순, 편견, 우리조차 얼굴을 붉힐 만한 것들이 있지요. 그리고 하느님이 보시기에 아름답거나 선한 것은 젊음도, 멋진 외모도, 우아함도, 어떤 부드러운 외적 매력도 아닙니다. 젊은 숙녀분들, 여러분의 거울이나 남자들의 혀가 마음을 홀려도 이 점은 기억하세요. 거울이나 입술의 찬사를 한 번도 받아본 적 없는 메리 앤 에인리가 조물주가 보시기에는 여러분들 중 그 누구보다도 아름답고 훌륭하다는 것을 말입니다. 정말로 그래요." 그는 잠시 멈추었다가 덧붙였다. "정말 그렇습니다. 여러분 같은 젊은이들은 속세의 희망에 휩싸여 있어서 그리스도가 사셨던 식으로 살기는 어렵습니다. 아마도 아직은 그렇게 할 수 없을 겁니다. 삶이 너무나 아름답고 세상이 여러분에게 미소 짓고 있는데 그러기를 기대한다면 지나친 것이겠지요. 하지만 온순한 마음과 마땅한 경외심을 가진 에인리 양은 구세주의 걸음을 바짝 따라 걷고 있습니다."

이 대목에서 던의 걸걸한 목소리가 홀 씨의 부드러운 어조를 깨고 끼어들었다.

"에헴!" 그가 분명히 뭔가 중요한 말을 하려는 듯 헛기침을 하며 입을 뗐다. "에헴! 킬더 양, 괜찮으시다면 제 얘기를 잠시만 들어주셨으면 합니다."

셜리가 무관심하게 대답했다. "아, 뭔데요? 들을게요. 제 온몸이 눈 말고는 다 귀일 만큼 들을 준비가 되어 있어요.*"

던이 천박하게 거들먹거리면서 친근한 척 말했다. "당신의 손과 지갑도 필요합니다. 저는 손과 지갑에 호소하려고 하거든요. 오늘 아침 당신께 부탁드릴 것이 있어서 왔습니다——"

"그럼 질 부인에게 가셨어야 했네요. 구호금 문제라면 부인 담당이랍니다."

"학교에 기부를 부탁드리고 싶습니다. 저와 볼트비 박사님은 윈버리 사제관 아래 있는 에클레피그 마을에 학교를 하나 세우려고 합니다. 침례교도들이 그 마을을 차지하고 예배당을 하나 세웠는데, 우리가 그곳을 빼앗아 오고 싶습니다."

"하지만 저는 에클레피그하고는 아무 관계도 없어요. 거기에 제 소유지가 있는 것도 아니고요."

"그건 무슨 말입니까? 당신은 국교도가 아닌가요?"

"대단한 인물 나셨네!" 셜리가 낮은 목소리로 웅얼거렸다. "정교한 연설! 멋진 말씨! 듣고 있자니 얼마나 황홀한지!" 그러고는 큰 목소리로 말했다. "당연히 국교도지요."

"그럼 이 경우 기부를 거절하지 못하실 겁니다. 에클레피그 사람들은 짐승들이에요. 우리는 그들을 교화하고 싶습니다."

"선교사는 누가 될 건가요?"

* 고린토인들에게 보낸 첫째 편지 12장 16~17절에서 따온 것.

"아마도 저겠지요."

"양 떼에 대한 당신의 연민이 부족해서 실패하는 일은 없겠군요."

"그러기를 바랍니다—저는 성공을 예상하고 있습니다. 하지만 돈이 있어야 하지요. 여기 서명 용지가 있습니다. 부디 후한 액수를 기부해주시기를 바랍니다."

돈을 요구받았을 때 셜리는 주저하는 법이 거의 없었다. 그녀는 자기 이름으로 5파운드를 적었다. 최근에 기부한 액수가 300파운드였고 그보다 적은 액수를 여러 곳에 끊임없이 기부하고 있어서, 그녀가 당장 내놓을 수 있는 것은 그 정도였다. 던은 그것을 보고는 기부금이 "초라하다"라면서 큰 소리로 더 달라고 요구했다. 킬더 양은 화가 나기도 했지만 그보다는 너무 놀라서 얼굴이 붉어졌다.

"지금으로서는 그 이상은 드릴 수 없습니다."

"더 줄 수 없다고요! 나는 당신이 100파운드는 내서 선두가 될 줄 알았습니다. 당신만큼 재산이 있으면 당연히 그 정도는 내야지요."

그녀는 아무 말도 하지 않았다.

던이 말을 이었다. "남부에서는 연간 수입이 1000파운드인 숙녀가 공적인 목적에 5파운드를 내는 건 부끄러운 일입니다."

셜리는 좀처럼 오만하게 굴지 않았지만, 지금은 그렇게 보였다. 그녀의 날씬한 체구가 대담하게 꼿꼿해졌고, 기품 있는 얼굴에는 경멸이 떠올랐다.

그녀가 말했다. "이상한 말씀이군요! 너무나 사려 깊지 못해요! 관대함을 비난하다니 적절치 않아요."

"관대함이라고요! 5파운드가 관대하다고 하는 겁니까?"

"네. 볼트비 박사님이 학교를 세우시는 데에는 찬성합니다. 거기에 돈을 드리는 거라면 모르겠지만, 기부금을 요청한다기보다 갈취하다시피 하는 무분별한 그분의 보좌사제에게 주는 거라면, 다시 말씀드리지만, 관대한 거지요. 이 점을 고려하지 않았다면 당장 되돌려달라고 요구했을 겁니다."

던은 얼굴이 두꺼운 사람이었다. 말을 하는 상대의 어조, 태도, 시선이 표현하는 것을 전부 다는 고사하고 실은 절반도 느끼지 못했다. 그는 여전히 상황 파악을 하지 못했다.

그는 이렇게 말했다. "이곳 요크셔는 비참한 곳입니다. 제 눈으로 보지 않았다면 상상도 못 했을 겁니다. 여기 사람들은 부유하든 가난하든 다 똑같다니까요! 얼마나 상스럽고 미개한지! 남부에서라면 업신여김을 당했을걸요."

셜리는 탁자 위로 몸을 기울였고, 콧구멍을 약간 벌름거리면서 가느다란 손가락을 깍지 끼어 꽉 눌렀다.

던은 자기 이야기에 취해 아무런 눈치도 채지 못하고 계속 떠들었다. "부자들은 다 구두쇠예요. 그만한 수입을 가진 사람들답게 살지 않아요. (던 씨의 발음을 봐줘야 한다, 독자여. 일부러 그러는 것이다. 그는 그 발음이 우아하다고 생각했고, 자신의 남부 억양을 자랑스럽게 여겼다. 북부 사람들은 그가 어떤 단어들을 말할 때면 기묘한 감정을 느꼈다.) 제대로 된 마차를 가졌거나 집사를 둔 집안을 찾아보기 힘들다니까요. 가난한 사람들로 말하자면, 결혼식이나 장례식이 있을 때 나막신을 떨그럭거리면서 교회 문가에 모여드는 꼴을 보세요. 남자들은 셔츠 바람에 모직 앞치마를 둘렀고 여자들은 모브 캡에 작업용 재킷 바람이지요. 누가 그들 속에 미친 소를 풀어서 그 어중이떠중이 무리를 다 쫓아내버렸으면 좋겠다니까요—히히! 그럼 얼마나 재미있을까!"

셜리가 조용히 말했다. "이제 갈 데까지 갔군요." 그러고는 불타오르는 듯한 눈빛으로 그를 쏘아보며 되풀이했다. "갈 데까지 갔어요." 그녀는 힘주어 덧붙였다. "거기까지예요. 더 이상은 안 돼요. 내 집에서는."

그녀가 일어섰다. 이제 아무도 그녀를 말릴 수 없었다. 그녀가 머리끝까지 화가 났기 때문이다. 그녀는 곧장 정원 문 쪽으로 걸어가 문을 활짝 열었다.

그녀가 위엄 있게 말했다. "나가세요. 지금 당장. 그리고 이 보도 위에 다시는 발도 들이지 마세요."

던은 경악했다. 그는 자신이 가장 '최신 유행'을 따르는 고상한 영혼으로서 우월함을 과시했다고 생각하던 중이었다. 자신이 강렬한 인상을 주고 있다고 생각했다. 요크셔의 모든 것에 경멸을 표하지 않았던가? 그가 그 무엇보다 훌륭하다는 데 그보다 결정적인 증거가 있을 수 있겠는가? 그런데 여기 요크셔의 한 정원에서 개처럼 쫓겨날 판이라니! 이런 상황에서 그가 "한 일에 따른 논리적 결과"*가 어디 있단 말인가?

* 올리버 골드스미스의 희극《여성은 정복하기 위해 굴복한다(She Stoops to Conquer)》에서 인용.

"당장 이 자리에서 떠나주세요—당장!" 그가 미적거리자 셜리가 되풀이해 말했다.

"킬더 양— 저는 성직자입니다! 성직자를 내쫓는다고요?"

"나가라니까요! 당신이 대주교라도 마찬가지예요. 당신은 신사가 아니라는 것을 입증했어요. 그러니 가세요. 빨리!"

그녀는 단호했다. 그냥 하는 말이 아니었다. 게다가 타르타르가 다시 일어났다. 개는 소동의 낌새를 알아차리고 끼어들고 싶은 티를 냈다. 떠나는 수밖에 별도리가 없어 보이자 던은 꽁무니를 뺐다. 상속녀는 그의 등 뒤에서 아주 정중하게 대문을 닫으며 그를 쫓아버렸다.

"잘난 척하는 사제가 어떻게 감히 자기 양 떼를 모욕할 수가 있지? 혀짤배기소리나 내는 런던내기가 요크셔를 매도한다고?" 탁자로 돌아오면서 그녀가 그 상황에 대해 한 말은 그것뿐이었다.

오래지 않아 작은 파티도 파했다. 킬더 양의 성나고 어두워진 표정, 비틀린 입술, 분노한 눈으로 보아 더는 사교적인 여흥을 즐기기 어려웠다.

16장

성령강림절

기금 모으는 일은 잘되어갔다. 킬더 양의 모범과 세 주임사제의 열성적인 노력, 안경 쓴 두 노처녀 보좌관 메리 앤 에인리와 마거릿 홀의 조용하지만 효율적인 도움에 힘입어 상당한 액수가 모였다. 이는 현명하게 진행되어, 실직한 빈민들의 곤란을 줄여주는 데 당장 큰 힘이 되었다. 인근 지역의 소란도 점차 가라앉는 듯했다. 지난 보름 동안 공장을 파괴하는 사태가 없었고, 이 세 교구에서 공장이나 저택을 습격하는 일도 일어나지 않았다. 셜리는 막고 싶었던 나쁜 일들을 거의 피해 간 데 고무되었고, 위협적인 폭풍우가 지나가고 있다고 낙관했다. 여름이 다가오면 시장도 나아질 거라 확신했다. 늘 그랬다. 이 지긋지긋한 전쟁도 영원히 계속될 수는 없을 테고, 언젠가는 평화가 다시 찾아올 것이다. 평화가 오면 상업도 살아날 것이다!

셜리는 자신의 임차인 제라르 무어와 대화를 나눌 기회가 생길 때마다 그에게도 이런 요지의 말을 했고, 무어는 아주 조용히 듣곤 했다. 셜리는 그가 너무 조용해서 불만스러웠다. 초조한 시선으로 그에게 그 이상의 무언가를 요구하곤 했다. 설명이나 최소한 말 몇 마디라도 더 해주기를 바랐다. 그는 여전히 이마에는 근심이 어린 채로 입가에는 놀라울 만큼 다정한 미소를 띠고서, 자기 역시 전쟁에는 끝이 있는 법이라는 것을 믿으며, 오직 거기에 희망을 걸고 있다고 대답했다. 그의 투기가 거기에 달려 있었으니까. 그는 이렇게 말을 이었다. "당신도 알다시피, 저는 지금 할로 공장을 전적으로 투기로만 운영하고 있습니다. 아무것도 팔 수가 없어서요. 제 상품을 받아줄 시장이 없으니까요. 미래를 위해 제품을 만들고 있는 거예요. 시장이 열리면 그때 맨 처음으로 치고 나가 우위를 차지할 준비를 하고 있습니다. 석 달 전까지만 해도 불가능한 일이었지요. 신용도 자본도 다 바닥난 상태였어요. 누가 저를 구해주었는지 잘 아시지요. 저에게 돈을 빌려준 바로 그 손길이 저를 구했습니다. 그 대부금의 힘 덕분에 절대로 더는 하지 못할 거라 생각했던 이런 대담한 경기를 계속할 수 있게 된 것입니다. 손해를 보면 완전히 망하게 되리라는 건 알고 있습니다. 이익을 보게 될지 확실치 않다는 것도요. 하지만 저는 아주 원기 왕성합니다. 제가 활동적일 수 있는 한, 노력할 수 있는 한, 다시 말해서 제 손이 묶여 있지 않는 한 저는 절대 낙담하지 않을 겁니다. 평화의 시기가 1년, 아니 반년만 지속되어도 저는 무사할 겁니다. 당신이 말했다시피 평화가 상업에 활기를 불어넣어줄 테니까요. 그 점에서는 당신이 옳습니다. 하지만 이 지역이 다시 평온해진 것으로 말하자면—당신의 자선기금이 언제까지 좋은 효과를 가져올지는 의심스럽습니다. 자선적인 구호금은 결코 노동계급을 안정시키지 못합니다. 그들은 결코 감사해하지 않아요. 그게 인간 본성입니다. 만사가 제대로 굴러갔다면 그런 굴욕스러운 구호품이 필요한 처지에 놓이지 않았을 겁니다. 그들도 그걸 압니다. 우리가 그런 처지라면 우리도 알았을 겁니다. 게다가, 그들이 누구에게 고마워해야 합니까? 당신이나 신부님들에게는 고마워할 수도 있겠지요. 하지만 우리 공장주들에게는 아닙니다. 그들은 우리를 전보다 더 증오해요. 이곳의 불평분자들이 다른 지역의 불평분자들과 연락을 취하고 있습니다. 노팅엄은 그들의 중심지 중 한 곳이고, 그다음은 맨체스터, 버밍엄이지요. 부하들은 상관으로부터 명령을 받습니다. 그들은 규율이 잘 잡혀 있어요. 반드시 깊이 따져보고 공격합니다. 무더운 날씨에 날마다 하늘에서 천둥의 조짐을 보았지만, 밤이면 구름이 걷히고 조용히 해가 떠올랐지요. 그러나 위험이 사라진 것은 아니었고 다만 연기되었을 뿐입니다. 오래전부터 조짐이 있던 폭풍우는 언젠가는 반드시 옵니다. 도덕적 대기와 물리적 대기는 비슷한 데가 있습니다."

"음, 무어 씨, (이런 대화는 항상 이렇게 끝났다) 몸조심하세요. 내가 당신에게 조금이라도 좋은 일을 해드렸다고 생각하신다면, 자신을 돌보겠다고 약속하는 것으로 보답하세요."

"그러겠습니다. 주의해서 신경 쓰겠습니다. 저도 살고 싶지, 죽고 싶은 마음은 없습니다. 미래는 제 앞에 에덴처럼 열려 있습니다. 제 낙원의 그늘 속을 깊숙이 들여다볼 때면 환상을 봅니다.

먼 풍경을 미끄러지듯 날아가는 대천사보다 더 좋은 것이지요."

"그래요? 무슨 환상인가요?"

"제가 보는 것은—"

하녀가 찻잔을 들고 부스럭거리며 들어왔다.

5월 초에는 날씨가 맑았고, 중순에는 비가 왔다. 하지만 마지막 주에 달이 바뀌면서 다시 날이 개었다. 신선한 바람이 은빛과 하얀색의 겹겹이 쌓인 비구름을 쓸어 동쪽 지평선으로 차곡차곡 몰았다. 구름은 지평선의 경계에 가까워질수록 작아지다가 그 테두리 뒤로 사라졌고, 여름 해의 지배를 받을 준비가 된 순수 푸른색의 아치형 천장만을 남겨놓았다. 그 여름 해는 성령강림절에 떠올랐다. 눈부신 날씨가 학교들이 모여들 것을 알렸다.

성령강림 화요일은 중요한 날이었다. 지금의 주임사제가 거의 자비로 지은 브라이어필드의 큰 교실 두 개는 이날을 위해 청소하고 회칠하고 새로 페인트칠했으며 꽃과 상록수 가지로 꾸몄다. 꽃과 가지의 일부는 사제관 정원에서 가져온 것이었고, 필드헤드에서 손수레 두 개 가득, 더 인색한 윈 씨의 저택인 드월든홀에서 외바퀴 손수레 하나만큼 실어 온 것이었다. 이 교실들에는 각각 스무 명의 손님들을 수용하도록 계산한 탁자 스무 개를 놓았고, 그 주위에는 긴 의자를 놓았으며, 탁자들은 흰 천으로 덮었다. 그 위에는 이 지역의 전통에 따라 최대한 많은 카나리아를 넣은 스무 개의 새장을 매달았다. 이 새들의 날카로운 노랫소리를 좋아하고, 아무리 말소리가 시끄러워도 그 혼란 속에서 그들이 가장 큰 소리로 노래할 것을 아는 헬스턴 씨의 서기가 이들을 특별히 아꼈다. 이 탁자들은 세 교구에서 모인 1200명의 학생들이 아니라 학교의 후원자와 교사들만을 위해 펼쳐놓은 것이었다. 아이들을 위한 음식은 야외에 차릴 예정이었다. 1시가 되면 대군이 밀어닥칠 것이다. 2시에는 다 모일 것이고, 4시까지는 교구로 행진을 할 것이다. 그런 다음 연회가 있을 것이고, 그 후에는 교회에서 음악 연주, 연설과 함께 모임이 있을 것이다.

브라이어필드가 모임 장소—행사 장소—로 선택된 이유를 설명해야겠다. 가장 규모가 크거나 인구가 많은 교구여서는 아니었다. 그런 면에서는 윈버리가 브라이어필드를 훨씬 능가했다. 가장 오래된 교구여서도 아니었다. 브라이어필드의 낡은 교회와 사제관은 오래되기는 했지만, 넌우드의 비슷한 수령의 오크나무들, 그 뛰어난 보초병들 속에 파묻힌 너넬리의 지붕이 낮은 회당과 이끼 낀 사제관이 훨씬 더 오래되었다. 브라이어필드가 선택된 이유는 단지 헬스턴 씨가 그러기를 원했고 그의 의지가 볼트비나 홀의 의지보다 강했기 때문이었다. 볼트비는 단호하고 고압적인 형제와 우선순위를 놓고 논쟁을 할 수 없었고, 홀은 하지 않으려 했다. 그들은 헬스턴 씨가 앞장서서 마음대로 하도록 내버려두었다.

그래서 이 주목할 만한 기념일은 캐럴라인 헬스턴에게는 항상 고된 하루였다. 이날만큼은 부득이하게 사람들 앞에 나가 인근의 부유하고 존경받는 영향력 있는 사람들을 전부 상대해야만

했기 때문이다. 홀 씨의 친절한 얼굴을 제외하고는 그들 앞에서 그녀를 도와줄 것이 하나도 없어 보였다. 그녀는 남의 눈에 띄지 않을 수 없었다. 주임사제의 조카딸이자 첫 번째 반의 첫 번째 선생으로서 행렬의 맨 앞에서 걸어야 했다. 수많은 신사 숙녀가 뒤섞여 앉은 첫 번째 탁자에 차를 대접해야 했고, 이 모든 일을 어머니나 이모, 다른 샤프롱의 도움 없이 해내야만 했다. 그런데 그녀는 남들 앞에 서기를 죽기보다 무서워하는 소심한 성격이었다. 상황이 이러니 그녀가 다가오는 성령강림절에 오들오들 떠는 것을 이해할 수 있을 것이다.

그러나 올해는 셜리가 그녀 곁에 있어줄 것이어서 이 고통스러운 상황이 크게 바뀌었다. 더는 시련이 아니라 즐겁기까지 했다. 평범한 친구들 한 무리가 있는 것보다 킬더 양 한 사람이 있는 편이 더 나았다. 그녀는 대단히 침착했고 항상 생기 있었으며 느긋했다. 자신의 사회적 중요성을 잘 알고 있으면서도 절대 이를 이용하지 않았으므로, 그녀를 쳐다보는 것만으로도 용기를 낼 수 있었다. 유일한 걱정거리라면 상속녀가 연회에 늦을지도 모른다는 것이었다. 셜리는 부주의하게 시간을 끌다 늦는 일이 자주 있었고, 캐럴라인은 숙부가 절대 그 누구도 기다려주지 않는다는 것을 알고 있었다. 교회 시계가 2시를 치는 순간 종소리가 울리고 행진이 시작될 것이다. 그러면 셜리를 찾아다니든지, 아니면 기대했던 동행을 포기해야 할 것이다.

성령강림 화요일에 그녀는 거의 해가 뜨자마자 일어났다. 그녀는 패니, 일라이자와 함께 사제관 응접실에서 제일 중요한 손님들을 맞을 준비를 하고 식당의 작은 탁자에 와인, 과일, 케이크 등 시원한 간식거리를 차리느라 아침 내내 분주했다. 그런 다음 그녀도 가장 새 것이고 가장 예쁜 하얀 모슬린 옷을 차려입어야 했다. 날씨가 완벽하게 좋았고 엄숙한 행사이니만큼 그런 복장을 입어도 좋았고, 입어야 했다. 새 허리끈은 마거릿 홀에게서 생일 선물로 받은 것이었는데, 시릴이 직접 산 것이 틀림없었다. 선물에 대한 보답으로 그녀는 시릴에게 멋진 케이스에 담긴 넥타이 세트를 주었다. 패니가 그 허리끈을 솜씨 좋게 매어주었다. 패니는 행사를 위해 그녀의 아름답고 젊은 여주인을 치장해주는 것을 즐겼다. 단순한 보닛에는 허리끈과 어울리는 테를 둘렀고, 예쁘지만 비싸지 않은 흰색 크레이프 천 스카프는 드레스와 잘 어울렸다. 준비가 끝나자 그녀는 눈이 부실 만큼 빛나지는 않아도 관심을 가질 만큼 예쁘장한 모습이 되었다. 눈에 확 띌 정도는 아니더라도 매우 섬세하게 보기 좋은 모습이었다. 풍성한 색채와 화려한 윤곽의 부재를 부드러운 색조, 순수한 분위기, 우아한 표정이 채우는 그림이었다. 갈색 눈과 깨끗한 이마에 나타난 정신은 겸손하고 부드러웠으며 수심이 어렸지만 조화로웠고, 이는 그녀의 드레스, 얼굴과 어울렸다. 새끼 양도 비둘기도 그녀의 소박하고 부드러운 모습에서 자기들의 천성, 혹은 우리가 그들에게 부여한 천성과 같은 것을 느끼고 그녀를 두려워하기보다는 환영할 것 같았다.

그러나 결국 그녀는 불완전하고 결함 많은 인간이었다. 몸매나 표정, 옷은 충분히 아름다웠지만, 시릴 홀이 말했듯, 지금 자신의 비좁은 오두막 방에서 가진 것 중 제일 좋은 검정 드레스를 입고 퀘이커 교도 같은 칙칙한 숄과 보닛을 쓰고 있는 시든 에인리 양만큼 선하거나 훌륭하지는 못했다.

캐럴라인은 인적 하나 없는 들판을 건너고 숨겨진 오솔길을 따라 필드헤드까지 갔다. 그녀는 푸른 산울타리 아래와 더 푸른 초원 위를 날듯이 지나갔다. 얼룩 하나 없는 옷의 단을 더럽히거나 날씬한 샌들을 적실 물기도 먼지도 없었다. 늦게 온 비는 다 갠 후였고, 지금 빛나는 태양 아래 모든 것이 바짝 말랐다. 따라서 그녀는 데이지꽃과 잔디 위를 두려움 없이 걸어 무성한 초원을 지나갔다. 그리고 필드헤드에 이르자 곧장 킬더 양의 옷방으로 갔다.

그녀가 온 것은 잘한 일이었다. 그러지 않았다면 셜리는 지각했을 것이다. 셜리는 최대한 빨리 준비하는 대신 긴 의자 위에 늘어져서 책 읽는 데 푹 빠져 있었다. 프라이어 부인이 옆에 서서 일어나 옷을 입으라고 헛되이 채근하고 있었다. 캐럴라인은 긴말하지 않고 당장 셜리의 손에서 책을 빼앗은 다음 제 손으로 옷을 갈아입히는 일에 착수했다. 셜리는 더위로 늘어지고 젊음과 즐거운 천성으로 명랑해져서 이야기하고 웃느라 서두를 마음이 없어 보였다. 그러나 캐럴라인은 시간을 맞추기로 결심했으므로, 최대한 빨리 끈을 묶거나 핀을 꽂으면서 끈기 있게 옷을 입혔다. 드디어 마지막 고리까지 다 채우고 나서 잠시 여유를 찾자 셜리에게 그렇게 시간을 어기다니 경솔하다고 나무랐다. 지금도 구제 불능일 정도로 생각이 없어 보인다고 말이다. 과연 그렇기는 했지만, 그러면서 한편으로는 그런 성가신 점마저도 대단히 사랑스럽게 보였다.

그녀는 캐럴라인과 완전한 대조를 이루었다. 드레스 주름 하나하나, 얼굴 선 하나하나에 멋이 있었다. 그녀에게는 단순한 옷보다 풍성한 비단이 잘 어울렸고, 자수가 많은 스카프도 어울렸다. 그녀는 이를 무심하면서도 우아하게 걸쳤다. 보닛에 단 화환은 왕관 같았다. 패션에 기울인 주의, 드레스 여기저기에 안목 있게 단 장식은 그녀와 썩 잘 어울렸다. 이 모든 것이 그녀의 눈에 떠오른 솔직한 빛과 입가에 어린 장난스러운 미소처럼, 그녀의 꼿꼿한 자세와 가벼운 발걸음처럼 그녀에게 아주 잘 어울렸다. 캐럴라인은 셜리가 옷을 다 입자 손을 잡고 서둘러 계단을 내려가 문밖으로 나가서 들판을 급히 가로질렀다. 그들은 가면서 깔깔대고 웃었고, 흡사 눈처럼 흰 비둘기와 보석 빛깔의 극락조가 함께 날아가는 것처럼 보였다.

헬스턴 양이 바삐 움직인 덕분에 그들은 제때 도착했다. 교회는 아직 나무들에 가려져 보이지 않았지만, 모두 모이라고 알리는 규칙적이면서도 다급한 종소리가 울리는 것은 들렸다. 수많은 사람이 모여드는 소리, 수많은 발소리, 수많은 목소리가 웅얼거리는 소리도 들렸다. 이제 둔덕 위에서 그들은 윈버리 길을 따라 윈버리 학생들이 오는 것을 보았다. 그 수는 500여 명 정도 되었다. 주임사제와 보좌사제, 즉 볼트비와 던이 선두에 섰다. 완전한 성직자의 복장을 갖춰 입고 걸어가는 볼트비 박사의 큰 몸집이 보였다. 셔블 모자를 쓰고, 거대한 올챙이배를 위엄 있게 내밀고, 사각형의 넉넉한 검은 외투로 치장한 채 튼튼한 금장 지팡이에 의지한 신부다운 모습이었다. 박사는 걸어가면서 이따금씩 가볍게 지팡이를 휘두르고 자신의 부관 쪽으로 셔블 모자를 기울였다. 이 부관—다시 말해서, 던—의 홀쭉한 몸은 상관의 거대한 풍채와 비교가 되었지만, 어쨌거나 빈틈없이 보좌사제다워 보였다. 들창코와 치켜든 턱부터 성직자의 검은 각반, 다소 짧고 끈이 없는 바지, 앞코가 네모난 신발까지, 그의 모든 것이 실용적이면서 자아도취적이었다.

행진하라, 던 씨! 그대는 철저한 검토를 거쳤다. 자기 모습이 썩 근사하다고 생각하겠지—저기 언덕에서 그대를 바라보는 흰색과 자주색 인물들도 그렇게 생각하는지는 다른 문제지만.

그 인물들은 행렬이 지나갈 때 달려 내려왔다. 교회 마당은 축제일에 맞게 제일 좋은 옷을 차려입은 아이들과 교사들로 가득했다. 이 지역이 아무리 빈궁하고 시절이 아무리 좋지 않을지라도 그들이 꽤 괜찮게, 심지어 멋지게 옷을 차려입으려고 노력한 것을 보면 놀랍다. 체면에 대한 영국인들의 사랑은 기적을 일으킨다. 가난은 아일랜드 소녀들에게는 누더기만 남기지만, 자존감을 지키기 위해 단정한 의복이 필요하다는 것을 아는 영국 소녀들에게서는 이를 빼앗아 가지 못한다. 게다가 저택의 숙녀—잘 차려입고 행복해 보이는 이 무리를 즐거운 눈으로 바라보고 있는 셜리—는 그들에게 정말로 큰 친절을 베풀었다. 그녀가 시기적절하게 베푼 너그러움은 다가오는 축제에 대비해 많은 가난한 가족들을 위로해주었고, 많은 아이들에게 행사에 입을 새 옷이나 보닛을 제공해주었다. 그녀도 이를 알아서 더욱 기분이 좋았다. 자신의 돈과 모범, 영향력이 주변 사람들에게 실제로—상당히—도움이 되었다는 사실이 기뻤다. 그녀는 에인리 양처럼 자선을 베풀 수는 없었다. 그런 건 그녀의 천성이 아니었다. 셜리는 다른 상황에 처한 다른 성격의 사람들이 행할 수 있는 다른 방식의 자선이 있다는 데서 위안을 얻었다.

캐럴라인 역시 기뻤다. 그녀도 그녀 나름대로의 사소한 방식으로 선한 일을 했다. 자기 반의 학생들이 필요한 옷을 갖출 수 있도록 돕기 위해 드레스, 리본, 옷깃 따위를 여럿 내놓았다. 또한 돈을 줄 수는 없었으므로, 에인리 양을 본받아 아이들을 위해 바느질하는 데 자신의 시간과 노고를 바쳤다.

교회 마당이 꽉 찼을 뿐 아니라 사제관 정원도 인파로 붐볐다. 신사 숙녀들 무리가 흔들리는 라일락과 금사슬나무들 사이를 거니는 모습이 보였다. 집 안에도 사람들이 가득했다. 활짝 열어놓은 응접실 창가에 밝고 활기찬 무리들이 서 있었다. 이들은 후원자와 교사들로, 행진에 참여하려는 것이었다. 사제관 뒤편 작은 농장에서는 세 교구의 악단 음악가들이 악기를 들고 있었다. 제일 좋은 모자와 드레스를 차려입고 하얀 앞치마를 두른 패니와 일라이자가 그들 속을 바삐 오가며 맥주를 대접했다. 몇 주 전부터 주임사제의 명령과 특별 감독 아래 아주 진하게 제대로 만든 맥주였다. 그가 관여한 것은 무엇이건 제대로 잘되어야 했다. 그의 허가 아래 '형편없게 한 일'은 결코 있을 수 없었다. 교회, 학교, 법원과 같은 공공건물을 짓는 일에서부터 저녁 만찬을 요리하는 일까지, 그는 훌륭하고 넉넉하게 준비하고 효과적으로 일할 것을 주장했다. 킬더 양도 이 점에서는 그와 같아서, 그들은 상대의 방식에 서로 찬성했다.

캐럴라인과 셜리도 곧 사람들 속에 섞였다. 캐럴라인은 사람들을 매우 편안하게 대했다. 구석에 앉아 있거나 하던 버릇대로 행렬이 지나갈 때까지 자기 방에 숨어버리는 대신, 응접실 세 개를 돌아다니며 미소 띤 얼굴로 대화를 나누었고 한두 번은 누가 말을 걸어주기 전에 먼저 말을 걸었다. 다시 말해, 딴사람 같았다. 셜리의 존재가 그녀를 그렇게 바꾸어놓은 것이다. 킬더 양의 분위기와 태도가 그녀에게 대단히 좋은 영향을 주었다. 셜리는 캐럴라인 같은 두려움이 없었고, 움츠러들거나 피하지도 않았다. 남자든 여자든 어린아이든, 교양이 너무 없거나 상스럽게 잘난 척하는 태도가 심기를 크게 거스르지만 않으면 누구든 환영했다. 물론 어떤 사람들은 다른 사람들보다 더 반가이 맞았지만, 보통은 부정할 수 없을 만큼 질 낮고 성가신 존재임을 드러내지 않는 한 셜리는 상대를 선량하고 사귈 만한 사람으로 여기고 그렇게 대했다. 이런 성향 덕분에 다들 그녀를 좋아했다. 그녀의 농담에는 뾰족한 데가 없었고, 그래서 그녀와 나누는 진지하거나 미소 띤 대화에는 행복한 매력이 있었기 때문이다. 그렇다고 그녀와의 친밀한 우정의 가치가 떨어지는 것도 아니었다. 이런 사교적인 너그러움은 깊은 우정과는 다른 것이었고, 그녀 성격의 전혀 다른 부분에서 나왔다. 헬스턴 양은 그녀의 애정과 지성이 선택한 대상이었다. 피어슨 양, 사이크스 양, 윈 양 등 다른 숙녀들은 그녀의 선한 성품과 활기의 수혜자들일 뿐이었다.

셜리가 꽤 많은 사람들에게 둘러싸여 소파에 앉아 있는데 마침 던이 응접실로 들어왔다. 그녀는 그에게 분개했던 일은 벌써 잊은 뒤라 기분 좋게 인사하며 미소를 지었다. 바로 그때 이 남자의 성질이 드러났다. 그는 자존심에 상처 입은 사람으로서 상대의 접근을 품위 있게 물리치는 법도, 기꺼이 잊고 용서하려는 사람답게 솔직하게 대처하는 법도 알지 못했다. 그는 심한 대접을 받았어도 수치심을 전혀 느끼지 못했고, 자신을 책망했던 상대를 마주쳤을 때도 그런 감정을 경험하지 못했다. 적극적으로 악의를 품을 만큼 악한 기운이 넘치지도 않았다. 그저 소심하게 비난하는 눈길로 노려보며 지나갔을 뿐이었다. 그 어떤 것도 다시는 그를 적과 화해시킬 수 없었다. 그러면서도 그의 둔감한 성정은 훨씬 더 날카롭고 치욕스러운 공격에도 전혀 분노의 감정을 알지 못했다.

셜리가 캐럴라인에게 말했다. "저 사람은 그 소동을 일으킬 가치도 없었어요! 내가 바보였지! 요크셔에 대해 어리석은 악의를 품는다고 불쌍한 던에게 복수하는 것은 코뿔소의 가죽을 공격하는 각다귀를 눌러 죽이는 것이나 마찬가지예요. 내가 신사였다면 아마 완력으로 그를 내쫓았을 거예요. 이제 생각하니 내가 도덕적 무기만 써서 다행이에요. 하지만 그는 더 이상 내 옆에 오면 안 돼요. 난 저 사람이 싫어요. 짜증 나요. 재미조차 없어요. 차라리 멀론이 낫지."

멀론은 마치 그 생각이 옳다고 증명하고 싶은 것 같았다. 셜리가 그 말을 하기가 무섭게, 장갑을 끼고 향수를 뿌렸으며 머리에는 기름을 발라 완벽하게 빗질하고 한 손에는 활짝 핀 장미꽃 대여섯 송이로 만든 거대한 꽃다발을 든, '완벽한 예복 차림의' 피터 오거스터스가 다가왔기 때문이다. 그는 가장 정교한 연필로도 제대로 다 묘사할 수 없을 만큼 우아하게 이 꽃다발을 상속녀에게 내밀었다. 이제 누가 감히 피터가 여자들에게 인기 있는 남자가 아니라고 말할 수 있겠는가? 그는 꽃을 따 와서 주었다. 사랑의 성소인지 재물의 성소인지 모를 곳에 감상적인, 아니

시적인 공물을 바쳤다. 실패를 든 헤라클레스*도 장미를 든 피터에는 비할 바가 못 되었다. 그 자신도 그렇게 생각하는 것이 틀림없었다. 자기가 한 일에 스스로 놀란 듯했다. 그는 한마디 말도 없이 뒤로 물러섰다. 혼자 신이 나서 쉰 목소리로 낄낄대며 물러나던 그는 자기가 꽃다발을 정말로 주었다는 사실을 시각적인 증거로 확인해야겠다고 생각했는지 발을 멈추고 몸을 돌렸다. 그랬다—자줏빛 공단 치마 위, 금반지를 낀 새하얀 손이 여섯 송이의 붉은 장미꽃을 가볍게 쥐고 있었다. 흘러내리는 곱슬머리가 웃는 얼굴을 반쯤 가리며 그 위로 늘어졌다. 하지만 절반밖에 가리지 못했기에 피터는 그 웃음을 보았다. 잘못 볼 수가 없었다. 그의 정중한 관심, 기사도가 한 여자—두 여자—헬스턴 양도 웃고 있었으니까—의 웃음거리가 된 것이다. 게다가 그는 속내를 간파당했다고 느꼈다. 피터의 얼굴은 뇌운처럼 점점 어두워졌다. 고개를 들었을 때, 셜리는 자신을 지켜보는 무서운 눈길을 느꼈다. 멀론은 적어도 증오할 힘은 갖고 있었다. 그녀는 그의 시선에서 그것을 보았다.

"피터는 소동을 일으킬 가치는 있겠어요. 그가 원한다면 나중에라도 그렇게 해주겠어요." 그녀가 친구에게 속삭였다.

그리고 지금, 얼굴은 온화하지만 색으로 말하자면 엄숙하고 칙칙한 주임사제 셋이 식당 문 앞에 모습을 드러냈다. 그들은 그때까지 교회에서 바쁘게 일하다가 행진이 시작되기 전에 이제

* 헤라클레스가 리디아의 여왕 옴팔레의 노예로 있을 때 그녀에게 자신의 사자 가죽과 몽둥이를 내어주고 그녀의 하녀들과 함께 실을 자았다는 일화에서 인용.

야 육신을 위한 가벼운 다과를 들러 온 것이었다. 모로코가죽을 덮은 큰 안락의자는 볼트비 박사를 위해 비워놓았다. 그는 그 의자에 앉았고, 캐럴라인은 지금이 여주인 역할을 할 때라는 셜리의 부추김에 따라 숙부의 풍채 좋고 존경받는 대체로 훌륭한 친구에게 와인 한 잔과 마카롱 접시를 서둘러 건네주었다. 그들이 꼭 있어야 한다는 볼트비의 주장에 따라 그의 교구위원들과 주일학교 후원자들 모두 벌써 그의 곁에 있었다. 사이크스 부인을 비롯한 그의 여신도들은 그가 피로하지 않았으면 좋겠는데 날이 그에게 너무 덥겠다며 양옆에서 걱정을 늘어놓았다. 남편이 저녁 식사를 푸짐하게 먹고 나서 잠에 빠질 때면 마치 천사와도 같은 얼굴이 된다고 주장하는 볼트비 부인은 남편 위로 고개를 숙인 채 그의 이마에서 진짜인지 상상의 것인지 모를 땀을 다정하게 닦아주었다. 볼트비는 한마디로 전성기를 누리고 있었다. 그는 낭랑하고 깊은 '흉성'으로 관심에 대한 감사를 전했고, 건강은 꽤 괜찮다고 안심시켰다. 캐럴라인이 가까이 다가와도 그녀가 주는 것을 받을 뿐, 그녀의 존재는 완전히 무시했다. 그는 그녀를 보지 않았다. 본 적이 없었다. 그녀라는 사람이 존재한다는 것조차 거의 알지 못했다. 그러나 마카롱은 보았고, 그는 단 것을 좋아했으므로 그 과자를 한 움큼 손에 넣었다. 볼트비 부인은 와인에 뜨거운 물을 타고 설탕과 육두구를 섞어 묽게 만들어야 한다고 주장했다.

홀 씨는 열린 창문 옆에 서서 신선한 공기와 꽃향기를 들이마시며 에인리 양과 남매처럼 대화를 나누고 있었다. 캐럴라인은 기쁘게 그에게 주의를 돌렸다. "저분에게 무엇을 갖다드려야 할까? 알아서 가져다 드시게 해서는 안 되지. 내가 대접해드려야 해." 그녀는 그에게 여러 가지 것들을 대접할 수 있도록 작은 쟁반을 가져왔다. 마거릿 홀도 그들과 합류했다. 킬더 양도 끼었다. 네 숙녀는 그들이 제일 좋아하는 신부를 둥글게 에워쌌다. 그들 또한 자기들이 지상의 천사의 얼굴을 보고 있다고 생각했다. 토머스 볼트비 박사가 그의 추종자들에게 그렇듯이, 그들에게는 시릴 홀이 절대적으로 옳은 교황이었다. 브라이어필드의 주임사제도 한 무리의 사람들에게 둘러싸여 있었다. 스무 명이 넘는 사람들이 그의 주위에 몰려들었다. 사람들 사이에서 늙은 헬스턴보다 더 막강한 사제는 없었다. 자기를 따르는 무리를 각자 거느린 보좌사제들은 세 개의 더 작은 행성들로 구성된 별자리를 이루었다. 여러 젊은 숙녀들은 그들을 멀리서 볼 뿐, 가까이 다가가지는 못했다.

헬스턴 씨가 시계를 꺼냈다. "1시 50분이군요." 그가 큰 소리로 알렸다. "다들 줄 설 시간이 되었습니다. 오세요." 그가 셔블모자를 쥐고 걸어 나갔고, 다들 일어나서 일제히 뒤따라갔다.

1200명의 아이들이 400명씩 세 무리로 나누어 섰다. 각 무리의 뒤쪽에는 악단이 배치되었다. 스무 명마다 간격을 두었는데, 헬스턴은 거기에 교사를 두 명씩 배치했다. 무리의 선두를 향해 그가 외쳤다.

"그레이스 볼트비와 메리 사이크스가 윈버리의 선두에 섭니다."

"마거릿 홀과 메리 앤 에인리는 너넬리를 이끄십시오."

"캐럴라인 헬스턴과 셜리 킬더가 브라이어필드의 앞장을 맡으십시오."

그러고는 다시 명령했다.

"던 씨는 윈버리로, 스위팅 씨는 너넬리, 멀론 씨는 브라이어필드로."

그러자 이 세 신사는 숙녀 지휘관들 앞으로 나갔다.

주임사제들이 맨 앞으로 갔다. 교구 서기들은 맨 뒤에 섰다. 헬스턴이 셔블 모자를 쳐들었다. 그 즉시 탑에서 여덟 개의 종이 울렸고, 악단 소리가 요란하게 더해졌다. 플루트가 말하고 클라리온이 대답했다. 북이 둥둥 울렸고, 행진이 시작되었다.

넓고 하얀 길이 긴 행렬 앞에 펼쳐져 있었고, 해와 구름 한 점 없이 맑은 하늘이 행렬을 살폈으며, 바람이 그 위로 나뭇가지를 흔들었다. 행렬을 이룬 1200명의 아이들과 140명의 어른들은 명랑한 얼굴과 기쁜 마음으로 박자와 가락에 발을 맞추었다. 즐거운 광경이었고, 보기 좋은 광경이었다. 부자에게나 빈자에게나 행복한 날이었다. 첫째로는 하느님이 하신 일이요, 그다음으로는 신부들이 해낸 일이었다. 영국의 사제들은 응분의 보상을 받으라. 그들은 어떤 면에서는 흠 있는 자들이고, 우리 모두와 마찬가지로 피와 살을 지닌 범속한 존재들일 뿐이다. 그러나 그들이 없다면 이 땅은 끔찍해질 것이다. 교회가 무너진다면 영국은 교회를 그리워하게 될 것이다. 하느님이 교회를 구원해주시기를! 또한 교회를 개혁하시기를!

17장

학교 축제

사제가 이끌고 여자들이 지휘하는 이 무리는 전투에 나선 것도 아니요, 적을 찾는 것도 아니었다. 그러나 그들의 음악은 군악대풍이었다. 어떤 이들, 예를 들자면 킬더 양의 눈빛과 태도로 보건대, 이런 음악은 꼭 호전적인 건 아니더라도 갈망하는 영혼을 깨웠다. 우연히 고개를 돌렸다가 그녀의 얼굴이 눈에 들어오자 늙은 헬스턴은 웃음을 터뜨렸고, 셜리도 그를 보고 웃었다.

그가 말했다. "전투를 할 일은 없어요. 조국은 우리에게 나가서 싸우라고 하지 않아요. 어떤 적이나 폭군도 우리의 자유를 문제 삼거나 위협하고 있지 않고. 우리가 해야 할 일은 없어요. 우리는 그저 산책하고 있는 것뿐이에요. 대장, 고삐를 계속 쥐고 있되 그렇게 의기충천해 있을 필요는 없어요. 그러지 않아도 돼요. 안타깝군요."

셜리가 대답했다. "그건 박사님 본인에게 하실 말씀이세요." 그녀는 캐럴라인에게 소곤거렸다. "현실이 나에게 주지 않는 것은 상상의 힘으로 빌려 올 거예요. 우리는 군인이 아니에요. 난 피 흘리는 건 원하지 않아요. 우리가 군인이 맞다면, 우리는 십자군이에요. 시간이 수백 년 전으로 돌아갔고 우리는 팔레스타인으로 순례길에 오른 거죠. 하지만 아니에요, 그건 너무 망상 같네요. 난 더 엄격한 꿈이 필요해요. 우리는 스코틀랜드 저지(低地) 지방의 주민들이에요. 우리를 박해하는 기병들의 세력권을 벗어나 회합을 갖기 위해 장로교 지지를 약속한 서약자 대장의 뒤를 따라 언덕을 오르고 있는 거예요. 기도 후에 전투가 벌어질 수도 있다는 걸 알고 있어요. 전투가 최악의 결말을 맞더라도 틀림없이 천국이 보상으로 주어질 거라 믿고 있으니, 기꺼이 우리 피로 물이끼를 붉게 물들일 준비가 되어 있어요. 저 음악이 내 영혼을 자극하네요. 내 모든 생명을 깨우고 심장을 뛰게 만들어요. 늘 뛰는 온화한 박동으로가 아니라, 새롭고 짜릿한 활력으로요. 거의 위험을 바랄 지경이에요. 믿음을 위한—나라를 위한—아니면 적어도 지켜야 할 연인을 위한 위험 말이에요."

캐럴라인이 그녀의 말을 가로막았다. "저기 봐요, 셜리! 스틸브로 언덕 위에 저 붉은 점이 뭐지요? 당신이 나보다 시력이 좋잖아요. 독수리 같은 눈으로 저쪽을 좀 봐봐요."

킬더 양이 그쪽을 보았다. "알겠어요." 그러더니 곧 이렇게 덧붙였다. "붉은 줄이 있어요. 군인들이에요—기병들이네요." 그러곤 재빨리 부언했다. "빠르게 이동하고 있어요. 여섯 명이에요. 우리 곁을 지나갈 거예요. 아니군요—오른쪽으로 틀었어요. 우리 행렬을 보고는 빙 돌아서 가네요. 어디로 가는 걸까요?"

"그냥 말을 훈련하는 중일지도 몰라요."

"그럴 수도 있죠. 이제는 안 보이는군요."

여기서 헬스턴 씨가 말했다.

"로이드레인을 지나서 지름길로 너넬리 공유지까지 갑시다."

그 말에 따라 그들은 일렬종대로 로이드레인의 좁은 길로 들어섰다. 길은 아주 좁았다. 너무 좁아서, 길 양쪽을 따라 흐르는 도랑에 빠지지 않으려면 두 명씩만 나란히 걸어갈 수 있었다. 그들이 길 중간 지점까지 왔을 때 사제 지휘관들이 흥분한 것이 분명히 보였다. 볼트비의 안경과 헬스턴의 르호보암병 같은 모자가 흔들렸다. 보좌사제들은 서로 옆구리를 찔렀다. 홀 씨가 숙녀들 쪽을 돌아보며 미소를 지었다.

"무슨 일입니까?"

그가 지팡이로 그들 앞의 오솔길 끝을 가리켰다. 자, 보시라! 반대편에서 또 다른 행렬이 길로 들어서고 있었다. 그 행렬 역시 검은 옷을 입은 남자들이 앞장을 섰고, 이제는 그들 뒤에서도 음악 소리가 들려왔다.

셜리가 물었다. "저건 우리의 생령인가요? 우리의 수많은 유령인가요? 카드가 뒤집혔군요."

"당신이 전투를 원했다면 한판 벌어지겠네요. 적어도 눈싸움 정도는." 캐럴라인이 웃으면서 속삭였다.

"저 사람들은 우리를 지나가지 못해요!" 보좌사제들이 한목소리로 외쳤다. "우리는 물러서지 않을 겁니다!"

"물러선다고!" 헬스턴이 주위를 돌아보며 단호히 쏘아붙였다.

"누가 물러선다고 했나? 자네들은 말을 조심하게. 숙녀분들, 여러분들이 굳건하리라는 것은 압니다. 숙녀분들은 믿을 수 있습니다. 여기 있는 분들은 여신도들이 아닙니다. 국교회의 명예를 위해 저자들과 맞서 자기 자리를 고수할 것입니다. 킬더 양이 뭐라고 했습니까?"

"저게 뭐냐고 물었습니다만?"

"비국교도와 감리교도 학교들, 침례교도, 독립파, 웨슬리 교파가 합동으로 불경스럽게 연대하여 우리 행진을 막고 우리를 되돌려 보내려고 일부러 이 길로 들어온 겁니다."

셜리가 외쳤다. "예의가 없군요! 무례한 건 정말 싫어요. 당연히 저들에게 가르침을 줘야지요."

"공손함으로 교훈을 주어야지요." 여전히 평온한 홀 씨가 제안했다. "무례함의 표본이 아니라."

늙은 헬스턴은 계속해서 나아갔다. 발걸음을 빨리하여 일행보다 몇 미터 앞서갔다. 그가 검은 옷을 입은 상대편 지도자의 거의 앞까지 다다랐을 때, 몸집이 크고 기름기가 번들거리며, 검은 머리를 이마에 착 붙게 빗질한 적군의 총사령관 같은 남자가 멈추라고 명했다. 그의 행렬이 멈추었다. 그는 찬송가책을 꺼내 곡을 찾더니 노래를 시작했고, 그러자 다들 더할 나위 없이 구슬픈 찬송을 부르기 시작했다.

헬스턴도 그의 악단에게 신호를 보냈다. 그들은 온 힘을 다해 금관악기를 불었다. 그는 악단에게 '지배하라, 브리타니아여'를 연주하라고 하고 아이들에게도 따라 부르게 했다. 아이들은 열성적으로 노래했다. 적은 노랫소리에 밀렸고, 그들의 찬송가는 진압되었다. 적어도 소리로는 적을 제압한 것이다.

헬스턴이 외쳤다. "자, 나를 따르시오! 달리지 말고, 굳건하고 활기찬 걸음으로 갑시다. 흔들리지 맙시다, 아이들과 여자들 모두—한데 모이십시오. 필요하다면 서로의 치마를 잡으십시오."

그러고는 단호하고 신중한 걸음걸이로 성큼성큼 걸어갔다. 그의 학생과 교사들도 그 뒤를 따랐다. 그가 말한 그대로, 뛰거나 흔들리지 않고 침착하면서도 굳건하게 나아갔다. 보좌사제들 또한 두 개의 불길—헬스턴 씨와 킬더 양—사이에 끼어서 똑같이 하지 않을 수 없었다. 그 둘은 스라소니 같은 눈으로 혹시 이탈하는 자가 있을까 주시했고, 조금이라도 명령을 어기거나 다른 행동을 할 조짐을 보이기라도 하면 한 사람은 지팡이로, 또 한 사람은 양산으로 질책할 기세였다. 비국교도들 무리는 처음에는 놀랐다가 그다음에는 두려움을 느끼고 압도되어 뒤로 물러서더니, 결국은 꽁무니를 빼며 로이드레인에서 비켜주었다. 볼트비는 이 맹습에서 고생을 했으나 헬스턴과 멀론이 양쪽에서 그를 부축해주었고, 그 덕분에 그는 정신적으로는 혹독한 시련을 겪었어도 사지는 멀쩡하게 이 상황을 통과할 수 있었다.

찬송가를 불렀던 뚱뚱한 비국교도는 도랑에 주저앉은 채로 남겨졌다. 그는 주류상으로, 비국교도들의 지도자였다. 그가 그날 하루 오후 동안 마신 물이 지난 1년 동안 마신 것보다도 많았다고들 했다. 홀 씨가 캐럴라인을 챙겼고, 캐럴라인은 홀 씨를 돌보았다. 홀 씨와 에인리 양은 나중에 그 사건에 대해 조용히 의견을 나누었다. 킬더 양과 헬스턴 씨는 일행이 모두 오솔길을 통과해 나오자 따듯하게 악수를 나누었다. 보좌사제들이 의기양양해지려 했지만 헬스턴 씨가 그들의 순진한 혈기를 억눌렀다. 그들은 할 말 못 할 말을 가릴 분별이 없으니 입을 봉하고 있는 편이 낫다고 말했고, 그 일에서 그들이 한 몫은 전혀 없다는 점을 상기시켰다.

행렬은 3시 반쯤 방향을 돌렸고 4시가 되자 출발했던 곳으로 되돌아왔다. 학교 주위의 바짝 깎은 잔디밭에 의자들이 길게 줄지어 놓여 있었다. 아이들이 거기 앉자 흰 천을 덮은 커다란 바구니와 김이 피어오르는 양철 그릇들을 내왔다. 맛있는 것들을 나눠주기 전에 홀 씨가 짧은 감사 기도를 올리고 아이들이 따라 노래했다. 어린 목소리들이 야외에 조화롭게, 심지어 감동적으로 울렸다. 커다란 건포도 빵과 뜨겁고 달콤한 차가 양껏 먹을 수 있도록 넉넉히 나왔다. 적어도 오늘만큼은 절대 인색해서는 안 되었다. 각 아이에게 아이가 먹을 수 있는 양의 두 배 이상 나눠주게 되어 있었다. 그래야 늙거나 병들어서, 또는 그 밖의 장애로 잔치에 오지 못한 사람들을 위해 집으로 가져갈 수 있는 여분이 남았다. 그사이에 악사와 교회 가수들 사이에도 빵과 맥주가 돌았다. 나중에는 의자를 치우고 허가받은 놀이를 하며 신나게 기분을 냈다.

종소리가 교사와 후원자들을 교실로 불러들였다. 킬더 양과 헬스턴 양을 비롯한 많은 숙녀들은 이미 교실에 와서 각자 차려놓은 쟁반과 탁자들을 훑어보고 있었다. 인근의 거의 모든 하녀가 서기, 가수, 악사의 아내들과 함께 그날 손님들 시중을 드는 데 투입되었다. 다들 앞다투어 귀엽고 예쁜 옷을 차려입었고, 젊은 이들 가운데에는 수려한 이들도 꽤 보였다. 10여 명은 빵과 버터를 자르고 또 다른 10여 명은 주임사제의 주방에 있는 구리 그릇들에 담겨 있던 뜨거운 물을 내왔다. 흰 벽을 장식한 풍성한 꽃과 상록수 가지들, 탁자 위에 차려진 은제 찻주전자와 밝은색 자기들, 활기 넘치는 사람들, 행복한 얼굴들, 어디에서나 흩날리는 멋진 드레스들이 어우러져 쾌활하고 생기 넘치는 장관을 만들어냈다. 다들 너무 시끄럽지 않으면서도 즐겁게 대화를 나누었고, 카나리아들은 높이 매달린 새장 속에서 높은음으로 지저귀었다.

캐럴라인은 주임사제의 조카딸로서 상석 세 개 중 하나에 자리를 잡았다. 볼트비 부인과 마거릿 홀이 나머지 탁자들을 맡았다. 이 탁자들에는 초대받은 사람들 중에서도 지위가 높은 사람들이 앉기로 되어 있었다. 브라이어필드에서는 엄격한 평등의 규칙이 다른 곳보다 덜 유행이었다. 헬스턴 양은 더위에 숨이 막혀 보닛과 스카프를 벗었다. 목까지 흘러내린 긴 곱슬머리가 거의 베일같이 보였다. 그 외에는 모슬린 드레스가 수녀복처럼 수수해서 거추장스럽게 숄까지 두르지 않아도 되었다.

방에 사람들이 가득 찼다. 홀 씨는 캐럴라인 옆에 자리를 잡았고, 이제 그녀는 자기 앞의 잔과 숟가락들을 가지런히 정리하면서 그에게 그날 있었던 일들에 대해 나지막이 이야기했다. 그는 로이드레인에서 일어난 일에 대해 약간 엄숙한 표정을 지었고, 그녀는 그가 심각한 분위기를 털고 웃게 하려고 애썼다. 킬더 양도 옆에 앉아 있었다. 놀랍게도 그녀는 웃지도 이야기를 하고 있지도 않았다. 반대로 아주 조용히, 주위를 경계하는 눈빛으로 주시하며 있었다. 자기 옆자리를 비워두고 싶은데 어떤 침입자가 차지해버릴까 봐 걱정인 듯했다. 그녀는 이따금 긴 의자 위에 공단 드레스를 지나치게 넓게 펼치거나, 자신의 장갑이나 수놓은 스카프를 올려놓았다. 캐럴라인도 드디어 이런 책략을 눈치채고는 그녀에게 누가 오기를 기다리고 있느냐고 물었다. 셜리는 장밋빛 입술이 귀에 거의 닿을 정도로 그녀 쪽으로 몸을 숙이고 속삭였다. 그녀의 어조는 그녀가 하는 말이 가슴속의 달콤하고 비밀스러운 감정의 원천을 조금이라도 자극할 때면 그러듯 음악 소리처럼 부드럽게 울렸다.

"무어 씨를 기다리고 있어요. 어젯밤에 그를 만나서 누님과 함께 오겠다는 약속을 받아냈거든요. 우리 탁자에 같이 앉기로 했어요. 약속을 어기지는 않을 거예요. 확신해요. 하지만 너무 늦게 와서 우리와 떨어져 앉게 될까 봐 걱정이에요. 또 새로운 무리가 도착하는군요. 자리가 다 차버릴 텐데. 짜증 나네!"

과연 치안판사인 윈 씨와 그의 아내, 아들, 두 딸이 의기양양하게 들어왔다. 그들은 브라이어필드의 귀족이었으니 당연히 상석에 자리가 마련되어 있었다. 그쪽으로 안내되어 온 그들은 남은 자리를 다 채웠다. 킬더 양에게는 불행하게도 그녀가 무어를 위해 맡아둔 바로 그 자리로 샘 윈 씨가 안내되어 그녀의 드레스, 장갑, 손수건을 깔고 앉았다. 샘 씨는 셜리가 아주 싫어하는 사람 중 하나였는데, 심지어 그녀에게 구애하려는 뜻을 비쳤기 때문에 더 싫어했다. 늙은 윈 씨 또한 필드헤드 영지와 드윌든 영지가 전염성이 있어서* 마음에 든다는 말을 사람들 앞에서 했

* '인접하고 있는'이라는 뜻의 contiguous를 '전염성의'라는 뜻의 contagious로 잘못 말한 것.

고, 이 말실수는 셜리의 귀에도 어김없이 전해졌다.

캐럴라인의 귀에는 여전히 그 짜릿한 속삭임이 울렸다. "무어 씨를 기다리고 있어요." 오르간 소리가 그곳의 혼란스러운 소음 위로 울려 퍼질 때까지도 심장이 뛰고 뺨이 불타올랐다. 볼트비 박사, 헬스턴 씨, 홀 씨가 일어서자 다른 이들도 모두 일어나 반주에 맞추어 찬송가를 불렀다. 그런 다음 그들은 차를 마셨다. 그녀는 한동안은 맡은 일을 하느라 정신이 없어서 주위를 둘러볼 짬도 내지 못했으나, 마지막 잔까지 다 채워주고 나서는 초조하게 방 안을 훑어보았다. 아직 자리를 잡지 못한 숙녀 몇과 신사 여럿이 있었다. 그녀는 그중에서 자신의 노처녀 친구 맨 양을 알아보았다. 좋은 날씨에 이끌렸는지 집요한 친구가 설득했는지 몰라도 음울한 고독에서 벗어나 한 시간의 사교적 즐거움을 누리려 나온 것이었다. 맨 양은 서 있느라 지친 기색이었다. 노란 보닛을 쓴 숙녀가 그녀에게 의자를 가져다주었다. 캐럴라인은 그 '*노란 공단 보닛*'을 잘 알았다. 보닛 아래의 검은 머리카락과 친절하지만 다소 독선적이고 고집 세 보이는 얼굴도 알았다. 그 '*검정 비단 드레스*'를 알았다. '*녹색 리넨 숄*'마저도 알았다. 다시 말해, 오르탕스 무어를 알았다. 캐럴라인은 벌떡 일어나서 그녀에게 달려가 입 맞추고 싶었다. 그녀를 위해 한 번, 그녀의 남동생을 위해 두 번 포옹해주고 싶었다. 실제로 그녀는 억눌린 탄성을 내뱉으며 반쯤 일어났다. 방을 가로질러 달려가 인사를 하고 싶은 마음이 굴뚝 같았지만, 어떤 손이 그녀를 의자에 다시 앉혔고 어떤 목소리가 등 뒤에서 속삭였다.

"차를 다 마실 때까지 기다려요, 리나. 그때 누님을 데려올 테니."

올려다볼 수 있게 되었을 때 보았더니 바로 뒤에서 로버트가 예전의 그 어느 때 보았던 것보다도 더 좋아 보이는 모습으로 그녀의 열의에 미소 짓고 있었다. 그녀의 편파적인 눈에는 정말로 너무나 잘생겨 보여서, 감히 다시 한번 쳐다볼 엄두가 나지 않았다. 그의 모습은 그녀의 시야에 고통스럽도록 밝게 들어왔고, 날카로운 번개로 은판사진을 찍은 듯이 생생하게 그녀의 기억 속에 박혔다.

그는 킬더 양 쪽으로 가서 말을 걸었다. 샘 윈의 반갑지 않은 관심에다 그 신사가 자신의 장갑과 손수건을 계속 깔고 앉아 있다는 사실에, 그리고 아마 무어가 제시간에 나타나지 않았다는 데에도 짜증이 난 셜리는 기분이 좋지 않았다. 처음에는 그에게 어깨를 으쓱해 보였고, 그다음에는 그의 "용납할 수 없는 지각"에 대해 한두 마디 가시 돋친 말을 던졌다. 무어는 사과를 하지도, 반박을 하지도 않았다. 그녀의 기분이 나아질지 보려고 기다리고 있다는 듯이 조용히 옆에 서 있었다. 그녀는 몇 분 동안 그러고 있다가, 가라앉았다는 표시로 그에게 손을 내밀었다. 무어는 미소를 지으며 반쯤은 자기 잘못을 바로잡듯이, 반쯤은 고맙다는 듯이 그 손을 잡았다. 머리를 아주 가볍게 살짝 흔드는 모습은 자기 잘못을 바로잡겠다는 뜻을 품위 있게 나타냈고, 손을 부드럽게 잡은 것은 아마 고마움의 표시였을 것이다.

"이제 어디든 빈자리에 앉으세요, 무어 씨." 셜리도 미소를 지으며 말했다. "보시다시피 여기에는 당신이 앉을 자리가 전혀 없어요. 하지만 볼트비 부인의 탁자에 아미티지 양과 버트위슬 양 사이에는 자리가 있네요. 가세요. 우리를 등진 채로 존 사이크스와 마주 보고 앉게 되겠네요."

그러나 무어는 주위를 서성이는 쪽을 더 선호했다. 그는 이따금씩 긴 방을 한 바퀴 돌다가 발을 멈추어 자기처럼 자리가 없어 곤란을 겪고 있는 다른 신사들과 인사를 나누었다. 그러나 자석에 이끌리듯 셜리에게 되돌아왔고, 되돌아올 때마다 그녀의 귀에 속삭여줄 정보를 가져왔다.

그러는 동안 불쌍한 샘 윈은 안절부절못하는 기색이었다. 그의 아름다운 이웃은 행동으로 보건대 대단히 초조하고 불친절한 기분인 것으로 보였다. 그녀는 잠시도 가만히 앉아 있지 못했다. 더워하면서 부채질을 했고, 답답하고 비좁다고 불평했다. 차를 다 마신 사람들은 자리에서 일어나야 한다고 주장했으며, 지금 같은 상황이 계속된다면 기절하고 말 거라고 크게 선언했다. 샘 씨는 밖으로 데리고 나가주겠다고 그녀에게 제안했다. 그녀는 그랬다가는 감기에 걸려 죽어버릴 거라고 우겼다. 한마디로, 그는 더는 자기 자리를 지킬 수가 없었다. 자기 몫의 차를 단숨에 들이켠 그는 자리를 비켜주는 쪽이 편하겠다고 판단했다.

그때 무어가 가까이 있어야 했으나 그는 방의 반대편 끝에서 크리스토퍼 사이크스와 긴히 상의 중이었다. 마침 더 가까이 있었고 서 있는 데 지쳤던 큰 곡물 도매상인 티머시 램스던 향사가 냉큼 빈자리를 차지하고 앉았다. 셜리는 가만히 있지 않았다. 스카프를 휙 당기자 그녀의 찻잔이 뒤집혀 안에 든 내용물이 의자와 그녀의 공단 드레스 위로 쏟아졌다. 당연히 이를 수습하기 위해 하인을 불러야 했다. 가진 재산의 규모만큼이나 체구도 큰, 건장하고 뚱뚱한 신사인 램스던 씨는 그 후에 벌어진 소란에서 거리를 두고 서 있었다. 평소에는 드레스를 망가지게 하는 사소한 사건들에 괘씸할 정도로 무심하던 셜리가 지금은 여자들 중에서도 가장 섬세하고 예민한 사람만이 할 법하게 소란을 피웠다. 램스던 씨가 입을 벌리고 천천히 물러났다. 킬더 양이 다시 '무너져서' 그 자리에서 기절할 기색을 보이자 그는 휙 돌아서서 서둘러 자리를 떠났다.

드디어 무어가 돌아왔다. 그는 차분히 소란을 둘러보고 셜리의 속을 알 수 없는 표정을 재미있다는 듯이 뜯어보더니, 실은 여기가 이 방에서 제일 더운 자리이며, 자기처럼 찬 성질을 지닌 사람에게만 잘 맞는 기후라고 말했다. 그는 하인들, 냅킨, 공단 옷, 한마디로 그 모든 소란을 한쪽으로 치워버리고는 운명이 분명 그에게 앉도록 명한 자리에 착석했다. 셜리는 진정되었다. 그녀의 표정이 바뀌었다. 잔뜩 찌푸렸던 이마와 해석할 수 없는 곡선으로 휘어졌던 입꼬리가 다시 펴졌고, 고집스럽고 못되어 보였던 표정도 싹 바뀌었다. 샘 윈의 영혼을 괴롭혔던 모든 모난 행동은 마법에 걸린 듯 차분해졌다. 하지만 여전히 무어에게 자애로운 시선을 던지지는 않았다. 오히려, 그녀를 난처하게 만든 죄가 있고 그녀에게서 램스던 씨의 존경과 새뮤얼 윈 씨의 귀한 우정을 앗아 간 원인이라고 그를 강력하게 비난했다.

그녀가 주장했다. "당신만 아니었다면 그 두 신사분의 기분을 절대 상하게 하지 않았을 거예요. 저는 항상 두 분을 존경 어린 배려심으로 대해왔어요. 당신 때문에 그분들에게 무슨 짓을 했는지! 화해를 하기 전까지는 마음이 편치 않을 거예요. 전 이웃들과 친구가 되지 못하면 절대 행복하지 않아요. 그러니 내일 로이드 제분소로 순례를 가서 공장주에게 곡물을 칭찬하고, 그다음 날에는 드월든을 방문해야겠어요. 정말 가고 싶지 않은 곳이지만요. 가방에 샘 씨가 가장 아끼는 포인터들에게 줄 귀리 비스킷을 가져가야겠네요."

"사랑에 빠진 두 청년 각각의 심장으로 가는 가장 확실한 길을 분명히 알고 계시는군요." 무어가 조용히 말했다. 드디어 지금의 자리를 잡게 되어서 매우 만족한 얼굴이었다. 그러나 감사를 표하는 화려한 연설을 늘어놓지도, 자신이 끼친 곤란에 사과를 하지도 않았다. 그의 침착한 태도는 그에게 훌륭하게 잘 어울렸다. 그 덕분에 잘생겨 보였고, 매우 차분해 보였다. 그와 함께 있는 것을 즐겁게 만들었고, 그리하여 다시 평화가 찾아왔다. 누구도 그를 보고 부유한 여성 옆에 앉은 고군분투하는 가난한 남자라고는 생각하지 않을 것이다. 그는 동등함에서 오는 차분함으로 고요해 보였다. 어쩌면 그 차분함은 그의 영혼을 지배하고 있었을 것이다. 때때로 그가 킬더 양에게 말하면서 그녀를 내려다보는 방식에서, 그의 지위가 그의 키만큼이나 그녀 위로 높이 솟아 있는 것처럼 보이기도 했다. 거의 엄격하기까지 한 빛이 때때로 그의 얼굴에 스치고 눈에서 빛났다. 그들의 대화는 나지막한 속삭임이었지만 생기가 넘쳤다. 그녀가 질문을 퍼붓고 있었고, 그는 호기심을 다 채워주기를 거부하는 것이 분명해 보였다. 그녀는 그의 눈을 한 번 마주 보았다. 그 부드럽지만 열렬한 눈빛에서 더 명쾌한 답을 요구하고 있음을 읽을 수 있었다. 무어는 즐거운 미소를 지었지만 입술은 여전히 꾹 다문 채였다. 그러자 그녀가 토라져 고개를 홱 돌렸으나, 그는 2분 만에 그녀의 관심을 되찾았다. 뭔가 약속을 하는 듯했는데, 그는 답을 주는 대신 그녀를 달래 약속을 받아들이게 했다.

헬스턴 양에게는 방이 너무 더운 듯했다. 차를 만드는 일이 길어질수록 얼굴이 점점 더 창백해졌다. 감사 기도가 끝나자마자 그녀는 탁자를 떠나, 맨 양과 함께 이미 바깥 공기를 쐬러 나간 사촌 오르탕스의 뒤를 서둘러 쫓아갔다. 그녀가 일어나자 로버트 무어도 일어났다. 그녀에게 할 말이 있는 듯했다. 그러나 킬더 양과 작별 인사를 주고받는 사이 캐럴라인은 사라지고 없었다.

오르탕스는 따듯하다기보다는 위엄 있게 예전 제자를 맞았다. 그녀는 헬스턴 씨의 처사에 몹시 마음이 상했고, 숙부의 말을 너무 곧이곧대로 따르는 캐럴라인에 대해서도 원망하는 마음을 내내 품고 있었다.

"전혀 낯선 사람이 되었군요." 그녀는 제자가 다가와 자기 손을 잡자 딱딱하게 말했다. 그녀를 너무나 잘 아는 제자는 냉정하다고 항의하거나 불평하지 않았다. 그녀의 타고난 *선함*(이 프랑스어 단어가 딱 내가 말하고자 하는 바를 표현하기 때문에 이를 쓴다. 선량함이나 선한 성품이 아니라 그 둘 사이에 있는 무언가다)이 곧 이길 거라 확신했기 때문에 일부러 격식을 차리는 변덕스러움은 그냥 넘겼다. 과연 그랬다. 오르탕스는 캐럴라인의 얼굴을 자세히 살펴보았고, 다소 쇠약해진 모습에서 드러난 변화를 간파하자마자 표정이 부드러워졌다. 캐럴라인의 두 뺨에 입 맞추며 건강은 어떠냐고 걱정스럽게 물었다. 캐럴라인은 밝게 대답했다. 그러나 맨 양이 집으로 데려다달라고 요청함으로써 오르탕스의 주의를 딴 데로 돌리지 않았더라면, 캐럴라인은 기나긴 추궁을 겪고 뒤이어지는 끝없는 설교를 들어야 하는 운명이었을 것이다. 이 불쌍한 병자 맨 양은 벌써 지쳐 있었다. 지친 나머지 짜증이 났다. 너무 짜증이 나서 캐럴라인에게 말도 하기 힘들 지경이었다. 게다가 소녀의 하얀 드레스와 생기 있는 얼굴이 맨 양의 눈에 거슬렸다. 외로운 노처녀에게는 매일 입는 갈색 모직물이나 회색 깅엄으로 만든 옷과 매일의 우울한 분위기가 더 잘 맞았다. 그녀는 오늘 밤에는 젊은 친구에게 아는 체도 별로 하고 싶지 않아서 차갑게 목례만 하고 가버렸다. 오르탕스가 그녀를 집까지 데려다주겠다고 약속했기에 그들은 함께 떠났다.

캐럴라인은 이제 셜리를 찾아 둘러보았다. 숙녀들 무리 한가운데서 무지갯빛 스카프와 자주색 드레스가 보였지만, 그녀가 잘 아는 그 숙녀들은 그녀가 의도적으로 피해온 사람들이었다. 캐럴라인은 유독 더 수줍음을 탈 때가 있었는데, 바로 지금 이 무리 속에 끼어들 용기가 조금도 나지 않았다. 그러나 다른 모든 이들은 짝을 지어서 혹은 무리 지어 있는 가운데 홀로 서 있을 수는 없어서 자기 학생들 중에서도 훌륭한 모범생들인 젊은 여자들 무리 쪽으로 다가갔다. 그들은 술래잡기를 하는 수백 명의 어린아이들을 지켜보고 있었다.

헬스턴 양은 이 소녀들이 자신을 좋아한다는 것을 알고 있었지만, 학교 밖에서는 같이 있으면 수줍어했다. 그들이 그녀에게 다가오기를 어려워하는 것보다 그녀가 그들에게 다가가는 것을 더 어려워했다. 그녀는 자신의 존재로 그들을 보호해주기보다는 그녀 자신이 그들 속에서 보호를 찾기 위해 가까이 다가갔다. 그들은 본능적으로 그녀의 나약함을 알아채고 타고난 공손함으로 이를 존중했다. 그녀에게 가르침을 받을 때면 그녀의 지식이 그들의 존경을 불러일으켰으며, 그녀의 다정함은 그들의 관심을 끌었다. 그들은 교실 안의 그녀가 현명하고 훌륭하다고 여겼기 때문에, 누가 보아도 겁먹은 교실 밖의 그녀의 모습을 친절히 용인해주었고, 이를 이용하려 들지 않았다. 비록 소작농 집안의 딸들이었지만 영국인다운 분별이 있어서 천한 실수를 저지르는 일은 없었다. 그들은 조용하면서도 공손하고 다정하게 그녀를 에워싼 채로, 그녀의 가냘픈 미소와 서둘러 대화를 나누려는 노력을 선의와 올바른 예의범절로 받아주었다. 올바른 예의범절이야말로 선의의 결과이다. 덕분에 곧 그녀는 마음이 편안해졌다.

샘 윈 씨가 허둥지둥 급히 다가와서는 어린 소녀들뿐 아니라 더 나이 먹은 소녀들도 놀이를 함께 해야 한다고 주장해서, 캐럴라인은 다시 홀로 남겨졌다. 조용히 집 안으로 돌아갈 생각을 하고 있는데 셜리가 그녀가 홀로 있는 것을 눈치채고 서둘러 곁으로 왔다.

그녀가 말했다. "우리 언덕 꼭대기로 가요. 사람 많은 곳을 좋아하지 않잖아요, 캐럴라인."

"그렇지만 그러면 당신에게서 이런 좋은 사람들과 어울리는 즐거움을 빼앗게 되잖아요, 셜리. 다들 저렇게 열심히 당신과 이야기하고 싶어 하고, 당신은 기교나 노력 없이도 그들을 아주 즐겁게 해줄 수 있는데요."

"전혀 노력 없이 되는 것은 아니에요. 난 애쓰느라 벌써 지쳤어요. 브라이어필드의 선량한 신사 숙녀분들과 웃고 떠드는 건 재미도 보람도 없는 일이에요. 당신의 하얀 드레스를 10분은 찾아다녔어요. 난 내가 사랑하는 사람들이 인파 속에 있는 것을 지켜보고, 그들을 다른 사람들과 비교해보기를 좋아해요. 그래서 당신을 비교해보았어요. 당신은 다른 누구와도 닮은 데가 없어요, 리나. 여기에서 당신보다 예쁜 사람은 있어요. 당신은 예를 들면 해리엇 사이크스처럼 전형적인 미인은 아니에요. 그녀 옆에 있으면 당신은 평범해 보여요. 하지만 당신은 보기 좋아요. 생각에 잠긴 듯한 모습이에요. 내 흥미를 끄는 모습이에요."

"그만해요, 셜리! 나를 너무 띄워주네요."

"당신의 학생들이 당신을 좋아하는 것도 당연해요."

"말도 안 돼요, 셜리. 우리 다른 얘기를 해요."

"그럼 무어 얘기를 할까요. 함께 그를 지켜봐요. 지금도 그가 보이네요."

"어디요?" 캐럴라인은 그렇게 물으면서도, 셜리가 멀리 보이는 대상을 언급할 때면 늘 그러듯 들판을 훑어보는 것이 아니라 킬더 양의 눈을 마주 보았다. 그녀의 친구는 그녀보다 시력이 좋았다. 캐럴라인은 친구의 독수리 같은 날카로움의 비밀을 진한 회색 홍채에서 읽어낼 수 있다고 생각하는 것 같았다. 아니면 그 예리하고 뛰어난 두 눈이 움직이는 방향을 따라 인도받고자 하는 마음일지도 몰랐다.

"저기 무어가 있어요." 셜리가 수많은 아이들이 놀고 있고 이제는 거의 비슷한 수의 어른 구경꾼들이 주위를 걷고 있는 넓은 들판 쪽을 가리키며 말했다. "저기—저 큰 키와 곧은 자세가 안 보여요? 저 무리 속에 있으니 변변찮은 양치기들 속에 있는 엘

리압 같군요. 군사 회의를 하는 사울 같기도 하고요. 그리고 내가 틀리지 않았다면 저건 군사 회의가 맞을 거예요."

"어째서 그런가요, 셜리?" 드디어 찾고 있던 대상을 발견한 캐럴라인이 물었다. "로버트가 지금 숙부님과 이야기를 나누고 있군요. 악수를 하고 있어요. 화해를 한 모양이네요."

"분명 그럴 만한 이유 없이는 화해하지 않았을 텐데요. 공동의 적에 맞서 공동의 명분을 만들었나 보군요. 생각해봐요, 윈 씨와 사이크스 씨, 아미티지 씨와 램스던 씨가 왜 저 두 사람 주위에 저렇게 바짝 모여 있겠어요? 그리고 왜 멀론을 손짓해서 부르겠어요? 그를 부를 때는 틀림없이 힘센 사람이 필요한 경우예요."

셜리는 지켜보면서 점점 초조해졌다. 그녀의 눈이 번쩍였다.

"저 사람들은 나를 믿지 않아요. 중요한 일에서는 항상 저런 식이라니까요." 그녀가 말했다.

"무슨 말이에요?"

"못 느꼈어요? 뭔가 수수께끼가 있어요. 무슨 사건이 일어나려 해요. 준비를 하고 있는 것이 확실해요. 오늘 저녁 무어 씨의 태도에서 그런 기미가 잘 보였어요. 그는 흥분해 있었지만, 냉정했어요."

"당신에게 냉정했다고요, 셜리!"

"맞아요. 나에게요. 그는 나에게 냉정할 때가 많아요. 우리 둘이서만 사담을 나누는 경우는 거의 없지만, 그의 성격이 기본적으로 오리털처럼 부드럽고 따듯하지는 않다는 걸 느껴요."

"하지만 당신에게 부드럽게 말하는 것 같았는데요."

"그렇죠? 어조는 부드럽고 태도도 조용하지요. 하지만 저 남자는 독단적이고 비밀스러워요. 그 비밀스러운 태도가 짜증 나요."

"맞아요—로버트는 비밀스럽죠."

"그는 나한테 그럴 권리가 없어요. 특히나 처음에는 나를 신뢰했으니까요. 그 신뢰를 잃을 만한 짓은 아무것도 하지 않았으니, 신뢰를 거두지 않아야 마땅하지요. 하지만 내가 위기에서도 신뢰할 수 있을 만큼 강철 같은 영혼을 가졌다고는 보지 않는 것 같아요."

"아마도 당신을 불안하게 만들까 우려되어서 그러는 걸 거예요."

"쓸데없는 우려예요. 나는 쉽게 무너지지 않는 사람이에요. 그가 그걸 알아야 해요. 하지만 저 남자는 오만해요. 자기도 결함이 있으면서. 당신이 뭐라 해도요, 리나. 저 사람들이 얼마나 열중했는지 잘 봐요. 우리가 자기들을 보고 있는 줄도 모르고 있어요."

"눈을 떼지 않고 잘 지켜보면, 셜리, 그들의 비밀을 풀 실마리를 발견하게 될지도 몰라요."

"오래지 않아 뭔가 심상치 않은 움직임이 있을 거예요. 아마도 내일쯤—오늘 밤일 수도 있고요. 나는 눈과 귀를 활짝 열고 있어요. 무어 씨, 당신을 감시할 거예요. 당신도 잘 지켜봐요, 리나."

"그럴게요. 로버트가 가고 있어요. 그가 몸을 돌리는 걸 보았어요. 우리를 본 것 같아요. 저 사람들 악수를 하고 있군요."

셜리가 덧붙였다. "힘주어 악수하네요. 마치 뭔가 엄숙한 연합과 서약이라도 비준하고 있는 것처럼 말이에요."

그들은 로버트가 사람들 곁을 떠나 문을 지나서 사라지는 것을 보았다.

"우리한테 작별 인사도 하지 않았어요." 캐럴라인이 속삭였다.

그 말이 입에서 나오기가 무섭게 그녀는 자기도 모르게 실망한 속내를 드러냈던 것을 감추려고 억지로 미소를 지었다. 예상하지 못한 홍조에 잠시 그녀의 눈빛이 부드러워지는 동시에 밝아졌다.

셜리가 외쳤다. "오, 그건 곧 바로잡을 수 있어요! 그가 작별 인사를 하게 만듭시다."

"하게 만든다고요! 그건 인사를 한 게 아닌데요."

"인사를 한 게 될 거예요."

"하지만 그는 가버렸는걸요. 그를 따라잡을 수는 없어요."

"그를 앞질러 갈 수 있는 지름길을 알아요. 도중에서 그를 만날 거예요."

"하지만 셜리, 난 별로 가고 싶지 않아요."

캐럴라인이 이렇게 말했지만 킬더 양은 그녀의 팔을 잡고 들판을 서둘러 내려갔다. 다투어봤자 헛일이었다. 일단 변덕이 동하면 셜리처럼 제멋대로인 사람도 없었다. 캐럴라인은 정신을 차리기도 전에 이미 사람들이 보이지 않는 곳까지 이끌려 왔다. 위로는 산사나무가 우거져 있고 발밑에는 데이지가 깔린 좁고 그늘진 곳이었다. 그녀는 저녁 해가 잔디 위에 얼룩덜룩하게 무늬를 만드는 것도 눈치채지 못했고, 나무와 풀이 이 시간이면 뿜어내는 순수한 향도 느끼지 못했다. 쪽문이 열리는 소리만을 들었고, 로버트가 다가오는 것을 알았다. 그들 앞에 튀어나와 있는 긴 산사나무 가지들이 가림막 역할을 해주었다. 그가 알아채기 전에 그들이 먼저 그를 보았다. 캐럴라인은 그의 사교적인 유쾌함이 사라졌음을 한눈에 알아보았다. 학교 주변의 즐거움이 메아리치는 들판에 남겨두고 온 것이다. 이제 남은 것은 어둡고 조용하고 사무적인 표정뿐이었다. 셜리가 말했듯이 그의 분위기 전반에서 어떤 냉정함이 느껴졌고, 눈빛은 흥분해 있었지만 엄숙했다. 셜리의 이번 기행은 때가 아주 좋지 않았다. 그가 축제의 흥겨움을 즐길 마음이 있어 보였다면 큰 문제가 되지 않았을 것이다. 그러나 지금은—

“내가 오지 말자고 했잖아요.” 캐럴라인이 친구에게 약간 매섭게 쏘아붙였다. 캐럴라인은 진심으로 당황했다. 자신의 뜻과 그의 예상에 반해 그를 방해하게 된 데다가, 그가 지체되는 것을 원치 않을 것이 분명해 보여서 그녀는 몹시 짜증이 났다. 그러나 킬더 양은 이런 상황에도 전혀 개의치 않았다. 그녀는 앞으로 나가 자신의 임차인의 길을 막아섰다.

“작별 인사를 잊으셨어요.” 그녀가 말했다.

“작별 인사를 잊었다뇨! 어디에서 나오신 겁니까? 당신들은 요정인가요? 바로 1분 전에 자주색 옷을 입은 사람과 흰색 옷을 입은 사람, 여러분 같은 사람 둘을 강둑 위에 두고 떠나왔는데요.”

“거기에서 우리를 떠나 여기에서 만났군요. 당신을 죽 지켜보고 있었어요. 그리고 계속 지켜볼 거예요. 당신은 언젠가 심문을 당해야겠지만 오늘은 아니에요. 지금 당신이 해야 할 일은 작별 인사를 하는 것뿐이에요. 그러고 나면 가세요.”

무어는 얼굴을 펴지 않고 둘을 번갈아 훑어보았다. “축제의 날에 그날만의 특권이 있듯이, 위험의 날에도 그렇지요.” 그가 엄숙하게 말했다.

“훈계는 그만두세요. 작별 인사나 하고 가세요.” 셜리가 재촉했다.

“당신에게 꼭 작별 인사를 해야 합니까, 킬더 양?”

“그럼요. 캐럴라인한테도요. 새로울 것은 없겠지요. 전에도 우리 둘에게 작별 인사를 한 적 있잖아요.”

그는 셜리의 두 손을 감싸 잡았다. 엄숙하게, 다정하게 그러나 위엄 있게 그녀를 내려다보았다. 상속녀는 이 남자를 자신의 밑에 둘 수 없었다. 그녀의 밝은 얼굴을 보는 그의 시선에는 비굴함이 전혀 없었고, 경의조차 거의 없었다. 그러나 관심과 애정은 있었고, 이는 또 다른 감정으로 더욱 강해졌는데, 그가 말할 때 그의 말뿐 아니라 어조에서도 그 마지막 감정이 감사임이 드러났다.

“당신의 채무자가 작별 인사를 하겠습니다—부디 아침까지 평안히 쉬시길!”

“그래서 무어 씨, 당신은 뭘 할 건가요? 헬스턴 씨와 악수하는 것을 보았는데, 그분께 무슨 얘기를 했나요? 왜 그 신사분들이 전부 다 당신 주위에 모여 있었나요? 이번만큼은 숨기지 마세요. 솔직하게 말해주세요.”

“누가 당신에게 저항할 수 있겠습니까? 솔직하게 말씀드리지요. 설명할 것이 있다면 내일 다 듣게 될 겁니다.”

셜리가 애원했다. “지금 당장요. 시간 끌지 마세요.”

"하지만 지금은 절반밖에는 말씀드릴 수 없습니다. 시간이 없어요. 한시도 지체할 수가 없습니다. 차후에 솔직히 말씀드리는 것으로 미루는 데 대한 보상을 해드리겠습니다."

"하지만 집으로 가시는 거죠?"

"그렇습니다."

"오늘 밤은 집에만 계실 거고요?"

"물론이지요. 지금은 두 분께 작별을 고해야겠군요!"

그는 셜리의 손을 잡았던 것처럼 캐럴라인의 손도 똑같이 맞잡았을 것이다. 하지만 그럴 수가 없었다. 캐럴라인이 몇 걸음 뒤로 물러서 있었다. 무어의 작별 인사에 대한 그녀의 대답은 가벼운 고갯짓과 부드럽고 진지한 미소뿐이었다. 그는 그 이상의 다정한 증표는 구하지 않았다. 다시 "안녕히"라고 말하고는 두 사람 곁을 떠났다.

"자!—끝났군요!" 셜리는 그가 사라지자 이렇게 말했다. "그가 우리에게 작별 인사를 하게 만들었어요. 하지만 그의 존경심을 잃지는 않은 것 같은데요, 케리."

"그러기를 바라요"라고 짧은 대답이 돌아왔다.

킬더 양이 말했다. "내가 보기에 당신은 너무 수줍음이 많고 감정 표현이 없어요. 어째서 무어가 당신에게 손을 내밀었을 때 그 손을 잡아주지 않았어요? 그는 당신의 사촌이고, 당신은 그를 좋아하잖아요. 그가 당신의 애정을 알아차리는 것이 부끄러운가요?"

"그는 자기 관심을 끄는 것은 무엇이든 다 알아차려요. 감정을 일부러 내보일 필요가 없죠."

"당신은 할 말만 하는 사람이군요. 할 수 있다면 당신은 금욕주의자가 될 거예요. 당신 눈에는 사랑이 범죄인가요, 캐럴라인?"

"사랑이 범죄라고요! 아뇨, 셜리. 사랑은 신성한 미덕이에요. 하지만 어째서 그 단어를 대화에 끌어들이지요? 아무 관계도 없는데!"

"좋아요!" 셜리가 외쳤다.

두 소녀는 말없이 녹색 오솔길을 걸었다. 캐럴라인이 먼저 말을 꺼냈다.

"주제넘게 나서는 것은 죄예요. 먼저 나서서 설치는 것도 죄고요. 둘 다 혐오스러워요. 하지만 사랑은! 아무리 순수한 천사라도 사랑에 얼굴 붉힐 필요는 없지요! 그리고 남자든 여자든 사랑을 수치와 연결 짓는 것을 보거나 들으면, 그들의 마음이 천박하고 생각은 품위가 없다는 걸 알 수 있어요. 자기가 세련된 신사 숙녀인 줄 알고 입에는 '천박함'이라는 말을 늘 올리는 많은 사람들이 '사랑'을 언급할 때는 꼭 본래 어리석고 질 낮은 인간임을 드러내고 말지요. 그들은 사랑을 천한 생각하고만 연관된 천한 감정이라 여겨요."

"당신은 세상 사람들 중 4분의 3 얘기를 하고 있군요, 캐럴라인."

"그들은 그 문제에 대해 냉정하고—비겁하고—어리석어요, 셜리! 그들은 결코 사랑해본 적 없고—사랑받아본 적도 없어요!"

"그대가 옳아요, 리나! 그리고 그들은 너무나도 무지한 탓에 치품천사가 신의 제단에서 가져다준 살아 있는 불을 모독하지요."

"그 불을 지옥에서 타오르는 불꽃과 혼동해요!"

갑자기 요란하고 즐거운 종소리가 모두를 교회로 부르며 대화를 여기에서 중단시켰다.

18장

질 낮은 사람이 소개되므로, 고상한 독자는 건너뛰기를 추천하는 장

저녁은 조용하고 따스했다. 무덥고 후덥지근해질 조짐까지 보였다. 지는 해 주위로 구름이 자줏빛으로 빛났다. 영국보다는 인도의 여름 같은 빛깔이 지평선 가득히 퍼져, 언덕 비탈과 집 앞면과 나무줄기, 구불구불한 길과 물결치듯 기복을 이루는 목장 위에 장밋빛 그림자를 드리웠다. 두 소녀는 들판에서 천천히 내려왔다. 교회 마당까지 왔을 때쯤에는 종소리가 그친 뒤였다. 사람들은 교회 안에 모여 있어서 온 사위가 고적했다.

"얼마나 쾌적하고 조용한지!" 캐럴라인이 말했다.

셜리가 대답했다. "그리고 교회 안은 얼마나 더울지! 볼트비 박사님은 얼마나 길고 지겨운 연설을 할지! 보좌사제들은 미리 준비한 자기네 연설을 놓고 얼마나 고심할지! 난 안 들어가고 싶어요."

"하지만 우리가 없는 것을 아시면 숙부님이 화를 내실 거예요."

"난 그분의 분노쯤은 견디겠어요. 나를 잡아먹지는 않겠지요. 그분의 신랄한 설교를 놓치는 건 아쉬울 거예요. 교회에 대해서는 구구절절 다 맞는 말일 테고, 종파 분립에 대해서는 통렬한 내용일 거예요. 로이드레인의 전투도 잊지 않으시겠지요. 또한 당신에게서 홀 씨의 활기찬 요크셔 사투리투성이의 진실하고 우정 어린 훈계를 빼앗는 것도 유감일 거예요. 하지만 난 여기 있어야겠어요. 이 진홍색 황혼 빛 덕분에 칙칙한 교회와 더 칙칙한 묘지들이 신성해 보이네요. 이제 자연이 저녁기도를 올리는군요. 저 붉은 언덕 앞에 무릎을 꿇고 있어요. 자연이 자신의 제단의 거대한 계단 위에 엎드려 바다의 선원들을 위해, 사막의 여행자들을 위해, 황야의 양 떼와 숲속의 어린 새들을 위해 맑은 밤을 기원해주어요. 캐럴라인, 나는 자연을 보고 있어요! 자연이 어떤 모습인지 말해줄게요. 자연은 지상에 하와와 아담 단둘만 있던 때의 하와의 모습을 닮았어요."

"그럼 그건 밀턴의 하와는 아니군요, 셜리."

"밀턴의 하와라니! 밀턴의 하와요! 다시 말하겠어요. 아니에요. 신의 순수한 어머니를 걸고, 아니에요! 케리, 우리 둘뿐이니까 생각한 대로 다 말해도 좋겠지요. 밀턴은 위대했어요. 하지만 선량했을까요? 그의 머리는 옳았지만, 심장은 어땠을까요? 그는 천국을 보았고, 지옥을 굽어보았어요. 사탄을 보았고, 그의 딸인 죄와 그들의 무시무시한 자손인 죽음도 보았어요. 천사들이 그의 앞에서 대열을 이루었어요. 길게 늘어선 금강석 방패들이 천국의 표현할 수 없는 광휘를 반사해 그의 눈먼 눈알에 비추었어요. 악마들은 그의 눈앞에서 자기들의 군단을 모았고, 왕관을 빼앗기고 타락한 그들의 군대가 그의 앞을 지나갔지요. 밀턴은 최초의 여자를 보려고 했어요. 하지만 케리, 그는 그녀를 보지 못했어요."

"그런 말을 하다니 대담하군요, 셜리."

"대담하다기보다는 진실한 거지요. 그가 본 것은 그의 요리사였어요. 아니면 내가 보았듯이 무더운 여름, 격자창 주변에 장미나무와 한련이 있는 서늘한 우유 창고 안에서 커스터드를 만들고 신부님들을 위한 차가운 간식으로 잼과 맛있는 크림을 준비하고 있는 질 부인을 본 거예요. '최고의 진미를 위해 어떤 선택을 해야 하는지, 맛이 세련되지 못하게 잘 어우러지지 않고 뒤섞이지 않도록, 맛을 차례로 제공하면서도 가장 부드럽게 변화를 유지하는 순서가 무엇일지' 머리를 쥐어짜는 모습을요."

"다 아주 좋아요, 셜리."

"지구 최초의 인간은 티탄이었고, 하와가 그들의 어머니였다는 것을 그에게 상기시켜주고 싶어요. 그녀로부터 사투르누스, 히페리온, 오케아노스가 나왔고, 프로메테우스도 그녀가 낳았지요—"

"당신 이교도로군요! 그게 무슨 뜻이에요?"

"내 말은, 그 시절에는 지상에 거인들이 있었어요. 하늘을 오르려고 기를 쓰던 거인들 말이에요. 천국에 닿으려 했던 거인들. 이 세상에 생명을 주었던 최초의 여인의 가슴에서는 전능자와 맞서 싸울 수 있는 용기와 1000년의 속박을 견딜 수 있는 힘, 즉 수많은 세월 동안 죽음의 독수리에게 양식을 공급할 수 있는 생명력이 났지요. 불멸성의 자매이며, 수백 년의 죄와 투쟁, 고난의 세월을 지나 메시아를 잉태하고 세상에 내보내게 된 바로 그 불변의 생명력과 타락하지 않은 고결함도요. 최초의 여인은 천상에서 태어났어요. 민족의 피가 솟아나는 생명수의 원천인 심장과, 창조주의 동반자로서의 왕관이 얹혀 있던 고귀한 머리를 가졌었지요."

"하와는 선악과를 탐냈고, 뱀에게 속아 넘어갔어요. 하지만 당신은 성경과 신화를 머릿속에 너무 많이 쑤셔 넣어서 알아들을 수 없는 소리를 하고 있어요. 당신이 본 저 언덕에서 무릎 꿇고 있던 것이 뭔지 아직 나에게 말해주지 않았어요."

"보았어요—지금 보여요—여자 티탄이에요. 푸른 공기로 된 긴 옷이 저기 양 떼가 풀을 뜯고 있는 황야의 외곽까지 펼쳐져 있어요. 눈사태처럼 하얀 베일은 머리에서 발끝까지 내려오고, 번개의 아라베스크 무늬가 그 테두리에서 번쩍거려요. 그녀의 가슴 아래에 허리띠가 보여요. 저 지평선 같은 자주색이에요. 그 띠의 붉은 빛을 통해 저녁 별들이 보여요. 그녀의 차분한 눈은 묘사할 수가 없네요. 맑고 호수처럼 깊은 눈이에요. 위로 뜬 눈은 숭배하는 마음으로 가득해요. 사랑의 부드러움과 기도의 빛으로 떨고 있어요. 이마에는 긴 구름이 걸쳐져 있고, 어둠이 밀려오기 한참 전에 이르게 떠오른 달보다도 창백해요. 그녀는 스틸브로 황야의 산등성이 위로 가슴을 비스듬히 기대고 있어요. 그 밑에서 강한 손을 맞잡고 있고요. 그렇게 무릎을 꿇은 채 신과 얼굴을 맞대고 대화를 나누어요. 저 하와는 야훼의 딸이에요.

아담이 그의 아들이었듯이."

"그녀는 아주 모호하고 환상적이군요! 자, 셜리, 우리 교회에 들어가야 해요."

"캐럴라인, 난 안 간다니까요. 난 요즘은 자연이라고 불리는 내 어머니 하와와 함께 여기 있겠어요. 난 그녀를 사랑해요—죽지 않는, 강력한 존재! 그녀가 낙원에서 떨어졌을 때 그녀의 이마에서 천국은 희미해졌을지 모르지만, 지상에서 영광스러운 것 모두가 여전히 거기에서 빛나고 있어요. 하와는 나를 자기 품에 안고 자신의 마음을 보여주고 있어요. 캐럴라인, 쉿! 나처럼 당신도 그녀를 보고 느끼게 될 거예요. 우리 둘 다 조용히 한다면."

"당신의 변덕에 맞춰줄게요. 하지만 10분도 지나지 않아서 당신은 다시 떠들기 시작할걸요."

따스한 여름 저녁의 부드러운 흥분감이 평소와는 다른 힘으로 작용했는지, 킬더 양은 비석에 몸을 기대었다. 그녀는 불타는 듯한 서쪽에 눈길을 고정하고 기분 좋은 황홀경으로 빠져들었다. 캐럴라인은 약간 떨어져서 역시 자기 나름대로 몽상에 잠겨 사제관의 정원 벽 아래를 앞뒤로 왔다 갔다 했다. 셜리가 "어머니"라는 말을 입에 올렸었다. 그 단어는 캐럴라인의 상상 속에서는 셜리의 환상처럼 강력하고 신비로운 어버이가 아니라 부드러운 인간의 형상을 연상시켰다—알지도 못하고 사랑하지도 않았으나 갈망한 적이 없지는 않은 형상, 자신의 어머니에게 그녀가 부여한 형상이었다.

"오, 하와가 자기 자식을 기억하는 날이 온다면! 오, 내가 그녀를 알게 되고, 알게 되어서 사랑하게 된다면!"

그것이 그녀의 열망이었다.

어린 시절의 갈망이 다시 그녀의 영혼을 채웠다. 수많은 밤을 잠들지 못하고 요람에서 지새우게 했던 욕망, 틀린 생각일지 모른다는 두려움에 최근에는 거의 사그라들었던 그 욕망이 갑자기 다시 불붙어 가슴에서 뜨겁게 타올랐다. 그것은 어느 행복한 날에 어머니가 돌아와 딸을 자기 자리로 부를지도 모른다는 것이었다. 애정 어린 눈으로 그녀를 사랑스럽게 바라보고, 달콤한 목소리로 다정하게 말을 걸어줄지도 모른다고—

"캐럴라인, 내 딸아, 너를 위한 집이 있단다. 나와 함께 살자꾸나. 네가 아기 때부터 받아야 했지만 맛보지 못했던 모든 사랑을 너를 위해 소중하게 아껴두었단다. 자! 이제 너를 사랑해줄 거란다."

길에서 들려오는 소리에 캐럴라인은 자식으로서의 소망에서, 셜리는 티탄의 환상에서 깨어났다. 귀를 기울이자 말발굽 소리가 들려왔다. 그쪽을 보니 나무들 사이로 번쩍이는 빛이 보였다. 진홍색 군복이 힐끗 보였다. 전투모가 빛나고 깃털이 나부꼈다. 군인 여섯 명이 말없이 질서 정연하게 말을 타고 지나갔다.

셜리가 속삭였다. "오후에 보았던 바로 그 사람들이에요. 지금까지 어딘가에 머물고 있었던 거예요. 되도록 사람들 눈에 띄지 않으려고 사람들이 교회에 있는 이 조용한 시간에 집결지로 향하고 있어요. 오래지 않아 심상치 않은 것을 보게 될 거라고 말했죠?"

군인들의 모습과 소리가 사라지기가 무섭게 또 다른, 이번에는 그것과는 좀 다른 소란이 밤의 정적을 깨뜨렸다. 한 아이의 다급한 비명 소리였다. 그쪽을 보니 한 남자가 팔에 어린애를 안고 교회에서 뛰어나왔다. 튼튼하고 혈색 좋은 두 살배기 어린아이가 목이 터져라 온 힘을 다해 울부짖고 있었다. 아마도 교회에서 잠들었다가 깬 모양이었다. 아홉 살과 열 살의 소녀 둘이 뒤따라 나왔다. 신선한 공기와 무덤에서 딴 꽃 덕분에 아이는 곧 진정되었다. 남자는 아이 옆에 앉아서, 여느 여자 못지않게 다정하게 무릎을 꿇고 아이를 얼러주었다. 두 소녀는 양쪽 옆에 자리를 잡았다.

"안녕하세요, 윌리엄." 셜리가 남자를 잠시 살펴보더니 인사를 건넸다. 그는 전에 그녀를 본 적이 있었고, 알아봐주기를 기다린 것이 분명했다. 그는 이제 모자를 벗고 기쁨의 미소를 지었다. 헝클어진 머리에 험상궂은 얼굴이었고, 나이가 많지는 않지만 볕에 그을려 거칠었다. 옷차림은 깔끔하고 단정했으며, 아이들도 매우 깨끗했다. 바로 우리의 옛 친구, 패런이었다. 젊은 숙녀들이 그에게 다가갔다.

"교회에 안 가시나요?" 그들을 보는 그의 시선은 상냥했지만 쑥스러워하고 있었다. 그들의 지위를 우러러보아서가 아니라, 그들의 우아함과 젊음에 대한 감탄에서 나온 감정이었다. 윌리엄은 무어나 헬스턴 같은 신사들 앞에서는 굴하지 않을 때가 많았고, 거만하거나 건방진 숙녀들 앞에서도 제멋대로 굴었으며 때로는 아주 적대적이었다. 그러나 선량함과 공손함은 매우 잘 알아보았고, 유순하게 대했다. 그의 완고한 본성은 다른 본성의 강직함에 반발했다. 그런 이유로, 그는 전 주인 무어는 결코 좋아할 수가 없었다. 그 신사가 자신을 좋게 보았으며, 남몰래 요크 씨에게 그를 정원사로 추천해주었고 인근의 다른 집안에도 그렇게 해주었다는 사실을 몰랐으므로 그는 여전히 무어의 엄격함에 대해 원한을 품고 있었다. 그는 최근에는 필드헤드에서 자주 일했다. 킬더 양의 솔직하고 친절한 태도가 그의 마음을 완전히 사로잡았다. 캐럴라인은 그녀가 어릴 때부터 알고 있었고, 무의식중에 그녀를 숙녀의 이상으로 삼았다. 그녀의 부드러운 표정과 걸음걸이, 몸짓, 우아한 용모와 옷차림은 그의 투박한 마음의 예술가적인 기질을 움직였다. 그녀를 보면 희귀한 꽃을 살펴보거나 보기 좋은 경치를 볼 때처럼 기분이 좋아졌다. 두 숙녀 모두 윌리엄을 좋아했다. 그에게 책을 빌려주고 식물을 주는 것이 그들의 기쁨이었다. 신분은 비교할 수 없을 만큼 더 높을지 몰라도 천하고 냉정하며 가식적인 사람들보다 그와 대화하는 것이 훨씬 더 좋았다.

"당신이 나올 때 누가 설교하는 중이었나요, 윌리엄?" 셜리가 물었다.

"아가씨가 아주 중요하게 여기는 신사분, 던 씨였습니다."

"알고 있나 보군요, 윌리엄. 내가 던 씨에게 관심이 있는 줄 어떻게 알았어요?"

"아, 셜리 양, 가끔 아가씨 눈에 번득이는 빛을 보면 알 수 있답니다. 던 씨가 옆에 있을 때 종종 경멸스럽게 쳐다보시더라고요."

"당신은 그 사람이 맘에 드나요, 윌리엄?"

"저요? 저는 보좌사제들한테 질렸고, 마누라도 마찬가지랍니다. 예의가 없어요. 가난한 사람들한테 마치 그들이 자기들 아래 있다는 듯이 말을 하지요. 그들은 항상 자기 지위를 부풀려요. 그들의 지위가 그들을 부풀릴 수 있다면 좋겠지만, 그럴 가능성은 전혀 없어요. 나는 오만을 싫어해요."

"하지만 당신은 당신 나름대로 스스로를 자랑스러워하잖아요." 캐럴라인이 끼어들었다. "당신은 자기 집을 자랑스러워하는 사람이지요. 주위의 모든 것을 멋지게 해놓고 싶어 해요. 가끔은 너무나 자부심이 강해서 임금도 받지 않을 것처럼 보여요. 일이 없었을 때에도 너무 자존심이 강해서 외상을 지기도 싫어했죠. 당신은 아이들이 아니었더라면 돈 한 푼 없이 가게에 가느니 굶어 죽는 쪽을 택했을 거예요. 당신에게 뭔가 좀 주고 싶어도 받게 만들기가 얼마나 어려웠는지!"

"어느 정도는 사실이에요, 캐럴라인 양. 난 언젠가는 받기보다는 주는 쪽이 되고 싶어요. 특히 아가씨 같은 분에게라면 더욱 그렇지요. 우리 사이의 차이를 보세요. 당신은 작고 어리고 가냘픈 아가씨예요. 반면에 나는 건장하고 힘센 남자지요. 나이도 당신의 두 배는 더 먹었을 거예요. 그러니 당신한테서 뭘 받는다든지 당신에게 어떤 의무를 진다는 건 나에게 맞지 않아요. 그날 당신이 우리 집에 와서 나를 문가로 불러 5실링을 내밀었지요. 당신한테도 그런 여유가 없을 텐데요. 내가 알기로는 당신은 재산이 없으니까요. 그날 난 폭동을 일으키다시피 했지요. 과격파였어요. 반란자였고요. 당신이 나를 그렇게 만들었어요. 나도 일할 의지와 능력이 있는데, 내 맏딸과 비슷한 나이의 젊은 아가씨가 와서 돈을 내밀 처지라는 것이 수치스러웠어요."

"나한테 화가 났었지요, 윌리엄?"

"어떤 면에서는 그랬어요. 하지만 곧바로 당신을 용서했어요. 좋은 뜻으로 한 일이었으니까요. 아, 나도 자존심이 있는 건 맞지만, 당신도 마찬가지죠. 하지만 당신의 자존심과 내 자존심은 진짜예요. 요크셔에서 '깨끗한 자존심'이라고들 부르는 것이죠. 멀론 씨나 던 씨는 전혀 모르는 거예요. 그들의 자존심은 추잡한 자존심이거든요. 이제 내 딸들에게는 저기 셜리 양처럼, 아들들에게는 이 아버지처럼 자존심을 가지라고 가르칠 거예요. 하지만 저 보좌사제들처럼 되라고는 말 못 하겠어요. 만약 어린 마이클한테서 그런 정서가 조금이라도 보이면 매질을 해줄 겁니다."

"차이가 뭔데요, 윌리엄?"

"잘 아시면서요. 하지만 제가 먼저 말하기를 바라신다면야. 멀론 씨와 던 씨는 너무 오만한 나머지 자기들 힘으로는 아무것도 못 해요. 우리도 자존심이 강해서 남들이 우리를 위해 뭔가를 해주게 두질 못하지요. 보좌사제들은 자기들 밑에 있다고 생각하는 사람들에게는 공손한 말을 쓰는 법이 거의 없어요. 하지만 우리는 자기네가 우리 위에 있다고 여기는 놈들한테 무례한 말을 듣는 것을 잘 못 참지요."

"자, 윌리엄, 이제 요즘 정말로 잘 지내고 있는지 겸손하게 말해줄래요? 사정이 괜찮은가요?"

"셜리 양—저는 아주 잘 살고 있답니다. 요크 씨 덕에 저는 정원 일을 하게 되었고, 홀 씨 도움으로 제 처는 가게를 열게 되어서 이젠 불평할 거리가 없어졌어요. 우리 식구는 먹고 입을 것이 모자라지 않아요. 자존심 때문에 저는 궂은 날을 대비해서 조금이라도 돈을 아껴두려 한답니다. 구빈원의 도움을 얻으러 가느니 차라리 죽는 게 나으니까요. 저와 가족들은 만족합니다. 하지만 이웃들은 아직도 가난해요. 보기가 무척 괴롭습니다."

"그럼 결국 여전히 불만족스러운 부분이 있다는 거네요?" 킬더 양이 물었다.

"결국은—그 말이 맞습니다—결국은 그렇지요. 당연히 굶주리는 사람들이 만족하거나 안정을 찾을 수는 없지요. 이 고장은 안전한 상태가 아니에요. 이 정도만 말해두지요!"

"하지만 어떡하면 좋을까요? 예를 들면, 제가 더 할 수 있는 일이 뭘까요?"

"한다고요? 당신이 할 수 있는 건 별로 없어요, 딱한 아가씨! 당신은 가진 돈을 주었지요. 잘한 일이에요. 당신의 임차인 무어 씨를 보터니만(灣)*으로 옮길 수 있다면 더 좋은 일이겠지요. 다들 그를 미워하니까요."

캐럴라인이 부드럽게 나무랐다. "윌리엄, 부끄러운 줄 아세요! 사람들이 그를 정말로 싫어한다면 그건 그들이 수치스러워할 일이지 무어의 수치가 아니에요. 무어 자신은 아무도 미워하지 않아요. 자신이 해야 할 일을 하고, 자기 권리를 지키고 싶어 할 따름이에요. 그렇게 말하면 안 돼요!"

"제 생각을 그대로 말했을 뿐입니다. 무어는 차갑고 냉혹한 사람이에요."

셜리가 끼어들었다. "하지만 무어를 마을에서 쫓아내고 그의 공장을 완전히 파괴하면 사람들의 일자리가 늘어날까요?"

* 영국 죄수들을 주로 보냈던 오스트레일리아의 식민지.

"줄어들겠지요. 저도 알고 사람들도 다 압니다. 어떤 길을 택해도 더 나아질 수 없다는 확신 때문에 절망에 빠지는 젊은이들도 많고, 그들을 악의 길로 이끄는 부정직한 사람들도 많습니다. '민중의 벗'인 척하지만 실은 민중에 대해 아무것도 모르고, 루시퍼처럼 진실되지 못한 자들이지요. 저도 마흔 살이 넘었으니 '민중'에게는 자기들 자신 말고 진정한 벗 따위는 없으며, 다른 지위의 사람 중에는 선량한 두셋, 온 세상의 벗이 되어주는 이들 정도뿐이라는 걸 압니다. 인간 본성은 전체적으로 보자면 이기심뿐입니다. 두 분 아가씨와 저처럼 서로 다른 영역에 있으면서도 서로를 이해할 수 있고, 한쪽은 노예처럼 굽신거리고 다른 쪽은 오만하게 굴지 않으면서 친구가 될 수 있는 사람들이 가끔가다 있기는 해도 아주 드물지요. 정치적 동기에서 자기보다 낮은 계급과 친구라고 하는 자들은 절대 신뢰하면 안 돼요. 그런 사람들은 항상 자기보다 못한 사람들을 도구로 써먹으려 하거든요. 저로 말하자면, 누구를 기쁘게 해주기 위해 가르침이나 인도를 받는 일은 없을 겁니다. 얼마 전에도 반역을 꾀하는 듯한 자들이 저에게 접근한 적 있었지만, 그런 제안을 하는 면전에 대고 등을 돌렸지요."

"어떤 접근이었는지 말해줄 수 있나요?"

"그건 못 합니다. 도움이 되지 않을 거예요. 말해봤자 달라질 것도 없어요. 그 일에 관련된 사람들은 자기들 문제는 스스로 해결할 수 있을 겁니다."

"예, 우리가 스스로 해결할 거요." 또 다른 목소리가 들려왔다. 신선한 바람을 쐬러 교회에서 걸어 나온 조 스콧이 거기 서 있었다.

"그럴 거라 믿습니다, 조." 윌리엄이 웃으며 말했다.

대답이 돌아왔다. "우리 주인님도 그러실 겁니다." 조가 위풍당당한 태도로 말을 이었다. "숙녀분들, 건물 안으로 들어가시는 게 좋겠습니다."

"무엇 때문일까요?" 셜리가 물었다. 감독자의 다소 실용적인 태도는 익히 잘 알고 있었고, 그와 싸운 적도 여러 번 있었다. 여자들을 대체로 얕보는 조는 속으로 자기 주인과 주인의 공장이 어느 정도 여자의 치맛바람 밑에 놓여 있다는 데 깊이 분개하고 있었으며, 할로의 회계실에 상속녀가 업무상 몇 번 찾아온 일을 씁쓸하고 굴욕적이라고 느꼈다.

"여자들이 관심을 가질 일이 아니니까요."

"정말요! 저 교회에는 기도와 설교가 있어요. 그것도 우리의 관심사가 아닌 건가요?"

"여러분은 기도에도 설교에도 참여하지 않았습니다. 제가 옳게 보았다면 말이지요. 제가 넌지시 말한 것은 정치였지요. 제가 잘못 보지 않았다면, 여기 윌리엄 패런이 그 주제를 건드리고 있었습니다."

"그럼 어때서요? 정치는 우리가 늘 토론하는 주제예요, 조. 내가 신문을 매일 읽고, 일요일에는 두 부씩 본다는 거 모르나요?"

"아마도 결혼에 관한 기사를 읽고 계시겠지요. 그리고 살인 사건이나 사고 기사 같은 거랑요?"

"나는 논설을 읽어요, 조. 해외 소식도 읽고 시장 가격도 훑어보죠. 한마디로 신사들이 읽는 것은 다 읽어요."

조는 마치 이 말을 까치가 지저귀는 소리처럼 생각하는 듯 보였다. 그는 대답 대신 경멸하는 얼굴로 입을 다물었다.

킬더 양이 말을 이었다. "조, 당신이 휘그당원인지 토리당원인지 아직 잘 모르겠어요. 어느 당이 당신의 영예로운 동맹인가요?"

"이해하지 못하실 게 분명한데 설명하기란 좀 어렵습니다." 조의 거만한 대답이었다. "하지만 토리당이 되느니 늙은 여자가 되는 게 낫겠습니다. 아니면 젊은 여자든지요. 더 약해빠졌겠지만요. 전쟁을 하고 무역을 망쳐놓은 것이 바로 토리당입니다. 내가 어느 당에 속한다면—정당 따위는 다 쓸데없지만—가장 평화를 앞세우고, 그리하여 여기 이 땅의 상업적 이익을 우선시하는 당을 택하겠습니다."

"나 또한 마찬가지랍니다, 조." 셜리는 조가 여자는 끼어들 권리가 없다고 주장한 주제를 놓고 계속 대화를 끌어감으로써 상대를 약 올리는 데서 즐거움을 느꼈다. "적어도 부분적으로는요. 저는 농업의 이익에도 관심이 많아요. 당연히 영국이 프랑스의 발밑에 짓밟히기를 바라지 않으니까요. 내 수입의 일부가 할로의 공장에서 나온다면, 그 주변의 토지에서 나오는 몫은 더 크지요. 농부에게 해를 줄 조치는 취하지 않는 게 좋겠지요, 조?"

"이 시간의 밤이슬은 여성들의 건강에 해롭습니다." 조가 말했다.

"당신이 나를 걱정해서 하는 말이라면, 추위 따위는 나에게 아무런 영향도 주지 않는다고 분명히 말씀드릴 수 있어요. 이런 여름밤이면 당신의 소총으로 무장하고 공장을 감시하는 일을 기꺼이 하겠어요, 조."

조 스콧의 턱은 항상 앞으로 툭 튀어나와 있었는데, 그는 이 말에 평소보다 조금 더 턱을 앞으로 내밀었다.

그녀가 말을 계속했다. "하지만 내가 농부일 뿐 아니라 의류상이고 공장주라 해도, 우리 제조업자들과 사업가들이 때로는 약간—아주 약간 이기적이고 멀리 내다보지 못한다는 생각을 머리에서 떨쳐낼 수가 없어요. 인간의 고통에 좀 너무 무관심하고, 우리 이익을 좇는 데만 인정사정없단 말이에요. 당신은 내 말에 동의하나요, 조?"

"이해할 수 없는 것을 놓고 논쟁을 할 수는 없습니다." 다시 대답이 돌아왔다.

"속을 알 수 없는 사람이로군요! 당신의 주인하고는 가끔 논쟁을 할 때가 있어요, 조. 그는 당신처럼 뻣뻣하지는 않아요."

"그럴지도 모르지요. 사람 나름이니까요."

"조, 당신은 진심으로 세상의 모든 지혜가 남자들의 두개골 속에만 들어 있다고 생각해요?"

"여자들은 예측할 수 없고 변덕이 죽 끓듯 해요. 저는 사도 바울로가 디모테오에게 보낸 첫째 편지 2장의 교리를 매우 존중합니다."

"어떤 교리인데요, 조?"

"여자는 온전히 복종하는 마음으로 고요히 배우라. 나는 여자가 가르치거나 남자를 지배하는 것을 허락하지 않는다. 그녀는 고요히 있어야 한다. 아담이 먼저 창조되었고, 하와는 그다음에 창조된 것이다."

"그게 사업하고는 무슨 관계가 있나요?" 셜리가 끼어들었다.

"장자상속의 권리 말이에요. 요크 씨가 그 권리를 맹비난할 때 이 얘기를 꺼내야겠어요."

조 스콧이 말을 이었다. "그리고 아담은 속지 않았습니다. 하지만 여자는 속아서 죄를 지었지요."

킬더 양이 말했다. "눈을 뜬 채로 죄를 지은 아담이 더 큰 수치지요! 솔직히 진실을 고백하자면, 조, 나는 그 장을 보면 늘 마음이 편하지 않았어요. 혼란스러워요."

"그 장은 아주 단순합니다. 누구나 알아볼 수 있을 정도예요."

"누구나 각자의 방식대로 읽을 수 있겠지요." 캐럴라인이 처음으로 대화에 끼었다. "당신은 개인이 판단할 권리가 있다고 보지요, 조?"

"그럼요! 성경의 한 줄 한 줄에 대해 다 그럴 수 있다고 주장합니다."

"여자도 남자처럼 그 권리를 행사할 수 있을까요?"

"아뇨. 여자는 정치에서나 종교에서나 남편의 의견을 따라야죠. 그게 그들에게 가장 유익해요."

"오! 오!" 셜리와 캐럴라인 둘 다 탄성을 질렀다.

"확실합니다. 그 문제는 의심의 여지가 없어요." 완고한 감독자가 우겼다.

킬더 양이 말했다. "그런 어리석은 말을 하다니, 당신에게 야유를 보내고 부끄러운 줄 알라고 하는 것으로 생각하세요. 남자들도 따지지 말고 신부님의 의견을 따라야 한다고 말한다면 어떨까요. 그렇게 선택된 종교에 무슨 가치가 있을까요? 그건 눈먼, 정신이 마비된 미신에 불과할 거예요."

"그러면 헬스턴 양, 당신은 사도 바울로의 말을 어떻게 읽겠습니까?"

"흠! 나는—나는 이런 식으로 설명하겠어요. 사도 바울로는 특수한 상황에서 기독교인들의 특정한 집회를 위해 그 장을 썼어요. 게다가 내가 그리스어 원어를 읽을 수 있다면 그 단어들 중 상당수는 잘못 번역되었고, 어쩌면 완전히 잘못 이해되었음을 발견하게 될 거예요. 딱히 술수를 부리지 않아도 그 구절을 완전히 정반대의 뜻으로 바꿔놓을 수 있었을 거예요. '반대할 만할 때마다 여자가 마음껏 말할 수 있게 하라'—'여자는 할 수 있는 한 가르치고 권위를 행사하도록 허용해야 한다. 반면 남자는 조용히 있는 편이 낫다' 이런 식으로요."

"그런 건 통하지 않을 겁니다, 아가씨."

"통할 거예요. 내 생각은 당신 것보다 더 확실한 색으로 물이 들었거든요, 조. 스콧 씨, 당신은 뼛속까지 교조주의적인 사람이고, 늘 그랬어요. 나는 당신보다 윌리엄이 더 좋아요."

셜리가 말했다. "조는 자기 집에서는 잘 지내요. 나는 그가 집에서 양처럼 조용한 것을 보았어요. 브라이어필드에서 그보다 더 훌륭하거나 친절한 남편은 없지요. 그는 아내에게는 독선적이지 않아요."

"내 아내는 부지런하고 소박한 여인입니다. 세월과 고난이 아내한테서 모든 오만을 빼앗아 갔지요. 하지만 당신들은 그렇지 않아요, 젊은 아가씨들. 당신들은 아는 것이 아주 많다고 생각해요. 내가 보기에는 당신들이 알고 있는 것은 껍데기 지식일 뿐인데 말입니다. 언젠가, 아마 한 1년쯤 전이었나, 내가 큰 책상에 앉아 뭔가를 포장하고 있는데 캐럴라인 양이 회계실로 들어온 적이 있었지요. 나를 보지 못하고 주인님에게 보여줄 계산을 적은 석판을 가지고 왔어요. 우리 해리 같으면 2분이면 끝낼 간단한 문제였지요. 그런데 그걸 못 풀더군요. 무어 씨가 푸는 법을 보여주어야 했어요. 그런데 보여주어도 이해를 못하던걸요."

"말도 안 돼요, 조!"

"아니, 말도 안 되는 소리가 아니에요. 셜리 양도 주인님이 아주 집중해서 거래 얘기를 하고 있을 때면 한마디도 놓치지 않고 듣는 척을 하지요. 모든 것이 거울처럼 명확하게 보이는 것처럼요. 하지만 그러는 동안에도 말이 조용히 있는지 확인하려고 창밖을 자꾸만 힐끔거리지요. 자기 승마용 스커트의 얼룩을 살펴보기도 하고요. 그러고는 날카로운 눈으로 회계실의 거미줄과 먼지를 훑어보고 이 사람들은 참 더럽기도 하다, 이제 곧 말을 타고 너넬리 공유지를 멋지게 지나가야지, 그런 생각을 합니다. 무어 씨의 말은 더는 귀에 들어오지도 않아요. 히브리어로 말하고 있는 것이나 다를 바가 없지요."

"조, 당신은 정말 비방꾼이로군요. 당신에게 답변하고 싶지만, 사람들이 교회에서 나오고 있으니 이만 가야겠어요. 편견으로 가득한 분, 안녕히. 윌리엄, 안녕히 가세요. 얘들아, 내일 필드헤드로 오렴. 질 부인의 저장실에서 제일 마음에 드는 것을 고르게 해줄게."

(2권으로 이어집니다.)

셜리 1

1판 1쇄 발행　2025년 3월 17일

지은이 · 샬럿 브론테
옮긴이 · 송은주
펴낸이 · 주연선

(주)은행나무
04035 서울특별시 마포구 양화로11길 54
전화 · 02)3143-0651~3 | 팩스 · 02)3143-0654
신고번호 · 제 1997—000168호(1997. 12. 12)
www.ehbook.co.kr
ehbook@ehbook.co.kr

ISBN 979-11-6737-533-9 (04840)
979-11-6737-532-2 (세트)